HEYNE <

ZUM BUCH

Hauptkommissar Pujol steht kurz vor der Pensionierung, als er in ein abgelegenes Bergdorf gerufen wird. Eine übergewichtige Frau wurde in einem Tal am Ende der Welt, in dem skurrile Randexistenzen und Eigenbrötler leben, auf einem großen Schlachthof für Schweine fachmännisch in 36 Einzelteile zerlegt. Es fehlen jegliche Hinweise auf die Identität des Opfers oder auf die möglichen Täter, sämtliche Spuren am Tatort wurden beseitigt. Im Mund der Frau findet man einen Zettel, auf dem »IM NAMEN DES SCHWEINS« steht. Kommissar Pujol steht vor einem Rätsel. Doch dann bekommt er unerwartet Schützenhilfe von seinem Ziehsohn T, der ebenfalls als Ermittler arbeitet.

»Ein fabelhafter, spielerischer, fantastisch erzählter Horrorkrimifantasiepark. Oder kurz – ein düsteres Vergnügen.« *Die Welt*

ZUM AUTOR

Pablo Tusset wurde 1965 geboren, arbeitete als Maurergehilfe, Möbelpacker, Straßenverkäufer, Nachtwächter, Grafiker, Tankwart, Blumenverkäufer und Programmierer. In Spanien stand sein erster Roman, *Das Beste, was einem Croissant passieren kann,* wochenlang auf Platz 1 der Bestsellerlisten und erhielt den Premio Tigre Juan für das beste Debüt des Jahres. Was Pablo Tusset tut, wenn er keine Romane schreibt, darüber kann nur spekuliert werden. Glaubt man den Gerüchten, hat er eine Churrería aufgemacht oder arbeitet in einer Bar in seiner Geburtsstadt Barcelona.

LIEFERBARE TITEL

Das Beste, was einem Croissant passieren kann

Pablo Tusset

Im Namen des Schweins

Roman

Aus dem Spanischen
von Ralph Amann

WILHELM HEYNE VERLAG
MÜNCHEN

Die Originalausgabe EN EL NOMBRE DEL CERDO erschien bei
Ediciones Destino, S.A., Barcelona

FSC
Mix
Produktgruppe aus vorbildlich
bewirtschafteten Wäldern und
anderen kontrollierten Herkünften

Zert.-Nr. SGS-COC-1940
www.fsc.org
© 1996 Forest Stewardship Council

Verlagsgruppe Random House FSC-DEU-0100
Das für dieses Buch verwendete FSC-zertifizierte Papier
Holmen Book Cream liefert Holmen Paper, Hallstavik, Schweden.

Vollständige deutsche Taschenbuchausgabe 09/2009

Printed in Germany 2009
Umschlagillustration: © Laura J. Gerlach unter Verwendung zweier
Gemälde von Gonzalo Goytisolo
Umschlaggestaltung: © Nele Schütz Design, München
Druck und Bindung: GGP Media GmbH, Pößneck
ISBN: 978-3-453-81176-8

www.heyne.de

Für JMP,
ein guter Mann, den ich kaltblütig umgebracht habe.

Für Mercedes,
seine Witwe, die mir das nie verzeihen wird.

Prolog

Weder Hauptkommissar Pujol noch sein Assistent Varela hatten etwas Vernünftiges gefrühstückt, um gewappnet sein zu können für das, was ihnen an diesem Vormittag noch bevorstand. Bereits nach etwa einer Stunde fühlt der Kommissar ein Loch in seinem Bauch. Zudem findet er den granatfarbenen Peugeot 205, den sie vom Kommissariat gestellt bekommen haben, zu klein. Und als ob das nicht schon genug wäre, saust der Wagen schneller über die Autobahn, als es ihm ratsam zu sein scheint. Pujol kann sich überhaupt nicht in seinem Sitz entspannen.
»Varela, wir sind nicht die Feuerwehr.«
»Wie bitte?«
»Machen Sie bitte ein bisschen langsamer, tun Sie mir den Gefallen.«
Varela geht vom Gaspedal, leicht gekränkt wegen der Ermahnung. Ein bisschen zu scharf der Ton für seinen Geschmack. Auch wenn es nur daran liegt, dass der Kommissar heiser ist. Dem Kommissar wiederum wäre es lieber gewesen, wenn ihn heute jemand begleitet hätte, der etwas erfahrener ist oder der zumindest weniger Respekt vor ihm hat. Er drückt am Radio herum, bis er einen Sender gefunden hat: *Qué horas son en Mozambique / Qué horas son en el Japón* ... Im Wagen muffelt es unerträglich nach kaltem Rauch, was den Kommissar zusätzlich nervt. Er mußte sich bücken, um eine Kippe aufzulesen, die jemand auf der Fußmatte ausgedrückt hat. Wieder so ein Inspektor, der zu faul war, den Aschenbecher zu benutzen. Der Missstand wird im Notizbuch ver-

merkt. *Doce de la mañana en La Habana, Cuba* ... Sobald sie zurück sind, wird er mit jemandem vom Fuhrpark reden müssen oder mit dem Reinigungsdienst. Die Leute benehmen sich wie die Schweine, was solche Dinge betrifft. *Me gustan los aviones, me gustas tú / Me gusta viajar, me gustas tú* ...

»Varela, wissen Sie zufällig, von wem das Lied ist?«

Varela kann sich nicht auf beides gleichzeitig konzentrieren, auf die Fahrbahn und die Musik, weshalb er die Geschwindigkeit noch weiter drosselt:

»Wie bitte?«

»Das Lied, das wir gerade hören.« Der Kommissar zeigt auf das Radio.

»Ah ... Manu Chao.«

»Wie ein Eselskarren müssen wir ja nun auch nicht gleich fahren ... Und was ist Manutschau: Ist das eine neue Musikrichtung?«

»Was meinen Sie ...?«

»Manutschau?«

» Nein ... das ist ein Sänger.«

»Wissen Sie, wie sich das schreibt?«

»Mmh ... Das kann ich Ihnen auch nicht genau sagen ... Vermutlich so, wie man es spricht.«

Der Kommissar holt erneut sein Notizbuch unter dem Pullover hervor. Er schreibt ›Manutschau‹ hinein, genau so wie man es spricht. *Me gusta marihuana, me gustas tú / Me gusta colombiana, me gustas tú* ...

»Da können die vom Ministerium wieder eine kleine Kampagne starten ...«

»Wie bitte?«

»Nichts ... Was ist das für ein Auto?«

Der Kommissar zeigt auf den Wagen, der sie mit unge-

heurer Geschwindigkeit auf der linken Spur überholt.
»Der da? Ein Audi, ein A3 ...«
»Wenn wir hundertzwanzig fahren, muss der locker hundertachtzig drauf haben ... Kein Wunder, dass die sich umbringen.«
»Fast niemand fährt hundertzwanzig auf der Autobahn ...«, wagt Varela einzuwerfen.
»Ich schon ... und Sie auch so lange Sie im Dienst sind.« Pause. »Sind die teuer?«
»Wer?«
»Über was haben wir wohl gesprochen, Varela? ... Über den Audi: Ob die kleinen Modelle von Audi teuer sind, habe ich Sie gefragt ...«
»Das kann ich Ihnen leider auch nicht genau sagen.«
In Anbetracht der spärlichen Unterhaltung, die sich mit Varela bietet, konzentriert sich der Kommissar wieder auf die Landschaft. Er sollte heute Vormittag sowieso besser seine Stimme schonen. Das Stadtzentrum haben sie bereits weit hinter sich gelassen, auch die Randgebiete mit dem breiten Speckgürtel und den Industriegebieten. Das Grau hat sich verflüchtigt, der Himmel wird immer blauer, je mehr der Morgen hereinbricht. Hinter den ersten Bäumen im Nordosten tauchen die Felder und Bauernhöfe auf, alleinstehende Häuser, zuerst aus Luft- und Dachziegeln, dann aus Stein und Schiefer, stetig steigt die Straße an und windet sich in immer geschwungeneren Kurven durch die Landschaft. Der Kommissar lässt sein Fenster ein wenig herunter, um frische Luft zu schnappen. Sie ist so ganz anders als die Nachtluft der Stadt, die noch im Auto hängt. Die Strecke, die sie an diesem Frühlingssonntag zurücklegen, ist identisch mit der, die er ei-

gentlich jeden Samstag früh mit seiner Frau im eigenen Auto fährt, einem großen Peugeot, in dem es nach Lavendel duftet. Doch für gewöhnlich biegen sie hier von der Autobahn ab und nehmen die Landstraße Richtung Küste. An diesem Sonntagmorgen fahren sie noch ein gutes Stück weiter Richtung Norden. Als der Kommissar die ersten Weiden sieht, fühlt er sich augenblicklich wohler. Er hat sich immer als ein Mensch der Berge verstanden, einer, der in der Stadt nur im Exil lebt, obwohl sie eigentlich nicht zu ihm passt. Sie nehmen eine Straße, die westlich immer tiefer in das Landesinnere hineinführt. Sie steigt an, bis sie auf ein hochgelegenes, breites Tal stoßen, das gleichzeitig die Grenze der Region ist. Auf einer kurvigen Straße fahren sie immer tiefer hinein in einen dichten Wald.

»Sind wir hier richtig?«, fragt der Kommissar zweifelnd.

»Wenn man den Schildern glaubt, ja ...«

»Darauf kann man sich nicht verlassen. Wenn ein Inspektor der Mordkommission seine Zigarette in einem Auto der Dienststelle ausdrückt, dann können Sie sich ja vorstellen, was ein Hilfsarbeiter des Verkehrsamts mit Straßenschildern anstellt.«

Doch das ermüdende Zickzack des Sträßleins scheint sie gleichwohl an den richtigen Ort zu führen: SAN JUAN DEL HORLÁ steht auf einem kleinen, beschmierten Wegweiser. Direkt davor wartet ein Citroën der örtlichen Polizei am Straßenrand. Die uniformierten Beamten, ein Mann und eine Frau, stehen neben dem Wagen und schauen in die Richtung, aus der der kleine granatfarbene Peugeot angefahren kommt. Das Blaulicht haben sie angelassen.

»Was für eine idiotische Art und Weise der Batterieverschwendung«, grummelt der Kommissar.
»Wie bitte?«
»Das Blaulicht … Glauben die denn, wir hätten sie sonst nicht erkannt?«
Der Kommissar schnallt den Sicherheitsgurt ab. Mit einigen Schwierigkeiten steigt er aus. Eine Hand stützt sich dabei am Dach ab. Dann tritt er ohne sein Jackett zu nehmen hinaus auf die schattige Straße. Ein perlgrauer Pullover muss einem Mann der Berge reichen, selbst wenn er im urbanen Exil hängen geblieben ist. Er schaut auf den steilen Felsen, der aus dem Gebirgsmassiv herausragt. Ein quadratisches Haupt aus grauem Stein, das auf zwei niedrigeren Schultern sitzt. Das ist der Monte Horlá: Der Kommissar kennt ihn von Fotos. Er streckt ein Bein aus, dann das andere, geht dann schnurstracks auf die unschlüssig herumstehenden uniformierten Beamten zu, die auf einen Vorgesetzten aus der Hauptstadt warten. Sie wissen ja noch nicht, dass der so ordentlich wirkende Mann um die sechzig, der da gerade aus dem winzigen Peugeot herausgeklettert ist, eben jenes hohe Tier aus der Stadt ist.
Dem Kommissar wurde es nicht in die Wiege gelegt, einnehmend zu lächeln. Deshalb lässt er es bleiben: »Guten Tag. Hauptkommissar Pujol vom zentralen Morddezernat.« Er deutet auf seinen Hals, um zu verstehen zu geben, dass seine Stimme normalerweise anders klingt. Die Beamten grüßen jetzt zackig. Mit einer lässigen Handbewegung grüßt der Kommissar zurück.
»Kann man auf dem Weg noch irgendwo einen Kaffee trinken? Ich würde gern etwas Heißes trinken. Wegen meiner Stimme …« Der ortskundige Beamte bejaht.

Der Tatort sei nur etwa zwei Kilometer entfernt, dort gebe es Kaffeeautomaten. Der Kommissar gibt zu verstehen, dass sie hinter ihnen herfahren werden. Diesmal gelingt ihm sogar ein Lächeln, nicht aus Höflichkeit, sondern weil er sich auf eine Tasse heißen Kaffees freut. Bei der Gelegenheit schaut er der weiblichen Beamtin scharf in die Augen. Der Kommissar weiß zu gut, dessen hat er sich oft genug vor dem Spiegel vergewissert, dass bei ihm höchstens ein Lächeln die Defizite seiner Erscheinung wieder wettmachen kann.
Sie steigen in die Autos. Es ist ein klarer Tag. Der letzte Frühnebel steigt im gelben Sonnenlicht neben der Landstraße empor. Eine verlassene Fabrik, eine zerfallene Wassermühle und eine Steinbrücke, die über den Bach führt, lassen sie hinter sich zurück. Dann fahren sie wieder tiefer in den Wald hinein, der über ihnen zusammenwächst wie ein lichtdurchlässiger Laubtunnel. Der Kommissar sieht ein rot-weißes Industriegebäude, das sich in die dichte Vegetation duckt und aussieht wie ein notgelandetes Raumschiff. Zwischen den Bäumen ist das viereckige Türmchen zu erkennen, an dessen Ende das Firmenlogo gemalt ist: UNI-PORC. Alles in demselben leuchtendem Rot auf weißem Hintergrund.
Als sie am Ende eines mehr schlecht als recht asphaltierten Weges angekommen sind, biegen sie nach links und stehen vor einem Tor, das von einem Wachdienst aus einer Pförtnerloge gesichert wird. Als die beiden Wagen ankommen, hebt sich ohne weitere Umstände die Schranke. Die Parkfläche auf dem Gelände ist weitläufig. Obwohl zwei große Kühllaster und mehrere Lieferwagen dort stehen, wirkt der Platz verlassen. Die

Flotte ist komplett in den weiß-roten Firmenfarben gespritzt und mit dem Firmenlogo versehen. Die anderen Autos stehen in der Nähe der Büros und des Eingangsbereichs: ein weiterer Citroën sowie zwei Polizeimotorräder, mehrere Personenwagen, ein Sportwagen, zwei dunkle, glänzende Limousinen und ein Geländekrankenwagen mit Blaulicht.
Der Kommissar räuspert sich, während sie neben dem Citroën parken. Varela nimmt an, dass er sich gleich zu einem weiteren Kommentar über Batterieverschwendung hinreißen lässt.
»Varela, wie viele Leichen haben Sie schon gesehen?«
»Wie bitte?«
»Leichen, Tote. Wie viele haben Sie gesehen?«
»Keine Ahnung ... Einige.«
»Auch schon was Spektakuläreres?«
»Na, ja ... eher das Normale halt: Erstochene, auch einen Gesteinigten ...«
»Gut; das hier ist etwas spezieller. Solange ich Ihnen nichts anderes sage, folgen Sie mir wie ein Schatten, wohin auch immer ich gehe. Und halten Sie sich bereit, um alles zu notieren, was ich gern notiert hätte. Verstanden?«
»Verstanden.«
Diesmal nimmt der Kommissar sein Jackett von der Rückbank und zieht es an. Das Ultramarin des Stoffes passt zu dem der Krawatte, auf der auch winzige weiße Monde zu sehen sind. Ihm ist nicht kalt, aber er wird vermutlich mit dem einen oder anderen Politiker zu reden haben. Und mit der Richterin, die genervt sein dürfte, weil sie schon so früh hier sein musste. Er hofft darauf, dass wenigstens irgendein Gerichtsmediziner

der regionalen Mordkommission auf ihn gewartet hat. Fürs Erste, denkt er, kommt es nun darauf an, auf alle Details zu achten: so, wie sie ihm zufällig in den Weg kommen. Er bleibt vor dem geparkten Sportwagen stehen. Es ist ein schwarzer Porsche 911 Cabriolet mit einem cremefarbenen Stoffdach und goldenen Felgen. Es scheint sich um ein älteres Modell zu handeln, möglicherweise aus den sechziger Jahren. Auf dem Nummernschild stehen noch nicht einmal Buchstaben. Die ganze Gefolgschaft des Kommissars, Varela und die zwei Polizisten, warten und schauen sich auf die Schuhspitzen, während der Kommissar neugierig durch die Scheiben in den Porsche späht. Er hat sich leicht vorgebeugt und die Arme auf dem Rücken verschränkt. Auf dem Beifahrersitz sieht er ein schwarz eingebundenes Buch. Er kann den Autor nicht erkennen, aber den Titel lesen: *Los Cantos de Maldoror*. Das sagt dem Kommissar rein gar nichts.

Dann gehen sie unverzüglich durch die Glastüren, die sich automatisch öffnen, in die Eingangshalle. Der Angestellten hinter der Empfangstheke steht der Schrecken noch ins Gesicht geschrieben. Sie hat zum Telefonieren eine Art Kopfhörer auf. In der Augenbraue steckt ein silbernes Spießchen, so wie sie jetzt modern sind. Die Kontrolle im Eingangsbereich haben zwei der hiesigen Beamten übernommen, die sofort grüßen, als der Kommissar hereinkommt. Sie erhalten eine seiner vagen Handbewegungen zur Antwort. Die gesamte Eingangshalle im Stil der Neunziger strahlt etwas Luxuriöses aus: mit Anilin aufgehellte Fichte, matter Stahl, Halogenlampen und große, leuchtend rote Sessel, die wie Blutgerinnsel auf dem Parkett stehen. Die beiden Computer auf der Theke sind ebenfalls rot und von Apple. Der Kommissar hat das Modell schon woanders gesehen. Es sieht aus wie ein großes transluzides Ei. Normalerweise stehen diese Dinger nicht in einer Eingangshalle … Er würde wetten, dass der Leiter des Unternehmens noch keine vierzig Jahre alt ist und einen sehr viel älteren Schlachthof geerbt hat, der vor dem jetzigen Schiff einmal hier gestanden haben dürfte. Seine Jugendjahre wird er in der Hauptstadt verbracht haben, und der Porsche am Eingang dürfte auch ihm gehören. Er nimmt sich vor, die Dinge heute vorherzusehen. Das bringt ihn ein zweites Mal an diesem Vormittag zum Schmunzeln: mit dieser Art von Ratespielchen hat er sich das letzte Mal vor genau zwölf Jahren die Zeit vertrieben. Es ist die Gelegenheit, vermutlich die letzte, bevor er pensioniert wird.

Im zweiten Stock steigen sie aus dem Fahrstuhl. Einer der Beamten überholt sie und klopft an eine Doppeltür, um sie anzukündigen. Drinnen hört man das Rücken von Stühlen. Als der Kommissar und Varela den Saal betreten, streckt ihnen ein Mann um die vierzig mit Rollkragenpulli, langen, feinen Koteletten und einem leuchtenden Ohrring im linken Ohr bereits die Hand hin. Er stellt sich vor:

»Berganza, von der regionalen Mordkommission.« Dann zeigt er auf die restlichen Anwesenden: »Prades, Gerichtsmediziner. Gálvez, mein Assistent.«

»Guten Tag«, der Kommissar macht eine Geste zur Begrüßung, die allen gilt. Es erscheint ihm überflüssig, sich vorzustellen, so dass er lediglich Varela einführt, der ein zaghaftes »Hallo« von sich gibt. »Gut, wie ich sehe, sind wir unter uns. Das heißt, habe ich sie unterbrochen beim Vernehmen des Zeugen?«

Der Kommissar deutet auf eine Person, die ihm noch nicht vorgestellt wurde und die an der langen Tafel sitzen geblieben ist. Blau gefärbte Haare, eine schreckliche Narbe, die quer übers Gesicht und ein Augenlid läuft.

»Nein, wir sind fertig. Der Herr ist einer der Angestellten, der die Leiche gefunden hat, als er seine Schicht begann ... Möchten Sie ihm Fragen stellen ...?«

Den Kommissar irritiert es leicht, dass Berganza beim Sprechen an dem Ohrläppchen reibt, in dem ein Ohrring steckt. Der Gerichtsmediziner Prades trägt ein Jackett und ein Hemd sowie eine schwarze Brille.

»Nein ... Im Augenblick habe ich keine Fragen.«

»Wir haben auch die beiden Wachleute noch dabehalten, die im Dienst waren, und den Rest der Angestellten, die vom ersten Streifenwagen angetroffen wurden. Alles in allem sind es nicht viele: insgesamt fünf. Außerdem laufen hier noch die Richterin, der Eigentümer des Schlachthofs und ein Abgesandter der Regierung herum, der soeben eingetroffen ist. Sie sind hinuntergegangen, um einen Kaffee zu trinken. Soll ich wen losschicken, um jemanden von ihnen zu holen?«

»Später. Mir ist lieber, wenn wir zuerst miteinander sprechen. Wissen Sie, ob dem Eigentümer der Sportwagen gehört, der draußen steht?«

»Ja, und wie es scheint, alles andere hier in der Gegend auch«, antwortet Berganza. »Der Abgesandte der Regierung ist ein Cousin von ihm, und die meisten Bürgermeister hier in der Gegend sind es auch. Wir sind nicht in der Hauptstadt, hier funktioniert immer noch alles über familiäre Beziehungen ...«

»Ist er jung?«

Berganza lässt endlich seinen Ohrring in Frieden: »Um die sechzig, würde ich schätzen, aber das sieht man ihm nicht an. Er läuft rum, als wäre er fünfunddreißig und fährt Auto, als wäre er zwanzig. Er kam mit quietschenden Reifen in seinem Porsche hier angebraust. Das ist übrigens ein kostbarer Oldtimer. Haben Sie die Felgen gesehen? Die sind mit Mattgold überzogen ...«

»Echt?«, fragt der Kommissar.

»Wenn ich es doch sage. Er hat im Gespräch eine erstaunliche Ausstrahlung, und ich habe gehört, dass er auch Gedichte schreibt, die in der Lokalzeitung abgedruckt werden, die ihm wahrscheinlich wiederum selbst gehört ... Also, ich würde vermuten, dass er viel darum gibt, nicht so alt zu wirken, wie er ist. Aber sobald er den Mund aufmacht, merkt man, dass er ein paar Dinge von sich gibt, die ein gewisses Alter voraussetzen.«

Der Kommissar gibt sich mit der Antwort des Inspektors zufrieden. Für einen Moment vergisst er dessen Ohrring. Eine Hand am Hals rückt er sich einen Stuhl zurecht, um sich an den Kopf der Tafel zu setzen.

»Verzeihen Sie, Berganza hatten Sie gesagt, nicht wahr?«

»Jawohl, mein Herr ... Berganza, bereits ein Leben lang ...«

»Gut, Berganza: Wenn es möglich wäre, würde ich gern etwas Heißes trinken, bevor wir weitermachen. Meine Stimme ist heute Morgen nicht ganz in Ordnung.«

Der Inspektor geleitet den Zeugen mit der Narbe hi-

naus, bevor er in seiner Tasche nach Münzen sucht und seinem Assistenten zu verstehen gibt, dass er einen Kaffee für den Kommissar und Varela besorgen soll. Der Forensiker Prades lehnt dankend ab und fügt hinzu, dass er bereits literweise Kaffee getrunken habe. Als die drei Polizisten und der Mediziner unter sich sind, setzen sie sich an den Konferenztisch. Der Kommissar an den Kopf, Berganza links, Prades rechts. Varela bleibt hinter dem Kommissar stehen. Der erste, der das Wort ergreift, ist erneut Berganza, der sich seines schmuckvollen Ohrläppchens erinnert und hingebungsvoll daran herumfummelt:
»Der Bericht ist noch nicht da, aber ich schätze mal, dass ich Ihnen morgen Vormittag eine Kopie zukommen lassen kann.«
»Schicken Sie die lieber gleich in die Zentrale des Morddezernats, an Rodero. Der ist nur gerade nicht in der Stadt, deswegen bin ich für ihn hierher gekommen, aber er ist eigentlich zuständig. Trotzdem wäre ich Ihnen dankbar, wenn Sie mir auch eine Kopie an meine Abteilung schicken könnten. Mir ist gerade aufgefallen, dass es zwölf Jahre her sein muss, dass ich das letzte Mal aus dem Büro herauskam, September 89. Ich könnte mir vorstellen, dass ich überhaupt nicht mehr weiß, wie man einen Bericht fertigstellt, und sei es auch nur über zwei Nachbarn, die sich gegenseitig eine Bierflasche über die Birne gezogen haben.«
Berganza schmunzelt: »Es gibt Dinge, die verlernt und vergisst man nie.«
»Ja ... Das heute dürfte von einem solchen Kaliber sein, nehme ich an?«
»So etwas habe ich wirklich noch nie gesehen. Ehrlich

gesagt, freue ich mich schon darauf, wenn wir hier raus sind, und ich mir ein Bierchen genehmigen kann. Oder vielleicht auch drei.« Er grinst wieder, diesmal aber ohne jede Heiterkeit.

»Um wie viel Uhr wurde sie gefunden?«

»Um vier Uhr morgens, von denen aus der Schlachterei. Das sind die Jungs, die mit dem Messer umgehen können, damit wir uns richtig verstehen. Der mit den blauen Haaren und der Narbe war der Schlachter. Er saß schon mal sechs Monate lang im Knast, weil er einem Typen das Ohr abgeschnitten hat ... Jetzt schneidet er jeden Tag zweihundert Schweinen eigenhändig den Kopf ab. Ich vermute mal, dass so jemand keine starken Emotionen mehr braucht. Sie haben ja sein Gesicht gesehen. Dabei müssten sie erst einmal seinen Arbeitskoffer sehen: Da drin sieht es aus wie bei König Artus. Da ist sogar ein Handschuh drin aus dem Zeug, aus dem man Kettenhemden macht.«

»Werden denn die Schweine immer noch am Hals aufgeschnitten?«

Berganza nickt: »Soweit ich das verstanden habe, hat man sie eine Zeitlang mit elektrischem Strom getötet. Davon scheinen sie aber zu steif geworden zu sein, so dass man sie jetzt nur noch betäubt, damit sie keinen Ärger machen und dann kopfüber aufgehängt. Und dann bekommen sie einen Schnitt in die Halsschlagader und verbluten dann. Aber davon versteht Prades weit mehr als ich ...«

Der Kommissar dreht den Kopf nach rechts zu dem Gerichtsmediziner. Der hat die Ellbogen auf dem Tisch aufgestützt und säubert sich sorgfältig die Fingernägel.

»Möchten Sie, dass ich Ihnen berichte, was ich schon

mit ziemlicher Sicherheit sagen kann?«, fragt er, als er die Blicke auf sich ruhen spürt. Mit einem Unterton, der dem Kommissar leicht sarkastisch zu sein scheint.
»Dafür wären wir Ihnen dankbar«, sagt er.
»Gut.« Prades verschränkt die Hände auf dem Tisch und macht eine kurze Pause, um einzuatmen und die Gedanken zu sortieren. »Also, wir haben es mit einer fast vollständigen Leiche einer Frau zu tun, nicht mehr jung, etwa fünfundsechzig Jahre alt, deutlich übergewichtig, weiße Hautfarbe.«
Hier hält er inne und schaut den Kommissar an.
»Ist das alles?«
»Das ist alles, was wir sicher wissen.«
»Und was gibt es an Wissenswertem, was wir noch nicht ganz sicher wissen ...?«
»Das ist eine unangenehme Frage für einen Gerichtsmediziner. Und ich bin mir sicher, dass sie schon mit einigen von uns zu tun gehabt haben.«
»Die Besten von ihnen konnten sich den Luxus erlauben, auch mal eine Aussage zu riskieren«, sagt der Kommissar.
Bei Prades deutet sich ein Schmunzeln an: »Es gibt nicht so viel zu sagen, wenn man jetzt nur mal von dem ausgeht, was wir gefunden haben. An einem Finger ist ein Schnitt, der mehrere Tage alt ist und leicht infiziert war. Die Wundheilung verlief bei der Person eher schlecht. Man könnte vermuten, dass sie Diabetikerin war, was bei einer Frau in den Wechseljahren und bei diesem erheblichen Übergewicht auch nichts Ungewöhnliches wäre. Wir haben auch kein anderes offensichtliches Indiz für eine Pathologie gefunden, die damit in Zusammenhang stehen könnte. Soweit

man das mit bloßem Auge feststellen kann zumindest. Die Muskulatur ist kräftig und ohne Anzeichen für eine erwähnenswerte Hypertrophie. Krampfadern dagegen haben wir gefunden, die ich aber einer angeborenen Prädisposition zuschreiben würde, die noch begünstigt wird durch ihre Fettleibigkeit und die damit zusammenhängenden Durchblutungsstörungen. Oberhalb der Nasenscheidewand und hinter der Ohrmuschel sprechen Anzeichen dafür, dass sie eine Brille getragen hat. Vermutlich nicht die ganze Zeit, womöglich um Fernsehen zu schauen oder um zu nähen, wofür wiederum winzige Einstiche in den Fingern sprechen … Abgesehen von einem Ring am linken Ringfinger, den sie schon getragen haben dürfte, als sie gut vierzig Kilo weniger wog, gibt es keine Anzeichen dafür, dass sie Schmuck getragen hat. Der Körper war von jeglichen Haaren befreit. Auch vom Flaum, so dass wir dazu nicht viel sagen können … Die Haut ist vollständig verändert. Trotzdem meine ich Linien erkennen zu können, die von der Sonneneinstrahlung stammen. Ich könnte schwören, dass sie nie an den Strand ging, gleichwohl aber ziemlich viel Zeit im Freien verbrachte. Die Ausgeprägtheit der Linien spricht dafür, dass ihr Kleiderschrank nicht sonderlich variabel war. So trug sie beispielsweise keine ausgeschnittenen Kleider. Außerdem sind alte Einrisse an der Vagina zu erkennen, die ihr irgend so ein Schuster zusammengeflickt haben dürfte, der sich als Geburtshelfer ausgegeben hat. Leere Brustdrüsen, Schwangerschaftsstreifen … All das spricht zusammen mit anderen schwächeren Indizien dafür, dass es sich um eine ländliche Hausfrau und Mutter von zwei oder drei

Kindern handelt, die ihrerseits wiederum mittlerweile so zwischen dreißig und vierzig Jahren alt sein dürften …«

»Das klingt nicht unbedingt nach einem Junkie, oder?«, sagt Berganza und schaut den Kommissar an.

»Ebenso wenig wie nach einem Angriff aus dem All«, rundet der Gerichtsmediziner ab.

»Schön, was können Sie uns sonst noch berichten …?«, fragt der Kommissar und wendet sich an den Forensiker.

»Habe ich mittlerweile nicht schon genug riskiert?«, fragt Prades.

Im Gesicht des Kommissars spiegelt sich gespielte Enttäuschung, während er mit dem Schnurrbart spielt: »Ich habe schon mutigere Männer erlebt …«

In Prades Gesicht deutet sich wieder ein Schmunzeln an: »Aber noch keine treffsichereren … Also gut, ich werde Ihnen noch vier Details verraten, die Sie interessieren werden. Erstens: Durch die Umstände des Mordes hatten wir die Möglichkeit, den Darm zu untersuchen, ohne eine Autopsie vornehmen zu müssen. Die Person hat zumindest in den letzten vierundzwanzig Stunden vor ihrem Tod nichts Festes zu sich genommen. Zweitens: Zwei der Fußnägel haben sich nicht abgelöst und zwar die an den beiden großen Zehen. Unter beiden waren Spuren aus einer Mischung von Schlamm, Stroh und den Ausscheidungen von Schweinen zu finden. Drittens: Die blauen Flecke und unregelmäßigen Spuren am Gesäß und in den Weichteilen lassen vermuten, dass sie geschlagen, vielleicht auch ausgepeitscht wurde, und zwar *ante mortem*. Viertens: Tiefe Druckstellen deuten darauf hin, dass sie an den

Fußgelenken kopfüber aufgehängt wurde und zwar bevor und nachdem der Tod eingetreten ist.«
»Können Sie die Todesursache präzisieren?«
»Die genaue Todesursache? Zum jetzigen Zeitpunkt nicht. Aber es sieht alles danach aus, als sei sie verblutet. Vermutlich nachdem sie mit einem Messer enthauptet worden ist. Nehmen Sie das als erste Arbeitshypothese.«
»Um welche Uhrzeit?«
»Habe ich mich nicht schon weit genug aus dem Fenster gelehnt?« Ein Schmunzeln, das sich deutlicher abzeichnet. »Es ist unmöglich, die genaue Uhrzeit zu bestimmen: Das hat etwas damit zu tun, dass die Temperatur des Körpers mehrfach erhöht und gesenkt wurde. Außerdem lässt sich natürlich in diesem besonderen Fall nicht von einem gewöhnlichen *rigor mortis* sprechen. Vermutlich so gegen Mitternacht. Aber die Aussage stützt sich mehr auf die Umstände. Wenn überhaupt jemand, dann wäre es an Berganza, hier Vermutungen anzustellen.«
Der Kommissar wendet den Blick nach links: »Haben wir die Kleidung, persönliche Wertgegenstände …? Den Ring, der ihr zu klein geworden ist …?«
»Nichts. Wir gehen davon aus, dass sie nackt in einem Viehtransporter hierhergebracht worden ist.«
Berganza spielt immer noch mit dem Ohrring.
»Spuren …? Ich nehme mal an, dass die Spurensicherung schon da war …?«
»Ja. Sie sahen sich aber außerstande, den gesamten Schlachthof einzupulvern … Überall dort, wo man am ehesten mit Spuren hätte rechnen können, haben sie jedenfalls nichts gefunden. Das ist aber auch nicht ver-

wunderlich. Die Geräte reinigen und desinfizieren sich automatisch jeweils am Ende einer Schicht. Wir haben auch keine Fußspuren gefunden, keine Haare, Zigarettenstummel, nicht einmal Stofffasern. Rein gar nichts.«

»Könnte das Opfer hier aus der Nachbarschaft kommen?«

»Das nehmen wir an. Sie war mindestens vierundzwanzig Stunden nüchtern. Das deutet darauf hin, dass sie vor ein oder zwei Tagen entführt worden sein muss. Wenn sie aus dem Dorf hier wäre, wäre sie sicher bereits als vermisst gemeldet worden. Selbst wenn sie allein gelebt hätte. Aber schauen wir mal, was sich heute Vormittag noch so alles tut.«

»Hoffen wir, dass wenigstens die Identifizierung gelingt.« Der Kommissar seufzt. »Noch was: Wo haben Sie das Bekennerschreiben gefunden?«

»Das hatte sie zwischen den Lippen«, antwortet Berganza. »Es stand auf einem Blatt Papier. Wir haben alles so belassen, wie es war. Wir wollten erst auf Sie warten, bevor wir die Leiche wegschaffen.«

»Gut, wenn Sie nichts dagegen haben, dann würde ich vorschlagen, dass wir doch gleich mal einen Blick auf das Opfer ... die Leichenteile werfen. Wir können ja auf dem Weg dorthin weiterreden«, sagt der Kommissar.

»Wollen Sie nicht lieber warten, bis Sie einen Kaffee getrunken haben? Ihnen bleibt ja schon die Stimme weg.«

Genau in diesem Augenblick taucht Berganzas Assistent mit drei Plastikbechern auf.

***

Varela fühlt sich ein wenig angespannt. Da aber niemand etwas Gegenteiliges sagt, folgt er dem Kommissar, der seinerseits wiederum hinter Prades und Berganza zum Aufzug geht. Sie durchqueren erneut die Eingangshalle Richtung Ausgang und laufen außen am rot-weißen Raumschiff entlang, bis zu dem Punkt des Gebäudes, der von den Büros am weitesten entfernt ist. Dort geht der Asphalt in Morast über, in dem sich tiefe Radspuren abzeichnen. Für den Kommissar sieht es hier hinten aus wie im After des Gebäudes, der gleichwohl möglicherweise sein eigentlicher Schlund sein könnte. Das bestätigt sich, als er hinter dem geöffneten großen Tor die Laderampe sieht und einen Viehtransporter, der davor geparkt ist. Es riecht nach Schweinestall.

»Die erste Station auf dem Kreuzweg«, sagt Berganza.

Der Laderaum des Transporters, der neben der Rampe steht, ist in vergitterte Verschläge unterteilt. Der Kommissar geht zu den unteren Gitterstäben und bückt sich ein wenig. Der Gestank ist umwerfend. Er wirft nur einen flüchtigen Blick auf den Boden, der mit dreckigem Stroh bedeckt ist. Die ein Meter hohen Ställe sind wiederum in mehrere Boxen unterteilt. Varela steckt auch mal kurz die Nase hinein und zieht sie sofort wieder zurück.

»Stimmt der Dreck unter den Fußnägeln mit dem Stroh im Transporter überein?«

»Allem Anschein nach ja«, sagt Prades. »Wie Sie sehen, liegt das Zeug hier überall herum. Was auf dem Boden liegt, ist allerdings besonders zertrampelt und schlammig. An der Leiche habe ich sowohl Strohfasern als auch den Dreck entdeckt. Die Gitter hier an den Boxen weisen viele Spuren auf, die aber natürlich genauso gut von dem Fahrer stammen können, der normalerweise dafür zuständig ist, sie zu öffnen und zu schließen. Wir werden sehen.«

»Wenn sie wirklich lebend in so einem Transporter angekommen sein sollte, dann müssten doch auffällige Quetschungen und so weiter zu finden sein ...«, sagt der Kommissar. »Ich kann mir nicht vorstellen, dass eine Frau in diesem Alter und mit dieser Konstitution in so einer Box ihr Gleichgewicht halten kann. Stellen Sie sie sich vor, der Laster fährt ja. Schon gar nicht, wenn sie auf allen vieren in so einem Verschlag steckt.«

»Das denke ich auch. Es sei denn, sie war zwischen vier oder fünf Schweinen eingeklemmt«, sagt Berganza. »Wir für unseren Teil haben den Durchlauf jetzt schon zwei Mal mitgemacht. Das erste Mal mit dem Eigentümer, unserem Poeten und Porschefahrer, und das zweite Mal mit dem Schlachter, dem Mann mit den blaugefärbten Haaren. Die beiden hatten durchaus unterschiedliche Vorstellungen davon, wie das abgelaufen sein muss ... Der Schlachter meint, dass die Fahrer versuchen, so viele Tiere wie möglich in eine Box zu bekommen. Dann haben sie weniger Arbeit mit dem Stroh, und die Tiere stoßen sich dann wohl auch weniger an den Gittern. Es scheint wohl so zu sein, dass sie die Tiere, die tot angeliefert werden, sonst nicht abrechnen können.«

»Es ist gut möglich, dass wir da bei der Autopsie noch mehr Hinweise finden werden«, fügt Prades hinzu. »Brüche, Verletzungen ... Jedenfalls hat sie keinen tödlichen Schlag abbekommen, denn hier ist sie noch lebend herausgekommen, da bin ich mir ziemlich sicher.

Weniger sicher bin ich mir, ob es dann durch die Ställe dort hinten weiterging oder ob sie direkt auf das Band im Schlachthof kam.«

»Die ›Schlachtlinien der Opfer‹, wie sie der Eigentümer nennt«, sagt Berganza. »Man merkt, dass er etwas von Literatur versteht …«

Die drei vorne, hinter denen Varela herläuft, gehen ein paar Meter weiter.

»Die zweite Station«, sagt Berganza. »Sehen Sie den Schlauch? Die Schweine gehen über diese Rampe hoch … Normalerweise wollen sie hier nicht mehr weiter … Wir merken das noch nicht, aber ein Schwein wittert das Blut; sie spüren, dass es ihnen an ihr Leben geht: Sie quieken und bocken … Der Schlachter erzählte, dass manche davon Krämpfe bekommen oder ihnen die Nerven durchgehen und sie bereits hier an einer Stressattacke verenden. All diejenigen, die es noch auf den Beinen hält, müssen hier weiter … Meistens geht einer zwischen ihnen und treibt sie mit Fußtritten oder einer Rute weiter …«

»Könnten das die Spuren auf dem Gesäß sein?«, fragt der Kommissar und schaut den Gerichtsmediziner an. Der nickt.

»So«, fährt Berganza fort, »hier werden sie das erste Mal abgesprüht, um sie grob zu reinigen. Mit kaltem Wasser natürlich und ohne Haarspülung: Das ist ein ziemlich ordentlicher Wasserstrahl, der den Schlamm abspülen soll und sie weitertreibt in die Gaskammer … So ein Mist: Ich glaube, ich werde nie wieder ein Schweinekotelett essen könne, ohne an diese Rampe hier zu denken. Wussten Sie, dass Schweine intelligenter sind als Hunde?«

»Dann kannst Du ja immer noch ein Hundekotelett essen«, sagt Prades abfällig, bevor er sich zum Kommissar dreht: »Ich glaube, die kalte Dusche hat primär gar nicht die Funktion, sie zu reinigen; sie verengt vielmehr die äußeren Gefäße. Das erleichtert später das Ausbluten.«
»Aha«, sagt Berganza. »Hier werden also mit einem sauberen Wasserstrahl ihre Gefäße verengt, bevor sie in die Gaskammer kommen. Die ›Kammer, die sie unempfindlich macht‹, wie sich der Eigentümer ausdrückte.«
»Was für ein Gas?«, fragt der Kommissar.
Der Gerichtsmediziner antwortet: »Normalerweise ist das eine Mischung. Siebzig Prozent Kohlensäureanhydrid, dreißig Prozent Sauerstoff. Das scheint besser zu funktionieren als die Elektronarkose: Es wirkt schneller und begünstigt ebenfalls das Ausbluten. Außerdem verursacht es bei den Tieren weniger Brüche und Blutungen in den Kapillargefäßen.«
»Und wie dürfte die Dosis, die dafür berechnet wurde, ein Schwein unempfindlich zu machen, auf eine Person wirken, die sie einatmet?«, fragt der Kommissar.
»Je nach Gewicht dürfte ein Mensch deutlich stärker betäubt da herauskommen als ein Schwein, nehme ich mal an … Der Schlachter meinte, dass ein Hausschwein um die hundertfünfzig Kilo wiegen kann, wenn es zum Schlachthof kommt. Die Leichenteile, die wir … aufgelesen haben, lassen darauf schließen, dass es sich um eine Frau von um die hundertzehn Kilo handeln dürfte, ein ziemliches Gewicht, aber immer noch deutlich weniger als ein durchschnittliches

Schwein. Aber wir wissen noch nicht mit Sicherheit, ob überhaupt die übliche Gasmischung verwendet wurde. Die Einstellungen lassen sich manuell verändern. Dadurch muss der Gashahn je nach Größe und Rasse der jeweiligen Exemplare nicht abgedreht werden.«

»Also«, Berganza übernimmt erneut die Rolle des Cicerone, »auf diesem Förderband kommen sie aus der Gaskammer wieder heraus.« Er greift nach einem Seil mit einer Schlinge, das von einer Führungsschiene herunterhängt. »Hier steht dann normalerweise jemand und bindet ihnen damit die Pfoten zusammen. Während das Band weiterläuft, schnellt das Seil in die Höhe«, er zeigt hoch, um den Blick des Kommissars zu lenken, »und das Vieh hängt dann da kopfüber, bis es dorthin kommt, wo der Schlachter wartet, um ihm den Kopf abzusäbeln. Damit sie dann ›Blut lassen‹, wie der Eigentümer zu sagen pflegt.«

»Das Opfer muss offensichtlich auf die gleiche Weise getötet worden sein«, sagt Prades, »von den Spuren an den Fußgelenken war ja bereits die Rede. Der Tod muss in irgendeinem Augenblick danach eingetreten sein. Offensichtlich nimmt der Stecher einen tiefen Schnitt an der Wamme des Tiers vor, um an die großen Blutgefäße heranzukommen, da wo das Blut in das Herz geht. Das passt gut zu dem, was ich vorgefunden habe. Vorerst kann davon ausgegangen werden, dass es sich auch in unserem Fall so abgespielt hat.«

Berganza ist ein paar Schritte vorangegangen und zeigt auf den nächsten Punkt: »Hier steht König Artus mit seinem Schwert *Excalibur*. Fssst: Hier nimmt er den Schnitt vor, und dann geht's weiter auf der sogenannten ›Entblutebahn‹, wo die Viecher dann endlich sterben. Sehen Sie das? So hängen sie da und werden über die Schiene da oben langsam weitertransportiert. Hier sind den ganzen Flur entlang kalte Duschen wie in einer Waschstraße. Das trägt dazu bei, dass sie schneller ausbluten. Stimmt doch, Prades? Dann wird das Blut in einer Rinne aufgefangen und fließt in einen kochenden Kessel, wo es gerinnt …«

»In den hundert Kilo Blutwurst hier im Kessel werden wir vermutlich auch menschliches Blut finden«, sagt Prades, der zwischen dem Kommissar und Varela geht, wobei Letzterer schweigsam ganz hinten läuft. »Mir reicht eine homogene Probe für das Labor. Ich bin ja mal gespannt, was die Richterin mit dem Rest machen wird …«

Berganza zeigt jetzt auf eine Art Metallwanne, die einen dichten Verschluss hat: »Das ist die Kammer, in der gebrüht wird.«

»Der Leiter erzählte, dass die Tiere hier bei fünfundsechzig Grad gebadet werden«, Prades ist etwa zwei Schritte vor dem Apparat neben dem Kommissar stehen geblieben. Varela hält sich hinter ihnen und bleibt ebenfalls stehen. »Bei solchen Temperaturen werden die Haare weich, was die Enthaarung vereinfacht, ohne dass sich die Klauen lösen. Bei Menschen hingegen lösen sich die Nägel.« Er nimmt die Hand aus der Hosentasche und verdeutlicht mit einer Handbewegung wie die Nägel von den Fingern springen. »Ich vermute mal, dass wir sie hier in dieser Brühe finden würden, aber ich rate dringend davon ab, näher heranzukommen, das Zeug stinkt wie die Pest.«

Varela riecht nichts Besonderes, geht aber vorsichtshalber einen Schritt zurück. Berganza schreitet bereits wieder voran zu der nächsten Stelle: »Hier ist der Schönheitssalon«, damit scheint das Stichwort für seinen Ohrring gegeben, mit einer Hand vergewissert er sich, dass er noch am rechten Ort ist. »Dieser Topf nennt sich ›Trockengeißel‹: Fragen Sie mich nicht, wie das Ding funktioniert; ich wollte es nämlich gar nicht erst wissen. Danach kommt etwas zum Absengen. Das machen sie mit Propangasbrennern. Falls der Kunde störrische Haare besitzen sollte, werden die dann hier zum Schluss mit einem Brenner von Hand entfernt. Dort drüben steht die ›Wassergeißel‹, von der ich ebenso wenig weiß, wie sie funktioniert. Aber es klingt so, als wäre es ein Apparat, in dem man wie verrückt abgespritzt wird.«

»Ich glaube nicht, dass unsere Leiche die gesamte Prozedur vollständig durchlaufen hat«, sagt Prades, der erneut rechts neben dem Kommissar steht. »Offenbar ist für jede Schweinerasse eine andere Art der Enthaarung erforderlich, die mehr oder weniger hart ist. An den aufgesammelten Körperteilen sind keine Spuren mehr von Haaren und der Hautoberfläche zu finden. Die tieferen Hautschichten allerdings haben es gut überstanden, so dass ...«

»Wir haben das Ausweiden noch vor uns, bevor wir in die Halle mit dem Zuschnitt kommen«, sagt Berganza, der auf die anderen wartet und bereits an den Türen mit den Bullaugen steht, die den langen Gang gliedern, den sie jetzt zurückgelegt haben. »›Eviszeration‹ sagt der Eigentümer dazu. Hier werden die Viecher an diesen Trapezen wieder aufgehängt, nur werden diesmal die Läufe gespreizt, damit die Arbeiter leichter rankommen.«

»Zuerst wird natürlich das Gedärm entnommen«, sagt Prades und macht eine Bewegung, als würde der Strang des Darms bei ihm höchstpersönlich entfernt. »Es ist wichtig, dass sie nicht platzen, weil sonst das restliche Fleisch verdirbt. Danach wird der Magen herausgeholt und zum Schluss die Harnwege und die Zeugungsorgane«, diesmal zeigt er nirgendwo hin, sondern macht eine Handbewegung, als würde er einen Joghurtbecher mit einem Löffelchen auskratzen. »Der Schlachtabfall wird dann analysiert, um sicherzugehen, dass das Schwein gesund ist. Von den übrigen Eingeweiden wird der essbare Teil vom Rest getrennt: Ein Teil kommt sofort in die Kühlanlagen und der Rest wird in eine andere Abteilung geschickt, um ihn für Nebenprodukte auszuschlachten. Als Nächstes wird bereits das Rückgrat mit einer Motorsäge in zwei Hälften geschnitten, der Kopf abgenommen und damit kommen wir auch schon in die Halle, in der sie zerlegt werden.«

»Wollen Sie sich die anschauen oder sollen wir direkt in die Kühlräume gehen?«, fragt Berganza und zeigt mit dem Daumen auf den Raum hinter den Bullaugen. »Eigentlich ist da nichts zu sehen, was für uns von Interesse wäre.«

»Dann lassen Sie uns doch direkt in die Kühlräume gehen«, antwortet der Kommissar.

Berganza legt eine eher unwegsame Strecke zurück, die zu der Zerlege-Halle hinüberführt, die ihrerseits abgeschlossen im Herzen des Schiffs liegt. Hinter ihm geht der Kommissar, die Arme sind auf dem Rücken verschränkt, dann kommt Prades, der die Hände in den Taschen hat, und wie immer kommt ganz am Schluss

Varela, der die Arme vor dem Oberkörper verschränkt und mit einer Hand am Kragen herumnestelt. In dieser Reihenfolge erreichen sie die Abteilung für Verpackung, einen großen Saal mit weiß gestrichenen Betonsäulen. Berganza gestikuliert noch immer herum wie ein Museumsführer: »Hier sammeln die Angestellten die Bestellungen, die sie aus den Metzgereien erhalten, und verpacken sie. Ein Bestellung kann aus einem oder mehreren Teilen von einem oder mehreren Schweinen bestehen, nicht wahr? Beispielsweise könnte sie aus vier Schweinelenden und was weiß ich ... acht Kilo Kotelett bestehen. Und dann müssen die Angestellten durch die drei Kühlhallen laufen und die besagten Teile zusammensuchen.« Er zeigt auf drei große, rostfreie Stahltüren auf der einen Seite und fragt Prades: »Gehst Du hinein ...?«
Prades zieht sich ein paar Latexhandschuhe über, die er aus einer Schachtel gezogen hat, die ihrerseits seine Jacketttasche ausbeult, und betätigt den Türöffner zur ersten Kammer: »Hier ist es kalt, die Räume liegen konstant bei zwei, drei Grad über Null ... Wir können einen schnellen Blick hineinwerfen und dann wieder gehen. Sonst wäre es vielleicht besser, uns an der Garderobe ein paar Firmenanoraks auszuborgen. Vorhin waren wir geschlagene zwei Stunden hier drin und haben das Fleisch durchsucht. Die Richterin und der Fotograf waren noch dabei. Trotz Anoraks kamen wir halb erfroren wieder raus.«
Das Licht im Inneren der Kühlkammer ist trüb. Es kommt von einer einzigen nackten Glühbirne, die in der Mitte von der Decke hängt. Prades und der Kommissar gehen allein hinein. Berganza bleibt im Tür-

rahmen stehen und spielt mit seinem Ohrläppchen. Varela bleibt hinter ihm stehen und passt auf.
»Also, alles in allem haben wir sechsunddreißig verschiedene Körperteile gefunden«, erklärt Prades. »Zwölf davon in dieser Kühlkammer, zehn in der nächsten, acht in der letzten und dann gibt es noch sechs lose Teile, die wir uns zum Schluss ansehen werden. Na, dann wollen wir mal sehen ... Hier haben wir die Gedärme und Eingeweide.« Er schiebt einen Wagen und zieht dann etwas von einem schweren Tablett, das seitlich auf Schienen liegt. »Die Leber, die wir suchen, ist im dritten Kasten, da habe ich ein bisschen gebraucht, bis ich die erkannt habe ... Wussten Sie, dass man im Mittelalter menschliche Anatomie an zerlegten Schweinen studiert hat? Die Ähnlichkeit ist verdammt groß ... Alles befindet sich am selben Platz. Organe, die sich nur schwer einordnen ließen, habe ich in Tüten gesteckt, um nicht noch einmal alles durchwühlen zu müssen. Falls Sie etwas sicherstellen wollen ... Ich weiß nicht, wollen Sie irgendetwas im Speziellen sehen ...? Hier sind die Gedärme, auf dem Wagen daneben ist der Magen, hier haben wir den Pankreas, die Ohrspeicheldrüsen ... Das Gehirn ist auf diesem Wagen dort, das Herz hier hinten ... Ich würde Ihnen nicht empfehlen, sich lange mit den Lungen aufzuhalten. Da hat es unserem Fotografen den Magen umgedreht ... Diese Kammer hier hat uns überhaupt am meisten Zeit gekostet hat. Wir haben alles perfekt sortiert und getrennt, aber schauen Sie mal hier«, er öffnet einen Behälter und steckt seine Hand hinein, um die entsprechende Tüte zu suchen: »Sie können sich ja gar nicht vorstellen, wie viel Mühe es

mir gemacht hat, den neun Meter langen Dünndarm zu finden.«

»Ich mag es mir lieber gar nicht erst vorstellen«, sagt der Kommissar und verzieht das Gesicht. »Ich würde mal sagen, das können wir hier als gesehen abhaken.«

Sie gehen aus der ersten Kammer hinaus und von dort in die nächste hinein. In dieser lagern Haxen, Ohren, Rückenstreifen, Lendchen, Backenfett ... Prades öffnet einen Behälter und holt ein großes rotes Stück Fleisch heraus.

»Haben Sie schon einmal gesehen, wie eine menschliche Zunge aussieht, die am Kehlkopf abgeschnitten wurde? Im Unterschied zu der des Schweins weist sie sehr viel mehr Geschmackspapillen auf. Das war mir vorher gar nicht so klar. Hier sind die Lendenstücke, die ziemlich viel kürzer sind, als gewöhnlich. Und ... Na, ja, Rippchen, durchwachsener Speck, die Filets ... Der Schlachter meinte, dass auch die Teile vom Eber und der Sau unterschiedlich ausfallen können. Eine gut gemästete Sau habe beispielsweise die besseren Lendchen. Deswegen müssen sie manchmal ein bestimmtes Tier für eine spezielle Bestellung heraussuchen. In der Regel jedoch werden die Tiere je nach Tagesbedarf der Reihe nach zerlegt, ohne eigens auf das Geschlecht des Tieres zu achten. In unserem speziellen Fall wurde ein Teil des aufgesägten Körpers auf dem einen Band zerlegt und der symmetrische Gegenpart auf einem anderen. Sie können sich sicher vorstellen, wie sehr mir das noch zusätzlich die Arbeit erschwert hat, um die Leiche in all ihren Einzelteilen zu identifizieren ... Wollen wir weitergehen in den letzten Kühlraum?«

Sie gehen aus der zweiten Kühlhalle hinaus und in die dritte hinein. Berganza und Varela folgen ihnen immer von Türrahmen zu Türrahmen und lauschen von dort aus ihrer Unterhaltung.

»Also, hier haben wir Schinken und Schulterblätter«, sagt Prades. »Das war leicht. Hier sind die Stücke, die uns interessieren und die natürlich sehr viel länger sind als die anderen. Die Beine wurden mit zwei Schnitten vom Rumpf getrennt.« Zur Veranschaulichung dreht er das rechte Bein hin und her, das an einem Haken hängt. Der erste Schnitt verläuft auf der Linie zwischen den Gesäßmuskeln und der zweite senkrecht Richtung Rücken, sozusagen die Tangente zum Darmbein. »Man kann hier noch einen der Einrisse bewundern, von denen ich gesprochen habe«, mit dem Zeigefinger, der in den Handschuhen steckt, führt Prades es vor. »Sehen Sie diese Naht seitlich? Am anderen Bein sieht man es sogar noch besser ... Hier kann man das Übergewicht, von dem ich Eingangs sprach, gut erkennen. Schauen Sie sich mal diese Menge an Fett im Oberschenkel an.« Er klatscht mit der Handfläche auf das Stück Fleisch. »Das Blut, das in der Femoralvene und der Vena saphena verbleibt, wurde durch Druck herausgepresst. Das scheint der übliche Ablauf zu sein ... Wie Sie sehen, sind die Füße noch dran. Hier ist auch der einzige Fußnagel, der dem Abbrühen standgehalten hat.« Er geht ein paar Meter weiter und nimmt ein anderes Stück in die Hand, das nur noch schwer als ein menschlicher Arm zu erkennen ist. »Dagegen wurden bei den vorderen Extremitäten die Hände abgeschnitten. Das macht man in der Regel wohl dann, wenn das Schulterblatt weiter in die

Wurstfabrikation wandert. Gut ... Wie Sie sicher bemerkt haben, fehlen einige wichtige Körperteile noch. Eines davon ist natürlich der Schwanz, aber den haben wir bisher nirgendwo finden können.« Prades grinst, um zu unterstreichen, dass dies als Scherz gemeint war. »Der Rest liegt draußen auf einem Tisch. Gehen wir? Damit kommen wir dann auch zum Schluss. Ich bin seit fünf Uhr früh hier und habe bisher nur Kaffee getrunken. Sie können sich gar nicht vorstellen, wie ich mich darauf freue, hier aus den Kühlhallen endlich herauszukommen und etwas Warmes in den Magen zu bekommen.«

Die vier entfernen sich von der Kühlung und laufen hinüber zu einem großen Stahltisch, der unter ein paar senkrechten Tafeln steht. Varela ist diesmal der Gruppe ein paar Meter voraus. Er schaut sich die Zettel an, die mit Magneten an der Tafel hängen. Sie sehen nach Bestellungen aus: Fleischwaren Mentilla, El Asador, Metzgerei Hernández ... Unter einer Reihe von Leuchtstoffröhren hat der Tisch etwas von einer gut ausgeleuchteten Insel, die zwischen Metalltafeln liegt. Varela bleibt auf der anderen Seite vor einer niedrigen, blauen Plastikwanne stehen, die mit durchsichtiger Plastikfolie versiegelt ist. Er geht näher heran und sieht verschiedene Stücke rosafarbenen Fleischs, aber ihn interessiert vor allem ein Zettel, der in der Mitte hervorlugt und der unter der Folie zu sehen ist. Darauf stehen mit Filzstift in unpersönlichen Großbuchstaben ein paar Worte. Nach dem Namen einer Fleischerei sieht es eigentlich nicht aus. Er betrachtet das Fleisch genauer. Als er den Blick scharf fokussiert hat, bleibt ihm gerade noch genug Zeit, um sich auf der eigenen

Achse umzudrehen und mit der Faust die Spucke wie in einem Papiertütchen aufzufangen. Ihm kommt die Galle hoch und alles schießt ihm vom Bauch direkt in den Rachen.

»Ihr Assistent ist also schon mal vorgegangen«, sagt Prades mit hochgezogenen Brauen und wendet sich an den Kommissar. »Zum Glück hatte er nur Kaffee getrunken. Der Fotograf vorhin hatte Croissants gefrühstückt ...«

»Ist alles in Ordnung, Varela?«, fragt der Kommissar von weitem. Varela versucht zu nicken, während er hustet und Speichel und bitteren Schleim herunterschluckt. Er hat sich fest vorgenommen, hier nicht auf den Boden zu spucken.

»Gehen Sie vor die Tür an die frische Luft, das wird Ihnen gut tun.«

Varela lehnt mit einer Bewegung dankend ab. Das Husten wird schwächer. Als die drei ihn nicht mehr weiter beachten, merkt er, dass er feuchte Augen bekommen hat und die rechte Hand voller Schleim ist. Ein Taschentuch hat er nicht dabei. Daher reibt er sich mit dem Ärmel der Uniform über die Augen und steckt dann die Hand in die Hosentasche, um sie innen am Futter abzuwischen. Gleich darauf spürt er, wie die Feuchtigkeit bis zum Oberschenkel durchschlägt. Nach und nach erholt er sich. Sobald die Atmung wieder ruhig ist, geht er zurück zu den anderen an den Tisch.

Der Kommissar und Prades stehen vor dem Tablett. Berganza sitzt einen halben Meter davon entfernt auf dem Tisch, lässt die Beine baumeln und knetet sein Ohrläppchen. Prades gibt Erläuterungen, und der Kom-

missar hört mit auf dem Rücken verschränkten Händen zu.
Varela holt tief Luft und geht noch ein Stückchen näher heran. Über die Schulter von Prades, der um einiges kleiner ist als der Kommissar, kann er ein bisschen was sehen. Entscheidend wird sein, sich nicht schlagartig dem Ganzen auszusetzen. Zuerst schaut er nur auf den oberen Teil des Ensembles, wobei er mit Hilfe von Prades Schultern den Rest verdeckt. Nun wagt er es, sich die Augen anzuschauen. Erst eins und dann beide zugleich. Tief eingefallene, leere Augen ohne Wimpern und Augenbrauen, die über dem unteren Lid geschlossen sind. Die Nase sieht an der Spitze ein bisschen rot aus, womöglich ist da ein Blutfleck. Im Mund steckt ein viereckiger Zettel, der die Unterlippe und das halbe Doppelkinn verdeckt. Der Ausdruck ist gleichwohl gelassen, fast selig wie bei einem schlafenden Buddha. An den Seiten des Kopfs, dort wo man die Ohren erwarten würde, liegen die Hände, von denen man – jeweils dicht an den Wangen – den rundlichen, weißen Handrücken sieht. Nur am Schnitt an den Handgelenken sind auf der rosafarbenen Blässe frisches Blut und auch ein paar weißliche Sehnen zu sehen. Die Finger sind leicht gerötet und geschlossen.
Prades redet unterdessen ununterbrochen weiter: »Man sagt, dass der römische Kaiser Elagabal eine Vorliebe für Schweinezitzen hatte. Wie wir alle wissen, waren die Römer ein wenig eigen … Der Eigentümer des Schlachthofs meinte, es sei nicht mehr üblich, Delikatessen dieser Art zu verspeisen, aber so wie es aussieht, hatte unser Künstler die Absicht, uns wie echte Feldherren zu bewirten.«

Varela kann der Versuchung nicht widerstehen, durch den Spalt zwischen Prades und dem Kommissar zu linsen, um sich die ganze Kiste anzusehen. Erst in diesem Augenblick wird ihm mit einem Mal bewusst, dass der Ekel, mit dem er sich aus rein polizeilicher Pflichterfüllung langsam an das Ensemble herantastete, in sensationsgieriges Interesse umgeschlagen ist. Seine Beine zittern. Er spürt eine Mischung aus Aufregung und Scham wie ein kleiner Junge, der voller Eifer einen Käfer quält.

In dieser emotionalen Verfassung betrachtet er noch einmal den Zettel, der im Mund steckt, und die Worte, die darauf stehen: IM NAMEN DES SCHWEINS. Worte, die ihm beim ersten Lesen völlig unverständlich erschienen, aber die mit einem Mal Sinn ergeben. So wie sich ein dunkles Liebesgedicht erst dann erschließt, wenn man eines Tages endlich verliebt ist.

Der Garten der Lüste

Im Paradies

T: Kaukasier, männlich, athletisch gebaut, dunkle Augen, dunkle Haare, dreiundvierzig Jahre alt. T betritt einen koreanischen Selfservice auf der 7. Avenue, Ecke 37. In der Schlange, die sich vor der Waage gebildet hat, steht ein Weißer, zu klein, um Angelsachse zu sein, der sich weigert, die acht Dollar zu bezahlen, die ein alter Mann mit langen Bartfäden, der das Essen abwiegt, von ihm verlangt. Fu Man Chu an der Waage. Beide streiten sich in anschwellender Lautstärke, bis sich ein anderer asiatischer Angestellter auf Wink des Alten nähert und dem kleinen Weißen das Tablett aus der Hand reißt. Durch diese trockene Bewegung landet ein Teil der chinesischen Nudeln auf dem Boden. Der Weiße beginnt herumzubrüllen und nach der Polizei zu rufen: *Help me! Police!* Da die Polizei gerade mit dringenderen Angelegenheiten beschäftigt sein dürfte, nehmen sich zwei Angestellte in Restaurantuniform der Sache an, schnappen sich den kleinen Weißen und setzen ihn in hohem Bogen an die Luft. T ist als nächster dran. Fu Man Chu wiegt sein Tablett ab und sagt *nine fifteen*. T zahlt ohne zu mucksen und versucht, nicht auf die Nudeln auf dem Boden zu treten. Er geht mit dem Tablett nach oben an die Tische und setzt sich an einen Tisch nahe der Fensterfront, mit Blick auf die Avenue und die auf ihr gestapelten Müllsäcke. Am linken Nebentisch sitzen zwei alte Schwarze. Gekleidet wie *jazzmen*. Rechts daneben vier junge Katalanen, die in ihrer Sprache plappern. Die Unterhaltung der Schwarzen ist behäbig, hat lange Pausen. Die der Katalanen ist amüsant und sprudelig. T isst sein Potpourri aus paniertem Gemüse, würzigen Hühnerflügelchen und karamelisierten Rippchen in roter Gelatine, die er mit großem Vergnügen abnagt. Als er aufgegessen hat, räumt er die Reste vom Tablett in den Müll. Dann kehrt er zurück auf die Straße, wo er einem verwahrlosten Schwarzen ausweicht, der auf's Grässlichste alle beschimpft, die aus dem Lokal herauskommen. Diogenes in Rage.

T zündet sich eine Zigarette an und fügt sich in den Strom der Passanten ein. Er läuft hinter einem Weißen her, der um die fünfzig sein dürfte, ein Dickmops im Anzug und mit Krawatte, der insgesamt sehr konventionell aussieht, abgesehen von seinem wiegenden Gang und der fuchsienfarben gesäumten durchsichtigen Tragetasche, die an einem Schulterriemen an ihm herunterbaumelt. An der Ecke zur 35. biegt ein Taxi ab, ohne am Fußgängerüberweg zu halten. Der Dicke flucht lauthals und haut mit seiner Tasche auf den Kofferraum. T bleibt etwas zurück, um sich von ihm zu distanzieren. Trotz all dem ist die Zigarette erst halb aufgeraucht, als er unter der Markise vom Hotel Pennsylvania eintrifft.

Er raucht sie an die Wand gelehnt zu Ende. Der Hoteljunge in seinem Mäntelchen und der Kappe, der für die Gäste die Taxis herbeiruft, bietet den auf der Straße versammelten Rauchern ein kostenloses Schauspiel: Statur von zwei Metern, Umfang von vier gewöhnlichen Männern und beansprucht ohne Hemmungen die Fahrbahn, gestikuliert, erteilt lauthals Anweisungen und pfeift auf seiner Trillerpfeife: Goliath regelt den Verkehr.

T tritt die Zigarette aus und betritt die Lobby durch

den großen zentralen Eingang. Bahnhofsstimmung, Leute kommen und gehen, bilden vor der Rezeption Schlangen, die von roten Absperrbändern in Bahnen gehalten werden. Auch vor den öffentlichen Fernsprechern steht eine Schlange. T beschließt, sich vor der Siesta kein einziges Mal mehr in einer Schlange anzustellen. Das Sicherheitspersonal bittet ihn auf seinem Weg zu den Aufzügen, die Karte seines Hotelzimmers vorzuzeigen. Ein muskulöser Farbiger in einem dunklen Anzug mit sechs Knöpfen, orangefarbener Krawatte und rasierten Koteletten. Als T seine Brieftasche hervorholt, winkt ihn der Mann bereits durch: *O.K., I remember you.*

Knapp verpasst er einen überfüllten Aufzug. Unmittelbar darauf kommt eine alte, weiße Dame mit Plastiktüten beladen und einem schiefen Wägelchen aus dem Keller herauf. Ungekämmt, schlampig angemalte Lippen; ein Regenschirm mit kleinen *Tour-Eiffel*-Aufdrucken schaut aus ihrem Gepäck hervor. Der Fernseher mit TFT-Bildschirm über der Anzeige des Fahrstuhls strahlt lokale Nachrichten aus. Die alte Dame parodiert das Plappern des Moderators und beschwert sich mit rauchiger Stimme über den Dialekt der Stadt. T, der lokale Akzente nicht unterscheiden kann, lächelt sie an. Die alte Dame erhofft sich etwas mehr und als sie in ihrem Stockwerk ankommt, verabschiedet sie sich mit einem ganz und gar aufdringlichen *See you later, alligator*. T steigt im 15. Stock aus und läuft mit erprobter Genauigkeit durch das Gewirr der schwach beleuchteten Flure. Während er seine Tür aufschließt, hört er die Stimmen von zwei Zimmermädchen, die spanisch sprechen. Im Hintergrund das

Schnauben des Staubsaugers, der sie verfolgt wie ein Satyr. Die Jungfrauen und der Minotaurus im Labyrinth.

Als T das Zimmer betritt, sieht er, dass sein Bett noch nicht gemacht ist. Das heißt vermutlich, dass niemand mehr kommt, um es zu machen, falls er drinnen bleibt. Das Bett ist nicht das Problem, aber das Wasser aus der Dusche überschwemmt das Bad. Er wird den restlichen Tag durch die Pfützen waten müssen. Nasse Strümpfe, feuchte Spuren auf dem von Zigaretten verbrannten Teppichboden. Er tritt an das Schiebefenster, das auf einen tiefen Innenhof geht. Gegenüber sind lediglich ein paar Dutzend Fenster desselben Hotels zu sehen sowie ein paar Schuhe, die zum Lüften auf den Fensterbrüstungen stehen. Das Rauschen des Verkehrs, Sirenen, der Eindruck eines Stimmengewirrs und allgemeiner Betriebsamkeit. Ein Metallstift sorgt dafür, dass sich die Scheibe am Fenster nur eine Handbreit nach oben schieben lässt. T schließt das Fenster ganz. Dreht dann an den Schaltern der Air-Condition, verpasst ihr ein paar Klapse, weil sie klappert wie ein Sportflugzeug. Er setzt sich auf das Bett, greift zum Telefon und wählt die Nummer der Rezeption. Er vertraut darauf, dass jemand am anderen Ende spanisch sprechen wird.

So ist es: Er muss der Dame am Empfang nur die Nummer geben, ein bisschen warten und alle Arten von Pieptönen über sich ergehen lassen.

»Ja, hallo«, sagt eine klare, männliche Stimme deutlich vernehmbar.

»Kommissar …«

»Menschenskinder, der Weltreisende … Wie geht's …?«

»Gut, ich bin gestern Abend angekommen …«
»Und wie lief es? Alles gut?«
»Der Flug war gut. Das Hotelzimmer ist miserabel. Aber ich habe ganz schön gestaunt, als ich die ersten Wolkenkratzer gesehen habe. Unsere sehen dagegen aus wie Spielzeug.«
»Ja, ja … Und wie ist die Stimmung …?«
»Im Zentrum sind so viele Menschen unterwegs … Gestern bin ich gleich bis in die Puppen um die Blöcke gezogen. Nach der Reise habe ich dann heute Mittag bis nach zwölf geschlafen. Hier ist es jetzt drei Uhr Nachmittag.«
»Wir essen gleich zu Abend … *Tortilla de patates.* Also ist alles okay, ja? … Und Dein Englisch? …«
»Tss … Die sprechen hier so schnell, aber verhungern werde ich wohl nicht …«
»Warst Du schon am Institut?«
»Nein, ich warte das Wochenende noch ab, bevor ich den Antrag stelle. Um die Stadt ein bisschen kennenzulernen …«
»Das ist eine gute Idee … Lass es Dir gut gehen. Es ist toll, dass Du hier mal rausgekommen bist …«
»Und was ist mit der Uni-Pork-Geschichte?«
»Eieiei, mein Lieber … Ich stehe in Kontakt zu den Psychos … Kennst Du Puértolas …?«
»Du brauchst kein Wort mehr zu sagen … ›Mmmmm, nicht wahr?‹, ›Natürlich‹ … Hat er Dir noch nichts vom *Garten der Lüste* erzählt, das ist wie eine Obsession bei ihm …«
Das Kichern des Kommissars ist zu hören. »Ja … Und von einem Schwein mit Nonnenschleier und vielen anderen Dingen … Gut, hör mal … Pass auf Dich auf, ge-

nieß es so sehr Du kannst ... Der Anruf wird Dich ein Vermögen kosten ...«

»Gib Mercedes einen Kuss ...«

»Mach ich auf der Stelle ... Melde Dich bald wieder, ja?«

Als T aufgelegt hat, zieht er sich aus, programmiert seine Armbanduhr, damit sie ihn in einer halben Stunde weckt und legt sich auf das Bett. Er schließt nicht sofort die Augen, sondern schaut sich die Risse auf der gestrichenen Tapete an. Wie sich die Farbtöne verändert haben an den Stellen, wo früher mal ein Bild hing. Der Originalton des Hotels, als es 1917 eröffnet wurde, muss ein fast heiteres Blau gewesen sein, das man noch hinter den Nachttischchen und im Einbauschrank bewundern kann. Aber vierundachtzig Jahre später ist daraus ein unbeständiges Lagunengrün geworden. Vor T hängt hinter einem durchsichtigen Plastikrahmen lediglich ein Bild: *Madonna mit Kind vor einer Landschaft*, Giovanni Bellini, Öl auf Holz, 109 34, Pinacoteca di Brera. Die Schrift am unteren Rand kann man nicht lesen, aber T kennt die Angaben auswendig.

Er schaut an die Decke und versucht zu überschlagen, wie viele Leute wohl bereits in diesem billigen Bett geschlafen haben. Mit diesen Schiebefenstern, die sich kaum öffnen lassen, damit sich niemand in den Innenhof stürzt. Den warnenden Schildern, keiner fremden Person die Tür zu öffnen. Bei seiner groben Kalkulation kommen Tausende von Neuankömmlingen heraus, die hier ihr Glück versucht haben oder vor einem bescheideneren Glück in irgendeinem anderen Winkel der Erde davongelaufen sind. T fragt sich, wieso er sich wohl gewünscht haben könnte, in einer so dreckigen,

alten Stadt zu leben, die voll ist mit Verrückten, die schimpfen und herumschreien ... Er sucht nach einer knappen Antwort und ist überrascht, dass ihm sofort eine einfällt: Er möchte in dieser Stadt bleiben, weil sie lebt. Möglicherweise ist sie auch schon tot, aber trotzdem brodelt es unentwegt vor Betriebsamkeit. Wie es in einem toten Hund von Millionen von Würmern brodelt, die eifrig darum bemüht sind, in dem Kadaver zu überleben.
Er überlegt, dass es wahrscheinlich eine gute Idee sein wird, sich beim Ministerium um ein Aufenthaltsstipendium zu bemühen. Wenig später schläft er ein und träumt, er sei ein Wurm in einer glibberigen Materie, die unerwartet angenehm riecht.

***

Es ist Dienstag. Eine Woche ist vergangen, seit T in der Stadt ist. Er trinkt seinen ersten morgendlichen Kaffee auf der Straße, in Gesellschaft einer Gruppe von Rauchern. Es ist, als würden sie sich gemeinsam vor dem Schwarm der Büroleute verschanzen, die über die 7. Avenue stürmen wie die Lachse beim Laichen. Die Raucher sind nie dieselben, aber zwischen ihnen existiert eine gewisse Verschworenheit wie die von Landsleuten in einem fremden Land oder von Jugendlichen, die sich auf einer Party zurückziehen, um Drogen zu nehmen. Der amerikanische Kaffee beginnt ihm immer besser zu schmecken. Zumindest die erste Tasse am Morgen. Da weiß der Körper die zuckersüßen und koffeinreichen Schlucke besonders zu schätzen. Es ist das beste Nahrungsmittel, um sich in dieser Hektik

auf den Staßen zurechtzufinden. Alle um ihn herum scheinen genau zu wissen, wohin sie gehen wollen und wirken wild entschlossen, dort so schnell wie möglich anzukommen. T ist sich da nie so sicher. Er hat den ganzen Vormittag Zeit, um eine banale Formalität zu erledigen: Er will heute am Institut vorbeischauen und sich wegen der Stipendien informieren. Aber wenigstens hat er damit heute ebenfalls einmal ein konkretes Ziel, dass es Schulter an Schulter mit den anderen Würmern in der Leiche umzusetzen gilt.
Er setzt sich auf die Treppenstufen des Madison Square Gardens, um die Zigarette zu Ende zu rauchen. Wenige Meter entfernt von ihm hockt ein fürchterlich übergewichtiger Mann mit einem dreigeschossigen Sandwich, aus dem die Mayonnaise tropft, vor einem Campingtisch, der wiederum mitten auf dem Bürgersteig steht. Er ist schlecht rasiert, schlechter noch frisiert und trägt offensichtlich keine Strümpfe in seinen Sportschuhen, denen auch die Schnürsenkel fehlen. Auf dem Campingtisch befindet sich außer seinem elefantenhaften Ellenbogen noch ein riesiger Becher Coca-Cola. Mayonnaise und Salat liegen herum, die aus dem Sandwich gekleckert sind. Ein Plastikbehälter steht dort mit ein paar Münzen und auf dem Boden liegen zusammengerollte Geldscheine. Daneben steht ein Schild, auf dem in großen, handgeschriebenen Buchstaben mit Filzstift steht: HELP FOR THE HOMELESS. Trotz seiner Gelüste auf wehrlose Sandwichs, hat die Person etwas Seliges an sich. Diese räudigen Knöchel und zerzausten Haare. Er sieht aus wie eine Art himmlisches Wesen, das mitten zur Stoßzeit Gestalt angenommen hat. Irgendwann stopft er sich

den letzten Rest des Sandwichs in den Mund, schüttet die Coca-Cola hinterher, um besser schlucken zu können und fängt an, mit kaputter, aber überaus kräftiger Stimme zu rufen: *A help for the homeless, ladies and gentlemen, a help for the homeless …*
Das Schauspiel hat T Appetit gemacht. Jemanden zu sehen, der mit so großer Lust isst, hat ihn auf die Idee gebracht, irgendwo, wo es normales Besteck gibt, vernünftig frühstücken zu gehen. Er macht seine Zigarette an einer Treppenstufe aus. Dann steckt er, bevor er sich in den Straßenverkehr stürzt, einen Zehn-Dollar-Schein in den Behälter jenes überproportionierten Engels. Und der Engel bricht, wie eine Puppe auf dem Jahrmarkt, die vom Obolus angeknipst wird, in dankende Rufe aus: *Thank you, sir, God bless you, sir …* Dann macht er sich auf den Weg Richtung Osten und nimmt seinen Rhythmus auf. 34., Fifth Avenue, 42. Er erreicht mit konstanter Durchschnittsgeschwindigkeit die Lexington Avenue und bleibt vor einem Café stehen. Es sieht elegant genug aus, um ein anständiges Besteck erwarten zu dürfen. Tische sind frei. Der mexikanische Kellner bedient ihn freundlich und redet mit ihm spanisch. Die Eier sind *sunny side up* und das Löffelchen zum Kaffee ist aus echtem Metall. T legt zehn Dollar extra auf den Tisch. Für das Lächeln und das Löffelchen. Dann geht er hinaus, um zu rauchen. Während er sich schnell die Zigarette ansteckt, sucht er die Adresse des Instituts heraus, die auf der Rückseite eines Visitenkärtchens steht. Es ist ganz in der Nähe: 42. East. Allerdings braucht er eine Weile, bis er die Hausnummer zwischen den Baugerüsten und Werbeplakaten entdeckt hat.

Als er den Eingang gefunden hat, bringt er eine schwere Drehtür in Schwung, wie ein Hamster sein Rad. Er gelangt in die Empfangshalle aus Marmor. Alte Kronleuchter hängen an der Decke. Der Pförtner in Uniform schaut ihn an, ohne etwas von ihm zu wollen. T geht in einen der alten Fahrstühle hinein, die noch aus Holz und Messing sind, und drückt auf den Knopf mit der 11. Beim Herauskommen sucht er nach der Tür: INSTITUTO DE ESTUDIOS APLICADOS steht auf Spanisch auf dem Schild. Er drückt die Klingel. Die Tür wird mit einem metallenen Geräusch freigegeben und im Inneren erwartet ihn eine hübsche Dame mittleren Alters, die hinter einer Empfangstheke sitzt. Diane Keaton an der Rezeption. Haarfarbe und Haut passen nicht recht zu einer Latina. T befürchtet, dass er sich ab jetzt mit seinem Englisch durchschlagen muss.

»*Good morning … Excuse me, do you speak Spanish?*«

»Na klar … Womit kann ich Ihnen behilflich sein?«, amerikanischer Akzent.

»Danke … Mein Englisch ist noch nicht besonders gut … Also: Ich bin ein Mitarbeiter aus Spanien, Inspektor … Mir wurde in Spanien gesagt, dass Sie für die Aufenthaltsstipendien des Ministeriums zuständig sind.«

»Ah ja … Haben Sie irgendeine *ID* zur Hand? Dann bräuchte ich noch den Code.«

»Ich habe meinen Ausweis und die Plakette dabei.« T sucht in seiner Brieftasche und holt sie heraus. »Meine Kennummer ist 245/B/987/400012«, er diktiert die Nummer langsam. Diana Keaton gibt sie in ihren Computer ein. Dann nimmt sie sich den Ausweis und vergleicht die Daten und das Foto.

»Ah ja ... ist O.K. Die Kollegin, die dafür zuständig ist, befindet sich augenblicklich außer Haus. Wenn Sie einen Moment warten möchten ...? Es wird nicht lang dauern. Sie ist bereits vor etwa zwanzig Minuten zum *breakfast.*«

Das Telefon klingelt und die Keaton entschuldigt sich, um abzunehmen. T zieht die Sessel in Erwägung, die für Besucher vorgesehen sind. Er hat aber gar keine Lust, sich zu setzen. Zum Zeitvertreib schaut er sich die Heftchen an, die in einem Ständer ausliegen. Dann geht er in das kleine Labyrinth der Bibliothek, das aus stattlichen Regalen im Flur besteht. Nach kurzer Zeit ist ein Klingeln an der Tür zu vernehmen. Er hört, wie die Keaton die Schließanlage betätigt. T hebt den Blick von den Bücherregalen, um zu sehen, wer kommt. Ein schlichter Reflex. Eine brünette, eher noch leicht rotblonde Frau geht zur Empfangstheke und redet auf Englisch mit der Keaton. Wie es aussieht, amüsieren die beiden sich prächtig. T kann ihr Gesicht nur sehr flüchtig erkennen, aber sie scheint noch sehr jung zu sein. Durch das grüne Kleid mit Schottenmuster sieht sie aus wie aus einem irischen Bilderbuch. Weiße Bluse, braune Schuhe mit Pfennigabsatz und eine kleine, dazu passende Tasche. T interessiert sich nicht länger für die Bücher. Er beobachtet die beiden durch die Zwischenräume in den Regalen. Ihre Haare sehen geschmeidig, trotzdem aber dicht aus, was man an der Locke sieht, die sie wie eine Heldin von Hitchcock hochgesteckt hat. Eine Frisur (und ein Kleid und eine Tasche und ein Paar Schuhe), die Frauen seit fünfzig Jahren nicht mehr tragen. Manche Frauen sogar schon länger nicht. Aber diese Frau da, die in dieser Verkleidung herumspaziert, sieht ganz so aus, als würde sie der Keaton einen Witz erzählen. Sie wiegt die Beine ein bisschen auf ihren Absätzen und legt die Hände an die Hüften, wie ein Cowboy kurz bevor er zieht.

T geht aus dem Gang mit den Bücherregalen heraus, um etwas mehr von dem Witz mitzubekommen oder um zumindest ein bisschen mehr von dem aufzuschnappen, was das Mädchen in dem irischen Kleid zum Besten gibt. Sie imitiert auf beachtliche Weise eine tiefe, männliche Stimme und redet wie ein Wasserfall. Seine Schritte sind jedoch beim Näherkommen zu hören. Zudem schweift Keatons Blick für den Bruchteil von Sekunden zu ihm herüber. Daher dreht auch das Mädchen in dem irischen Kleid ihren Oberkörper zu ihm um, während sie mit gebeugtem Rücken, ausgestrecktem Hintern und wippenden Beinen dasteht, ohne die imaginären Revolvertaschen loszulassen. Für einen Augenblick erinnert ihn ihr Gesichtsausdruck an Popeye. Eine Augenbraue ist hochgezogen, und mitten in ihrem schiefen Mund steckt vermutlich gerade eine imaginäre Zigarre. Sekunden später haben sich ihre Gesichtszüge geglättet. Sie hat sogar fast einen normalen Gesichtsausdruck angenommen und sagt mit ihrer weiblichen Stimme zu T: »*O.K., just a minute: it's just a joke.*«

T hat begriffen. Ihm fällt aber so schnell nichts auf Englisch ein, so dass er sie anlächelt und nickt. Das Mädchen im irischen Kleid setzt daraufhin wieder ihr Popeye-Gesicht auf, um der Keaton den Witz zu Ende zu erzählen, die wiederum so aussieht, als wäre sie kurz davor, in schallendes Gelächter auszubrechen. Jetzt zieht der vermeintliche Revolverheld die imaginäre

Knarre, hält sich das Ding an die eigene Stirn und lässt mit rauchiger Stimme einen Wortschwall los, bevor er den Pistolenschuss hört: *bang, bang*.

T hat überhaupt nichts von dem Witz verstanden, aber die zwei Frauen lachen sich auf ansteckende Art und Weise schlapp. Besonders als sie versuchen, das Gegacker nach wenigen Sekunden wieder zu unterdrücken, um vor T die Form zu wahren. T kann nicht verhindern, dass er von einem Ohr über das andere breit grinst, was sicherlich eher ein wenig dümmlich aussehen dürfte.

»Entschulden Sie ... Dieser Herr wird denken, wir hätten sie nicht mehr alle ...«, sagt die Keaton und hält sich immer noch eine Hand vor den Mund.

»Ach was ... Der Witz scheint gut gewesen zu sein«, sagt T.

»Entschuldigen Sie ... Es ...«

Beide brechen wieder in Gelächter aus. Diesmal machen sie dieses nasale Geräusch, das entsteht, wenn man versucht, das Lachen zu unterdrücken; was die Albernheit der beiden natürlich nur noch zusätzlich anheizt. Das Mädchen im irischen Kleid steht mittlerweile wieder aufrecht auf ihren Absätzen. Ihre Figur wird durch das Kleid betont. Sie erweist sich nun als die Wunschvorstellung eines jeden Schneiders: Alles sitzt exakt am rechten Fleck, so wie man es sich nicht schöner hätte erträumen können. Gleichzeitig sieht das junge Model so aus, als könne man mit ihr eine Szene mit Cary Grant drehen. Die beiden beim Aperitif. Es ist unwiderstehlich, sie von Kopf bis Fuß in dieser Kleidung anzuschauen. T fühlt sich plötzlich unsicher. Erstens hat er den Witz nicht verstanden und kann deshalb nicht richtig mitlachen. Zweitens trägt er ungeputzte Schuhe und ein Militärhemd für sieben Dollar, das er sich an so einem Stand auf der 34. besorgt hat. Das Einzige, was ihn tröstet: Er hat nicht so schmale Schultern wie Cary Grant und auch keinen so krummen Rücken.

»Ähm, also«, sagt die Keaton und versucht, sehr ernst und normal zu reden. »Aaah, Suzanne«, sagt sie zu dem Mädchen und redet jetzt auch mit ihr auf Spanisch, »dieser Herr würde sich gern etwas genauer über Aufenthaltsstipendien informieren. Er ist ein Mitarbeiter, Spanier, Chefinspektor. Wärest Du so lieb und würdest Dich darum kümmern?«

Das junge Mädchen im irischen Kleid wendet sich nun ganz offen an T. Sie macht eine Handbewegung, als trockne sie sich eine Träne ab: »Entschuldigen Sie mich bitte noch für eine Minute. Meine Wimperntusche ist sicher im Eimer...« Sie zeigt auf einen Tisch im Büro. »Möchten Sie sich in der Zwischenzeit schon mal setzen? Ich bin gleich bei Ihnen.«

T hat das Gefühl, dass sie mit einem trockenen, dichten Akzent aus dem Norden Spaniens spricht. Aber vor allem sieht er in diesem Moment eine verblüffende Ähnlichkeit.

***

Beim ersten Gespäch im Instituto de Estudios Aplicados findet T bereits einige persönliche Dinge über die junge Dame im irischen Kleid heraus. Zunächst einmal, dass sie Suzanne heißt: Suzanne Ortega (»Wie Ortega y Caset, der Erfinder des Tonbandgeräts«, eine Be-

merkung von ihr am Rande). Des Weiteren ist ihr Vater Spanier und ihre Mutter Irin (dazu macht sie rhythmische Bewegungen mit dem Kopf und lässt zwei Finger über den Tisch tanzen als wären sie die Beine einer keltischen Ballerina). Und sie ist seit drei Monaten in der Stadt und wohnt mit zwei Mädchen zusammen. Irgendwo zwischen Chelsea und dem Village. Das wird nicht weiter spezifiziert. Schließlich hört er heraus, dass auch sie nicht gern mit Plastikbesteck isst, was sie damit veranschaulicht, dass sie ein imaginäres Fleischklößchen aufzuspießen versucht, bis es angsterfüllt vom Teller rollt und zu guter Letzt über den Tisch hüpft: pling, pling, pling.
All diese Informationen entnimmt er während des Ausfüllens des Fragebogens eingestreuten Bemerkungen. Die Fragen wiederum übersetzt das Mädchen nach und nach und füllt mit den Antworten dann das Formular aus. Infektionskrankheiten? Keine. Aktuelles Gewicht? Siebenundachtzigeinhalb. Änderungen im Familienstand? Nein. Kinder seit der letzten Aktualisierung der Daten? Äußerst unwahrscheinlich. Die meiste Zeit über macht sie dazu irgendwelche Faxen. Zum Beispiel veranschaulicht sie »Infektionskrankheiten«, indem sie ihr Gesicht vollständig in Falten legt und durch eine besondere Stellung der Nasenflügel und Finger jemanden nachmacht, der besonders darauf achtet, so wenig wie möglich mit etwas in Berührung zu kommen. Die Befragung erweist sich als ausgesprochen amüsant. T kommt aus dem Schmunzeln gar nicht mehr heraus. Er antwortet gut gelaunt, manchmal sogar auch scherzhaft. Trotzdem würde er am liebsten für ein paar Sekunden ganz unverstellt ih-

ren natürlichen Gesichtsausdruck sehen. Die einzige Gelegenheit dazu bietet sich in den Momenten, in denen das Mädchen sich konzentriert. Wenn sie auf Englisch liest und dann die passenden Worte sucht, um die Frage für T ins Spanische zu übersetzen. Dann sieht ihr Gesicht entspannt und ernst aus wie ein Foto in einer Polizeiakte. In diesen kurzen Augenblicken fällt T ihre Schönheit auf. Vor allem aber diese Ähnlichkeit. Diese verblüffende Ähnlichkeit.
T sitzt etwa zwanzig Minuten bei ihr und beantwortet den Fragebogen. Zunächst ist T ein wenig betrübt, dass sie ihn siezt, während er sie von Anfang an geduzt hat. Damit stellt sie zweifellos eine gewisse Distanz her. Glücklicherweise findet er schnell einen Vorwand, um am nächsten Tag noch einmal wiederzukommen und alles anders anzufangen. T hat natürlich seinen Reisepass dabei. Ihm war klar, dass er ihn würde vorlegen müssen. Aber er tut so, als hätte er ihn im Hotel vergessen und verspricht, ihn am nächsten Tag vorbeizubringen: »Bist Du morgen Vormittag da?«
Sie schaut links und rechts, als hielte sie Ausschau nach versteckten Spionen: »Glaub schon. Falls Sie mich dann nicht schon herausgeschmissen haben wegen meiner Quatschmacherei.«

***

Er macht sich auf der 42. nachdenklich auf den Rückweg, nachdem er aus dem Gebäude herausgetreten ist. Er läuft viel zu langsam für das Tempo der Straße. Die Sache mit dem »Sie« bereitet ihm Sorgen. Wie alt sie wohl ist? T würde schätzen, dass sie mindestens fünf-

undzwanzig ist. Nach der Art und Weise zu urteilen, in der sie redet und mit den Leuten umgeht. Aber sie könnte auch gut erst zwanzig sein. Die Haut sieht so jung aus und auch das Weiß in ihren Augen: ein fast bläuliches Weiß. Diese Farbe haben nur ganz frische Augen. Andererseits muss sie ja auf alle Fälle einen Hochschulabschluss besitzen, um diese Stelle bekommen zu haben. Das würde bedeuten, dass sie mindestens dreiundzwanzig ist. Dann wäre sie etwa zwei Jahre jünger als auf dem Portrait, was wiederum passt ... Oder passen würde ... Das Problem ist der Altersunterschied, der zwischen ihnen besteht. Es sieht aus, als könnte er ihr Vater sein oder so ... Wenn er sehr jung eine Tochter bekommen hätte. Sicher dagegen erscheint ihm, dass er nicht aussieht wie der Vater einer Zwanzigjährigen. Er hat keinerlei Erfahrungen in dieser Beziehung. Daher dürfte es auch weder sein Aussehen noch seine Persönlichkeit geprägt haben. Möglich wäre natürlich, dass ihn der Bart ein bisschen älter macht. Seit er sein Sabbatical beantragt hat, trägt er gewöhnlich einen Drei-Tage-Bart. Aber hier in der Stadt hat er sich noch gar nicht rasiert. Vielleicht sind die Haare mittlerweile zu sehr gewachsen und auch zu grau am Kinn. Besser ist wahrscheinlich, sie abzurasieren. Er soll so unscheinbar wie möglich bleiben dieser weiße Fleck eines ... Druiden?
Während er dahinspaziert und sich über solcherlei Hindernisse ebenso hinwegsetzt wie über das Gedränge der Passanten, bekommt er Lust, einen simplen Kaffee zu trinken, um in aller Ruhe über all diese Dinge nachzudenken. Bei der Vorstellung allerdings, sich in einem Deli den Kopf darüber zu zerbrechen,

welche Art von Heißgetränk man sich bestellen könnte und welche Schritte er dafür unternehmen müsste, verflüchtigt sich der Wunsch. Also entscheidet er sich gegen den Kaffee und dafür, weiter Richtung Westen zu laufen. Im Hinterkopf schwebt die Idee, sich die Public Library anzuschauen, um zu versuchen, ins Internet zu kommen.

Vor dem Eingang zur Bibliothek, an der Kreuzung der Fifth Avenue, zwitschern trotz des Rauschens des Verkehrs die Vögel im Park; er entdeckt auf dem Zweig eines Strauchs einen besonders prächtigen, der seine bunte Brust aufplustert. All das nur wenige Meter entfernt von dem wellenförmigen Asphalt, auf dem Taxis und Limousinen umherschiffen wie schwerfällige Galeonen. Aber der Verkehr scheint ihn nicht zu stören. Ebenso wenig, dass der Himmel zwischen Türmen eingesperrt ist, die siebzig Stockwerke hoch sind: Der kleine Galan mit seiner flammenden Brust zeigt sich unbeirrt von seiner besten Seite. Um ein Weibchen zu verführen. Hier genauso wie in den entlegensten Wäldern unseres Planeten.

T bleibt einen Augenblick am Eingang des Gebäudes stehen. Dann dreht er sich um und geht die Treppe wieder hinunter.

In seinem Hotelzimmer blättert er im Index seines Stadtführers nach. *Shoppen* und *Günstige Kleidung*. Mit einem Stift markiert er mehrere Adressen: *Daffy's* am *Herald Square*; *Filene's Basement* in der 6. Ecke 18. … Dann geht er wieder hinunter auf die Straße, lässt sich an der Penn Station von der U-Bahn verschlucken und taucht in der Canal Street wieder auf. Dort kauft er einem Farbigen eine Uhr für fünf Dollar ab. Sie hat ein

schickes schwarzes Ziffernblatt. Dann kauft er einen elektrischen Rasierer auf einem chinesischen Basar. Während er den Broadway hinaufgeht, um zu Fuß bis zur 18. zu laufen, isst er ein Stück Pizza. Ein langer Spaziergang durch alle Farbtöne dieser Welt. Auf der Höhe von SoHo fährt ein schwarzer Jeep ohne Verdeck und Windschutzscheibe langsam an ihm vorbei. Darin sitzen zwei riesige Skinheads mit rosiger Haut. Der eine steckt von Kopf bis Fuß in einer schwarzen Militäruniform. Der muskulösere von beiden steuert mit einer Hand das Lenkrad, wodurch die Trizeps an seinem angewinkelten Arm zur Geltung kommen. Der andere ist einfach überproportioniert, ein Polarbär mit einer fetten Fleischschwarte im Nacken. Zwischen dem glänzenden Stiefelschaft und seinem Hosenbein ist eine Hakenkreuz-Tätowierung zu sehen. Beide suchen den Blick der Fußgänger. Das ist etwas Unerhörtes in dieser Stadt. Zweifellos eine Provokation.
T, der auf dem letzten Bissen seiner Pizza herumkaut, bleibt stehen und fixiert das Gesicht des Polarbären. Er dreht sich sogar mit ihnen um, als das Auto vorbeifährt. Er schaut ihnen in die Augen und kaut dabei in aller Ruhe. Der Bär, der auf die seltsam rotierende Reglosigkeit des Passanten auf dem Bürgersteig aufmerksam wird, lässt den Blick über ihn gleiten, aber schaut ihm nur für einen Bruchteil von Sekunden in die Augen, sonst tut er so, als würde er etwas in seiner Nähe fokussieren. Dann wendet er den Blick sofort wieder ab. Als betrachte er weiter hinten etwas und dann schweift der Blick in die Ferne. Der Fahrer mit den Trizeps, der von dem Blickwechsel nichts mitbekommt, fährt langsam weiter Richtung Union Square. T spuckt

den letzten Bissen in einen Mülleimer. Der Adrenalinstoß sorgt dafür, dass er nicht schlucken kann. Dann verpasst er aus einem inneren Drang heraus dem Mülleimer einen Schlag, so dass einige Papiere herausflattern. Einzelne Passanten nehmen etwas Abstand, weil sie Ärger riechen. T aber genügt es, ein paar Schritte weiterzugehen, um in der allgemeinen Betriebsamkeit wieder unterzutauchen und nicht mehr wahrgenommen zu werden.

An der 18., als sich seine Gefühlswallung mittlerweile gelegt hat, geht T in einen *T. J. Maxx*. Er sucht die Abteilung mit den Hemden. Hunderte hängen dicht nebeneinander. Es sind billige Restbestände von bekannten Marken, die sogar er kennt, obwohl er sich nicht für Designerklamotten interessiert. Bei einem dunkelroten, sehr farbintensiven Hemd, muss er an das Vögelchen im Garten neben der Bibliothek denken. Er legt es, ohne lange zu überlegen, in seinen Korb. Dann wählt er zwei Paar Hosen aus, die er gar nicht erst anprobiert, weil er keine Umkleidekabinen sieht. Einen grauen Anzug aus einem guten Stoff und zu guter Letzt noch ein irisches Jackett, das zu beiden Hosen passt. Damit erklärt er seine Einkaufstour für beendet. Die passenden Schuhe findet man ja nicht in Bekleidungsgeschäften.

Bepackt mit zwei riesigen Plastiktüten verlässt er das Gebäude. Die Tüten sind so dünn, dass er fürchtet, sie könnten jeden Augenblick reißen. Da er keine Lust hat, mit seinem Gepäck in die U-Bahn zu steigen und es eine ungünstige Zeit ist, um ein Taxi zu bekommen, läuft er die fünfzehn Straßen weiter Richtung Norden hinauf, bis er den schwarzen Turm vom Madison

Square Garden erkennt. In der Eingangshalle des Hotels möchte der Sicherheitsbeamte seine Karte sehen. Er ist genauso groß wie der vom Vormittag, nur diesmal weiß und blond. T stellt nicht einmal die Tüten ab, sondern schaut ihm nur eine Sekunde lang mit hochgezogenen Augenbrauen direkt in die Augen. Der Mann atmet tief durch: *Okay, okay, I know …*

In der Welt

Um zehn Uhr vormittags öffnet der Plattenladen. Er ist leer, bis auf zwei Verkäufer, die der Kommissar hinter dem Ladentisch plaudern sieht. In der Nähe des Eingangs hängt eine digitale Anzeige mit der Liste der zehn meistverkauften Alben. Der Kommissar kennt keines davon. Er schlendert zwischen den Schildern umher: HOUSE, HIP-HOP, INDIE… Klingt alles fremd in seinen Ohren. Er versucht, die Verkäufer auf sich aufmerksam zu machen, indem er sie aus höflicher Distanz nachdrücklich anschaut. Keine Reaktion. Er geht zu ihnen hin und bleibt wenige Meter vor ihnen stehen. Die Hände hat er auf dem Rücken verschränkt. Die zwei Jungs schauen kurz auf, lassen sich aber nicht in ihrer Unterhaltung stören:

»Und wie alt?«

»Neunzehn.«

»Boah, so jung…«

»Aber er sieht extrem gut aus, und ist cool für drei, der ist übelst geil.«

»Schon, aber tierisch jung…«

Der in der Kontroverse um die Jugend des Helden Besorgtere hat schmale spitze Koteletten und ein fuchsiafarbenes T-Shirt an, unter dem ein Piercing am Bauchnabel gut zu sehen ist. Ein weißer Lackledergürtel schmückt seine Jeans, ohne sie zu halten. Der Kommissar tritt direkt an die Verkaufstheke. Er legt beide Hände übereinander auf den Ladentisch zwischen die zwei Teilnehmer der Diskussionsrunde.

»Was kann ich für Sie tun, mein Herr?«, sagt ebenjener mit dem freien Bauchnabel.

»Guten Morgen ...«
»Morgen ... Suchen Sie etwas Bestimmtes?«
»Ja, ich suche ... eine Platte.«
»Was für eine?«
»Die ist von einem gewissen Manutschau.«
»Manu Chao ... Welche von Manu Chao?«
»Das weiß ich nicht genau ... *Me gusta la marihuana y me gustas tú* ... So in etwa geht der Text von dem Lied, das ich suche. Ohne dass ich hinter dem Inhalt stehen würde.«
Er wird von oben bis unten gemustert. Augenaufschlag: »Das hätte mich jetzt auch gewundert ... *Estación Esperanza* heißt das Album. Aber das ist schon ziemlich alt. Es kam vor ein paar Jahren heraus ...«
»Das hätte ich aber gern.«
Der Kommissar läuft hinter dem Jungen durch die labyrinthischen Gänge zwischen den Regalen, bis sie im Bereich SPANISCHER POP stehen. Der Junge schaut unter M nach und holt eine gelbe CD heraus. Sie sieht aus wie eine Plattenhülle für Kinder, denkt der Kommissar. Vorne drauf ist eine Art Clown mit Gitarre.
»Aber Sie sind sich sicher, dass genau dieses Lied da drauf ist?«
»Man mag uns ja gerne nachsagen, dass wir nicht immer die Aufmerksamsten sind, was die Kunden betrifft, aber von Musik verstehen wir was ...«
»Das will ich hoffen. Gibt es das Album auch als Kassette?«
»Ach, du liebe Zeit: So etwas gibt es ja schon ewig nicht mehr ...«
»Ach nein? Ich habe noch vor einer Woche Kassetten gesehen, die man kaufen konnte ...«

»War das möglicherweise in einer Tankstelle auf dem Land ...? Hier bei uns gibt es ausschließlich CDs und DVDs: Das hier ist ein Fachgeschäft.«
»Ja ... Und was macht man, wenn jemand kein Abspielgerät hat für die ... Ceedees?«
»Das kann ich Ihnen auch nicht sagen ... Sie könnten sich natürlich ein paar Paso-doble-Partituren kaufen und die auf dem Klavier spielen. Die Zeiten ändern sich, mein Herr.«
»Ja, das merke ich: Heutzutage spielt man Paso doble wohl auf dem Klavier ... Nun ja, auch wenn Sie nicht gerade der Inbegriff eines freundlichen Verkäufers sind oder unendlich viel von Musik verstehen, nehme ich die CD trotzdem.«
»Oh, das tut mir aber leid. Komischerweise bin ich richtig freundlich nur zu meinen Liebhabern. Hier beschränke ich mich darauf, CDs zu verkaufen.«
»Das wiederum verstehe ich sehr gut, junger Mann. Ich bin auch nur zu meiner Frau nett. Aber es wird gar nicht nötig sein, mir ihr ganzes Leben zu erzählen. Fürs Erste bin ich vollkommen zufrieden, wenn Sie mir die Platte einpacken.«
Er wird wieder von oben bis unten gemustert. Noch ein Augenaufschlag: »Mit dem größten Vergnügen. Ich habe rein gar nichts dagegen einzuwenden, den Verkauf mit Ihnen so schnell wie möglich zu einem guten Ende zu bringen.«
Als der Kommissar wieder auf der Straße steht, ist er fest davon überzeugt, dass die Menschheit den Verstand verloren hat, ja, kurz davor sein dürfte, zu kollabieren. Er versucht, das Tütchen mit der CD in der Jacketttasche zu verstauen. Es passt nicht. Dann trägt er

sie eben in der Hand. Er läuft durch dunkle Gässchen, in denen es nach Pisse riecht und die zugemüllt sind und voller Taubenscheiße. Er schaut wieder einmal auf das städtische Wohnmobil, in dem sie Spritzen und Präservative umsonst verteilen. Soweit er das beurteilen kann, sieht er nie jemanden, der sich dort etwas mitnehmen würde. Schon gar keine Junkies. Die machen um jeden blau-weißen Wagen einen Bogen als wäre er die Pest. Dem Kommissar scheint der Gedanke sowieso absurd zu sein, Ansteckungskrankheiten damit zu bekämpfen, Kondome und sterile Spritzen herauszugeben: als würde man gegen die Wilderei damit vorgehen, Jagdgewehre ohne Kugeln auszugeben. Das ist ein Teil dieser eigenwilligen Logik unserer neuen Zeit, denkt er: nachgiebig, weich und mit schwacher Staatsräson ...

Er betritt das Gebäude des Kommissariats, als würde er sich auf eine Insel der Reinheit und Disziplin retten. Zumindest das gefällt ihm am neuen Gebäude: Es ist sauber und ordentlich. Ein postmoderner Minimalist hat den *international style* neu interpretiert. Früher strahlte die Zentrale noch so etwas von einer uneinnehmbaren Festung aus, mit Schießscharten, während sie jetzt zerbrechlich und indiskret daherkommt wie ein Panorama-Aquarium. Der Kommissar geht durch Glastüren, erwidert andeutungsweise Begrüßungen und hält die Tüte mit seiner CD so in der Hand, dass man den Namen des Geschäfts nicht erkennen kann. Im Aufzug geht es in den zweiten Stock. Dann begrüßt er mit lebhafter Stimme Varela, der in seinem Vorzimmer sitzt. Hier oben riecht alles noch neu. Das Holz der Türen und die Lederpolster. Seine Schritte hallen auf dem weißen Marmorboden. Er geht in den Konferenzraum neben seinem Büro, um ein Glas Wasser zu trinken. Der Raum ist ausgestattet mit einer elektrischen Kaffeemaschine, einem kleinen Kühlschrank und einem Wasserspender, bei dem man einstellen kann, ob das Wasser eiskalt oder in Zimmertemperatur herauskommen soll. Auch einen eigenen Stellplatz hat er jetzt auf der unterirdischen Parkfläche und eine unabhängig vom übrigen Gebäude regulierbare Klimaanlage, ein eigenes Bad mit flauschigen Handtüchern, zwei Sessel und ein blaues Samtsofa, auf dem er sich hinlegt, wenn er vom Essen aus der Cafeteria im ersten Stock kommt. Allein die Fahne, das Wappen der Polizei (»Aufopferung, Technik, Zuverlässigkeit«) und das Foto des Staatsoberhauptes erinnert daran, dass er noch immer das Leben eines halbwegs gut bezahlten Beamten führt. Eigentlich sind die Räume zu großzügig geschnitten. Niemand ist mehr in Hörweite, ständig muss man die Sprechanlage benutzen ... Aber vor allem fällt es ihm schwer, sich mit der riesigen Glasfront anzufreunden, die er im Rücken hat, wenn er an seinem Schreibtisch sitzt. Man hat nur den Ausblick auf dreckige Hauswände, traurige Wäscheleinen, winzige Fensterchen, hinter denen sich illegale Immigranten stapeln. »Die Zeiten ändern sich, mein Herr«, sagt er laut zu sich und schaut sich die CD an, die er aus der Tüte holt. Er steckt sie in eine Schublade. Dabei bemerkt er, dass Varela ihm in der Zwischenzeit ein mehrseitiges Fax auf den Schreibtisch gelegt hat. Er nimmt es in die Hand und liest die Titelseite:

FAXMITTEILUNG
Von: Insp. Antonio Berganza, Regionale Mordkommission
An: Hauptkommissar Pujol, Morddezernat
Betreff: Bericht »Uni-Pork«
Seitenzahl: 23

***

Der Kommissar nutzt die Mittagspause, um zu den Kriminalwissenschaften hinüberzugehen. Hier prägt noch die graue, gedrungene Architektur, die früher charakteristisch war für den gesamten Komplex der Zentrale, das unrenovierte Gebäude. Am Eingang begrüßt ihn der diensthabende Beamte. Der Kommissar hebt leicht die Hand zum Gruß und geht in die Abteilung der Kriminologie. Der einzige Psychiater, der in diesem Augenblick Dienst hat, ist Puértolas. Er hat keine Wahl. Der Kommissar wird wohl oder übel ihn konsultieren und sich in Geduld üben müssen.
»Gut, ehem, ›Im Namen des Schweins‹ ... Ja, mmm ... Das scheint ... eine Anspielung zu sein auf die Formel ..., mit der man sich bekreuzigt, nicht wahr? Im Namen des Vaters, des Sohnes und des Heiligen Geistes, nicht? Etcetera.«
Der Kommissar nickt nachdenklich.
»Das Schwein wiederum scheint in diesem Fall ... dem Vater geradewegs entgegengesetzt, nicht wahr? Das heißt: der Antigott ... So dass das Schwein in diesem Fall natürlich gut für den Teufel stehen könnte ... Mmmm, wohl aber nicht irgendeinen Teufel, sondern den Satan höchstpersönlich, nicht wahr? Das kurze

Schreiben ist in Großbuchstaben verfasst … Bedauerlich … Es wäre … Es wäre interessant gewesen … dies an der Groß- und Kleinschreibung genauer zu belegen, nicht wahr? Dann wäre das Schwein nämlich auch im Spanischen … großgeschrieben worden. Das hätte uns weitergeholfen … Obgleich in der christlichen Tradition … ein anderes Tier … den Satan symbolisiert … der Ziegenbock, nicht wahr? Etcetera … Aber auch die Schlange, nicht wahr? Ebenso wie die Katze und der Hahn und die schwarze Bulldogge und natürlich auch … Lassen Sie mich nachdenken … der Wolf, nicht wahr? Der Wolf … und die Ratte und die Kröte und die Laus. Gewiss … eigentlich jedes Viech, nicht wahr? Es muss nur ekelhaft und natürlich auch aggressiv genug sein … oder gefährlich … oder Schaden verursachen oder Epidemien auslösen können, nicht wahr? Oder einfach nur schwarz sein oder assoziiert werden … in irgendeiner Form assoziiert werden mit dem Tod, nicht wahr? Wie … die Kakerlake oder auch der Rabe etcetera. Zudem wäre der Teufel jederzeit in der Lage … sich in ein Hirschkalb zu verwandeln, nicht wahr? Oder selbst in ein … weißes Häschen, wenn … dies strategisch geschickt wäre, um seine üblen Machenschaften durchzusetzen … etcetera … Aber ein Häschen wäre gleichzeitig nie und nimmer … das Sinnbild des Teufels, nicht wahr? Das weiße Häschen steht … fast immer … für das unschuldige Opfer. Das Schwein dagegen … nicht wahr … scheint ganz offensichtlich für etwas Schmutziges zu stehen … Mit Vergnügen … wälzt es sich im Schlamm und in den Ausscheidungen etcetera. Es ist dreckig, stinkt und besitzt ebenfalls eine … eine … nicht wahr, eine … leibliche Ausstrahlung etcetera ... Die ... es selbstredend mit dem Teufel gemein hätte, nicht wahr? Etcetera. Ich entsinne ... entsinne mich ... Im *Garten der Lüste* ... von Hieronymus Bosch ... wie wir alle wissen ... Auf der rechten Seite ... Haben Sie es vor Augen? Das Paradies ist links ... Eine andere Welt in der Mitte und zur Rechten ... die Hölle, nicht wahr? ... Gut, also ... In der rechten unteren Bildecke des Höllenflügels ist ... ist ein Schwein zu sehen ... mit einem Nonnenschleier, ... das ... so jedenfalls hat es allen Anschein ... einen Menschen dazu anstiftet ... einen Kontrakt ... einen Vertrag zu unterschreiben, nicht wahr? Manche meinen ... es handele sich dabei, um niemand anderen als ... den Künstler selbst, Hieronymus Bosch, natürlich ...«

Der Kommissar ist bemüht, die malerischen Verästelungen der Geschichte so gut es geht einzudämmen: »So dass Schwein und Teufel sich hier als synonym bezeichnen ließen?«

»Na ja ... gewiss ... auf gewisse Weise natürlich ... Denken Sie an einige ... gemeine Redensarten ... ›Es wie ein Schwein treiben‹ ... sagt man, nicht wahr? Etcetera. Was natürlich auf die Libido anspielt ... auf die Wollust ... Eigenschaften wiederum, die natürlich ... auch insbesondere dem Teufel zugesprochen werden, nicht wahr? Man sagt ja auch: ›Jemand isst wie ein Schwein‹ ... Was nichts anderes heißt, als ohne Tischmanieren zu essen ... Gleichermaßen kann das Schwein für ... Gefräßigkeit stehen, nicht wahr? Oder ... das ›Schwein mit Hosenträgern‹ eine Metapher für perversen Reichtum sein kann ... Oder für Tyrannen, nicht wahr? So wie der Teufel ... selbstverständlich ... etwas

Pompöses und Tyrannisches an sich hat etcetera. Natürlich … assoziiere ich jetzt hier wild herum, nicht wahr? Aber die Verbindungen von … schweinisch und Lust … von schweinisch und Sünde … von schweinisch und dreckig … etcetera … sind geläufig … So dass, so dass, so dass ich es nicht abwegig fände, zu meinen, dass das Schwein … ähm … für den Teufel steht … Schwein und Teufel … bildeten ja … natürlich … auch den Ausgangspunkt unserer Überlegungen.«

»Könnte der Umstand, dass die Leiche in einem Schlachthof gefunden wurde, nicht für eine schlichtere Interpretation des Textes sprechen …?«

»Wenn das so wäre … selbstverständlich … Gäbe es nichts weiter dazu … zu sagen, nicht wahr? Aber es ist mindestens ebensogut denkbar, dass das Schwein nicht nur deswegen auf den Plan kommt, weil sich … ja tatsächlich der Mord in einem Schlachthof ereignet hat, sondern … Wie sagt man …? Vielleicht, vielleicht … Vielleicht suchte sich der Mörder den Schlachthof aus, um das Schwein besser ins Spiel bringen zu können … natürlich, so war das. Man darf nie vergessen, dass für dieses Bekennerschreiben genau dieses Tier ausgewählt wurde und kein anderes, nicht wahr? Es ist nicht irgendein anderes. Und damit spiele ich nicht allein … natürlich … auf die Unehrenhaftigkeit an, die sowieso damit einhergeht, nicht wahr? Oder auf die Vater-und-Schwein-Konnotation oder selbstverständliche psychoanalytische Implikationen … Sondern auch auf rhetorische Gründe, ehem … Wie sagt man doch gleich?«

»Auf den Klang der Worte?«

»Gewiss ... Auf die Metrik beispielsweise und all die damit zusammenhängenden ästhetischen Erwägungen, nicht wahr? ... Das spanische Wort für Schwein ... ›Cerdo‹ ... hat zwei Silben ... Die erste ist betont, die zweite natürlich unbetont ... Wie bei ›Vater‹ oder ›Padre‹. Und zu sagen ›Im Namen der Laus‹ hätte natürlich nicht denselben Reiz für den ... wie gesagt ... in diesem Fall für den Dichter, nicht wahr? Dagegen klingt ›Im Namen des Schweins‹ ... gut. Das hat ... einen guten Sound, nicht wahr? Das könnte sogar der Titel von ... von einem ... Manifest oder einer ... Doktrin sein.«

»Verstehe ...«, der Kommissar macht eine Pause, um das Thema zu wechseln. »Sie würden also nahelegen, dass hier irgendeine Art von Geisteskrankheit eine Rolle spielt?«

»Mmm ... ich würde eher dazu neigen, zu vermuten ... Ein ... Psychopath ... vermutlich. Es wäre natürlich möglich ...«

»Ein Psychopath ist doch geisteskrank, oder nicht?«

»Nicht unbedingt ... Fehlen von Empathie ... nicht wahr ... trifft es womöglich am besten ... Oder Soziopathen, nicht wahr? Wie ... wie natürlich unsere ... amerikanischen Kollegen denken. Ich kann Ihnen ... Ich empfehle Ihnen ein Buch ... Natürlich ein populärwissenschaftliches, nicht wahr? ... Sie werden es überall finden ... Da bekommen Sie einen Überblick ... ja ... einen Eindruck.«

»Wären Sie so nett und würden mir den Titel aufschreiben?«

***

Trotz Verkehrschaos genießt der Kommissar im Bus die Rückfahrt nach Hause. Erst bleibt der dunkle historische Kern zurück, dann das urbane Schachbrettmuster aus dem neunzehnten Jahrhundert mit seinen neoklassizistischen Gebäuden, bis er schließlich in sein sauberes und ruhiges Wohnviertel gelangt, das sich in den letzten Jahren zu einer beliebten Wohngegend gemausert hat. Kurz vor der Haltestelle sieht er durch das Fenster eines von diesen Schildern ZU VERKAUFEN, das an einem Balkon hängt. Ein Penthouse auf einem Eckhaus aus Stein. Er überschlägt im Geist den geschätzten Kaufpreis. Dann stellt er sich die Frage, wo selbst der hochrangigste Polizeikommissar der Stadt noch leben könnte, wenn er sich aktuell einen Wohnsitz zulegen müsste. Vermutlich nur außerhalb der Stadt.
Er steigt mit der riesigen Plastiktüte, die er bei sich hat, aus dem Bus und läuft quer durch den Park. Hier sind städtische Wohnmobile, in denen Spritzen verschenkt werden, undenkbar. Es ist nicht alles voll mit Taubenscheiße, und an den Hauswänden sieht man keine Urinspuren. Der Duft von echtem Oleander liegt in der Luft und die Grünflächen leuchten im Sonnenschein. An den Schaukeln sieht man gepflegte, schön gekleidete Kinder herumtollen. Manche sind vom Spielen etwas dreckig geworden, aber sie sehen alle aus wie Kinder aus gutem Hause, deren Mütter, Großmütter oder dunkelhäutige Kindermädchen auf den Bänken sitzen, miteinander plauschen und auf sie aufpassen. Der Kommissar weiß, dass keines von ihnen jemals ein Kommissariat betreten wird. Höchstens, um einen Einbruch in der Ferienwohnung zu melden. Ei-

nes Tages werden sie sicher ansehnliche Erwachsene sein.

Das Gebäude, in dem der Kommissar wohnt, ist aus rotem Stein und eines der älteren in der Straße. Es ist eines der wenigen staatlich geförderten *Viviendas de Protección Oficial*, die zu seiner Zeit in der Gegend errichtet wurden. Ein moderner Fahrstuhl fährt nach oben, der im Zuge der Restaurierung des Hauses eingebaut wurde. Er steigt im fünften Stock aus und schließt seine Tür, die Nummer 2, auf. Dunkelgrüne Morrison-Tapete, niedrige Möbel mit Zierleisten, zwei goldgerahmte Seestücke und eine Garderobe aus Holz. Es riecht nach Kartoffeltortillas.

»Hallihallo«, ruft die tiefe, singende Stimme des Kommissars.

Eine weibliche Stimme antwortet aus einiger Entfernung: »Bist Du schon da? Du bist heute früh dran, nicht?«

»Ich habe Dich so vermisst, da bin ich früher gegangen ...«

»Und ich bin heute spät dran, meine Schwester war da, und wir waren bis um sieben im *Corte Inglés*, im Kaufhaus. Da liegt die Geschenkliste, weißt Du, wegen der Hochzeit von María Teresa ...«

»Welche Schwester ...?«

»María Luisa.«

Der Kommissar lässt die Tüte hinter der Tür stehen und geht in die Küche. Seine Frau steht mit dem Rücken zu ihm vor dem Herd: Einsfünfundsechzig, gedrungener Körperbau, braun gefärbte Haare, zu einem tiefsitzenden Haarknoten zusammengebunden. Schürze, Hausschuhe mit einem Pompon. Ihr Gesicht sieht vergnügt aus, als sie den Kopf umdreht, um ihm die Lippen hinzuhalten. Sie geben sich einen kurzen Kuss, der wegen des Größenunterschieds beim Kommissar nur auf dem Mundwinkel und dort auch nur auf dem Schnurrbart landet.

»Bleibe lieber ein bisschen weg, sonst nimmt Dein Anzug noch den Geruch von der Tortilla an.«

»Na und? Das riecht doch gut ...«

»Hör auf mit dem Unsinn, und zieh Dich bitte um. Was hast Du denn dabei? Ich habe doch eine Tüte rascheln hören?«

»Zeige ich Dir gleich. Ich ziehe mir nur schnell die Schuhe aus.«

Der Kommissar öffnet die Tür neben der Küche, zieht sich mit einem Seufzer der Erleichterung die Schuhe aus und dann die Hausschuhe an.

»Tun die Schuhe immer noch weh?«

»Ist schon viel besser geworden. Nur hatte ich sie heute zehn Stunden am Stück an.«

»Hast Du Dich denn nach dem Essen nicht kurz hingelegt? Jetzt wo Du das Sofa hast ...«

»Nein, ich bin schnell rüber zu den Kriminalwissenschaftlern gegangen und habe dann noch was eingekauft ...«

»Soll ich sie mal zum Schuhspanner bringen? Ich hatte die feuchte Zeitung jetzt schon drei Tage drin, aber wenn das Leder so hart ist ...«

»Ach, egal, morgen nehme ich zur Abwechslung mal wieder die alten. Ich ziehe mich nur schnell um und schau nach dem Kater.«

Der Kommissar geht in das Schlafzimmer und begrüßt den Plüschkater Garfield, der es sich zwischen den Kissen im Ehebett gemütlich gemacht hat. Er steckte in einem Weihnachtskorb, den er vor drei oder vier Jahren bei einer Verlosung in der Cafeteria des Morddezernats gewonnen hat. Der Kommissar hätte nie vermutet, als er ihn damals mit nach Hause genommen hat, dass er sich eines Tages zum König seines Schlafgemachs mausern würde. »Hallo, Garfield«, ruft er mit lauter Stimme, so dass es in der Küche noch zu hören ist. Dann zieht er die Brille ab, um sich vor dem Spiegel am Toilettentisch die Nasenwurzel abzutupfen. Er schaut sich aufmerksam in die Augen. Normalerweise vermeidet der Kommissar das strikt, so wie man ein hässliches Ekzem meidet. Es geht sogar so weit, dass er den Augenausdruck gern vor seiner Frau verstecken würde, der einzigen Person außer seinem Optiker, die ihm je in seine blanken Augen gesehen hat. Aber selbst mit Brille schaut er niemandem lang in die Augen, es sei denn, er lacht dabei, dann wölbt sich nämlich sein Schnurrbart auf sympathische Weise und gleicht vieles aus. Typ Kater Garfield. Oder bei einem Verhör. Für solche Situationen waren seine Augen immer sehr hilfreich.

Als er aus dem Schlafzimmer hinausgeht, steckt er in einer alten Hose mit Hosenträgern und einem karierten Hemd. Im Flur holt er die große Tüte, die er mitgebracht hat, und geht wieder in die Küche:

»Schau mal, willst Du sehen, was ich gekauft habe?«

»Was denn …«

»Etwas zum Hören …«

»Hui, das ist aber groß …«

»Das ist ein Apparat, auf dem man CDs abspielen kann.«

»Aha ...«
»Die Kassettenrekorder sind überholt. Jetzt kommt alles nur noch auf CD raus ...«
»Aber seit wann hörst Du gerne Schallplatten?«
»Früher haben wir oft zusammen Platten gehört ...«
»Und welche Platten möchtest Du mit mir hören, wo wir keine einzige für diesen Apparat besitzen ...«
Der Kommissar zupft an seinen Hosenbeinen, bis die Strümpfe zu sehen sind, dann hopst er tanzend und stampfend in den Hausschuhen umher: »*Me gustan los discos y me gustas tú / me gusta la tortilla y me gustas tú.*«
Seine Frau stemmt die Hände in die Hüften. In der einen Hand hält sie einen Schaumlöffel: »Ach du meine Güte: Sag mal, Dir haben sie doch heute nicht etwa eine von diesen Kügelchen ins Wasser gemogelt, die ihr immer den Jugendlichen abnehmt?«
Der Kommissar tanzt auf sie zu, packt sie an den Hüften und legt ihr eine Hand auf die Pobacke. Sie versucht, nicht zu lachen und sich zu befreien, fleht ihn an, sie loszulassen. Er verlangt als Gegenleistung einen Kuss. Sie willigt ein, aber im Scharmützel landet der Kuss wieder auf dem Schnurrbart, so dass der Kommissar noch einen möchte. In diesem Augenblick klingelt das Telefon: »Komm, hör mit dem Unsinn auf und geh ans Telefon. Ich muss mich um die Tortilla kümmern.«
Der Kommissar geht in das Wohnzimmer, nicht ohne ihr vorher noch einen leichten Klaps auf den Po zu geben. In der Küche hört man ihn telefonieren: »Menschenskinder, der Weltreisende ...«. Der Rest der Unterhaltung ist fast nicht zu verstehen. Sie dauert nicht lang. Zwei oder drei Minuten, »Gut, hör mal, pass auf

Dich auf ... Mach ich auf der Stelle ... Melde Dich bald wieder, ja?«
Der Kommissar steht umgehend wieder in der Küche:
»Ich habe gerade einen Kuss für Dich bekommen. Also schuldest Du mir mittlerweile schon zwei.«
»Ah ja? Von wem?«
»Tomas. Aus New York.«
»Ach, und wie läuft alles so mit der Reise ...?«
»Gut ... Das Hotelzimmer sei schrecklich, aber er habe nicht schlecht gestaunt, als er die ersten Wolkenkratzer gesehen hat. Er sagt, unsere würden dagegen aussehen wie Spielzeug ... Er klang ganz zufrieden ... Offensichtlich hat er sich die erste Nacht gleich um die Ohren geschlagen, nachdem er angekommen ist.«
»Da ist ja immer was los, gerade nachts. Zum Fürchten ist das.«
»Er meint, nein ... Das Zentrum sei voller Menschen. Außerdem ... Sag mal, wenn der nicht auf sich aufpassen kann ...«
»Ja, ja ...«
»Hör mal, wollen wir zwei nicht auch mal nach New York? Du und ich? Sobald ich pensioniert bin, könnten wir in die Reisebüros gehen und uns mal umhören.«
»Ach, du liebe Zeit. Wie kommst Du denn darauf? So eine weite Reise ... Und ohne die Sprache zu beherrschen.«
»Wenn Tomas da ein Weilchen bleiben würde, hätten wir schon einen Stadtführer. Und alle behaupten, dass man mit Spanisch dort ganz gut über die Runden kommt.«
»... So viele Stunden im Flieger ...«

Der Kommissar hat die Distanz wieder verkürzt: »So, und jetzt wollen wir doch erst mal sehen, was es mit den zwei Küssen auf sich hat, die ich noch von Dir kriege.«
»Sei doch nicht so wild, José María. Du bist ja heute völlig aus dem Häuschen.«

Im Paradies

Am Mittwoch wird T vom Radio im Nachttischchen um acht Uhr geweckt. Er hat vor ein paar Tagen eine witzige Sendung für sich entdeckt, bei der Zuhörer per Telefon mitmachen dürfen. Die tut ihm gut. Seitdem ist sein *listening* schon etwas warm gehört, bevor er sich hinaus auf die Straße wagt, wo er zum Frühstück mit diesen schnellen Fragen der Kellner zurechtkommen muss. An jenem Morgen erörtert die Diskussionsrunde, welche Eigenschaften von Männern für Frauen besonders wichtig sind. T geht ins Bad, um zu pinkeln, und setzt sich dann für die erste Zigarette ganz gegen seine Gewohnheit aufs Bett. Noch bevor er sich die Zähne geputzt hat und unter die Dusche geht.
Zuerst führen die Teilnehmer der Gesprächsrunde in das Thema ein, dann schaltet der Moderator des Programms live die Anruferinnen zu. T versteht von den Dialogen nicht alles, aber immerhin so viel, dass Intelligenz als Stichwort fällt, Zärtlichkeit, Höflichkeit ... Eine Hörerin erwähnt auf witzige Art und Weise Geld und Kreditkarten, die nächste führt Erwägungen zu Größen und Maßen in die Debatte ein und produziert viel Gekicher und mehrdeutige, verschlungene Wortspiele am runden Tisch. Fast alle Anruferinnen aber nennen Humor als wichtigste Eigenschaft des Mannes. Humor dürfte alles in allem sogar der am häufigsten genannte Punkt sein. Eine eigens zur Sendung eingeladene Paartherapeutin bestätigt als Expertin die Bedeutung dieses Charakterzugs: Lachen, so meint sie, bedeute glücklich zu sein. Daher habe ein Mann, der in der Lage sei, eine Frau zum Lachen zu bringen, fast im-

mer schon gewonnen. Dies bleibt dann auch die mehr oder weniger einstimmige Conclusio. Wobei die Teilnehmer ja in erster Linie Komiker sind und von daher äußerst zufrieden mit dem Ergebnis wirken. Danach spielen sie *My baby just cares for me*. T geht unter die Dusche und singt den Text mit, den er halbwegs auswendig weiß.
Unter dem Wasser fragt er sich, welche Charakterzüge einem Mädchen um die zwanzig, die Kostüme trägt, Witze erzählt und ein Gesicht wie Popeye aufsetzt, wohl am wichtigsten sein dürften. Wie bringt man eine solche Frau zum Lachen? T bringt zweifelsohne einen gewissen Sinn für Humor mit, setzt ihn allerdings gewöhnlich nicht ein. Bei näherer Betrachtung ist das so, wie wenn man im Geld schwimmt, ohne es auszugeben. Vielleicht ließe sich sagen, dass er mit Humor geizt ... Jawohl, das ist er: geizig mit seinem Sinn für Humor. Ihm gefällt der Gedanke, es so auf den Punkt zu bringen. Andererseits sieht er gut aus. Sehr gut sogar. Da kann er sich aus guten Gründen sicher sein. Er erinnert sich an die erste Fahrt in der U-Bahn durch die Stadt. Eine sehr hübsche Schwarze hatte ihn die ganze Zeit angesehen. T hatte noch nie so einen Blick in diesem Teil der Welt erlebt, aber das Gefühl, deutlich zu verstehen, was er bedeutet. Er war sicher, dass er den Blick nur hätte erwidern und an derselben Haltestelle mit dem Mädchen hätte aussteigen müssen, um ihr dann zu folgen, wohin sie mit ihm wollte. Gleichwohl flirteten ihre Augen nicht oder sahen verführerisch aus. Nein, das Angebot war eher kalt und entschlossen. Ein wenig ähnelte der Blick in diesem Sinn sogar den Skinheads aus dem Jeep. Nur dass T in der U-Bahn ver-

suchte, woanders hinzuschauen und sich nur gelegentlich vergewisserte, dass sie unverblümt insistierte. An mehreren Tagen hintereinander war ihm so etwas Ähnliches immer wieder passiert, wenn auch häufiger mit weißen Angelsächsinnen. In diesem Sinn blieb die Schwarze aus der U-Bahn eine Ausnahme. Selbst ein Weißer versuchte mit ihm zu flirten. Im West Village. Ein junger, ausgesprochen dünner Mann in einem groben Leinenanzug. In wenigen Tagen hätte er mit einem halben Dutzend unterschiedlicher Personen mitgehen können. Umsonst. Allein wegen seines Aussehens, denn er hatte in keiner Weise etwas zu deren Verführung beigetragen.

Ein attraktiver Mann muss er also sein, denkt T. Außerdem kann er liebenswürdig sein, kultiviert, höflich ... Alles in allem: Er ist ein hübscher und sympathischer Typ. Was noch? Plötzlich fallen ihm Wort für Wort die Sätze ein, die eine gewisse Frau aus seiner Vergangenheit einmal zu ihm gesagt hat: »Deine Einsamkeit und Deine Traurigkeit sind zum Kotzen. Man kommt überhaupt nicht an Dich ran.« Damals war T nicht bewusst, dass dies ein schwerwiegender Vorwurf war. Er blieb still und hörte ihrer Anklage zu, die vage Schuldgefühle in ihm auslöste. »Du redest nie über Deine Gefühle. Das Leben mit Dir ist wie mit einem Autisten.« Hinter jedem Wort steckte eine Wut, die zunahm, je mehr er sich in sein Schweigen ergab: »Du musst diese Traurigkeit einmal aufarbeiten. Du musst sie ein für alle mal loswerden. Kotz das doch endlich mal alles aus Dir raus. Warum bist Du bloß so wahnsinnig verschlossen? Hör endlich auf damit, um Gottes willen«. Gerade diese letzten Worte kamen T unerträg-

lich grausam vor. So sehr, dass er sich nicht mehr erinnert, wie er darauf reagiert hatte. Sein Gedächtnis erspart ihm gern die unangenehmsten Erinnerungen. Aber das dürfte ja allen so gehen, nicht? Wir lernen doch alle, das zu verdrängen, was uns weh tut.
Er kommt aus der Dusche und trocknet sich ab. Dann holt er den elektrischen Rasierapparat hervor. Er hätte sich rasieren sollen, bevor er unter die Dusche ging. Jetzt werden die Haare auf der feuchten Haut kleben. Zur Musik des Radios rasiert er sich erst trocken, dann noch mal nass, bis sein Gesicht ganz nackt ist. Es ist weich und wo vorher der Bart war, schimmert es jetzt leicht bläulich. Dann konzentriert er sich darauf, die Garderobe auszuwählen. Außer der Kleidung und der kleinen Uhr mit dem schwarzen Ziffernblatt, hat er sich gestern Nachmittag ein paar schwarze italienische Schuhe zugelegt, 199 Dollar, ein Flakon *Boucheron*, 105 Dollar, und eine Lederkappe, die er in einem Hutladen am Herald Square für 59 Dollar entdeckte. Er breitet alles auf dem Bett aus und entscheidet sich nach einigen Anproben für den grauen Anzug mit einem feinen Hugo-Boss-Hemd. Zum Schluss stülpt er sich die Ledermütze schief über die Stirn. Dann betrachtet er sich von Kopf bis Fuß im Spiegel der Badtür. Er achtet darauf, den durchweichten Boden dabei nicht zu betreten. Eigentlich sieht er immer noch nicht viel jünger aus. Ob ihm die Kappe den gewünschten *Irish touch* verleiht, ist auch nicht so sicher. Ganz abgesehen davon, wie naiv es ist, anzunehmen, dass einer Halbirin Männer mit schiefen Kappen gefallen. Auf jeden Fall lässt sich von seinem schlichten, aber ausgefeilten Look behaupten, dass er vergleichsweise europäisch aussieht

hier in der Stadt. Abgesegnet. Damit geht er hinunter auf die Straße.
Der Morgen ist grau und feucht, die Straßen dampfen aus all ihren Ritzen und die höchsten Gebäude verschwinden in den Wolken wie kopflose Gespenster. Als er die Fifth Avenue hochgeht, beobachtet er die Passanten, um zu prüfen, wie sie auf seine Ledermütze reagieren. Eine Blondine kommt mit ihrem Lover, der aussieht wie ein Operettenmillionär, im Minirock aus einer Boutique heraus. Er ist um die fünfzig, dick, klassisch angezogen, hat eine qualmende Zigarre zwischen den Lippen und wirkt unbeeindruckt vom strengen Rauchverbot auf der Straße. Ein Stückchen weiter zieht ein Schwarzer in Unterhose und Krankenhauskittel seine Habseligkeiten in einer Obstkiste an einer Schnur hinter sich her. In einem mit afrikanischem Marmor eingerahmten Schaufenster ist ein Smoking ausgestellt. Statt Knöpfen blitzen dort maßlose Skistiefelschnallen. Ein großes rotes, mit weißem Leder ausgestattetes Cabriolet fährt vorbei. Auf der Rückbank steht eine riesige Kamera, hinter der ein Kameramann die Spur filmt, die sie durch den Verkehr ziehen. Natürlich achtet da niemand auf Ts Kappe.
Er hat sie selbst ganz vergessen, bis er zu dem Gebäude in der 42. kommt. Ohne dass der Pförtner ihn sehen kann, begutachtet er sich eingehend im Spiegel der Eingangshalle. Mit einem Mal hat er das ungute Gefühl, die Mütze stehe ihm doch nicht so gut, wie er dachte. Vielleicht sieht sie noch zu neu aus. Er zieht sie aus, richtet mit den Fingern seine Frisur, geht dichter an den Spiegel heran und entdeckt, dass die Kappe einen roten Striemen auf der Stirn hinterlassen hat … Als er oben

angekommen an der Tür zum Institut klingelt, ist ihm sein Selbstvertrauen gänzlich abhanden gekommen.

»Guten Tag. Ich müsste nochmal zu Suzanne. Gestern hatte ich meinen Reisepass vergessen ...«

»Okay, kommen Sie herein«, sagt Diane Keaton

***

Suzanne konzentriert sich auf ein Telefongespräch. Sie schaut nicht einmal auf, um zu sehen, wer gekommen ist. Ihre Frisur sieht ziemlich genauso aus wie gestern, nur die Haare sind hinten mit einer Schleife hochgesteckt. Diesmal trägt sie allerdings einen Audrey-Hepburn-Rolli. Das lässt den Brüsten unter der feinen Wolle eine gewisse Bewegungsfreiheit. Sie sind nicht sehr groß und dürften, überflüssigerweise möchte man sagen, in einem Büstenhalter stecken. T stellt sich an ihren Tisch. Sie wirft ihm einen kurzen Blick zu, während sie am Telefon lauscht. Sie erkennt ihn nicht sofort, aber man merkt, dass sie ihn mit Interesse wahrgenommen hat, weil sie ein zweites Mal aufschaut.

T glaubt, bemerkt zu haben, dass sich ihr zweiter Blick vor allem auf die Mütze richtete. Ist das ein gutes Zeichen oder ein schlechtes? Auf den dritten Blick erkennt sie ihn wieder: Sie lächelt auf wunderschöne Weise und lädt ihn mit einer Handbewegung dazu ein, sich zu setzen. Sie macht ein »Was für eine Nervensäge am Apparat«-Gesicht: niedergeschlagene Augenlider, hängende Kinnlade, als würde sie gleich einschlafen. Wohin jetzt mit der Kappe? Er sitzt einer Frau gegenüber, aber wenn er sie nun abnimmt, wäre das vielleicht antiquiert? Oder zu albern? In den Städten nimmt ja nie jemand seinen Hut ab, wenn er irgendwo hineingeht ... Klar, die meisten haben Baseballkappen auf und die werden andersherum getragen. Das lädt natürlich nicht dazu ein, sich wie ein Gentleman der feineren Art zu verhalten. Eher schon unanständig zu rappen. Aber was bitte, wenn die Kopfbedeckung die eines irischen Immigranten aus dem neunzehnten Jahrhundert ist? Da wäre es vielleicht schon angebracht, sie abzunehmen, zusammenzufalten und in die Jacketttasche zu stecken. Sofern sie hineinpasst. Unter keinen Umständen darf er sie in der Hand halten wie ein Bauernjunge vor einer Gräfin, das würde weder zu seinem Hugo-Boss-Hemd passen noch zu seinem hundert Dollar teuren *Boucheron*, geschweige denn zu der schwindelerregenden Skyline, die man durch das Fenster sieht. Sicher weiß er nur, dass es ein Fehler war, die verfluchte, edle Kappe aufzusetzen: Sie ist heiß, riecht nach Leder und hinterlässt einen roten Streifen auf der Stirn. Dazu kommt die Unsicherheit, was er mit dem Ding anstellen soll, jetzt, vor einem Mädchen, das angezogen ist wie Audrey Hepburn.

»Meine Güte, was ist denn heute mit den Leuten los. War gestern Vollmond ...?«, fragt das Mädchen, das angezogen ist wie Audrey Hepburn, als es ihr endlich gelingt, aufzulegen.

»Weiß ich auch nicht: Von meinem Hotelzimmer aus sieht man nur Schuhe ... Ich hab den Reisepass dabei. Erinnerst Du Dich ...?«

»Ja, wegen des Stipendiums. Entschuldigen Sie, ich habe Sie nicht gleich erkannt, als Sie hereinkamen ... Sie haben sich den Bart abrasiert?«

T spürt, wie sich seine Nervosität legt. Er fühlt sich wie ein Schauspieler, für den endlich der Vorhang aufgegangen ist und dem jetzt nichts anderes übrigbleibt, als zu spielen. Und er ist ein guter Schauspieler: »Hey, siez mich doch nicht immer … Oder sehe ich schon so alt aus?«
Sie legt sich überflüssigerweise eine Strähne hinter das Ohr: »Ooch, da habe ich schon ganz andere Exemplare gesehen …«, und lächelt.
Ist das Koketterie? Jedenfalls ermuntert ihr Tonfall T dazu, die Schraube noch ein wenig anzuziehen: »Darf ich das als Kompliment verstehen?« Auch er lächelt.
Sie sieht so aus, als würde sie einen Augenblick darüber nachdenken: »Mmm … Nein. Oder ja: Ich habe eine Schwäche für Kappen. Als kleines Mädchen wurde ich nämlich von einem Hund gebissen …«
Natürlich stellt eine solche Inkongruenz eine echte Herausforderung für Ts Esprit dar. Zumal wenn sie mit einem Lidaufschlag einhergeht, der einem perplexen Vogel Strauß würdig gewesen wäre.
Er überlegt einen Augenblick, holt tief Luft und sagt: »Einmal im Leben ein Hund sein …«
Das ist zwar keine besonders einfallsreiche Antwort, aber sie ist immerhin mutig und offensiv … Und tut ihre Wirkung. Das spürt man an der Art und Weise, wie sie den Kiefer seitlich schiebt und die Pupillen himmelwärts rollt. Vermutlich als Parodie auf einen Boxer am Rande des Knock-out. Aber er ist sich bewusst, dass ihm fürs Erste keine weitere Bemerkung in diese Richtung herausrutschen darf. Das war lediglich ein Vorstoß. Deshalb fügt er wie bei einem Punkt ohne neuen Absatz hinzu: »Also, ich wollte Dir den Reise-

pass vorbeibringen und Dich noch ein paar Dinge fragen …«
Jetzt stellt T ein paar Fragen, die er sich für diese Gelegenheit zurechtgelegt hatte: Wann er mit einer Antwort rechnen dürfe, wie es um die Verlängerungsmöglichkeiten des Stipendiums bestellt sei …
Bald ist es an der Zeit, ein wenig Konversation in die Beratung einfließen zu lassen. Die sollte einen intelligenten, aber auch persönlichen Eindruck machen und eine gewisse Sensibilität durchscheinen lassen. Als sie besprechen, ob es günstiger sei, zurück nach Spanien zu fliegen, bis der Bescheid komme oder eben nicht, nutzt T die Gelegenheit, um einzustreuen, dass er überhaupt keine Lust habe, zurückzufliegen, sondern die Zeit viel lieber hier überbrücken würde. Damit eröffnet er sich die Möglichkeit, ausführlicher über die Faszination zu reden, die diese Stadt auf ihn ausübt: Sie reden über Rolltreppen, die aussehen, als kämen sie aus grauer Vorzeit, über Registrierkassen mit Kurbel, über Messingaufzüge, vor denen man insgeheim darauf hofft, dass Spencer Tracy herauskommt … Er findet innige Worte, um davon zu berichten, auf welch verblüffende Weise ihm vieles hier überraschend alt vorkommt. Diese alte Pracht, die sich ihm seit seiner Kindheit in Schwarz-weiß-Bildern eingeprägt hat. Damals waren sie eingerahmt von einem Fernseher oder einer Kinoleinwand; jetzt dagegen habe er sie täglich in all ihren echten Farben vor sich. Die überproportionierten Dimensionen, der dekadente Charme. T hütet sich natürlich davor, seinen Lieblingsvergleich mit dem toten Hund anzubringen, ebenso wenig wie die Metapher mit den eifrigen Würmern, die sich über den

Kadaver hermachen. Stattdessen versucht er, Suzanne in eine Unterhaltung zu verwickeln. Wo sie gewohnt habe, bevor sie in die Stadt kam? Sie erzählt, dass sie die letzten Jahre zwischen Santander und Sligo hin und her gependelt sei: Sie studierte in Spanien und verbrachte die freie Zeit in Irland. Aber hier bremst sie ein wenig, weil sie doch ein bisschen verblüfft ist über diesen Typen, der gestern aussah wie Indiana Jones und heute wie James Bond und der es außerdem wagt, von sich zu behaupten, dass er gern einmal ein Hund wäre, um sie zu beißen. Wau.

»Ich will Dir nicht länger die Zeit stehlen. Diesmal habe ich auch den Reisepass nicht vergessen ...«, sagt T, sobald ihm auffällt, dass ihr eine Pause gut tun würde und sie auch schon seit einigen Minuten keine Grimassen mehr schneidet.

»O.K.«, sagt sie mit ihrem echten, ganz unverstellten Lächeln. Dann steht sie von ihrem Stuhl auf und geht zu ihm hinüber. »Gibst Du ihn mir für einen Moment, dann mache ich schnell eine Kopie. Oder genauer gesagt zwei: Eine von der ersten Seite und eine vom Einreisestempel. Die sind fürs *Immigration Office* ...« Sie geht zum Kopiergerät und legt das Original ein. »Hast Du eine Telefonnummer, unter der Du zu erreichen bist?«

»Ja, die von meinem Hotel. Vielleicht kennst Du die Nummer aus einem Lied von Glenn Miller: Pennsylvania sechstausendundnochwas.«

»Warte mal, dann gebe ich Dir besser meine Karte«, sie geht zu ihrem Schreibtisch und nimmt eine Visitenkarte vom Stapel. »Ruf mich in ein paar Wochen wieder an, ja?«

T hat das Gefühl, dass es jetzt unbedingt wieder ein wenig in die Richtung gehen muss, in der er vorhin Halt gemacht hat: »Ich weiß nicht, ob ich mich so lang gedulden kann«, er lächelt.

»Na ja, vorher werden wir wohl kaum etwas wissen, nehme ich an ...«, sagt sie, beleuchtet vom Kopiervorgang.

»Egal, ich würde gern Deine Stimme hören, und sei es auch nur, um zu hören, wie sie sagt, dass Du noch nichts weißt.«

Sie kann die Überraschung nur schlecht überspielen: »Na schön ... Ich bin ja hier.«

T verlässt das Büro und hält die Visitenkarte nach wie vor in den Händen. Er liest: Instituto de Estudios Aplicados - Suzanne Ortega - Verwaltung - dann stehen da noch die Adresse und die Telefonnummer.

***

Am nächsten Morgen schlendert T ohne klares Ziel durch die Straßen. Er kommt am Times Square heraus. Ein Typ in weiß aufeinander abgestimmten Tanga, Cowboystiefeln und Cowboyhut spielt auf einer der Mittelinseln Gitarre. Mehrere Touristen vorgerückten Alters stehen um ihn herum. Sie lassen sich nacheinander mit ihm fotografieren. Dazu stellt er sich entweder in der eingefrorenen Pose eines Rockstars neben sie oder wirft seine blonde Mähne wild nach hinten. Direkt neben einer solch kuriosen Ansammlung versucht ein sehr ernsthafter Verkehrspolizist, Ordnung in das Chaos auf der Straße zu bringen. Er wirkt konzentriert wie ein Dirigent vor seinem hupenden Orchester. Drumherum bilden die Scharen von Touristen gewissermaßen das Publikum auf den äußeren Bürgersteigen. Die immens hohen Gebäude im Hintergrund sehen mit ihren Neonleuchten und Werbebildschirmen aus wie das bunt gescheckte Theater, in dem die Vorstellung stattfindet.

Wenn T nun schon einmal da ist, nutzt er die Gelegenheit und schaut bei Virgin's rein. Sobald er über die Türschwelle getreten ist, kommt ein vertrautes Lied aus den Lautsprechern: *Me gusta la mañana y me gustas tú* ... Er geht zu einer Informationstheke und versucht Burl Ives so auszusprechen, dass eine kleine Asiatin ihn verstehen kann. Es will ihm nicht gelingen und so schreibt er es auf einen Zettel: *Oh, yes, Burl Ives,* sagt sie. Aber leider ist nichts von ihm *in stock*. Auch nicht von Joe Jackson, dem *Bluesman*. Wohl aber von Joe Jackson dem *Countrysinger*. Als T mit leeren Händen wieder auf der Straße steht, verrenkt sich der Typ mit der Gitarre mittlerweile wie ein Bodybuilder. Die um ihn herum gescharten älteren Damen lachen sich halb schlapp. Sie werden immer vorwitziger und stecken ihm bereits Geldscheine in den Tanga.

T läuft die Seventh Avenue hinunter. Er umkurvt viele Touristen und Händler. Hier werden *yellow cabs* angeboten, die zu Briefbeschwerern geschrumpft sind, dort Glaskugeln, in denen sich das für die Jahreszeit ungewöhnliche Phänomen des Schneefalls über dem World Trade Center beobachten lässt. Im Hotel angekommen, geht er in eines der kleinen Geschäfte in der Eingangshalle und kauft sich für zehn Dollar eine Telefonkarte. Dann steht er vor den öffentlichen Fernsprechern. Er zögert, aber das pragmatische Ich in ihm lässt ihm ausrichten, dass es nichts zu verlieren gibt. Flink tippt er die

Zahlen ein und lauscht dann dem absurd hektischen Piepen in der Leitung, das auf dieser Seite der Welt wohl das Zeichen dafür ist, dass man warten soll.
»*Hello?*«, sagt eine weibliche Stimme. T meint, Suzanne zu erkennen, ist sich aber nicht hundertprozentig sicher:
»*Can I speak to Suzanne Ortega, please?*«
»*Yes, speaking. Who's calling?*«
»Hi, ich war gestern wegen des Stipendiums bei Dir ... Erinnerst Du Dich?«
»Oh ja, hallo, ich kannte nur Deine Stimme auf Englisch noch nicht ...«
»Ja, klar ... Ich rufe nur deshalb so schnell wieder bei Dir an, weil ich dachte, dass Du vielleicht Lust haben könntest, mit mir Mittagessen zu gehen.«
Auf der anderen Seite der Leitung ist es still. T versucht die Stille zu füllen, bevor sie unangenehm werden könnte: »Überrumpelt?«
»Na ja ... Um ehrlich zu sein: ja, ein bisschen.«
»Das kann ich mir vorstellen. Hast Du gerade einen Augenblick Zeit?«
»Mmh ... Ich bin hier gerade im Gespräch ...«
»Dann rufe ich Dich später an, ja?«
»Ja ... gut. Du hast mich gerade in einem ungünstigen Augenblick erwischt, weißt Du ...«
T möchte eine klarere Aussage: »Ich will Dich gar nicht länger stören, wenn Du beschäftigt bist. Sag mir bitte nur, ob ich Dich später anrufen darf.«
Die Antwort kommt zögerlich, aber unmissverständlich: »Ja ... ja.«
»In einer Stunde?«
»Gut ...«

»Abgemacht. Bis später.«
»Bis später …«
T legt auf. Sogleich schaut er auf die Uhr: 11.47. Er holt tief Luft, atmet sie dann langsam wieder aus und fährt sich mit der Hand über das Gesicht. Dann schlendert er ziellos davon. Sie hat »ja« gesagt. Sie hat zweimal »ja« gesagt: »Ja, ja«. Das ist eindeutig, stimmt's? Stimmt. Auch wenn jetzt noch eine lange Stunde vor ihm liegt, die mit einem Spaziergang auf der 34. überbrückt werden könnte. Zu weit darf er sich aber auch nicht entfernen. Er sieht ein Hot-dog-Wägelchen und isst eines, ohne großen Appetit. Ihm ist diese Leichtigkeit so neu, mit der man sich überall alles Mögliche zu essen besorgen kann. Wie in einem Schlaraffenland, in dem die Ärmsten am allerdicksten sind. Dann geht er in ein Sportgeschäft und schaut sich bei den Gewichten um. Er vermisst das Fitnesstraining im Morddezernat und hat das Gefühl, ein bisschen steif geworden zu sein. Ein Stückchen weiter geht er wieder in einen Plattenladen: ohne bei Burl Ives oder Joe Jackson, dem *Bluesman*, fündig zu werden. Als wären sie wie vom Erdboden verschluckt. Die nächsten fünf Minuten schlägt er damit tot, sich in einem Schaufenster die Schuhe anzusehen. Ein Paar sieht aus als wären sie aus einem Zebrafell, ein anderes aus Jaguarfell und einmal sieht das Material aus wie die Haut einer Amazonasunke. Vermutlich einer giftigen, nach dem leuchtenden Grün und den roten Flecken zu urteilen. Dann kommt er an einer Parfümerie in den Ausmaßen eines Tenniscourts vorbei und probiert die Essenzen auf kleinen Papierstreifen durch, bis sein Geruchssinn völlig benebelt ist …

Fünfzig Minuten später steht er erneut rauchend unter der Markise des Hotels, riecht wie eine blumige Hölle und beobachtet, wie sich die Zeiger seiner Uhr bewegen. Erst als genau eine Stunde seit dem letzten Anruf verstrichen ist, wählt er in der Eingangshalle an einem Telefon ihre Nummer. Seine penible Pünktlichkeit ist nahezu obszön. Und sie gibt eigentlich auch so manches zu verstehen. T weiß das und greift trotzdem nach dem Hörer. Um Punkt 12.47 Uhr wählt er die Nummer.
»Suzanne?«
»Ja, hallo.«
»Kannst Du jetzt freier sprechen?«
»Mehr oder weniger ... Leider klappt es bei mir heute nicht. Hier ist unheimlich viel zu tun.«
»Und was hältst Du von einem Gläschen am Abend?«
»Heute geht es leider überhaupt nicht. Wirklich.«
»Okay ... Und an einem anderen Tag?«
Sie ist eine Weile still, bevor sie antwortet: »Ja ... Das müsste eigentlich gehen.«
»Samstag?«
»Nnnee, da kann ich nicht. Samstags habe ich immer total viel vor. Da muss ich echt irre viel erledigen und so ...«
»Ich will Dich auch gar nicht weiter bedrängen und bin auch kein Psychopath oder so ... Ich bin nur so neu hier in der Stadt und spreche die Sprache auch noch nicht so richtig ... Da wäre es schön gewesen, ein bisschen mit Dir zu quatschen, ohne gleich wie ein Volltrottel dazustehen. Weißt Du. Ein bisschen Reden, Kaffee trinken ...«
»Klar, aber das ist echt wahr mit den Samstagen ... Wie wär's mit Sonntagvormittag?«

»Ist perfekt. Wenn Du Lust hast, könnten wir frühstücken gehen oder irgendwo einen Aperitif trinken. Wie Du magst. Was machst Du normalerweise so an einem Sonntagvormittag?«

»Puh: Da liege ich lang im Bett ... Manchmal drehe ich eine Runde durch den Park. Aber zum Essen müsste ich wieder zurück sein. Da bin ich mit meinen Mitbewohnerinnen verabredet.«

»Gut, dann treffen wir uns früh am Morgen im Park, was hältst Du davon?«

»Nicht so ganz früh, ja? ...«

»Nein, nicht sehr früh ... So um elf in den Strawberry Fields?«

»O.K., um elf in Strawberry ... Oh, entschuldige, ich muss jetzt Schluss machen, hier wartet jemand auf mich.«

Als er auflegt, ist T davon überzeugt, dass dies der schwierigste Part war: die erste Verabredung hinzukriegen. Der Rest wird sich ganz von allein ergeben. Das hat er im Gefühl. Plötzlich geht ihm ein Satz aus einem Film durch den Kopf: »Ich habe Ozeane an Zeit durchquert, um zu Dir zu kommen«, das sagt Dracula zu Mina, seiner wiedergefundenen Liebe.

***

T hat sich zwei Tage lang in der Stadt herumgetrieben. Allerdings lag ihm mehr daran, dass die Zeit bis zu seiner Verabredung am Sonntag so schnell wie möglich verstreicht, als an allem, was er um sich herum gesehen hat. Nachdem er abends irgendwo schnell etwas gegessen hat, fand er sich in den Nächten in einer Bar auf der

33. ein, die ihm passend dafür schien, um sich in aller Ruhe zu betrinken. Das Haus ist abgetakelt und hat eine triste Fassade. Daneben stehen mehrere Prostituierte ausdrucklos herum. Sie scheinen einfach nur darauf zu warten, dass die Kunden auf eigene Initiative auf sie zugehen, als würden sie sich einen Backenzahn ziehen lassen wollen, der sie quält. Er trinkt dort einen Whisky nach dem anderen, bis er müde genug ist, und zum Schlafen hoch in sein Hotel geht.

Am Samstag hält er sich ein wenig zurück. Er will unter keinen Umständen mit einem größeren Kater aufwachen. Außerdem zwingt er sich dazu, noch vor Mitternacht ins Bett zu gehen. Die Gedanken schweifen zu der Frage, was er zu seinem sonntäglichen Treffen im Park anziehen soll. Sie beschäftigt ihn so, dass an Schlaf nicht mehr zu denken ist. Am besten wären natürlich ein paar Jeans, ein Sweatshirt und ein paar Sportschuhe. Er hat kein Sweatshirt dabei. Auch nichts in der Richtung. Viele Läden haben allerdings auch am Sonntag geöffnet … Nach ein Uhr in der Nacht versucht er erst gar nicht mehr, einzuschlafen, sondern schaltet den Fernseher an. Auf CKM läuft *Der Prinz aus Zamunda, Coming to America* in der Originalversion. Er freut sich, als er merkt, dass er die Dialoge verhältnismäßig gut verstehen kann. Sein Englisch wird von Tag zu Tag besser. Eddie Murphy als Sohn des Königs von Zamunda reist nach Queens, um eine Braut und damit die Prinzessin seiner Träume zu finden. Als er in der Stadt ankommt, verheimlicht er seinen Status als Thronfolger, nimmt einen Job als Putzkraft an und verliebt sich in die Tochter des Pizzakönigs: in die begehrteste Perle des Viertels. Dieselbe

Stadt. Auch eine Frau. Es ist fast schon drei, als er den Fernseher ausschaltet, aber sein Hirn ist zu stimuliert, um schlafen zu können. Er hat Hunger. Es dauert nicht lang, bis ihm klar wird, dass er sich im Zentrum einer Stadt befindet, die niemals schläft. In der Stadt, in der eben noch der Film spielte. Er zieht sich eine Hose an, ein Hemd und eine leichte Jacke über und geht hinunter auf die Straße.

Es sind noch ziemlich viele Lokale geöffnet. Die Berge an Müllsäcken, die davor stehen, türmen sich mittlerweile über die Köpfe hinweg. Der dichte Strom aus Touristen, Büroleuten und arbeitender Bevölkerung hat sich verflüchtigt zugunsten des spärlicheren Verkehrs der üblichen Nachteulen, von denen ihm allerlei Exemplare auf dem Weg zum koreanischen Selfservice begegnen. Er hat Lust auf ein bestimmtes Gericht. Das Wasser läuft ihm bereits im Mund zusammen, als er den Laden nur sieht.

Er betritt den grell erleuchteten Innenraum, lädt sich ohne weitere Umschweife eine riesige Portion Hühnerflügelchen auf den Teller. Nur das: Hühnerflügelchen. Dann füllt er sich an den Zapfhähnen ein großes Glas mit Eis und Coca-Cola. Die Cola kommt durch den Druck schäumend herausgeschossen. Das Glas beschlägt in kürzester Zeit vor Kälte, weil es bis oben hin gefüllt ist mit Eiswürfeln. An der Waage steht nun ein junger, für einen Asiaten sehr kräftiger Mann. Von Fu Man Chu und seinem Bärtchen ist ebenso wenig zu sehen wie von der Schlange. Im oberen Stockwerk sind lediglich drei, vier Tische belegt, so dass er sich den Tisch in der Mitte aussuchen kann, der gerade vor der großen Glasfront zur Straße hin steht.

Er isst mit bedächtigem Genuss. Die Flügelchen sind heiß, knusprig und sehr würzig. Die Coca-Cola ist so kalt und strotzt so vor Kohlensäure, dass er bei jedem Schluck die Augen schließen muss. Vor seinem Fenster sieht die Seventh Avenue in etwa so aus, wie er sich eine Hässlichkeitsutopie vorstellt, die auf eine Kinoleinwand projiziert wird. Das schwarze Plastik der Müllsäcke im flackernden Licht der Neonleuchten. Ein riesiges Foto von Michael Jordan wirbt am Gebäude gegenüber für Klamotten. Und der Hall der Hupen und Sirenen vermittelt das Gefühl, sich im geometrischen Zentrum der Stadt schlechthin zu befinden. Oder zumindest in ihrem Leichnam, der von den schlaflosen Würmern bearbeitet wird, die in gelbe Taxis hinein- oder wieder hinausklettern. Aber für einen Augenblick fühlt sich T rein gar nicht wie ein Wurm in einem toten Straßenköter. Eher wie ein Besatzungsmitglied an Bord einer Arche, die noch mit starken Tauen vor der Küste liegt und auf die Sintflut wartet, auf die Katastrophe, auf den großen Angriff aus dem All. Es würde in diesem Fall genügen, die Trosse zu lösen: würde die Arche gerettet, wäre die ganze Menschheit gerettet. An Bord befände sich die Essenz der Welt. Vom Abgründigsten bis zum Erhabensten. Während ihm diese Gedanken durch den Kopf gehen, verspeist T unzählige Hühnerflügelchen wie ein gleichgültiger Nero mit Blick auf sein Rom. Es sind Momente unendlichen Glücks: Die Vergangenheit ist abgeschlossen. Das Leben kann bei Null anfangen: Es kann es wirklich, ganz sicher, so fühlt es sich in diesem Augenblick an.

Als er seinen Bauch zufriedenstellend gefüllt hat, überlegt er, noch auf einen Whisky in der Bar auf der 33.

vorbeizuschauen, um den Rausch des Augenblicks länger auszukosten. Dann wurden es vier. Die vormals psychologische Euphorie ist Alkohol geschwängert, als er auf dem Weg zurück in sein Hotel unter einem dunklen Baugerüst auf der 33. einem großen, dünnen Weißen begegnet, der ein graues Kapuzensweatshirt trägt. Der Typ baut sich vor ihm auf, hat die Hände in sein Sweatshirt vergraben und nuschelt etwas Unverständliches. T entschuldigt sich dafür, ihn nicht verstanden zu haben. Der Typ reagiert ungehalten: »*The time! The time! What's the time!*«
T denkt, vielleicht wolle er ihm die Uhr klauen. Er freut sich fast darüber. Zunächst wird er ernst und hält dem Typ das Handgelenk unter die Nase, als solle er sich lieber noch einmal genau überlegen, ob es sich lohnt, sich wegen einer dicken Uhr von Casio, die lediglich hundert Dollar kostet, mit einem Unbekannten von seiner Statur und Form anzulegen. Der Typ fokussiert Ziffernblatt und Digitalanzeige, murmelt die Uhrzeit vor sich hin und macht Anzeichen, weiterzuziehen, ohne sich zu bedanken. T dagegen steht bereits unter der Wirkung aus Alkohol und Adrenalin:
»*Hey, you, wait a moment!*«, sagt er. Er zeigt sich im Profil und hält den Typ mit seiner linken Hand am Ärmel. Der Typ holt die rechte Hand aus der Mitteltasche:
»*What d'you want?*«
»*I like your shirt ...*«
»*Do you really?*«
Der Typ wahrt die Fassung, scheint sich aber lieber jetzt als gleich aus dem Staub machen zu wollen, wie sein Blick nach links und rechts verrät, als suche er Zeugen. T lächelt. Ausschließlich mit den Lippen. Er

will böse aussehen: »*Sure, it looks very nice ... Where did you buy it?*«

»*I don't remember ... Leave me alone.*«

T schaut ihm einen Augenblick lang fest in die Augen und spürt dessen Angst. Genau in diesem Moment packt er mit beiden Händen den linken Ellbogen, der wie ein Henkel absteht, weil die linke Hand noch in der Mitteltasche steckt und schleudert ihn im Stil eines Hammerwerfers um die eigene Achse. Er lässt den Griff gezielt so los, dass er rückwärts in die fast undurchdringliche Dunkelheit unter dem Gerüst stolpert. Dem Typ bleibt genug Zeit, um zu schreien: *Help*! Aber es kommt kaum mehr als ein Krächzer heraus, der schlagartig durch den gewaltsamen Aufprall gegen einen Rollo unterbunden wird. Nun hat er keine Zeit mehr. T hüpft wie ein Boxer mit kleinen Sprüngen auf ihn zu und donnert ihm einen Haken mit der Rechten gegen den Unterkiefer. Der exakt waagrechte Schlag lässt den linken unteren Eckzahn mit einer solchen Gewalt gegen den oberen krachen, dass der obere, schwächere, von der Wurzel her abbricht. Es hebelt ihm den Kieferknochen aus, so dass ein Nerv einklemmt, was dazu führen kann, unmittelbar das Bewusstsein zu verlieren.

Der Typ hockt total groggy am Boden. Er bewegt seine Arme und Beine, kann aber nicht mehr aufstehen. Er versucht es so wie ein Kind, das sich zu lang als Kreisel gedreht hat. Schreien kann er auch nicht mehr. Schon gar keine artikulierten Worte. Der Kiefer ist am Arsch und ein Teil seines Stimmapparats ist von der Verletzung wie betäubt. T geht auf ihn zu, um seine Arbeit zu Ende zu bringen. Er erwägt einen Tritt in die Rippen.

Dem Typ rinnt blutiger Schleim aus dem Mund, der gleich auf das Sweatshirt zu tropfen droht. »Na, was sind wir denn für ein Ferkelchen …«, sagt T zu ihm auf Spanisch. Er versucht ihm das Kleidungsstück auszuziehen. Der Typ verhält sich eigentlich nur noch wie eine Puppe, die beharrlich zwinkert und T dabei anschaut, ohne zu begreifen, was der mit ihm vorhat. Schlussendlich schlupft er mit dem Kopf aus dem Sweatshirt, ohne dass es Flecken bekommen hat. Der Typ versucht jetzt, in seinem Trägerhemdchen erneut aufzustehen. Er stützt sich auf seine feingliedrigen, weißen Arme und versucht, irgendetwas Vernünftiges mit seinen Beinen auf die Reihe zu kriegen.

Als er kurz davor ist, es zu schaffen und es ihm gelingt, sich mit einem Bein auf den Boden zu knien, ändert T seine Meinung hinsichtlich des vorgesehenen Gnadenstoßes. Er tritt ihm mit der Ferse gegen den Backenknochen. Das bricht ihm sofort das Keilbein. Die Hebelwirkung seines eigenen Körpers renkt ihm durch die unglaubliche Haltung beim Fallen den Oberschenkelhalsknochen aus. Man hört ein tiefes »Oh« im Moment des Trittes, danach ist nur noch ein jämmerliches Röcheln zu vernehmen, das an den Dämmerschlaf eines frisch Operierten erinnert.

T ist zwar noch nicht richtig warm geworden, aber der befriedigte Ehrgeiz lässt ihn stark atmen. Er zieht sich das Hemd zurecht und schaut sich das Sweatshirt im Licht der Straßenlaterne an. Es scheint seine Größe zu haben. Auf der Brust ist NY in Großbuchstaben blau aufgedruckt. Das gefällt ihm nicht so, aber einem geschenkten Gaul … Auf der Straße ist es noch ruhig, wobei jeden Augenblick jemand aus einer der Avenues einbiegen kann. Ein Fußgänger ist sogar bereits dabei, von dem Bürgersteig vor dem Empire State herüberzukommen, so dass er sich aus dem Staub machen sollte. Er spürt eine tiefe Erregung, etwas, was seit Tagen, ja seit Wochen eingeschlafen war. Er überlegt, ob es sich lohnt, zurück zu dem Eingang der Bar zu gehen und eine der Prostituierten mit auf sein Hotelzimmer zu nehmen. Aber es ist mittlerweile fast fünf, und als er auf sein gerade erworbenes Sweatshirt schaut, das in seiner Hand baumelt, fällt ihm wieder ein, dass er morgen Vormittag eine liebreizende Verabredung hat.

Der Verkäufer hat ihn erkannt, da ist der Kommissar sich sicher, sobald er das Plattengeschäft betreten hat. Man spürt es an der gespielten Gleichgültigkeit, mit der er die Wimpern senkt. Der junge Mann trägt diesmal eine Art braune Bluse, die durch unzählige kleine Falten so zerknittert ist, dass der Kommissar intuitiv auf Absicht schließt. Der weiße Lackledergürtel, der seine Hosen ziert, ist ohne jeden Zweifel derselbe.

»Guten Tag, junger Mann.«

»Tag … Kassetten führen wir leider immer noch nicht. Kann ich Ihnen sonst irgendwie behilflich sein?«

»Verkaufen Sie noch CDs oder sind die auch schon überholt?«

»Nicht, dass ich wüsste.«

»Hervorragend, dann empfehlen Sie mir bitte einen richtigen Knaller, seien Sie so freundlich.«

»Ja … Sie werden sich leider auch noch angewöhnen müssen, einem Verkäufer mehr Anhaltspunkte zu liefern …«

»Also, die letzte Scheibe, die ich mir geholt habe, war von Raphael oder von dem … Chumbelbel Jámperdin oder wie der heißt, die waren gut … Also so was in der Richtung … Sagen wir … mmh … Aus den achtziger Jahren … Eine, die richtig Klasse hat.«

»Oh, in den Achtzigern hatten fast alle Klasse. Da muss man sich bloß ein Video von Boy George ansehen …«

»Ah ja? Na, und da gab es die Sachen auch noch auf Kassetten.«

»Das wissen Sie besser als ich: Damals war ich, wie ich

zu meiner großen Freude gestehen muss, fast noch nicht geboren.«
Der Kommissar kann sich nicht zurückhalten: »Zu meiner auch ... Aber fragen Sie mich nicht warum.«
»Das möchte ich erst gar nicht wissen. Heute Morgen habe ich überhaupt gar keine Lust, unfreundlich zu werden. Wollen wir einen Blick in die Regale werfen?«
Der Kommissar kann sich erneut nicht rechtzeitig bremsen: »Ist das nicht ein bisschen arg altmodisch, Kunden an die Regale zu begleiten?«
»Machen Sie sich keine Sorgen; bei Alten und Behinderten sind wir immer besonders hilfsbereit.«
Der Kommissar geht wieder einmal als Verlierer, dafür aber mit einem Sampler von Madonna aus dem Laden. Diesmal versucht er erst gar nicht, die Tüte aus dem Plattenladen zu verstecken. Er läuft längs am Gebäude des Morddezernats vorbei und geht weiter zu den Einkaufszentren. Dort geht er zur FNAC. Auf den ersten Blick erzeugt die Innenausstattung in ihm das Gefühl, sich in einem Großhandel in die Abteilung für Autozubehör verirrt zu haben. Er stöbert ein bisschen zwischen den Handys herum, schaut einem Videospiel zu, das allein vor sich hinspielt und stolpert dann gewissermaßen über die Auslagen der Neuerscheinungen ausgewählter Verlage. Ein gewisser Carlos Ruiz Zafón, ein Javier Cercas, eine Ángela Vallvey und ein gewisser Quique Aribau liegen da versammelt ... Kein einziger Name kommt dem Kommissar bekannt vor. Er denkt an Schriftsteller, die er kennt. Camilo José Cela. Gonzalo Torrente Ballester. Álvaro de Laiglesia. Alle drei sind bereits tot, denkt er. Das macht Neuerscheinungen unwahrscheinlich. »Die Zeiten ändern sich, mein

Herr.« Er nimmt eines der Bücher in die Hand. Der gelbe Buchumschlag ist ihm aufgefallen. Außerdem hat es den bescheuertsten Titel, den der Kommissar je gelesen hat: *Wie ich beim Düngen der Geranien über den Schlauch fiel.* Er liest den erstbesten Abschnitt, der ihm ins Auge springt, legt es aber gleich wieder zu Seite. Die orthographischen Fehler und die extrem anstößige Sprache irritieren ihn. Auf diesem Tisch wird er jedenfalls nicht das finden, was er sucht. Es dauert nicht lange, bis ihm dämmert, dass er Hilfe benötigen wird. In der Mitte des Gangs entdeckt er eine Informationstheke, hinter der ein Mädchen an einem Computer sitzt. Er holt das Zettelchen heraus, auf das Puértolas, der Psycho, selbstverständlich in der Handschrift eines Mediziners, den Titel notiert hat.

»Junge Frau, ich suche ein Buch.«

»Was für eins?«, fragt das Mädchen und hebt den Blick. Der Kommissar liest mit einigen Schwierigkeiten: »Also ... Der Autor heißt R. Hare oder Mare oder Here ... Den Titel habe ich in Großbuchstaben. Da bin ich mir sicher: *Gewissenlos.*«

»Ah ja.« Das Mädchen tippt etwas ein. »Das finden Sie bei uns unter Psychologie. In dem Regal hinter den Taschenbüchern.«

»Verzeihen Sie, könnten Sie mir vielleicht behilflich sein. Ich kenne mich hier überhaupt nicht aus.«

Die Verkäuferin nickt. Sie kommt hinter der Theke hervor und läuft durch den Mittelgang. Der Kommissar geht mit verschränkten Armen hinter ihr her. Er hält die Plattentüte aus dem anderen Laden so, dass sie nicht so auffällt. Das Mädchen reicht ihm ein Buch und der Kommissar konzentriert sich auf den Buch-

umschlag, um das Mädchen nicht mit seinem Blick zu durchbohren: Robert D. Hare, *Gewissenlos. Die Psychopathen unter uns*. Als er sich in der Lage fühlt, sie dankbar anzulächeln, wagt er es, dem Mädchen in die Augen zu schauen und zu fragen: »Was bin ich Ihnen schuldig?«
Das Mädchen nimmt ihn leicht am Arm, um ihm den Weg in die andere Richtung zu weisen: »Nein, schauen Sie, Sie müssen dort drüben zur Kasse.«
Auf dem Weg dorthin liest der Kommissar, teilweise auch, um seine Ungeschicklichkeiten als Anfänger in einem modernen Laden schneller zu vergessen, eine der ersten Seiten des Buchs. Dort werden die Grundgedanken bereits in Grundzügen skizziert.
Es wird ein gewisser William March zitiert: *Nette Menschen verdächtigen ihre Umwelt normalerweise nicht: Sie können sich nicht vorstellen, dass andere Menschen Dinge tun, zu denen sie niemals fähig wären. Normalerweise sind sie vielmehr bereit, die einfachsten Erklärungen zu akzeptieren und es dabei zu belassen. Gleichzeitig neigen die meisten normalen Menschen dazu, sich Psychopathen als kleine Monster vorzustellen, denen man ihren Charakter ansieht. Nichts ist weiter entfernt von der Realität […] Diese Monster des alltäglichen Lebens sehen unauffälliger aus und verhalten sich unauffälliger als alle ihre normalen Brüder und Schwestern zusammen. Sie sind auf virtuose Weise dazu in der Lage, ein Bild von sich zu vermitteln, das überzeugender ist, als die Tugend selbst. So wie eine Wachsrose oder ein Plastikpfirsich viel eher so aussehen wie im Bilderbuch, als jede echte Blume oder Frucht.*
Als er an einer der Kassen steht und die elektronischen Vorrichtungen sieht, durch die er hindurchgehen muss, denkt der Kommissar, dass es besser sein wird,

der jungen Frau, die ihn bedienen wird, Bescheid zu sagen: »Die CD habe ich woanders gekauft … Ich wusste ja nicht, dass sie hier Platten verkaufen …« Die junge Frau lacht. »Kein Problem.« Sie zieht das Buch über den Scanner und fragt den Kommissar, ob er eine Kundenkarte hat. »Kunde wovon?«
Als dies ausgestanden ist, rechnet er beim Hinausgehen um, wie viel 14,25 Euro in Peseten sind. Das erscheint ihm nun doch teuer zu sein für eine einfache kleine Paperback-Ausgabe. Schließlich verspricht die Reklame garantiert günstigste Preise.
Als er wieder in seinem Büro angekommen ist, bleibt er völlig unvermittelt vor Varela stehen: »Varela, sagen Sie: Welche Namen spanischer Schriftsteller fallen ihnen ein, die sich gut verkaufen?«
Varela macht eine vage Geste, Haltung anzunehmen: »Ähm … Ich weiß nicht … Antonio Gala?«
Der Kommissar schüttelt leicht den Kopf und geht in sein Büro.

***

Am Samstagvormittag fahren der Kommissar und seine Frau in ihrem marineblauen, nach Lavendel duftenden Peugeot, einer großen, immer noch blitzenden Limousine des Baujahrs 92, aus der Stadt hinaus. Der Tag ist herrlich: strahlend blauer Himmel, 19 Grad auf dem Thermometer des Armaturenbretts, kein Wind. Die Landschaft scheint im Licht des Frühlings eine andere zu sein. Mercedes, die Frau des Kommissars, ruht sich still neben ihm aus. Er konzentriert sich darauf, die kleinlichen Geschwindigkeitsbegrenzungen nicht zu überschreiten, die zudem manchmal nur schwer zu erkennen sind. Ihm fällt auf diesem Stück der Autobahn die letzte Fahrt mit Varela ein. Dadurch schweifen seine Gedanken zu dem Uni-Pork-Fall, genauer gesagt, zu dem Bericht des Forensikers Prades, den er am Nachmittag zuvor vollständig gelesen hat. Mit seiner Frau will er lieber nicht über die Geschichte sprechen. Im Allgemeinen vermeidet er es, ihr von solchen schaurigen Vorfällen zu erzählen. Daher fährt er still und versunken weiter.

Prades hat Spuren einer Alkaloid-Vergiftung in der Leiche nachgewiesen. Alkaloid ist eine Substanz, die der Kommissar nicht kannte. Die Vergiftung ist, so steht es im Bericht, auf die Zufuhr von Stechapfel zurückzuführen. Aller Wahrscheinlichkeit nach wurde die Substanz in einem Tee zugeführt. Stechapfel ist eine Pflanze, das ist dem Kommissar bewusst, die je nach Dosis wie eine medizinische Pflanze oder wie ein Halluzinogen oder wie ein Gift wirkt, so wie Bilsenkraut auch oder Tollkirsche oder bestimmte Arten des Salbeis. Trotzdem gibt es keinen Schwarzmarkt für Stechapfel. Höchstwahrscheinlich, weil das Zeug wie Unkraut auf irgendwelchen Brachen wächst. Außerdem ist es nicht als illegale Substanz erfasst, so dass der Konsum die Polizei eigentlich auch nichts angeht. Nun hat der Kommissar sich mit Hilfe der Materialien, die Varela im Internet gefunden hat, ein wenig mit der Sache befassen müssen. So wie es aussieht, sind die meisten Vergiftungen mit Alkaloid zufällig. Gelegentlich landen vor allem kleine Kinder in den Krankenhäusern, die von den Blüten oder den Samen gegessen haben. Behandelt wird mit Beruhigungsmitteln. Wichtig ist, die Patienten von jeglichen Sinnesreizen fernzuhalten. Am besten bleiben sie in Begleitung einer Vertrauensperson. Die soll die Ruhe bewahren und beruhigend auf den Patienten einwirken. Unter allen Umständen gilt es Angstzustände und Horrortrips zu vermeiden. Was für Halluzinationen muss da eine Frau ausgestanden haben, fragt sich der Kommissar, die entführt und auf einen Schlachthof gekarrt wurde, um dort zeremoniell geopfert zu werden. Um abgeschlachtet zu werden. Wieso geht ihm der Begriff »zeremoniell geopfert« durch den Kopf? Wieso dieser Ausdruck? Etymologisch kommt »gebaut werden« von »einen Bau herstellen«, erinnert sich der Kommissar dunkel. Dann muss »geopfert werden« im Analogieschluss daher kommen, »ein Opfer herzustellen«. Im Sinne von »etwas Heiliges herstellen«. Es hat auch etwas mit »Weihe« zu tun.

Mitten im Gedankengang überholt ihn ein Audi A3 auf der linken Fahrbahn. Er vergleicht empört die Geschwindigkeit auf dem Tachometer: 120. Das lenkt seine Gedanken in eine andere Richtung.

Er räuspert sich, bevor er zu seiner Frau sagt: »Was hältst Du von der Idee, uns ein neues Auto anzuschaffen?«

»Wie bitte?«

»Ich meine, wir könnten uns ein neues Auto kaufen. Mir gefallen diese Audis, die jetzt überall herumfahren. Diese kleinen Wagen, weißt Du, wie der, der uns gerade wie ein Verrückter überholt hat.«

»Meinst Du ein gelbes? Das mag für junge Leute ja das Richtige sein, aber für uns …«

»Schatz, ich meine das Modell. Die Farbe kann man

sich dann aussuchen. In einem dunklen Silber-Metallic sieht er wunderschön aus.«
»Für mich sind alle Autos gleich. Das weißt Du doch …«
»Wie können die denn alle gleich aussehen? Der ist doch viel kleiner als unserer und hat eine ganz andere Form. Siehst Du das denn nicht?«
»Was weiß denn ich. Der ist doch schon über alle Berge.«
»Gut. Sobald wieder einer kommt, zeige ich ihn Dir. In letzter Zeit sieht man sie häufig …«
Eine Weile denkt sie darüber nach, wie sie es sagen soll: »Und wie teuer sind die?«
»Wer?«
»Die Saudis?«
An der Stimme ist deutlich zu hören, dass der Kommissar einen Witz macht: »Das kommt darauf an. Gelbe sind im Sonderangebot, weil die nur junge Leute kaufen …«
»Lass doch bitte den Unsinn … Ich denke ja nur, dass in Calabrava auch eine Renovierung auf uns zukommt. Wir wollten doch beispielsweise eine Gasheizung installieren lassen. Damit wir auch im Winter mehr Zeit dort verbringen können, wenn Du erst einmal pensioniert bist …«
»Gut. Dann lassen wir die eben einbauen. Das kostet heutzutage ja kein Vermögen mehr.«
»Du meinst im Vergleich zu einem Saudi?«
»Audi. Die ohne S sind auch gleich viel billiger«, er zwickt ihr ins Knie und lacht.
»Na, Du bist ja heute wieder mal sehr witzig, hm?«, sie klatscht ihm mit der Hand auf den Handrücken.

Zwei Sekunden Stille.
»Ich meine ja nur: Ich habe überlegt, dass wir uns das jetzt auch mal erlauben können«, sagt der Kommissar.
»Denk aber daran, dass wir ab jetzt nicht mehr dasselbe Einkommen haben. Und Deine Zulagen fallen auch weg ...«
»Aber die Pension, die wir dann haben, ist schon ganz ordentlich. Außerdem haben wir ja auch was Erspartes, nicht? Und dann gibt es noch die Papiere von anno dazumal, die Du gekauft hast ...«
»Die Papiere von anno dazumal werden nicht angerührt, damit Du's weißt. Schon gar nicht für ein Auto.«
»Miete müssen wir auch nicht zahlen. Wir haben auch keine Kredite, die wir abbezahlen müssten ...«
»Hör mal ... Seit wann kümmerst Du Dich denn darum? Du hast doch überhaupt keine Ahnung, wie viel an monatlichen Kosten samt Nebenkosten und so für die Wohnung anfallen. Plus die Umlagen für den dämlichen Aufzug ... Und für die Krankenversicherungen und die private Rentenversicherung und die Wohnung in Calabrava, die auch ihre Kosten hat ... Was denkst Du Dir denn eigentlich ...?«
Der Kommissar sagt nichts. Sie redet weiter: »Und wie kommst Du gerade jetzt auf die Idee, ein neues Auto zu kaufen? Fährt das nicht mehr richtig gut?«
»Doch ... Aber ... Ich weiß nicht, es ist schon neun Jahre alt, und die neuen sind einfach sicherer ... Die Zeiten ändern sich ...«
Erneut Stille. Sie: »Hör mal ... Find doch erstmal heraus, was so ein Laudi kostet, der Dir da gefällt und dann sehen wir weiter. Aber komm mir ja nicht mit einem gelben ... Mir wird das langsam hier zu modern,

mit der Musik, die wir seit neuestem im Haus haben ...«

Der Kommissar dreht sich für einen Moment zu ihr um. Legt dann seine Hand an die rechte Schläfe: »Zu Befehl, Ihre Exzellenz. Hat Ihre Exzellenz weitere Anweisungen?«

»Ja. Dass Du aufhörst mit dem Unsinn und Dich auf die Straße konzentrierst.«

»Unter einer Bedingung: dass ich einen Kuss bekomme, sobald wir das nächste Mal halten.«

»Ach, du liebe Zeit ... Ich weiß ja auch nicht, was da in Dich gefahren ist. Man sollte meinen, Du wirst nicht pensioniert, sondern demnächst zum Wehrdienst eingezogen.«

Die Umgehungsstraße, die zur Küste führt, ist nicht sehr befahren, und so erreichen sie Calabrava noch vor zwölf Uhr. Wie immer halten sie kurz am Markt an und kaufen frischen Fisch aus der Region. Der Kommissar parkt in der zweiten Reihe, um auf seine Frau zu warten. Er steht direkt hinter einem silbernen Audi, dessen aufwendige Felgen mit Schlamm verdreckt sind. Der Fahrer sitzt nicht im Wagen, so dass der Kommissar, kaum dass die Markttüren hinter seiner Frau zugeschlagen sind, aus dem Peugeot steigt, um sich durch das halboffene Fenster den Innenraum des anderen Wagens anzusehen.

»Stört er sie beim Rausfahren?«, fragt da eine Stimme. Der Kommissar schaut, wo sie herkommt: Einer der Verkäufer von den Gemüseständen, die vor dem Markt postiert sind, hat gerufen. Eine Zigarette hängt im Mundwinkel und die Hosen sitzen so tief, dass man den Gummizug der Unterhose sieht, sobald er sich

bückt, so wie jetzt, um eine Kiste Artischocken auf dem Boden abzustellen. »Nein«, sagt der Kommissar mit lauter Stimme, »ich hab ihn mir nur anschauen wollen.«
Dann fühlt er sich verpflichtet, zu dem Stand zu gehen und was zu sagen. »Ein schöner Wagen«, sagt er. »Ich denk darüber nach, ein neues Auto zu kaufen.«
Der Mann am Stand scheint etwa gleich alt zu sein. Er ist dünn und sehnig, seine Gesichtshaut ist gegerbt von der Sonne und der Bart sprießt seit mehreren Tagen. »Tss, mich hat er letzte Weihnachten auch verrückt gemacht, aber ich brauche mehr Platz im Kofferraum. Und er liegt mir auch zu tief. Den kriegt jetzt mein jüngster Sohn. Für mich ist der A4 Quattro besser, den sie gerade neu rausgebracht haben ...«
Der Kommissar erklärt, um die Unterhaltung in Gang zu halten, dass so ein A3 für ihn und seine Frau völlig ausreichend wäre.
»Steigen Sie ruhig mal ein und schauen Sie ihn sich an. Die Türen sind offen.«
Der Kommissar wehrt dankend ab. Das sei nicht nötig.
»Steigen Sie ruhig ein, immer rein da: Ich würde Ihnen ja gern anbieten, mal 'ne Runde zu drehen, aber wenn ich den da weg bewege, find ich keinen Parkplatz mehr.«
So kommt es, dass ihn seine Frau, als sie mit der Fischtüte den Markt verlässt, bereits mit halbem Körper in einem Wagen vorfindet, der ihnen nicht gehört.
»Was machst Du denn da?«
»Gefällt er Dir?«
»Nee, der ist so dreckig. Wem gehört er?«

»Dem Herrn dort vom Gemüsestand.«
»Und Du steckst Deine Nase in ein Auto, das Dir nicht gehört? Fehlt nur noch, dass Dich jemand sieht und die Polizei ruft ...«
»Schatz, sehe ich aus wie jemand der Autos knackt?«
»Wer so in einem Auto herumwühlt, das ihm nicht gehört, sieht immer aus wie ein Dieb. Hör mal, als Hauptgericht dachte ich an eine *Merluza de Palangre* und herrliche Venusmuscheln, die heute besonders günstig sind. Willst Du sie gebraten oder in grüner Soße? Ich frag ja nur, weil ich noch Petersilie bräuchte, wenn Du sie in grüner Soße haben willst. Die hatten sie heute nicht da.«
»In Soße. Gefällt er Dir wirklich nicht? Stell ihn Dir doch mal schön sauber vor, dann sieht er natürlich gleich ganz anders aus.«
»Also, zeig mir einen, der schön sauber ist und dann sag ich Dir's. Hör mal, nimm schon mal die Tüte. Ich brauche noch Gemüse und Obst. Meinst Du Dein Freund vom Stand hat Petersilie?«

***

Montag vor der Mittagspause blinkt die interne Leitung am Telefon im Büro des Kommissars. Varela ist dran: »Kommissar, ein Anruf von einem gewissen Quique Aribau. Er sagt, er habe die Nummer von Enrique Murillo.«
Der Kommissar klappt das Buch von Hare über Psychopathen zwar zu, lässt aber den Zeigefinger als Lesezeichen drinnen: »Was für ein Quique ...?«
»Aribau, wie die Straße Aribau.«

Er überlegt drei Sekunden: »Aribau …, Aribau …, Aribau … Gut, stell ihn durch.«
Es piepst einmal, dann geht ein anderes Licht an der Telefonanlage an: » Ja …«
»Guten Tag, Kommissar Pujol?«, fragt eine unbekannte Stimme.
»Höchstselbst, was kann ich für Sie tun?«
»Ich heiße Quique Aribau. Wir haben einen gemeinsamen Bekannten, Enrique Murillo, der so freundlich war und mir Ihre Nummer gegeben hat … Hat er Ihnen nicht gesagt, dass ich Sie anrufen werde?«
»Nicht, dass ich wüsste … Um was geht es denn?«
»Also, vielleicht wird Ihnen das ein bisschen komisch vorkommen … Na, fangen wir von vorne an. Ich bin Schriftsteller … Romanautor, auch wenn Ihnen mein Name möglicherweise nichts sagt …«
»Oh, jetzt, wo Sie es sagen, doch, er kommt mir bekannt vor, aber ich weiß nicht mehr genau, woher.«
»Vielleicht haben Sie ihn irgendwo gesehen, mein letzter Roman hat sich ganz gut verkauft …«
»Ah, ja … Kann es sein, dass ich das Buch bei der FNAC gesehen habe?«
»Bestimmt. Dort liegt es seit ein paar Wochen auf dem Tisch mit den Neuerscheinungen … Ich rufe Sie an, weil ich einen neuen Roman vorbereite, diesmal ist ein Polizist der Protagonist. Da habe ich Enrique gefragt, ob er jemanden kennt, der mir bei der Recherche behilflich sein könnte …«
»Aha …«
»… und daher wollte ich Sie fragen, ob ich für ein paar Minuten mal bei Ihnen vorbeischauen dürfte. Nur um Ihnen in groben Zügen von der Geschichte zu erzäh-

len, die mir so vorschwebt, und um zu sehen, ob Ihnen jemand einfällt, der da geeignet wäre. Oder ob Sie mich vielleicht sogar an jemanden verweisen könnten. Schon allein eine Unterhaltung mit Ihnen wäre für mich sehr hilfreich. Aber ich will Ihre Liebenswürdigkeit natürlich auch nicht zu sehr in Anspruch nehmen.«

Der Kommissar schätzt die Anfrage blitzartig ein und lässt sich schließlich von seiner Neugier leiten: »Also ... Prinzipiell, denke ich, steht dem nichts im Wege ...«

»Da danke ich Ihnen sehr ... Wissen Sie schon einen Tag und eine Uhrzeit, wo noch ein Zeitfensterchen offen wäre? Ich werde mich auch bemühen, Sie nicht allzu lange aufzuhalten.«

»Bei mir ist das ziemlich schwer vorhersehbar ... In aller Regel melden sich die Verbrecher vorher nicht bei uns an ...«

Der Kommissar hält einen Augenblick inne, um klar zu verstehen zu geben, dass dies als Witz gemeint war. Am anderen Ende der Leitung ist ein liebenswürdiges Lachen zu hören.

»Wie wäre es an einem der nächsten Vormittage hier bei mir im Büro? Wenn wir Glück haben, können wir dann in Ruhe einen Augenblick miteinander reden.«

»Wunderbar, was halten Sie von Mittwoch? Da muss ich wegen einer Radiosendung sowieso runter in die Stadt kommen. Wenn nicht, kann ich es aber auch an jedem anderen Tag einrichten ...«

»Nein. Mittwoch ist gut. Da ist es in der Regel sowieso eher ruhig.«

Als der Kommissar auflegt, überlegt er noch eine Weile. Das Buch von Hare ist noch immer über dem

Zeigefinger zugeschlagen. Er fragt sich, ob ausgerechnet dieser Quique Aribau der Schriftsteller ist, dessen Buch er auf dem Tisch mit den Neuerscheinungen bei der FNAC durchgeblättert hat, und das ihm so anstößig und schlecht geschrieben vorkam. Er kann sich nicht mehr richtig an den Titel erinnern: irgendetwas mit »Geranien« ... Er nimmt den Hörer wieder ab und drückt auf den Knopf, um sich mit Varela zu verbinden: »Varela, seien Sie so nett und schauen Sie mal, was Sie über diesen Quique Aribau herausfinden können, der gerade angerufen hat. Offenbar ist er Schriftsteller.«

»Was genau möchten Sie wissen?«

»Ach, nichts Bestimmtes. Schauen Sie einfach mal, was Ihnen in den ersten zehn Minuten so in die Hände fällt. Vielleicht finden sie auch etwas im Internet. Das reicht mir dann schon.«

Der Kommissar öffnet das Buch von Hare. Er zwingt sich dazu, durchzuhalten. Die Lektüre ist unangenehm. Es gibt sogar Passagen, bei denen er sich sehr überwinden muss, weiterzulesen. Aber er hat sich vorgenommen, es ganz durchzulesen. Es widerspricht seinen Prinzipien, ein Buch in der Mitte aufzuhören. Zumindest wenn es kein Ratgeber ist. Aber es ist nicht nur das. Es ist auch sehr interessant, was er da liest. Beispielsweise scheint das Phänomen der »Psychopathen« und »Psychopathinnen« deutlich verbreiteter zu sein, als er gedacht hätte: Der Autor schätzt, dass etwa ein Prozent der Bevölkerung charaktertypische Züge aufweist. Nur ein kleiner Teil davon lässt sich allerdings zu Verbrechen hinreißen und ein noch geringerer Teil von ihnen wendet grobe Gewalt gegen Personen an.

Diese letzteren aber sind zweifellos diejenigen, mit denen der Kommissar es normalerweise zu tun bekommt. Vergewaltigungen, brutale Überfälle ... Besessene, die in der Lage sind, nur so zum Spaß jemanden zu verletzen oder zu töten ... Häufig sind diese Leute auf den ersten Blick sehr anziehend. Der Kommissar weiß, dass die Nachbarn von Leuten, die sie wegen brutalster Verbrechen verhaften, häufig sagen, dass sie die Personen bisher nur als wunderbare Menschen kennengelernt haben. Wie oft schon waren diese Leute während eines Verhörs von solcher Liebenswürdigkeit, dass sie die abgebrühtesten Inspektoren fast um den Finger gewickelt hätten. Zu großen Teilen aber beschäftigt sich das Buch mit den anderen, die es niemals mit der Polizei zu tun bekommen: Diese sind zwar gleichermaßen destruktiv und zerstörerisch, aber weniger gewalttätig. Es sind die Leute, die eine lange Spur an Demütigungen und verletzten Gefühlen hinter sich herziehen, die aber niemand zur Anzeige bringen kann, weil sie dabei nie das Gesetz übertreten. Obwohl sie unsere basalen Vorstellungen von Menschlichkeit mit Füßen treten. Womöglich ist es also nur ein Prozent der Bevölkerung, denkt der Kommissar, der die restlichen neunundneunzig Prozent dazu zwingt, im Leben den anderen Menschen zu misstrauen. Mehr noch: Durch sie wird jede Form der Utopie unrealistisch. Zumindest, wenn sie auf der Voraussetzung beruht, dass der Mensch gut sei.
Das Telefon klingelt. Varelas Taste blinkt: »Kommissar, es gibt ziemlich viel über diesen Aribau im Internet. Sogar auf Seiten aus anderen Ländern. Er wurde offenbar auch in andere Sprachen übersetzt. Ich habe ein

paar Interviews gefunden, die Journalisten mit ihm gemacht haben. Dann noch ein paar Dinge, die er für die Presse gemacht hat. Sowie Verlagsankündigungen, Rezensionen, Ankündigungen weiterer Übersetzungen und eine Verfilmung seines letzten Romans ...«

»Wie heißt der ...?«

»*Wie ich beim Düngen der Geranien über den Schlauch fiel.* Und der Verlag: Lengua de Trapo ...«

»Ja ... Das kenne ich ... Da habe ich vor ein paar Tagen zufällig mal reingeschaut ... Danke, Varela. Das reicht mir schon.« Er will gerade auflegen, als ihm etwas einfällt: »Warten Sie mal. Verbinden Sie mich bitte mit Berganza von der Mordkommission. Wenn Sie ihn nicht gleich an die Strippe kriegen, dann versuchen Sie es bitte immer wieder, und sagen Sie mir gleich Bescheid, wenn Sie ihn erreicht haben.«

Der Kommissar steckt den Umschlag zwischen die Seiten und legt das Buch in eine Schublade des Schreibtischs. Genug von Psychopathen für heute. Er hat auch keine Lust, den Bericht von Berganza noch einmal durchzusehen. Geschweige denn den von Prades, dem Gerichtsmediziner, der wegen seiner Präzision mindestens so deprimierend ist wie das Buch von Hare. Wenn nicht noch deprimierender. So steht er erst einmal aus dem Sessel auf und schaut aus dem riesigen Glasfenster. Ganz oben auf die dreckigen Hauswände zeichnet die Sonne Vierecke. Ein weiterer herrlicher Frühlingstag ... *Lengua de Trapo*, das heißt Gestammel oder Gestotter ... wie kann man bloß seinen Verlag so nennen? Und dann noch die Umschläge in solch schrillem Gelb. Wie die Audis der Jugendlichen aus der Oberschicht. Oder die CD von Manu Chao: *Pa'l cemen-*

terio se va, la vaca de mala leche … Échale Baygon al bai bai gon. Die Zeiten ändern sich, mein Herr. Die diffusen Assoziationen bringen ihn in eine andere Stimmung: Zum Glück gibt es in der Welt auch genug Verrückte, die völlig harmlos sind.

***

Nach elf, kurz nachdem der Kommissar sein Sandwich verspeist hatte und aus der Cafeteria wieder hochgekommen war, meldet sich Varela auf der internen Leitung: »Kommissar, ich habe Berganza auf der 4.«

»Ich geh ran.« Der Kommissar drückt den entsprechenden Knopf. »Berganza, wie geht's …?«

»Kommissar …«

»Ich habe Ihren Bericht gelesen und den von Prades …«

»Ah, kam der von Prades auch bei Ihnen an? Interessant mit dem Stechapfel, nicht?«

»Ja, ich habe ihn am Freitag gelesen und habe ihn gar nicht mehr aus dem Kopf bekommen.«

»Prades ist normalerweise gar nicht der Typ für solche kleinen Gesten, freundlicherweise seinen Bericht zu verschicken. Da haben Sie ihm sicher gut gefallen.«

»In der Regel komme ich mit den Gerichtsmedizinern gut klar … Aber ich wollte Sie beglückwünschen, seit Jahren habe ich keinen so schulbuchmäßigen Bericht mehr gelesen.«

»Na ja, die Zeiten ändern sich halt«, sagt Berganza um das Kompliment abzuschwächen.

»Wem sagen Sie das. Mittlerweile wird die Orthographie ja nicht mal mehr von den Schriftstellern eingehalten ... Wie ich gesehen habe, schlagen Sie in den Schlussfolgerungen vor, den Fall an das zentrale Morddezernat zu übertragen ...«

»Ja, die haben ihn auch schon übernommen. Wir haben ja eigentlich vom ersten Augenblick an mit der Zentrale gerechnet, wie Sie wissen. Am Freitag habe ich mit dem Chef dort gesprochen ...«

»Rodero?«

»Rodero, ja. Kennen Sie ihn?«

»Ein bisschen. Interessiert ihn der Fall?«

»Ja, ihm schien die Idee zu gefallen, sich der Geschichte anzunehmen ... Mein Assistent und ich haben ein paar Tage in San Juan del Horlá verbracht und Leute befragt ... Aber wir sind nicht in der Lage, von hier aus eine komplette Untersuchung durchzuführen. Dazu haben wir nicht genug Personal, uns fehlen auch die Mittel.«

»Was meinen Sie ... glauben Sie, dass jemand aus dem Dorf in der Lage dazu war, eine solche Tat zu begehen, wie die da im Schlachthof?«

»Wer weiß ... Die sind alle mehr oder weniger durchgeknallt da ... Es gibt einen Alten, der aussieht wie Einstein und den sie alle Beethoven nennen. Er erzählt, dass Maupassant eine Weile in Horlá verbracht habe, bevor er verrückt geworden ist. Das ganze Dorf sei ein einziges Purgatorium, in dem die Leute bereits Buße tun für ihre Sünden ... Der ist vielleicht ein bisschen übergeschnappt, aber wenn ich ehrlich bin, versteht man, was er meint, wenn man dort einmal länger war.«

»Ja ... Ich hatte ja wenigstens gehofft, dass die Identifizierung der Leiche keine Probleme macht.«

»Ah, das wissen Sie ja noch gar nicht ... Offenbar steht mehr oder weniger fest, um wen es sich handelt. Als wir die Daten eingegeben haben, gab es eine klare Koinzidenz. Offiziell ist es allerdings noch nicht. Alles deutet auf eine Person aus dem benachbarten Tal hin. Aus einem Dörfchen, das etwa fünfzig Kilometer von San Juan del Horlá entfernt ist. Sie wurde zwei Tage, bevor wir die Leiche gefunden haben, als vermisst gemeldet und die Ergebnisse der Ektoskopie sprechen ebenfalls dafür. Uns fehlt nur noch eine Probe der DNA. Auch die Befunde, die Prades in seinem Bericht zusammengetragen hat, passen ... Alles, was er über die Hämatome und so sagt, würde sich dadurch erklären, dass sie vermutlich zusammen mit Schweinen in einem Viehtransporter aus dem Tal hochgekarrt wurde. Wir gehen ja davon aus, dass unser Opfer zusammen mit anderen Tieren transportiert und geschlachtet wurde. Wohlgemerkt ... Tiere.«

»Sie ist die fünfzig Kilometer kurvenreiche Strecke in einem Käfig mit Schweinen unterwegs gewesen und lebend angekommen?«

»Ja, das ist wirklich Wahnsinn. Aber damit haben wir wenigstens einen klaren Anhaltspunkt.«

»Der in meinen Augen noch nicht so klar ist ...«

»Na ja, wenn sich die Identität bestätigen sollte, wissen wir wenigstens, wo wir ansetzen können mit den Ermittlungen. Wir versuchen natürlich auch herauszufinden, wo diese Schweine herkamen, mit denen sie zusammen geschlachtet wurde, was allerdings dadurch erschwert wurde, dass die eingesetzte Richterin alles Fleisch, was nicht menschlich war, aber in der Kühlung auftauchte, verbrennen ließ. Daher müssen wir jetzt

mühsam die Verkäufe der Tiere durchgehen und sehen, ob irgendein Diebstahl gemeldet wurde … Na, ja …«
»An wen wurde das Ermittlungsverfahren geschickt?«
»An einen gewissen Óscar Domínguez. Kennen Sie den?«
»Vom Hörensagen. Der dürfte noch keine dreißig Jahre alt sein.«
»Rodero meint, dass wäre günstig für uns, weil der uns normalerweise alle Freiheiten lässt.«
»Na, das ist mir ja eine Hilfe: einer, der sich noch nicht traut, sich in irgendeiner Form zu widersetzen. Aber vielleicht hat er Recht und vielleicht ist es in diesem Fall für uns von Vorteil …«
»Sie haben sicher gesehen, dass ich Sie im Bericht erwähne. Gibt es irgendetwas, das Sie dem Ganzen noch hinzufügen mögen? Was ich übersehen habe …?«
»Ja … Nein … Ich habe dem wirklich gar nichts hinzuzufügen … Dieser Fall geht mir einfach nicht mehr aus dem Kopf, obwohl es offiziell nicht meiner ist. Vor ein paar Tagen habe ich wegen des Bekennerschreibens einen Psycho von den Kriminalwissenschaftlern aufgesucht … Das ist ja kein gewöhnliches Schreiben. Es ist tatsächlich das allererste Mal, dass ich von so einem Fall höre. Das Ganze ist ja wie im Film.«
»Und was hat der Psycho gesagt …?«
»Nichts Konkretes … Sie wissen ja wie die sind … Dass auf einem Gemälde von Bosch ein Schwein mit einem Nonnenschleier zu sehen ist und dass eine Sau in Großbuchstaben für den Teufel steht oder für den Vater mit Großbuchstaben und Kleinbuchstaben oder … Na ja … Am Schluss hat er mir ein Buch über Psycho-

pathen empfohlen. Vor allem aber hat er mir zu ein paar Assoziationen verholfen ...«

»Ah ja ... gut. Rodero sagte mir gestern, dass er auf Sie zählt, er wird Sie garantiert in den nächsten Tagen anrufen, um Sie auf dem Laufenden zu halten ...«

»Dann werden wir die Suppe wohl gemeinsam auslöffeln ... Damit habe ich schon gerechnet. Eigentlich macht er das aber nur pro forma ... Ich habe hier nur noch wenig zu melden ... Weiß man schon, wen er im Auge hat?«

»Nein. Aber für ihn riecht die ganze Geschichte stark nach einem Drogendelikt.«

»Oh, was für eine Erkenntnis: Seit dreißig Jahren riecht hier alles nach Drogendelikten ...«

»Na ja, wir hatten hier in letzter Zeit fast mehr mit Immigranten zu tun ...«

»Wir auch ... Nun gut, Berganza, ich wollte Ihnen eigentlich nur herzlich für den Bericht danken. Grüßen Sie bitte Prades von mir.«

»Werde ich ausrichten ... Ich glaube, wir sehen uns sowieso alle bald wieder. Rodero meinte, er wolle schon bald ein Treffen organisieren.«

»Ah ja ... Entschuldigen Sie, Berganza, noch eine Sache ... Das hätte ich jetzt fast vergessen ... Ich wollte Sie noch um einen Gefallen bitten, falls sich das auf dem kurzen Dienstweg einrichten lässt ...«

»Was auch immer Sie möchten ...«

»Sie haben doch gesagt, dass der Eigentümer des Schlachthofs Gedichte verfasst ...?«

»Ja, die veröffentlicht er hier in so einem regionalen Blättchen.«

»Jeden Tag?«

»Das weiß ich nicht ... Ich vermute aber eher, ab und zu.«
»Könnten Sie mir über die Hauspost ein Exemplar zukommen lassen, in dem etwas von ihm abgedruckt ist ...? Am besten das Neueste ... Rein aus Neugier.«
»Das dürfte kein Problem sein ... Ich kann ja mal in die Redaktion des Blättchens gehen und sie um ein paar Kopien bitten, die werden da sicher nichts dagegen haben.«
»Nein, ich möchte auf keinen Fall einen Stein ins Rollen bringen ...«
»Gut. Ansonsten nehme ich mal an, dass Sie auch im Netz etwas finden werden.«
»Wo?«
»Auf der Internetseite ... Die Zeitungen haben meist auch eine Website ...«
»Und die kann ich auch hier im Büro einsehen?«
»Na, klar ... Fragen Sie mal Ihren Assistenten.«

***

Früh am Vormittag geht der Kommissar am Mittwoch im Plattenladen direkt zum Ladentisch: »Wer hätte das gedacht, die CD, die Sie mir vor ein paar Tagen verkauft haben, hat mir richtig Spaß gemacht.«
»Natürlich. Ich bilde mir ein, dass ich etwas von meiner Arbeit verstehe.«
»Nun geben Sie mal nicht so an: Wir kennen uns alle mit unseren ...«
»Lassen Sie mich raten ... Sie sind Notar. Wetten, dass ich Recht habe? Sie passen perfekt in einen Chesterton-Armsessel mit 200 Bänden Protokoll im Rücken.«

Dem Kommissar schmeckt der Vergleich nicht sehr. Sicher nennt er auch deshalb seinen Beruf, etwas, was er sonst nie macht, höchstens aus dienstlichen Gründen: »Na, da täuschen Sie sich aber, junger Mann: Ich bin Polizeikommissar.«

»Herrje, da bekomme ich's ja mit der Angst zu tun ... Wollen Sie mich jetzt verhaften, mein Herr?«

»Mmmm, ich weiß noch nicht ... Was haben Sie denn in letzter Zeit so verbrochen?«

»In den letzten zwei Stunden nichts, soweit ich weiß ... Warten Sie: Gibt es irgendein Gesetz, das es einem verbietet, sich während der Arbeitszeit der Handpflege zu widmen?«

»Na, das hängt von dem Vertrag ab, den Sie mit Ihrem Chef unterzeichnet haben.«

»Oh, wir haben gar nichts unterschrieben ... Wir durften noch nicht einmal heiraten: Es heißt, einer von uns beiden hätte eine Frau sein müssen.«

»So ein Quatsch ...«

»Das können Sie aber laut sagen. Sie wissen ja, wie heterosexistisch diese Bürokraten sind ...«

»Das sage ich Ihnen: eine Plage, diese Phallokraten ...«

»Sehen Sie ... Derzeit lebe ich in sündigen Verhältnissen und dabei ist er auch noch so was von tödlich.«

»Würden Sie mir noch verraten, wer den Brautstrauß getragen hätte. Reine Heteroneugier ...«

» Wir würden beide im Glanz einer herrlichen Lilie ...«

» Na klar: Und beide im Anzug mit Schleppe ...«

»Oh weia, ich wusste ja gar nicht, das die Staatsautoritäten so einfallsreich sein können ... Wo wir gerade über Anzüge reden: Tragen Sie nie Uniform, Herr Brigadier?«

»Hauptkommissar, wenn es Ihnen nichts ausmacht ... Die ziehe ich nur zu offiziellen Anlässen an: zur Enthauptung der Aufständischen, der Verbrennung von Hexen oder ähnlichen Sachen ...«

»Ich mag ja Silberknöpfe so ... Und die Käppis ... Hui, die Käppis ... Tragen Sie auch eins? Wenn Sie jetzt mit ›ja‹ antworten, nehme ich Ihnen eine Kassette von Mónica Naranjo auf.«

»Da sind Sie aber jetzt ein bisschen spät dran: Ich habe mir vor kurzem ein wunderbares Gerät gekauft, um CDs zu hören.«

»Wirklich? Und ist das nicht gefährlich? In Ihrem Alter? Nicht, dass noch irgendein Stereotyp aufgebrochen wird ...«

»Meine Stereotypen sind absolut unverrückbar, junger Mann. Vielen Dank für Ihre Anteilnahme.«

»Ich weiß ja nicht, ich weiß ja nicht ... Da wäre ich mir nicht so sicher: Jetzt fangen Sie auch noch an, eine kleine Tunte zu mögen, die CDs verkauft.«

»Was soll denn eine Tunte sein? Ich kenne nur Bürger und Bürgerinnen, die Gebrauch machen von der Freiheit ihrer männlichen und weiblichen Sexualität ... Nicht, dass Sie mit einem Mal etwas rückständig werden durch den Umgang mit einem Phallokraten?«

»Ich? Rückständig? Gütiger Gott bewahre mich, mein Herr, eher fällt mir noch mein Piercing raus.«

Dem Kommissar huscht ein Schmunzeln über das Gesicht. Ein leichtes Beben schüttelt den beleibten Körper, so dass er sich erneut geschlagen geben muss. Aber er verlässt den Laden gut gelaunt mit einer CD von Kool and the Gang und einer von Tom Waits, »um den

Trend mal zu kontrastieren, mein Hauptbrigadier«. Er schmunzelt auf dem Rückweg zum Dienstgebäude unter seinem Schnurrbart. Er bleibt in den schmalen Gässchen in der Sonne, bis ihm wieder einfällt, dass er für einen Notar gehalten wurde: »Notar? Sehe ich aus wie ein Notar?« Diesmal keine Spur von einem Junkie vor dem städtischen Wohnmobil. Stattdessen hängen zwei Nordafrikaner dort rum, die versuchen, das Mädchen anzumachen, das die Kondome verteilt. Im Kommissariat angekommen verweilt er im ersten Stock, um einen *Café cortado* zu trinken. Er hat Lust, ihn an einem lebendigeren Ort zu sich zu nehmen als im Versammlungsraum, aber er entdeckt niemanden, mit dem sich eine Unterhaltung einfädeln ließe. Zumindest niemanden, den er länger als ein Jahr kennt. Also begibt er sich wieder in seine Abteilung im zweiten Stock. Er nimmt erstmals, seit das neue Gebäude eingeweiht wurde, die Treppen. Varela sitzt wie immer im Vorzimmer und erschreckt sich förmlich, als er den Kommissar auf einem anderen Weg auftauchen sieht als gewöhnlich. Der Kommissar wiederum spürt, dass Varela irgendetwas mit dem Computer gemacht hat, was er nicht hätte machen dürfen. Das merkt er daran, wie Varela vom Stuhl aufsteht, diesmal aber auch noch die Hand an die Mütze legt, um die Begrüßung möglichst förmlich zu halten.

»Varela«, sagt der Kommissar zu ihm. »Gibt es bei uns hier jemanden, der etwas von Poesie versteht?«

»Poesie?«

»Ja, Poesie. Ich müsste mal jemanden konsultieren, der etwas von Gedichten versteht.«

Varela sieht aus wie ein unvorbereiteter Student bei ei-

ner schwierigen Frage und sucht auf die Schnelle einen Ausweg: »Ich weiß nicht ... Soll ich Sie mit einem Psycho verbinden?«
Der Kommissar schaut ihn, unabsichtlich, über den oberen Rand der Brille an, genau so, wie er es gewöhnlich bei einer Vernehmung macht: »Und dürfte man erfahren, was Psychos mit Poesie zu tun haben?«
»Na ja ... ich weiß nicht ... die kennen sich doch mit vielen komischen Dingen aus ...«
Der Kommissar erinnert sich an die ausufernden Abschweifungen Puértolas. In gewissem Sinn findet er die Antwort Varelas daher überzeugend. Er erlöst ihn von seinem Blick und gibt ihm mit einer Handbewegung zu verstehen, dass er sich setzen möge. Aber er ist noch nicht ganz in seinem Büro, als er sich umdreht und ihm erneut eine Frage stellt: »Varela: Finden Sie, dass ich aussehe wie ein Notar?«
»Ein Notar ... Von was ...?«
»Ein Notar, Varela, ein Notar: einer von denen, die beglaubigen ... Urkunden ... Testamente ...«
Varela versteht weder genau, wonach er gefragt wird, noch welche Antwort für ihn am günstigsten wäre, aber schaut den Kommissar für alle Fälle von der Seite so an, als würde er ehrlich und objektiv abwägen: »Wie ein Notar ... Ja, ein wenig; aber nicht sehr ...«
Der Kommissar versucht, seiner Stimme einen wärmeren Klang zu geben, indem er leise sagt: »Varela, glauben Sie eigentlich, dass ich Ihnen eines Tages an die Gurgel gehe oder was?«
Varela kann eine Handbewegung Richtung Kehle kaum unterdrücken: »Nein ... Das glaube ich nicht ...«
»Und warum antworten Sie mir dann immer so, als

hätten Sie Angst vor mir? Ich bin friedliebend, geduldig und manchmal sogar liebenswürdig. Verstehen Sie, was ich meine?«

»Ja ... Ja.«

»Gut, dann wäre ich Ihnen sehr dankbar, wenn Sie sich das hinter die Ohren schreiben würden. Wären Sie so nett und vergessen es nicht?«

»Ja, klar.«

»Gut. Danke.«

Der Kommissar geht in sein Zimmer, zieht sich das Jackett aus, lockert die Krawatte und krempelt ein wenig die Ärmel des blütenweißen Hemds hoch, das seine Frau ihm am Morgen gebügelt hat. Dann überlegt er es sich anders, legt die Krawatte ganz ab und schlägt die Hemdsärmel bis über die Ellbogen hoch, bevor er sich an den Tisch setzt. Dort beschäftigt er sich weiter mit dem kurzen Gedicht, das Varela für ihn im Internet herausgesucht und dann in großer Schrift ausgedruckt hat.

***

Er hat schon tausendmal über die zwei Strophen nachgedacht und denkt weiterhin, dass manche Dinge zusammenpassen und andere wiederum nicht:

Hábil, astuto, cruel,
es el noble guerrero,
oro calza la yegua
del Señor que en secreto
rige con voz de mando
en el Monte Perverso.

¡Luz se hará sobre el nombre
que se expone de lleno
a quien supla la falta
en el orden perfecto!

Consejero de diablos
es el hombre de negro,
emplear bien sus zarpas
del león es derecho.
Rogad al mal romance
que se torne sereno:
descubrís que el virrey
que se esconde en el verso
ofrendó sacrificio …

Geschickt, gewitzt und grausam
ist der edle Krieger.
Goldbehuft die Stute
des Herrn, der im Geheimen
das Kommando führt
auf dem Berg der Perversionen.
Licht leuchte über dem Namen,
der sich vollständig ergibt,
demjenigen, der die Lücke ergänzt
im perfekten System!

Teufelsrat
ist der Mann in Schwarz.
Seine Pranken voll einzusetzen
ist des Löwen Recht.
Bittet die schlechte Romanze,

sich aufzuklären:
um zu entdecken, dass der Vizekönig
der sich im Vers versteckt,
ein Opfer dargebracht hat …

Darunter steht ein gewisser Juan de Horlá, wohinter sich kein Pseudonym verbirgt, sondern der volle Name des Eigentümers des Schlachthofs. Varela hat mit Bleistift den Namen der Zeitung notiert, *La Gaceta del Horlá*, und das Erscheinungsdatum: acht Tage vor dem Fund der Leiche im Schlachthof. Der Kommissar findet, dass es sich nicht richtig gut reimt, zumindest nicht so, wie sich »Hase« und »Blase« reimen. Jeder Vers dürfte aus sieben Silben bestehen, denkt der Kommissar, was ihm von Bedeutung zu sein scheint, aber am Ende geht die Rechnung nicht auf. Zum Beispiel zählt er bei »*Hábil, astuto, cruel*« sechs, dagegen kommen bei »*que se esconde en el verso*« sieben heraus. Andererseits findet er es irgendwie merkwürdig, dass ein Gedicht mit Auslassungspünktchen endet. Dadurch sieht es so unabgeschlossen aus. Fast wie ein Rätsel. Außerdem fällt es ihm schwer, den genauen Sinn der Worte zu erfassen, gleichwohl taucht »sacrificio«, »Opfer« auf, und das interessiert ihn. Er schreibt in sein Notizheft: Die Etymologie von »sacrificio« nachschlagen. Fürs Erste beschließt er, sich auf die oberen sechs Verszeilen zu konzentrieren. Er scheibt in sein Notizheft: »Es gibt einen edlen Krieger, der gewitzt und grausam ist sowie einen ›Señor‹ (Großbuchstaben), einen Herrn, der auf einem Berg der Perversionen (mit Großbuchstaben) regiert. Es ist ihm nicht ganz klar, ob der edle Krieger und der groß geschriebene

Herr ein und dieselbe Person sind. Etwas anderes passt ebenso wenig ins Bild: Was bedeutet es, wenn eine Stute auf Gold läuft? Dass der Herr reich ist? Der Kommissar beginnt sich nach Puértolas zu sehnen und dessen Wissen über Großbuchstaben und Kleinbuchstaben. Wir werden sehen, denkt der Kommissar: Es geht darum, so zu assoziieren wie ein Psycho. Das kann ja nicht so schwer sein ... Der Herr mit den Großbuchstaben könnte der Teufel sein. Das würde dazu passen, dass er auf einem Berg der Perversionen regiert. Wenn man bedenkt, dass die Dichter die Dinge mit Anspielungen beim Namen nennen, könnte dies auch gut die Hölle sein. Aber wenn seine Stute auf Gold läuft, dann wäre es doch eher Gott, der durch die Himmel reitet, oder? Das Gold wären dann vielleicht die Sonnenstrahlen, über die seine Stute galoppiert?

Das Symbol der Sonne, eines vor Gold strahlenden Kreises, bringt den Kommissar auf ein interessantes Bild, auf das sich die Metapher gut beziehen könnte. Von wegen Gott und Teufel: Mit einem Mal ergeben die ersten sechs Verszeilen Sinn.

Er schaut sehr zufrieden auf die Uhr: fünf vor elf. Um elf ist er mit Quique Aribau verabredet, dem Schriftsteller. Sein Instinkt sagt ihm, dass der Besucher auf die Sekunde pünktlich sein wird. Daher packt er das Gedicht weg und wartet lediglich darauf, unten vom Empfang verständigt zu werden. Sein Blick schweift über die Wäsche der illegalen Immigranten. Das Telefon klingelt genau eine Minute nach elf.

»Ja ...«

»Kommissar«, sagt die Stimme des diensthabenden

Beamten im Erdgeschoss, »hier unten steht eine Person bei mir, die sagt, sie heiße Quique Aribau und sei mit Ihnen verabredet. Bei der Überprüfung hat sich aber ergeben, dass in seinem Ausweis ein anderer Name steht. Der Mann hier beharrt: Er sei Schriftsteller und Sie würden ihn unter seinem Pseudonym kennen. Verpasse ich ihm einen Tritt in den Hintern oder lasse ich ihn durch?«

»Nein, lassen Sie ihn hochkommen … Nehmen Sie seine Personalien auf und lassen Sie ihn in mein Büro bringen.«

Zwei Minuten später öffnet Varela die Tür. Hinter ihm taucht ein Typ auf, der etwas über dreißig sein dürfte, eher breit ist als hoch, bereits nahezu keine Haare mehr auf dem runden, fleischigen Kopf hat, mal abgesehen von den buschigen, schwarzen Augenbrauen. Nicht einmal die Kleidung sieht aus wie man sich die eines Schriftstellers vorstellt. Der Kommissar dachte immer, die seien alle schlank und wohldistinguiert. Nichtsdestotrotz erhebt er sich aus dem Sessel und streckt ihm wohlerzogen die Hand hin.

»Kommissar Pujol?«, fragt der Besucher.

»Ja, sehr erfreut.« Er wendet sich an Varela: »Danke, Varela, Sie können sich zurückziehen.« Zum Besucher: »Nehmen Sie doch bitte Platz …«

»Danke. Entschuldigen Sie das Durcheinander wegen des Pseudonyms. Ich habe vergessen, Ihnen vorher Bescheid zu sagen … Damit habe ich immer wieder Probleme … In Hotels, auf der Post, mehr als einmal konnte ich ein Paket nicht in Empfang nehmen, weil es nicht an meinen richtigen Namen adressiert war … Hier«, er hält dem Kommissar seinen Ausweis hin, »das

ist mein Name, aber er verkauft sich nicht gut. Wie Sie sehen, würde der eher Leser verschrecken.«
Der Kommissar liest ihn laut vor und beschließt, sein Gegenüber ein wenig zum Plaudern zu bringen, um sich ein Bild davon zu machen, was für eine Art von Person er ist.
»Och, ich finde, der klingt doch ziemlich gut ...«, sagt er.
»Na ja ... Für einen Literaturkritiker wäre er ganz passabel, aber für einen Romanautor ... Lustigerweise gibt es unter den Journalisten einen gut informierten Mann, der hartnäckig darauf besteht, ihn wie zur Entlarvung immer wieder zu veröffentlichen, und der ihn dabei immer falsch schreibt ... ohne ›H‹.«
»Dann ist es also ein offenes Geheimnis?«
»Jeder, der mich kennt, weiß, wie ich heiße ... Aber ich mag Pseudonyme, und es ist einfach, sich eins zuzulegen: Man muss nur irgendeinen gewöhnlichen Vornamen nehmen und einen Straßennamen aus der Stadt anhängen als Nachnamen ...«
Der Kommissar schmunzelt hinter seinem Schnurrbart: »›Quique Aribau‹ ... Ich verstehe ...«
Quique rutscht im Sessel hin und her, der ihm sehr nach neuem Leder zu riechen scheint: »Ich war noch nie in einem Kommissariat, ganz zu schweigen vom Büro des Hauptkommissars. Nicht schlecht, mmh? Ich habe es mir weniger ... elegant vorgestellt. Etwas grauer, mit polierten Aktenschränken und Plastikstühlen. In Filmen sind Kommissariate immer überaus hässlich ...«
Er redet ziemlich schnell, die Äuglein leuchten unter den schlitzäugigen Lidern, und ein verschmitztes, fast

kindliches Lächeln entwischt ihm von Zeit zu Zeit, das ihm dazu verhilft, auch da sympathisch zu wirken, wo jeder andere unverschämt ausgesehen hätte. Trotz seiner körperlichen Ausmaße, findet der Kommissar, dass er etwas von einem kleinen Kobold hat. Ein aufgeweckter kleiner Schalk. Was in Wirklichkeit auch beabsichtigt ist.

»Das Gebäude hier ist neu. In dem alten standen noch Archivschränke aus Metall wie in den Filmen.«

»Na, dieses neue sieht ja toll aus … Kommissariate haben mich schon immer interessiert, schon als kleinen Jungen … Gut, wahrscheinlich geht das allen Jungs so … Polizist ist ein sehr spezieller Beruf. Man stellt sich … keine Ahnung … etwas vor mit neuester Technik und Geheimnissen … Das ist natürlich interessant.«

»Mir geht es genauso mit den Schriftstellern«, der Kommissar lächelt freundlich, ohne sich darum bemühen zu müssen. »Und ich habe bisher auch noch nie einen kennengelernt.«

»Ah ja? Dann hoffe ich mal, dass ich Sie nicht enttäusche. Sie haben aber ein bisschen Pech mit mir. Ich denke, ich bin kein wirklich typischer Schriftsteller.«

»Ach, nein?«

»Nein … Alle anderen, die ich kennengelernt habe, sind Leute, die auf die eine oder andere Weise ihr ganzes Leben mit Lesen und Schreiben verbracht haben … Da bin ich dann eher einer, der plötzlich von einem andern Planeten dazugekommen ist.«

»Schreiben Sie erst seit kurzem?«

»Schon immer. Mit Schriftstellern ist es aber ein wenig wie mit Prostituierten, solange man damit kein Geld verdient, darf man sich nicht so nennen.«

»Ja … Das ist wahrscheinlich eine eigene Welt für sich …«

»Eine sehr kleine noch dazu. Ich würde meine Hand dafür ins Feuer legen, dass kein einziger Schriftsteller Freunde hat, die Tischler sind oder Vorhänge verkaufen.«

»Bei der Polizei ist es ähnlich. Auch wir bleiben eher unter uns … Und wie haben Sie es geschafft, verlegt zu werden? Das dürfte nicht so einfach sein …«

»Das war wie im Film … Eines Tages schickte ich ein Manuskript an drei oder vier Verleger und hatte Glück. Noch vor einem Jahr wollte mich niemand haben, die hätten mich nicht einmal als Bürohilfe genommen, und jetzt bietet mir alle Welt viel Geld dafür an, zu schreiben. Die sind doch alle verrückt geworden …«

»Aber das ist doch gut, nicht? Da wären sicher viele gern an Ihrer Stelle und wünschen sich Ihren Erfolg …«

»Ich will mich ja auch nicht beschweren … Aber Erfolg bringt auch einen Rattenschwanz mit sich, der mir gar nicht gefällt. Zum Beispiel habe ich festgestellt, dass ich es überhaupt nicht ausstehen kann, interviewt zu werden.«

»Ah ja? Warum …?«

»Jedes Mal beantworte ich diese Frage anders. In Ihrem Fall, bei einem Polizisten, würde ich sagen, dass es immer etwas Entwürdigendes hat, sich einer Befragung zu unterziehen. Jetzt wissen Sie sicher, was ich meine …«

Der Kommissar schmunzelt: »Aber das Schreiben macht Ihnen Spaß, oder? Das ist doch das Entscheidende …«

»Ehrlich gesagt, liegt meine Berufung eher darin, mich so schnell wie möglich aus allem Beruflichen zurückzuziehen und von den Geldanlagen zu leben. Halbwegs gut leben, meine ich natürlich: ein paar Wohnungen zu haben, einen Audi zu fahren ...«
Der Kommissar hört mittlerweile kaum mehr auf, hinter seinem Schnurrbart zu schmunzeln:
»Einen gelben A3?«
»Ich habe an einen marineblauen TT gedacht, aber jetzt wo Sie es sagen, ein gelber wäre auch nicht schlecht für das Ferienhaus.«
»Dafür müssen wohl einige Bücher geschrieben sein ...«
»Glauben Sie das nicht ... Vermutlich müsste man nur einen Roman schreiben, in dem steht, dass Jesus Christus schwarz, schwul und außerirdisch war und dass die Kirche versucht hat, diese offenkundige Wahrheit zu verheimlichen, indem sie mit Attila und den Nazis kollaborierte ... Aber noch während ich darüber nachdenke, wie man das alles dokumentiert, möchte ich lieber vom Erdboden verschwinden und etwas Einfaches schreiben. Lange Rede, kurzer Sinn: Mir schwebt vor, einen Krimi zu schreiben.«
»Aha ...«
»Na ja, ich denke nicht, dass es ein echter Krimi wird, weil mir Detektivhandlungen nicht liegen. Da komme ich mit den Protagonisten durcheinander, vergesse die Namen ...«
»Sagen Sie das bitte keinem weiter, aber mir geht es genauso: Immer wenn ich einen Krimi anschaue, verliere ich den Überblick.«
»Dann sind unsere kleinen Geheimnisse ja gut beiein-

ander aufgehoben … Auf die Idee hat mich die Nachricht gebracht, dass eine Frau in einem Schlachthof in San Juan del Horlá umgebracht wurde.«
Dem Kommissar gelingt es, trotz seiner Überraschung, so zu wirken, als wüsste er von nichts.
»Ah ja …«, sagt er und setzt ein Pokerface auf. Er lässt seinen Gesprächspartner weiterreden.
»Aber was mich daran wirklich interessiert, ist, dass Polizisten ja auch Menschen sind …«
»Fast alle …«, der Kommissar grinst über das ganze Gesicht.
»Sie haben eine Familie, bekommen ab und zu die Grippe und müssen einkaufen gehen … Sagen Sie, fänden Sie es schlimm, wenn Ihr Schnurrbart und Ihre Brille in der Geschichte auftauchen würden, falls ich einen Kommissar im Roman brauche?«
»Na ja … Solange Sie nicht noch mehr übernehmen …«
»Nein, den Rest hole ich mir woanders, aber dieser Schnurrbart und die Brille sind perfekt. Sie wären der ideale Kommissar für jedes Casting.«
»Freut mich, wenn Sie das sagen, weil vor kurzem jemand meinte, ich würde aussehen wie ein Notar …«
»Notar? Ach was … Auch dieses minimalistische Büro ist gut, mit der riesigen Glasfront und den Wäscheleinen …«
»Ehrlich gesagt bin ich kein Fan von dieser Glasfront …« Der Kommissar hat sich in seinem Sessel leicht umgedreht und schaut hinaus.
»Genau deshalb ist es ein gutes Detail: weil es einem Kommissar überhaupt nicht gefallen kann … Ich vermute, ein Kommissar muss sich damit unwohl fühlen,

selbst in seinem sauteuren Ledersessel ... Ich stelle mir vor: Er sehnt sich nach dem Augenblick, nach Hause zu kommen und die Schuhe auszuziehen.«

Der Kommissar schmunzelt wieder.

»Auf mich trifft das jedenfalls zu: Sie glauben ja gar nicht, wie sehr ich manchmal diese Schuhe verfluche ... Geht Ihre Geschichte mit dem Kommissar gut aus?«

»Das weiß ich noch nicht ... Ich habe noch keinen Plot. Bisher gibt es nur den Ausgangspunkt und eine Ahnung davon, wovon ich in so einer Geschichte gern erzählen würde.«

Die Unterhaltung geht noch eine Weile so weiter. Dieser Aribau gefällt dem Kommissar richtig gut, so dass er ihm die Erlaubnis erteilt, sich im gesamten Kommissariat frei zu bewegen. Mehr noch: Der Kommissar lässt extra beim Pressechef Sanchís anrufen, damit der sich darum kümmert, ihn in den anderen Abteilungen des Gebäudes vorzustellen: Verwaltung, Kriminalwissenschaften, Rauschgiftdezernat, Mordkommission ...

»Äh ... Quique ... Verstehen Sie etwas von Poesie?«, fragt er ihn, als sie sich die Hand reichen, um sich zu verabschieden.

»Nicht wirklich ... Nur das, was ich fürs Abitur gelernt habe. Wenn ich etwas suche, schlage ich noch immer in meinem Schulbuch aus der Oberstufe nach ... Das habe ich mir damals aufgehoben.«

»Aha ... Und würde es Ihnen etwas ausmachen, das Buch mitzubringen, wenn Sie das nächste Mal vorbeischauen? Vielleicht könnten Sie sich auch eine halbe Stunde dafür freihalten?«

Für einen Augenblick denkt Quique, dass der Kommissar ein Hobbydichter ist, der ihm das nächste Mal etwas von dem zeigen möchte, was er geschrieben hat.
»Nächsten Mittwoch? Wäre das gut...? Da muss ich wegen der Radiosendung sowieso wieder in die Stadt.«

***

Die Siesta des Kommissars währt in Calabrava immer um einiges länger als auf dem Sofa seines Büros. Er zieht sich aus, legt sich ins Bett und bleibt dort manchmal für ein bis zwei Stunden liegen, bis seine Frau genug vom Nachmittagsprogramm gesehen hat und hereinkommt, um ihn zu wecken. Danach trinkt er einen Kaffee, setzt sich an das Tischchen in der Küche, als gäbe es ein zweites Frühstück. Just diese Momente, in denen er verschlafen ist, wenig gesprächig, manchmal nur eine Unterhose anhat, nutzt seine Frau aus, um ihm die Pläne für den Nachmittag oder Abend oder für das Leben im Allgemeinen zu unterbreiten. Natürlich stößt sie fast nie auf Widerstand. Der Kommissar ist zufrieden, wenn er in Ruhe seinen Kaffee trinken, gähnen und sich am kahlen Kopf kratzen kann.
»Weißt Du, was wir heute Nachmittag gut machen könnten? Wir könnten mal nach einem Anzug für Dich schauen für Dein Abschiedsessen.«
Der Kommissar braucht etwas länger, bis er reagiert:
»Hier? Im Dorf?«
»Na klar, hier gibt es die besten Marken, Du Dummkopf... Weißt Du, weil hier so viele Ausländer herkommen...«

Es dauert, bis der Kommissar den Vorschlag realisiert hat und sich widersetzt: »Heute habe ich keine Lust, Anzüge anzuprobieren ...«
»Du wirst früher oder später sowieso einen kaufen müssen ...«
»Wieso kann ich denn nicht mit dem marineblauen zu dem Essen gehen? Der ist fast neu ... Den habe ich mir erst für die Hochzeit Deiner älteren Nichte gekauft.«
»Eben: Den marineblauen ziehst Du deshalb ja auch zu fast allen Anlässen an ... Du willst doch nicht etwa zu einem festlichen Abendessen, das extra zu Deinen Ehren gegeben wird, in einem Anzug aufkreuzen, in dem Dich alle aus dem Kommissariat kennen? Das sieht so aus, als gingest Du in Uniform.«
»Aber ich will nicht noch mehr Anzüge ... Immerzu muss ich einen Anzug anziehen: Ich sehe schon aus wie ein Notar.«
»Und ...?«, sie lacht. »Was möchtest Du Dir denn stattdessen an dem Abend anziehen ...? Einen Regenmantel?«
»Außerdem sind mir die Läden hier nichts ... Das sind doch eher Boutiquen ...«
»Zum Glück: Du brauchst auch einen schönen schwarzen Anzug mit drei Knöpfen, so wie man sie jetzt trägt, der macht Dich außerdem gleich schlanker. Mit einem weißen Hemd und einer gelben Seidenkrawatte wirst Du wunderbar aussehen. Ich habe diese Kombination bei Arturo Fernández gesehen. Das sah furchtbar elegant aus.«
Der Kommisser murmelt: »Heute habe ich keine Lust ... Hier nicht.«
Sie stemmt die Hände in die Hüften: »Dann erkläre

mir bitte mal, wie das werden soll: Wo wir nur samstags einkaufen gehen können ...«
»Wir können doch auch mal am Abend in den *Cortefiel* bei uns gehen, da kennen wir den Herrn schon, der uns bedient ...«
»Wie, was heißt das denn, dass wir den kennen? Du willst mir doch nicht etwa erzählen, dass Du Dich schämst, woanders einen Anzug anzuprobieren?«
Fassungsloses Gesicht beim Kommissar: »Schämen? Ich wüsste nicht, wofür ich mich da schämen sollte ...«
»So, so, mein Herr, als wenn ich Dich nicht kennen würde ... Dann schauen wir wenigstens mal, ob wir eine Krawatte finden, ja?«
Der Kommissar zögert ein wenig mit der Antwort: »Meinetwegen eine Krawatte ...«
»Dann komm: Zieh Dich schnell an. Und komm mir nicht wieder mit den weichen Mokassins, sondern zieh die schwarzen Schuhe an.«
»Und wofür braucht man schwarze Schuhe, um sich eine Krawatte zu kaufen, mh?«
»Ach, zieh doch an, wozu Du Lust hast ...«
Kurz darauf kommt der Kommissar mit schwarzen Schuhen aus dem Ankleideraum. Er muss noch warten, bis seine Frau sich im Bad chic gemacht hat. Sie gehen hinunter, laufen einmal um den Block, bis sie zur Hauptstraße gelangen. Im Wesentlichen besteht die aus einer Ansammlung von Kleidungsgeschäften, von denen einige ein bisschen luxeriöser sind. Dazwischen gibt es Restaurants, Souvenirläden und Cafés, die ihre Stühle und Tische auf dem Gehweg haben. Zwei der Herrenausstatter liegen dicht beieinander. Gegenüber von der Kirche. Dort bleiben sie vor einem

Schaufenster stehen, und schauen sich die Anzüge an den Schaufensterpuppen an sowie die übereinander sortierten Krawatten von Hermès und Yves Saint Laurent.

»Wie gefällt Dir die gelbe? Schau nur, wie schön die ist.«

Der Kommissar gibt mit Händen in den Taschen einen gutturalen Laut von sich, der alles offen lässt. Dann verbiegt er sich förmlich, um das Preisschildchen zu lesen, das kopfüber hängt.

»Hundertfünfzig Euro? Kann eine einfache Krawatte hundertfünfzig Euro wert sein?«

Seine Frau verbiegt sich ebenfalls, um nachzuschauen: »Was hast Du denn, dafür ist sie von einer guten Marke ...«

»Und Du schimpfst über die Umlagen für den Aufzug?«

»So teuer ist sie nun auch wieder nicht ...«

»Oho, wenn eine Krawatte schon so viel kostet, dann kannst Du Dir ja vorstellen, was für Preise sie für einen ganzen Anzug hier verlangen.«

»Ach, weißt Du, manchmal darf man einfach nicht knausern ...«

Der Kommissar schaut sie fest und über den oberen Brillenrand hinweg an: »Das musst Du gerade sagen: Wenn Du mir einen von diesen sündhaft teueren Anzügen hier andrehst, dann gehe ich am Montag zum Audi-Händler und gehe dort nicht eher wieder raus, bis ich einen neuen Wagen mit allen Extras habe.«

»So, jetzt red bitte keinen Unsinn und geh rein. Nimm aber bitte die Hände vorher aus den Taschen. Du siehst ja aus wie ... ein sibirischer Brummbär. Schau mal, hier bedienen gar keine Mädchen. Es gibt nur die zwei Herren da als Verkäufer.«

»Ist mir doch egal, ob mich Mädchen bedienen oder Feldwebel aus der Kavallerie … Ich mag hier nicht rein.«

»Gut, dann geh ich eben allein.«

Gesagt, getan. Natürlich kommt der Kommissar hinter ihr her. Er will ja nicht wie ein Doofkopf vor dem Schaufenster warten. Die Hände jedoch nimmt er nicht aus den Taschen. Ein klares Zeichen des Widerstands.

»Guten Abend«, sagt sie. Einer der Verkäufer, der größere, hängt sich ein Maßband um den Hals und nähert sich äußerst zuvorkommend den Herrschaften. »Wir würden uns gern ein paar Anzüge für meinen Mann ansehen«, sie zeigt mit dem Daumen auf den Raum, den der Kommissar einnimmt, der nun zwar immer noch nicht die Hände aus den Taschen nimmt, dafür aber ein bisschen den Bauch einzieht.

»Da wollen wir mal sehen«, sagt der Verkäufer und schaut sich ihren Mann von Kopf bis Fuß an, wofür er einen fest fixierenden Vernehmungsblick dritten Grades erntet. »Ich könnte mir vorstellen, dass wir mit einer sechsundsechzig beim Jackett richtig liegen würden … Lassen Sie mich mal nachsehen. Ich glaube, da haben wir noch was auf Lager. Andernfalls lassen wir auch auf Maß anfertigen. Haben Sie an einen bestimmten Schnitt gedacht?«

»Es soll für ein besonders feierliches Abendessen bei ihm auf der Arbeit sein … Ich habe da an etwas Elegantes gedacht, schwarz, mit drei Knöpfen. Im Moment trägt man sie doch mit drei Knöpfen, nicht wahr?«

»Wir wollten auch nicht allzu viel ausgeben«, redet der Kommissar dazwischen.
»José María, bitte, lass mich mal machen …«
»Was kostet denn so einer mit drei Knöpfen?«, hakt der Kommissar nach.
»Gut«, sagt der Verkäufer, der sich darauf eingestellt hat, einen komplizierteren Fall vor sich zu haben, »das hängt ganz von der Qualität und auch der Marke ab … Wir haben schon ein paar ganz anständige Sachen hier um die fünfhundert Euro. Dann gibt es natürlich auch noch die bessere Ware, die liegt dann so bei zwei- bis dreitausend Euro … Dann reden wir aber auch von einem feinen Tuch …«
»Aha … Die für Dreitausend kommen wohl mit Airbag, oder was?«
Der Verkäufer lacht höflich.
»Achten Sie bloß nicht auf ihn«, sagt sie, »ich bin hier diejenige, die zahlt.« Dann wendet sie sich an den Kommissar: »Lass doch bitte den Unsinn, wir schauen uns nur mal an, was der Herr uns anzubieten hat. Dann können wir immer noch darüber reden.«
Der Leidensweg dauert nahezu eine Stunde. Der Kommissar wird vermessen, eingestuft und mehrmals in einer winzigen Umkleidekabine in Einzelhaft gesteckt, in der er sich kaum bewegen kann, ohne dass der Vorhang sich öffnet und er sich in Unterwäsche vor irgendeiner blonden Touristin präsentieren muss, die zufällig in diesem Augenblick in den Laden kommt. Schließlich entscheidet seine Frau, dass es am besten sein wird, ihm einen Anzug aus feinem schwarzen Kaschmir schneidern zu lassen. Der Spaß kostet schlappe eintausendachthundert Euro, dazu kommt

ein Gürtel für einhundertundzehn – da kann der Kommissar noch so sehr vorbringen, dass er bereits schöne schwarze wie auch braune Gürtel, ja selbst Hosenträger besitzt –, ein weißes Hemd für einhundertunddreißig – mit den schönen weißen Hemden, die er sein Eigen nennt, wäre es offensichtlich nicht getan – und die Yves-Saint-Laurent-Krawatte für einhundertundfünfzig.
Sobald sie aus dem Geschäft draußen sind, steckt der Kommissar die Hände wieder in die Taschen. Seine Frau läuft neben ihm her und trägt die Tüten mit den Accessoires: »Warte mal ab, wie schön Du aussehen wirst auf den Fotos …«
»Ich hätte gern eine Badehose«, sagt er und bleibt an einem Geschäft stehen, vor dem Badehosen an einem Ständer hängen.
»Wie bitte, was?«
»Eine Badehose.«
Sie muss ein wenig lachen: »Und wofür möchtest Du eine Badehose, wo Du nie an den Strand gehst. Sagst Du nicht immer, Du hättest eine Sonnenallergie?«
»Für alle Fälle. Und am Montag gehe ich zum Autohändler, nur dass Du's weißt.«

***

Einer der Straftäter, der in der Psychopathy Checklist *eine hohe Punktzahl aufweist, hat einen alten Herrn bei einem Diebstahl umgebracht. Er beschrieb die Tat folgendermaßen: »Ich war gerade dabei, mich im Haus ein bisschen umzusehen, als der Alte die Treppen runterkam und … eh … voll anfängt rumzuschreien. Der bekommt voll einen Anfall […] Da hab ich ihm eins vor den Kopf geknallt. Aber der Typ hört nicht auf. Da verpass ich ihm eins in den Nacken, der schwankt und fliegt auf den Boden. Da piepst der immer noch so rum wie ein Schwein, eh [lacht]. Da wurde ich dann natürlich nervös, und [...] hab ihm richtig eins gegen den Kopf getreten. Dann war endlich Ruhe. [...] Und ich wurde plötzlich voll müde, da hab ich ein paar Bier aus dem Kühlschrank geholt, den Fernseher angestellt und bin eingepennt. Die Bullen haben mich dann geweckt [lacht]«.*

Nachdem er diesen Absatz gelesen hat, beschließt der Kommissar, das Buch von Hare eine Weile zur Seite zu legen, in den ersten Stock hinunterzugehen, einen Kaffee zu trinken und möglichst mit jemandem zu plaudern.

Beim Hinausgehen bleibt er kurz vor Varela stehen und sagt in nahezu vertraulichem Ton zu ihm: »Diesmal werde ich Sie noch nicht an den Galgen bringen lassen, aber Sie sollten wissen, dass Ihr Hemd einen Fleck hat ... Sieht nach Tomate aus ... Falls mich jemand sucht, ich bin in der Cafeteria.«

Dort angekommen, freut er sich, Sanchís, den Pressechef zu sehen, der schief und krumm am Ende des Tresens steht. Er hat seine Uniform an.

»Menschenskinder, Sanchís, Sie sehen ja aus wie ein Römer ...«

»Ach, ich habe um zwölf eine Pressekonferenz. Wegen der Schmuggelgeschichte im Hafen ... Möchten Sie etwas trinken?«

»Einen Koffeinfreien aus der Maschine. Ich habe heute früh schon drei Kaffee getrunken.«

Sanchís ruft den Kellner und gibt die Bestellung auf.

»Und? Wie geht's unserem Schriftsteller?«, fragt der Kommissar.
»Quique? Gut … Manchmal habe ich den Eindruck, dass ihm ein bisschen mehr Feuer gut tun würde, aber sympathisch ist er ja. Ich habe ihn schon im Morddezernat der ganzen Bande vorgestellt. Da ist er dann geblieben und hat mit Rodero im Büro geredet. Sie wissen ja, wie Rodero ist: mit seinen Minzbonbons und der Fliege … Ich nehme mal an, dass er ihn pittoresk fand.«
»Ehrlich gesagt, ist er ja auch ziemlich pittoresk. Er hat mir erzählt, Interviews seien für ihn wie Verhöre«, der Kommissar schmunzelt. »Er macht aber ganz den Eindruck, als würde er seinen Beruf ernst nehmen. Ich muss zugeben: Das hat mir gefallen. Heutzutage arbeiten ja alle im Schneckentempo.«
»Manchmal macht er mich ganz verrückt. Er will alles wissen: Ob die Putzleute hier auch Polizisten sind, in welchem Alter wir pensioniert werden, wo wir ›die Verkleidungen‹ herbekommen … Vor allem sagt er mir immer, ich soll mir bloß keine Sorgen machen, in seinem Roman werden die Bullen die Guten sein …« Die zwei lachen. »Jetzt am Mittwoch wollen wir bei den Kriminalwissenschaftlern vorbeischauen … Ich habe ihn gefragt, ob er auch bei einer Autopsie dabei sein will und da hat er immerhin gesagt, dass er darüber nachdenken will.«
»Jagen Sie ihm bitte keinen Schreck ein, Sanchís. Diese Woche muss er noch lebend bei mir ankommen. Ich will ein paar Sachen mit ihm besprechen … Da fällt mir ein: Wer von uns hier versteht eigentlich was von Gedichten?«

»Pfff … Da müssten Sie am ehesten mit einem von den Psychos reden.«
»Ja …«
Sanchís grinst: »Jetzt erzählen Sie mir bitte nicht, dass Sie sich nach der Pensionierung der Dichtung widmen wollen …«
»Nein. Es geht um die Uni-Pork-Geschichte … Ich habe da so eine Ahnung.«
»Haben Sie mit dem Fall zu tun?«
»Offiziell nicht, aber er geht mir nicht mehr aus dem Kopf.«
Varela kommt eilig gelaufen. Er sieht den Kommissar am Tresen stehen und läuft auf ihn zu, um ihm etwas zu sagen: »Kommissar, gewaltsamer Raubüberfall im Plattengeschäft in der Santa-Cecilia-Straße, zwei Ecken weiter.«
»Gibt es Verletzte?«
»Einer der Verkäufer hat scheinbar was auf die Nuss gekriegt. Nichts Ernstes, aber er muss ins Krankenhaus gebracht werden. Da werden sie ihn schon wieder zusammenflicken. Wir haben einen Streifenwagen da, aber Batista fragt, ob sie einen Inspektor vorbeischicken wollen?«
Der Kommissar schüttelt seufzend den Kopf: »Sie sollen warten, bevor sie den Jungen mitnehmen. Ich gehe schnell selbst vorbei. Ich hab das Gefühl, dass ich ihn kenne.«
Der Kommissar verlässt in einem kurzärmeligen Hemd das Gebäude, um keine Zeit damit zu verlieren, noch einmal hoch in sein Büro zu gehen und das Jackett zu holen. Fünf Minuten später ist er im Laden. Der Polizeiwagen hat das Blaulicht an und steht mit

zwei Rädern auf dem Gehweg. Mehrere Nachbarn und Geschäftsleute aus der Umgebung bilden eine kleine Traube am Eingang, wo einer der Beamten als Türsteher fungiert, damit niemand hineingeht. Der Beamte grüßt den Kommissar und lässt ihn durch. Drinnen befindet sich der andere Beamte der Streife, der ebenfalls grüßt. Er steht bei dem verletzten Verkäufer, der auf einem Stuhl sitzt. Dunkle Flecken auf dem fuchsiafarbenen Hemd über dem Piercing. Die Augen voller Tränen. Er hält sich ein Papiertaschentuch an die Nase, das durchgeblutet ist. Sein Kollege steht neben ihm und legt ihm eine Hand auf die Schulter. Mit der anderen hält er sich den Kragen. Das rot gefärbte Wasser im Wischeimer spricht Bände. Offensichtlich hat man das Blut schon vom Boden aufgewischt.

»Na, mein Freund«, sagt der Kommissar fragend, in forciert unbeschwertem Tonfall. »Sie werden mir doch nicht erzählen wollen, dass Sie sich seit neuestem fürs Boxen begeistern?«

Der Junge fängt an zu heulen. Der Kommissar geht zu ihm hin und drückt ihm die Schulter: »Na, komm, komm schon ... Das wird schon wieder ... Zeig mal her.«

Er nimmt die Hand mit dem Taschentuch von der Nase und hebt ihm das Kinn. Die Nase des Jungen hat einen horizontalen Schnitt abbekommen, der blutet. Sie ist geschwollen, scheint aber nicht gebrochen zu sein, denn Form und Position sind unverändert.

»Ach, das ist halb so wild. Ein paar Grappas und dann ist es wieder gut. Er muss Sie mit seinem Ring erwischt haben.«

»Nein …«, der Junge versucht zu erzählen, aber das Sprechen fällt ihm schwer.
»Er hat ihm mit aufgesetztem Motorradhelm einen Kopfstoß verpasst«, sagt der andere Verkäufer.
»War es eine Person?«
»Nein, zwei. Eben mit Motorradhelmen.«
»Und Handschuhen?«
»Ja.«
»Habt Ihr ihnen das Geld nicht gegeben, oder was? Habt Ihr Zicken gemacht?«
»Nein«, sagen die zwei gleichzeitig.
»Habt Ihr irgendetwas gemacht, was die beiden … provoziert haben könnte?«
»Nein«, antwortet der Unverletzte, allerdings wenig überzeugend.
»Also dann erzählt mal, was ist denn genau passiert …«
Der Unverletzte berichtet. Zwei Typen sind in den Laden gekommen und hatten Motorradhelme auf. Sie sind direkt auf die Kasse zugesteuert. Einer von beiden hat ein Messer gezogen, den Unverletzten am Nacken gepackt und den anderen aufgefordert, alles herauszuholen, was in der Kasse ist. Der Verletzte war zu diesem Zeitpunkt hinter dem Ladentisch. Hat »gut« gesagt, die Kasse aufgemacht und hat ihm die Geldscheine gegeben. Circa siebzig Euro, die sie als Wechselgeld da hatten. Dann hat er, während er sie ausgegeben hat, etwas gesagt, was den Typ mit dem Messer geärgert hat. Der ist hinter die Theke gegangen und hat ihm den Kopfstoß mit halb geöffnetem Visier verpasst. Dann hat er das Geld genommen und ist mit seinem Kompagnon abgehauen.

»Und was hast Du zu ihm gesagt? Was hat ihn denn so aufgebracht?«, fragt der Kommissar den Verletzten, wobei er ihn zum ersten Mal explizit duzt, seit sie sich kennen. Da der Verletzte schweigt, antwortet wieder der andere. Ein gewisses Schuldgefühl liegt in seinem Gesichtsausdruck: »Ach nichts, nur dass er sich mit den siebzig Euro ein paar neue Hosen kaufen soll, weil die, die er anhabe, Taschen aufwerfen und völlig aus der Mode sind. Also ... Zumindest sinngemäß, schon aber mit anderen Ausdrücken.«
Der Kommissar versteckt die Lippen hinter seinem Schnurrbart und stemmt die Hände in die Hüften: »Hast Du denn nicht gewusst, dass man solche Sprüche nicht bei allen Leuten machen kann? Schon gar nicht, wenn sie mit einem Messer und Motorradhelmen in ein Geschäft kommen?« Er zeigt auf die Verkaufstheke: »Ist Dir denn gar nicht klar, dass er Dir auch den Bauch hätte aufschlitzen können, statt Dir nur einen Kopfstoß zu geben? Dann wärst Du jetzt eine Leiche, wenn auch eine besonders coole. Bist Du noch nie auf die Idee gekommen, dass hier Leute herumlaufen, die zu solchen Dingen und noch zu viel mehr in der Lage sind?«
»Das war ein Widerling«, antwortet der Junge mit all der Würde, die ihm sein jetziger Zustand erlaubt, »und den Spruch hat er sich verdient.«
»Aha. Mit dem kleinen Unterschied, dass sie Dir jetzt die Nase nähen werden, und der Idiot immer noch frei draußen herumläuft und damit angibt, dass er einem besonders schlauen Bürschlein die Fresse poliert hat. Meinst Du, dass es das wert war?«
»Wenn die Polizei ihrer Pflicht nachkommt und ihn festnimmt, ja, dann war es das wert.«

»Weißt Du, manchmal bist wirklich ein bisschen dreist, mein Freund. Hast Du Dir schon mal überlegt, dass es unmöglich ist, eine Person zu verhaften, zu der ihr nicht mehr Angaben machen könnt, als dass sie einen Motorradhelm aufhatte und die Hosen aus der Mode gekommen sind? Du wirst Dich leider auch noch daran gewöhnen müssen, einem Kommissar mehr Anhaltspunkte zu liefern, Du Schlauberger. Einen Verbrecher zu überführen ist fast so schwierig, wie zu wissen, welche CD für wen die richtige ist. Ist Dir das klar?«

Der Kommissar hat den Ton verschärft und der Junge sieht so aus als würde er gleich wieder losheulen, so dass er milder fortfährt: »Na komm, sieh zu, dass sie Dir das wieder in Ordnung bringen, und versuch Deine Lektion für das nächste Mal zu lernen.«

Als er zehn Minuten später in seinem Büro steht, schlägt der Kommissar willkürlich das Buch von Hare auf. Ohne eine bestimmte Absicht, vielleicht nur aus dem naiven Wunsch, sich ein wenig zu zerstreuen: »... Wir fragten einen Häftling, ob er schon einmal die Kontrolle über sich verloren hätte. Er antwortete: ›*Nein. Ich habe immer die Kontrolle. Schließlich entscheide ich darüber, wie und wie sehr ich den Typen verletze.*‹«

Im Paradies

T schlägt die Augen auf, fünf Minuten bevor der Wecker klingelt, obwohl er erst mit der Morgendämmerung eingeschlafen sein dürfte. Ihm fehlt jede Erinnerung daran, wie er ins Bett gekommen ist. Er fühlt sich verkatert und hat den Geschmack von abgestandenem Whisky im Mund. In der Bar auf der 33. muss er etwas zu viel getrunken haben, so viel weiß er noch, und dass er Unmengen an Hühnerflügelchen beim Koreaner auf der 7. verspeist hat. Sicher ist jedenfalls: Um elf Uhr ist er im Park verabredet. Dieser fast schon obsessive Gedanke hat ihn geweckt.

Als er aus dem Bad kommt, öffnet er den Einbauschrank, direkt gegenüber der Badtür. An den Bügeln baumeln die Kleidungsstücke, die er sich bisher in der Stadt zugelegt hat und die fast alle noch ungetragen sind. Das weiße Hemd, das er sucht, findet sich in der Reisetasche, die unten im Schrank steht. Etwas fällt ihm zwischen der Kleidung auf. Ein leicht verfilztes Teil aus grauem, dickem Baumwollstoff. Wie das wohl in seinen Schrank gekommen ist: ein Sweatshirt mit einer Kapuze und einer Tasche in der Mitte wie sie Schwarze häufig tragen. Kapuzensweatshirt. Er erinnert sich dunkel, dass er überlegt hatte, sich etwas in diesem Stil für sein Treffen im Park zuzulegen: Wenn er es gekauft hätte, würde er sich daran erinnern, stimmt's? Stimmt. Vielleicht haben die Putzleute es ja irgendwo gefunden, fällt ihm ein, unter dem Bett, in einer Schublade oder an der Zimmertür und es ihm in den Schrank gehängt, weil sie dachten, es wäre seins. Vielleicht ist es noch von seinem Vorgänger. Sieht aus

wie neu und riecht neutral. Am ehesten noch nach *Boucheron*, aber das liegt vermutlich daran, dass der ganze Schrank ein bisschen danach schnuppert. Die Größe passt, amerikanisch XXL. Eigentlich könnte er es heute Morgen anziehen und dann erst später zurückgeben, fällt ihm ein. Vorne sind die Initialien NY in blauer Farbe groß aufgedruckt. Das findet er nicht besonders, aber auch nicht so schlimm, und es passt gut zu den Jeans, die noch in der Reisetasche liegen.
Im Sweatshirt, um zehn, frühstückt er draußen auf der Straße: Café und einen jüdischen Kringel, mehr Appetit hat er nicht nach den Hühnerflügelchen vom Morgengrauen. Um halb elf steigt er auf der 33. in die U-Bahn, nimmt dann einen *Local* bis zur 72. Ecke Broadway und läuft von dort aus zum Park. Die Gegend wirkt überraschend sauber, selbst im Tageslicht, und wenn man den Blick senkt und nicht auf die Höhe der Gebäude achtet, könnte man fast meinen, sich in einer europäischen Stadt zu befinden.
Er schlendert gemächlich dahin. Eine Ecke vor dem Central Park West wechselt er den Bürgersteig, um nicht vor dem Dakota-Gebäude entlang zulaufen. *Just in case*. Dann setzt er sich auf das Mäuerchen am Park und raucht, um sich die Zeit zu vertreiben. Es ist heiß. Auf dem Bürgersteig haben sich Eisbuden und Stände mit gekühlten Getränken der Reihe nach postiert. Viele Leute laufen kurzärmelig herum. Er zieht das Sweatshirt aus und hängt es sich über die Schultern. Beobachtet, wie die Bizeps das T-Shirt ausbeulen und die Brustmuskeln es sichtbar über dem Oberkörper spannen, und das, obwohl die Muskulatur in den letzten Wochen etwas abgeschlafft ist, weil er nicht mehr

im Fitnessstudio war. Vielleicht sieht das zu sehr nach angeberischem Bodybuilder in enganliegenden Klamotten aus. Er zieht das Sweatshirt wieder über, raucht zu Ende und geht in den Park, in der Hoffnung, noch ein freies Plätzchen auf einer schattigen Bank in Strawberry Fields zu ergattern.

Ergattert. Scheinbar sind die Leute verrückt danach, in der prallen Sonne zu sitzen. Er setzt sich auf das Holz, das vom Regen und der Zeit angegriffen ist, und beobachtet, wie alle Welt das herrliche Wetter genießt. Vor der Mosaikrosette, die in den Boden eingelassen ist, bleiben die unverkennbaren Touristen stehen. In der Mitte der Rosette steht IMAGINE. Eine Oase sonntäglicher Ruhe: außer Touristen sind vor allem Frauen unterwegs, nur Weiße, die auf den Bänken lesen oder träumen. Und sogar ein paar Kinder und alte Leute. Kinder und Alte sind sonst auf den Straßen kaum zu sehen. Vor allem keine Kinder. T versucht sich zu erinnern, wann und wo er zuletzt Kinder gesehen hat. Lediglich der Innenhof einer Schule im East Village fällt ihm ein, wo Kleine im Alter von sechs oder sieben Jahren wie in Hühnerverschlägen hinter dem Zaun gespielt hatten.

»Buh!«, ruft eine verstellte Stimme hinter ihm.

Es ist nicht der Ruf, der ihn erschreckt, aber es durchfährt ihn durch und durch, als er den Kopf dreht und in ein überaus vertrautes Gesicht schaut: so vertraut, seit er Denken kann. Suzanne trägt diesmal die Haare lockerer im Nacken zusammengefasst. In den wenigen Sekunden, in denen sie keine Schnute schneidet, sieht sie dem Gemälde auf verblüffende Weise ähnlich, noch ähnlicher als ohnehin schon. Sie hat Jeans an, einen viel zu großen Pulli aus himmelblauer Baumwolle und eine

Baseballkappe in der Hand. Ihre Ausstrahlung wäre, einmal abgesehen von der Ähnlichkeit, einem perfekten Model für Mineralwasserwerbungen würdig: frisch, gesund und voll natürlicher Schönheit.

»*Hi* ... Schön, Dich zu sehen ...«, sagt T, sobald er sich gefangen hat. Man merkt, dass Suzanne heute keine Absätze trägt, dadurch ist sie kleiner, als er sie in Erinnerung hat. Die Haut dagegen bleibt ohne die Schichten aus Schminke dieselbe, vielleicht ein wenig rosiger an den Wangen.

»Wartest Du schon lang?«, fragt sie scheinbar schuldbewusst, stirnrunzelnd, mit hochgezogenen Augenbrauen und zusammengepressten Lippen.

»Nein, ich bin gerade erst gekommen, aber alles ist so friedlich hier, dass ich ein bisschen vor mich hindämmerte.«

»Traumhafter Tag, was ...«

»Der schönste seit ich in der Stadt bin.«

»Oh, Du wirst schon sehen, wenn erst der Sommer da ist ... Dann wird es unerträglich heiß.« Auf ihrem Gesicht spiegelt sich schreckliche Hitze: hängende Lippen, Dackelblick und mit dem Handrücken wischt sie sich die Stirn ab.

»Das sagen alle ...«

Die Pause, die entsteht, ist vielleicht etwas zu lang. Scheinbar fällt ihr nichts Witziges ein. Und während die Pause verstreicht, versteht T, warum sie immerzu mit so viel Mimik arbeitet, Witze reißt und Gesichter schneidet ... Aus Verlegenheit: Man soll das Mädchen nicht sehen, das sich hinter der Schauspielerei verbirgt. Genau dieses Mädchen, das T so gern sehen möchte.

»Was meinst Du: Wollen wir ein bisschen durch den

Park spazieren?«, fragt er, um einen Rettungsanker auszuwerfen.
»Okay...«, sie setzt sich ihre Kappe auf.
»Am besten sagst Du, wo's lang geht, weil ich mich hier nicht auskenne.«
»Puh, ich auch nicht besonders ... Der See müsste bis zum West Drive gehen, dann müssten wir den ersten Weg nach links nehmen ... Warst Du noch nie hier?«
»Im Park? Doch, ein paar Mal, man stößt ja von allen Seiten darauf... Aber meist nur so für zehn Minuten, lang genug, um eine Zigarette zu rauchen und wieder zu verschwinden.«
»Stehst wohl nicht so auf Grün, Pflanzen, die Natur?« Bewegungen eines flatternden Schmetterlings.
»Mir ist das dreckige Grau der Straßen lieber«, T schmunzelt, »weißt Du, ohne irische Vorfahren ...«
Sie deutet, wie damals schon im Institut, das keltische Tänzlein an und lächelt. Noch ist das Eis nicht gebrochen und zudem scheint sie abzuwarten, was T ihr zu sagen hat, denn so, wie er darauf gedrängt hat, sich mit ihr zu treffen, wäre es zweifellos an ihm, jetzt einen guten Vorschlag zu machen oder ihr zumindest zu erklären, was er von ihr will. Zur Zeit gehen beide für einen Spaziergang etwas zu schnell nebeneinander her. Bald schon erreichen sie eine breite, asphaltierte Allee mit Radfahrern und Joggern. Suzanne läuft zu einer Infotafel, auf der das Netz an Wegen und Pfaden zu sehen ist. »Ich würde gern zum Shakespeare Garden kommen, danach könnten wir beim Castle vorbeischauen, das ist die höchste Erhebung im Park ...«
Sie versuchen ihre Route einzuhalten, geraten dabei je-

doch an jeder der unzähligen Abzweigungen ins Schwanken, weil Suzanne sich nicht mehr so richtig erinnern kann (dazu schnuppert sie wie Sherlock Holmes in die Luft), aber als sie am Ufer des Sees angelangt sind, wissen sie, dass sie auf dem richtigen Weg sind. Einen Moment lang bleiben sie stehen. Die breite Lücke in der Vegetation wird vom trüb-grünlichen und ruhigen Wasser gefüllt, das sich über die weite, freie Fläche erstreckt; ein einziges Boot ist auf dem See, am gegenüberliegenden Ufer, so weit entfernt, dass vom Plätschern der Ruderschläge nichts mehr zu hören ist. Dann laufen sie weiter an der Uferböschung entlang, die Vegetation ist üppig und wild, was Suzanne dazu animiert, Jane zu spielen und Chita zum Abendessen zu rufen. Rein gar nichts erinnert daran, dass der Park künstlich angelegt wurde, es sei denn, man schaut zurück, auf die höchsten Gebäude am Central Park West oder auf die Wolkenkratzer in Midtown, die immer mal wieder zwischen den Baumgruppen auftauchen wie Festungstürme eines fantastischen Reichs.
»Sieht aus wie bei Camelot«, sagt T.
»Ja …« Dazu legt sie eine lautmalerische Einlage von kämpfenden Schwertern hin.
»Schau mal, ein Eichhörnchen. Siehst du's?«
»Wo denn?«
»Auf dem Baum da«, T zeigt in die Richtung.
»Ah, jetzt seh ich's …«
»Kannst Du Dir vorstellen, dass ich noch nie ein Eichhörnchen in freier Wildbahn gesehen habe? Immer nur im Gehege?«
»Echt? Hier gibt's haufenweise welche, die sind sehr zutraulich.« Das zutrauliche Eichhörnchen stellt beide

Pfötchen zu schräg stehenden Öhrchen auf und sieht aus wie eine verwöhnte Diva.

Für längere Zeit sind sie keiner Menschenseele mehr begegnet, bis sie sich der nächsten touristischen Attraktion zu nähern scheinen. Suzanne erklärt ihm, dass dieser Garten dafür berühmt ist, dass hier alle Pflanzen wachsen, die in Shakespeares Werken vorkommen. Dazu mimt sie Hamlet mit seinem Totenkopf. Sie gehen nicht hinein, laufen weiter, lassen einen Bauernhof hinter sich, der aussieht wie ein echter Bauernhof, erklimmen die Anhöhe und erreichen die Miniaturnachbildung einer mittelalterlichen Burg mit einem Festungsturm, der sich über den See erhebt. Den Jungs, die obendrauf stehen, scheint das Näherkommen von Erwachsenen den Spaß zu verderben. Sie steigen wieder hinunter. T und Suzanne steigen hinauf. Von dort oben hat man einen herrlichen Ausblick über weite Teile des Parks: Im Norden reichen die Bäume bis nach Harlem, gegenüber sind die Terassen der Upper East Side mit ihren glänzenden Simsen und im Süden sieht es wieder aus wie bei Camelot: in der Ferne erheben sich getönte Glastürme.

»Als ich ankam, bin ich die ersten Tage häufiger hierher gekommen, um mich ein bisschen zu erholen«, sagt Suzanne und tut so, als würde sie Marihuana rauchen und Reggae tanzen.

»Weil Du die Skyline von Sligo so vermisst hast ...?«

Die Reggaebewegungen verwandeln sich übergangslos in ein keltisches Tänzchen, das sie bisher immer nur mit den Fingern angedeutet hatte: Hände auf dem Rücken und Spitze-Hacke, Spitze-Absatz. Sie lacht über ihre eigene Parodie und holt ein Päckchen Marlboro

Light heraus. Bietet T eine an. Er greift gern zu. Bisher war T gar nicht auf die Idee gekommen, dass sie rauchen könnte und freut sich darüber.
»In Sligo, würde ich meinen, gibt es keine großartige Skyline … Dort gibt es«, die Finger bewegen sich wie beim Zählen, »Steinhäuser und … warte, was noch … ach, ja: einen Fluss, der mitten durch die Stadt fließt.« Sie deutet einen Fluss an, der mitten durch eine Stadt fließt. »Warst Du schon mal in Irland?«
»Nein, aber das lässt sich ja leicht ändern.«
»Es gibt dort vor allem winzige Dörfer und kleine, über die Wiesen verstreute Häuschen … Und den Regenbogen sieht man fast jeden Tag und manchmal funkelt die Luft vom Regendampf, als hätte man sie mit einem Zauberstab berührt.« Geste von einem Zauberstab, der die Luft zum Glitzern bringt. »Eine Insel, nach der man sich immerzu sehnt, was weiß ich … wie nach einem Lieblingspullover oder einer glücklichen Kindheit.«
Irgendetwas suggeriert T, dass sich ihre Nervosität langsam legt.
»Klingt gut … Und was, bitte, sucht eine kleine, melancholische Keltin in einer Stadt voller Verrückter?«
Sie dreht ihr Gesicht zu ihm, stützt dabei den Rücken und die Ellbogen an der Zinne ab. Für einige Sekunden schneidet sie keine Gesichter, sieht einfach nur aus wie jemand, der nachdenkt, mit einem unverfälschten, nachdenklichen Gesichtsausdruck. Und T sieht wieder das Gesicht, nach dem er auf der Suche ist.
»Tja, was mache ich in dieser Stadt voller Verrückter. Hm, weiß auch nicht … Ich wollte das mal erlebt haben, es bot sich die Gelegenheit und hier bin ich. Wie

Du weißt, sagen ja alle: Was man hier nicht zu Gesicht bekommt, sieht man auch sonst nirgends auf der Welt ...« Vage Geste eines Marsmenschen, der seine Tentakel bewegt.
»Ein Experiment ...«
Auch darüber denkt sie nach: »Mehr oder weniger ...« Geste einer Chemikerin, die sich mit Reagenzgläsern abmüht. »Auch um noch ein bisschen Zeit für die wichtigen Entscheidungen zu haben.« Mit den Fingern setzt sie »wichtige Entscheidungen« in Gänsefüßchen. »Manchmal habe ich das Gefühl, dass ich abwarte, was passiert ...« Die Augenbrauen gehen blitzartig nach oben wie bei Groucho Marx. »Und Du? Was verschlägt Dich in diese Stadt voller Verrückter?«
Auch T nimmt sich ein wenig Zeit für die Antwort: »Vielleicht müsste ich sagen, dass ich eine zweite Chance haben will. Wir sind hier doch im Land der unbegrenzten Möglichkeiten, nicht wahr? Dafür ist es jedenfalls berühmt und so verkaufen sie sich schließlich überall.«
»Ich würde mal sagen, das hängt sehr von der Art der Möglichkeiten ab, die Dich interessieren ...«
»Ach, eigentlich suche ich nichts Konkretes ... weißt Du ... die Hälfte meines Lebens habe ich jetzt hinter mir und aus etwas Distanz betrachtet würde ich sagen, dass mir der erste Teil nicht so besonders gut gefallen hat. Vermutlich leide ich an einer Variante der *Midlife-Crisis*; und da sicher an einer der komplizierteren ...«
»Oh je, dann ist die Krise mit achtzehn wohl nicht die einzige, was?« Verständiges Gesicht.
»Krisen kommen in allen Varianten, je nach dem jeweiligen *planning*.«

»Ich habe jedenfalls nicht vor, auch nur noch eine einzige durchzumachen. Ich hatte schon mit den Pickelchen mehr als genug zu tun.«
»Du hattest mal Pickel?«
»Ich sah aus wie ein Streuselkuchen: Ich hatte alle Pickel, die für mich bestimmt waren und auch noch all diejenigen, die gerechterweise meine Freundinnen hätten bekommen sollen. Gerade im Unterschied zu etwas anderem … wo es ruhig hätte so sein dürfen. Der Klassenkasper hat immer ›du Feldspat‹ zu mir gesagt. Mehr muss ich dazu vermutlich gar nicht sagen …«
»Na, hoppla, dann hast Du Dich seither aber ganz schön verändert.«
»Boah, und wie«, sie wackelt kokett mit dem Hintern.
Einen Augenblick Pause.
»Du, mich freut das übrigens sehr, dass Du Dir heute Zeit genommen hast«, sagt T. »Ich hoffe, ich habe Dich nicht allzu sehr genervt, als ich immer wieder angerufen habe. Du hast doch bestimmt gedacht, dass ich irgend so ein Spinner bin, nicht …?«
»Ach was … Die Stadt ist nicht einfach für Leute, die neu ankommen und allein sind, schon gar nicht, wenn sie die Sprache nicht beherrschen.«
»Ehrlich gesagt, sind die Stadt und die Sprache nicht der einzige Grund … weißt Du … ich fand Dich irgendwie auch sehr speziell. Nicht nur, weil Du so gut aussiehst, das meine ich gar nicht mal«, sie schmunzelt und runzelt die Stirn, wie um die Schmeicheleien abzuwehren, dann wackelt sie urplötzlich wieder kokett mit dem Hintern. »Ich meine etwas anderes … Du hast etwas und das kommt nur ganz selten zum Vor-

schein … immer dann, wenn Du ganz entspannt bist.«
»Ich weiß ja nicht, ob ich das als Kompliment auffassen soll. Ehrlich gesagt, ist das für ein Kompliment schon ziemlich speziell.«
»Ist auch kein Kompliment. Ich meine vielmehr, dass ich mir sicher war, dass wir Freunde sein könnten.«
Sie lenkt ein wenig vom Thema ab: »Hier Freunde zu finden, ist gar nicht so einfach … Nach und nach steckt einen die Kälte der Stadt an, die Leute sehen hier doch alle aus, als hätten sie einen Panzer um sich herum«, sagt sie, »wie ein Krebs, der nicht offen ist für Begegnungen.«
T geht mit ihren Gedanken mit: »Und wie sind die Leute in Irland?«
»Puh, ganz anders: Laut, warm, offen …«, dabei sieht sie aus wie eine lebenslustige Biertrinkerin. »Vor allem in der Republik, drüben sind sie ein bisschen mehr *British*, sogar die Katholiken, aber selbst die sind noch ganz anders als die Leute hier.«
»Und wo liegt Sligo? In der Republik?«
»Ja, an der Atlantikküste …«
»Wie schön, dass Du nicht besonders *British* bist. Weißt Du, was mir noch an Dir gefällt? Dass Du die *Zetas* richtig aussprichst. Wenn ich mit Dir rede, habe ich das Gefühl, zu Hause zu sein.«
»Viele neue Freunde habe ich hier auch noch nicht gefunden, weißt Du … Also, da wäre Deby: die Dame von der Rezeption …«
Nächster Themenwechsel? Womöglich …
»Die aussieht wie Diane Keaton?«
»Ja, die ist mal hübsch und erst nett, nicht? Halbe Australierin, aber abgesehen davon, dass wir manch-

mal schnell zusammen Mittag essen gehen, haben wir uns noch nie außerhalb des Instituts gesehen.«

»Und Deine Mitbewohnerinnen?«

»Beides Amerikanerinnen, die eine kommt aus New Jersey und die andere aus Vermont, aber die beiden kamen direkt nach der Schule hierher. Man könnte meinen, die kommen von hier. Ich sehe sie kaum, meistens schlafen sie irgendwo anders, manchmal bei Typen, die sie gerade erst kennengelernt haben ... Deshalb essen wir jeden Sonntag zusammen, damit wir zumindest die Sachen besprechen können, die unsere Wohnung betreffen: Putzen, Einkäufe ...«

Die beiden haben ihre Zigaretten zu Ende geraucht. T hüpft von der Zinne und macht ein paar Schritte nach vorn: »Dann könnten wir ja so was wie ein spanisch-irisches Bündnis schließen und das Ganze mit einem Gläschen besiegeln ... Was hältst Du davon?«

»Ich hätte Lust auf einen Kaffee. Hattest Du nicht am Telefon gesagt, Du willst mich auf einen Kaffee einladen?«

»Gibt's hier irgendwo einen guten Espresso? Für heute habe ich schon genug von dem anderen getrunken.«

***

Als sie von der Burg aus hinuntergehen, durchqueren sie den Park der Breite nach und kommen auf der anderen Seite auf der 79. heraus. Dort stöbern sie vor dem Metropolitan ein Weilchen an den Ständen mit Malerei. T entdeckt ein paar kleine Aquarelle, Originale, für dreißig Dollar das Stück. Er sucht eins davon

aus, eine geometrische Blume in verschiedenen Rottönen. Entfernt ähnelt sie einer Rose.
»Für Dich«, sagt er und übergibt sie feierlich an Suzanne. »Du musst sie übrigens nicht gießen.«
Mit zurückhaltender, lediglich leicht gespielter Überraschung nimmt Suzanne sie entgegen: »Oh, vielen Dank ... Die ist schön.«
Als sie das Bild in beiden Händen hält, tut sie mit geschlossenen Augen so, als würde sie genüsslich ihren Duft einsaugen. Der Verkäufer, gleichzeitig der Künstler, möchte, als T bezahlt, alles Mögliche über die beiden wissen: woher sie kommen, ob sie sich für Malerei interessieren, ob sie sich länger in der Stadt aufhalten ... Durch die mehrdeutigen Antworten, die T gibt, hält der Mann sie für Touristen, ein Pärchen auf Reisen, und erkundigt sich danach, ob sie Kinder haben.
»*Not yet*«, antwortet T und lächelt Suzanne an. Wenn dies der Eindruck ist, den sie auf den Mann machen, dürfte er an ihrer Seite, ist er sich für Augenblicke sicher, gar nicht so viel älter aussehen als sie. Außerdem hat die Unterhaltung auf der Zinne das letzte Eis zum Schmelzen gebracht. Mittlerweile fühlt es sich bereits so an, als würden sie sich schon ewig kennen. T genießt, dass sie nicht mehr pausenlos drauflos reden, um den stillen Momenten aus dem Weg zu gehen. Eine gewisse Natürlichkeit, ein stillschweigendes Einvernehmen hat sich breit gemacht, wenn sie nebeneinander herlaufen, so dass jeder hier und da stehen bleiben kann und sie dennoch einer aufeinander abgestimmten Choreografie folgen. In zwei, drei Situationen berührten sie sich am Arm oder an der Schulter oder steckten die Köpfe zusammen, um sich über irgendetwas zu

beugen, ohne die Verhaltenheit, mit der man zu anderen Gelegenheiten Distanz wahrt: in der U-Bahn, in einem Laden oder sogar unter Freunden.
Nachdem sie den Maler an seinem Stand zurückgelassen haben, laufen sie Richtung Park Avenue auf der Suche nach einem ruhigen Plätzchen, um einen Kaffee zu trinken. Beeindruckend aussehende Sicherheitsleute mit militärischen Mützen und Uniformen schieben unter den Markisen der Apartmenthäuser Wache. Hinter den Glastüren der Eingänge stehen überall goldgerahmte Täfelchen auf einem kleinen Dreifuß, auf denen darauf hingewiesen wird, dass unangemeldete Besuche nicht gestattet sind.
Suzanne hat die Baseballkappe falsch herum auf dem Kopf und macht den Gang und Slang der Rapper nach: »*Hey, brother, think I better move on 'round here ...*«
»Ich hätte nichts dagegen einzuwenden, hier zu wohnen ...«, sagt T.
»Das Stipendium vom Ministerium dürfte nicht ganz dafür ausreichen ...«
»Aber wäre schon nicht schlecht hier, oder?«
»Ach weißt Du, ehrlich gesagt, gehört eine Wohnung am Upper East Side nicht unbedingt zu meinen größten Träumen. Wenn ich zwanzig Millionen auf den Kopf hauen könnte, würde mir, glaub ich, schon noch ein besseres Plätzchen einfallen.«
»Zum Beispiel?«
»Puh, keine Ahnung ... Manchmal träume ich von einem kleinen Häuschen auf dem Lande.«
»Okay, *Little House on the Prairie* ...«
»Meinst Du die von Frank Lloyd Wright?«
T lacht ein bisschen: »Nein ... *Unsere kleine Farm* war

eine Fernsehserie. Entschuldige, manchmal vergesse ich, dass zwanzig Jahre zwischen uns liegen ...«

T entdeckt ein Café mit Stühlen auf dem Gehweg gegenüber der Madison Avenue und zeigt dorthin. Suzanne nickt zustimmend. Es sieht nett aus, eine Terrasse mit Marmortischchen, die von Zitronenbäumchen eingerahmt werden, in deren Töpfen kleine Italienfahnen stecken. Der Verkehr ist sonntags in den Straßen so ruhig, dass sie bequem die Avenue überqueren können. Sie nehmen an einem der Tische Platz. Suzanne lehnt ihr Bild an einen der Serviettenständer und tut so, als würde sie die Blume gießen. Nach kurzer Zeit kommt ein Kellner mit Fliege heraus, der wie ein echter Italiener aussieht. Suzanne arbeitet sich mühsam durch die ausgefeilte Cafékarte und ringt sich zu einem *Espresso machiatto with a dollop of foamed milk* durch. T nimmt eine subtile Variante davon: *Espresso doppio streamed milk macchiato*, von dem er hofft, dass er einem profanen *Café cortado* am nächsten kommt.

»Woher willst Du eigenlich wissen, dass es zwanzig sind?«, fragt Suzanne, nachdem der Kellner die Bestellung aufgenommen hat.

»Wie bitte ...?«

»Dass Du zwanzig Jahre älter bist. Du hast eben gesagt, dass Du manchmal gar nicht merkst, dass wir zwanzig Jahre auseinander liegen ...«

»Ach weißt Du, ich bin dreiundvierzig. Aber glaub jetzt ja nicht, ich wüsste nicht, was sich gehört und würde Dich fragen, wie alt Du bist. Selbst wenn Du ganz offensichtlich in der beneidenswerten Lage bist, nicht um einen einzigen Tag schummeln zu müssen.«

»Oh, wir wollen mal Deine guten Manieren nicht überstrapazieren: Ich bin vierundzwanzig, also gerade mal neunzehn Jahre jünger als Du.«
»Was für eine Erleichterung: nur neunzehn Jahre … Als Du bereits am Fläschchen getrunken hast, war ich noch nicht mal mit dem Wehrdienst fertig … Entschuldige: Weißt Du was ›Wehrdienst‹ ist? Früher haben sie uns in Spanien dazu verpflichtet, sich eine Weile als Soldat zu verkleiden …«
Gespielte Empörung bei Suzanne: »Danke für die Belehrung, aber ich weiß sehr wohl, was Wehrdienst ist.« Pause. »Komisch, Du wirkst auf mich gar nicht viel älter, echt nicht …«
»Du hast mich ja auch noch nicht ohne Gebiss und Perücke gesehen …«
»Dann ist es ja so ein bisschen wie mit Irland, auch das ließe sich leicht ändern …«
T gewinnt zusehends den Eindruck, dass Suzanne ganz unbefangen mit ihm zu flirten beginnt. Je länger sie zusammensitzen, desto mehr übernimmt er den Part des Clowns: ohne mit Gesten, Mimik und Scherzen zu geizen. Sie wiederum überlässt ihm die Rolle wohl auch deswegen, um sich besser aufs Beobachten verlegen zu können. In gewisser Weise ist es aber auch eine Hommage an seinen Genius, der sich dabei entfaltet wie der Federschmuck eines Pfaus. Die Zeit scheint gekommen, seinem Sinn für Humor freien Lauf zu lassen.
Nach dem Café geht es auf einer der Siebziger weiter Richtung Westen. Sie genießen, fast ohne zu reden, noch ein wenig das gute Wetter und die leeren Straßen. T geht in einen *Deli*, um Zigaretten zu besorgen und begeht den Fehler, sich dabei die voluminöse Sonn-

tagsausgabe der *Times* zuzulegen. »Damit tapeziere ich mein Hotelzimmer«, sagt er zu Suzanne. Als sie wieder im Park sind, bleiben sie eine Weile bei einem Musiker stehen, der eine Version der Beatles zum besten gibt: *If I fell in love / Oh, please, I must be sure* ... T wirft einen Zehn-Dollar-Schein in den Gitarrenkoffer. Danach schlendern sie auf dem Weg weiter, der am Zoo vorbeiführt, um auf die Grand Army zu kommen und in die Fifth Avenue Richtung Süden einzubiegen. Das scheint der rechte Augenblick, um über das Mittagessen nachzudenken. T fragt Suzanne, worauf sie Lust hat. Sie zieht eine Schnute und sagt, dass sie leider das Essen mit ihren Mitbewohnerinnen nicht ausfallen lassen könne. T freut sich, dass sie mehr Lust zu haben scheint, den Tag mit ihm zu verbringen, als ihre Verabredung einzuhalten, drängelt aber nicht weiter.

Als sie auf die Uhr schaut, ist sie überrascht (sind sie beide überrascht), dass es bereits Viertel nach zwei ist. Suzanne meint, jetzt nehme sie am besten ein Taxi. T bietet ihr an, sie zu begleiten. Sehr eindeutig gibt sie ihm zu verstehen, dass sie das nicht möchte, dass es Unsinn wäre, so weit in den Süden hinunterzufahren, um dann wieder zum Hotel zurück zu müssen.

»Einverstanden, wann sehen wir uns wieder?«, fragt er.

»Weiß ich noch nicht ... Irgendwann in den nächsten Tagen. Du wirst doch nicht etwa das spanisch-irische Bündnis vergessen haben?«

»›Irgendwann in den nächsten Tagen‹ ist mir zu spät: Sobald Du mit dem Taxi verschwunden bist, fange ich sofort an Dich zu vermissen.« Sie lacht. »Ich geh auch mit Dir ins Kino, in den Zirkus, zum Zahnarzt ... Wo

auch immer Du hinwillst. Wollen wir heute Abend zusammen essen?«
»Geht nicht ... echt nicht.«
»Dann rufe ich Dich morgen früh im Institut an, okay? Wann gehst Du denn immer frühstücken? Zufällig muss ich für ein anthropologisches Forschungsprojekt genau wissen, wie es aussieht, wenn Du Dir einen Toast schmierst.«
»Du meinst mit Plastikbesteck? ... Schau mal, da kommt ein Taxi ...«
Ausgerechnet T hebt die Hand, um das Taxi zu rufen, öffnet dann die Tür, damit sie einsteigen kann. Im Taxi läuft *Red, red wine* von UB40. Zum Abschied küssen sie sich noch einmal die Wangen. T macht die Tür zu und wartet, bis das Taxi losgefahren ist und vom Verkehr verschluckt wird, bevor er weitergeht. Summend läuft er zurück zum Hotel: *Red, red wine, you make me feel so fine* ... Auf Höhe der Vierziger sieht er zwischen einigen Mülltüten eine kleine, fette Ratte, nicht größer als die Eichhörnchen vorhin im Park. Sie ist so bescheuert und steckt bis zur Hälfte in einer Papiertüte von McDonald's. Nur der Schwanz und der kugelige Bauch schauen heraus. T läuft flugs zu ihr hin und kickt sie mit der Pieke volle Kanne in die Luft wie ein Stürmer, der einen Elfmeter schießt. Dieser Tritt verschafft ihm sogar durch den Schuh hindurch einen gewissen, lustvollen Kick: das Hochgefühl, gegen etwas Weiches, Schweres wie gegen einen Punchingball zu hauen oder gegen einen Luftballon voller Wasser.
Die Ratte fliegt mitsamt der McDonald's-Tüte auf die Fahrbahn. Ts rechte Schuhspitze ist jetzt ein wenig

vollgekleckert. Sieht aus wie Ketchup, vielleicht mit ein bisschen Senf.
Mit einem Mal verspürt T eine heftige Erektion.

***

In den frühen Morgenstunden am Montag trinkt T wie üblich seinen ersten Kaffee auf der Straße und genießt als Mitglied der Rauchergruppe wie gewohnt auf dem Bürgersteig seine ersten Zigaretten. Gegen neun ist er zurück im Hotel. Das lange Warten macht ihn unruhig. Also geht er direkt zu den Telefonzellen. Suzanne nimmt am anderen Ende ab. T erkennt sie diesmal mit hundertprozentiger Sicherheit, sagt aber trotzdem auf English, dass er sie gern sprechen würde, um zu sehen, wie sie reagiert: *May I speak to Ms Ortega, please.*

»Hey, ich bin's«, antwortet sie mit fröhlicher Stimme.

»Kann ja wohl nicht wahr sein ...«

»Wieso soll das nicht wahr sein ...?«

»Da reibe ich mir ungläubig die Äuglein ... Dich gibt's ja wirklich ... Du bist also gar nicht nur ein Traum ...?«

Sie lacht am anderen Ende der Leitung und räuspert sich vielsagend: »Äh ... Instituto de Estudios Aplicados, Ortega am Apparat. Was kann ich für Sie tun?«

»Ja, ja, ich weiß, Du arbeitest ... nur ganz schnell: möchtest Du mit mir frühstücken gehen?«

»Puh ... gleich jetzt, heut früh?«

»Mmm, das Angebot erstreckt sich auf die nächsten fünfzig Jahre ...«

»Du meinst also, Du wirst dreiundneunzig, hm?«

»Wenn ich jeden Tag mit Dir frühstücken dürfte,

würde sich das möglicherweise sogar lohnen.« Er macht eine kurze Pause, damit das Kompliment wirkt. »Außerdem muss ich Dir was erzählen.«

»Also heute wird's eher schwierig, auf dem Schreibtisch stapeln sich die Papierberge ...«

»Aber frühstücken wirst Du ja wohl früher oder später sowieso müssen? Mag ja sein, dass diese Stadt niemals schläft, aber auf ein *breakfast* hat doch noch nie jemand verzichtet, es sei denn, man wäre frisch an den Mandeln operiert worden.«

»Lass mich mal kurz in den Terminkalender schauen ... Nee, kein Termin für 'ne Mandel-OP heute«, die Stimme klingt nun ernster: »Aber ich kann Dir noch nicht sagen, wann ich hier rauskomme, und dann hätte ich auch nur etwa eine Viertelstunde Zeit oder höchstens zwanzig Minuten oder so ...«

»Mehr braucht es doch gar nicht, verrat mir doch erst mal, in welches Café Du gehst und gib mir einfach ein ungefähres Zeitfenster. Ich werde dann dort auf Dich warten und dabei einen Donut nach dem anderen vertilgen, um Dir einen Platz freizuhalten.«

»Sei doch mal ernst ...«

»Ich meine das ganz ernst: Du hältst es doch bestimmt auch nicht länger aus, ohne meine *Zetas* zu hören, hm? Ich bin einer der ganz wenigen hier in der Stadt, mit dem Du nicht nur einen schnöden Karottensaft, sondern einen echten *zumo de zanahoria* zum Frühstück trinken kannst.«

Die Pause, die sie einlegt, ist diesmal ein wenig länger. Er stellt sich vor, wie sie schmunzelnd am anderen Apparat sitzt. Schließlich ist sie einverstanden: »Normalerweise frühstücke ich im Berny's. Auf der Lexington zwischen der 43. und der 44., ganz in der Nähe des Instituts. Ich könnte versuchen, so gegen zehn dort zu sein, aber Du darfst nicht traurig sein, wenn Du ein bisschen warten musst, es kann halt einfach sein, dass ich gerade nicht raus kann, weil hier noch jemand sitzt oder so.«

»O.K. Kein Problem. Hauptsache, Du bringst Dich mit und Deine Augen, Du weißt schon, die großen.«

Als er auflegt, schaut T auf die Uhr: fünf nach neun. Er dürfte etwa zwanzig Minuten für den Weg brauchen, also bleibt ihm noch genug Zeit, hoch ins Zimmer zu gehen und sich was Passendes anzuziehen.

Vor dem offenen Schrank denkt er über verschiedene Varianten nach und meint dann schließlich, dass der große Augenblick gekommen sei, um die Verkleidung als Rotkehlchen anzulegen: Der Inbegriff von einem Hemd und der Rest passend dazu in grau und schwarz.

Als er unten ankommt, scheint der Wachmann einen kurzen Augenblick zu überlegen, ob der Typ, der gerade aus dem Aufzug kommt, noch derselbe ist, der vor fünf Minuten in Jeans und Schrauberhemd nach oben gefahren ist. T, bester Laune, grüßt ihn und legt dabei die Hand an die Stirn. Der Mann dreht lachend den Kopf von rechts nach links, um den Gruß zu erwidern.

Als er das Café auf der Lexington gefunden hat, schaut T durch die Fenster hinein: ein typischer Ort für ein amerikanisches Frühstück. Trotz der Uhrzeit sind noch einige Tische frei. Bis zehn bleibt ihm noch ziemlich viel Zeit. Er dreht sich auf den Absätzen einmal um. Die Spitze des Chryslergebäudes schwebt dabei mit überraschender Natürlichkeit über ihm. Typisch wie Wolkenkratzer in den Himmel ragen: ohne jedes

Aufheben, als wäre es das Leichteste der Welt, so groß zu sein. Er überlegt, die Zeit für einen kleinen Besuch im Gebäude zu nutzen, um ein wenig in der Eingangshalle herumzustreunen, von der es in den Reiseführern heißt, dass ihr herrlicher Jugendstil sehenswert sei. Es wird ein kurzer Zeitvertreib, zwei Minuten später steht er bereits wieder auf der Straße und sucht sich etwas zum Setzen. Gar nicht so einfach. Im tiefsten Central Park könnte man tot umfallen, und bevor es jemand bemerken würde, hätten die Eichhörnchen alle Zeit der Welt, sich an der Leiche zu laben. Ein einfaches Plätzchen in Midtown dagegen, ist wohl zu viel verlangt. Solcherlei Gedanken und Worte gehen ihm durch den Kopf, an denen sich sein gerade erst ausgegrabener Sinn für Humor schärft: »laben, »Plätzchen«, »tot umfallen« … Er hat Spaß an den unterschiedlichen Möglichkeiten, sich auszudrücken. Er raucht und läuft durch die Straßen, als wollte er damit die Zeiger der Uhr drehen: Lexington, 44., Third Avenue, 43. und wieder Lexington. Auf seinem kleinen Rundgang vertreibt er sich die Zeit damit, Limousinen zu zählen, weiße gleichermaßen wie schwarze. Was ist witziger: »tot umfallen« oder »in Ohnmacht fallen«? Zwei Limousinen. Ihm gefällt »Ohnmacht«. Das klingt nach einer viktorianischen Zofe, die auf dem Diwan zusammensinkt: *Oooooohhhhhnmacht.* Wie ein onomatopoetischer Ausdruck des Kleinmuts selbst. Drei Limousinen. Er ist sicher ein Typ mit Humor, er braucht nur einen guten Anlass, um ihn zu entwickeln. Vier Limousinen. Bei der elften Limousine ist es fünf vor zehn. Er begibt sich in der festen Überzeugung, über unbeschränkte Fähigkeiten im Wortspiel zu verfügen, Richtung Café. Zwölf Limousinen. Als er sieht, dass genug Tische frei sind, bleibt er an die Hauswand gelehnt stehen, draußen neben der Tür, und läutet eine neue Etappe des Wartens ein, indem er diesmal die Köfferchen der leitenden Angestellten zählt.

Zwischen dem siebten und achten taucht Suzanne auf. In ihrem weißen Kleid sieht sie aus wie das strahlende, königliche Exemplar einer Büroangestellten.

»Wartest Du schon lang?«

»Zwölf Limousinen lang und acht Köfferchen von Bürohengsten. Aber es hat sich gelohnt.«

Sie gehen ins Café und setzen sich an einen Tisch neben der Glastür. Still schauen sie in die Frühstückskarte. Nach kurzer Zeit erscheint eine farbige Kellnerin mit Schürze und einem spitzen Hütchen und gebärfreudigem Becken. Sie notiert: Nummer 2 für die Dame, die 3 für den Herrn und zwei Kaffee.

»Und«, fragt Suzanne, »was gibt's Neues seit gestern?«

»Es gibt schon was. Aber dafür müsste ich mal sehr ernst mit Dir reden. Bist Du bereit?«

»Warte.« Sie tut so, als würde sie sich die Haare und den Kragen des Kleids zurechtrücken. »Kann losgehen.«

»Also: Ich habe über unser spanisch-irisches Bündnis nachgedacht. Ich denke, wir sollten uns eine Satzung geben.«

»Aha ... Und an was hast Du da gedacht?«

»Am allerwichtigsten ist erst einmal, dass wir festlegen, am Anfang mindestens eine Sitzung pro Tag abzuhalten.«

»Puh ...«

»Ja, ja, ich weiß, dass Du eine überaus beschäftigte Frau bist. Aber so schwierig dürfte das gar nicht werden, weil ich im Gegensatz dazu ja zeitlich flexibel bin: Ich könnte zum Frühstück, Mittagessen, Abendessen und um Mitternacht mit Dir die Treppen zum Empire State Building hinauflaufen ...«

»Ich habe schon immer davon geträumt, einmal um Mitternacht die Treppen zum Empire State hochzulaufen. Nur weiß ich nicht, ob ich die richtige Garderobe dafür besitze ...«

»Am besten wären ein Helm und Stützstrümpfe von Jean Paul Gauthier ...« Sie lacht. »Und? Kann ich bei einer Sitzung pro Tag mit Dir rechnen?«

»Hm ... mit meinen Mitbewohnerinnen steht noch ein *jumping* von der Brooklyn Bridge aus ... Aber ich werde mal sehen, was sich machen lässt.«

»Wunderbar, damit wäre der erste Artikel der Satzung bereits abgesegnet: ›Das Bündnis setzt eine tägliche Versammlung fest, es sei denn, ein Mitglied der oben genannten Institution ist wegen eines *jumping* verhindert.‹ Ich will jetzt keinen Rückzieher machen, aber falls wir eines Tages echt mal auf das Empire State hoch wollen, wäre ich Dir sehr dankbar, wenn wir mit dem Fahrstuhl fahren könnten ... Mein Kniegelenk ist etwas lädiert ...«

»O.K., dann also nix mit Treppen um Mitternacht ...«

»O.K., damit wäre der ernsthafte Teil der Unterhaltung beendet. Und jetzt: Iss bitte etwas! Du kannst doch nicht den ganzen Vormittag mit leerem Magen herumlaufen.«

In dem Gesichtsausdruck, mit dem sie auf ihren Teller schaut, zeichnet sich kein großer Appetit ab: »Puh ...«

»Na, los, sonst kommt die Kellnerin mit dem dicken Hintern und nimmt Dich mit zu den anorektischen Sekretärinnen.«
T streckt seinen Arm aus, um ihr Besteck zu greifen und ein Stück von der Wurst abzuschneiden. Dann führt er die Gabel zu ihrem Mund. Sie akzeptiert den Happen, aber holt sich die Kontrolle über die Gabel zurück und protestiert: »Ich habe überhaupt keinen Hunger...«
»Was heißt hier, keinen Hunger haben. Schau mal, ich esse auch was.« Er schneidet noch ein Stückchen Wurst ab, diesmal auf seinem Teller: »Mmmm, wie lecker... Und jetzt tunken wir den Toast ins Ei, siehst Du? Ein echtes Ei direkt vom elektrischen Stuhl, *made in USA*.«
Suzanne lacht:
»Ich mag keine Elektrostuhleier, ich hätte gern einen Saft...«
»Kommt gar nicht in Frage: Bevor ich nicht gesehen habe, dass hier ein Happen Ei gegessen wird, gibt's keinen Saft.«
»Lieber einen Toast mit Butter...«
»Erst das Ei. Und ein paar Kartoffeln. Oder willst Du ein Leben lang als Teeny herumflitzen? Zur Belohnung gibt's dann auch eine Lucky mit Filter, okay? Und wir zählen auf dem Weg zum Institut Limousinen. Mal sehen, wer mehr entdeckt.«
»Iiigittigitt, Lucky Strike, ich rauch nur Marlboro Light...«
»Naa guuut, dann kauft Dir der liebe Onkel Tomas später auch Marlboros im Deli. Aber erst kommt das Ei.«

***

Mittwoch sind sie zum ersten Mal zum Mittagessen verabredet. Suzanne meint, sie könne nur eine Stunde, von zwei bis drei, und T verbringt daraufhin einen Teil seines Vormittags damit, ein geeignetes Restaurant in der Nähe des Instituts ausfindig zu machen. Weder zu einfach noch zu elegant sollte es sein, irgendwas in der Mitte, gerade richtig für ein angenehmes, unbeschwertes Essen an einem Arbeitstag. An der 3. Ecke 40. oder so macht ein Restaurant von außen den Eindruck, als sei er fündig geworden: *Goldberg and McQuency, Steak and Chops* steht auf dem Schild. Eine witzige Mischung aus nordischem *Cottage*, japanischer Hütte und Jugendstilpalais, umstellt von Wolkenkratzern. Es erstreckt sich über die einzigen zwei Stockwerke.
»Hast Du Lust auf Fleisch?«, fragt er Suzanne, als sie durch die Drehtür des Instituts kommt.
»Was für Fleisch?«
»Das zum Essen.«
»Hmmmm ja ...«
»Gut, dann gehen wir Fleisch essen.«
»Wo denn? Ich muss in einer Stunde ...«
»Auf der 7. ein kleines Stück Richtung Uptown. Ein freies Taxi kannst du vergessen. Soll ich Dich auf die Schultern nehmen oder willst Du lieber rennen?«
»Mmmmm ... lieber auf die Schultern.«
»Gut, dann musst Du Dir nur noch Dein Kleid ausziehen, sonst kannst Du Dich nicht rittlings hinsetzen. Mach Dir wegen der Leute keine Gedanken, vor kurzem habe ich einen Farbigen in Unterhose auf der Fifth Avenue gesehen und niemand hat geschaut.«
Sie laufen zügig, schneller noch als die anderen Passan-

ten, und reden auf dem Weg wenig. Als sie erhitzt im Restaurant ankommen, sehen sie dort bereits zwei Grüppchen von Geschäftsleuten an der Bar in der Nähe des Eingangs auf einen freien Tisch warten. Ein paar andere Leute warten auf Barhockern oder essen mehr oder weniger im Stehen. T schlägt Suzanne vor, den Kellner zu fragen, wann ein Tisch für zwei Leute frei wird, aber sie findet, das sei eine gute Gelegenheit für ihn, Englisch zu sprechen. Nach kurzer Überlegung schlägt er ihr folgende Formulierung vor: *Should we wait too long for a table?* Suzanne kräuselt die Nase und rät eher zu: *How long should we have to wait for*... T spricht es ihr nach und stoppt vorsichtshalber, um sich nicht zu verhaspeln, den ersten Kellner, der ihm über den Weg kommt. Einen verdächtig kleinen und dunkelhaarigen Mann, der ihm auch sofort auf Spanisch antwortet: in etwa zehn Minuten. Sie bestellen erst einmal zwei kleine Bier, die ihnen der Kellner zusammen mit den beiden Speisekarten bringt. T hat keine Ahnung, was *prime ribs* sind oder ein *Sirloin* und Suzanne übersetzt ihm das als Kotelett und Rumpsteak. Fast alle Gerichte sagen ihm gar nichts, aber es sind so viele, dass er lieber nicht weiter fragt und munter verkündet, dass er sich ein *Cajun steak rib* bestellen wird. Er weiß zwar nicht, was ihn da genau erwartet, aber abgesehen von den Langusten ist es das Teuerste auf der Karte und damit will er Suzanne zugleich das Gefühl geben, dass sie nicht auf die Preise, die übrigens ziemlich gepfeffert sind, schauen muss. Sie fragt ihn, ob er sich im Klaren sei, was sich hinter einem 28 Unzen großen Stück Fleisch verbirgt (*28 oz.* steht in der Karte unter dem Gericht). Er weiß es nicht. Sie warnt ihn schon mal vor, dass er dann mindestens ein dreiviertel Kilo roten Fleischs bekommen wird. »Umso besser, ich habe Hunger«, sagt er. »Gut, ich nehme die Tagessuppe und ein *roast beef hash*«, sagt sie.

»Was ist Hash?«

»Hackfleisch.«

T kennt die Weine nicht, allesamt französische oder kalifornische. Suzanne sagt, sie auch nicht, aber sie wolle auch lieber keinen probieren, weil sie am Nachmittag noch arbeiten müsse. T würde sich am liebsten auf die Zunge beißen, muss dann aber doch unbeingt wissen, was zum Teufel er sich unter einem *crackling pork with firecracker applesauce* vorzustellen habe – *USA Today's* Gericht des Jahres.

»Das müsste eine knusprige Schweinshaxe mit Apfelkompott sein.«

»Aha …«

Bis zu dem Zeitpunkt, an dem ein anderer Kellner kommt und ihnen einen Platz im Saal des oberen Stockwerks zuweist, haben sie ausschließlich über Essen geredet.

Der Speisesaal, in den sie geführt werden, ist trotz seiner Ausmaße gemütlich. Die Deckenlampen sind schön und auch die Deckenfenster, die den Blick freigeben auf die hohen Spitzen der angrenzenden Gebäude. An den meisten Tischen sitzen englische Paare, die besonders diskret sind. Das Stimmengewirr klingt weich wie das meiste von Cole Porter, das im Hintergrund den Klangteppich bildet. Der Kellner gibt ihnen einen schönen Tisch am Fenster zur Third Avenue. Sie bestellen und T freut sich, dass er Suzanne bei sich hat, die alle Fragen zu Beilagen, Getränken und so weiter

übernimmt. Getränke, Brot und Butter werden sofort gebracht und dann haben die beiden erst einmal ihre Ruhe.
»Hast Du gesehen? Echte Tischdecken«, sagt T und streicht über den Stoff. »Das ist die erste, die ich in dieser Stadt sehe.«
»Und normales Besteck«, sagt Suzanne, die Gabel und Messer hochhält wie sonst im Comic der Kojote. »Das lassen sie sich ja auch ordentlich bezahlen. Hast Du die Preise gesehen?«
»Ach, ich lade Dich doch ein. Wir kennen uns jetzt schon eine Woche ... Das muss ich feiern ... Weißt Du, wozu ich Lust hätte? Mal mit Dir ins Ambassador zu gehen.«
»Aha ... aus einem bestimmten Grund ...?«
»Weil ich ein Kind aus einfachen Verhältnissen bin. Aus überaus einfachen sogar. Wenn Du mir tief in die Augen schaust, kannst Du die Narben noch sehen.«
Suzanne schaut ihm in die Augen und sucht nach einer passenden Antwort: »Ich sehe da gar nix ...«
»Weil du nicht richtig schaust. Wenn eine Kindheit schlimm war, gibt es sichtbare Spuren. Im besten Fall bleibt nur das Gefühl, all denen irgendwie überlegen zu sein, die als Kinder verwöhnt wurden. Und im schlimmsten Fall bleibt eine Bitterkeit, die immerzu nach Vergeltung schreit.«
Sie nimmt das alles nicht sehr ernst, vielleicht wegen des flappsigen Tonfalls. Es klingt so, als wolle er unbedingt unterhaltsam sein, wodurch er etwas gezwungen wirkt.
»Na, dann wollen wir mal schauen ... Wie arm warst Du denn als Kind? Was machte denn Deine Familie ...?«

»Die Frage musst Du anders stellen: Ein Wort wie ›Familie‹ kann für mich nicht dasselbe bedeuten wie für Dich.«
Suzannes Stimme wird aufmerksamer: »Bist Du etwa ein Waisenkind … im Ernst?«
»Man könnte sogar sagen: ein Verstoßener. Das Wort klingt zwar hässlich und niemand würde es sagen, aber es trifft meine Situation genau. Oder auch ein Findelkind.«
»Ich bin mir nicht sicher, wo die Unterschiede liegen …«
»Im Englischen würde man dazu *foundling* sagen, was offensichtlich von dem Verb *found* kommt: aufgelesen, gefunden, so wie Moses in seinem Binsenkörbchen. Die lateinischen Wurzeln haben einen anderen Beigeschmack: »*expósito*« kommt von dem Verb *exponere, expono* etcetera, was so viel bedeutet wie »aussetzen«, »herausnehmen« … Ich hoffe, dass ich Dich damit nicht langweile.«
»Überhaupt nicht. Es … langweilt mich überhaupt kein bisschen.«
»Bist Du sicher? In meiner zerütteten emotionalen Welt fühlt es sich so an, als wären alle, die in der langen Geschichte verstoßen wurden, meine Vorfahren. Daher habe ich immer das Gefühl, wenn ich von diesen Dingen rede, als hätte ich unendlich viele Angehörige.«
Suzanne lässt sich Zeit mit der Antwort: »Ich würde gern noch mehr über Deine Familie wissen. Wen auch immer Du als Deine Familie empfindest. Ich dachte … mir schien es immer so zu sein, dass Findelkinder Waisen sind, die bei Nonnen groß werden …«
»Weißt Du was eine Kinderklappe ist?« Sie schüttelt

den Kopf. »Das war eine Art Abladeplatz für Neugeborene. In der Regel hatten sie die Form einer Nische, die sich drehen ließ. Sie war außen in die Mauer eingelassen, so ähnlich wie eine Grabnische, und über ihr war in der Regel im Frontispiz die Inschrift angebracht: *Mein Vater und meine Mutter haben mich verstoßen / die göttliche Liebe hat mich aufgenommen.* Die Mütter oder wer auch immer luden ihren organischen Müll dort ab und läuteten an einer Glocke. Von innen wurde die Kinderklappe gedreht und das Kindchen landete auf der anderen Seite der Mauern, ohne dass jemand wusste, wer es ausgesetzt hatte.«

»Wurdest Du auch in einer Kinderklappe ausgesetzt?«, fragt Suzanne ernst.

T lacht: »Nein, ich hatte mehr Glück ... Diese Kinderklappen gibt es schon lange nicht mehr, zumindest in Spanien. Und es ist mittlerweile längst illegal, Kinder auszusetzen, ohne sich zu erkennen zu geben, obwohl von Zeit zu Zeit immer noch eins im Mülleimer auftaucht. Aber die Dinge haben sich verändert, jetzt ist es nicht mal mehr gestattet, Findelkinder für medizinische Experimente zu benutzen. Kennst Du die Geschichte der ersten Impfungen?«

»Nein.«

»Das erzähl ich Dir ein andermal, das ist kein gutes Thema für ein Mittagessen.«

Als T das sagt, sieht er bereits, wie die Vorspeisen gebracht werden. *Bon appétit,* sagt er, bevor er die Suppe probiert. Suzanne schaut noch einen Augenblick nachdenklich drein, so als würden ihr viele Fragen durch den Kopf gehen, und als wüsste sie nicht, mit welcher sie beginnen sollte: »Hattest Du mal eine Adoptivfami-

lie? Entschuldige, falls Dir die Frage zu indiskret erscheint, es würde mich ... interessieren.«
»Schon. Einmal, für einige Monate, als ich fünf oder sechs Jahre alt war. Aber daran kann ich mich fast gar nicht mehr erinnern. Ich weiß nur, dass ich wohl in keinem besonders guten Zustand zurück ins Waisenhaus kam ... Daran erinnere ich mich allerdings sehr wohl: an den Tag, als ich zurück ins Waisenhaus kam. Auch wenn ich versuche, nie daran zu denken. Später war ich dann viel zu groß, als dass mich noch jemand gewollt hätte.«
Suzanne tut so, als würde sie essen, stochert aber lustlos im Essen herum, bevor sie die nächste Frage stellt: »Und hast Du nie versucht herauszufinden, wer Deine Eltern sind?«
»Doch, das versuchen eigentlich alle Findelkinder. Sobald ich volljährig war, beging ich den Fehler, Nachforschungen über meine Herkunft anzustellen. Das waren vermutlich meine ersten polizeilichen Ermittlungen.«
»Und warum war das ein ›Fehler‹?«
»Weil es manchmal besser ist, etwas nicht zu wissen.«
In Suzannes Gesicht ist zu lesen, dass sie das nicht ganz versteht. Über Ts Gesicht wiederum huscht so etwas wie Ungeduld: »Schau mal, ich gebe Dir ein Beispiel: Stell Dir vor, Du stellst fest, dass Du die Tochter eines Kinderschänders bist, der eines seiner Opfer schwängerte ...«
Suzanne traut sich nicht, etwas zu sagen, und T versucht, die Stimmung wieder etwas aufzuhellen: »Um auf Deine Frage zurückzukommen, doch, ja, ich habe so etwas Ähnliches wie eine Familie ... Ein älteres Ehe-

paar, mit denen ich an Weihnachten esse, die ich anrufe, wenn ich irgendwo gut angekommen bin und so weiter.«

»Echt, ja?«

»Ja … Er war so etwas wie mein Mentor. Er kommt dem wirklich am allernächsten, was ich mir an Vater vorstellen kann. Und seine Frau ist für mich mehr oder weniger wie eine liebe Tante. Sie haben keine Kinder, so dass, ähm … wir uns ein bisschen Eltern-Kind-Liebe schenken.«

»Leben sie in Spanien?«

»Ja, er ist Polizeikommissar … Hauptkommissar sogar, er ist der Leiter des Polizeipräsidiums, was heutzutage vor allem repräsentative Aufgaben mit sich bringt. Außerdem wird er dieses Jahr pensioniert. Er war derjenige, der mich ausgebildet hat, als ich in die Akademie kam, was mittlerweile etwa fünfundzwanzig Jahre her ist.«

Der Kellner bringt die Hauptgerichte. Auf Ts Teller liegt ein Rippchen, das ausieht, als wäre es von einem Dinosaurier. Es wird auf einem riesigen Gral serviert und ist mit Bergen von verschiedenfarbigem Püree garniert.

***

Am Donnerstagnachmittag, nach dem Essen, kommt T auf die Idee, ins Tiffany zu gehen, um sich etwas zu beschäftigen, bis Suzanne aus dem Institut kommt. Es ist natürlich noch nicht der richtige Zeitpunkt, um ihr Schmuck zu schenken, außerdem wäre es nicht gerade einfallsreich, eher kitschig, wie ein Tourist eine Klei-

nigkeit im Tiffany zu kaufen. Daher ist er nahezu erleichtert, dass ihm alles, was in den ersten Vitrinen liegt, ein wenig altmodisch vorkommt.
Was kann man denn sonst noch machen bis um fünf? Die Faszination der Stadt hat sich in den letzten Tagen etwas verflüchtigt, ja sie ist fast ganz verflogen. Er ist nicht mehr der Adam der ersten Tage, der dieses eigenwillige, überraschend dicht bevölkerte Paradies erkundet und mit jedem Blick etwas Bedeutendes zu erhaschen meint. Jetzt steht alles eher in Relation zu etwas anderem: Vorher war die Stadt das Thema, jetzt ist sie nur noch Kulisse. Es hat sicher viel damit zu tun, dass Adam nun ein Leben mit Eva angefangen hat, denkt T, und dann ist die Welt mit einem Mal wieder so klein, wie sie es für den Großteil der Menschen immerzu ist. Im Zentrum dieses kleinen Universums stehen eigene Wünsche und Bedürfnisse, alles reduziert sich auf diese Nahperspektive, der Blick fokussiert nur noch auf das, was sich dicht vor der eigenen Nase abspielt, so dass eine Stadt und ihre Leute und ihr Rumoren daneben ganz klein werden und nur noch einen diffusen Hintergrund abgeben. Das ist es: Der tote Hund rückt diffus in den Hintergrund.
Dieser diffuse Hintergrund ist heute Nachmittag ziemlich heiß, so dass er seinen Bummel unterbricht, um in einer Kneipe, die wie eine heruntergekommene Version eines alten britischen Pubs aussieht, ein Bier zu trinken. Die Angelsächsin hinter der Theke ist je nach angelegtem Standard ziemlich attraktiv: Sie hat geschliffene Gesichtszüge, einen überaus schlanken Körper, geschmeidige Bewegungen und riesige Sili-

konbrüste. Abgerundet wird diese Pracht wie bei den meisten Frauen dieser Stadt von einem harten Blick und einer unwirschen Stimme. Als T sein Bier bezahlt, sagt sie *Thank you* und schaut ihn fest an. T hält dies für die nächste Einladung zum Sex, eine der vielen, und schaut auf sein Glas, als hätte er nichts gemerkt. Sie dürfte dies als Korb aufgefasst haben, setzt sich aber unbeeindruckt wieder auf die Gefriertruhe, die sie etwas vorgeschoben hat, um die Unterhaltung mit einer anderen Weißen weiterzuführen. Die andere hockt dick und unansehnlich an der Bar, aber strahlt mindestens genauso viel Selbstbewusstsein aus wie sie. Hier nehmen die Frauen eine Abfuhr ziemlich sportlich, denkt T. Sie übernehmen eben auch mal die Initiative und dazu gehört dann auch, bisweilen einen Korb einzustecken.

Eigentlich, denkt er, ist es komisch, dass er ausgerechnet in dieser Stadt Suzanne kennengelernt hat. Sie würde so etwas garantiert nie bei einem Wildfremden machen. Gar nicht mal, weil sie schüchtern wäre oder konservativ: sondern, weil sie stolz ist. Dieser verblasste weibliche Stolz: Ein Mann musste sich anstrengen, um der Frau, diesem erhabenen Wesen, würdig zu sein. Dieser weibliche Dünkel scheint für immer verloren, vor allem hier. Und trotzdem, paradoxerweise, ist es vielleicht nur hier möglich, eine Frau wie Suzanne zu treffen, so wie man eben auch nur hier einen schwarzen Punker oder Schuhe aus Giftkrötenleder finden kann. Suzanne ist einzigartig. Egal wo sie ist: Sie ist Bellinis Madonna, und er hatte bis ans andere Ende der Welt reisen müssen, um sie endlich zu treffen.

Nach drei Bieren verlässt er das Lokal, schlendert gemächlich, mit den Händen in den Taschen, zurück zum Institut.
Ohne es recht zu merken, durch puren Zufall, steht er plötzlich in einer dieser Straßen, die beängstigend sind und an Gangs und Kino erinnern. Es gibt keine Autos, keine Fußgänger, nur drei junge Schwarze, die auf den Treppenstufen eines verlassenen Hauses sitzen. Ihnen gegenüber, auf dem Bürgersteig, auf dem auch T läuft, hüpft noch ein junger Schwarzer neben einem Baucontainer herum. Es ist unklar, was er da treibt. Sicher ist nur, dass er so groß ist wie ein Basketballspieler und in der Hand ein feuchtes Handtuch wie eine Peitsche schwingt. Alles in allem scheinen die vier nur darauf gewartet zu haben, dass eine Person vorbeikommt, die wie geschaffen dafür ist, überfallen zu werden.
T folgt dem unwiderstehlichen, raschen Impuls, in seinen Hosentaschen nach den spanischen Wohnungsschlüsseln zu kramen. Er hat sie eigentlich immer bei sich, auch wenn sie noch so überflüssig sind wie hier in New York, um für alle Fälle eine kleine Waffe bei sich zu haben. Es genügt, die Schlüssel in die Hand zu nehmen, eine Faust zu bilden und die Schlüsselspitze zwischen den Fingerknochen vorzuschieben. Das gibt der Faust Gewicht und Härte. Vor allem aber kann er sie wie einen Meißel einsetzen, er muss nur schauen, dass er weiche Teile trifft.
Als er sich gerüstet fühlt, holt er tief Luft und geht auf den jungen Schwarzen mit dem Handtuch zu, der kurze, gelenkige Bewegungen macht. Das Ziel ist klar: Der Junge ist viel zu groß, um im Gesicht Wirkung zu erzielen, er muss ihn vor sich kriegen und dann auf den

Bauch gehen, direkt auf den Bauch, rein und raus, um ihn bewegungslos zu machen. Danach muss schnell etwas aus dem Container gefischt werden, in dem genug Bauschutt, Rohre, Latten und Ziegelsteine herumfliegen, um sich die anderen vorzuknöpfen, bevor die überlegt reagieren können.

Was T nicht sehen kann, weil der Baucontainer ihm den Blick verstellt, ist, dass dahinter ein granatfarbener Mercedes geparkt ist. Der junge Schwarze macht nichts anderes, als Chromteile am Auto seines Chefs zu polieren, einem bengalischen Obsthändler, der ihm fünf Dollar die Stunde dafür zahlt, dass er ihm bei allen möglichen Kleinigkeiten zur Hand geht. Weder er noch die drei Studenten, die auf den Treppenstufen sitzen und rauchen, wären im Entferntesten auf die Idee gekommen, was diesem athletisch gebauten Weißen in Wirklichkeit durch den Kopf ging, während er derart entschlossen auf sie zukam.

Um Punkt fünf, nachdem er kurz im Hotel war, sich die Hände gewaschen und sich umgezogen hat, steht T entspannt, adrett und makellos vor dem Institut. Da taucht schon Suzanne auf, inmitten einer Lawine aus Büroangestellten mit Anzügen und Krawatten.

»Na, was hast Du heut Nachmittag noch so getrieben?«, fragt sie.

»Gemerkt, dass ich nicht aufhören kann, an Dich zu denken«, antwortet er.

»Ja, ja ... das sagst Du jeder ...«

»Nein, nur denen, die mich verrückt machen.«

In der Welt

Quique Aribau, der Schriftsteller, hat an sein Schulbuch aus der Oberstufe gedacht. Es liegt aufgeschlagen auf dem Tisch im Büro des Kommissars: »Mal sehen ... Alle haben sieben Silben, nicht wahr? Siebensilbler ...«

»Nicht alle«, wirft der Kommissar ein, »zum Beispiel der hier ...« Er zeigt auf einen Vers und dreht das Papier dann zu seinem Gesprächspartner hin. Quique trommelt beim Zählen mit den Fingern auf die Tischoberfläche:

»*Que-sees-con-deen-el-ver-so*« ... Das ist auch ein Siebensilbler ..., hier ist zweimal eine Krasis ...«

»Eine bitte was?«

»Zweimal eine Krasis: der auslautende und der anlautende Vokal werden zusammengezogen und zählen als einer. Verstehen Sie? So wie hier. Und wenn zuletzt im Vers ein endbetontes Wort steht, dann wird eine Silbe hinzugezählt, so wie hier, und wenn der Vers auf einem Proparoxytonon endet, einem Wort, das auf der drittletzten Silbe betont wird, zieht man eine ab.«

»Ach so ... das wusste ich nicht ...«

Quique liest weiter im Buch, während er redet: »Mal schauen, *Verse mit nicht mehr als acht Silben* ...« Er blättert, hält einen Moment inne und denkt nach. »Im Grunde genommen müsste es dieses Reimpaar sein: *Verse mit nicht mehr als acht Silben und Assonanzen im Reimpaar* ... Die sind assonant ...«

»Und das heißt?«

»Im assonanten Reim beschränkt sich der Gleichklang

auf die Vokale. Lediglich die Vokale ab der vorletzten Silbe sind gleich, so wie hier: ›guerrero‹ und ›secreto‹, verstehen Sie?« Er zeigt auf das Blatt Papier. »Lediglich das ›e‹ und das ›o‹ wiederholen sich. Während beim echten Reim auch die Konsonenten identisch sind ... wie ... ähm ... ›Wurst‹ und ›Durst‹, auch wenn es ehrlich gesagt gar nicht so einfach sein dürfte, ausgerechnet aus diesen zwei Worten einen vernünftigen Reim zu basteln ...«

»*Denk bei jeder Wurst / an den großen Durst*«, platzt es förmlich aus dem Kommissar heraus.

»Das ist ein ...« Quique überfliegt weiter das Lehrbuch.

»Während *Schnapp ich mir den Dieb / findet er mich fies* assonant ist, nicht wahr?«

Quique schaut einen Augenblick auf, um die Silben zu zählen. Jedes Mal kommen fünf und fünf heraus: »Kommissar, wussten Sie, dass in Ihnen eine echte Begabung schlummert?«

»Bei uns im Dorf haben wir als Kinder immer gespielt, passende Reime zu den Sachen zu finden ... *Unser Bürgermeister / macht nur Scheibenkleister* ...«

Quique sieht aus, als würde er nicht mehr zuhören: »Warten Sie mal, ich glaube, ich hab's.« Er liest: »*Romance endecha: unbestimmte Anzahl von Siebensilblern mit Assonanzen in den geraden und ohne Reim in den ungeraden* ... Mal sehen, ob das hinhaut ...«

Quique legt das Blatt Papier mit dem ausgedruckten Gedicht zu sich herüber und probiert: »Hervorragend: Das ist ein Prachtexemplar von einer *Romance endecha*. Ich habe zwar noch nie etwas von einer solchen Strophenform gehört, aber genau so funktioniert's: 7 reimlos, 7 a, 7 reimlos, 7 a ... Das Einzige, was nicht wirklich passt, ist, dass die letzte Zeile 7a sein müsste und nicht ein reimloser Siebensilbler ...«

Der Kommissar horcht auf: »Wie bitte? ... Was ist mit der letzten Zeile?«

»Nichts Besonderes, nur dass sie in den Beispielen hier im Buch immer assonant ist. Sehen Sie?«

Quique dreht das Buch herum, so dass der Kommissar hineinschauen und die Strophen von Gerardo Diego lesen kann, die exemplarisch für die Form stehen:

(7-) *Una humilde corona,*
(7a) *dulce Enrique Menéndez*
(7-) *de eternas siemprevivas*
(7a) *quisiera entretejerte,*
(7-) *que sobre tu sepulcro*
(7a) *dobladas balanceen*
(7-) *sus espigados tallos*
(7a) *al soplo del nordeste*

»Alle Romanzenverse, die hier als Beispiele aufgeführt werden, enden assonant, sehen Sie, die *kurze Romanze*, die *Heldenlieder* und die *Endecha* ... Vielleicht ist's ja nur Zufall, denn die Dichter machen letztlich mit dem Versmaß sowieso, wozu sie Lust haben, aber ...«

Der Kommissar schaut sich den Ausdruck auf dem Blatt Papier noch einmal aufmerksam an. Er wirkt konzentriert und nimmt sich Zeit, bevor er weiterredet.

»Wollen Sie damit sagen, dass dieses Gedicht perfekt

in die Versform passen würde, wenn wir den neunzehn Zeilen eine zwanzigste hinzufügen würden und diese assonant wäre wie alle anderen geraden auch?«

»Ja, genau ... So wirkt das Gedicht irgendwie unabgeschlossen ...«

»Ein bisschen wie ein Rätsel«, sagt der Kommissar, der mit seinen Gedanken bereits ganz woanders ist. »Sagen Sie mal, für den Reim zählen doch nur die letzten zwei Silben, nicht?«

»Alles, was nach dem letzten betonten Vokal kommt ...«

»Mir ist aufgefallen ...«

»Was denn ...?«

»Na ... Alle geraden Verszeilen, die sich reimen sollen ... haben dieselben Vokale: *es el noble guerrero*, *en el Monte Persverso* ..., überall gleich: *del león es derecho*, *es el hombre de negro* ..., immer dieselben Vokale E-E-O-E-E-E-O. Halt bis auf die, von denen Sie meinten, dass sie zusammengezogen werden ... Wie nannten Sie das noch mal?«

»Krasis!« Quique schaut auf das Blatt, das vor ihm liegt. »Sie haben Recht, das habe ich noch gar nicht gemerkt. Es geht sogar noch weiter. Nicht nur die Vokale sind identisch, sondern auch die Akzente oder betonten Silben, schauen Sie mal ... Darf ich hier drauf schreiben?« Er holt sich einen Bleistift aus dem Lederbecher, der auf dem Tisch steht. Der Kommis-sar nickt und sieht zu, wie er auf den Ausdruck schreibt: E-E-Ó-E-E-É-O.

Der Kommissar verfolgt eingehend, was Quique mit dem Bleistift notiert und scheint im Geiste etwas durchzurechnen: »Gibt es dafür auch einen Fachausdruck?«, fragt er. »Ich meine dafür, regelmäßig solche Verse zu schreiben…«

»Bestimmt, aber ich weiß nicht, ob das in meinen Schulbüchern so genau erklärt wird… Wir könnten mal im Internet schauen…«

»Wenn das Muster strikt vorgegeben ist, dürfte es jedenfalls sehr viel schwerer werden, Gedichte zu verfassen, nicht wahr? Wenn die Silbenzahl immer dieselbe sein muss, sich die Verse auf eine bestimmte Weise reimen und das Ganze auch noch einen Sinn ergeben soll und dann auch noch die Vokale und Akzente regelmäßig sein müssen…«

»Ja, klar, je mehr Bedingungen ein Vers erfüllen soll, desto schwieriger wird es natürlich, ihn zu schreiben…«

Der Kommissar lehnt sich in seinem Sessel zurück und verschränkt die Hände hinter dem Nacken: »Lieber Quique, Sie wissen ja gar nicht, wie sehr Sie mir damit geholfen haben… Ich lade Sie herzlich zu einem vernünftigen Frühstück in die Cafeteria ein. Das haben wir uns redlich verdient.«

»Sanchís wollte später noch mit mir zu einer Autopsie, ich weiß nicht, ob es ratsam ist, sich da vorher den Bauch vollzuschlagen… Aber wenn es der Hauptkommissar höchstpersönlich befiehlt, dann lässt sich das selbstverständlich verschieben…«

»Ach, wissen Sie, die Autopsien sind mittwochs sowieso nicht besonders… Am Montag sind die besten, immer die nach einem Wochenende.«

»Na, dann gehe ich besser mal an einem Montag mit…«

Der Kommissar ist von seinem Sessel aufgestanden

und zieht sich das Sakko über: »Mal was ganz anderes«, sagt er. »Finden Sie wirklich nicht, dass ich wie ein Notar aussehe?«

***

Der Kommissar kommt etwas später als gewöhnlich nach Hause. Er hat einen Audi-Katalog dabei.
»Hallihallo«, ruft er. Hinter der Tür versucht er, bereits etwas von dem Duft aus der Küche zu erhaschen, aber es riecht nach gar nichts, abgesehen von dem Pfirsich- oder Aprikosen- oder jedenfalls fruchtigen Geruch des neuen Raumbelüfters.
»Ich bin am Bügeln«, ruft seine Frau aus dem kleinen Raum neben dem Schlafzimmer. Der Kommissar geht zu ihr und bekommt einen Kuss auf den Schnurrbart.
»Tomas hat gerade angerufen ... Du bist heute aber spät dran, nicht?«
»Ja, das erkläre ich Dir später, ich ziehe mir nur schnell die Schuhe aus ...« Er geht hinüber in die Küche: »Was hat Tomas gesagt?«
»Das erzähle ich Dir gleich. Schrei doch bitte nicht so rum, wenn Du durch die Wohnung läufst, die Fenster stehen offen.«
In der Küche legt der Kommissar am Herd einen Halt ein und lüftet den Deckel des Kochtopfs. Fleischklöße in Mandelsoße. Jetzt riecht er sie, und wie sie duften! Der Kommissar ist sehr in Versuchung einen Finger hineinzustecken, um die Soße zu kosten, aber er hat sich die Hände noch nicht gewaschen und hält sich zurück. Danach zieht er sich die Schuhe im Korridor aus und sagt im Flur auf dem Rückweg ins Schlafzimmer,

während er sich den Gürtel aufmacht: »Und, was erzählt denn nun Tomas? Wie läuft die ganze Geschichte? Hallo, Garfield!«
Seine Frau sagt aus dem Nebenzimmer: »Dass er nicht mehr in New York ist ... Er hat aus Irland angerufen.«
Der Kommissar geht mit der Hose in der Hand hinaus in die Diele und vergisst für einen Augenblick, dass er sie entlang der Bügelfalten zusammenlegen wollte: »Aus Irland?«
»Ja, er hat mir auch den Namen des Dorfs auf Englisch gesagt, aber ich weiß nicht mehr genau, was er gesagt hat, irgend so etwas wie ›Laigo‹ oder so ähnlich. Auf jeden Fall ist er an der Atlantikküste.«
»Und was zum Teufel macht er in Irland?«
»Keine Ahnung ... wir haben nur kurz geredet, er schien nicht recht in Plauderstimmung zu sein. Er hat nur gesagt, dass es ihm gut geht und dass er anruft, um zu sagen, dass er nicht mehr unter der Nummer des Hotels in New York zu erreichen ist. Eine neue Nummer hat er nicht hinterlassen, aber er hat gesagt, dass er wahrscheinlich in wenigen Tagen wieder in Spanien ist.«
»Komisch, er wollte doch ein Aufenthaltsstipendium in den USA beantragen? Hat er das gar nicht gemacht?«
»Das kann ich Dir auch nicht sagen, davon hat er nicht geredet ...«
Der Kommissar geht zurück ins Schlafzimmer. Die Hose hat er mittlerweile zusammengelegt. Er hängt sie über eine Stuhllehne, zieht sich seinen Hausanzug über, knöpft ihn zu und geht hinüber ins Bügelzimmer.

»Es wird doch nichts passiert sein?«, fragt er.
»Das kann ich mir eigentlich nicht vorstellen … Nein, das glaube ich nicht. Er klang allerdings, ehrlich gesagt, ein bisschen bedrückt. Er hat erzählt, dass er mit dem Zug über die Insel reist. Und dass es gar nicht aufhört zu regnen und dass dieses Wetter schon ein wenig deprimierend sei. Vielleicht deswegen. Jedenfalls soll ich Dich grüßen. Falls er doch länger bleiben sollte, würde er noch mal anrufen. Sonst hat er weiter nichts gesagt.«
Der Kommissar legt die Daumen unter die Hosenträger und beobachtet aufmerksam, wie seine Frau die weißen Hemdsärmel bügelt.
»Mmmh, mir kommt das irgendwie spanisch vor …«
»Vielleicht hat ihm New York nicht gefallen. Es ist ja doch immer etwas anderes, eine Reise zu planen und dann dort zu sein und da zu leben …«
»Das würde mich wundern. Als er das erste Mal anrief, war er noch überaus zufrieden. Wie lang ist das jetzt her? Drei oder vier Wochen?«
Seine Frau zieht die Augenbrauen in die Höhe, ohne gleich zu reden: »Und Du? Was hast Du denn auf dem Herzen gehabt?«, fragt sie und holt ihren Mann aus der nachdenklichen Versunkenheit, mit der er ihr beim Bügeln zuschaut.
»Och, nichts Besonderes. Ich habe nur schnell noch beim Autohändler vorbeigeschaut und Dir einen Prospekt mitgebracht.«
»Heute Abend gibt's Fleischklößchen. Ist das Recht? Als Vorspeise habe ich einen gemischten Salat mit Radieschen gemacht, die isst Du doch so gern. Erst wollte ich eine Reissuppe machen, aber jetzt ist es fast schon zu heiß für Suppen.«

»Die Fleischklößchen habe ich schon entdeckt ...«
»Wehe, Du warst mit deinen ungewaschenen Händen im Topf und hast von der Soße genascht?«
»I wooooo, tss«, der Kommissar lässt die Hosenträger schnappen und beäugt seine Hände. »Ich gehe sie mir gleich waschen.«
»Gut, aber dass Du mir ja die Finger von den Fleischklößchen lässt. Wir essen ja gleich.«
»Wunderbaaar, zu Befehl, Eure Hoheit.«
Sobald er aus dem Bad wieder heraus ist, holt der Kommissar sich die Audi-Broschüre, die er in der Diele hat liegen lassen, und nimmt sie mit ins Wohnzimmer, um sie in aller Ruhe durchzublättern. Beim Anblick der Stereoanlage bekommt er Lust, nochmal die CD von Supertramp zu hören. Er findet sie äußerst eigenwillig. Manchmal klingt sie, als würde ein Orchester aus Gespenstern spielen. Einzelne Lieder hat er sich mit rotem Filzstift angestrichen, und so gewöhnt er sich immer mehr an die Musik. Einige Stücke gefallen ihm mittlerweile schon richtig gut. Er holt sich die Hülle, den roten Filzstift und den Audi-Katalog mit zum Sessel. Als seine Frau beladen mit einem Wäschekorb ins Wohnzimmer kommt, um die Kleidung zusammenzulegen, läuft gerade *Even in quietest moments*. Der Kommissar schaut ins Leere. Der Katalog liegt aufgeschlagen auf seinem Schoß.
»Sag mal, mit der Musik hat's Dich wohl voll erwischt, mh?« Sie setzt sich an das Tischchen, an dem sie für gewöhnlich näht, und dreht die Strümpfe nach rechts, in dem sie mit einer Hand tief hineinschlüpft.
»Stört sie Dich? Dann hole ich mir die Kopfhörer ...«
»Lass nur ... Mach Dir keine Sorgen wegen Tomas,

dem geht es sicher gut. Wahrscheinlich hat er Lust bekommen, sich Irland anzuschauen ...«

»Ach, jetzt habe ich gerade an den Burschen gedacht, bei dem ich mir immer die CDs kaufe. Das wollte ich Dir schon seit ein paar Tagen erzählen. Der hat einen ordentlichen Schlag auf den Kopf abbekommen, dabei haben sie ihm fast die Nase zu Klump geschlagen.«

»Ach, du lieber Gott ... Dem kleinen Schwulen?«

»Ja ... Da kamen zwei in den Laden, um die Kasse zu räubern, und dann konnte er es wohl nicht lassen und hat seine Sprüche geklopft. Bis es dem einen zu bunt wurde und der ihm einen ordentlichen Kopfstoß verpasst hat, wobei er ja den Motorradhelm auch noch aufhatte.«

»Junge, Junge ... Geht's ihm wieder besser?«

»Das will ich doch hoffen. Es war nichts Großartiges. Er wurde mit ein paar Stichen genäht und gut ist. Aber ich will diese Woche mal bei ihm vorbeischauen.«

»Sag ihm aber auch, dass er in solchen Fällen besser seinen Mund hält. Manche Leute sind wie Zeitbomben.« Sie rollt die Strümpfe zusammen. »Sag mal, was ist eigentlich aus dem Schriftsteller geworden? Hast Du von dem mal wieder was gehört?«

»Ja. Mit dem habe ich gestern gefrühstückt«, der Kommissar lacht. »Sanchís meint, dass er ihn ganz verrückt macht mit seinen vielen Fragen. Er will alles sehen und wissen. Jetzt wollte er ihn schon mitnehmen zur Autopsie, aber da hat er wohl kalte Füße bekommen.«

»Das wundert mich nicht ...«

»Soll ich Dir mal das Auto zeigen, das mir gefällt?«

»Na, dann zeig mal her ...«

Der Kommissar steht mit einigen Schwierigkeiten aus

dem Sessel auf und setzt sich seiner Frau gegenüber an das Nähtischchen, das sich mittlerweile in eine Auslage für Strümpfe, Schlüpfer und Büstenhalter verwandelt hat. Er schlägt den Prospekt auf der Seite auf, wo ein A3 in Akoyasilber-Metallic von vorne abgebildet ist: »Und? Was meinst Du ...?«

»Ganz schön ... Was kostet der?«

»Das ist jetzt ein Diesel, aber einer, der auch ein bisschen was kann ... Der liegt dann so um die dreißigtausend Euro.«

»Ach, du meine Güte ... Fünf Millionen Peseten? Das ist ja eine Sünde.«

»Schatz, das ist eben ein gutes Auto ...«

»Und meinst Du nicht, wir würden auch mit einem preiswerteren zurechtkommen?«

Der Kommissar verzieht das Gesicht, bevor er nickt. Dann dreht er den Prospekt wieder zu sich und schaut sich noch mal das Foto an.

»Du hättest ihn schon gern, nicht wahr?«, sagt sie.

»Mir gefällt er gut. Aber Du hast schon Recht, das muss ja eigentlich nicht sein ...«

»Wie viel würden wir denn für unseren noch kriegen? Den haben wir so gut gepflegt, noch dazu ist er ein Garagenwagen.«

»Mhm, mit etwas Glück vielleicht eine halbe Million ... Viel mehr auf keinen Fall. Der ist eben schon ein älteres Modell.«

Der Kommissar blättert noch einige Minuten in der Broschüre und stützt dabei seinen Kopf auf die Hand. Seine Frau legt die Strümpfe zusammen, die allesamt schwarz sind, bis auf ein braunes Paar. Als sie damit fertig ist, nimmt sie sich die Herrenunterhosen vor, die

allesamt weiß sind. Sie legt sie ordentlich zusammengefaltet rechts auf einen Stapel. Zum Schluss kommen ihre rosafarbenen, blauen und fleischfarbenen Schlüpfer und ein paar Büstenhalter, die sie mit den Körbchen ineinanderlegt. Als zwischen zwei Liedern nichts aus der Stereoanlage zu hören ist, bricht sie das Schweigen: »Na, wenn Du ihn so gerne haben möchtest, dann kaufen wir ihn halt.«
Sie steht vom Stuhl auf und häuft die zusammengefaltete Wäsche in den Korb. Jetzt allerdings ist es der Kommissar, der einen Rückzieher macht: »Nee, nee … der ist schon sehr teuer, wir können uns ruhig ein paar andere anschauen.«
»Ach, weißt Du, es ist doch langsam mal an der Zeit, dass Du Dir so eine kleine Verrücktheit gönnst, hm …«
Aus dem Flur fügt sie dann laut hinzu: »Mach aber bitte diese verrückte Musik aus. Bitte, ja? Jetzt kommen gleich die Nachrichten, und es ist Zeit zum Essen.«

***

Dem Kommissar setzt das Buch von Hare doch ein wenig zu. Mit all dem, was er über den Blick von Psychopathen lesen musste. Kalt, hart, wie ein Haifisch oder der eines Toten. Ihm fällt ein Foto von Boris Karloff ein, das er seit seiner Kindheit nicht vergessen kann: BK als Frankenstein. Die Augenlider hängen über großen, dunklen und trüben Fischpupillen. Der Kommissar hat gehört, dass man häufig die Symptome von Krankheiten an sich wiedererkennt, sobald man etwas über sie erfährt. Gleichzeitig ist ihm bewusst, dass man auch nicht im Entferntesten auf die Idee käme, ihn für einen Psychopathen zu halten. Er hat weder einen kalten, oberflächlichen Verstand, noch einen egozentrischen oder unverfrorenen Charakter. Scham und schlechtes Gewissen sind ihm nicht fremd und ein Misanthrop oder Manipulant oder Lügner ist er auch nicht. Und trotzdem zieht es ihn vor den Spiegel, als er noch einmal schnell aufs Klo geht, bevor er das Büro verlässt, wo er seine Augen noch einmal eingehend prüft. Der Blick eines Toten. Ja, so wie der von Boris Karloff in der Rolle des Frankenstein. Ohne dass Frankenstein unbedingt weniger in der Lage wäre zu lächeln als Kater Garfield ... Er zieht die Krawatte aus, krempelt die Ärmel hoch und schaut noch mal. Immer noch diese Ähnlichkeit mit Boris Karloff. Er ist vielleicht dicker und sieht eher nach einer wilden Hochzeitsfeier aus und Zigarren und Schnäpsen, aber der Ausdruck in den Augen ist derselbe. Danach versucht er es noch einmal mit Jackett und ohne Krawatte. Nun bietet sich ihm das Bild eines heruntergekommenen Notars. Der Ausdruck in den Augen jedoch ist derselbe wie bei Boris Karloff ... Wer sich dazu entscheidet, auf Krawatten zu verzichten, muss irgendwann damit anfangen. Er betrachtet sich nicht länger im Spiegel und verlässt sein Büro.

Puértolas hat bei den Kriminalwissenschaftlern Dienst. Genau darauf hatte der Kommissar spekuliert.

»Herr Kommissar ... Was für eine Überraschung ... Was verschafft uns ... was verschafft uns die Ehre ... wie sagt man ...«

»Des Besuchs?«

»Besser gesagt das Vergnügen ... Selbstverständlich ... Ein solch unerwartetes ... Vergnügen, nicht wahr?«

Der Kommissar ist darum bemüht, so schnell wie möglich zur Sache zu kommen. Er zieht einige zusammengefaltete Blätter aus der Tasche seines Jacketts hervor.
»Das erkläre ich Ihnen gleich, lesen Sie bitte zuerst das hier.«
Er reicht ihm eines der Blätter, auf denen das Gedicht ausgedruckt ist:

Hábil, astuto, cruel,
es el noble guerrero,
oro calza la yegua
del Señor que en secreto
rige con voz de mando
en el Monte Perverso.
¡Luz se hará sobre el nombre
que se expone de lleno
a quien supla la falta
en el orden perfecto!

Consejero de diablos
es el hombre de negro,
emplear bien sus zarpas
del león es derecho.
Rogad al mal romance
que se torne sereno:
descubrís que el virrey
que se esconde en el verso
ofrendó sacrificio ...

Geschickt, gewitzt und grausam
ist der edle Krieger.

Goldbehuft die Stute
des Herrn, der im Geheimen
das Kommando führt
auf dem Berg der Perversionen.
Licht leuchte über dem Namen,
der sich vollständig ergibt,
demjenigen, der die Lücke ergänzt
im perfekten System!

Teufelsrat
ist der Mann in Schwarz.
Seine Pranken voll einzusetzen
ist des Löwen Recht.
Bittet die schlechte Romanze,
sich aufzuklären:
um zu entdecken, dass der Vizekönig
der sich im Vers versteckt,
ein Opfer dargebracht hat ...

Puértolas lässt sich Zeit für die Lektüre und will gerade etwas sagen, als der Kommissar ihm zuvorkommt: »Lassen Sie mich bitte erklären, worum es geht ... Erinnern Sie sich, dass wir uns das letzte Mal, als wir miteinander sprachen, mit der Uni-Pork-Geschichte befasst haben?«
»Ja, natürlich ... Selbstverständlich.«
»Es ging um eine Leiche, die auf einem Schlachthof gefunden wurde und die in alle Einzelteile zerlegt war. Bei den verwursteten Einzelteilen fand sich eine Art Bekennerschreiben: EN EL NOMBRE DEL CERDO – IM NAMEN DES SCHWEINS. So weit, so gut: Eine Woche bevor wir von dem Fall unterrichtet wurden,

hat der Eigentümer eben jenes Schlachthofs dieses Gedicht, das Sie gerade gelesen haben, in einem lokalen Blättchen veröffentlicht ...«

»Interessant ... Ja, sehr ... sehr interessant, wie sagt man? Vielsagend, nicht wahr?«

»Warten Sie ... Das Gedicht hat die Strophenform einer *Romance endecha*. Das sind Verse mit sieben Silben und assonanten Reimen in den geraden Verszeilen ... So, denken Sie jetzt an das Schreiben, das wir bei der Leiche fanden«, der Kommissar klopft den Takt an dem Tisch: »*En el nombre del Cerdo*: Das sind ebenfalls sieben Silben, die in der Reimform genau zu dem Gedicht passen ... Und achten Sie mal darauf: Diese sieben Silben enthalten die Vokale E-E-O-E-E-E-O, dies entspricht haargenau den geraden Verszeilen im Gedicht. Aber das ist noch nicht alles: Sie besitzen exakt denselben Rhythmus, dieselben Betonungen auf dem dritten und sechsten Vokal: pa, pa, pam, pa, pa, pam, pa!«

Während der Kommissar weiterredet, hat sich Puértolas den Ausdruck auf dem Blatt Papier erneut vorgenommen.

»Mmmm ... Es ist nicht gerade besonders gut, aber es ist ... delikat ... Ja, delikat ist es: Delikat ... Woher ... Wissen Sie ... Verstehen Sie etwas von ...?«

»Poesie? Nicht die Bohne. Deswegen habe ich vor kurzem mit Quique Aribau gesprochen ...«

»Ah ... Mit Quique ... Sehr sympathisch, ähm ... ja. Wir haben vorhin über ... den Garten ... den Garten der Lüste gesprochen. Selbstverständlich, ja ... Ausgesprochen sympathisch ...«

Der Kommissar ist kurz davor, die Geduld zu verlieren, aber gewinnt sie im letzten Augenblick zurück: »Ja, sehr sympathisch ... Aber Sie werden sehen ... Warten Sie: Wir schauen jetzt mal, was in den Versen steht. Am Anfang habe ich nicht verstanden, wer der geheime Herr ist und wer der edle Krieger und um was es hier überhaupt geht. Ich dachte zuerst, es würde vielleicht auf den Teufel angespielt ... Grausam und so ... Aber schauen Sie sich mal diese Passage an: *Goldbehuft die Stute / des Herrn, der im Geheimen / das Kommando führt / auf dem Berg der Perversionen.* Also gut: Zuerst kam mir der Gedanke, dass dies eine Metapher darstellen könnte, die dafür steht, dass eben jener Herr reich ist, nicht wahr? Aber was sagen Sie nun, wenn Sie hören, dass der Eigentümer des Schlachthofs, der zugleich der Verfasser des Gedichts ist, einen Porsche mit goldenen Felgen fährt?«

»Gold? Ist das wahr? ... Wirklich goldüberzogene Felgen?«

»Sie haben ganz richtig gehört: goldene Felgen. Oder soll ich sagen: goldene Hufe? Der Gedanke liegt also nahe, dass der Autor hier womöglich ein Selbstportrait von sich entworfen hat. Passt alles zusammen: »Vizekönig«, »Teufelsrat« ... Fast alle Bürgermeister des Landkreises sind Verwandte von ihm. Er hat überall Einfluss. Es würde jetzt zu weit führen, aber die zuständige lokale Behörde hat mir einen Bericht zugeschickt, in dem steht, dass sich der Vogel quasi als feudaler Herr bezeichnen ließe. Seine Familie lenkt seit Generationen die Geschicke dieser Gegend ... *Der Mann in Schwarz* ... zieht sich immer schwarz an. Und was ist mit dem Berg der Perversionen? Na, das ist der Monte Horlá: Offiziell gehört ihm der halbe Berg. Er trägt ihn sogar in seinem Nachnamen: Juan de Horlá.

Das ist nicht einmal ein Pseudonym, das ist sein Geburtsname …«

Puértolos hat überraschenderweise nicht das Bedürfnis, etwas dazu zu sagen. Er schaut lediglich aufmerksam auf die Verse und schüttelt dabei leicht den Kopf, als würde er erwägen, etwas für richtig zu halten. Der Kommissar redet weiter: »Und jetzt schauen Sie mal diese Stelle … Achten Sie mal darauf, was hier steht: *Licht leuchte über dem Namen /…/ demjenigen, der die Lücke ergänzt / im perfekten System!* Damit konnte ich anfangs auch überhaupt nichts anfangen, aber schauen Sie mal: Eine *Romance endecha* endet in der Regel mit einer geraden Zeile, die sich assonant mit allen anderen geraden Verszeilen reimt. Dieses abgedruckte Gedicht dagegen endet mit einer ungeraden Verszeile und ohne Reim. Was meinen Sie also, ist die Lücke, die ergänzt werden muss?« Der Kommissar nimmt Puértolas das Gedicht aus der Hand und schreibt mit einem Bleistift, den er aus seiner Hemdtasche holt, eine neue letzte Zeile unter das Gedicht:

Hábil, astuto, cruel,
es el noble guerrero,
oro calza la yegua
del Señor que en secreto
rige con voz de mando
en el Monte Perverso.
¡Luz se hará sobre el nombre
que se expone de lleno
a quien supla la falta
en el orden perfecto!

Consejero de diablos
es el hombre de negro,
emplear bien sus zarpas
del león es derecho.
Rogad al mal romance
que se torne sereno:
descubrís que el virrey
que se esconde en el verso
ofrendó sacrificio …

Geschickt, gewitzt und grausam
ist der edle Krieger.
Goldbehuft die Stute
des Herrn, der im Geheimen
das Kommando führt
auf dem Berg der Perversionen.
Licht leuchte über dem Namen,
der sich vollständig ergibt
demjenigen, der die Lücke findet
im perfekten System!

Teufelsrat
ist der Mann in Schwarz.
Seine Pranken voll einzusetzen
ist des Löwen Recht.
Bittet die schlechte Romanze,
sich aufzuklären:
um zu entdecken, dass der Vizekönig,
der sich im Vers versteckt
ein Opfer dargebracht hat …

EN EL NOMBRE DEL CERDO – IM NAMEN DES SCHWEINS.

Der Kommissar redet weiter, während Puértolas sich ansieht, was er ergänzt hat: »Da haben wir es schwarz auf weiß: Wer die Lücke in den Versen findet und sie vollendet, wird entdecken, dass der feine Herr, der sich hinter den Versen versteckt, ein Opfer dargebracht hat im Namen des Schweins. Das ist er selbst.«
Puértolas würde nun doch gern etwas sagen: »Brillant ... Hä, brillant, nicht wahr? ... Brillant, es gibt natürlich keinen Zweifel. Aber ich denke ... denke ... Ich denke, Sie beschränken sich zu sehr auf die geraden Verszeilen, selbstverständlich, die geraden ... die sich ... assonant reimen. Da gibt es noch etwas, dass ... Sie ... sicherlich interessieren dürfte ... ja, da bin ich mir sicher ...«
»Und was, bitte, soll das sein ...?«
Puértolas bittet den Kommissar um den Bleistift und kreist damit die ersten Buchstaben aller ungeraden Zeilen ein. Dadurch lässt sich von oben nach unten »H-O-R-L-A« in der ersten Strophe lesen und »C-E-R-D-O« in der zweiten. Der Kommissar ist für einen Augenblick sprachlos, bis er sich wieder fasst und sich mit der Hand gegen die Stirn schlägt: »*Licht leuchte über dem Namen / der sich vollständig ergibt*: Mit all seinen Buchstaben ... Verdammt auch, das wäre mir überhaupt nicht aufgefallen ...«
»Kommissar ... Meine Glückwünsche: Sie haben es.«
Der Kommissar schaut Puértolas fest in die Augen, ohne zu bemerken, dass er ihn wie bei einem Verhör gerade über den Brillenrand hinweg ansieht: »So ist es:

Wir wissen jetzt, wer es war. Aber wir haben noch keinen einzigen handfesten Beweis. Nur die Gewissheit …«
»Die hinreichend dafür sein sollte … Nachforschungen anzustellen, um die richtige … Spur zu finden, nicht wahr?«
»Ich frage mich bloß, aus welchem Grund er uns eine so deutliche Spur gelegt hat.«
»Nun ja … In Wirklichkeit ist sie nun wiederum auch keineswegs überdeutlich, nicht wahr? Natürlich, es muss schon … Wenn Sie nun die … Bedeutung nicht erfasst hätten … Wahrscheinlich aus … Eitelkeit, nicht wahr? Der typische … Größenwahn der Psychopathen …«
»Stimmt … Ich habe das Buch gelesen, das Sie mir empfohlen haben. Ich bin fast durch damit.«
»Eben, ja … Es gefällt ihnen … Es gefällt ihnen außerordentlich … clever zu sein, nicht wahr? Natürlich … intelligent und … verwegen … ja, ja, verwegen.«

***

Calabrava an einem Sonntagvormittag. Mercedes, die Frau des Kommissars, packt in der Diele ihre Strandtasche. In der Tür taucht der Kommissar auf: »Mercedes: Ich komme mit an den Strand.«
Sie dreht sich um und schaut ihn ungläubig an: »Du willst mit an den Strand? … In Badehose und mit allem Drum und Dran?«
»Natürlich.«
Dabei lässt sie es bewenden. Sie geht kopfschüttelnd ins Badezimmer, um sich die Haare hinten hochzuste-

cken und sich ein Tuch um den Kopf zu binden. Währenddessen zieht er sich im Ankleidezimmer an und taucht, noch bevor sie am Spiegel fertig ist, hinter ihrem Rücken wieder auf. Er hat sich die neue, granatfarbene Badehose angezogen. Sie geht ihm über den halben Oberschenkel und wird vorn von Bändchen zusammengehalten, die ihrerseits herunterbaumeln. Eine Brille sitzt auf der Nase, dazu hat er schwarze Söckchen und die Schlappen an.

»Wie sehe ich aus?«

»Willst Du Dich nicht rasieren?«

»Och nö … heute mal nicht. Wie findest Du mich sonst?«

»Du willst doch nicht mit Deinen Socken zum Strand gehen, oder?«

»Wenn wir dort sind, kann ich sie doch ausziehen.«

»Und so willst Du rausgehen?«

»Nein, Schatz: Ich zieh mir doch lieber was drüber. Sehe ich sehr dick aus?«

»Mnnee«, gelingt ihr. Der Kommissar schaut sich im Spiegel an. Das Bild ist überaus vertraut: Ohne Hemd vor dem Spiegel im Bad. Seit Buddha nichts Neues unter der Sonne. Aber irgendetwas stimmt nicht, sonst wäre seine Frau nicht so verhalten.

»Sag mal, ist Dir das ein bisschen unangenehm, wenn sie Dich mit mir am Strand sehen?«

»Spinnst Du? Los, komm, zieh die Socken aus und Dir irgendwas drüber.«

»Was soll ich denn anziehen?«

»Ist doch ganz egal: ein kurzärmliges Hemd und die weichen Mokassins. Aber tu mir bitte den Gefallen und zieh jetzt endlich die Socken aus.«

»Ich habe schon öfter gesehen, dass Touristen mit Strümpfen an den Strand gegangen sind ...«
Dieser leise Protest verdient keine Antwort, außer einem Runzeln über das ganze Gesicht.
»Und ohne Hosen?«
»Was willst Du denn mit Hosen am Strand? Du hast doch schon die Badehose an, oder nicht? Wir müssten Dir mal eine Kappe besorgen. Und Badelatschen.«
Allein bei der Erwähnung des Wortes »Badelatschen« verspürt der Kommissar eine gewissermaßen phonetische Aversion, aber im Augenblick fühlt er sich zu verunsichert, um der Expertin etwas entgegenzusetzen. Er geht zurück in das Ankleidezimmer, zieht die Strümpfe aus und ein weißes Hemd über, das er bis zum vorletzten Knopf zuknöpft. Dann stellt er sich wieder dem Gericht vor: »Besser?« Die Jurisprudenz nähert sich, öffnet ihm die oberen drei Knöpfe vom Hemd und tritt ein Stückchen zurück. Es sieht immer noch aus wie ein Tischtuch über einer Tafel für vier Leute. Jetzt knöpft sie es ganz auf, schlägt es ein wenig zurück und steckt die Hosenbändel in die Badehose.
»So soll ich auf die Straße gehen und allen meine Behaarung vorführen?«
»Wenn Du willst, kann ich Dich ja noch schnell enthaaren, bevor wir runtergehen ...«
Die Miene des Kommissars sieht für einen Moment überaus alarmiert aus. Während sie fast loslachen muss: »Los, komm schon, mach kein Theater. Du siehst toll aus. Draußen siehst Du doch an jeder Ecke Herren, die so aussehen wie Du. Die laufen alle so rum ...«
»Das stimmt, aber das sind Touristen ...«

»Und wenn schon: Du und ich, wir sind ja auch Touristen. Einheimische Touristen.«
Der Schritt, mit dem der Kommissar aus dem Schatten des Eingangs treten soll, kostet ihn Überwindung. Die Straßen sind voller Menschen, aber er sieht niemanden in Badehose, zumindest niemanden von seiner Statur, so dass er versucht, sich ein wenig hinter der tollen Figur seiner Frau zu verstecken, die vor ihm auf dem Bürgersteig läuft. Ein weiteres Problem von nicht zu unterschätzender Bedeutung ist, dass er nicht weiß, was er mit den Händen machen soll. Er beschließt, sie hinter dem Rücken zu verschränken, auch wenn das Hemd noch weiter aufklafft, als ihm lieb ist. Zum Glück sind es kaum hundert Meter bis zum Strand, aber auch die wollen erst einmal überstanden sein. Und dann ist da noch die Kreuzung an der Promenade, ausgerechnet an der belebtesten Straße der ganzen Gegend. Die weißen Fußgängerstreifen überquert er wie ein übergewichtiger Käfer oder als hätte er nur eine Unterhose an. Er achtet darauf, niemanden anzusehen. Wenn er niemanden sieht, wäre es ja möglich, dass ihn auch niemand sieht, so ist die Logik.
Zu guter Letzt ist auch die grüne Promenade überstanden, dann der Parkplatz und schließlich gelangen sie zum Sandstrand. Das ist der Punkt, an dem der Kommissar normalerweise seiner Frau einen Kuss gibt, um schleunigst stadteinwärts Land zu gewinnen, sich ein schattiges Plätzchen an der Bar am Busbahnhof zu suchen und sich dort in der guten Gesellschaft einer Tageszeitung eine köstliche Portion panierter Boquerónes munden zu lassen. Daher fragt ihn seine Frau, ob er heute nicht noch zum Kiosk will, um sich etwas zu

lesen zu besorgen, worauf er lediglich den Kopf schüttelt, ohne auch nur ein Wort herauszubringen. Das liegt daran, dass er schon seit geraumer Zeit die Luft anhält, um zumindest einen Teil dessen, was man unter normalen Umständen als Bauch bezeichnen würde, wieder in ein Stück Oberkörper zu verwandeln.
Noch bevor er den Sand betritt (ein kleines Schrittchen für den Mann), dreht er sich zu den zwei hässlichen Apartmenthochhäusern um, die an der Uferpromenade stehen, wie jemand, der die Kathedrale von Amiens betrachtet, um Zeit zum Ausatmen zu schinden, ohne dass seine Frau das Keuchen hört. Jetzt ist der Moment gekommen, um die Bewegungen von ihr zu imitieren, mit denen sie sich die Badelatschen (was für ein Wort) auszieht und dasselbe mit seinen weichen Mokassins zu veranstalten, die sich ohne die Fürsorge der Strümpfe in feuchte, klebrige Kreaturen verwandelt haben, die ihn entfernt an Gedärme erinnern. Am Strand ist niemand in ihrer Nähe. Die Badenden drängen sich vorne, dicht am Wasser. Der Kommissar kann sich aufs Laufen konzentrieren, wobei er mit beiden Armen das Gleichgewicht ausbalanciert. Die nackten Füße auf dem heißen, trockenen Sand zu spüren, tut ihm gut. Das Gefühl ist so vertraut und war doch so lange verschüttet. Zum ersten Mal freut er sich richtig, dass er das Abenteuer gewagt hat. Noch immer liegen einige heikle Aufgaben vor ihm. Seine Frau scheint das sofort zu spüren, sie nimmt ihn an der Hand, wie ein Team treten sie auf dem schmalen Streifen auf, der voll ist mit Handtüchern und Klappstühlen und Badenden, die nichts Besseres zu tun haben, als hinter ihren Sonnenbrillen neugierig alle Neuankömmlinge

anzugaffen. Als sie eine Lücke gefunden haben, wird dem Kommissar klar, dass er früher oder später sein Hemd wird ausziehen müssen. Er taxiert die potenziellen Zuschauer des Spektakels, während seine Frau im Strandkorb nach Sonnencreme und anderen Utensilien kramt. Rechts von ihnen liegt ein älteres Pärchen, beide braun gebrannt, dessen männlicher Teil einen schlaffen Bauch aufweist, der über einer winzigen, über alle Maßen schamlosen Badehose hängt. Auf dieser Seite gibt es also keinen Grund zur Besorgnis. Links liegt ein Mann, der allein ist, sich auf dem Rücken ausgestreckt hat und zu schlafen scheint. Gut. Dahinter liegt ein Mädchen, oben ohne, mit kleinen, runden nackten Brüsten. Da besteht kein Zweifel. Bloß, wie verhält man sich in einer solchen Situation? Fürs Erste dreht er sich um hundertachtzig Grad, um den Horizont nach Haiflossen, Piratenfahnen oder anderen verdächtigen Elementen abzusuchen, die auf offenem Meer gesichtet werden könnten. Da holt ihn die Stimme seiner Frau ohne Umschweife auf den festen Boden der Tatsachen zurück: »Komm, zieh Dein Hemd aus. Ich creme Dich ein, sonst schälst Du Dich in fünf Minuten.«
Sie hat ihr Strandtuch abgelegt und ihr Körper, der in einem indigoblauen Badeanzug steckt, wirkt, obwohl er urvertraut ist, in dem neuen Licht besonders anmutig: rund und weich, aber fest und viel ausladender als der von dem Mädchen, das ... oben ohne ist.
»Ist es klug, sich vor dem Baden einzucremen?«, fragt der Kommissar, der darum bemüht ist, sich auf die Unterhaltung zu konzentrieren.
»Du willst ins Wasser?«

»Na, klar doch.«
»Du weißt, es ist gerade mal Juni: Das Wasser ist noch ziemlich kalt ...«
»Na, ich bin doch natürlich hier, um schwimmen zu gehen. Sonst wüsste ich gar nicht, wofür das Ganze gut sein sollte ...«
Das ist ein günstiger Augenblick für den Kommissar, um sich seines Hemdes zu entledigen. Er wirft es wie einen Ball auf das Handtuch, das seine Frau für ihn ausgebreitet hat. Eine Sekunde lang schaut er an sich herab, von oben bis unten, und es überrascht ihn, wie weiß seine Haut im Sonnenlicht aussieht. Vor allem im Vergleich zu der Hautfarbe des Mädchens, die ...
»Geh besser nicht zu tief rein ... Kannst Du denn überhaupt noch richtig schwimmen?«
»Natürlich, meine Liebe, so was verlernt man doch nie.«
Der Kommissar geht also auf das Meer zu, in dem tatsächlich nur vereinzelt und in der Ferne Badende auszumachen sind. Die Fischerboote liegen unweit vor Anker und geben ein mögliches Ziel ab. Eine kleine Welle kommt seicht heran, umspült die Füße und nimmt einen Teil des Sandes unter seinen Fußsohlen mit sich. Es fühlt sich an, als würde er im Boden versinken. Ein angenehmes Kitzeln. Er geht ein Stück weiter hinein und meint Nadelstiche in seinen Waden zu spüren. Aber er denkt gar nicht daran, jetzt einen Rückzieher zu machen. Immerhin kommt er aus den Bergen und ist abgehärtet und mit den Widrigkeiten der Kälte vertraut. Er geht also noch ein paar Meter tiefer hinein, bis der Saum seiner Badhose nass wird. So weit, so gut.

Ihn überkommt ein Gefühl von Stärke und großer Körperbeherrschung. Just in diesem Moment kommt eine etwas größere Welle, das Wasser schwappt ihm bis zum Bauchnabel. Das Unbehagen ist groß, der feuchte Stoff klebt an der Haut, sobald die Welle zurückweicht. Der Kommissar weiß, dass es am besten ist, sich an diesem Punkt kopfüber hineinzustürzen und energisch loszuschwimmen, bis man warm wird. Aber was für eine Schande, als er feststellt, dass er mit der Brille auf der Nase ins Wasser gegangen ist.

Es ist viel zu spät, um zurückzugehen: Er nimmt sie ab, geht entschlossen weiter, taucht ein und hält sie fest in der linken Hand, die dadurch nicht mehr für Schwimmbewegungen zur Verfügung steht, sondern sich in eine Art Stumpf verwandelt. So gut es geht, versucht er kopfüber einzutauchen, die Arme fuchteln, die Füße strampeln. Einige lange Sekunden kämpft er eisern. Fast schon wütend wegen des angehaltenen Atems und der Kälte, die förmlich schmerzt, aber der Bojeneffekt seines eigenen Körpers hält sein Steißbein auf Wasserhöhe. Nach kurzer Zeit hat er einen Krampf im Arm und den Kopf immer noch über Wasser.

Ein paar Meter scheint er gleichwohl zurückgelegt zu haben, wenn auch die Boote immer noch gleich weit entfernt sind. Die Erschöpfung gewinnt Oberhand über die Kälte. Er merkt, dass er nicht mehr stehen kann. In gewissem Sinne gibt er klein bei, indem er toter Mann spielt, um wieder zu Puste zu kommen. »Schande« und »Demütigung« sind erneut die Worte, die ihm in den Sinn kommen. Er bleibt ein paar Sekunden auf dem Rücken liegen und ruht sich aus. Die Ohren sind im Wasser, wodurch er seine eigene Atmung verstärkt hört. Jetzt oder nie: Mit einem plötzlichen, wutentbrannten Impuls nimmt er die Brille zwischen die Zähne wie die Machete eines Austernfischers, dreht sich wie eine weiß und granatfarbene Kugel um sich selbst und versucht mit aller Kraft nach unten zu tauchen. Mit zwei freien Händen, die drauflos schwimmen können, gelingt es ihm jetzt, tief genug zu kommen, um immerhin den Sand zu berühren, auch wenn das Wasser dort nicht einmal zwei Meter tief ist. Er stößt sich mit einer breiten Bewegung der Arme ab, woraufhin die Schultergelenke schmerzhaft stechen. Jedenfalls spürt er endlich mal wieder seine gesamte Muskulatur. Als würde der junge Sportler, der über Jahre von einer Fettschicht gedeckelt wurde, darunter hervorkommen. Für einige Augenblicke genießt er die unglaubliche Freude über die Schwerelosigkeit in diesem blauen und dichten Universum. Auch das ein angenehmes, vergessenes und nun wiederentdecktes Gefühl. Es hält aber nur relativ kurz an, weil er zügig wieder an die Oberfläche kommen muss, um sich mit einiger Zufriedenheit, wenn auch unfreiwillig, die Brille aus dem Mund zu nehmen und nach Luft zu schnappen, was darin endet, dass er eine Ladung Salzwasser schluckt.

Er fühlt sich erschöpft und beschließt, erhobenen Hauptes in den angenehmen Zustand der Beidfüßigkeit zurückzukehren. Er schnaubt, als er mit der Brille in der Hand ans Ufer zurückläuft. Die von der Anstrengung geschwächten Beine merken das enorme Gewicht, das sie auf dem Trockenen wieder tragen müssen. Er aber spürt ein physisches und sinnliches Glück in sich, ein so erfüllendes Glück, das der Befriedigung

verwandt ist, die sich bei anderen intensiven Muskelbewegungen einstellt. Außerdem hat sich die Welt, ohne die Brille, auch an der frischen Luft in ein verschwommenes Gel verwandelt. Nichts ist zu erkennen. Er überlegt, wie er seine Frau unter so vielen gestrandeten Knäueln im Sand wiederfindet. Gleichwohl müsste er sich um Letzteres keine Sorge machen, da sie bereits mit den Knien im Wasser auf ihn wartet und ihn hinausgeleitet: »Was hast Du denn da veranstaltet? Einen Moment lang habe ich gedacht, dass Du mir absäufst. Ich war drauf und dran die Rettungsschwimmer zu holen ...«
Der Kommissar schnalzt zwischen zwei Schnaufern mit der Zunge: »Wieso sollte ich denn ertrinken, meine Liebe ...«
»Und? Ist kalt, nicht wahr?«
Der Kommissar schnalzt noch mal verneinend, während sie zu den Handtüchern laufen ...
»Na, dafür zitterst Du aber ganz schön und die Unterlippe ist auch ganz blau ...«
Für einen Augenblick überlässt sich der Kommissar seiner süßen Müdigkeit. Als wäre er mit seinem Weibchen allein auf einer einsamen Insel und nicht an einem übervölkerten Strand, streckt er sich rücklings und kurzatmig auf dem Handtuch aus, lässt sich mit Sonnencreme einschmieren und empfindet eine köstliche Zärtlichkeit, die ihm über Brust und Bauch läuft. Mit geschlossenen Augen spürt er eine unwiderstehliche Lust zu schlafen, während die Sonne noch durch die Augenlider dringt und aus der Dunkelheit einen lebendigen, gelb- und orangefarbenen Raum macht. Kurz darauf allerdings muss er sich auf Bitten dieses

Engels hin, der ihn so zärtlich liebkost, auf den Bauch drehen. Gleich darauf spürt er wieder die zierliche Hand, die ihm über den Rücken und die Nierengegend streicht. Dann verspürt er eine Spannung, die angenehm und beunruhigend zugleich ist, und die vom Effekt des Gewichts des bäuchlings liegenden eigenen Körpers begünstigt wird. Um vorzubeugen, dass daraus ein größeres Ding wird, dreht er sich auf dem Handtuch und unter freiem Himmel um und hält seinen Engel im Arm: »Ich habe das bestimmte Gefühl, Du und ich werden nach dem Essen eine kleine Siesta halten müssen.«

»Ganz bestimmt ... mein Lieber ...«

»Warum denn nicht?«

»Na, weil heute Sonntag ist und wir nicht zu spät zu Hause ankommen wollen ...«

»Dann hätte ich mir aber von der Nacht schon mehr versprochen, weißt du.«

»Du bist ja wie eine Krake. Los, komm, hier sind Leute. Außerdem kratzt du, rasier Dich erst einmal, wenn wir nach Hause kommen.«

***

Am Montagmorgen hört der Kommissar lautes Klopfen an der Tür seines Büros, es wird an der Türklinke gerüttelt. Er trocknet sich die Hände ab und kommt aus dem Bad, um zu sehen, wer da ist, obwohl es eigentlich niemand anders als Varela sein kann; es ist Varela: »Kommissar, Chefinspektor Rodero ist da. Er fragt, ob er Sie sprechen kann.«

»Ja klar, er soll reinkommen ...«

Der Kommissar geht hinaus, um ihn im Vorzimmer zu begrüßen, obwohl der andere ihm unterstellt ist. Untergeben hin oder her, Rodero war ja bereits so entgegenkommend und ist ins Polizeipräsidium gekommen, um zu hören, was der Kommissar ihm zu sagen hat.
Rodero ist knapp über vierzig, blass, hat schmale Schultern, ist dünn und hat gleichwohl ein kleines Bäuchlein, das hervorlugt wie eine Melone. Moosfarbene Strickjacke, Fliege und Pfefferminzbonbons. Sie geben sich die Hand.
»Ist der Moment ungünstig?«
»Nein, kein bisschen ... Kommen Sie herein, ich freue mich, dass Sie da sind. Ich hätte ja auch zu Ihnen kommen können ...«
»Das spielt doch keine Rolle. Bei der Gelegenheit kann ich mir gleich das neue Polizeipräsidium von innen ansehen. Ich habe bisher ja nur Positives gehört.«
»Ja, ist nicht schlecht geworden ... Wie läuft es bei Ihnen in der Abteilung? Halten Sie es in dem Gebäude noch aus?«
»Mehr schlecht als recht. Sie wissen ja, wie es da aussieht ...«
»Ja, ich kenne es gut ... Möchten Sie einen Kaffee? Ich habe hier sogar ein eigenes Maschinchen.«
»Ich sehe schon, Sie sind gut ausgestattet hier ... Um diese Uhrzeit trinke ich lieber keinen Kaffee, aber falls Sie ein Glas Wasser hätten, wäre ich Ihnen dankbar. Es ist heiß draußen.«
Sie gehen hinüber in den Konferenzraum. Der Kommissar holt einen Plastikbecher und zeigt auf eine dunkle, wie ein Schrank aussehende Holztür. »Oder

möchten Sie lieber eine Limo oder Cola? Wir haben hier einen gut sortierten Kühlschrank. Bei uns ist es wie im Hotel.«

Nein, Rodero hätte gern ein Wasser. »Eiskalt oder Zimmertemperatur?«

Zimmertemperatur, sagt Rodero. Der Kommissar bedient den entsprechenden Hahn, der aus rostfreiem Stahl ist, und füllt den Becher. Dann gibt er ihm den Becher in die Hand. Danach wirkt er sehr konzentriert, um die Kaffeemaschine in Betrieb zu nehmen, die mit kleinen verschweißten Patronen funktioniert: »Viel angenehmer als bei Euch drüben, mh? Mittlerweile habt Ihr ja wenigstens eine Klimaanlage. Sie können sich gar nicht vorstellen, wie heiß es in dem Büro zu meinen Zeiten wurde, in dem Sie jetzt sitzen. Im Juni ging das schon los.«

»Das war vorher Ihr Büro? Das wusste ich gar nicht ...«

»Sechs Jahre war ich dort. Mein Kreuz hat in diesem Kunstledersessel arg gelitten. Davor bin ich als Inspektor acht Jahre lang von einem Büro ins andere gezogen. Damals war Morillos Chefinspektor. Haben Sie Morillos noch gekannt? So einer mit falangistischem Schnurrbar? Dunkler Brille?« Rodero nickt. »Im Vergleich dazu ist das hier mittlerweile geradezu paradiesisch. Es gibt sogar eine Couchgarnitur für die Besucher. Immerhin, für die letzten drei Monate, die ich noch hier bin, ist es gerade noch rechtzeitig fertig geworden ...«

»Ich habe gehört, dass Sie schon dieses Jahr pensioniert werden ...«

»Anfang September ... Sie können sich gar nicht vorstellen, wie ich mich darauf freue: Ich möchte nie mehr in meinem ganzen Leben etwas von geschlachteten Hausfrauen hören, so lange ich lebe.«

Sie setzen sich auf zwei der zehn Freischwinger aus Stahl und Leder an ein Ende der langen Tafel.

»Tut mir leid, dass Sie da an einem Sonntagmorgen hoch in die Berge mussten, aber es gab niemanden mehr bei uns in der ganzen Abteilung, der auch nur halbwegs in der Lage gewesen wäre, sich ordentlich darum zu kümmern. Da schien es mir doch am günstigsten, Sie um den Gefallen zu bitten. Jedenfalls hätten wir keinen Besseren finden können: Soweit ich weiß, sind Sie in einem kleinen Dorf in den Bergen aufgewachsen, nicht wahr?«

»Ja, das schon. Aber das waren noch andere Zeiten. Die Bergdörfer sind sehr verschieden. Nur diese Abgeschiedenheit, die ist ihnen allen gemein. Aber heutzutage sind sie ja gar nicht mehr so abgeschieden wie damals. Es gibt Fernsehen und Handys, und alle haben ein Auto.«

»Was halten Sie von der Geschichte?« Rodero holt sich ein winziges Bonbon aus seiner Strickjackentasche und bietet es zuerst dem Kommissar an, der allerdings mit einer Handbewegung dankend ablehnt.

»Nachdem wir aus dem Schlachthof kamen, blieb uns nur noch Zeit für eine kleine Runde mit dem Auto. Ach ja, und für einen Kaffee in einem der Lokale in der Straße. Das schien die Hauptstraße zu sein. Die Kirche und das Rathaus waren ganz in der Nähe ... Ziemlich beklemmend, eingekesselt von den Bergen und mit diesem Monte Horlá dort oben ... Im Winter muss es grässlich da oben sein ...«

»Wie gefiel Ihnen Berganza?«

»Ein guter Typ. Vor ein paar Wochen habe ich mit ihm telefoniert. Er war dann so freundlich und hat einige Informationen für mich zusammengetragen. Auf dem kurzen Dienstweg. Er erzählte mir, dass der Fall an das Morddezernat übergeben wurde ...«

»Hat er Ihnen auch erzählt, dass wir die Leiche identifiziert haben?«

»Nein, das war damals noch nicht amtlich. Jemand aus dem Tal, nicht?«

»Aus dem Tal, ja. Das hat sich jetzt bestätigt. Wir haben nun die DNA-Probe. Was mir sehr vielsagend zu sein scheint, ist, dass ihr Sohn in der Provence ansässig ist. Und jetzt raten Sie mal wo er arbeitet?«

»Wenn Sie mich so fragen, würde ich mal vermuten, in einem Schlachthof, in dem Schweine verarbeitet werden.«

»Genau, im Schlachthof... Da müsste man sich mal ein bisschen umschauen. Aber wir haben noch mehr Spuren. Beispielsweise bin ich in der Datenbank auf einen anderen ziemlich interessanten Mordfall gestoßen, der noch ungelöst ist. Aus dem Jahr 97. Das Opfer ist ein sechzehnjähriges Mädchen. Ihr haben sie in einem Wald in Italien im Piemont mit einem Messer den Kopf abgeschlagen. Sechzehn Kilometer entfernt von Penerolo. Die Leiche war nackt, aber es fehlten jegliche Spuren von Vergewaltigung oder Missbrauch. Dafür fehlten ihr beide Hände, ohne dass die je wieder aufgetaucht wären. Auch bei dem Fall hatten sie Mühe, die Leiche zu identifizieren. Schließlich kam heraus, dass sie die Tochter eines Lastwagenfahrers war, der internationale Strecken fährt. Und raten Sie mal, was er in seinem Laster transportierte?«

»Schweine?«
»Genau, Schweine. Na, riecht die Geschichte immer noch nach Vergeltung unter Dealern?«
Der Kommissar zieht die Mundwinkel nach unten.
»Sie haben einen anderen Verdacht?«, fragt Rodero.
»Wieso eigentlich immer Dealer und nicht ... mh ... Psychopathen. Ich könnte mir eher vorstellen, dass die hier eine Rolle spielen ... In jedem Land, in dem es eine ernsthafte Polizei gibt, bleiben in den Mordkommissariaten jährlich ein bis fünf Prozent der Fälle ungelöst. Auch wenn es das Bekennerschreiben gibt, scheint es mir zu weit hergeholt, Verbindungen zu all den Fällen zu ziehen, die irgendetwas mit Schweinen zu tun haben.«
»Wir sind gar nicht von dem Bekennerschreiben ausgegangen ... Wir haben es natürlich analysieren lassen, aber nichts. Es wurde auf die Rückseite einer Einkaufliste des Schlachthofs geschrieben. Mit so einem Inky, die sie dort verwenden. Zumindest ist es dieselbe Art von Tinte. Die Buchstaben sind jedoch nach einem bestimmten System mehr gezeichnet als geschrieben, so dass wir nicht einmal eine ordentliche Schriftprobe machen lassen konnten.«
»Aber wir haben immerhin eine Botschaft ... IM NAMEN DES SCHWEINS ... Das ist schon ein ziemlich kurioses Bekennerschreiben. Und genau darüber wollte ich mit Ihnen sprechen ...«
»Das habe ich mir schon gedacht ...«
»Ich habe Ihnen ja bereits per Fax etwas über den Eigentümer des Schlachthofes und das Gedicht, das in der Zeitung erschienen ist, zukommen lassen ...«
»Ja ... Sehr interessant. Das Fax, das Sie mir in die

Dienststelle geschickt haben, habe ich gelesen: die Sache mit den sieben Silben und so weiter …«

»Nun ja, nicht nur sieben Silben … Hier liegt ein ganzer Haufen an Koinzidenzen vor. Wenn Sie noch zehn Minuten Zeit haben, kann ich Ihnen das gern im Einzelnen ausführen …«

»Gerne, aber ehrlich gesagt, denke ich momentan eher in eine andere Richtung. Wussten Sie, dass viele der Schweine, die hier bei uns geschlachtet werden, aus Holland importiert werden? Und dass es nicht zum ersten Mal wäre, dass sie ein kleines Geschenk bei sich haben, dass ihnen normalerweise in die Därme genäht wird? In der Datenbank bin ich unter anderem auf einen Bericht des Gesundheitsamtes aus dem Jahr 99 gestoßen. Ein Laster hat die französische Grenze mit achtzig Tieren überquert, die unzureichend erfasst waren. Mehrere von ihnen kamen nicht lebend an … Die Kripo hatte damals einen guten Riecher und ließ eines der toten Schweine aufschneiden: Der Bauch war vollgestopft. Wenn Sie jetzt noch im Hinterkopf haben, dass der Tierarzt des Schlachthofs in San Juan del Horlá ein Franzose ist, der zuvor auf einer Farm in Amsterdam gearbeitet hat und direkt von dort nach San Juan kam, bekommen Sie dann nicht auch den Eindruck, das dies alles äußerst vielsagend ist?«

»Das war mir neu …« Der Kommissar wiegt den Kopf hin und her. »Da bliebe aber noch immer einiges offen. Wenn wir eine Leiche vorgefunden hätten mit einem Genickschuss, dann würde ich Ihnen zustimmen. Aber wir haben ein vollständiges, wohlgeordnetes Puzzle aus menschlichem Fleisch vorgefunden. Wir wissen, dass das Opfer unter Drogen stand, Stechapfel zu sich genommen hatte, ein Halluzinogen, und dass der Ablauf bis zum Moment des Todes langwierig und ausgeklügelt war. Da hat sich irgendjemand amüsiert. Das ist alles nicht typisch dafür, dass jemand eine Rechnung begleichen wollte.«

»Man kann auch eine Rechnung begleichen und sich dabei amüsieren.«

»Das glaube ich nicht …« Der Kommissar denkt nach. »Wäre es die Leiche von einem Gemeinderatsmitglied gewesen, hätten Sie dann vermutet, dass es sich um ein politisch motiviertes Verbrechen handelt?«

»Ich bin mir nicht ganz sicher, ob ich verstehe, was Sie mir damit sagen wollen …«

»Ich denke, jemand hat ganz bewusst eine Frau wie eine Sau abgeschlachtet. Und das hat vor allem etwas mit der betreffenden Person zu tun und mit der Beziehung, die diese Person zu Frauen unterhält. Oder zu Säuen. Oder zu beiden. Weniger dagegen mit dem internationalen Rauschgifthandel. Oder damit zumindest nur zweitrangig.«

Rodero setzt ein skeptisches Gesicht auf: »Haben Sie irgendeinen Psycho konsultiert …?«

»Ja, ich habe mit einem Psycho gesprochen. Mit Puértolas. Mir schien vom ersten Augenblick an, dass dies ein Fall ist, in den man die Psychos miteinbeziehen sollte … Es gibt mehr als genug Indizien dafür, dass wir einen gewissen Juan de Horlá unter die Lupe nehmen sollten. Man braucht nur einen Blick auf das Gedicht zu werfen, um sich darüber im Klaren zu sein, dass er genau wusste, was da geschehen würde … Außerdem wurde das Bekennerschreiben, das wir fanden, in der Presse nicht erwähnt … Dem Eigentümer war die Machart der Botschaft trotzdem bekannt …«

»Kommissar, verzeihen Sie, aber für einen Eigentümer eines Schlachthofs ergeben sich viele Gelegenheiten, um zu erfahren, was in dem betreffenden Bekennerschreiben stand. So etwas muss er nicht erst aus der Presse erfahren. Wir haben bis zu einem gewissen Grad den Überblick darüber, was in der Presse erscheint, aber wir wissen nicht, was die Zeugen erzählen. Einer der Angestellten, die die Leiche entdeckten, brauchte es ja bloß weiterzuerzählen. Mehr muss da gar nicht passiert sein.«

»Eine Woche vor dem Mord? Das Gedicht wurde eine Woche vorher veröffentlicht …«

Rodero merkt, dass seine Überlegungen diesbezüglich nicht schlüssig waren: »Okay, zugegeben … Dann wäre es aber immer noch möglich, dass der Mörder das Gedicht in der Zeitung gelesen hat, es ihm gefiel, und er sich eine Woche später entschließt, sein Bekennerschreiben im entsprechenden Versmaß zu verfassen. Oder was auch immer Ihnen da an dem Gedicht aufgefallen ist. Sie wissen haargenau, dass kein einziger Richter jemals eine solche Art der Beweisführung anerkennen wird.«

»Zumindest nicht als schlagenden Beweis Außerdem würde ich nicht vermuten, dass der Täter der Autor des Gedichts war. Er war es nicht *de facto*, aber das Gedicht ist aussagekräftig und Indiz genug, um Nachforschungen über diese Person anzustellen …«

»Diese Person, Kommissar, ist nicht irgendeine Person.«

»Wollen Sie damit sagen, Rodero, dass es in unserem

Land Personen gibt, die gegenüber Ermittlungen des zentralen Morddezernats immun sind?«
»Ich habe nur gesagt, dass wir normalerweise immer über den Täter zu dem Anstifter gelangen und nicht umgedreht. Wenn wir sicher wüssten, wer das Messer in der Hand hatte, könnten wir versuchen herauszufinden, wer dahintersteckte. Aber bevor wir noch nicht einmal so weit sind, sind das nichts als Spekulationen. Die Ermittlungen müssen sich mit dem Rauschgifthandel beschäftigen, den es offensichtlich in dieser Gegend gibt. Die entsprechenden Berichte dazu sind aus der regionalen Mordkommission eingegangen. Als nächstes müssen wir herausfinden, wer von den Angestellten des Schlachthofs welche Verbindungen zum Drogenhandel unterhält und wer das Zeug möglicherweise nimmt. Der Eigentümer, falls er überhaupt etwas mit der Geschichte zu tun haben sollte, käme danach.«
»Das müssen Sie selbst wissen. Womöglich sind Sie ja einem gewaltigen Kokainring dicht auf den Fersen … Ausgezeichnet, na, dann mal los und viel Erfolg. Aber wenn Sie meine ehrliche Meinung wissen wollen, dann muss ich Ihnen sagen, dass es mir zwei Monate vor meiner Pensionierung ziemlich gleichgültig zu sein scheint, ob irgendeine arme Sau ein Schweinegeld mit Kokain verdient … Wogegen sich mir allein bei der Vorstellung, dass eine Person frei herumläuft, die sich damit amüsiert, andere zu quälen, die Haare zu Berge stellen. Vielleicht sind es auch zwei Personen oder vielleicht sogar noch mehr. Das wäre der Fall, mit dem ich mich sehr intensiv beschäftigen würde. Schlussendlich wissen wir einiges über ihn und können einiges vermuten.«

»Beispielsweise?«
»Beispielsweise wissen wir, dass er literarische Neigungen hat, dass er Spaß am Risiko hat und dass er mit uns und dem Rest der Welt gern spielt. Mit ziemlicher Sicherheit agiert er hinter dem Rücken von ein oder zwei Personen, die allesamt als Psychopathen zu bezeichnen sind, genauer gesagt, mit Komplizen, die vermutlich von ihm abhängig sind.«

***

»Varela, ich bin mal kurz beim Friseur. Ich nehme das Handy mit, falls irgendetwas sein sollte.«
Der Kommissar verlässt das Gebäude und erfreut sich an der milden Luft. Echter Luft, keiner Klimaanlage. Ihm wird bewusst, dass es ihm zunehmend schwerer fällt, sich acht Stunden ununterbrochen in seinem Büro aufzuhalten.
Er läuft langsam, mit den Händen in den Taschen, bis er auf die alte schmierige Rambla stößt, die sich zu einer städtischen Attraktion gemausert hat: lebende Statuen, Straßenmusiker, Pflastermaler, Blumenstände, ein Polizeikommissar mit Siebentagebart und Händen in den Hosentaschen …
Vier Querstraßen weiter verlässt der Kommissar die Rambla wieder und begibt sich ins Gassengewirr des alten Arrabal. Seit Jahren lässt er sich die Haare im selben Etablissement schneiden, der Barbería Siberia. Sie hat ein traditionelles Emblem mit blauen, weißen und roten Streifen.
»Wie immer, Herr Kommissar?«
»Wie immer.«

Aber diesmal überlegt der Kommissar, etwas Neues auszuprobieren. Bevor er das vertraute Emblem der Barbería Siberia sieht, steht er plötzlich vor dem Schaufenster eines anderen, neuen Friseurgeschäfts in derselben Straße. Womöglich ist es ihm nur noch nie aufgefallen: HAIR PLAY, FRISÖRE steht auf dem Schild. Im Schaufenster sind Fotos der Modelle ausgestellt, die dort frisiert wurden. Männer zwischen dreißig und vierzig Jahren, alle korrekt gekleidet, einer mit Bart und grauen Haaren. Den Friseur zu wechseln ist fast so etwas wie den Liebhaber zu wechseln: Dann ist der Augenblick gekommen, etwas Neues auszuprobieren. Einen Moment lang denkt der Kommissar darüber nach, die Barbería Siberia für heute sausen zu lassen und einmal hier hineinzugehen. Die Einrichtung ist freundlich, aus hellem Holz. Außerdem wartet nur ein Mann, der zudem fast eine Glatze hat.

Die Treue siegt. Er läuft weiter bis zur Barbería Siberia, die ein Stückchen weiter auf derselben Straßenseite ist. Als er vor dem Geschäft steht, fällt ihm auf, dass die Jalousien unten sind und ein handgeschriebener Zettel draußen hängt: »Wegen Renovierung geschlossen. Wiedereröffnung am 1. September«. »Die Zeiten ändern sich«, sagt sich der Kommissar. Da er nicht bis September mit dem Haarschnitt warten kann, befindet er sich bereits auf dem Rückweg. Ohne zu zögern, betritt er das Geschäft von HAIR PLAY, FRISÖRE, wobei er sich fragt, was zum Teufel wohl *Hair Play* bedeuten mag.

Eine dreiviertel Stunde später ist seine gewohnte Scheitelfrisur einem Kurzhaarschnitt gewichen, der nach vorne frisiert wurde. Sein Schnurrbart wurde drastisch gestutzt und der Bartwuchs zu einem Spitzbärtchen geformt, das an den Mundwinkeln mit dem Schnurrbart zusammentrifft. Die Geschichte mit dem Spitzbart ist nur ein Versuch, den der Kommissar notgedrungen dem abschließenden Urteil seiner Frau wird unterwerfen müssen. Für den Augenblick aber fühlt er sich gut mit dem Wagnis und betrachtet sich beim Gehen in den Schaufenstern. Er fühlt sich so wohl, dass er, kurz bevor er das Kommissariat erreicht hat, auf die Idee kommt, noch einen kleinen Abstecher zum Plattenladen zu machen.

Ohne lang nachzudenken, geht er mit aller Natürlichkeit hinein, so als wäre nichts Besonderes passiert: »Guten Tag, mein Junge«, sagt er.

Es reagiert der mit dem Piercing im Bauchnabel, bei dem seit neuestem auch ein paar schmale Heftpflasterchen auf dem Nasenrücken glänzen: »Hey, was für eine Überraschung ... Sie wollen uns doch nicht etwa überfallen, mein Herr?«

»Sehe ich so aus, als wollte ich jemanden überfallen?«

»Na, so wie Ihnen das kuriose Spitzbärtchen steht ... frage ich mich, ob der Oberpolizist zum Feind übergelaufen ist. Nach dem Motto: Wenn du sie nicht aufhalten kannst, dann verein dich mit ihnen«.

»Da muss ich Dich leider enttäuschen: Ich wollte eine CD mit diesen neueren Sachen, die ihr hier habt, kaufen und mal hören, wie das kürzlich noch ausgegangen ist ...«

»Wenn Sie damit auf meine kleine Schlägerin anspielen, so habe ich nach Stichen gewonnen, wie Sie sehen können. Uh, wie kommt es denn zu dieser Bräune, vom

Strand …? Ich erblasse vor Neid. Mir hat der Arzt gesagt, dass ich nicht in die Sonne darf, bis die Wunde gut verheilt ist, sonst bleibt eine Narbe. Jetzt weiß ich gar nicht, was ich machen soll: Narben sind auch sexy … Würden Sie mir ein paar kurze Bemerkungen zu Ihrem neuen Outfit gestatten?«

»Mmmmm, seien Sie vorsichtig, junger Mann, Sie wissen ja, was Ihre Stilberatungen in der Regel zur Folge haben …«

»Na, da Sie keinen Motorradhelm auf dem Kopf haben, will ich es mal wagen … Jetzt fehlt Ihnen nur noch eine neue Brille: Diese mit Goldrand passt nicht mehr zu Ihrem neuen Haarschnitt und dem Drei-Musketier-Bärtchen. Ich würde Ihnen zu einer raten, wie sie Filmregisseure tragen, im Stil der Sechziger: mit schwarzem, eckigem Rahmen. Am besten eine, die noch gelbe Gläser hat …«

Diesmal geht der Kommissar mit einer CD von Simply Red hinaus und einem deutlich gesteigerten Vertrauen in seinen neuen Look. Der nächste Prüfstein wartet mit dem Kommissariat.

Natürlich wird er von allen beäugt, vor allem sein Spitzbärtchen, das merkt der Kommissar genau, aber niemand wagt es, sich zu einer Bemerkung hinreißen zu lassen. Bis auf Quique Aribau, der mit Sanchís in der Cafeteria sitzt. »Das Spitzbärtchen steht Ihnen gut«, sagt er, »nur dass Sie gar nicht mehr so richtig nach einem Kommissar aussehen, sondern … eher … wie ein Filmregisseur …«

Der Kommissar nimmt die Koinzidenz zur Kenntnis. Sie geht ihm auf dem Rückweg im Bus weiter durch den Kopf. Filmregisseur ist schon viel besser als Notar.

Da schwingt so etwas von Führungspersönlichkeit mit, was ihm gefällt. Nur würde er sich selbst nie als kreativen Menschen einschätzen und will eigentlich auch gar nicht so wirken. Er ist ein Mann mit Prinzipien, ein Mann der Gesetze und der Zuverlässigkeit. Das ja. Während er den Verkehr wie jeden Tag durch das Busfenster beobachtet, schweifen die Gedanken zu der Frage, welche Verkleidung er sich gern überstreifen würde, falls er noch einmal zu einem Maskenball eingeladen werden sollte. Keine Frage: als Gangster wie aus einem Kriminalfilm. Mit schwarzem Hemd, weißer Krawatte, einem Filzhut und einem langen Kamelhaarmantel. Letztlich sollte man die Unterschiede zwischen einem Paten der Mafia und einem Hauptkommissar nicht überbewerten: Beide müssen gleichermaßen Respekt einflößen und vertrauenerweckend wirken. Je nach Situation werden sie sich unbeugsam oder großherzig geben, einschüchtern oder Schutz bieten. Ein delikates Gleichgewicht aus Gegensätzen …

Als er nach Hause kommt, hat er bereits völlig vergessen, dass die letzte und entscheidende Prüfung seinen neuen Looks noch vor ihm liegt. Gerade als er den Schlüssel im Schloss dreht, fällt es ihm siedendheiß wieder ein.

»Hallihallo, wo steckst Du …?«

»In der Küche … Du bist ja heute früh …«

»Ja, ich muss Dir was zeigen. Bitte bekomm keinen Schreck, ja?«

Seine Frau ist nach dieser Ankündigung natürlich auf alles gefasst und erscheint postwendend in der Küchentür, wo sie sich schnell die Hände an einem Tuch

abtrocknet. Der Kommissar schaltet in der Diele das Licht an, damit sie ihn gleich voll und ganz bestaunen kann: »Und? Wie findest Du's?«
Die erste Reaktion ist nicht mehr als ein Heben der Augenbrauen. Sie legt dabei die Hand an den Mund.
»Ach, jetzt hatte ich aber schon einen Schreck gekriegt ... Hast Du Dich deshalb seit Samstag nicht mehr rasiert?«, bringt sie schließlich heraus.
Der Kommissar nickt und streicht sich über das stoppelige Kinn: »Ich dachte, Du sagst bestimmt Nein, wenn ich vorher mit Dir darüber spreche. Ich wollte mal was Neues ausprobieren ... Wenn es Dir nicht gefällt, rasiere ich es augenblicklich wieder ab.«
Stille. Prüfender Blick: »Der Haarschnitt ist nicht schlecht, aber dass da unten muss doch stacheln, nicht?«
Sie geht zu ihm, streicht zuerst mit dem Handrücken übers Gesicht, packt ihn dann am Revers, um ihm besser über die Wange streichen zu können.
»Und wie das stachelt ...«
»Wenn die Haare erst ein bisschen länger gewachsen sind, pieken sie überhaupt nicht mehr, weißt Du, wie beim Schnurrbart auch ...«
»Du siehst wirklich gut aus, jetzt noch eine andere Brille ... Aber dann brauche ich natürlich auch eine neue Frisur ...«
»Also, kann ich so bleiben?«
»Lass doch ein paar Tage mal alles so, bis ich mich daran gewöhnt habe, und dann schauen wir, ob es wirklich nicht mehr stachelt ...«
Der Hauptkommissar, der sich so gern einmal als Gangster verkleiden würde, geht bester Stimmung ins

Schlafzimmer, »Hallo, Garfield«, er nimmt die Brille ab und betrachtet eingehend die Augen von Boris Karloff im Spiegel des Toilettenschranks.

Um Punkt fünf, nachdem er kurz im Hotel war, sich die Hände gewaschen und sich umgezogen hat, steht T entspannt, adrett und makellos vor dem Institut. Da taucht schon Suzanne auf, inmitten einer Lawine aus Büroangestellten mit Anzügen und Krawatten.

»Na, was hast Du heut Nachmittag noch so getrieben?«, fragt sie.

»Gemerkt, dass ich nicht aufhören kann, an Dich zu denken«, antwortet er.

»Ja, ja ... das sagst Du jeder ...«

»Nein, nur denen, die mich verrückt machen.«

Als sie eher ziellos die Lexington entlang schlendern, denkt T darüber nach, wie sie die Zeit besser nutzen könnten. Zu dieser Tageszeit einfach herumzuspazieren, während alle Welt hektisch durch die Gegend flitzt, fühlt sich komisch an. Er fragt Suzanne, ob sie einen Plattenladen in der Nähe kennt, der mit Folk und Blues ganz gut sortiert ist. Sie schlägt Tower Records vor und meint sich an eine Filiale am Broadway zu erinnern auf der Höhe der Soundsosechzigsten. Damit haben sie jetzt ein konkretes Ziel. Um dorthin zu gelangen, müssen sie zur Hauptverkehrszeit einmal quer durchs Zentrum: eine in etwa so leichte Übung wie das Rote Meer zu durchqueren.

Sie wollen das Wunder mit der U-Bahn in Angriff nehmen. Laufen bis zur Grand Central, nehmen einen Shuttle bis Penn Station und steigen in den IRT am Broadway um. Die Wagen Richtung Bronx sind weniger voll, als man hätte meinen können. Auf dem letzten Stück der Strecke finden sie sogar zwei freie Plätze ne-

beneinander und können sich unterhalten. Suzanne fragt, ob T sich bereits in dem Wirrwarr der U-Bahn-Linien zurechtfindet. Er erzählt von den Schwierigkeiten, die er in den ersten Tagen hatte, und übertreibt dabei wie ein Komiker: von *Token*, von *Locals* und vom *Express*, von Linien, die sich gabeln, von Wagen, die angehängt und abgehängt wurden, und von dem Tag, als er im Finanzdistrikt herauskommen wollte und irgendwo in Brooklyn landete ...
Sie tauchen Columbus Höhe 66. wieder auf, Suzanne dreht sich einmal im Kreis, zieht ein Gesicht als wäre sie vom Stamm der Apachen und würde Ausschau halten, dann zeigt sie in die Richtung, die sie einschlagen müssen. Ein Stück weiter im Norden ist schon das Geschäft zu erkennen, das sich hinter einer großen, offenen Glasfassade zur Straße über mehrere Stockwerke erstreckt. Im Eingang sagt Suzanne, dass T selbst fragen soll, wo die Folk-Abteilung ist, um sein Englisch zu verbessern. T geht zu einer farbigen, uniformierten Angestellten und formuliert die Frage immerhin so, dass diese prompt auf die Rolltreppe zeigt: *Upstairs*. Während sie hochfahren, fragt Suzanne T, ob er eine bestimmte CD suche. Er antwortet, dass er schauen wolle, was sie von Joe Jackson (dem *Bluesman* nicht dem *Countrysinger*) und von Burl Ives haben (diesmal spricht er »Burl« so aus wie die Asiatin im Virgin's mit eigenwilligem Vokal und als würde die Zunge sich am Wortende rollen). Als sie die Namen hört, ist Suzanne überrascht. Sie kennt sie noch aus ihrer Kindheit. Vor allem ein Lied: *Big rock candy mountains*. T stimmt den Refrain an, Suzanne hängt eine Strophe dran und sieht dabei aus wie ein kleines Mädchen mit Schleifchen

und Zöpfen … Sie haben die Rolltreppe bereits verlassen, als T sie zu sich zieht, sie in den Arm nimmt und ihr einen Kuss auf die Wange gibt. Es ist eine kurze Berührung, die sie eher sprachlos akzeptiert. Danach nimmt er ihre Hand, führt Suzanne zu den Regalen und überfliegt die alphabetisch sortierten Fächer: Bluegrass, Blues, Cajun, Country & Western, Dixie, Folk … Schnell haben sie zwei CDs von Joe Jackson und fünf von Burl Ives ausfindig gemacht, die T allesamt kauft. Dazu noch eine mit Volksliedern, auf deren Hülle der Weihnachtsmann höchstpersönlich in einem gestrickten Wollpullover portraitiert worden zu sein scheint.
Auf dem Rückweg steigen sie im West Village aus der U-Bahn, zwei Blocks entfernt von Suzannes Wohnung. Sie gehen in eine Kneipe, setzen sich an einen Tisch und bestellen zwei Bier. Lediglich ein Gast sitzt noch am Tresen. Bruce Springsteen läuft: *Sad eyes*. Suzanne sieht aus, als wäre ihr nicht danach, Spaß zu haben, sondern als ginge ihr etwas durch den Kopf:
»Warum ausgerechnet im Mordkommissariat?«, fragt sie unvermittelt.
T hat die Frage nicht verstanden. Über Suzannes Gesicht hat sich plötzlich wieder das Portrait des Gemäldes geschoben.
»Warum was?«
»Deine Kartei im Computer ist voll mit Dokumenten, auf die wir keinen Zugriff bekommen, aber irgendwo habe ich gesehen, dass Du im Mordkommissariat arbeitest.«
»Stimmt. Weiß auch nicht … Vermutlich, weil mir Menschen Angst machen, die brutal sind, zumal, wenn sie so weit gehen, zu töten.«

Pause, Bier.
»Und suchst Du Dir Deine Arbeit immer danach aus, was Dir am meisten Angst macht?«
»Es gibt viele Methoden, seine Ängste in den Griff zu kriegen. Ich will wahrscheinlich dem Monster in die Augen schauen. Wenn ich im Mittelalter gelebt hätte, wäre ich womöglich in die Berge gezogen, um Drachen zu töten.«
Suzanne ist immer noch still. T wechselt Thema und Tonfall: »Das ist das einzig halbwegs erträgliche Lied von Springsteen, hier singt er wenigstens mal nicht so, als säße er mit lauter Ratten in einem Loch. Ich würde gern wissen, was er singt?«
»Hör einfach zu, die Worte müsstest Du eigentlich alle verstehen.«
»Oh, da bin ich mir nicht so sicher. In meiner Jugend habe ich immer gedacht, *Smoke on the water* heißt ›Rauchen aufm Klo‹. Und das war dann natürlich Marihuana, klar … Leuchtet doch irgendwie ein: *Smoke on the water and flying to the sky.*«
»*And FIRE IN the sky*. Der Rauch ist über dem Wasser und das Feuer steht am Himmel, da geht's um einen Brand, Mann.«
»Siehst Du? So geht mir das immer.«
Suzanne lacht.
»Du weißt schon, dass es sehr ungezogen ist, sich über ältere Leute lustig zu machen, hm?«, sagt T.
»Ich mache mich nicht lustig. Du bist manchmal einfach witzig.«
»Oho, das freut mich aber. Vor ein paar Tagen habe ich nämlich im Radio gehört, dass Frauen an Männern am wichtigsten finden, dass sie sie zum Lachen bringen

können. Ich nehme mal an, das ist eines unserer Political-correctness-Märchen, bin aber wild entschlossen, ab jetzt daran zu glauben.«

Suzanne denkt kurz nach: »Humor ist nicht schlecht. Aber es gibt noch wichtigere Dinge.«

»Beispielsweise ...? Das würde mich interessieren ...«

»Och, Einfühlungsvermögen zum Beispiel. Überhaupt zu fühlen. Die meisten Jungs, die ich kennengelernt habe, waren wie kleine Jungs, die einen auf harten Macker gemacht haben. Und die Männer, die da etwas weiter waren, versuchten zu beeindrucken: mit ihrer Karriere, Geld, ihrer Intelligenz ... Es ist gar nicht so leicht, jemanden zu finden, der ... keine Ahnung ... dem Lieder von Burl Ives gefallen ... Sogar die bisexuellen Schwulen haben so ein Imponiergehabe mit ihren Muskeln und Feuchtigkeitscremes.«

»Du stehst wohl nicht auf harte Männer?«

»Mir gefallen Männer, die stark sind, ohne es raushängen zu lassen ... Weißt Du, was ich meine?« Sie sieht dabei aus wie ein starker Träumer. »Ein Italiener hat's mir zum Beispiel angetan, dem eine Metzgerei in der Nähe unserer Wohnung gehört. Er sieht nicht besonders gut aus, dürfte so um die fünfzig sein, hat immer dieselbe gestreifte Schürze an, aber den könnte ich immer um mich haben, weil der so etwas Nettes ausstrahlt ... Wie Du siehst, bin ich nicht gerade sehr modern, und außerdem bin ich gar nicht daran gewöhnt, Bier zu trinken.«

»Modern bin ich auch nicht besonders. Manchmal denke ich, dass es verrückt ist, dass wir alle versuchen, genau das Gegenteil von unseren Großeltern zu machen, was auch immer die gewesen sein mögen.«

»Meine Großeltern sind toll. Sie wohnen in Llanes … Kennst Du Llanes? Das ist in Oviedo. Es ist wunderschön dort. Wir sind an Weihnachten immer alle dort. Ich brauche nur in ihrem Haus zu sein, und schon überkommt mich die Sehnsucht nach einer Welt, die ich in Wirklichkeit nie kennengelernt habe: einer am Feuer, mit langen Tafeln, einer großen Familie …« Suzanne spielt mit dem Feuerzeug herum und trinkt dann noch einen Schluck Bier: »Weißt Du was? Ich musste heute noch oft an das denken, was Du mir beim Essen erzählt hast.«
»Über die Verstoßenen …?«
»Ja …« Suzanne schaut T nicht mehr in die Augen, sondern auf das Bierglas. »Wir hatten ein adoptiertes Kind in unserer Klasse. Und alle haben ihn fertiggemacht: Er war zwei, drei Jahre älter als wir und war sehr … sehr hässlich … unappetitlich, hatte komische Haare und fleckige Zähne, als ob er sie nie putzen würde. Soweit ich weiß, hatten ihn zwei Familien schon wieder zurückgegeben, weil er so merkwürdig war … Und alle sagten, dass seine Zähne so aussehen, weil er Exkremente esse … Was man halt so sagt in der Schule … Mir hat er schon leid getan, aber ehrlich gesagt wäre ich nie auf die Idee gekommen, mich um ihn zu kümmern. Ich hatte sogar ein bisschen Angst vor ihm … Davon ist bei mir hängengeblieben, dass Waisenkinder irgendwie komisch und hässlich sind. Versteh mich jetzt bitte nicht falsch. Ich legte mir das damals wohl so zurecht: keine Familie zu haben, muss so unglaublich sein, dass es ungeheure Spuren und Male hinterlässt …«
»Ach, weißt Du, bei mir hat es auch ein paar ungeheure Spuren hinterlassen …«

Auf Suzannes Gesicht ist abzulesen, dass sie da anderer Meinung ist: »Vor Dir habe ich keine Angst. Du bist von Kopf bis Fuß gelungen: freundlich ... siehst gut aus«, sie fährt sich mit einer Hand übers Gesicht, schaut dabei durchaus ernst in die Ferne wie ein Filmstar auf einem Foto.

»Freut mich, dass Dir das nicht entgangen ist ...«, T lächelt.

»Nein, im Ernst ... Wenn mich jemand fragen würde ... würde ich sagen: Du wirkst glücklich, zufrieden ... Du hast so eine ähnliche Ausstrahlung wie mein italienischer Metzger.«

Ts Lächeln strahlt jetzt nicht mehr so: »Das liegt nur an Dir«, er greift nach dem Bierglas, ohne einen Schluck zu nehmen. »Noch vor einer Woche hätte ich nie gedacht, dass ich witzig sein kann. Es gab niemanden, den ich zum Lachen hätte bringen können. Das ist doch auch eine Form von Wundmal, findest Du nicht?«

»Hast Du keine Freunde in Spanien?«, ihre Bewegungen sehen nach Lärm und Feiern aus.

»Freundschaft find ich ein lauwarmes Gefühl. Die gibt's in der Kindheit und der frühen Jugend, aber ab dreißig bedeutet sie nur sehr wenig.«

»Das glaubst Du doch wohl selbst nicht, oder ...? Find ich überhaupt nicht.«

»Du bist ja auch erst vierundzwanzig, in sechs Jahren sprechen wir uns noch mal ...«

»Das hat doch nichts mit dem Alter zu tun ...«

»Und ob das was mit dem Alter zu tun hat. Das ist so ähnlich wie mit der Weitsichtigkeit. Ich bin Dir zwanzig Jahre voraus ...«

»Neunzehn!«
»Okay, okay: neunzehn.«
Pause.
»Ich kann mir gar nicht vorstellen, dass Du keine Freunde hast.«
»Das spricht nicht gerade für meinen *Curriculum vitae*, ich weiß, aber eigentlich reicht mir auch meine kleine Ersatzfamilie ... Außerdem habe ich ja noch Arbeitskollegen, Bekannte ...«
»Was verstehst Du unter ›Ersatzfamilie‹?«, dabei sieht sie ziemlich beschränkt aus wie ein kurzsichtiger Maulwurf.
»Eine Familie, die im strengen Sinne des Wortes keine ist. Sich aber mehr oder weniger so anfühlt.«
»Der Kommissar und seine Frau?«
»Ja.«
»Und warum hast Du vorhin gesagt, dass er wie ein Vater für Dich ist und sie nur eine liebevolle Tante?«
»Wann ›vorhin‹?«
»Als wir gegessen haben ...«
»Ach so ... Weil sich die Beziehung zwischen Vater und Sohn einfacher aufbauen lässt als eine Mutter-Sohn-Bindung«, der Ton ist dozierend, und er lässt sich weiter in diese Richtung treiben. »Für einen Jungen oder jungen Mann ist ein Vater in erster Linie ein Vorbild, das er imitiert, und das klappt mit jedem Mann, zu dem der Junge regelmäßigen Kontakt hat und zu dem sich eine affektive Bindung aufbaut. So ein Prozess wechselseitiger Identifikation kann auf vielen Wegen funktionieren. Schau nur wie viele Kinder zwei Männer als Väter akzeptieren, seit die Leute sich alle scheiden lassen: der biologische ebenso wie der neue Partner

der Mutter. Die Mutter-Sohn-Bindung dagegen hat vielmehr mit Berührung und Haut zu tun. Die gibt es kein zweites Mal. Die Mutter ist einzigartig. Schau, Mutterfiguren sind doch fast immer die Frauen, die das Kind auf die Welt gebracht haben. Oder die es zumindest gestillt haben, das kann ja eine andere Frau gewesen sein wie eben bei Waisen, die ihre Mutter verloren haben.«

»Wurdest Du ...?«

»Nein, ich nicht ... Meine Mama hieß Hipp ...«

»Sag mal, findest Du eigentlich, dass dies ein passendes Thema für unsere Unterhaltung ist?«

»Passend wozu ...?«

»Willst du psychologisch ein bisschen nachhaken, Du *monkey face*?«

»Ich kann gar nicht mit irgendwelchen psychologischen Spitzfindigkeiten kommen, weil ich Geschichte studiert habe.«

»Das freut mich. Ich mag nämlich Psychologen nicht besonders.«

»Warum?«

»Die stellen zu viele Fragen ...«

Pause.

»Entschuldige, falls ...«

»Ach Quatsch, alles gut, ich glaube, man bekommt selten eine gute Antwort auf direkte Fragen, selbst wenn jemand versucht, ehrlich zu sein. Die Art der Fragen beeinflusst die Antworten. Meist ist das Bild, wenn es aus dem größeren Kontext herausgelöst wird, nicht viel aussagekräftiger als ein Urlaubsfoto. Deshalb möchte ich Dich bitten, nicht allzu viele Rückschlüsse zu ziehen, aus dem, was ich da gesagt habe.«

»Bis jetzt haben meine Ermittlungen nur ergeben, dass du liebenswert und kultiviert bist.«
»Und gut aussehend hast Du gesagt, vergiss das nicht.«
»Und gut aussehend, wie konnte ich das nur vergessen«, jetzt sieht sie wieder aus wie ein ernsthafter Hollywoodstar.
»Dabei hast Du doch schon beiläufig zu verstehen gegeben, dass gut aussehende Muskelpakete und Bodylotions nichts für Dich sind ...«
»Och, damit könnte ich mich arrangieren. Schließlich kommt es darauf nicht an. Außerdem hatte ich mal einen sauhübschen Freund in Santander.«
»Und dann ...?«
»Nix, dann stellte er sich zur Mister-Cantabria-Wahl und ging ins Fitness-Studio.«

***

Als sie aus der Kneipe herauskommen, laufen sie an Billigläden vorbei Richtung Süden, biegen dann um eine Ecke und tauchen in eine andere Welt ein: schmale Bürgersteige und Akazientupfen säumen eine gediegene Einbahnstraße. Das letzte Tageslicht lässt den Asphalt glänzen, über den eine dunkle Katze im Gegenlicht huscht, als würde sie über eine Kupferschicht gleiten. Ein warmes Lüftchen kommt mit einem Mal auf, das die Pollen zum Wirbeln bringt, als wären sie winzig kleine, leuchtende Konfettis, die sich an die Kleidung und Haare heften.
Suzannes Wohnung liegt im zweiten Stock eines Klinkergebäudes, das in bräunlichem Gelb gestrichen ist, eine Feuertreppe besitzt, die sich im Zickzack an der

Fassade emporrankt. Eine Art Steg mit kleinen Stufen führt zum Haupteingang. Die restlichen Gebäude in der Straße ähneln sich: Sie sind drei- oder vierstöckig, frisch restauriert und in Ocker-, Orange- oder Rosttönen gestrichen. Ein Haus klebt am anderen, als wollten sie hinter dem Laubwerk der Bäumchen, die in einer Reihe davor gepflanzt sind, zusammen ein langes buntes Wandgemälde ergeben. Durch manche Fenster lässt sich ein Blick in die wohnlichen Innenräume werfen: großformatige Gemälde, Ausschnitte eines gefüllten Bücherregals, eine Stehlampe, ein Ohrensessel, der mit dem Rücken zum Licht der Straße steht. T stellt sich vor, wie hinter diesen Fenstern Schriftsteller leben, die in Hausschuhen vor einer dampfenden Tasse Kaffee an ihren Schreibtischen vertieft arbeiten.

»Normalerweise würde ich Dich einladen, mit hochzukommen, dann könnten wir oben noch was zusammen trinken«, sagt Suzanne, »aber Caroline flitzt um diese Tageszeit meist nackt durch die Wohnung, weil sie sich nie entscheiden kann, was sie anziehen soll. In der Regel macht sie sich so um diese Zeit für ihre nächtlichen Verabredungen zurecht.«

»Nicht schlimm … Wollen wir die Zigarette noch zu Ende rauchen?«

Sie setzen sich wie zwei Schüler in der Hofpause auf die Treppenstufen, dicht nebeneinander, Schulter an Schulter und Knie an Knie. Der Verkehrslärm dringt gedämpft zu ihnen vor, und im Wind rascheln die weichen Blätter der Akazien.

»Die Straße ist schön. Hier könnte man gut Fotos machen.«

»Ja, ich hatte Glück, dass ich hier was gefunden habe. Das ist echt eine angenehme Ecke.«

»Mir gefällt's hier fast noch besser als in der Upper East Side. Und wahrscheinlich ist's sogar billiger ...«

»Hm, die Gegend ist schon ziemlich teuer. Ich weiß gar nicht genau, was Caroline zahlt, aber Ashley und ich zahlen ihr pro Nase 1500 Dollar. Die Wohnungen kosten hier leicht über 4000. Ich meine: eine einfache *three bedroms*. Dann kannst Du Dir ja vorstellen ...«

»Ich weiß gar nicht, wie normale Leute solche Mieten bezahlen können ...«

»Hier leben auch keine einfachen Leute. Wer hier wohnt, schreibt für die *Times* oder ist Cellist in der Philharmonie. Die normalen Leute leben eher in Long Island oder in New Jersey ... Die Straße hat ihren Zauber, dabei bist Du hier mitten im kapitalistischen Dschungel.«

»Der kapitalistische Dschungel scheint komfortabel zu sein ...« T tut so, als würde er seine Krallen ausfahren und schnurrt dabei, wie wohl kein kapitalistisches Raubtier je schnurren würde. Suzanne schmunzelt und stemmt sich mit einer Hand auf sein Knie, um aufzustehen.

»So, das Zigarettchen ist alle: Zeit, nach Hause zu gehen.«

»Wollen wir nicht noch was zusammen essen? Hier irgendwo in der Nähe? Was willst Du denn um diese Uhrzeit zu Hause? Oder willst Du Caroline beim Anziehen helfen?«

»Ich möchte früh ins Bett, morgen muss ich um acht im Institut sein. Heute Abend will ich mir noch die Haare waschen ...«

»Ohne zu Abend zu essen?«

»Normalerweise hole ich mir ein paar Sandwichs oder bestelle was per Telefon ...«, dabei macht sie ein Gesicht wie eine Frau, die schlecht gelaunt telefoniert.

»In derselben Zeit könntest Du doch genauso gut mit mir hier in der Gegend was essen gehen. Wir könnten in weniger als einer Stunde wieder hier sein.«

»Die Restaurants hier sind eigentlich zu teuer, um schnell was zu essen ...« Sie rümpft die Nase und reibt dabei die Fingerkuppen von Daumen und Zeigefinger aneinander.

»Egal, ich lad Dich ein ... Stell Dir vor, ich wäre so reich wie Deine Nachbarn aus der Philharmonie.«

»Warte mal ... Es gibt ein spanisches Restaurant, das nicht so weit weg ist. Da war ich mal mit Ashley und wir bekamen eine sagenhafte Paella für zwei Leute für 40 Dollar. Und dazu gibt's echte Sangría mit Fruchtstückchen.« Pausbacken voller Pfirsichstückchen.

»Paella zum Abendessen? Ist das nicht ein bisschen eigenartig?«

»Wenn ich nur daran denke, läuft mir das Wasser im Mund zusammen ... Aber diesmal zahle ich, okay?«

»Wenn Du zahlst, stehe ich das nächste Mal im taillierten Wollkleid vor Dir. Das bin ich der feministischen Bewegung dann schuldig ...«

»Abgemacht«, sagt sie, »die Feministinnen werden noch viel Freude an Dir haben. Vor allem an Deinen Waden.«

Der Po ist kühl, als sie von den Stufen aufstehen. Der Stein war feucht – Suzanne gebärdet sich wie ein kleines Kind, das übelriechendes Zeugs in der Windel hat –,

dann laufen sie die 7. hinunter bis sich das Schachbrettmuster von Chelsea in diagonale Querstraßen auflöst, durch die stoßartig der Wind aus dem Westen fegt.
»Ich weiß nicht, was das in diesen Breitengraden zu bedeuten hat, aber in Spanien wäre es ein sicheres Zeichen für ein aufkommendes Unwetter«, sagt T.
Als auf dem Schild an der Kreuzung *Christopher Street* steht, fällt ihm ein Lied von Lou Reed ein, von dem er nicht mal mehr gewusst hätte, dass er es kennt. Er singt ein paar Zeilen: *There's a downtown fairy / Singing out* Proud Mary */ As she crosses Christopher Street ...*
»Was heißt ›*Downtown fairy*‹?«, fragt er Suzanne.
»Eine Fee in *downtown* ... Könnte aber auch sein, dass es im Schwulenslang etwas ganz anderes bedeutet. Wir befinden uns nun im historischen Zentrum der homosexuellen Bewegung, falls Du das noch nicht gemerkt haben solltest.«
»Das habe ich mir fast schon gedacht, als wir dem Pärchen mit den Schnurrbärten und den Shorts auf ihren Rollerblades begegnet sind. Vielleicht hätte ich das Wollkleid lieber heute schon anziehen sollen.«
»Das waren typische *Chelsea boys*. Shorts und Rollschuhe sind optional, aber es empfiehlt sich dringend, sich die Muskulatur eines Speerwerfers und einen dichten Schnurrbart zuzulegen. Dir fehlt nur noch der Schnurrbart.«
»Ja, ja ... Vor ein paar Tagen fing ein Junge an mit mir zu flirten ... Ich glaube, das war auch hier in der Gegend.«
»Echt? Einer nur?«
Sie biegen in eine Seitenstraße, die mit Restaurants

übersät ist. Alle haben Tische draußen stehen. An einer Hauswand fallen zwei Fenster im andalusischen Stil mit Gittern auf, an denen Plastikgeranien hängen. *La Guitarra, Spanish recipes* steht auf dem Schild. Innen sind die Wände weiß gekalkt und bis auf halbe Höhe gekachelt. An den Wänden hängen Flamenco-Gitarren, ansonsten gibt es noch mehr Plastikgeranien und alles ist gleichmäßig fluoreszierend beleuchtet. Es sind noch keine Gäste da, aber die zahlreichen Tische, auf denen Kerzenständer und Vasen mit künstlichen Nelken stehen, deuten auf großen Andrang hin. Im Moment läuft leise im Hintergrund Alejandro Sanz', *Corazón partido*. T hüstelt und rückt Stühle, um sich bemerkbar zu machen. Dann taucht ein junger, großgewachsener Latino auf, mit einem Schnurrbart, der aussieht wie eine Ameisenstraße, und einer roten Schärpe, die zwischen der schwarzen Hose und dem weißen Hemd sitzt. Suzanne fragt ihn auf Spanisch, ob sie schon eine Paella bekommen könnten und gestikuliert mit zwei Fingern. Der junge Mann schaut auf seine Uhr und sagt, ja, aber es könne noch etwa eine halbe Stunde dauern. Er hat einen südamerikanischen Akzent, vielleicht auch einen mexikanischen, der Englisch eingefärbt ist. T und Suzanne schauen sich an und ihre Körpersprache verrät Zustimmung.

»Können wir währenddessen schon eine Sangría bekommen?«

Sie suchen sich einen Tisch aus, der durch eine zurückgesetzte Wand etwas versteckter ist, und der junge Mann zündet ihnen die zwei Kerzen an, die auf einem Kandelaber stehen. Rauchen ist glücklicherweise gestattet, zumindest stehen Aschenbecher auf den Tischen. Schnell zünden sich die beiden eine Zigarette an, um von dem ungewohnten Recht Gebrauch zu machen.

»Lass Dich von der kitschigen Deko nicht täuschen, die Paella ist wirklich erstklassig«, sagt Suzanne, als der Bursche sich entfernt hat. Kurz darauf gehen die Leuchtstoffröhren aus. Nur die angezündeten Kerzen geben Licht sowie mehrere Wandleuchten, deren Schirme mit Goya-Motiven bedruckte Fächer sind. Durch die neue Beleuchtung gewinnen die Plastikblumen ungeahntes Leben, und Suzannes Gesicht sieht aus, als wäre es im gleichen Licht gebadet wie auf dem Gemälde. Der junge Latino bringt einen Literkrug und zwei Tonbecher an den Tisch. Geschickt serviert er die Sangría, indem er mit einem großen Löffel dafür sorgt, dass die Fruchtstückchen und das Eis nicht in die Becher plumpsen.

»Nach dem vielen Bier und der Sangría wirst du mich nach Hause tragen müssen«, sagt Suzanne und sieht dabei aus wie eine zerzauste Säuferin.

»Für die spanische Hälfte von Dir mache ich einen Sonderpreis.«

»Ah, da fällt mir ein, ich weiß ja gar nicht, wo Du herkommst. Aus Katalonien? In Deiner Akte steht, dass du in Tarragona geboren bist …«

»Zumindest offiziell. Dort war mein erstes Waisenhaus. In Wirklichkeit habe ich keine Ahnung, wo ich auf die Welt gekommen bin. Ehrlich gesagt, finde ich das gar nicht so schlimm. Damit erledigt sich die peinliche Versuchung patriotischer Anwandlungen von selbst.«

»Weder Gott noch Vaterland?«

T trinkt einen Schluck Sangría, bevor er antwortet: »Eigentlich wäre einem Inspektor der Mordkommission ja sehr dazu zu raten, an irgendetwas zu glauben. Aber wahrscheinlich bin ich auch kein normaler Inspektor, sondern eher die postmoderne Version eines Inquisitoren. Und davon gibt es nur zwei Varianten: Entweder sind wir Psychopathen oder genau das Gegenteil davon.«

»Aha ... Und was ist das Gegenteil eines Psychopathen?«

»Jemand, für den transzendente Gerechtigkeit wichtig ist oder das universell Gute, zu dem sich etwas beitragen lässt.«

»Und daran glauben Psychopathen nicht?«

»Nein. Sie lernen, so zu tun als ob. Das machen sie so perfekt, dass niemand etwas merkt. Der erste Psychopath beispielsweise, den ich kennengelernt habe, war ein katholischer Priester. Ich sage Dir, der spielte das täuschend echt. Ich war damals sechs Jahre alt ... Dieser Mann war alles andere, nur kein tief Gläubiger: Psychopathen können an gar nichts glauben, nicht einmal an den Teufel, selbst wenn sie das satanische Tamtam bisweilen fasziniert.«

»Wieso nicht?«

»Weil Gläubige eine bestimmte Moral verinnerlichen, Spielregeln, und reine Psychopathen zutiefst amoralisch sind. Ihnen fehlt wie einem Tigerhai die Fähigkeit, sich auch nur ethisch verhalten zu können.«

»Ich kenne mich da nicht so gut aus, aber mir dämmert dunkel, in einem Seminar an der Akademie mal etwas über religiöse Motive zum Verbrechen gehört zu haben ...«

»Diese Leute wiederum leiden dann an einer Psychose, aber das ist wieder was anderes. Psychopathen könnten höchstens versuchen, mit Psychosen durchzukommen und so tun, als hätten sie welche. Das machen manche, vor allem die intelligenteren.

»Echt? Warum ...?«

»Wenn eine Psychose diagnostiziert wird, ergibt sich juristisch der Vorteil, als geisteskrank eingestuft zu werden. Psychopathie dagegen ist nicht strafmildernd. Psychopathen haben ja nicht einmal eine neurotische Störung. In der Regel sind sie ziemlich vergnügt, auch weil sie eher enthemmt sind. Straffällig werden sie nur, wenn sie irgendeinen Vorteil davon haben oder aus purer Lust und Laune. Manchmal nur, um einen Augenblick Spaß zu haben. So wie andere Menschen Sport treiben ... Das kann so weit gehen, dass sie nur so zu ihrem Vergnügen Leute misshandeln oder töten. Ohne jedes schlechte Gewissen. Meistens geben sie damit sogar an ... Manche spielen Katz und Maus mit uns, nur um sich wichtig zu machen.«

»Und wieso werden solche Leute nicht als psychisch krank eingestuft?« Auf Suzannes Gesicht spiegeln sich ohne jede Schauspielerei echte Bedenken.

»Aus verfahrenstechnischen Gründen. Ihr psychiatrischer Befund ist schwer zu erstellen. Sie sind wenig empathiefähig, aber leiden weder unter Wahnvorstellungen noch unter Persönlichkeitsspaltungen und haben auch sonst keinen an der Klatsche.«

»Was heißt eigentlich nochmal ›empathiefähig‹ ...?«

»Wenn das Glück oder der Schmerz anderer Dich berührt. Extreme Psychopathen können nicht mitfühlen. Da liegt das Problem. Sollte als mildernder Umstand

gelten gelassen werden, dass jemandem das Leiden anderer völlig schnuppe ist? Die meisten Menschen haben genau die gegenteilige Intuition.«
Pause. Suzanne: »Heißt das: Norman Bates aus *Psycho* ist psychotisch, weil er Wahnvorstellungen und eine Persönlichkeitsspaltung hat«, dabei sieht sie aus wie eine alte Oma, die ein Zwiebelmesser hält, »Hannibal Lecter dagegen ist ein Psychopath, weil er nur zum Spaß Leute umbringt.« Dabei leckt sie sich über die Lippen. »Oder?«
»Nicht ganz ... Hannibal Lecter ähnelt zu sehr Robin Hood. Es gibt zwar Überschneidungen, aber eher oberflächlich: Er hat Charme, ist intelligent, ist kalt ... Aber wenn Du genau hinschaust, dann hat er es nur auf Böse abgesehen und hilft den Guten. Er ist eher einer der gerechtigkeitsliebenden Helden. Echte Psychopathen wären ... mmh ... die Außerirdischen aus *Die Körperfresser kommen*: die sehen aus wie Menschen, sind aber keine.«
»Wann lief denn *Die Körperfresser kommen*?«
»Ach, den hast Du sicher nicht gesehen. Sag mal, wieso reden wir beim Essen eigentlich immer über solche Themen? Können wir nicht mal zur Abwechslung über die *Chelsea boys* plaudern, bis die Paella kommt?«

***

Das Unwetter platzt über das Village herein, gerade als sie eilig die letzten Reiskörner aufpicken, die unten an der Eisenpfanne kleben. Die Hälfte der Tische ist mittlerweile gefüllt, größtenteils mit Männerpärchen, aber auch mit Gästen aller Farben und Geschlechter. Viele kamen herein, als die Sintflut losbrach, schlüpften hier unter und trinken jetzt an der Bar ein Gläschen. Ein megatuntiger Kubaner hängt mit seiner überaus vertrauten Freundin ab, drei im Wall-Street-Look um die dreißig und eine betörende Dunkelhäutige von einem Meter und neunzig, die sich mit ihrem Handy herumschlägt … Die Halloween-Parade scheint ein paar Monate vorverlegt worden zu sein: *There's a Crawford, Davis / and a tacky Cary Grant / and some boys looking for troubles down by from the Bronx.* Als Suzanne und T ihren eiskalten Schnaps schlürfen, hat sich das Lokal in eine belebte Taverne verwandelt, voller Rauch und Stimmen auf Englisch und Spanisch. Der Donner und Lärm vom Unwetter laden nicht gerade dazu ein, den warmen Unterschlupf zu verlassen, der durch Compay Segundo und die Hits von Juan Luis Guerra immer mehr in Stimmung kommt.

T schlägt vor, eine weitere Runde galizischen Trester zu bestellen, der in Baltimore destilliert wurde, und der Mann mit dem auffälligen Schnurrbart bringt ihnen gleich die ganze Flasche an den Tisch.

Suzannes Augen glänzen: »Weißt Du was? Wenn ich ein bisschen was getrunken habe, finde ich diese Stadt großartig.«

Ts Augen glänzen weniger, sind aber sehr entspannt: »Mir gefällt sie sogar, wenn ich nichts getrunken habe.«

»Könntest Du hier für immer leben?«

Die Geste von T ist durch und durch zustimmend.

»Echt? Würde Dir nichts fehlen? Die frische Luft? Die Stille? Ruhe?«

»Vielleicht würde ich manchmal nach Connecticut abhauen und Pilze suchen. Aber ich käme sicher bald zurück. Im Grunde bin ich ein urbaner Typ. Und vielleicht gibt's sogar Pilze im Central Park ...«

»Hmm ... Ich finde diese Stadt manchmal monströs und grässlich. Zum Beispiel morgen früh, das kann ich Dir jetzt schon verraten ...«, hängende Lippen, Lider halb gesenkt.

»Das ging mir am Anfang auch so. Irgendwie fand ich allein schon die Wolkenkratzer einschüchternd. Aus dem Flugzeug sehen die irre aus, ne? Irgendwie auch erhaben wie die Statuen auf den Osterinseln ... Mittlerweile aber finde ich es hier sehr angenehm. Wenn jemand nirgendwo hinpasst, ist das hier seine Stadt ... Schau Dich doch nur um: Fast alle, die Du hier vergnügt essen und trinken siehst, würden vor Einsamkeit an jedem anderen Ort der Welt elend vor die Hunde gehen.«

»Ach, lustige Menschen gibt es doch überall auf der Welt ...«

»Ja, aber diese hier brauchen genau wie Pilze einen komplexen Lebensraum: Sie brauchen einen Wald aus Wolkenkratzern und einen Haufen Geschäfte und Bars und Getränke und Ausstellungen und internationale Airports ... Siehst Du die große Schwarze im Abendkleid? Die siehst aus wie ein Model aufm Laufsteg. Schau Dir die mal an.«

»Ja ... die ist ... wahnsinnig hübsch ... und irre groß.«

»Kannst Du sie Dir in einem Dorf vorstellen mit Kuhfladen und einer Tränke hinter dem Dorfplatz? Oder schau Dir diesen Herrn an, der seinem Freund Zwiebelringe in den Mund steckt ... Was würde passieren, wenn

der in einer Kantine einer Landwirtschaftskooperative sitzen müsste, um sich dort ein Spiel von Racing Santander anzusehen? Mit diesen ... Schuhen ...«
Suzanne lacht: »Dich dagegen sehe ich mit Deiner Kappe förmlich in der Landwirtschaftskooperative sitzen und eine Partie Domino spielen.«
Gespielte Empörung von T: »Bloß weil ich nicht von den Watusi abstamme oder gelbe Schuhe trage, bin ich trotzdem *more sophisticated*, als es den Anschein hat, damit Du's weißt ...«
Suzanne scheint nachzudenken: »Manchmal hast Du so was ... mmh ... irgendwie so etwas Geheimnisvolles an Dir ... Eine dunkle Seite, aber die Art von dunkler Seite, die Männer attraktiv macht.« Weiter geht es mit einem anderen Gesichtsausdruck. »Darf ich Dich mal was fragen? Ich weiß ja nicht, ob Du darüber reden darfst, aber ich versprech Dir, dass ich es für mich behalte.«
»Okay, dann schieß mal los.«
Sie lässt sich etwas Zeit.
»Hast Du schon mal als verdeckter Ermittler gearbeitet?«
»In den letzten zehn Jahren habe ich nichts anderes gemacht.«
Ein schräger Blick von der Seite.
»Aber jetzt grad nicht, oder ...?«
T lächelt.
»Nein, im Moment nicht ... Sieht man mir den Geheimagenten an? Wenn ja, dann bin ich nicht gut ...«
»In Deiner Akte stand es nicht, aber es passt zu Dir ... Darf ich Dich noch was fragen?«
»Na, los.«

»Wieso kennst Du Dich mit Psychopathen so gut aus?«
»Die Frage ist einfach zu beantworten: weil ich Polizist bin, für die Mordkommission arbeite und es da hin und wieder mit welchen zu tun bekomme.«
»Und warum die Mordkommission? Ich weiß, dass ich Dich das heute schon mal gefragt habe, aber Deine Antwort hat mich … mmh … nicht voll überzeugt.«
»Das war aber eine ehrliche Antwort. Menschen, die es nicht stört, aus Lust und Laune oder um irgendeines Vorteils willen andere zu massakrieren, machen mir Angst. Deswegen bin ich Polizist geworden.«
»Okay, vielleicht ist die Antwort ehrlich, aber sie kann nur die halbe Wahrheit sein. Denn Du hast doch sicher genauso viel Angst vor einem Erdbeben oder vor Waldbränden, stimmt's? … Und trotzdem bist Du weder Feuerwehrmann noch Sanitäter geworden, sondern Polizist.«
»Vielleicht wäre das anders, wenn ich als Kind einen Waldbrand erlebt hätte.«
Pause. Suzanne: »Du weißt, was man scheinbar daraus schließen muss?«
»Denk, was Du willst, aber eigentlich mag ich nicht darüber reden.«
Wieder eine Pause.
»Das hast Du mal gemacht, nehme ich an?«
»Was …?«
»Offen über das Thema geredet.«
»Nein, das wäre auch nicht gut für mich.«
»Aha.«
T seufzt, weil Suzannes »Aha« nach einer Mischung aus Zurückhaltung und Ironie klingt, selbst ohne Gri-

massen. Daher wechselt er den Tonfall, um sich ihr besser begreiflich zu machen: »Auch wenn die populärwissenschaftlichen psychologischen Ratgeber das Gegenteil behaupten: Ein Bekenntnis hat nicht immer den gewünschten erlösenden Effekt. Es ist eine Sache, sich den eigenen Schmerz bewusst zu machen, ihn scharfsinnig wahrzunehmen, um als Erwachsener daran zu arbeiten, eine andere dagegen, sich darüber öffentlich zu verbreiten. Das kann manchmal in die Hose gehen.«

»Andererseits dürfte es nicht leicht sein, mit ... mmh ... dieser Art von Geheimnis ... zu leben.«

»Manchmal bleibt einem keine andere Wahl.«

»Hmmm ...«

T nervt der ungläubige Unterton: »Stell Dir doch vor ... Nehmen wir mal ein schreckliches Beispiel. Warte ... Stell Dir vor, ein junges Mädchen wurde von einer ganzen Gruppe brutalst vergewaltigt ... Das Mädchen wurde gequält und misshandelt, wie man es sich kaum vorstellen kann ... Und die Nachbarn oder Familienangehörige mussten zusehen ... Solche grausamen Fälle kommen in Kriegsgebieten vor, das kannst Du in jeder Zeitung nachlesen. Und jetzt verrate mir mal eins: Meinst Du, das Mädchen hat eine reale Chance, sich danach ein neues Leben aufzubauen, wenn sie in einem kleinen Dorf lebt, unter Menschen, die alle Details kennen, die vorgefallen sind?«

Suzanne ist bis hin zum Lidschlag reglos: »Das Mädchen hat keine Schuld an dem, was ...«

»Und? Spielt das eine Rolle? Es spielt überhaupt keine Rolle. Es ist völlig wurst, ob jemand Opfer oder Täter ist. Das Einzige, was zählt, ist, dass dieses Mädchen für alle Zeiten stigmatisiert wäre. Solche Opfer haben nur dann eine Chance, neu anzufangen, wenn sie woanders hingehen. Das ist unendlich grausam und ungerecht, aber so ist es. Die Welt ist grausam und ungerecht. Schau Dir doch beispielsweise an, was mit Michael Jackson passiert.«

Suzanne sieht verwundert aus. Aufrichtig verwundert.

T redet weiter: »Alle halten Michael Jackson für einen Spinner, nicht? Die herrschende *Vox populi* ist doch: Er sei komplexbeladen, habe Probleme mit seiner Hautfarbe etc. etc. etc …«

Suzanne spielt einen tanzenden Roboter und nickt.

»Okay, nehmen wir an, sie haben Recht. Was machen die Leute damit? Sie machen ihn lächerlich, parodieren ihn und stempeln ihn ab. Wenn der Ärmste tatsächlich Probleme mit sich selbst haben sollte, dann wäre er derjenige, der am schlimmsten darunter leidet, stimmt's? Er ist derjenige, dem es dadurch dreckig geht. Niemand würde sich so sehr wünschen wie er selbst, dass die Dinge anders liegen würden. Eigentlich sollte er einem leid tun, stimmt's? Oder welche Reaktion hälst Du sonst für gerecht oder nett oder rational? Aber in Wirklichkeit hat niemand Mitleid mit ihm, sondern er löst höhnische Reaktionen aus.«

Suzanne schaut an die Decke und scheint nachzudenken.

»So ist es und so ist es schon immer gewesen«, fährt T vehementer fort als sonst, »wir Erwachsenen unterscheiden uns da nicht so sehr von Kindern. Der Schwächere hat die Arschkarte gezogen und wird zur Zielscheibe aller Grausamkeiten. Da kann er noch so unschuldig sein. Und weißt Du, warum …?«

»Du wirst es mir gleich erklären ... Ich sehe das alles ein bisschen anders.«

»... weil man vor Tätern Angst hat. Schlächter werden als grausam wahrgenommen und verbreiten Schrecken. Die können sich rächen. Opfer nicht. Schon gar nicht, wenn sie einmal richtig erniedrigt und gedemütigt worden sind. Dann halten sie die Schläge aus und ziehen sich zurück in ihren Schmerz und ihre Einsamkeit. Und das setzt einen perversen Mechanismus in Gang: Am angenehmsten für die Leute ist nämlich der Gedanke, das Opfer habe sich die Grausamkeiten des Täters selbst zuzuschreiben. ›Das hat er verdient, mir würde das nie passieren.‹ So denken die Leute und verschwören sich dabei mit den Fieslingen und merken gar nicht, wie feige sie sind und wie sehr sie sich schämen sollten.«

»Puh ...«

»Genau, puh.«

»Glaubst Du wirklich, dass die Menschen alle grausam und feige sind?«

»Nicht alle. Aber wer bis zu einem gewissen Grad grausam und feige ist, hat es leichter im Leben. Deswegen breiten die sich aus wie eine Plage. Und wenn die Grausamen und Feigen auch noch brillieren und intelligent sind, dann können sie es richtig weit bringen.«

»Das sehe ich ganz anders. Ich kann mir gar nicht vorstellen, dass Du selber glaubst, was Du da sagst. Wenn das alles stimmen würde, dann wären wir ... mmh ... von Psychopathen regiert.«

T hebt das Schnapsglas an die Lippen und grinst: »Wir werden ja auch von Psychopathen regiert.«

***

Nach dem Unwetter ist die Luft wieder klar. Dicke Tropfen hängen an den Markisen und Vorsprüngen. Die Leute stecken die Köpfe aus den Türen. Schilder und Straßenlaternen vervielfachen sich in den Pfützen. Der Verkehr auf der 7. wirkt von ferne wie ein Fest von Rottönen. T sagt, er habe noch keine Lust, ins Hotel zu gehen. »Wollen wir nicht noch einen Absacker trinken? Ich weiß, Du musst morgen früh raus, aber ...« Sie ist unschlüssig: »Puh, dann müsste ich mir mor-gen früh die Haare waschen und föhnen. Das sieht immer total bekloppt aus«; sie schielt und sieht durchgedreht aus.
»Aber hübsch bekloppt«, sagt T versöhnlich.
Sie biegen nördlich in die Bedford Street, um aus dem Getöse der großen Straßen rauszukommen. In einer Seitenstraße entdecken sie ein vielversprechendes Schild: *Sunrise, Jazz Club*. Hinter der offenen Tür steht eine Kassentheke. Ein dickbäuchiger Türsteher, fast ein Albino, steht mit groben, breiten Gesichtszügen davor. An den Wänden hängen Fotos von Musikern. Er begrüßt sie freundlich und sagt etwas, von dem T nichts versteht. Suzanne übersetzt: Der Auftritt beginnt in einer halben Stunde, falls wir bleiben möchten, müssten wir Eintritt zahlen. T gibt einen Schein und Copito de Nieve ihm einen Wortschwall zurück, von dem T ebenso wenig versteht. Während sie durch einen Flur zur Bar hinübergehen, fragt er Suzanne, was er gesagt habe. »Er hat einen skandinavischen Akzent und redet auch ein bisschen Slang«, tröstet sie. Er meint, die ersten zwei Getränke kosten mit den Eintrittskarten fünf Dollar. Drinnen läuft Tom Waits in unaufdringlicher Lautstärke, *Step right up*. Schummerlicht. Riesige L-förmige Bar. Gegenüber ist die Bühne,

kaum zwei Treppenstufen erhöht. Unten stehen etwa 20 Tischchen im Parkett, von denen lediglich eins besetzt ist. Eine südamerikanische Kellnerin und eine Dunkelhäutige rücken Hocker in der Mitte des Lokals zurecht. Auf der Bühne steht ein Klavier, ein Schlagzeug und ein Kontrabass …

»Hey, wir sind immer zu früh …«, sagt Suzanne. »Puh, bleiben wir an der Bar?«

»Au ja … Ich bin ein Mann für die Theke.«

»Ich meinte ja nur, weil wir gerade so lang an einem Tisch saßen …«

»Und ich freue mich, dass Du es gesagt hast.«

»Warum?«

»Weil ich Frauen mag, die klar und direkt sagen, was sie wollen. Außerdem mag ich sehr, wie Du ›Puh‹ sagst.«

»Sage ich oft ›Puh‹?«

»›Puh …‹«

Der Barmann, ein Farbiger im schwarzen Hemd, mit schwarzem Jackett, gelben Augen und nuklearweißen Zähnen hat sich bereits die Mühe gemacht und ihnen zwei Untersetzer sowie einen Aschenbecher hingestellt. Suzanne bestellt sich einen Southern Comfort mit Eis. T hält die Eintrittskarten hin und bestellt einen dreifachen Jack Daniels. Der Barmann sagt, da müsse er zuzahlen. T versteht nichts. Suzanne hilft ihm aus der Patsche.

»Trinkst du immer einen Dreifachen?«, fragt sie dann.

»Na ja, in dieser Stadt ist alles *extra large* bis auf die Menge an Alkohol.«

»Stimmt … Trinkst du immer so viel? Entschuldige, aber Du weißt ja, wie indiskret ich bin …«

»Viel im Vergleich zu wem ...«
»Keine Ahnung ... Such Dir jemanden aus ...«
»Verglichen mit Boris Jelzin trinke ich normal viel.«
»Boah ... Jeden Tag?«
»Fast jeden Abend. Seit ich im Sabbatjahr bin. Obwohl ... Auch wenn ich arbeite. Selbst im Dienst kommt es manchmal vor, dass ich was trinke. Obwohl ich dann darauf achte, mich zumindest nicht zu betrinken.«
Die Getränke kommen. Suzanne hebt ihr Glas: »Auf das Wohl von Bors Jelzin«, sagt sie mit russischem Akzent und sonorer Stimme.
Trinkpause.
»So, so ... Und haust Du Dir auch andere Sachen rein? Oder nur Alkohol?«, vielsagende Kreisbewegungen rund um die Nasenspitze.
»Solange ich im Dienst bin: alles was gut kommt. Am häufigsten eigentlich Surrogate von Kokain, die gibt's gleich um die Ecke.«
»Und wenn Du nicht im Dienst bist?«
»Dann nie Koks. Das macht mich nervös, höchstens wenn ich viel Alkohol getrunken habe oder morgens gegen den Kater, aber dann versuche ich eigentlich eher mit Fruchtsäften und heißem Kaffee klarzukommen. Für mich privat nehme ich eher mal Downer. Im Grunde bin ich Trinker. Was noch ...? Halluzinogene habe ich noch nie genommen, nicht mal im Dienst ... Die machen mir Angst, wie die Psychopathen. Ich glaube, damit wäre mein toxikologischer Befund komplett.«
»Dazu noch der Tabak ...«
»Okay, ich rauche auch noch. Lucky Strike. Aber das

mache ich nur, weil mir das Design der Päckchen so gut gefällt.«
Pause.
»Sag mal, weißt Du eigentlich, dass Du ein ziemlich schräger Vogel bist?«
»Och, verglichen mit Boris Jelzin ...«
»Ja, ja, klar ... Aber ich nehme an, Dein Leben hat auch seine positiven Seiten ...«
»Ja, das Beste daran ist, sich für etwas einzusetzen. Aber mittlerweile füllt es mich nicht mehr richtig aus. Ehrlich gesagt, ist das schon seit einigen Jahren so. Ich habe Dir doch auf der Burg erzählt, ich glaube, es war das Erste, worüber wir geredet haben: Ich bin über vierzig und nicht zufrieden mit meinem bisherigen Leben. Die Kindheit war ein einziger Alptraum. Jetzt habe ich noch nicht mal richtige Freunde, habe eine Wohnung gemietet, in der ich nicht mal zwanzig Nächte im Jahr schlafe und verdiene mir das Leben damit, so zu tun, als wäre ich ein anderer, und das unter unangenehmen, manchmal auch sehr gefährlichen Menschen ... Und in meiner freien Zeit fällt mir nichts Besseres ein, als zu trinken. Am liebsten so, dass ich mit niemandem reden muss, in irgendeiner ruhigen Kneipe.«
»Im Ernst? Redest Du nicht gern mit jemandem?«
»Über was? Fußball?«
»Nicht unbedingt Fußball. Was weiß ich ... Über Deine Sachen.«
»Gut, manchmal rede ich mit Barkeepern. Barkeeper haben den großen Vorteil, dass du sie nur siehst, wenn du sie sehen willst. Aber wenn du sie brauchst, weißt Du, wo du sie findest. In dieser Hinsicht sind

sie Freundschaften meilenweit überlegen. In meinem Alter vertraut man sowieso niemandem mehr richtig.«

»Mit dem Alter hast Du es aber ...«

»Es spielt eine wichtige Rolle.«

»So sehr auch wieder nicht.«

»Ach? Du hast mich die ganze Zeit gesiezt, als wir uns das erste Mal sahen ...«

»Ich sieze alle Leute, mit denen ich im Institut zu tun habe, selbst wenn mein kleiner Bruder dort aufkreuzen würde. Außerdem hast Du nicht gemerkt, dass ich mich albern fühlte, als wir uns das erste Mal gesehen haben.«

»Ach, echt? Erzähl mal genauer ...«

»Na ... hmm, ich war da irgendwie befangen: ein Chefinspektor mit grauem Bart, der eine Ausstrahlung hat wie Indiana Jones ... Während ich einen blöden Witz erzähle und den Clown spiele. Wie immer.«

»Stimmt, ich wüsste zu gern, wie der Witz geht, denn ich habe kein Wort verstanden.«

»Den erzähl ich Dir ein andermal, wenn Dein Englisch ein bisschen besser ist ...«

»So, so ... Indiana Jones ...«

»Ja, mit Bart. Ohne siehst Du aus wie James Bond ... Weißt Du, was Debie gesagt hat, als Du weg warst?«

»Was ...?«

»Dass sie Dich auch nicht gerade von der Bettkante schubsen würde ... Und kannst Du Dir vorstellen, was ich ihr dazu gesagt habe? Ach, das sag ich lieber nicht. Das ist mir peinlich ...«

»Das habe ich ja gar nicht gemerkt ...«

»Anständige Mädchen zeigen so was ja nicht ... Obwohl … Hier könnte es passieren, dass Dir eine Amerikanerin aus bestem Hause an den Hintern geht, wenn Du nicht aufpasst. Aber ich bin eben keine Nordamerikanerin.«

»Sehr erfreulich … Ich mag es nämlich überhaupt nicht, wenn mir jemand an den Hintern grapscht. Außerdem bin ich heilfroh, dass ich auf die Idee gekommen bin, bei Dir das Stipendium zu beantragen, auch wenn das heißen würde, dass ich noch ein ganzes Jahr bei der Polizei bleiben müsste.«

»Möchtest Du kein Polizist mehr sein?«

»Nee … Ich glaube nicht. Zumindest nicht die Sorte Polizist, die ich bisher war.«

»Hast Du nicht gesagt, Du wärst ein alter Drachentöter?«

T zuckt mit den Schultern.

»Ich bin müde, und ich bin zu alt für diese Arbeit …«

»Oh, oh, schon wieder das Alter …«

»Also gut, nicht nur wegen des Alters … Ich hätte gern ein eigenes Leben, ein authentisches … Ich will nicht immer jemand sein, der ich nicht bin und Namen tragen, die nicht meine sind. Weißt Du, wie ich dort heiße? Alle nennen mich ›T‹. Nicht einmal die Kollegen nennen mich bei meinem vollen Namen. Ich bin einfach nur T. Bis jemand etwas anderes anordnet.«

Suzanne sieht für einen Augenblick ernst aus, und T sieht einen flüchtigen Moment lang wieder Bellinis Gemälde in ihr.

»Und was für Sachen machst Du da so? Was für Fälle ermittelst Du …?«

»Alles Mögliche, aber etwas Angenehmes ist nie darunter ... Zwei Tage bevor ich losgeflogen bin, kam die Meldung von einem ziemlich fiesen Mord in San Juan del Horlá rein. Das liegt in den Bergen im Norden. Dort haben sie eine Frau gefunden, die in einem abgelegenen Schlachthof in alle Einzelteile zerlegt und verwurstet wurde ... Solche Sachen. Kannst Du Dir das vorstellen?«

»Das mag ich mir ehrlich gesagt gar nicht vorstellen. Sag mir lieber mal, was Du stattdessen gern machen würdest ...«

»Jetzt sag ich ›Puh‹.«

»Na, komm, lass Dir was einfallen ...«

»Ein alter Kindheitstraum von mir war, Bäcker zu werden. Oder Taxifahrer ...«

»Wie kommst Du denn auf Bäcker oder Taxifahrer?«

»Ich weiß auch nicht, das sind halt so Träume ... Ich glaube, Bäcker fand ich immer gut, weil es so handfest und nützlich ist. Gleichzeitig ist es ein fast mythisches Handwerk. Das Brot ist doch das Symbol für Nahrung schlechthin. Bäcker haben in diesem Sinn etwas von einem Hierophanten.«

»Das ist ja hier fast wie in der Schule. Wer zum Teufel ist denn nun schon wieder ein ›Hierophant‹?«

»Eine Art Oberpriester, der die alten Bräuche zelebrierte ... Und dann die Vorstellung von der Hitze der Backöfen, im Hemd rumzulaufen, während es draußen auf der Straße schneit ... Das ist für mich eine sehr sinnliche Vorstellung.«

»Und wie kommst Du auf die Idee, Taxi zu fahren?«

»Das ist wahrscheinlich so etwas Ähnliches. Die Psychos bei uns von den Kriminalwissenschaften würden wahrscheinlich von den Anzeichen für intrauterines Heimweh sprechen: Während es draußen regnet, durchquere ich in meiner klimatisierten Blase die Stadt ... Stereomusik, ein weicher Airbag und ich am Lenkrad ...«

»Mehr braucht es nicht, damit Du die dreifachen Whisky sein lässt? Ein anderer Job? Bei der Polizei aufhören und Taxi fahren?«

«Ich würde mal denken, dass da noch ein paar andere Dinge dazukommen müssten.«

»Zum Beispiel ...?«

»Okay, okay, ich weiß, worauf Du hinaus willst. Die Antwort ist: ›ja‹.«

»Fantastisch! Wunderbar! Meine Begeisterung wäre grenzenlos, wenn Du mir nun auch noch die Frage verraten würdest.«

»Ob ich Kinder möchte, Familienvater sein will ..., oder was?«

»Wie kommst Du bitte schön auf die Idee, dass ich Dich danach fragen wollte?«

»Erstens: bist Du eine Frau. Das heißt, es ist überaus wahrscheinlich, dass Du Dich für solche Fragen interessierst. Zweitens: bist Du vierundzwanzig Jahre alt. Das heißt, es ist überaus wahrscheinlich, dass Du Dich für solche Fragen interessierst.«

»Und wie war noch mal die Antwort? Ich kann mich gar nicht mehr erinnern?«

»Was denkst Du Dir eigentlich? Als das 21. Jahrhundert anbrach, war ich schon nicht mehr der Jüngste. Und als die anderen Leute in meinem Alter Platten von Kaka de Luxe hörten, wurde ich in der Polizeiakademie einkaserniert ... Das hatte zur Folge, dass ich etwa um die Jahrhundertwende stehengeblieben bin, auf dem Niveau einer Provinzstadt wie Santander oder sagen wir Sligo ...«

»Hast Du nicht vor ein paar Stunden noch behauptet, dass Du gern ein Apartment im East Side hättest? Und warst Du vorhin nicht zu *sophisticated* für Sligo?«

»Wenn ich Dich richtig verstanden habe, willst Du jetzt wissen, wer ich gern sein würde und nicht, wer ich bin. Abgesehen davon können Widersprüche eine Form von *sophistication* sein, findest Du nicht? Sonst ist man doch sehr einfach gestrickt, wenn man immer in sich stimmig wäre. Die interessanteste Frage aber ist die: ›Kann ich der Mann werden, der ich gern sein würde, wenn ich zu dem Mann geworden bin, der ich jetzt bin?‹ Oder allgemeiner noch: ›Bis zu welchem Punkt sind wir von unserer Vergangenheit geprägt?‹«

»Nicht mehr als man will.«

»So ein Quatsch.«

»Wieso?«

»Nehmen wir ein Beispiel. Ich werde diese Stadt in Zukunft immer irgendwie vermissen. Falls ich nie wieder hierher zurückkomme, werde ich notwendig davon träumen, wieder einmal hierherzukommen. Und Dich werde ich ab jetzt auch immer vermissen, wenn ich Dich nie wiedersehen dürfte.« Mit ironischerem Tonfall: »An Dir bleibt man ganz schrecklich doll kleben. Hast Du das schon öfter gehört?«

Suzanne macht die Geste für Koketterie, die sie immer macht, und wischt sich eine imaginäre Strähne aus der Stirn.

»Noch nie von einem vierzigjährigen Polizisten in der Midlife-Crisis.«
»Dreiundvierzigjährigen.«
»Okay, dreiundvierzig.«
In der Zwischenzeit sind die Musiker auf der Bühne erschienen und bereiten sich auf ihren Auftritt vor. Der Gitarrist zupft ein bisschen *funky* ambientmäßig herum, und der Schlagzeuger wirbelt zunehmend weniger schüchtern an den Trommeln.
»Falls wir hierbleiben, bis sie anfangen, müssten wir auch bis zum Schluss bleiben, fürchte ich«, sagt T und trinkt schnell den zweiten Whisky aus, »es sind so wenige Leute da, dass es fies wäre, mitten im Konzert zu gehen ...«
»Umso besser, dann kannst Du mir mehr Dinge erklären, also los ...«
»Von wegen, ich habe mich Dir schon genug anvertraut. Jetzt bist Du erst mal dran, Dein Mysterium zu lüften.«
»Welches Mysterium denn ...?«
»Ach, wahrscheinlich ist es besser, gar nicht erst darüber zu reden. Hast Du den Film von Alejandro Amenabar gesehen über die Geister, die nicht wissen, dass sie welche sind?«
»Wenn Du mich neugierig machen willst, könnte es passieren, dass ich Dir gleich 'ne Flasche über die Rübe ziehe ...«
»Okay, dann aber auf Deine Verantwortung ... Allerdings muss das Gläschen hier erst noch einmal präpariert werden. Ich hasse es, auf dem Trockenen zu sitzen und Reden zu schwingen.«
Suzanne macht ein ungeduldiges Gesicht. Sie sieht aus

wie eine Verrückte, die ihre tadellos rund geschnittenen Fingernägel abknabbert ... Vom Nagellack des Vortags fehlt jede Spur. Heute Nacht glänzen sie einfach nur.

***

Die Musiker legen mit einem besonders faden Bebop los, während der Kellner T etwas Whisky nachschenkt. Suzannes Southern-Comfort-Glas ist noch halbvoll. Als er weg ist, holt Suzanne zwei Zigaretten aus dem Päckchen, steckt T eine davon zwischen die Lippen und sagt: »Na los, nun erklär mir das mal genauer mit meinem phantasmagorischen Mysterium.«
T lässt sich ein paar Sekunden Zeit und stößt den Rauch aus.
»Du bist Dir ganz sicher, ja?«
Sie macht erneut ein Gesicht wie eine durchgedrehte Totschlägerin.
»Gut, gut ...«
»Hast Du schon mal was von einem gewissen Giovanni Bellini gehört?«
Suzanne zieht die Augenbrauen hoch.
»Sagt mir im Moment gar nichts. Der berühmte Pastafabrikant?«, dabei sieht sie aus, als kämpfe sie mit verknoteten Spaghettis.
»Fast: ein Maler aus der Renaissance, Sohn und Bruder weiterer Bellinis, die ebenfalls berühmte Maler waren. Speziell dieser Giovanni war der erste Meister von Tizian und wurde als alter Mann dann dessen Schüler. Ein beispielloser Fall von Bescheidenheit. Hattest Du keine Kunstgeschichte in Deinem Studium? Er ist bekannt als der Vater der Venezianischen Schule ...«

»Okay, ich werde meine Mitschriften in Kunstgeschichte noch mal sorgfältig daraufhin ansehen, und jetzt verrat mir bitte, was der sogenannte Vater der Venezianischen Schule mit mir zu tun haben soll.«
»Er hat sehr viel mit Dir zu tun, weil er 1510 Dein Portrait gemalt hat.«
»Er hat mein Portrait gemalt? Zu liebenswürdig ...«
»Ein Portrait von Dir, von Deiner Wenigkeit.«
»Oh ... Das sagst Du nun aber sicher jeder ...«
»*Madonna mit Kind vor einer Landschaft*, Pinacoteca di Brera, 85 x 118 cm, Öl auf Holz, schau es Dir mal im Internet an. Dann siehst Du Dich mit einem etwa zweijährigen Jungen auf dem Schoß. Dein Gesicht ist ein bisschen voller, als hättest Du ein klein wenig zugenommen ... Aber das ist ja auch nicht so erstaunlich.«
»Mhm ... Ist ein *Chelsea boy* mit Rollerblades auch mit drauf?«
»Willst Du die Geschichte nun hören oder nicht?«
»Gut, gut. Aber verrate mir doch bitte zuerst mal, wieso Du Dich mit diesem Bild so gut auskennst: Wieso hast Du denn die Maße, Daten und all das im Kopf?«
»Das ist doch das Mysterium. Es ist fast ein bisschen unheimlich. Als ich sechs, sieben Jahre alt war, habe ich mir das Bild ganz oft angeschaut, manchmal stundenlang. Es gab eine gerahmte Reproduktion, und der Titel und die anderen Angaben standen unten am Rand. Ist das nicht ein wahnsinniger Zufall?«
»Mmm ... ein mittelprächtiger Zufall.«
»Mittelprächtig? ... Fünfhundert Jahre nachdem Bellini Dich gemalt hat, und fast vierzig Jahre nachdem ich Dich stundenlang auf einer Reproduktion angesehen

habe, komme ich in diese Stadt, auf die andere Seite des Atlantiks, betrete ein Büro in der 42. und sehe Dich wieder.«

Pause. Die Musiker und ihr Bebop. Suzanne ist ernst geworden.

»Du übertreibst es garantiert mit der Ähnlichkeit ...«

»Schau es Dir im Internet an, und dann reden wir weiter. Auf dem Bild ist dein Gesicht ein klein wenig voller, wie gesagt, und außerdem siehst du ernster aus als gewöhnlich, fast ein bisschen so, als wärest Du schlecht gelaunt gewesen. Als hättest Du Besseres zu tun gehabt, als für Bellini zu posieren. Ich bin mir nicht ganz sicher, aber es sieht auch so aus, als wärest Du auf dem Bild ein klein wenig älter als jetzt, nicht viel ... vielleicht ist die Differenz etwa die des Alters des Kindes.«

»Puh ... so langsam wird es mir auch ein bisschen unheimlich ...«

»Als ich Dich im Institut zum ersten Mal gesehen habe, schlug mir das Herz bis zum Hals ...«

Suzanne schaut T stirnrunzelnd an.

»Sag mal, so etwas Ähnliches ist Dir nicht rein zufällig schon häufiger passiert ...?«

»Du bist ja gut. Denkst Du, ich wäre so durchgedreht und würde überall rumrennen und die Frau von dem Gemälde suchen?«

»Wo hast Du als Kind das Bild gesehen?«

»Bitte, spiel jetzt nicht schon wieder die Psychologin ... Im Vorraum eines Arbeitszimmers.«

Pause. Die Musiker im Hintergrund.

»Es muss sehr speziell gewesen sein, wenn Du Dich immer noch so genau daran erinnerst ...«

»Ich kann mir genau vorstellen, was Du jetzt denkst:

›Patient ohne Mutterbindung ist besessen von einer weiblichen Ikone, die er in einem traumatischen Augenblick seiner Kindheit gesehen hat. Jahre später glaubt er, sie in jeder x-beliebigen Frau leibhaftig wiederzuerkennen‹ …« In bedächtigerem Tonfall: »Schau Dir das Bild doch erst einmal an, echt. Du wirst merken, dass es aus mehreren Gründen ein besonderes Bild ist. Die Frau auf dem Gemälde, besser gesagt, Du, ihr habt beispielsweise überhaupt nicht viel vom Schönheitsideal der Renaissance. Es gibt Madonnen aus dieser Zeit, die uns heute eher hässlich vorkommen, weil sie so eigenartig aussehen. Und selbst die Madonnen, die uns heute noch besonders schön vorkommen, wie etwa die von Rafael, Andrea Mantegna oder eben die von Bellini gehören eher in die antike griechisch-römische Tradition: kaum Kanten, kleine Gesichtszüge, schmale, rosafarbene Lippen … Mit einem Mal, als er bereits über siebzig Jahre alt ist, entdeckt Bellini ein Loch in der Zeit und malt eine junge Schönheit des 21. Jahrhunderts … Er hat so etwas nie zuvor und auch nie wieder gemacht. Auch seine Zeitgenossen nicht.« T schaut Suzanne fest an, während er redet. Seine Stimme ist bedeutungsschwanger und langsam geworden. Ja, sie ist feierlich. »Diese Frau bist Du, Suzanne, da habe ich nicht den geringsten Zweifel, und ich habe Dich endlich gefunden …«
Suzannes Augen sehen aus wie fliegende Untertassen. T rückt näher an sie heran und streicht ihr mit dem Handrücken über die Wange. Sie lässt es zu, nicht aber, ohne sich ein wenig zurückzuziehen.
»Weißt Du, wer das Jesuskind ist, das Du in den Armen

hälst? Weißt Du wessen Gesicht es hat?«, sagt T und flüstert fast dabei.
Suzanne schluckt.
»Wer?«
T macht eine gewichtige Pause und kommt dicht an Suzannes Ohr heran. Dann murmelt er mit phantasmagorischer Stimme:
»Alejaaandro Amenaaábar.«
Suzanne blinzelt. Für einen Moment wirkt sie konfus. Ts Lächeln wird breiter, dann holt er Luft wie Hannibal Lecter, bevor das Lachen laut aus ihm herausplatzt. Suzanne zeigt eine übertriebene Gefühlsregung als Reaktion und versetzt ihm einen Schlag.
»Du bist vielleicht ein Hammel, ich glaub Dir kein Wort mehr.«
T lacht noch immer. Suzanne trinkt einen Schluck Whisky, entspannt sich nach und nach und geht auf das Spiel ein. Sie sei aber auch ein Dummkopf gewesen und hätte sich fast wirklich ein bisschen gegruselt ... Der Alkohol hat bei beiden seine Wirkung getan, und schon bald sitzen sie wieder einträchtig beisammen. Nach und nach haben sich die Tische gefüllt. Man hört das Raunen der Gespräche. Niemand achtet auf die Musiker, die ein Lied nach dem anderen abspulen, ohne dabei allzu sehr zu nerven.
»Schreib doch mal die Geschichte eines gefährlichen Verrückten auf, der Bellinis Madonna sucht ...« Pause. »Woher weißt Du eigentlich so viel über Malerei ... Von Andrea Mantegna und so?«
»Von Malerei verstehe ich etwa so viel wie von Forellenbächen. Aber seit Jahren tue ich nichts anderes, als so zu tun, als wüsste ich, was ich nicht weiß. Und viceversa.«

»Ich hätte Dir fast geglaubt. Dabei ist die Geschichte so unglaubhaft ...«
»Darf ich Dir etwas gestehen?«
»Was?«
»Es ist wirklich Alejandro Amenábar.«
»Ja, ja ...«
»Geh morgen mal ins Internet und schau Dir das Gesicht an.«

Um zehn geht der Kommissar hinunter in den ersten Stock in die Cafeteria, um sein *Bocadillo* zu essen. Er ist fast fertig, als Rodero auftaucht, der ihn schon von weitem mit einer Handbewegung begrüßt. Der Kommissar grüßt zurück. Er ist noch felsenfest davon überzeugt, dass sie kein Wort miteinander wechseln werden, als Rodero an seinen Tisch kommt.
»Der Bart steht ihnen gut ...«
»Guten Tag«, sagt der Kommissar, aber selbst in seinen Ohren klingt der Ton zu kühl, der ihm herausgerutscht ist, deshalb fügt er hinzu: »Hier ist das Frühstück besser als drüben bei Ihnen, nicht wahr?«
»Ich bin gar nicht zum Frühstücken hier, sondern wollte mit Ihnen reden ... Ihr Assistent hat mir gesagt, dass Sie hier sind. Stört es Sie, wenn ich mich setze?«
»Nein ... Möchten Sie etwas trinken? Ich werde mir noch einen *Café cortado* bestellen ...«
»Das übernehme ich ...«
Rodero geht an die Theke und kommt kurz darauf mit einer Tasse für den Kommissar und einem Fläschchen Wasser für sich zurück: »Wissen Sie, ich habe über die Unterhaltung nachgedacht, die wir vor einer Woche geführt haben. Interessant ...«
Der Kommissar gestattet sich einen Hauch Sarkasmus: »Ach wirklich? Ich hatte den Eindruck, dass Silben und Derartiges in Ihren Augen etwas für Psychos sind ...«
Rodero merkt es nicht.
»In der Zwischenzeit habe ich auch mit einem geredet ... Ich habe ihm eine Kopie von dem Fax weiter-

geleitet, das Sie mir schickten ... Ich denke, Sie haben Recht. Wir können uns nicht darauf beschränken, der Spur der Schweine zu folgen. Der Datenabgleich hat uns auch nicht wirklich weitergebracht.«

»Vielleicht ist auch nur die Computeranlage ein bisschen veraltet ... Die dürfte schon ein paar Jährchen auf dem Buckel haben, nicht wahr?«

Rodero hat wieder nichts gemerkt.

»Nein. Das scheint mir kein Problem der elektronischen Datenverarbeitung zu sein ... Ich erwäge derzeit die Möglichkeit, einen verdeckten Ermittler nach San Juan del Horlá zu schicken.«

Rodero wartet still die Reaktion ab. Der Kommissar lässt sich mit der Antwort Zeit. Er schüttet den Zucker in seinen *Cortado* und rührt mit dem Löffelchen darin herum.

»Ich sehe noch nicht, was wir damit gewinnen würden«, sagt er schließlich.

»Wenn es uns gelingen würde, jemanden in den Schlachthof einzuschleusen, hätten wir eine ganze Menge gewonnen.«

»Wenn Sie einmal vor Ort gewesen wären, würden Sie wissen, dass jeder, wirklich jeder, der sich jetzt dort meldet, um im Schlachthof zu arbeiten, sofort unter dem Generalverdacht stehen dürfte, für die Polizei zu arbeiten.«

»Es wird schwierig, das ist mir klar. Es dürfte ja schon schwer genug sein, jemanden auf Dauer dort zu halten. Nicht nur im Schlachthof, sondern auch im Dorf. Aber ich habe da eine Idee.«

»Oho, eine Idee!« Der Kommissar schaut über den Brillenrand, während er den Kaffee schlürft.

»Wir arbeiten mit einer doppelten Doppelidentität … Wir brauchen zwei Masken auf dem Gesicht. Jemand ist ein anderer, als er ist. Falls er enttarnt wird, ist er aber immer noch nicht der, der er zu sein scheint. Können Sie mir folgen? Ein bisschen so etwas wie ein Doppelagent.«

Der Kommissar wartet, bis er die Tasse abgestellt hat, bevor er redet: »Ich kann Ihnen folgen, aber die Geschichte ist so kompliziert, dass ich mir nicht konkret vorstellen kann, was Sie meinen.«

Rodero dreht das Bonbon im Mund herum, wodurch seine Zähne klingeln. Er lehnt sich ein wenig im Stuhl zurück und stützt sich auf die Armlehnen.

»Sie kennen den Schriftsteller Quique Aribau, nicht wahr? Er erzählte mir, dass er über Sie zu uns gekommen sei.«

»Ja …«

»Just dieser Quique hat mich, ohne es zu wollen, auf eine gute Idee gebracht. Sehen Sie, am Freitag war er bei uns und erzählte, dass er umgezogen sei. Nicht nur das. Er wolle künftig kein einziges Interview mehr annehmen, damit ihn niemand aus seiner neuen Umgebung erkennt. Auf mich wirkte das ein wenig paranoid. Ich sagte ihm, dass ich jeden Tag in den Zeitungen das Foto eines Schriftstellers oder Musikers sehe oder von wem auch immer, und nie im Leben in der Lage wäre, einen von ihnen auf der Straße zu erkennen. Darauf sagte er etwas, das mich nachdenklich machte. Er meinte, dass man jemanden nicht wiedererkennt, den man auf einem Foto sieht, solange es ein Foto von jemandem ist, den man nicht kennt, der einem nichts sagt. Den vergisst man sofort wieder. Un-

mittelbar dagegen erkennen wir all diejenigen auf einem Foto, die wir persönlich kennen. Können Sie mir folgen?«
Den Kommissar irritiert die Angewohnheit Roderos, seinen Gesprächspartner zu fragen, ob er seinem Gedankenfang folgen könne. Eine impertinente Floskel, wie er findet.
»Ich kann ihren Ausführungen problemlos folgen: Wenn man jemanden persönlich kennt, hat man seine Züge in vielen Situationen gespeichert und erkennt sie deshalb unmittelbar auf dem Foto wieder. Die zu einem Bild gefrorene Fotografie dagegen hinterlässt wenige mnemotechnische Spuren. Einmal abgesehen von speziellen Umständen. Daher würde man die Person zu einem späteren Zeitpunkt nicht wiedererkennen. Verstehen Sie, was ich meine?«
Der Kommissar hat seine eigene Floskel ausgepackt, um sich eines gegenseitigen Verständnisses zu versichern.
»Genau. Das ist interessant, nicht? Das fällt einem erst auf, wenn man anfängt, darüber nachzudenken …«
»Gut. Was ich aber noch nicht sehe, ist, wohin uns die Reise führen soll.«
»Das hat mich auf eine zündende Idee gebracht. Stellen Sie sich vor, Quique wäre nicht ein Schriftsteller, der unerkannt bleiben will, sondern in Wirklichkeit ein Geheimagent der Polizei, der in ein Bergdörfchen entsendet wurde, um einen Mord aufzuklären.«
Der Kommissar denkt einen Augenblick darüber nach.
»Ich sehe nicht, was wir durch einen Agenten gewinnen, der sich als … was weiß ich … als Ex-Junkie ausgibt, der ein wenig frische Luft schnappen will.«

»Irrtum. Es gäbe eine Reihe von Vorteilen. Es fängt mit etwas ganz Subtilem an: Es ist immer einfacher, etwas zu verbergen, was gar nicht der Fall ist. Können Sie mir folgen? Beispielsweise wird es einem verdeckten Ermittler leichter fallen, so zu tun, als wolle er vertuschen, dass er Schriftsteller ist … Statt zu überspielen, dass er für uns arbeitet. Wenn wir einen Agenten entsenden, der sich als heroinsüchtig ausgeben soll, hätten wir das Problem, dass er eine Scheinidentität aufrechterhalten muss. Schicken wir dagegen jemanden, der so tut, als wolle er nicht, dass man erfährt, dass er Schriftsteller ist, obwohl er in Wirklichkeit zur Polizei gehört, liegen die Dinge viel einfacher. Erstens stattet uns diese doppelte Vortäuschung mit einer Art Plan B aus, für den Fall, dass unser Mann in seiner Rolle als Nicht-als-Schriftsteller-erkannt-werden-Wollender enttarnt wird. Können Sie mir folgen? Wenn jemand ahnt, das er in Wirklichkeit nicht ein Nichtschriftsteller ist, können wir dafür sorgen, dass er als Schriftsteller auffliegt und nicht gleich als Geheimagent, okay? Zweitens, wird die Versuchung deutlich geringer sein, einen bereits Enttarnten nochmals zu enttarnen, okay? Und zusätzlich haben wir es damit in der Hand, zu entscheiden, wann es sinnvoll ist, unseren Mann scheinbar enttarnen zu lassen. Wir müssen lediglich eine Zeitschrift ins Dörfchen einschleusen, in der er als Schriftsteller zu sehen ist. Oder ein Buch mit seinem Foto auf dem Umschlag oder so etwas Ähnliches. Niemand würde sich wundern, ihn nicht viel früher erkannt zu haben, weil sie ja in der Regel niemanden erkennen, den sie einfach vorher noch nicht kannten.«

Der Kommissar sagt nichts. Er kratzt sich ein bisschen am Bart, wiegt leicht den Kopf … Aber Rodero erwartet mehr als diese Gesten.

»Was halten Sie davon?«

»Eine komplizierte Konstruktion. Und ich bin mir auch noch nicht ganz sicher, ob ich sie in all ihren Auswirkungen verstanden habe.«

»Je komplizierter, desto besser. Das ist ja gerade unser Vorteil. Ich habe lang und breit darüber nachgedacht. Ich finde es perfekt.«

»Das Ziel muss aber doch sein, jemanden in den Schlachthof einzuschleusen, nicht wahr? Und soweit ich sehe, dürfte es nicht viel einfacher werden, einen verdeckten Schriftsteller in einen Schlachthof einzuschleusen als einen verdeckten Ermittler. Niemand ist scharf darauf, einen Schriftsteller in seinem Betrieb zu haben, der dort herumschnüffelt. Einmal abgesehen von uns … Das aber hat damit zu tun, dass wir nichts Illegales zu verbergen haben. So wie die Dinge liegen dürften, scheinen wir da die Einzigen zu sein.«

»Oh, Sie dürfen nicht vergessen, dass die Enttarnung als Schriftsteller lediglich unser Plan B ist. Im besten Fall wird es nie dazu kommen. Falls es aber dazu kommen sollte, womöglich erst nach einigen Monaten, hätten wir eben unsere Vorteile. Dazu kommt noch ein weiterer Punkt: Unterschätzen Sie die Eitelkeit der Menschen nicht.«

»Die Eitelkeit?«

»Die Eitelkeit, ja. Der überwiegende Teil der Menschen wird mit dem größten Vergnügen vor einem Schriftsteller die Hosen herunterlassen. Voller Begeisterung werden die ihm alles Erdenkliche ausplaudern. Bei Polizisten sind alle vorsichtig und zurückhaltend, aber schauen Sie doch nur, wie die Leute sich darum prügeln, vor dem Mikrofon eines Journalisten aus dem Nähkästchen zu plaudern. Haben Sie keinen Fernseher zu Hause? Das funktioniert doch ganz einfach: Dem erstbesten Schwachkopf werden fünfzehn Minuten im Rampenlicht eingeräumt, in denen er Skandalöses, Gemeines oder Indiskretes erzählen darf. Je indiskreter oder skandalöser oder hinterfotziger, desto mehr Aufmerksamkeit bekommt der Schwachkopf.«

Pause.

»Ich weiß nicht … Mir gefällt das nicht«, sagt der Kommissar.

Rodero beugt sich zurück und holt noch ein Bonbon hervor. Er sieht ein wenig irritiert aus.

»Also, was genau gefällt Ihnen daran nicht?«

»Das fängt schon damit an, dass mir niemand einfällt, den ich dorthin schicken wollen würde, weder im Morddezernat noch sonst wo werden sie jemanden finden, der Erfahrung mit solchen Orten und solchen Leuten besitzt. Wir wissen, wie wir mit Glatzen, mit Terroristen, mit Dealern und Betrügern aller Art umzugehen haben, aber ich glaube kaum, dass es derzeit bei uns auch nur einen einzigen Mann gibt, der die Voraussetzungen mitbringt, um völlig isoliert in einem Nest von 300 Einwohnern zu arbeiten. Das sind 24 Stunden am Tag und sieben Tage in der Woche und das womöglich über Monate.«

»Ich denke, dass wir den richtigen Mann dafür haben.«

»Ah ja? Wen denn?«

»T.«
»T?« Der Kommissar ist sprachlos. Er lehnt die Idee kategorisch ab: »Auf keinen Fall! Außerdem ließe sich das derzeit mit ihm gar nicht machen. Er hat sich gerade erst vor zwei Monaten ein Sabbatjahr genommen … Es ist nicht einmal sicher, ob er danach in dieser Form zu uns zurückkehren wird, und ich würde ihm auch dringend von dieser Geschichte abraten. Ich werde ihm empfehlen, sich für eine Stelle als Kommissar zu bewerben, und von nun an in einem Büro zu bleiben. Er hat schon oft genug seinen Arsch riskiert.«
»Immerhin hat er gerade die Rückkehr als Chefinspektor ins Morddezernat beantragt.«
Der Kommissar schaut Rodero ungläubig an.
»Wann …?«
»Er hat mich gestern aus irgendeinem Nest in Irland angerufen, um zu hören, ab wann er schnellstmöglich wieder bei uns anfangen kann. Gestern bekam ich komischerweise gleich zwei Anrufe aus Irland … Da wurde offenbar in Sligo die Leiche einer jungen Frau gefunden, die noch nicht identifiziert ist. Vermutlich eine Prostituierte. Interpol hat den Verdacht, dass ihr letzter Kunde entweder aus Spanien oder den USA kommt. Im Moment machen sie doch viel Wind um die Pollenanalysen. Da wurden jedenfalls Pollen von irgendeiner Akazie gefunden, die nur an der Küste der Vereinigten Staaten wachsen soll und gleichzeitig fanden sie Abdrücke von Schuhen, die wiederum in Spanien im Handel sind.«
Der Kommissar hat gar nicht mehr richtig zugehört, was ihm da von Akazien und irgendwelchen Schühchen berichtet wird.

»Denken Sie wirklich ernsthaft darüber nach, T nach San Juan del Horlá zu entsenden?«

***

Mittwoch. Kurz vor dem Abendessen in der Küche. Mercedes, die Frau des Kommissars, wischt die Schranktüren ab. Sie klettert die dreistufige Leiter hinauf und hinunter, um zwischendurch das Wischtuch im Seifenwasser auszuspülen. Der Kommissar sitzt an einem Tisch im Büro und versucht sich, auf den Vergleich von Automobilen zu konzentrieren: Audi *versus* Mercedes *versus* BMW. Als er sich die letzte Seite angesehen hat, macht er die Zeitschrift wieder zu, faltet die Hände und legt sie auf das Heft. Für einige Zeit beobachtet er schweigend seine Frau, die mit dem Rücken zu ihm auf dem Leiterchen steht. Sie keucht ein wenig von der Mühe, die Türen trockenzureiben.

»Mercedes ...«

»Was?«

»Darf ich Dich etwas fragen?«

»Was meinst Du?«

»Nichts, nur ob ich Dich etwas fragen darf.«

Sie dreht sich einen Moment um und schaut ihn an.

»Seit wann fragst Du mich um Erlaubnis, ob Du mich nichts Bestimmtes fragen darfst?«

»Es geht, um ... Es geht um etwas, worüber wir eigentlich nie reden.«

»Meine Güte, jetzt machst Du es aber spannend. Was ist Dir denn nun schon wieder eingefallen? Also, was gibt's ...?«

»Na … Ich würde gern wissen, warum wir eigentlich immer nur samstags miteinander schlafen …«
Sie dreht sich noch einmal mit dem Wischtuch in der Hand um und schaut ihn an.
»Ich sag's ja immer wieder: Mit dem Alter wird es immer bunter …«
»Schon gut, war ja nur eine Frage …«
»Es ist überhaupt nicht wahr, dass wir nur an Samstagen miteinander geschlafen haben …«
»Aber fast nur …«
»Was heißt hier ›fast‹?«
»Fast. An den Tagen, an denen es nicht vorgesehen war, hast Du mir einen Ellbogenstoß mitgegeben, wenn ich auf Dich zugegangen bin. Und dann gute Nacht. Deshalb habe ich es irgendwann gar nicht mehr versucht, es sei denn, es war Samstag oder ein Festtag oder so etwas …«
»Na klar, weil wenn es nach Dir gegangen wäre, wäre jeden Tag Festtag gewesen. Ihr Männer versteht halt nichts von diesen Dingen …«
Pause.
»Ach nein?«
»Nein. Man darf es damit nicht übertreiben. In diesem Leben muss man mit allem Maß halten.« Es quietscht, während sie über das Resopal wischt. »Den Fehler machen die Ehepaare heutzutage, und dann halten die Ehen nicht einmal mehr drei Jahre. Außerdem warst Du zu den Zeiten, als ich mit Ellenbogen arbeitete, auch nie mit einem Mal zufrieden …« Sie steigt von der Leiter, um das Wischtuch auszuwaschen.
»Ja, klar, ich war so gierig, weil wir es immer nur an Samstagen machten …«

»Nicht nuuur an Samstaaagen ...«
»An Samstagen und zu anderen festlichen Anlässen ... Jedenfalls bin ich schon lange nicht mehr dafür, es mehrmals hintereinander zu treiben ... Dafür müsste ich mir sowieso erst eine Packung Viagra besorgen ...«
»Das würde uns gerade noch fehlen: Viagra. Gott bewahre uns vor dem Bösen!«
»Eigentlich ging es um etwas ganz anderes: Warum nur einmal in der Woche und warum die Samstage?«
»Das stimmt einfach nicht ... Was willst Du mir denn damit sagen?«
»Nichts, es ist nur eine Frage.«
»Na schön, die habe ich Dir ja schon beantwortet«, sie steigt wieder auf die Leiter.
»Du meinst, dass wir Männer davon nichts verstehen, nicht wahr?«
»Genau das. Ihr seid ... Vielfraße, wie die Kinder. Wenn man euch keine Grenzen setzt, überfresst ihr euch an allem, bis ihr es nicht mehr sehen könnt.«
»Okay, das ist eine Antwort.«
Pause.
»Es sieht aber nicht so aus, als fändest Du sie sehr überzeugend ...«
»Nö, ist schon in Ordnung, dass Du in diesen Fragen das Sagen hast. Ich habe ja nur gefragt.«
»Und worauf wolltest Du in unserem Alter mit der Frage hinaus?«
»Ich weiß nicht ...« Pause. »Manchmal dachte ich, dass es Dir vielleicht gar nicht gefällt und Du es nur mir zuliebe machst.«
Sie dreht sich auf der Leiter um.
»Das hast Du gedacht?« Pause. Die Hände sind in die

Hüften gestemmt. »Hattest Du denn je den Eindruck, dass ich mich mit Dir nicht wohl fühle?«
»Das weniger … Eher so als könntest Du liebend gern darauf verzichten … Das meine ich.«
Pause. Putzen, quietschen, keuchen.
»Wir Frauen sind da anders.« Pause. »Aber eins kannst Du mir glauben: Ich hätte Dich und haargenau Dich nie geheiratet, wenn ich es nicht ganz genau so gewollt hätte. Es ist blöd, das zu sagen, aber ich hatte ja eine gewisse Auswahl. Außerdem steht fest …«
»Na ja, aber da wir es ja nie zusammen gemacht hatten, bevor wir verheiratet waren … Und als Du dann erst einmal verheiratet warst … Und ich war in diesen Dingen immer sehr einfach, wie Du weißt.«
Noch ein Blick.
»Hör mal, verheiratet hin oder her. Ich könnte Dir doch auch samstags einen Knuff mit dem Ellbogen geben, zumal in unserem Alter … Oder worauf willst Du hinaus? Jetzt sag bloß, Dir wäre nach ein bisschen mehr Akrobatik?«
»Ach was, ich mag es ja gern so wie es ist .. Aber wenn man ernst nimmt, was sie im Fernsehen immer sagen, was den Frauen so gefällt …«
»Hör mir bloß auf mit dem Fernsehen …«
»Ach, weißt Du …«
Sie steigt von der Leiter und stemmt die Hände samt Scheuerlappen in die Hüften.
»Was soll denn dieses ›Ach, weißt Du‹ … Was stellst Du Dir denn eigentlich vor? Glaubst Du, dass all diese Leute, die Dir im Fernsehen sonst was empfehlen, das wahre Glück einer Ehe kennengelernt haben? Die Intimität zwischen einer Frau und einem Mann hat nichts

damit zu tun, dass ...«, sie gestikuliert mit dem Scheuerlappen in der Hand, »... das ist doch kein Sport ... mit Apparaten und Techniken und komplizierten Geschichten.«
»Das ist mir klar ...«
»Also? Merkst Du denn nicht, dass ich Dich mit Küssen überhäufe?«
»Doch, doch«, der Kommissar senkt den Kopf.
»Der einzige Unterschied zwischen Dir und mir ist, dass Du mich davor küsst und ich Dich danach. Das ist aber auch der einzige Augenblick, in dem Du Dich küssen lässt, ohne gleich ...« Pause. Sie dreht sich wieder zum Schrank. »Was jetzt? Muss ich Dir noch irgendeine andere Geschichte erklären, oder darf ich jetzt in Ruhe zu Ende putzen?«
Schweigen. Im Wohnzimmer klingelt das Telefon. Der Kommissar steht auf und geht ans Telefon. Er redet ein paar Minuten und ruft dann so laut, dass es in der Küche zu hören ist: »Mercedes, Tomas ist am Apparat. Er ist gestern Nacht in Spanien angekommen. Ich habe gesagt, dass er Sonntag zum Essen nach Calabrava kommen soll ... Da sind wir doch dort, nicht?«
»Ja, ist gut ...«
Zwei Minuten später steht der Kommissar wieder in der Küche.
»Und? Was hat er gesagt?«, fragt Mercedes, die von der Leiter gestiegen ist.
»Nichts Besonderes, nur dass er gerade aus Dublin angekommen ist ... Er ist jetzt zu Hause.«
»Gütiger Gott, was für eine Art, sich in der Welt herumzutreiben ... Wie geht es ihm?«

»Keine Ahnung ... Gut ... Er wird es uns sicher am Sonntag erzählen.«
»Gut, dann mache ich eine Fischpaella, wie findest Du das?«
»Sehr gut, aber besser noch finde ich das am Samstag.«
»Jetzt hör mir aber auf mit diesem Unsinn, heute ist erst Mittwoch ...«

***

Nach dem Kuscheln am Sonntagvormittag in aller Frühe, geht der Kommissar allein hinunter zum Strand. Die unbeständige Sonne und ein leichter Wind haben seine Frau abgeschreckt. Das Wasser ist besonders kalt. Der Kommissar ist nur die paar Züge bis zu den Booten geschwommen und voll berstender Energie wieder aus dem Wasser gestiegen. Dann hat er sich so lang in die Sonne gelegt, bis die Sonntagszeitung ausgelesen war, fast eine Stunde.
Wieder zu Hause, unter der Dusche, ist ihm der Kontrast zwischen dem weißen Schaum der Seife und seiner Haut aufgefallen, die jenseits der Badehose deutlich gebräunt ist. Vielleicht sollte er sich eine kaufen, hat er überlegt, die über den Oberschenkeln kürzer ist und tiefer auf der Hüfte sitzt, um die weiße Zone kleiner zu halten.
»Hast Du gemerkt, dass ich brauner bin als Du?«, fragt er seine Frau, nachdem er sie gebeten hat, ihm den Rücken einzucremen. Aber nicht nur die Farbe der Haut hat sich verändert, auch seine Muskulatur. Er geht jetzt aufrechter. Der Bauch ist immer noch da und auch die Brust, unter deren Falten sich eine für die

Sonne unerreichbare weiße Linie abzeichnet. Aber er fühlt sich beweglicher. Als würde er etwas von seiner Athletik aus den Zeiten als Ausbilder in der Akademie zurückgewinnen. Er beäugt bisweilen seine Bizeps im Spiegel, wenn ihn seine Frau allein im Bad lässt. Die Muskeln sind kräftig, auch wenn sie sicherlich unter einer Schicht Orangenhaut liegen, aber es sind kräftige Muskeln, viel kräftigere als die von diesen Jugendlichen, die in ihren Muskelshirts angeberisch herumlaufen. Manchmal betrachtet er sich mit Stolz aus den Augenwinkeln im Spiegel, wenn er sich den Spitzbart stutzt, der zu guter Letzt aufgehört hat, zu stacheln. Dann zieht er seine vanillefarbenen Bermudas über, an die er sich mittlerweile gewöhnt hat, dazu die weichen Mokassins, ohne Strümpfe, und in einem Moment des Übermuts probiert er das Strandhemd an, das ihm seine Frau auf dem Markt gekauft hat. Bis jetzt hat er es noch nicht eingeweiht, weil ihm das getüpfelte Rosa und die winzigen Blumen nicht ganz geheuer waren. Er knöpft lediglich die untersten vier Knöpfe zu und setzt die neue Brille auf. Sie hat einen Aufsatz, der sie in eine Sonnenbrille verwandelt. Dann erscheint er nach Rasierwasser duftend in der Küche.
»Wie sehe ich aus?«, fragt er seine Frau.
»Oho! Du hast ja das Hemd mit den Blumen angezogen …« Sie rückt den Kragen zurecht und zieht am Saum, der nach vorne absteht. »Es steht Dir gut, aber steck es lieber in die Hose.«
Der Kommissar steckt das Hemd in die Hose, wofür er den elastischen Hosenbund der Bermudas weitet.
»Ist es nicht zu auffällig?«
»Du Dummkopf, Du siehst blendend aus«, sie streckt

sich, um ihm einen Kuss zu geben, »und Du riechst so gut. Los, raus mit Dir. Wann kommt der Bus an?«
»In zehn Minuten.«
Der Busbahnhof ist kaum zwei Straßen entfernt, so dass der Kommissar sich nicht zu beeilen braucht. Er schlendert zum Platz, der direkt davor liegt, und setzt sich auf ein schattiges Bänkchen. Die wieder entdeckten Bizeps werden auf der Rückenlehne zur Schau gestellt. Er spiegelt sich von Kopf bis Fuß in den Scheiben des Busbahnhofs. Einen Moment lang fällt es ihm schwer, dieses Spiegelbild mit dem Bild von sich in Einklang zu bringen, das er im Kopf hat. Jedenfalls sieht er keineswegs mehr aus wie ein Notar. Eher noch wie ein Gangster, ein Urlaubsgangster, denkt er …
Als die Uhr am Busbahnhof fünf nach zwölf zeigt, schiebt sich ein massiger Autobus zwischen ihn und sein Spiegelbild. Nach dem Schild hinter der Windschutzscheibe zu urteilen, müsste das der sein, auf den er wartet. Als die Türen sich öffnen, steht der Kommissar auf und geht um den Bus herum, um sich vorne beim Ausstieg der Passagiere zu postieren. T ist einer der Ersten, der herauskommt. Er hat seine Haare sehr kurz geschnitten und den Bart radikal abrasiert. Über der Schulter baumelt ein kleiner Lederrucksack. Er schaut sich um, als würde er jemanden suchen und geht am Kommissar vorbei, ohne ihn zu erkennen. »Tomas!«, T dreht sich nach der Stimme um. Jetzt erkennt er ihn endlich und runzelt lächelnd die Stirn: »Lieber Himmel, was ist denn mit Dir passiert?« Dabei fährt er sich mit den Fingern ans Kinn, um zu zeigen, dass er den Spitzbart meint.
»Auf meine alten Tage werde ich noch ein Playboy.«

Die beiden gehen lachend aufeinander zu und schlagen sich laut in die Hände. »Sag mal, Du hast ja ganz schön abgenommen. Gibt's in den anderen Ländern nichts Gutes zu essen?«

»Nee, nee, das hat damit nichts zu tun, aber das Fitness-Studio habe ich echt vermisst. Ich fühle mich ein bisschen schlaff.«

»Na, komm, lass uns erst einmal nach Hause gehen und Mercedes Hallo sagen. Danach können wir ja noch einmal losziehen und ein Bier trinken. Dann erzählst Du mir alles.«

Sie laufen den kurzen Weg zurück zum Appartement, gehen die Treppen hoch, der Kommissar steckt den Schlüssel ins Schloss, aber seine Frau hat sie bereits gehört und kommt, um schnell die Tür zu öffnen: »Da haben wir ja den Reisenden ... Komm rein, mein Junge. Ich bin noch ein bisschen in der Küche am wirbeln.«

Sie geben sich ein Küsschen.

»Kannst Du Dir vorstellen, dass ich Deinen Mann erst nicht erkannt habe, als ich aus dem Bus gestiegen bin?«, sagt T.

»Hör bloß auf, mein Junge, der macht mich verrückt. Er hört den ganzen Tag nur noch diese moderne Musik.«

Der Kommissar jubelt und lächelt: »Die Zeiten ändern sich ...«

»Und kannst Du Dir vorstellen, dass er seit Neuestem ganz verrückt danach ist, an den Strand zu gehen? Den kriegst Du überhaupt nicht mehr aus dem Wasser.«

»Er sieht ja auch aus wie ein Krokodiljäger ...«

So geht das Geplänkel noch für einige Minuten hin und her, bis Mercedes fragt, ob sie lieber hier einen

Aperitif trinken möchten oder noch mal raus wollen, um in Ruhe zu reden. Der Kommissar entscheidet schnell, dass sie besser in die Bar gehen, wo es die leckeren Boquerónes gibt. »Gut. Und für wann soll ich den Reis aufsetzen?«
Sie laufen zurück Richtung Busbahnhof. »La Parrilla« steht auf dem Schild an der Ecke. Der Kommissar und T gehen hinein und nähern sich der Theke: »Carmen, was würdest Du uns zu einem eiskalten Cruz Campos empfehlen? Falls Dein Mann es nicht wieder versteckt hat?«
»Montse paniert gerade ein paar Fischchen. Was haltet ihr von ein paar Boquerónes ...?«
Sie setzen sich an einen der Holztische, vor denen lange Bänke stehen: »Du wirst sehen, gleich bekommst Du die besten panierten Boquerónes vorgesetzt, die Du je gesehen hast.«
Das Gespräch ist noch nicht richtig in Gang gekommen, als die zwei Flaschen Bier kommen, die von der Kälte beschlagen sind, und eine große Platte mit heißen Fischchen.
»Nun verrate mir mal ein Geheimnis«, sagt der Kommissar. »Magst Du Zitrone dazu?«
»Ja, danke, gern ... Welches Geheimnis?«
»Ist es so schrecklich dort in New York, dass Du Hals über Kopf abhauen musstest?« Der Kommissar muss schlucken, so läuft ihm das Wasser im Mund zusammen.
»Ganz im Gegenteil ...«
»Dir hat's gefallen?«
»Ich habe die Stadt geliebt ...«
»Echt, ja ...? Sie hat den Ruf, anstrengend zu sein, hört man immer mal wieder ...«

»Man sagt aber auch, dass man an keinem zweiten Ort auf der Welt leben will, wenn es einem dort erst einmal gefällt. Mir ging das schon nach wenigen Tagen so.«

»Das klingt doch ... nach einer interessanten Zeit.« Der Kommissar gibt sich alle Mühe, T ein wenig die Zunge zu lockern, während er gleichzeitig mit den Boquerónes beschäftigt ist. T nimmt sich mit den Fingern ein Fischchen, ohne rechten Appetit zu haben.

»Es war sogar mehr als interessant ... Einmal in der Morgendämmerung, als ich in der Seventh Avenue bei einem Koreaner Hühnerflügelchen gegessen hatte, dachte ich, dass man Manhattan retten müsste, wenn man nur eine einzige Stadt auf der Welt retten dürfte. Wenn man Segovia rettet, hat man die Leute aus Segovia gerettet, aber wenn Du New York rettest, hast Du die ganze Menschheit im Boot. Diese Stadt ist wie eine Arche Noah, die an der Mündung des Hudson River vor Anker liegt.«

»Ich wäre gespannt, was die Leute in Segovia dazu sagen ...« Der Kommissar lächelt und verdeckt sich den Mund, damit man nichts von dem Fisch sehen kann, den er sich gerade kopfüber zwischen die Zähne geschoben hat.

»Also was war denn dann los ...? Du wolltest doch eigentlich eine Aufenthaltsgenehmigung und ein Stipendium beantragen, nicht wahr?«

»Das habe ich auch beantragt ... Bevor der Bescheid kam, ob es klappt, war ich allerdings schon wieder weg.«

»Und warum ...?«

T kann sich nicht um eine ehrliche Antwort drücken.

»Keine Ahnung ... Plötzlich hatte ich das Gefühl, dass ich nicht in die Arche Noah gehöre.«

Der Kommissar setzt ein intelligentes Gesicht auf, schleckt sich die Finger und trinkt einen großen Schluck Bier, bevor er antwortet: »Mir fällt nur ein einziger Grund ein, weswegen einem genau das auf einer Arche Noah passieren kann …«

»Und der ist vermutlich richtig.«

Der Kommissar vergisst für einen Augenblick seine Boquerónes.

»Das muss etwas Ernstes gewesen sein, in so kurzer Zeit …«

»Ernst genug, um ihr einen Ring zu kaufen. Das habe ich noch nie in meinem Leben gemacht.«

»Und was ist dann passiert … wenn ich fragen darf …«

T antwortet bedächtig, nachdenklich: »Ich bin mir nicht ganz sicher …«

»Ging irgendwas schief …?«

»Ich weiß es nicht. Manchmal habe ich mich gefragt, ob sie mit einem Mal Angst bekommen hat vor einer verbindlichen Beziehung. Das passiert scheinbar heutzutage sogar dem weiblichen Geschlecht.« Der Kommissar macht ein verständnisvolles Gesicht. »Egal, ich glaube, ich muss es eigentlich auch gar nicht mehr so genau wissen: Jedenfalls bin ich mit dem Ring in der Kulturtasche zurückgekommen. Eigentlich hätte ich ihn in der letzten Nacht in New York vom Empire State Building schmeißen sollen. Nun werde ich mir wohl einen anderen Ort suchen müssen … der hoch genug ist.«

»Mmh … Und warum bist Du plötzlich nach Irland gereist …?«

T hebt die Augenbrauen und schüttelt den Kopf.

»Vermutlich hat dieses irrationale Wesen, das manch-

mal in mir schlummert, sich gleich die nächste Irin angeln wollen.«
»Sie kam aus Irland?« T nickt. Der Kommissar braucht ein bisschen, bevor er weiterredet. »Sag mal, dieses irrationale Wesen, das in Dir steckt, denkt doch wohl nicht ernsthaft über das nach, was Dir Rodero vorschlägt?«
»Wir haben gestern miteinander gesprochen. Ich habe gesagt, dass er wahrscheinlich auf mich zählen kann.«
»Das war ein Fehler. Früher oder später musst Du doch mal aufhören, solche Dummheiten zu machen.«
Die restlichen Boquerónes haben aufgehört zu dampfen. T schaut sie an, ohne sie zu sehen, presst die Luft aus und wiegt den Kopf.
»Schau mal, Tomas«, redet der Kommissar weiter, »ich hatte das Glück, dass die einzige Frau, in die ich mich in meinem Leben je verliebt habe, uns im Augenblick eine Paella zubereitet, aber ich kann mir vorstellen, was es heißen würde, sie zu verlieren ...«
T unterbricht ihn: »Es ist ja nicht nur das, und das weißt Du ja auch: Was habe ich in meinem Leben eigentlich noch nicht verloren?«
»Ja, da fallen mir mehrere Dinge ein. Zum Beispiel die Besonnenheit. Es ist einfach nicht klug, immer nur nach vorne zu fliehen.«
»Fliehen würde man doch nur dann sagen, wenn jemand woanders hinrennt, statt dort zu sein, wo er hingehört. Mein Problem ist, dass ich überhaupt keine Ahnung mehr habe, wo ich hingehöre. Wohin denn? Weißt Du es?«
»Vielleicht musst Du einfach mal eine Weile an einem Ort bleiben. Das Glück erreicht man nicht, wenn man

hinter ihm her rennt. Manchmal muss man ihm Zeit geben, dann erwischt es Dich von ganz allein.«

»Entschuldige, aber das klingt mir zu sehr nach einem Zen-Spruch ...«

»Das ist kein Spruch, ich meine das ganz ernst ... Das mit Rodero ist doch gequirlte Kacke ... Der hält sich für wahnsinnig intelligent und das sollen wir alle zur Kenntnis nehmen. Hat er Dir erzählt, was er sich da hat einfallen lassen? Da soll einer so tun, als wäre er Schriftsteller und all das?«

»Ja, das hat er mir erzählt ...«

»Aber das ist doch der größte Schwachsinn unter der Sonne, meinst Du nicht auch?«

T antwortet nicht gleich: »Ehrlich gesagt, ist mir das ziemlich egal. Wichtig ist mir nur, dass San Juan del Horlá weit weg vom Rest der Welt zu sein scheint.«

Der Kommissar rutscht auf seinem Stuhl vor.

»Und du willst mir erzählen, dass dies keine ›Flucht‹ ist?«

T fällt es erneut schwer, zu antworten.

»Ich würde eher sagen: Lernen, sich mit etwas zu beschäftigen, wenn einem schon nichts mehr wichtig ist.«

»Ist es Dir nicht einmal mehr wichtig, ein guter Ermittler zu sein?«

T lacht schlecht gelaunt.

»Aufopferung, Technik, Zuverlässigkeit?«

»Gesunder Menschenverstand. Schau mal ... Ich weiß nicht genau, was Dir widerfahren ist, aber wir kennen uns gut genug, um zu wissen, dass es Dir nicht gut geht. Das ist nicht der Augenblick, um sich dort oben einzugraben. Hör auf mich. Ich bin älter als Du. Ich kenne die Berge und weiß, was es heißt, dort einen Winter von der Welt abgeschnitten zu leben. Da habe ich Dir etwas an Erfahrung voraus, auch wenn es vielleicht das Einzige ist.«

»Die Idee, mich in einem Arbeitsraum eines Provinzkommissariats zu vergraben, kommt mir nicht viel verlockender vor.«

»Umso besser, dann steig in ein Flugzeug und flieg zurück nach New York. Am besten schon morgen. Dort liegen Deine Träume, also versuch Dein Glück. Klingt das wieder nach einer Ratgeberweisheit? Wenn Du den Auftrag annimmst, kommst Du mit nichts voran. Du wärest vollkommen allein dort oben. Weder Du noch ich wissen, was da wirklich auf Dich zukommen würde. Das Einzige, was ich weiß und Dir sagen kann, ist, dass Du große Gefahr läufst, Dir einen waschechten Alptraum zu bereiten.«

***

Später Donnerstag. Versammlung im Konferenzraum neben dem Büro des Kommissars. Außer dem Kommissar nehmen teil: Prades und Berganza von der Mordkommission, Rodero als Chef des Morddezernats und T. Kurz nach fünf hat Rodero seinen Vortrag begonnen: über Schweine, über den Kokain- und sonstigen Drogenhandel und über die Vorteile, einen verdeckten Ermittler als verdeckten Schriftsteller einzuschleusen. Die Hauptpunkte wurden knapp und präzise an eine Plastiktafel geschrieben, die in seinem Rücken steht. Eine Stunde später redet er immer noch: »Gut. Kommen wir zum Überblick: Wir haben bisher vorran-

gig gegen drei Personen und ihr Verhältnis zum Schlachthof ermittelt. Genauer gesagt: gegen den Tierarzt, den Schlachter und den Leiter der Verpackungsabteilung«, er schreibt die drei Berufe an die Tafel. »Dazu kommen wir gleich. Wir stehen vor der Schwierigkeit, jemanden im Schlachthof einstellen zu lassen, was praktisch unmöglich ist. Erstens gibt es eine strikte Warteliste, zweitens die Gepflogenheit, niemanden zu nehmen, der nicht in der Gegend lebt und einen Fürsprecher unter den Angestellten hat. Daher wird die erste Aufgabe unseres Mannes darin bestehen, eine Beziehung zu einem dieser drei Männer aufzubauen. Sie haben die Möglichkeit, Kontakte zur Leitung des Schlachthofs herzustellen und sind darüber hinaus hervorragende Informanten. Es gibt noch ein paar weitere Personen, die interessant zu sein scheinen. Auch dazu kommen wir gleich … Ich würde Berganza nun bitten, der *in situ* ermittelte, uns einen kurzen Überblick über den Ort zu verschaffen, wobei es sehr hilfreich für uns sein dürfte, alles zu erfahren, was uns einen ersten Eindruck vermitteln kann …«
Berganza räuspert sich, um nach dem langen Zuhören die Stimme frei zu bekommen. Er richtet sich im Stuhl auf, schlägt das Notizbuch zu und beginnt zu reden, wobei er am Ohrring spielt und so wirkt, als würde er improvisieren: »Gut … der Ort ist … bizarr. Es fängt schon damit an, dass viele Leute dort hochfahren, um sich umzubringen. Sie stürzen sich vom Plateau des Horlás. Interessanterweise kommen die Selbstmörder, bis auf eine Ausnahme neulich, in der Regel von außerhalb, so dass wir bisher niemals im Ort selbst zu ermitteln hatten. Die einzigen drei Treffpunkte im Ort sind

Wirtshäuser: Es gibt die Genossenschaft, in der vorrangig zu Mittag und zu Abend gegessen wird. Hier verkehren vornehmlich ältere Männer, Bauern und Viehzüchter. Dann gibt es noch das sogenannte ›Café unter den Arkaden‹, das am besten besucht ist und in dem die Stammkunden Fußball gucken oder sich betrinken. Schließlich gibt es noch einen Laden, den sie Pub nennen, so etwas wie eine Bar, in der vor allem am Wochenende viel los ist. Außerdem gibt es noch ein Hostal, das aber wie eine Krypta ist. Lediglich die Besitzerin des Ladens und zwei taubstumme Paare verkehren dort, die sich seit Jahren eingemietet haben. Außer ihnen haben wir nie jemanden ein- oder ausgehen sehen. Für uns am interessantesten schien die extrem hohe Fluktuation an Barkeepern im Pub: Der Job wird scheinbar je nach Tagesform weitergegeben. Offenbar reicht es bereits, dass einer verkatert ist, damit ein anderer den Job für ihn macht. Von außen hatten wir den Eindruck, dass sie den Laden kollektiv schmeißen. Ich denke, es dürfte nicht schwer sein, dort Arbeit zu finden. Womöglich auch in der Genossenschaft. Höchstwahrscheinlich allerdings erst nach einiger Zeit. Wenn man erst einmal fest dort etabliert ist. Neuankömmlinge scheinen sich nicht leicht integrieren zu können. Was kann ich sonst noch sagen … Zwei Besonderheiten: Erstens, der Drogenkonsum ist bemerkenswert hoch. Die Gärtchen zwischen den zwei Hauptstraßen sind wahre Marihuana-Plantagen. Kokain wird sogar auf offener Straße gehandelt, selbst durch unsere Anwesenheit ließen sie sich kaum stören. Zweitens … Das kommt Ihnen vielleicht nebensächlich vor, aber in den zwei Wochen haben wir nicht ein einziges Kind dort gesehen, nicht einmal in den Häusern, in denen wir drinnen waren. Das hat etwas … Beunruhigendes, und ich habe keine Erklärung dafür … Ansonsten wirkt der Ort selbst im schönsten Frühling wie ein Purgatorium. Es gibt nur einen einzigen Radiosender. Der Fernsehempfang ist, wenn überhaupt, schlecht, und die Handys haben nur außerhalb des Ortes Empfang. Dafür muss man ein Stück ins Tal gehen, so dass ich mir nicht einmal vorstellen möchte, was dort los ist, wenn das Dorf im Winter von den Straßen abgeschnitten ist. Ich erinnere mich … dass im ›Café unter den Arkaden‹ häufig ein alter Mann sitzt, den sie Beethoven nennen, obwohl er mit seinem Schnurrbart eher aussieht wie Einstein … Schön, jedenfalls erzählte der, dass Guy de Maupassant eine Zeit in San Juan del Horlá verbracht hat, bevor er verrückt wurde … Die Anekdote ist vermutlich alles andere als wahr – ich habe mir mal die Mühe gemacht und die Biografie von Maupassant zur Hand genommen –, aber *si non e vero e ben trovato*: Nichts scheint den Ort besser zu charakterisieren.«

»Bevor ich es vergesse, will ich noch einmal das Thema Schriftsteller aufgreifen«, Rodero hat das Wort und wendet sich an T. »Wir werden ein paar Fotos von Dir machen müssen, auf denen Du aussiehst wie ein Romanschriftsteller. Außerdem sollten wir Dich mit Quique Aribau zusammenbringen, damit Du Dir ein bisschen was abschauen kannst. Ich habe Dir ja schon von ihm erzählt und könnte mir vorstellen, dass ihr beide euren Spaß daran haben werdet, euch wechselseitig zu studieren … Er soll Dir ein bisschen von seinem Leben erzählen. Ihr könnt auch mal zusammen ausgehen oder einen Ausflug machen oder wozu auch immer Ihr

Lust habt. Danach solltest Du aber in der Lage sein, dieselben Dinge zu sagen, die er von sich gibt. Alles klar?!« T nickt geflissentlich. »Und noch eine Sache, die wir nicht vergessen dürfen: Wir brauchen einen Namen für Dich, und wir sollten uns alle so schnell wie möglich daran gewöhnen, Dich so zu nennen. Hast Du irgendeine Präferenz, die nach Schriftsteller klingt?« T setzt ein eher verneinendes Gesicht auf. »Sonst könnten wir nach derselben Methode vorgehen wie Quique … Er nimmt wohl irgendeinen Taufnamen und fügt als Nachnamen einen Straßennamen hinzu. Also los, wer hat Vorschläge …«

»Fritz Hauptstraße«, lässt der Kommissar mit unverhohlener Ironie fallen, die den meisten allerdings verborgen bleibt, auch wenn sie lachen.

»Wie wär's mit ›Alejandro Caspe‹?«, sagt Prades völlig ernst.

»Der ist gut … Mir fällt ›Gregorio Aragón‹ ein, aber das klingt vielleicht zu ernst. Deine Meinung, T, wäre uns hier wichtig. Letztlich wird es für längere Zeit Dein Name sein.«

»Keine Ahnung … Ich fände irgendwas mit ›Balmes‹ gut«, sagt T. »Wie findet ihr ›Pedro Balmes‹?«

Niemand hat etwas dagegen einzuwenden, so dass Rodero verkündet: »Gut, in Ordnung. Von jetzt an bist Du nicht mehr T, sondern P. Sind alle damit einverstanden? … Eine Sache noch«, Rodero greift erneut zum Faserstift, um etwas an die Plastiktafel zu schreiben.

In der Hölle

P: Kaukasier, männlich, athletisch gebaut, dunkle Augen, dunkle Haare, vierundvierzig Jahre alt. P ist auf den letzten fünfzehn Kilometern der einzige Passagier im Autobus, der die ansteigenden Kurven hinauffährt. Es hat begonnen zu dämmern, es regnet sanft, aber ausdauernd. Durch die beschlagenen Scheiben ist das Dunkel eines dichten Waldes zu erkennen. Der Motor wird beim Heranfahren an das mit Farbe beschmierte Straßenschild gedrosselt: San Juan del Horlá. Die Straßenlaternen beleuchten die feuchten Steinfassaden. Sie biegen in ein langes, abschüssiges Gässchen, drehen und halten an. Ein Seufzen des Motors ist zu hören. Der Busfahrer fragt mit lauter Stimme P, der noch in seinem Sitz hängt: »Sind Sie sicher, dass Sie nicht lieber mit mir zurückfahren wollen?«
P steht auf und antwortet: »Danke schön: Ich habe einen Knoblauchzopf im Gepäck …«
Der transsilvanische Kutscher lacht. Man hört das hydraulische Knarren der sich öffnenden Türen und P steigt mit seiner Tasche in der Hand aus.
Nebliges Mondlicht, feiner Regen, es riecht nach Brennholz. Es ist kalt. Der Autobus manövriert sich in die andere Richtung und P dreht sich einmal um sich selbst, um sich zu orientieren. Um ihn herum liegt die dunkle Silhouette der Berge. Schmale Spitzen, die alles umfassen. Im Vordergrund: die Kirche, mit dem flachen Kirchturm, der von bläulichen Strahlern angeleuchtet wird und aussieht, als wäre er im Regen geschrumpft. Niemand ist auf der Straße. Drei Fenster sind erleuchtet. Das Motorengeräusch des Autobusses

entfernt sich in die Richtung, aus der er gekommen ist. Dann ist nichts mehr zu hören. Der Regen macht kein Geräusch. So fein ist er. Zur Linken erstreckt sich der Asphalt, der sich in der Umgegend verliert. Zur Rechten stehen unter Arkaden ein paar Tische von einem Lokal. Die Bierwerbung auf dem Schild leuchtet. Beim Näherkommen erahnt P einen Mann, der draußen halb verborgen im Dunkel an einem der Tische sitzt. Ein dünner Mann um die vierzig mit einer Baseballkappe, kurzen Hosen und Militärstiefeln. Er trinkt Bier und schaut gelangweilt in den Regen. Als P in seiner Nähe ist, grüßt er ihn. Der Typ antwortet nicht, sondern folgt ihm lediglich mit seinem Blick. Kurz bevor P durch die Tür in das Lokal geht, hört es sich so an, als ob er lacht. »Willkommen«, sagt er, ohne dass es nach einer echten Begrüßung klingt.

Man muss zwei Türen hintereinander öffnen, um ins Wirtshaus zu gelangen. Beide Türen sind aus Glas, aber so mit Plakaten beklebt, dass man nicht durch sie hindurchsehen kann. Sobald man durch die zweite Tür ist, erlebt man einen starken Kontrast zur Außenwelt: Licht, Tabakqualm, das Rauschen eines Fernsehers, in dem Fußball übertragen wird, Stimmen mit lokalem Dialekt. Dreißig Augenpaare schwenken hin zu P und unmittelbar wieder zurück auf den grün flackernden Bildschirm. P gibt ein »Guten Abend« von sich, das sich vage an alle richtet, die es ihm von den Lippen ablesen mögen, aber der einzige Blick, der ihm folgt, ist der einer älteren Frau, die hinter der Theke steht. P schiebt sich in die Lücke zwischen zwei offensichtlichen Stammkunden und steht ihr gegenüber: Um die sechzig dürfte sie sein, gepflegtes Haar, moderner Schnitt, brandyfarbene Augen, hängende Lider, zurückhaltende Schminke. Die Grand Old Lady der Taverne.

P bestellt sich einen Kaffee mit heißer Milch. Die Frau sagt nichts, dreht sich gemächlich um und geht zur Kaffeemaschine. Während P wartet, gabelt er den einen oder anderen Blick der jüngeren Kundschaft auf, der sich dann sofort wieder dem Fernseher zuwendet. Der Empfang auf dem Bildschirm ist sehr schlecht: Flimmern, Flackern, Futsch. Es spielt ein Team, hinter dem der lokale Patriotismus steht, und es steht in der 34. Minute der ersten Hälfte 0 : 0. Lediglich zwei Mädchen sind da, die an den hinteren Tischen sitzen, dicht am lodernden Kaminfeuer, und die aus ihrer Langeweile keinen Hehl machen. Sie scheinen nur aus ehelichem Pflichtgefühl dicht neben ihren jugendlichen Liebhabern zu hocken. Der Schuppen ist sonst nur von Männern bevölkert. Die Jungen im hinteren Teil und die Älteren in den vorderen Reihen vor dem Fernseher. Die Alten haben dunkle Strickjacken und Pullover an. Die Jüngeren sehen aus wie Punks mit ihren leuchtend bunt gefärbten Haaren: in Rot, Orange, Blau. Eine Ausnahme bildet ein alter Mann mit Schnurrbart, der viel weiter hinten sitzt, als es seiner Generation zusteht. Er hat ein Hemd an, das so weiß ist wie sein Schnurrbart und seine Haare, die nach hinten gekämmt sind. Neben ihm auf dem Tisch liegt ein kleines Täschchen, das mit einem Lederbändchen am Handgelenk hängt. Einstein mit Herrentasche. Plötzlich geschieht etwas auf dem Bildschirm. Die weniger verknöcherte Hälfte des Publikums springt von den Sitzen auf, und in das ohrenbetäubende Geschrei hin-

ein platzen wilde Flüche. Schläge donnern auf den Tisch. Flaschen werden gegeneinander geschlagen. Sobald der Höhepunkt überschritten ist, rufen die Jüngeren mit unangenehmen Stimmen nach neuen Getränken. Die Grande Dame der Taverne serviert ungerührt erst den Kaffee, den P sich bestellt hat.
»Entschuldigung«, sagt dieser zu ihr, »wo kann ich denn für heute Nacht hier eine nicht ganz so teure Unterkunft finden?«
Die Frau scheint ihn nicht gehört zu haben. Sie räumt mit markanter Langsamkeit eine leere Flasche Bier von der Theke. Die Jugendlichen brüllen weiter ihre Bestellungen in das Lokal hinein. Sie nennen sie »Susi« und duzen sie trotz des gewaltigen Altersunterschieds. Sie schaut P an, ohne die Ruhe zu verlieren, und zeigt nach draußen: »Wenn Du die Straße weiter hoch gehst, siehst Du auf der rechten Seite das einzige Hostal, das es hier gibt«. Ihre Stimme ist leise, fast unhörbar.
Nachdem P den Kaffee ausgetrunken hat, verlässt er die Kneipe. Draußen sitzt immer noch der Typ mit den Militärstiefeln, trinkt und schaut dem Regen zu. P verabschiedet sich von ihm und läuft los. Der massive Glockenturm liegt nun genau vor ihm. Durch den Regenvorhang hindurch erkennt er, dass an der Turmuhr das Glas kaputt ist. Sie zeigt eine absurde Uhrzeit an. Fast genau Punkt drei. Hinter den Straßenlaternen zeichnet sich bald das beleuchtete Schild des Hostals ab. Genau davor, im Halbdunkel, erahnt man ein geparktes Auto. Ein schlanker, hoch gewachsener Schatten scheint aus dem Hostal zu huschen und dort einzusteigen. Der Motor geht an und auch die Scheinwerfer.

Der Wagen fährt brüsk los, so dass man den Schotter weithin hört. Mit hoher Geschwindigkeit saust er an T vorbei: ein schwarzer Porsche mit hellem Leinenverdeck und goldenen Felgen.
Als T den Eingang des Hostals erreicht, sind drei Glockenschläge vom Kirchturm her zu hören. Auch an der Tür des Hostals klingelt beim Öffnen ein Glöckchen. Im Innenraum: links eine Bartheke, rechts ein kleiner Saal mit Sesseln und einem Fernseher. Zwei ältere Leute verfolgen in kurzärmeligen Hemden das Fußballspiel. Sie haben sich nicht zur Tür umgedreht, als das Glöckchen zu hören war. Der Ton vom Fernseher ist ausgeschaltet. Einer der beiden spricht Gebärdensprache, der andere greift sich mit der Hand an den Kopf. Die Bewegung sieht nach »Schieß aufs Tor!« aus. Im Hintergrund liegt im Dunkeln ein Essraum. Von dort nähert sich eine Frau mittleren Alters. Sie ist dürr und hat langes, glattes, sehr schwarzes Haar. Morticia Adams im Hostal. Sie schaut P von Kopf bis Fuß an und sagt »Guten Abend«. Starker Dialekt. P grüßt und fragt, was ein Einzelzimmer kostet. Dreißig Euro mit einem breiten Bett und Bad. P fragt, ob es auch ein billigeres Zimmer gibt. Die Frau versucht zu lächeln und schüttelt den Kopf. Totale Stille im Hintergrund. P nimmt das Zimmer. Die Frau holt das Buch hervor, das ein Geräusch auf der Theke macht: plaff. Sie fragt P nach seinem Namen. »Pedro Balmes«, antwortet er. Die Frau möchte seinen Ausweis sehen. P zeigt ihn vor. Sie prüft ihn von beiden Seiten und gleicht mit einem schnellen Blick das Foto ab. Sie entschuldigt sich dafür, dass kein Personal da ist, um ihn zum Zimmer zu begleiten, und zeigt P den Weg. Die Taubstummen be-

wegen sich mit einem Mal hörbar in ihren Sesseln. Auf dem Bildschirm läuft ein Spieler des Heimatvereins mit über den Kopf gezogenem Trikot über den Platz. Im Hintergrund schreien sich die Fans auf diesem Bildschirm tonlos die Kehle aus dem Hals.

P steigt im spärlichen Licht der Notbeleuchtung das Treppenhaus hinauf in den zweiten Stock. Auf dem dunklen Flur erahnt er die Zimmernummer 3. Mit dem Schlüssel, den sie ihm ausgehändigt hat, öffnet er die Tür. Im Dunkeln sucht er den Schalter. Das Bett nimmt quasi den ganzen Raum ein: eine blau bedruckte Nylon-Tagesdecke mit grauen Blumen. Es riecht feucht und ist kälter als auf der Straße. P dreht seitlich unter dem Fenster die Heizung auf; zieht den Rollo hoch und öffnet die Schlagläden. Im Gegenlicht des nebligen Mondes sieht man Häuser mit Gärten hinter dem Haus und die dunklen Spitzen der Berge. Draußen riecht es besser als im Zimmer: nach Brennholz und auch nach feuchter Erde.

Mit dem Schalter knipst er im Bad eine müde Leuchtstoffröhre über dem Spiegel an. Ein winziger Raum, rosafarbene Toilette, hellbraune Kacheln, Duschvorhang mit blühenden Mandelbäumen. P dreht das heiße Wasser auf. Man hört eine Konvulsion in den Rohren. Der Strahl verliert die Hälfte des Wassers bereits an den Verbindungsstellen. P hält die Hand unters Wasser und wartet, um zu sehen, ob das Wasser warm wird. Es wird warm. Er geht zurück ins Zimmer, fühlt an der Heizung, die ebenfalls lau zu werden scheint. Er schlägt die Tagesdecke zurück, setzt sich an der Kante auf die Decke und holt aus der Reisetasche ein sorgfältig zusammengerolltes Bild hervor: *Madonna mit Kind vor einer Landschaft*, Giovanni Bellini, Pinacoteca dei Brera. Auch den Kulturbeutel holt er heraus, wühlt darin herum. Er fühlt etwas, womit er nicht gerechnet hat, etwas Festes und Würfelförmiges. Noch bevor er sich erinnert hat, was es ist, holt er es heraus. In seiner Hand liegt ein kleines Schmucketui. »Jewell Zoo« steht in aufgedruckten Buchstaben auf dem geschlossenen Holzdeckelchen.

P steckt das Etui tief in seinen Kulturbeutel. Er fragt sich, während er auf die weiß verputzten Wände schaut, wie lange er hier wohl bleiben müssen wird.

In der Welt

In den Räumlichkeiten der Abteilung des Kommissars schreibt Rodero etwas an die Tafel, zweifelt aber und dreht sich zum Konferenztisch um: »Berganza, wie hieß die Norwegerin?«
Berganza muss nicht erst in sein Notizbuch schauen.
»Martha noch was, aber alle nennen sie ›Heidi‹.«
Rodero schreibt »Heidi« an die Tafel.
»Können Sie uns etwas zu ihr sagen, Berganza ...?«
»Also ... Sie hat ziemlich unangenehme Umgangsformen. Sie wollte unter allen Umständen mit uns Englisch reden, obwohl wir sicher sind, dass sie perfekt Spanisch spricht. Als junge Frau dürfte sie sehr attraktiv gewesen sein, zumindest besitzt sie diese Selbstsicherheit von Frauen, die daran gewöhnt sind, dass Männer sie begehren ... Außerdem hält sie sich für überaus helle und glaubt, Gedanken lesen zu können. Sie hat im Tal hin und wieder einen Job als Vertretung der Englischlehrerin. Manchmal hilft sie auch im Café unter den Arkaden aus. Wenn sie Geld braucht, wäscht sie dort die Teller ab, putzt die Fenster ... Es sieht so aus, als wäre sie ziemlich dicke mit der Susi, der Besitzerin des Ladens ...«
»Gut«, unterbricht Rodero, »für uns ist sie interessant, weil sie die Einzige im Dorf ist, die ein Monatsabo besitzt, das uns in die Hände spielt: *Qué Leer*. Für alle, die es nicht kennen: Dies ist die bekannteste Literaturzeitschrift hier«, er schreibt den Namen der Zeitschrift an die Tafel. »Wenn der Augenblick gekommen sein sollte, reicht es, ein einziges Exemplar der Zeitschrift zu präparieren – das einzige Exemplar, das San Juan

del Horlá erreicht –, um die Information einzuschleusen, die wir in Bezug auf unseren verdeckten Ermittler einschleusen wollen. Schreiben wir mit?«
Rodero hat die Frage an T gerichtet, der seine Aufzeichnungen vorliest: »Heidi, Norwegerin, impertinent, Gedankenleserin, gibt Englisch-Unterricht und putzt im Café unter den Arkaden, abonniert *Qué Leer* …«

In der Hölle

Am Morgen herrscht unendliche Stille im Hostal. P sieht im Speiseraum die beiden tauben Alten wieder, die frühstücken. Sie sind in Begleitung von zwei Frauen, die ebenfalls taubstumm zu sein scheinen und vermutlich ihre Ehefrauen sind. Die stille, wenn auch flüssige Konversation wird vom Geklapper des Geschirrs betont. Keine Spur von Morticia Adams. Immerhin ist ein kleines Buffet aufgebaut, an dem P sich mit einem Kaffee zur Zigarette bedient.

Gegen acht verlässt er das Haus, während es auf der Kirchenuhr zwanzig nach eins ist. Auf dem Weg zum Café unter den Arkaden begegnet ihm ein Traktor. Ein Bursche um die dreißig fährt ihn. Der Schädel ist über den Schläfen rasiert, in der Mitte steht ein besonders blonder, verfilzter Kamm empor. Er hat ein blau-weiß gestreiftes Hemdchen an, das vom ständigen Tragen ausgebeult ist. Kampfeinheit: Nexus 6. Im Vorüberfahren mustert er P von der Höhe seines Sitzes aus eingehend. P hebt die Augenbrauen und murmelt einen Gruß. Nexus erwidert ihn nicht. Er fährt an ihm vorbei. Hinten auf dem Hemdchen steht: »10, Maradona«.

Das zweite menschliche Wesen taucht ein Stück weiter auf. Eine blonde Frau, die im Café unter den Arkaden die zwei Glastüren putzt. Als sie sieht, dass P näher kommt, hält sie einen Augenblick mit der Arbeit inne, faltet das Wischtuch auseinander und faltet es wieder zusammen. Schlanke Figur, enge Jeans, weites Poloshirt, kleine Brüste und knochige Hände. Ihre Augen sind nicht zu sehen. P grüßt sie. Sie knurrt tief. P geht in das Café und spürt die Blicke in seinem Rücken.

Im Lokal ist es vergleichsweise dunkel. Im Kamin brennt kein Feuer mehr. Die Tische sind übersät mit Gläsern und Flaschen, als wäre das Fußballspiel von gestern Nacht gerade erst zu Ende gegangen. Nur ein Mann um die fünfzig trinkt einen Kognak an der Theke. Die Hand, mit der er das Glas hält, hat pechschwarze Fingernägel. Er schaut P kurz an. Auch hier lässt sich keine hörbare Antwort auf den Gruß vernehmen. Im Gegenteil: Er trinkt schnell sein Glas aus, legt eine Münze auf die Theke und geht. Die Dame des Hauses spült Gläser. P findet: »Susi« passt trotz des Alters gut zu ihr. Sie ist ebenso gepflegt gekleidet wie letzte Nacht. Ihr Stil ist elegant und städtisch. An ihren Augen ist abzulesen, dass sie P wiedererkennt, auch ohne viel zu sagen. P bestellt sich einen *Café cortado*. Ihre Reaktion ist um fünf Sekunden verzögert, dann trocknet sie sich die Hände ab und geht zur Kaffeemaschine.
»Das Hostal habe ich gestern gefunden, danke.«
Es vergehen weitere fünf Sekunden, dann dreht sie sich mit dem Kaffee in der Hand um und schaut P unter ihren hängenden Lidern an: »Das war wohl auch nicht schwer«, sagt sie mit leiser Stimme. Sie geht langsam um die Theke herum, um einen Tisch abzuräumen. Dann kommt sie mit Gläsern beladen zurück, baut sich vor P auf und schaut ihn sehr fest an, bevor sie ihn anspricht:
»Musst Du ein paar Tage hier bleiben?«
»Mal sehen, keine Ahnung ... Das hängt davon ab, ob ich Arbeit finde.«
»Ach so, Du suchst Arbeit ...«
»Ja ... Egal was.«
»Hier gibt es keine Arbeit. Da musst Du zu den Skilif-

ten gehen oder ins Tal. In den Dörfern da gibt's Restaurants und Geschäfte ...«

»Da war ich schon. Die brauchen frühestens im Sommer wieder Leute. Ein bisschen was habe ich gespart, aber das reicht nicht ewig.«

Längere Pause. Stille Debatte. Langsames Blinzeln.

»Hier gibt es nur ein Hostal und drei Lokale und keine Touristen. Es gibt auch keine Geschäfte, nur den Lebensmittelladen und die Fleischerei.«

»Mir haben sie erzählt, dass es etwas außerhalb auch einen Schlachthof gibt ...«

Die Frau schüttelt in Zeitlupe den Kopf und kehrt hinter die Theke zurück.

»Im Schlachthof stellen sie keine Fremden ein. Die haben eine Warteliste und nehmen auch nur Leute aus der Gegend.«

»Und in den Wirtschaften? Manchmal kann man doch noch einen Kellner gebrauchen oder jemanden zum Putzen ...«

Ewig lange Pause.

»Dich kennt hier niemand.« Die Frau senkt den Kopf zum Spülbecken. P nimmt an, dass die Unterhaltung damit beendet ist. Sie dagegen hebt ihn langsam wieder, sehr langsam, und scheint dabei fast zu lächeln.

»Aber wenn Du ein paar Tage bleibst, werden sie Dich alle kennenlernen. Es gibt nicht viele Fremde hier.«

P erwidert das eher hypothetische Lächeln.

»Das kann ich mir vorstellen ... Die Leute grüßen hier ja nicht einmal zurück.«

Sie denkt einige Sekunden nach und hebt wieder die Augen.

»Mach Dir nichts draus. Sie sind misstrauisch gegenüber Fremden. Das war bei uns allen gleich.«
»Herzlichen Dank. Das kommt einer freundlichen Begrüßung ja so nahe, wie schon lange nichts mehr.«
P geht wieder hinaus. Die Berge liegen auf halber Höhe bereits im Sonnenlicht, unter über den dunklen Schieferhäusern sehen die Straßen von der reinen Spiegelung wie entflammt aus. Gegenüber sticht ein hoher, steiler Felsen heraus, eine quadratische Stirnseite aus grauem Stein, die auf einem niedrigeren Rücken emporragt. Der Horlá. P hat ihn schon zuvor auf Fotos gesehen. Er will gerade die Luft genüsslich einsaugen, als ihn der Blick der Blonden von der Glastür her trifft. Sie kommt gerade mit einem vollen Eimer zurück. Diesmal kann man ihre sehr hellen, blauen Augen ebenso sehen wie die tiefen Falten im Gesicht. P grüßt zum Abschied und will losstiefeln. Sie redet ihn an, als er bereits ein paar Schritte weit entfernt ist.
»*Hey, you!*«, raue, volle Stimme. »*What are you looking for 'round here?*«
P dreht sich, wo er gerade steht, um: »Verzeihung, ich kann Sie nicht verstehen ...«
»*You understand perfectly right, don't fuck me. Where are you from?*«
»Ich bin Spanier und spreche kein Englisch.«
»Ach nee? Und woher willst Du dann wissen, dass es Englisch ist ...?«
P lächelt: »Na, ja, ich war als Kind in der Schule ...«
»So siehst Du auch aus ...«, geneigter Kopf. »Und was hast Du hier zu suchen?«
»Arbeit.«
»Dann kannst Du gleich wieder abhauen, *darling* ...

Hier gibt's keine Arbeit für Dich. Schon gar nicht für solche Hände, du Pinkel.«
P schaut auf seine sauberen, ordentlich geschnittenen Fingernägel und lächelt wieder.
»Mag sein, aber dafür habe ich starke Arme ...«
»Oho ... Da haben wir wohl viel Zeit in der *Gym* verbracht, was? Damit Du *muscles* wie alle Pinkel bekommst, was? Hau hier lieber so schnell wie möglich wieder ab«, sie macht eine verächtliche Handbewegung und dreht sich weg.
»Hey, war mir ein Vergnügen, mit Dir zu reden ...«, sagt P nach einer Pause.
»Verpiss Dich, Du Wichser«, sagt sie.

In der Welt

Rodero legt für einen Augenblick den Filzstift zur Seite, um weiterzureden. Diesmal konsultiert er das gebundene Dossier, das vor ihm auf dem Tisch liegt. »Gut, beginnen wir mit den drei Typen, von denen eben schon die Rede war. Sie werden für unsere Operation von größerer Bedeutung sein ... Zuerst einmal hätten wir da, wenn auch keineswegs vorrangig, einen Martín Gallardo Domínguez, den Schlachter«, er schreibt den Namen an die Tafel, an der bereits nur noch wenige Flecken frei geblieben sind. »Er ist als Einziger vorbestraft. Ein typisches Produkt asozialer Familienverhältnisse. Der Älteste von drei Brüdern, Vater unbekannt, ohne schulische Ausbildung ... Heftige Schlägereien, Diebstähle ... Das Schlimmste, was er sich bisher hat zuschulden kommen lassen, ist eine schwere Körperverletzung in Cartuja de Caballeros, in der Provinz von Almería. Damals arbeitete er in einem nahegelegenen Schlachthof. Es kam wohl zu einem Wortwechsel mit einem Türsteher der Diskothek am Ort, offenbar so ein Orang-Utan, der sich als Karatekämpfer aufspielte und ebenfalls wegen Körperverletzung einschlägig bekannt ist. In der Akte steht, dass der Orang-Utan die Mutter des Schlachters beleidigte und Kollege Gallardo ihm dafür einen Stich in die Muskeln verpasst hat, der ihn lahmlegte Am Boden hat er ihm mit dem Messer die linke Ohrmuschel abgeschnitten. Dem Orang Utan wurde das Ohr im Provinzkrankenhaus wieder angenäht, aber Gallardo bekam sechs Monate, obwohl Notwehr geltend gemacht wurde. Seitdem ist er unauffällig. Es sieht so aus, als wäre er mit dem Alter ruhiger geworden. Wahrscheinlich hat niemand mehr seine Mutter beleidigt. Er ist seit 93 in San Juan del Horlá gemeldet. Auf Empfehlung seines ehemaligen Chefs bekam er im Schlachthof einen Job als Packer.«

»Berganza, was können Sie berichten?«

Berganza räuspert sich und schlägt sein Notizheft über der Kopie des Berichts auf.

»Also … sie nennen ihn Sankt Martín. Dort oben haben alle einen Spitznamen … Er war einer von denen, die sich im Schlachthof befanden, als der lokale Streifenwagen eintraf. Ihn haben wir bisher am gründlichsten vernommen. Das erschien uns auch deshalb angebracht, weil er die Anlage gut kennt. Kommissar Pujol hat ihn auch kennengelernt, nicht wahr?« Der Kommissar, der am Kopf des Versammlungstisches sitzt, gibt ein zustimmendes Geräusch von sich. »Es ist klar, dass er mehr weiß, als er uns erzählt hat. Aber es ist schwer, ihn auszuquetschen. Er hat ziemlich souverän dicht gehalten. Übrigens sieht er furchterregend aus, wirkt aber eher friedlich. In den zwei Wochen, die wir dort oben verbrachten, haben wir den Eindruck gewonnen, dass er eine Respektsperson im Dorf ist. Ich denke, er wäre ein ganz guter Ausgangspunkt für die Ermittlungen. Günstig wäre, ihn zum Freund zu haben.«

»Kommissar, möchten Sie dem etwas hinzufügen?«, fragt Rodero.

Der Kommissar wacht langsam aus seiner Schläfrigkeit auf, verneint aber bereits durch Körpersprache, bevor er sagt: »Nein … Nichts. Ich bin ihm nur einmal flüchtig begegnet.«

»Schreiben wir weiter mit?«, fragt Rodero und wendet sich an T.

T nickt.

»Gut, dann kommen wir zum nächsten: Henry Pascual Blanc«, er schreibt den neuen Namen an die Tafel. Dann streicht er mit dem Finger über das Dossier. »Französischer Staatsbürger, Sohn eines Spaniers, Veterinär, 40 Jahre alt, nicht vorbestraft. Er hat in Tours studiert, danach arbeitete er in der Tierladenkette *Bon Chien*: erst in Tours, dann in Rouen. 1995 ist er unvermittelt in die Niederlande gegangen, wir wissen weder mit wem noch warum. Dort hat er zwanzig Kilometer von Amsterdam entfernt eine Stelle auf einem Hof mit Massentierhaltung angetreten, auf dem Schweine gezüchtet werden. Denken Sie bitte daran«, er schaut die Versammelten an, »dass ein großer Teil der Schweine, die in Spanien geschlachtet werden, aus den Niederlanden kommt. Größtenteils Ferkel, die wir hier mästen und großziehen. Zudem gibt es gute Gründe anzunehmen, dass so manches dieser Schweine ein kleines Geschenkpaket im Bauch hat ...« Er wendet sich an T: »Für den Fall, dass Du mehr darüber wissen willst, habe ich Deinem Dossier einen Bericht aus dem Gesundheitsamt beigefügt.« Jetzt wendet er sich wieder an alle: »Gut. Unser Tierarzt Henry könnte also eine Schlüsselfigur werden. Denken Sie bitte auch hier daran, dass er direkt in Amsterdam unter Vertrag genommen wurde. Berganza, was können Sie uns noch zu ihm sagen ...«

Berganza schaut wieder in seine Aufzeichnungen.

»Alle nennen ihn ›den Franzosen‹ ... Er ist gebildet, freundlich, besitzt sogar einige Raffinesse ... Er sieht so aus, als könne er keiner Fliege was zuleide tun ... Ist gewissermaßen das genaue Gegenteil vom Schlachter. Er kam 99 ins Dorf und wohnt seit etwa einem Jahr mit einem Mädchen zusammen: Luisa Giró Robles. Die beiden erwarten ein Kind. Er ist für die Sterbehilfe im Schlachthof zuständig. Er hat dafür zu sorgen, dass es den Schweinen relativ gut geht, bevor sie sterben. Was der Direktion entgegen kommt. Er spricht ziemlich gut Spanisch, kann sich gut verständigen ... Er dürfte großes Interesse daran haben, jemanden kennenzulernen, der etwas kultivierter ist als die meisten seiner Nachbarn im Dorf, so dass sich hier sicher Möglichkeiten für unseren Agenten eröffnen.«

Rodero befragt den Kommissar erneut nach seiner Meinung. Der Kommissar, mittlerweile recht wach, macht erneut eine Geste, die besagt, dass er dem nichts hinzuzufügen hat: »Nein, den habe ich gar nicht erst kennengelernt«.

Rodero fährt fort: »Sehr gut, dann kommen wir bereits zum dritten Individuum«, er schaut in sein Dossier, bevor er an die Tafel schreibt: »Camilo José Santiago Nogales, geboren in Valdemorales, in der Provinz Castellón. Von ihm haben wir viele Spuren. Seit seinem dreizehnten Lebensjahr gibt es Anzeichen für käufliche homosexuelle Aktivitäten: Er arbeitete wohl in Kinos, am Strand usw ...« Er blättert im Dossier. »Mehrmals wurde er auf frischer Tat ertappt, aber wegen Minderjährigkeit ist die Sache immer im Sand verlaufen. Außerdem hat er nie Anzeige erhoben gegen die vermeintlichen Kinderschänder. Das waren noch andere Zeiten ... Also, mit fünfzehn Jahren zieht er nach Teneriffa. Dort lebt er allem Anschein nach unter der

Fuchtel eines bekannten Päderasten, der ihm auch Arbeit in seiner Diskothek verschafft sowie Kontakte zu Klienten seines Vertrauens. Damals wurde ein Fall dokumentiert mit einem Typen, der hinlänglich bekannt war für sein auffälliges Verhalten gegenüber Prostituierten. In diesem Zusammenhang kam es zu einer Anzeige wegen versuchter Körperverletzung mit einem Metallkamm. Der Richter hat das Verfahren damals auf dem Instanzenweg eingestellt. Es gab keine Beweise, keine Zeugen. Abgesehen von einem Arztbericht aus dem Krankenhaus und dem Tatbestand, dass der Typ in einem Kommissariat auftauchte und das Gesicht aussah wie ein Kartoffelacker. Was noch …? Dem Jungen wurde es scheinbar in Teneriffa zu langweilig, er verabschiedete sich von seinem Mentor und tauchte zwei Monate später in Bilches wieder auf, wo er von 83 bis 84 erneut als Kellner arbeitete. Selbstverständlich in einem einschlägigen Etablissement. Mit dem sprechenden Namen Lord Douglas. Im März 1984 passierte etwas Interessantes: Er kauft sich einen Volkswagen Golf Cabriolet, bezahlt mit einem Scheck, der auf seinen Namen ausgeschrieben ist. Der Scheck, die Steuern, Zulassung und Versicherung werden jedoch von einem Konto abgebucht, das einem gewissen Juan Aresti Montiel gehört, dem Besitzer der Metzgerei in San Juan del Horlá. Einem Mann, der aus dem Ort stammt. Der junge Franzose gibt noch in derselben Woche seinen Job auf und ist drei Wochen später in San Juan gemeldet. Das klingt ein bisschen so, als wäre er wieder einmal einem Patron gefolgt. Diese Geschichte jedoch hält sehr viel länger als alle vorherigen. Aus den folgenden zwei Jahren sind weder Ein- noch

Ausgaben bekannt, bis er 88 als Packer bei Uni-Pork eingestellt wird. Von dort kommt er in die Schlachterei und fünf Jahre später steigt er in die Administration auf … Berganza, was können Sie uns von ihm berichten?«

»Also, am auffälligsten an diesem Camilo José ist, den alle ›Rito‹ nennen, dass er eine Tunte vor dem Herrn ist. Wir wären von allein nie auf die Idee gekommen, dass er mit dem Metzgermeister zusammenwohnt, der wiederum aussieht wie ein Veteran aus den Befreiungskämpfen und nicht die geringsten Anzeichen von Homosexualität ausstrahlt. Dann haben wir aber erfahren, dass der Metzgermeister auch noch mit einem Priester zusammenlebt, einem jungen Mann, der seinerseits versuchte, mit meinem Assistenten zu flirten. Er bot sich schlicht und einfach an … Aber was den Rito selbst angeht, würde ich sagen, dass er offen, sympathisch und überaus eitel wirkt … Es dürfte nicht schwer sein, sich mit ihm anzufreunden. Schon gar nicht, wenn man sein Typ ist, und ich könnte schwören, dass T sein Typ ist. Über ihn könnten sich verschiedene Türen öffnen. Er ist sehr gut vernetzt. Außer seinen Schichten im Schlachthof arbeitet er stundenweise in der Genossenschaft. Vielleicht könnte man den Ausblick wagen, dass er das Salz in der Suppe sein dürfte. Ein überaus interessanter Mann.«

In der Hölle

Vor dem offenen Tor steht eine Schiefertafel auf einem Ständer. Dort ist die Tageskarte angeschrieben: *Makkaroni, Ofenkartoffeln, Kichererbsenmus, Schweinshaxen, Schweinsbäckchen, Hühnchen in Pilzragout.* P geht durch das Tor hindurch. An die Steinwand ist ein Pfeil gemalt, dem er dann die Treppen hinauf folgt. Bereits vom Treppenabsatz aus ist drinnen der Fernseher zu hören. Auf der Glastür am Eingang springt ihm ein Schild in die Augen, auf dem in goldverblichenen Lettern »CG« steht. *Consorcio Ganadero* steht darunter, Genossenschaft der Viehzüchter. Man schaut auf eine lange Theke, während rechts und links Tische stehen. Drei Tische sind belegt. Zwei ältere Herren sitzen allein da. Am anderen Tisch hocken zwei Männer unterschiedlichen Alters zusammen. Alle verfolgen die Nachrichten im Fernsehen. Der Apparat hängt von der Decke. Die Leute schauen kaum auf, um zu sehen, wer kommt.

P geht an die verwaiste Theke und wartet. Bald darauf kommt aus der angrenzenden Küche ein etwa zwanzig Jahre altes Mädchen heraus, das auf ihren Unterarmen mehrere Teller jongliert, um sie im Gleichgewicht zu halten. Roter Pullover, unverkennbar schwanger, gerötete Wangen, violette Augen, Bubikopf mit schwarzen Haaren. Rotkäppchen im sechsten Monat. Sie schaut P mit kaum verhehlter Überraschung an und sagt »Hallo«. Sobald sie die Teller serviert hat, bleibt sie vor ihm stehen, hält sich den Bauch und fragt: »Was kann ich für Sie tun?« P fragt, ob er etwas zu essen bestellen kann. Das Mädchen wiederum fragt zurück, ob ihm etwas von dem Menü recht sei. P sagt ja: die Ofenkartoffeln mit dem Hühnchen. Sie macht eine Handbewegung, die ihm bedeutet, dass er sich setzen möge. Eher zufällig zeigt sie dabei auf die Tische rechts. P kommt dicht an dem Tisch vorbei, der von den beiden Männern belegt wird, die beide gebannt auf den Fernseher schauen. Der Ältere ist über sechzig, robust und ein Sanguiniker. Der Löffel sieht neben seinen muskulösen, behaarten Unterarmen aus als wäre er ein Miniaturschäufelchen. Der Goliath und die Suppe. Der Jüngere ist zwischen zwanzig und dreißig und hat die jungenhaften Gesichtszüge eines Leonardo Di Caprio: zierlich, zerbrechlich und nervös. Das tapfere Schneiderlein. Der Erste könnte der Metzger sein. Er hat die Statur eines Ringers, aber der andere passt nicht richtig auf die Beschreibung von Rito. Er hat überhaupt nichts Tuntiges an sich. Womöglich der Pfarrer. P wünscht ihnen »Guten Appetit«. Von dem über Sechzigjährigen ist mit vollem Mund ein rauer Ton zu hören, während der Jüngere P von Kopf bis Fuß mustert. Er lässt den Blick auf ihm ruhen, bis P es sich an einem Tisch in der Nähe gemütlich gemacht hat. Dann flüstert er dem Goliath sofort etwas ins Ohr und legt dabei eine Hand auf dessen hemdsärmeligen Unterarm. Goliath grunzt verächtlich, schüttelt die Hand ab und streicht sich mit seiner geröteten Metzgerhand über das von der Suppe glänzende Kinn.

Auf dem Fernseher sind flackernde Bilder von Schweinen zu sehen, die beim Füttern in einer Reihe stehen beziehungsweise übereinanderfallen. Originaltöne von einem Viehzüchter, der von einer Art Schweinepest besonders stark geschädigt wurde und der im Untertitel als »Betroffener« kenntlich gemacht ist. Die nächsten Bilder zeigen noch mehr Schweine. Bergeweise steife Schweine, die im Hintergrund von einem Bagger mit den Beinen in der Luft in eine gekalkte Grube geschaufelt werden. Das tapfere Schneiderlein mustert P verstohlen. P tut so, als würde er sich ganz und gar auf die undeutlichen Bilder im Fernsehen konzentrieren. Jetzt kommt Sport. Ausschnitte aus den Interviews. »So ist Fußball. Was zählt sind letztlich die drei Punkte, die wir geholt haben ...«

Sowie die ersten Teller an Ps Tisch gebracht werden, kommen neue Gäste ins Lokal herein. Zuerst einer um die dreißig. Er hat seine Haare ausgebleicht, ist vollschlank und hat blaue Augen. Hänsel ohne Gretel. Er setzt sich mit an den Tisch vom Goliath und dem tapferen Schneiderlein. Auf den Stuhl, der dem Jüngeren gegenübersteht. Dadurch sitzt er mit dem Rücken zum Fernsehapparat. Als er den Mund aufmacht, klingt es auf die Ferne nach einem französischen Akzent. Während er es sich an dem Tisch gemütlich macht, wirft auch er P einen Blick zu und wünscht einen *»Bon appétit«*. P hebt seine Hand und lächelt. Zweifellos der Tierarzt.

Wenig später gesellt sich noch ein vierter hinzu, der so um die dreißig sein dürfte: blaugefärbte Haare und eine irrsinnig auffällige Narbe, die ihm über ein Augenlid und quer durchs Gesicht läuft. Der Schlachter. Sein Foto hat P in der Polizeiakte gesehen. Der französische Hänsel ohne Gretel begrüßt ihn mit viel Theater. Der mit der Narbe nimmt sich den vierten Stuhl am Tisch. Kurz darauf wird er von Goliath angeblafft, weil er diesem die Sicht auf den Bildschirm verstellt.

Der mit der Narbe wehrt sich mit: »Sag mal, spinnst Du, Du Idiot. Es wäre ja wohl gelacht, wenn man sich hier nicht mehr hinsetzen dürfte, wo es einem gefällt.« Er gibt ihm einen Klaps auf die Schulter, der klingt, als hätte er eine Mücke auf einem Sandsack erschlagen. Dann zieht er an den Tisch daneben, von wo aus er weiterhin der Unterhaltung zwischen Hänsel und Schneiderlein folgen kann. Stille kehrt jetzt nur noch einmal ein, um Rotkäppchen zu lauschen, die ihnen das Tagesangebot aufzählt: »Ich wüsste ja gern mal, wofür ich mir jeden Tag die Mühe mache und euch die Tagesgerichte auf die Tafel schreibe.« Bisweilen ufert die Unterhaltung in ein einziges Geschrei aus, vor allem, wenn der mit der Narbe und das tapfere Schneiderlein miteinander zanken: »Sag mal, du alter Pfaffe, Du willst Du uns doch nicht etwa erklären, was wir hier drin tun und lassen dürfen ...?« Für einen kurzen Augenblick schauen die drei Männer zu Ps Tisch hinüber, der so tut, als hätte er das nicht bemerkt.
Dann ist nichts mehr zu hören, bis sie jemanden begrüßen, der als Letzter in die Wirtschaft hineinkommt: um die vierzig, in schwarzen Kunstlederhosen, übertrieben wiegender Gang, eine Tolle, die ihm in die Stirn fällt. Als er P an dessen Tisch wahrnimmt, wird der Gang noch weicher und schwungvoller: »Ach du Scheiße, der Rito, seit wann treibst Du Dich denn um diese Zeit hier herum?«, fragt der mit der Narbe. Der Neue beachtet ihn gar nicht. Er kommt nur an den Tisch, um dem Goliath etwas zu sagen und verlässt dann sofort wieder das Lokal. Nicht ohne P noch einen Blick zuzuwerfen.
Als er das Hauptgericht verputzt hat, bringt ihm Rot-

käppchen einen Quark und ein Gläschen Honig an den Tisch. P sagt zu ihr, dass ihr Hühnchen sehr lecker gewesen sei. Darauf scheinen sich ihre Wangen noch stärker zu röten. »Ja, das gelingt mir gut«, sagt sie ein wenig verlegen. Man sieht, dass sie so ein Lob nicht alle Tage bekommt. P bestellt sich noch einen Kaffee und raucht eine Zigarette. Als er sich die Strickjacke überstreift, um wieder zu gehen, vergisst das tapfere Schneiderlein die Unterhaltung an seinem Tisch und schaut ihn ohne Umschweife lange an. Dann greift er zu der halb aufgerauchten Faria, die der Goliath für einen Moment auf dem Aschenbecherrand liegen ließ und nimmt mit seinen weichen Lippen einen vollen Zug, während er P weiterhin ansieht. Der Goliath merkt es und nimmt ihm die Zigarre sofort aus der Hand. Dann begutachtet er sie eingehend, als würde er nach irgendeinem Makel suchen, der durch unsachgemäßen Gebrauch entstanden ist, und raucht sie weiter.

Rodero unterstreicht die drei Namen an der Tafel, bevor er sich wieder zum Konferenztisch dreht.

»So weit, so gut. Wir dürfen uns natürlich nicht ausschließlich auf die drei Typen beschränken, von denen eben die Rede war, sondern das Ziel unseres verdeckten Ermittlers muss sein, sich so nahtlos wie möglich vor Ort zu integrieren. »Berganza, könnten sie uns abgesehen von allem, was bereits gesagt wurde, ein kleines *Dramatis personae* von den Nachbarn liefern? Ich bin mir sicher, dass Sie genug Gelegenheit hatten, sich reichlich Notizen zu machen ...«

Berganza übernimmt wieder, ohne sich dieses Mal ans Notizbuch zu klammern.

»Also, für mich unterteilen sich die Einwohner klar in zwei Gruppen: Die Mehrheit von ihnen, etwa dreihundert Leute, sind diejenigen, die auch im Ort geboren wurden. Eine kleine Minderheit von etwa zwanzig Zugereisten, die sich im Lauf der Jahre dort niedergelassen haben, bildet die zweite Gruppe. Von denen, die ich mal Ureinwohner nennen möchte, gibt es nicht viel zu berichten. Die Frauen gehen nie aus dem Haus. Die Männer sind zwar häufiger zu sehen, aber derart misstrauisch, zurückgezogen und in einer Form zurückhaltend, die fast schon an Autismus grenzt. Nur die Jugendlichen treffen sich regelmäßig und unterhalten sich lautstark in ihrem Bergdialekt. Die einzige Ausnahme bildet der Metzger, von dem schon die Rede war. Er wirkt zwar etwas schroff, kann aber bisweilen ziemlich kommunikativ sein. Dann gibt es da noch einen jungen Burschen, den sie ›Kainsmal‹ nennen. Der spielt sich unheimlich auf, aber auch nur, wenn er ein paar Gläser zu viel getrunken hat. Ansonsten rennt er mit einem Trikot von Maradona durch die Gegend und hantiert mit seinem Traktor herum. Meist ist er so schüchtern und scheu wie der Rest des Dorfs auch.«

»Und wie steht es mit den Zugereisten …?«, fragt Rodero, »glauben Sie, dass es eher möglich sein wird, sich mit einem von ihnen zusammenzutun?«

»Ja, auf jeden Fall. Die sind mit dem Rest überhaupt nicht zu vergleichen … Man könnte vielleicht sagen, dass sie das gesamte Panorama an Verschrobenheit abdecken. Es ist wie im Bilderbuch. Vermutlich sind sie dort hängengeblieben, weil sie sonst nirgends hinpassen. Am normalsten ist vermutlich noch der französische Tierarzt … Aber ja, Sie haben Recht, es ist sehr leicht, mit den meisten von ihnen ins Gespräch zu kommen. Manchmal ist es sogar schwerer, sich dem zu entziehen.«

»Könnten Sie den einen oder anderen für uns kurz charakterisieren?«

»Also … Da hätten wir beispielsweise den sogenannten ›Robocop‹. Der sitzt für gewöhnlich den ganzen Tag vor dem Café in den Arkaden und trinkt Bier. Die Polizisten aus dem Streifenwagen meinten, dass der ganze Kokainhandel über ihn läuft … Dann wäre da noch eine Frau, die als ›Schickse‹ bekannt ist. Sie hat früher in einer Werbeagentur gearbeitet und ist von dem Zeug abhängig, das Robocop unter die Leute bringt. Auf der Suche nach einer *Location* für eine Werbung hatte sie es ursprünglich erstmals ins Dorf verschlagen, und als sie arbeitslos war und kein Geld mehr hatte, um sich die tägliche Dosis in der Stadt zu verschaffen, ist sie zurückgekehrt ...«

»Die klingt auch nicht schlecht, oder?«, sagt Rodero.

»Bestimmt ... Sie arbeitet als Kellnerin in dem Pub. Ich könnte schwören, dass sie ihr ganzes Gehalt beim Robocop lässt ... Sie wirkt immer so, als hätte sie große Lust, mit jemandem zu reden. Außerdem hat sie eine Schwäche für gut aussehende Männer. Was soll ich sagen, mein Assistent hatte dort oben die freie Auswahl ...«

»Hatten Sie nicht gesagt, dass im Pub die Kellner ständig wechseln?«

Berganza nickt. Rodero wendet sich jetzt an T: »Also, da hättest Du schon einmal ein paar gute Kontakte ... Wir sind alle sehr gespannt, wie es um Deine Verführungskünste bestellt ist ...«

In der Hölle

Das Pub liegt unten in einer Straße, der einzigen, die im Dorf eine Parallelstraße besitzt. Sie führt einen kleinen Hang hinunter zwischen Schieferhäusern, vor denen Geranien hängen, die im letzten Licht des Abends leuchten. Es beginnt kühler zu werden. P steckt die Hände in die Taschen, während er über das unebene Pflaster balanciert.

Von oben sind bereits ein Licht und zwei große rohe Holzstühle zu erkennen, die den Eingang des Lokals flankieren. Um sie herum stehen lauter Zwanzigjährige, von denen die meisten gefärbte Haare haben. Sie trinken das Bier aus der Flasche und reden besonders laut und mit einer besonderen Art der Betonung. Manche sitzen auf den Stühlen, andere lehnen an den zwei Autos, die davor parken. Bei einem Auto stehen alle Türen offen. P kommt im Dunkel der Straße herunter und ist erst wenige Meter vor dem Eingang zu sehen. Die Musik, die aus dem parkenden Auto dröhnt, übertönt zudem seine Schritte. Harte Rockmusik mit lokalem Einschlag. Die Jugendlichen schauen kurz auf, um zu sehen, wer näher kommt, dann tun sie sofort so, als wäre nichts geschehen. Als P auf ihrer Höhe ist, erlischt die Unterhaltung mit einem Mal. Schweigen, laute Musik, Geruch von Marihuana. Niemand schaut P ins Gesicht. Einige treten ein wenig zurück, um P auf dem schmalen Bürgersteig zwischen der Bank und den Autos durchzulassen. P bedankt sich in die Runde und greift nach dem Türknauf, um sich den ländlichen *night club* mal aus der Nähe anzusehen.

Spärliche Beleuchtung, Wände und Decke in Pink, of-

fenes Kaminfeuer, Papierlampions, ein Wildschweinkopf hängt kopfüber an einem Balken, wobei der Rachen zum Boden hin offen steht. Stimmengewirr ist zu vernehmen und Musik in erträglicher Lautstärke: *Don't go 'round tonight / 'Cause is bound to save your life / There's a bad moon on the rise.* Zur Linken herrscht Chaos. Kleine runde Tischchen, ein Haufen Stühle, die von zwölf, fünfzehn Jugendlichen besetzt sind. Darunter lediglich drei Mädchen, die P gerade lang genug anschauen, um zu sehen, dass es »der Fremde ist, der gestern angekommen ist«. Dann reden sie weiter. Zur Rechten steht eine Theke mit schwarz gepolstertem Rand, davor Hocker, die fetzenweise schäumend grün leuchten. Vier oder fünf ältere Stammkunden haben sich dazwischen postiert.
P nimmt sich den Hocker, der der Tür am nächsten ist, und gesellt sich dazu. Er grüßt die zwei Männer neben sich, zwei Bauern um die fünfzig, die Wein mit Sodawasser trinken und seinen Gruß nicht erwidern. Die Barkeeperin ist dunkelhaarig, weit über dreißig und löst am anderen Ende der Theke auf einem Hocker Kreuzworträtsel. Sie rührt sich erst, nachdem sie in aller Ruhe ihre Eintragung zu Ende geschrieben hat: »Was darf's sein, Fremder?« Jeansminirock, darunter schwarze Strumpfhosen, schmale Hüften, die Brüste sind riesig und hängen unter einem schwarzen Pullover mit rundem Kragen. Sie ist nicht gerade anmutig: ihre Gesichtszüge sind asymmetrisch, sie hat eine knollige Nase und schmale Lippen. Kein Dialekt. P wartet, bis das Bier vor ihm steht, bevor er eine Unterhaltung mit ihr versucht: »Entschuldige, aber Du dürftest auch nicht aus der Gegend kommen, oder?«

»Nee«, schiefes, ätzendes, pedantisches Lächeln, »ich bin die Schickse aus der Hauptstadt, merkt man das?«
»Hm, das kann ich nicht sagen ... Ich bin auch von da.«
»Klar ... Dir merkt man die Stadt auch noch an.«
Das muss die ehemalige Werbetante sein. P lächelt.
»Bist Du schon lang hier in der Gegend?«
»Siebzehn Monate. Lang genug, um den Geruch von Holz angenommen zu haben hier im Dorf.«
P lacht über ihre Bemerkung.
»Und hast Du es schon so weit gebracht, dass sie Dich grüßen?«
»Ach, weißt Du, die sind nicht alle so doof wie sie aussehen. Es gibt zwei, drei, die echt ganz in Ordnung sind. Aber man muss ihnen Zeit geben. Du bist ja erst gestern angekommen.«
»Woher weißt Du das?«
Wieder dieses pedantische Lächeln.
»Du hattest genau diese Strickjacke an, die noch immer nach teurem Parfum riechen dürfte, und mit der Du Dir den Arsch abfrieren wirst. Robocop hat Dich aus dem Bus steigen sehen. Dann bist Du ins Café unter den Arkaden gegangen, hast einen Kaffee bei der Susi bestellt und bist ins Hostal gezogen, wo du untergebracht bist. Heute Vormittag warst Du die ganze Zeit im Dorf unterwegs. Um eins hast Du in der Genossenschaft ein Hühnchen verspeist, was Dir überaus mundete, wie die Nieves erzählt hat. Danach bist Du in die Telefonzelle gegangen, und als du gemerkt hast, dass sie nicht funktioniert, bist Du zurück ins Hostal. Soweit ich weiß, wurdest Du erst wieder gesehen, als Du vor kurzem versucht hast, in die Kirche zu gehen. Die war aber zu.«

»Gibt's Überwachungskameras oder kommt hier nie ein fremdes Gesicht lang?«
»Nur selten. Und wenn, dann gibt's in der Regel Schereien. Heidi erzählt, dass Du Arbeit suchst ... und Englisch kannst ... Und, na ja, die sagte noch so manches andere ... Wenn Du wirklich Arbeit suchen solltest, würde ich Dir empfehlen, hier nicht Deine Zeit zu verplempern. Steig lieber wieder in den nächsten Bus und fahr möglichst weit weg. Hier verschlägt es höchstens ein paar ehemalige Junkies oder Verbrecher her oder Leute, die schräg und pleite sind.«
»Na, Du siehst ja nicht gerade wie ein Junkie aus, würde ich mal sagen ...«
»Danke schön, aber frag nicht. Wir haben hier alle unsere Vergangenheit ... Außerdem bin ich eine Frau, und wir Frauen machen weniger Ärger. Abgesehen von der Heidi, vor allem wenn sie besoffen ist. Aber sie ist schon am längsten hier und hat Sonderstatus ... Die Leute hier mögen es, wenn ihnen in den Lokalen eine Frau die Getränke serviert, weißt Du? Am liebsten sogar ein paar Schicksen im fruchtbaren Alter aus der Hauptstadt. Deswegen schleppen sie hier immer wieder eine an. Und wenn die Jungs am nächsten Tag ausschlafen können, ist es für sie das Höchste, die dann die ganze Nacht über ordentlich zu demütigen ...« Sie ist einen Augenblick still und lächelt. Diesmal ohne jegliche Durchtriebenheit. »Hör nicht auf mich, ich glaub, ich fang an, Mist zu erzählen ...«
»Ach was, ich nehme mal an, dass es nicht leicht ist, sich hier einzuleben ...«
»Du hast ja keine Ahnung ... Manchmal habe ich eine solche Lust, mal wieder am Wochenende Lidschatten

aufzutragen und mit einer Freundin auf Absätzen durch die Stadt zu staksen, zu shoppen, eine heiße Schokolade zu trinken und sich gegenseitig die neuesten Einkäufe vorzuführen. Mir steht es bis hier, immer nur Typen um mich herum zu haben. Mit Euch kann man überhaupt nicht richtig schnattern. Am ehesten noch mit dem Rito, aber der lässt sich unter der Woche eh kaum blicken.«

»Und was ist mit den Frauen aus dem Dorf? Da muss es doch welche geben, nicht?«

»Die schließen sie zu Hause weg ... Das würde man bei den gefärbten Haaren gar nicht denken, was? Aber wir sind hier in den Bergen in einem Nest von dreihundert Einwohnern. Die Dorfmädels gehen nur mit ihrem Freund ins Café, nur mit ihm. Dann gucken die zusammen Fußball und nehmen sonntags bei den Spielen viel Platz weg und kichern blöd, wenn ihre Macker raushängen lassen, wie viel Testosteron in ihnen steckt. Echt, wie *cheer leaders*. Mit dem einzigen Unterschied, dass ihre Jungs hier mit den bunten Federn rumlaufen«, sie macht eine vielsagende Bewegung zu den Punk-Frisuren.

»Stimmt, ich habe heute an einem Tag mehr gefärbte Haare gesehen als in meinem ganzen Leben.«

Sie lacht ihn schief an.

»Das soll cool und modern aussehen. Wenn sie eines Tages merken sollten, dass Sid Vicious längst gestorben ist, fallen die in Ohnmacht ...« Pause, sie beäugt P von oben bis unten. »Gut, nun erzähl Du mir mal ein bisschen ... Was hat Dich denn hierher verschlagen? Du siehst ja nun auch nicht gerade aus wie ein Junkie ... Und wie ein gemeiner Verbrecher verhältst Du

Dich auch nicht. Hm, bist Du ein Fälscher? Oder ein Schwuler, den sie im Schrank gefunden haben? Ein Intrigant? Oder einer, der auf dem Schwarzmarkt alles zum doppelten Preis verkauft …?«

»Ach, das ist eine lange Geschichte. Jedenfalls suche ich im Moment echt Arbeit … Im Schlachthof oder auch sonst wo.«

Sie macht ein skeptisches Gesicht.

»Hältst Du das für so schwierig?«, fragt er.

»Hier gibt's mehr als genug Arbeit, aber die werden sie Dir nicht geben, weil sie Dich nicht kennen. Und komm bloß nicht auf die Idee, ihnen ein *Curriculum vitae* vorzulegen … Sonst glauben sie noch, dass Du sie mit einer Geldstrafe belegen willst.«

»Aha … Und dauert es lang, bis sie einen kennen?«

»Kommt darauf an. Wenn Du gut bei ihnen ankommst, reichen ein paar Tage. Dann bist du akzeptiert. Wenn nicht … Tja, im schlimmsten Fall, machen sie Dich zum Selbstmörder. Du kennst ja den Gipfel des Horlá, oder nicht? Da wärst Du jedenfalls nicht der Erste. Hier ist noch ein Tipp: Falls Du echt hierbleiben willst, solltest Du nie versuchen, moderner zu wirken als sie. Dein Haarschnitt ist beispielsweise für sie so normal wie der von den Alten. Deine Mode ist hier noch längst nicht angekommen. Warte mal, der Franzose trägt sie auch kurz, aber wenigstens sind sie bei ihm ausgebleicht. Außerdem hat der auch einen Sonderstatus, weil der als Tierarzt hier ist und direkt zum Schlachthof kam …«

»Ich könnte es ja mal mit einem Hundehalsband versuchen und ein paar Sicherheitsnadeln …«

»Keine schlechte Idee für den Anfang … Vor allem solltest Du nicht mehr so viel lächeln, sonst sieht man gleich, dass Du Dir seit frühester Kindheit dreimal am Tag die Zähne geputzt hast.«

»Echt? Ich putze sie mir immer nur morgens; ich mag den Geschmack von den Zahnpasten nicht.«

»Ich auch nicht, die sollten mal eine rausbringen, die nach Latte macchiato schmeckt.«

P lacht.

»Ich heiße übrigens Pedro.«

»Ich Cristina, aber hier nennen mich alle die ›Schickse‹. Wie Du siehst, haben die eine überbordende Fantasie, was Spitznamen angeht. Ich kann Dir echt nur raten, so schnell wie möglich hier wieder abzuhauen. Aber das habe ich Dir ja schon gesagt. Solange Du Dich entscheidest, solltest Du aber auf jeden Fall noch oft hier vorbeikommen. Es macht Spaß, mal wieder mit jemandem zu reden, der mehr als Scheiße oder Arschloch sagen kann, auch wenn man mit Dir wahrscheinlich nicht über Klamotten quatschen kann.«

In diesem Augenblick betritt Nexus 6 aus der Kampfeinheit das Lokal, den P am Morgen bereits auf seinem Traktor gesehen hat. Das Maradona-Trikot hat er gegen ein schwarzes T-Shirt mit Iron-Maiden-Aufdruck eingetauscht. Sein Irokesen-Kamm steht wie ’ne Eins und glänzt vom Haargel. Er ist sogar noch größer, als er auf dem Traktor aussah, hat breite Schultern und lange, sehnige Gliedmaßen. Er baut sich mit erhobener linker Faust mitten im Lokal auf und jault mit durchdringender Stimme. Mehrere von denen mit den gefärbten Haaren erwidern den Gruß auf dieselbe Weise. Auch sie heben die Faust und stimmen ein wildes Geheul an. Danach trabt Nexus an die Theke, mustert

einen Augenblick P und dessen Bier, und wendet sich dann mit besonders starkem lokalen Akzent an die Kellnerin: »Na los, du Fotze, schenk mir was ein, ich hab Durst.«
Sie deutet ein Lächeln an.
»Was für eine unerwartete Freude! Wie wäre es mit einem Portwein für den Herrn?«
»Bist Du behämmert. Gib mir was für Männer, Scheiße noch mal ...«
P begutachtet seinen Unterarm, vor allem die Tätowierung. Sollte das eine Stechapfelblüte sein?

Rodero lässt nicht locker und Berganza schaut noch einmal seine handschriftlichen Aufzeichnungen durch. »Ebenso redselig ist ein gewisser Blas Montero Salas, den sie alle Beethoven nennen. Von ihm war schon die Rede: die Geschichte mit Guy de Maupassant war von ihm … Er ist ein richtiges Unikum. Sieht aus wie Einstein mit langen Haaren und Schnurrbart. Ein pensionierter Banker, seit 90 von seiner Frau getrennt, hat einen Sohn, den er seit Jahren nicht gesehen hat … Er ist auf seine Weise mindestens ebenso exzentrisch wie die anderen, die es dorthin verschlagen hat, aber deutlich gebildeter. Zum Whisky unterhält er eine besonders liebevolle Beziehung. Außerdem kaut er einem das Ohr ab. Wir haben am Schluss nur noch versucht, ihm aus dem Weg zu gehen, weil er uns ständig mit irgendwelchem Scheiß stundenlang aufhalten wollte. Wenn man genug Zeit mitbringt, könnte der aber unterhaltsam sein.«

»Den habe ich auch kennengelernt«, sagt der Kommissar, der seit einiger Zeit alles etwas interessierter zu verfolgen scheint. »Wir haben zusammen einen Kaffee getrunken, in einem der Lokale dort. Er vertrat eine außergewöhnliche Theorie, was es mit den Guten und den Bösen auf sich hat …«

»Stimmt«, sagt Berganza. »Die hat er uns auch unterbreitet. Er ist der festen Überzeugung, dass die Menschheit sich in drei Gruppen aufteilen lässt. Zu der einen gehören neunzig Prozent und zu den anderen jeweils fünf Prozent: die Guten, die Bösen und die Normalos …«

In der Hölle

Es ist fast Mitternacht, als sich P auf den Weg ins Hostal macht. Das Café unter den Arkaden ist immer noch geöffnet. Er geht hinein, um einen letzten Absacker zu trinken. Drinnen: an den Tischen Jugendliche mit gefärbten Haaren, hinter der Theke die Dame des Hauses beim Spülen der Gläser sowie Einstein mit gelblichem Schnurrbart und seinem Herrentäschchen am Handgelenk. P grüßt ihn. Einstein grüßt ihn mit lauter Stimme zurück: »Hallo, junger Mann«. Weder Dialekt noch ausweichender Blick: »Susi, bringst Du mir bitte noch einen Kognak mit Sodawasser, bist Du so lieb?« P nutzt die Gunst der Stunde, um bei der Dame des Hauses, die schwerfällig angeschlurft kommt, ein Bier zu bestellen. Sie lächelt ihn zur Begrüßung an.

»So, so, da haben wir also ein Greenhorn im Ort«, sagt Einstein. »Haben Sie vor, längere Zeit hier zu bleiben?«

»Das weiß ich noch nicht so genau ... Ich bin auf der Suche nach Arbeit. Wenn ich welche finden sollte, würde ich ein Weilchen bleiben.«

»Na, Sie sind mir ja lustig. Ausgerechnet hier. An jedem anderen Ort der Welt dürfte es leichter sein, Arbeit zu finden, oder etwa nicht? Sie werden doch nicht etwa an einer schweren Oligophrenie leiden?«

P kramt in seinen Taschen, um zu bezahlen.

»Ich würde eher von mir behaupten, dass ich an einer starken Vorliebe für diese klare Bergluft leide. Darf ich Sie auf ein Gläschen einladen?«

»Sehr liebenswürdig. Aber warten Sie. Lieber wäre mir noch, wenn Sie mich auf das nächste einladen könnten, falls Ihnen das nichts ausmacht. Kognak mit Soda darf ich bei der Susi anschreiben, aber so richtig Lust hätte ich auf einen Whisky, und den muss ich immer sofort bezahlen. Daraus können Sie sofort ersehen, in welch schmerzlichen finanziellen Verhältnissen ich mich in meinem Alter befinde …«

»Wir haben alle mal harte Zeiten.«

»So, so, da gefällt Ihnen also die gute Bergluft, nicht wahr? Nun ja, wir hatten für mehrere Jahre hier einen Einsiedler auf halber Höhe des Horlá. Sie wissen sicher bereits, dass der Horlá jener Berg hier vorne ist … Er hat dem Ort, dem Fluss, der Gegend und sogar einer berühmten Erzählung den Namen gegeben«, erwartungsvolles Schweigen.

»*Le Horla* von Maupassant?«

»Oh, ausgezeichnet. Sie haben ja keine Vorstellung davon, wie schwer es ist, mit diesen Barbaren hier eine vernünftige Unterhaltung zu führen. Das verspricht ja ein echtes Vergnügen mit Ihnen zu werden. Laden Sie mich ein, sooft es Ihnen beliebt. Sie werden sehen, eine meiner Theorien, die ich Ihnen augenblicklich unterbreiten könnte, geht davon aus, dass Guy de Maupassant in diese Gegend reiste, kurz bevor er verrückt wurde. Die Erzählung *Der Horla* spielt natürlich am Ufer der Seine, aber der Name dieses Unsichtbaren ist der unseres Berges, da habe ich nicht den geringsten Zweifel. Kennen Sie sich mit dem französischen Realismus aus?«

»Ein wenig.«

»Ist auch egal. Jedenfalls würde ich Ihnen empfehlen, mit dem Bus morgen früh wieder abzureisen. Nicht allen ist es vergönnt, sich dem Einfluss dieser Berge zu widersetzen.«

»Wirklich? Ich habe bisher eher den Eindruck, dass sie mir gut tun …«

»Junger Mann, dieser Ort hat noch nie jemandem gut getan. Jedenfalls niemandem, der nicht hier geboren und aufgewachsen wäre. Will sagen, niemandem, der schon einmal etwas anderes gesehen hat. Das hier ist das Purgatorium. Jeder, der hier ankommt, tut Buße. Ungewiss ist nur, für wie lang. Ich bin jetzt seit zehn Jahren hier, und unerfreulicherweise weiß ich, dass ich hier auch nicht mehr lebend herauskommen werde.«

»Nun ja, möglicherweise habe ich nicht ganz so viele Sünden zu büßen …«

»Darauf sollten Sie nicht vertrauen. Ich will mich vorerst mit Fragen nach Ihrer Vergangenheit zurückhalten, würde aber behaupten wollen, dass nicht nur die Bösen hier büßen, sondern auch die Guten. Und die Gutherzigkeit ist ja sozusagen die schlimmste aller Sünden, zumal sie einen so ausgezeichneten Ruf genießt.«

»Das erinnert mich an ein berühmtes Epigramm … Oscar Wilde ist nicht zufällig ebenfalls hier vorbeigekommen?«

»Na, so etwas. Sie besitzen ja sogar Sinn für Humor … Dazu beglückwünsche ich Sie aufrichtig. Nein, der musste in Riding Buße tun. Und nicht einmal aus den Gründen, die man ihm normalerweise andichtet … Ein so kultivierter Mensch wie Sie dürfte in der Lage sein, auch eine weitere meiner Theorien zu verstehen.« Er legt eine kurze Pause ein, um seinen Kognak zu schlürfen. »Schauen Sie, nach all meinen Beobachtungen dürfte sich die Menschheit in drei Gruppen aufteilen lassen. Fünf Prozent der Menschen sind grausam und egoistisch, die nennen wir ›die Bösen‹. Weitere fünf Prozent sind unschuldig und selbstlos, die nennen wir meinetwegen ›die Guten‹. Und die restlichen neunzig Prozent sind weder gut noch böse: sagen wir, das sind ›die Normalen‹. So weit, so gut, alle Probleme auf der Welt verursachen die Guten und die Bösen, die den Rest in ihre Konflikte verwickeln … Aber verzeihen Sie, ich rede die ganze Zeit. Stört es Sie, wenn jemand viel redet?«

»Nein, nein … Ich habe viel Spaß an der Unterhaltung.«

»Gut, wenn das so ist, dann will ich Ihnen mal was sagen: Wenn es nur die Bösen und fünfundneunzig Prozent Normalos gäbe, dann wäre alles ganz einfach. Die Normalen würden sich von den Bösen versklaven lassen. Basta. Ich weiß nicht, ob Ihnen bekannt ist, dass die meisten Menschen in der Lage sind, sich sehr leicht an ihr Schicksal als Sklave zu gewöhnen, so wie wir uns auch an Klimaschwankungen anpassen können oder an Epidemien oder die Armut. Alles in allem wäre es auch gar nicht so problematisch für fünfundneunzig Prozent der Menschheit, läppische fünf Prozent wie Könige leben zu lassen, meinen Sie nicht auch? Das würde *per capita* nur sehr wenig von jedem Einzelnen verlangen …«

»Schon möglich. Aber wenn die Normalen so leicht mit den Bösen zurechtkommen, dann müsste es ja noch viel leichter für sie sein, sich mit den Guten zu arrangieren, nicht wahr? Und niemand müsste als Sklave leben. Spräche das nicht eher für ein Leben mit den Guten?«

»Keineswegs, junger Mann. Ihr Guten braucht ja die Bösen, um Euch gut zu fühlen. Wenn es keine richtig Bösen mehr gäbe, würdet ihr Euch die weniger guten fünf Prozent der Normalos herausgreifen und sie zu Euren neuen Feinden machen. Stecken Sie doch mal einen Guten in irgendeine Gruppe: Er wird flugs jemanden ausfindig machen, dem er mit der Fahne der Güte und Gerechtigkeit vor der Nase herumwedeln kann. Den Bösen macht es glücklich, seinen Nächsten zu versklaven. Aber der Gute versucht mit derselben Hartnäckigkeit, ihn zu unterdrücken. Das eine ist natürlich so hoffnungslos wie das andere«, er nimmt einen großen Schluck Kognak, um die Gedanken etwas zu vergeistigen. »Verstehen Sie etwas von Magnetismus?«

»Nicht viel … Aber wenn mir eine Frage gestattet ist, würden Sie sich zu den Guten, Bösen oder zu den Normalen zählen?«

»Ich bin ein alter Trinker und Lüstling wie Maupassant auch … Wussten Sie, dass der alte Libertin vorgab, es in einer Nacht auf zehn Kopulationen gebracht zu haben? Ich habe es nie so oft geschafft, warum sollte ich mir da etwas vormachen, aber ich hatte meine Sternstunden … Um auf Ihre Frage zurückzukommen, würde ich mich zu den Normalen zählen, deren Motto lauten muss: Leben und leben lassen. Daher fühle ich mich hier auch einigermaßen wohl. Das Einzige, was mich bedrückt, ist die Vorstellung, dass ich mich in meinem Alter womöglich nie mehr in ein Monster mit zwei Rücken verwandeln werde. Meine Frau hat mich vor vielen Jahren verlassen, und seitdem war ich für keine Frau mehr attraktiv genug. Es sei denn, sie war völlig verrückt. Und die man bezahlt, die kann ich mir schlechterdings nicht leisten. Also bleibt mir nur das Trinken.«

Von einer Gruppe aus dem Hintergrund, in der mehrere Jugendliche diskutieren, lässt sich die Stimme eines Typen mit blauen Haaren vernehmen: »Eh, Beethoven, stimmt es, dass ein Auto weniger wiegt, wenn es schnell fährt?«

Der Alte dreht sich zu der Stimme um: »Bist Du denn von allen guten Geistern verlassen, oder was? Das Gewicht ergibt sich aus Masse mal Schwerkraft. Kannst Du mir mal verraten, was das mit der Geschwindigkeit des Autos zu tun hat?«, er wendet sich mit gemäßigter Stimme wieder an P: »Sie sehen ja, besonders schlau sind die hier oben nicht. Trotzdem bin ich irgendwie immer noch viel lieber mit ihnen zusammen als mit denen aus meinem Alter ...«

»Im Fall eines fahrenden Autos müsste man doch die aerodynamische Kraft einkalkulieren, die sich sehr wohl negativ auswirken kann, oder nicht?«

»Oh Gott, das würde gerade noch fehlen. Wenn Sie denen mit negativen aerodynamischen Kräften ankommen ... Die wären froh, wenn sie lesen und schreiben könnten ... Aber mir wird von Minute zu Minute klarer, was für ein angenehmer Gesprächspartner Sie sind. Ich heiße übrigens Blas, bin pensionierter Banker und in allem anderen Autodidakt. Diese halb alphabetisierten Rotznasen hier nennen mich alle Beethoven. Manchmal sind diese Landeier zum Schieflachen: Ludwig *Blas* Beethoven ... Stellen Sie sich das mal vor: der Beethoven mit Schnurrbart ... Hier haben eigentlich alle einen Spitznamen, das werden Sie schon noch merken, die übrigens häufig umständlicher sind als ihre echten Namen.«

»Ich heiße Pedro. Zumindest bis jetzt ...«

»Oh, wie passend, Pedro, Peter der Große ... ›Ich trage das Band aller Tugenden an meiner Brust.‹ Ich glaube, es war Dante, der ihn so lobte. Sagen Sie mal, umgeben Sie sich gern mit Schwulen?«

»Mh ... nicht unbedingt.«

»Wie schade, andernfalls hätten Sie sofort Anschluss an eine kleine Lobby, die Ihnen Arbeit verschaffen könnte. Im Dorf gibt es eine kleine, sehr solidarische homosexuelle *community*. Vermutlich werden Sie sich dann gut mit der Susi verstehen. Die gehört auch zu den Guten, hat es aber mit den Jahren gelernt, sich ein bisschen rauszuhalten. Davon erzähle ich Ihnen dann ein andermal ... Gestatten Sie mir noch, Ihnen ein weiteres Mal eindringlich meinen Ratschlag ans Herz zu legen: Reisen Sie auf alle Fälle morgen früh mit dem Bus wieder ab. Es sei denn, die kalabresische Mafia ist hinter Ihnen her ... Ähm, wären Sie so freundlich, mir vielleicht jetzt diesen Whisky bei der Susi zu bestellen, den Sie mir vorhin angeboten haben? Wenn ich ihn bestelle, bringt sie mir keinen.«

***

Nachmittag. P betritt die Genossenschaft, um sich Zigaretten zu kaufen. Das Lokal dämmert zwischen den Zeiten des Mittag- und Abendessens verschlafen im Halbdunkel vor sich hin. Zwei Tische sind belegt, an denen Alte Domino spielen. Niemand steht hinter der Theke. Die Tür zum Lager hinten im Lokal ist offen.

P wartet vornübergebeugt und schaut in dieser Schräglage auf den Fernseher, der von der Decke hängt. Der Ton ist abgestellt, aber die Bilder erregen seine ganze Aufmerksamkeit. Das sind doch die Zwillingstürme des World Trade Centers in Manhattan. Er geht ein paar Schritte dichter heran, um besser sehen zu können: Aus den Türmen raucht es unentwegt im Vordergrund. Kein Zweifel. Das doppelte Prisma der Türme qualmt ohne Ende. Darunter steht absurderweise: LIVE AUS NEW YORK. Wegen der schlechten Bildqualität fast unleserlich. P sucht auf der Theke nach einer überregionalen Zeitung und überfliegt die Überschriften. Nichts über New York. Trotzdem sind da diese Türme auf dem Bildschirm. Ein Brand in beiden?
Aus dem Lager lugt das Rotkäppchen hervor und sagt »Hallo« zu ihm.
»Hallo ... Sag mal, was zeigen die denn da im Fernsehen? Ist da irgendwas los in New York?«
»Ja, zwei Flugzeuge sind direkt in die Wolkenkratzer hineingeflogen. Das zeigen sie jetzt schon eine ganze Weile. Die Leute haben sich zum Teil aus den Fenstern gestürzt, um nicht bei lebendigem Leib zu verbrennen.«
»Zwei Flugzeuge? Zwei?«, Geste mit zwei Fingern.
»Zwei. Und noch eins ist in das Pentagon gestürzt. Und sie befürchten, dass noch vier, fünf weitere abstürzen werden. Irgendwie scheint da Krieg ausgebrochen zu sein. Was magst Du haben?«
P stammelt etwas vor sich hin. Einen Augenblick lang weiß er gar nicht mehr, warum er hergekommen ist. Die Sintflut ist da, die Katastrophe, der Angriff aus dem All.

Auf der Treppe sind Schritte zu hören. Sowohl P wie auch Rotkäppchen drehen sich zu dem Geräusch um. Die Glastür geht auf und Rito kommt in seinen enganliegenden Kunstlederhosen herein. Die Haare sind pechschwarz und inszenieren über der Stirn ein enormes Seebeben. Die Bewegungen seiner Füße beim Laufen sind maßlos übertrieben. Er kommt an die Theke und schaut P an: »Hui, der Neue« und murmelt etwas vor sich hin. Danach lächelt er, wobei eine Zahnlücke zum Vorschein kommt und sagt dann: »Hallo, Fremder.«

P grüßt zurück. Rito geht hinter die Theke, gibt dem Rotkäppchen zwei Küsschen und sagt zu ihr: »Hast Du schon gesehen, was diese armen Schweine gemacht haben? Ich schwöre Dir, dass ich kein Auge zubekommen habe, an Siesta war gar nicht zu denken.« Dann schaut er wieder zu P, bleibt reglos mit einer Hand auf der Brust stehen, blinzelt und sagt: »Was darf ich Dir bringen, Fremder?«

P antwortet, dass er nur Wechselgeld holen wollte für Zigaretten.

»Dann wechsele ich Dir schnell Deinen Schein, keine Frage.« Er nimmt den Fünf-Euro-Schein, öffnet die Kasse, *cling*, sucht Münzen, seufzt und schaut zu Rotkäppchen, »Eieiei, ich habe eine Schwäche für schöne Männer …« Rotkäppchen lächelt und wechselt einen Blick mit P: sie scheint ihm zu verstehen geben zu wollen, dass er sich nicht unwohl fühlen soll, dass dies kein böse gemeinter Scherz ist. Rito legt wieder eine Hand auf seine Brust: »Olala, da bekomme ich ja richtig Hitzewallungen.«

»Komm, jetzt hör auf, Rito, Du bist ja heute Nachmit-

tag völlig aus dem Häuschen«, sagt Rotkäppchen und setzt sich in Bewegung.
P erwidert die Schäkerei mit dem schönsten Lächeln, das ihm gelingen will: »Danke ... Rito«, sagt er als er das Wechselgeld aus seiner Hand erhält.
»Es war mir ein Vergnügen, Fremder«, bekommt er auf spielerische Weise zur Antwort.
P verlässt verwirrt die Genossenschaft. Das Pub müsste schon offen sein, aber dort gibt es keinen Fernseher. Im Hostal ist er sicher aus, und im Café unter den Arkaden hat Susi sicher die Telenovela im staatlichen Fernsehen eingestellt. P besitzt weder einen Radioapparat noch Telefon oder Internetzugang. Als er an der Kirche vorbeikommt, bleibt er einen Moment neben der Telefonzelle stehen. Wenn sie funktionieren würde, wäre er in der Lage, sich an die Nummer im Institut in Manhattan zu erinnern. Die Zeit wäre gut, elf Uhr vormittags an der Ostküste. Unter der Voraussetzung, dass die Leitungen nicht zusammengebrochen sind.

***

Nacht. Das Café unter den Arkaden. Beethoven trinkt Kognak mit Soda. P kommt herein.
»*Hombre*! Wie schön. Mein Freund Pedro, Peter der Große. Gerade wollte ich einen Whisky auf Ihr Wohl bestellen. Es muss doch gefeiert werden, dass Sie es schon eine Woche bei uns in Horlá ausgehalten haben. Länger als die meisten vor Ihnen. Gerade habe ich mit Heidi darüber geredet. Sie kennen Heidi vermutlich, nicht wahr? Die große Blondine mit den blauen Augen?«
»Wenn mich nicht alles täuscht, habe ich sie vor kur-

zem getroffen, als sie die Glastüren putzte. Ehrlich gesagt, war sie nicht gerade nett zu mir.«

»Dann war es Heidi, keine Frage. Dabei ist dieser Mangel an Liebenswürdigkeit noch nicht einmal ihr größter Fehler. Eigentlich ist sie Norwegerin, aber da Schweden alphabetisch an die Schweiz grenzt und geografisch wiederum an Norwegen, hat der Volksmund beschlossen, dass sich der Name einer bekannten Schweizerin ruhigen Gewissens auf eine Schwedin übertragen lässt, die in Wirklichkeit Norwegerin ist. Nun ja, die Sache ist nun die, dass unsere Heidi hier eines Tages auftauchte, so wie Sie, mit dem kleinen Unterschied, dass sie nur Englisch und Norwegisch sprach. Das ist jetzt etwa fünfundzwanzig Jahre her. Sie gilt als die Zugereiste, die schon am längsten hier ist. Vor Ihnen kam die Barschickse, wenn mich nicht alles täuscht. Die kam letztes Jahr, glaube ich.«

»Die habe ich auch schon kennengelernt. Sieht nicht so aus, als wäre sie besonders gern hier im Dorf...«

»Ach, mit der ist es ein bisschen so wie mit Madame Bovary, die gleichzeitig sterben wollte und nach Paris, um zu leben... Die schwankt zwischen dem einen und dem anderen, je nachdem wie gut sie an ihr Kokain herankommt. Aber von ihr reden wir ein andermal. Heute würde ich lieber mit Ihnen darüber reden, dass unsere norwegische Heidi die interessante Theorie vertritt, dass Sie von der Polizei sind und wegen der Geschichte im Schlachthof ermitteln. Das würde zu Ihrer unerklärlichen Vorliebe passen, dort zu arbeiten; während ich dagegen eine andere These vertrete, was Sie betrifft. Darüber können wir in den nächsten Tagen ja mal sprechen.«

»Und was für Geschichten gehen in diesem Schlachthof so vor sich, dass ein Geheimagent hier mal vorbeischauen sollte?«

»Ach so einiges, aber eine Geschichte im Besonderen. Die stand in allen Zeitungen, wenn auch nicht mit allen Details. Kurz gesagt: Eines Morgens fanden sie eine Frau, die geschlachtet worden war wie ein Schwein. So vor etwa sechs Monaten. Stellen Sie sich mal vor ... Die schickten sogar ein hohes Tier aus der Hauptstadt hier vorbei, so einen Hauptkommissar, der einen mit seinen Blicken durchbohrte. Genau hier an dieser Stelle saß ich mit ihm und trank einen Kaffee und hatte die Gelegenheit, mit ihm zu plaudern. Tagelang liefen hier außerdem zwei von der Mordkommission herum und stellten allen Fragen ... Berganza hieß der eine, der noch seinen Assistenten dabeihatte ... Aber hier würde nie jemand etwas erzählen, was nicht längst publik ist. Nicht einmal ich, Sie müssen wissen, dass Sie alles, was ich Ihnen erzähle auch auf tausend anderen Wegen erfahren können ... Sogar solche Geschichten wie die Kokainsucht von Madame Bovary. Sie werden sehen, es wird nicht lange dauern, und sie wird das erste Mal fragen, ob Sie ihr nicht ein paar Gramm spendieren können. Na ja ... Falls die Heidi Recht hat, würden Sie es mir natürlich sowieso nicht sagen. Aber ich habe von der Polizei nichts zu befürchten, ich bin ein alter pensionierter Gelegenheitstrinker und damit hat sich's ... Wussten Sie, dass es in Horlá bisher weder eine Polizeistation noch die Guardia Civil gab, ganz zu schweigen von einer Militärkaserne? Manchmal kommt ein Streifenwagen aus dem Tal hoch, aber ich nehme mal an, dass die sich nur vergewissern wollen, dass wir uns noch nicht gegenseitig aufgefressen haben. Die fahren die Hauptstraße entlang, fahren einmal um die Kirche herum und verschwinden wieder. Und im Winter, mit dem Schnee und Eis auf den Straßen, vergehen manchmal Monate, ohne dass etwas von ihnen zu sehen ist. Das geht sogar so weit, dass die nicht einmal ins Dorf kommen, wenn sich jemand vom Horlá gestürzt hat. Die sammeln lieber tausend Meter tiefer im Buchenwald die Reste auf und das war's.« Schluck Kognak.

»Gibt es denn viele, die sich vom Horlá stürzen?«

»Seit ich hier bin, waren es sieben, ob das viele sind, wissen Sie vielleicht besser als ich. Die Letzte war eine Nachbarin von mir. Sie arbeitete vor Madame Bovary im Pub, ein überaus angenehmes Mädel ... Manche kamen schon von weit her, um sich gerade hier umzubringen. Offensichtlich reicht es den Leuten nicht mehr, einen Schlauch in den Auspuff zu hängen, sie wollen etwas Dramatischeres, eine letzte ergreifende Minute. Ich dagegen würde mich für den Schlauch im Auspuff entscheiden, wenn ich mich umbringen müsste. Abgesehen davon, dass dies eine sanfte Methode wäre, könnte es auch ganz lustig sein, wenn man sich dafür einen Bentley mit eingebauter Bar mietet; den müsste man ja dann nachher nicht einmal bezahlen ... Aber wer sich das Leben nicht schön machen kann, der achtet wahrscheinlich auch beim Tod nicht darauf. Vermutlich wäre der Suizid eines Bonvivant ein Widerspruch in sich, meinen Sie nicht auch? Aber selbst die Selbstmörder machen einen Bogen um unser Dorf: Sie fahren die Straße hoch, umrunden den Horlá und springen. Manchmal mit Auto und allem Drum und Dran, das ist dann unten reif für den Schrotthaufen. Wir leben hier wie auf einer kleinen, vergessenen Insel, das wollte ich eigentlich nur sagen. Mitten in einem Teich … oder besser gesagt einem Tümpel. Sich hier die Nachrichten anzusehen ist wie Science-Fiction gucken, das werden Sie noch merken, falls Sie lange genug bleiben. Sie haben ja sicher mitbekommen, was die aus der Geschichte in New York gemacht haben … Boing, der Idiot, hat anderntags gesagt, dass im Tal auch schon mal ein Hotel gebrannt hat, ohne dass es so häufig im Fernsehen kam. Und Boing ist noch einer von denen, der studiert …« Er nimmt einen Schluck Kognak.

»Na ja, New York ist weit weg …«

»Ja, klar, aber wenn man es genau nimmt, kommt die Geschichte hier nie richtig an. Wenn etwas ankommt, dann immer mit Verspätung. Das sieht man sogar bei den Zugereisten, die lustigerweise immer genau auf dem Stand stehenbleiben, auf dem sie waren, als sie herkamen. Obwohl es auch hier eine Ausnahme gibt: Die Susi, ich weiß auch nicht, wie sie das fertigbringt, die wirkt wie eine Frau auf der Höhe ihrer Zeit … Die Heidi dagegen könnten sie in den Siebzigern an irgendeinem Ort schockgefroren haben. Sobald die besoffen ist, fängt sie an von Marcuse zu reden, von Universitätszeitschriften, von LSD und einer Reise, die sie mit ihrem ersten Freund nach Kalifornien machte. Offenbar einem bildschönen und schwerreichen Norweger, wie sie immer sagt. Außerdem erzählt sie überall herum, dass sie noch nie im Leben ein Kondom benutzt hat und auch im Leben nicht daran denkt, es jemals zu tun. Aids ist ihrer Meinung nach eine Lüge der reaktionären Konsumgesellschaft … Zu Ihnen hat sie auch schon einiges gesagt, was ich Ihnen gerne berichten kann, wenn es Sie interessiert. Sie meinte, sie würde Sie nicht von der Bettkante stoßen. Sie sind wirklich gut aussehend. Wenn ich so gut aussehen würde wie Sie, stände ich auch ganz anders da. Obwohl ich ehrlich gesagt nicht weiß, ob ich Ihnen ein Schäferstündchen mit der Heidi wirklich empfehlen würde.« Schluck Kognak.

»Warum nicht? Sie ist nicht mein Typ, aber man weiß ja nie ...«

»Ach wissen Sie, Sankt Martín hat sie mal mit nach Hause genommen und der redet immer noch davon, dass ihm seitdem der Schwanz weh tut. Das erzählt er wortwörtlich so. Da muss auch was dran sein, weil er dabei immer eine Hand auf den Hosenschlitz legt und ein angewidertes Gesicht zieht. Sankt Martín ist Schlachter im Schlachthof, so dass Sie sich vorstellen können, woher der Spruch kommt: ›Jedem Schwein ...‹«

»Kenne ich ihn?«

»Bestimmt, er isst meist mit dem Metzger und dem Priesterchen in der Genossenschaft zu Mittag. Es ist der mit der Narbe, die übers ganze Auge läuft. Der hat überhaupt seltsame Augen. Eins sieht aus, als ob es tot wäre. Aber es ist nicht immer dasselbe. Er behauptet, dass er mit dem einen bei Tag sehen könne und mit dem anderen bei Nacht. Ich würde mich nicht wundern, wenn das stimmen würde. Aber der Typ ist nicht verkehrt. Sein Gesicht sieht zwar aus wie die Landkarte von Schottland und er hat das Benehmen von einem Leichendieb, aber wenn er seinen Lohn bekommt, lädt er mich von Zeit zu Zeit auf einen Whisky ein ... Der ist natürlich auch nicht von hier. Er kam vor sechs oder sieben Jahren, und ich könnte schwören, dass er aus dem Knast kam. Wegen der Sachen, die er auf die Hand tätowiert hat ... Ich hab ihn einmal gefragt und da hat er gesagt, ich solle ihn besser nicht fragen ... Sicher dagegen scheint mir, dass er sich im Kingdom, das ist hier das bevorzugte Bordell, in ein Mädchen verknallt hat. Der fährt alle zwei, drei Monate die dreißig, vierzig Kilometer Richtung Santa María de Argos mit dem Robocop, weil er keinen Führerschein hat ... Wissen Sie, wer der Robocop ist? Einer der immer hier draußen sitzt, mit kurzen Hosen und Militärstiefeln.«

»Ja ... Das war der erste Mensch, dem ich hier begegnet bin, als ich am Abend aus dem Bus gestiegen bin. Alle anderen saßen hier drin und haben Fußball geschaut. Es regnete, war kalt und der Typ saß da draußen und trank Bier ... Er sah aus wie die Abgeschiedenheit in Person.«

»›Abgeschiedenheit‹, das ist genau das Wort, das auf uns alle zutrifft. Das ist eine eigene Welt hier, das werden Sie noch merken ... Ist Ihnen die Kirchturmuhr aufgefallen? Es gibt keinen mathematischen Algorithmus, der erklären könnte, wie sie funktioniert. Aber wussten Sie schon, dass in dieser Pfarrei ein Fernseher, der auf den Altar gestellt wird, die Messe hält?« Schluck Kognak.

»Echt?«

»Wenn ich es doch sage. Dabei ist es nicht einmal so, dass wir keinen Pfarrer hätten: Wir haben einen, den haben Sie sicher schon einmal zusammen mit dem Metzger gesehen, aber der hat sich darauf verlegt, das Amt als Metzgers Schatten zu übernehmen.«

»Ist der Metzger dieser Bär, der aussieht wie ein Goliath?«

»Genau.«

»Und der Pfarrer sieht aus wie das tapfere Schneiderlein?«

»Hat man Ihnen schon einmal gesagt, dass sie eine Begabung für Spitznamen besitzen? Wir nennen die beiden einfach nur das Priesterlein und den Metzger, ich nehme mal an, dass sich niemand traut, sie anders zu nennen. Schon gar nicht den Metzger. Die teilen sich die Metzgerei, das Haus und bisweilen auch das Bett, so dass man sie also als stabile Beziehung bezeichnen könnte. Dabei leben sie in Wirklichkeit zu dritt zusammen, das ist unsere bescheidene homosexuelle Lobby. Kennen Sie Rito schon? Der ist hier so die Tunte, zumindest kann er ziemlich tuntig werden ... Er ist einer der Zugereisten, die auch schon ewig hier sind. Seinen Spitznamen hat er wegen Rita Hayworth weg. Das hat damit zu tun, dass der Metzger ihn einmal in aller Öffentlichkeit ohrfeigte, weil er in der Genossenschaft auf der Theke tanzte ... Dabei ist es nicht besonders ungewöhnlich, in der Genossenschaft auf der Theke zu tanzen. An einem Samstagabend kann da alles passieren. Einmal kam ein Streifenwagen um vier Uhr morgens vorbei und denen fiel doch echt nichts Besseres ein, als das Lokal räumen zu wollen wegen Gott weiß welcher Schließzeiten. Da fing die Bande an, den Ort wortwörtlich zu räumen. Die Tische flogen aus den Fenstern gegen die Polizeiwanne, was erklärt, warum die Tische jetzt aus Eisen und Marmor sind. Der Metzger kam so in Rage, weil der Rito eine provokant frivole Show abzog ... Und höchstwahrscheinlich spielten da noch andere Geschichten eine Rolle, über die niemand spricht ... Ich war ja damals ehrlich gesagt nicht dabei, aber so wie ich den Rito kenne, könnte ich mir vorstellen, dass der die Hüften geschwungen hat wie so ein Stricher aus dem Kingdom. Bis ihn der Metzger von der Theke herunterholte, und als er wieder festen Boden unter den Füßen hatte, bekam er eine solche Ohrfeige verpasst, in der wohl seine ganze Seele gelegen haben dürfte. Wenn Sie einmal darauf achten, werden Sie sehen, dass dem Rito fast ein ganzer Schneidezahn fehlt. Der Metzger trägt immer noch seinen Ehering, auch wenn böse Zungen behaupten, das läge nur daran, dass er ihn nicht mehr von seinen Wurstfingern abbekommen würde. Was der sich einmal in den Kopf gesetzt hat, setzt er auch um ... keine Frage. Von seiner Ex und immer noch Ehefrau stammt das Gerücht, dass er sie geschlagen hat, das aber streitet er vehement ab. Und obwohl jetzt alle gesehen haben, wie er dem Rito das Fell über die Ohren zog, muss ich sagen, dass er eigentlich kein Mann ist, der nicht zu dem steht, was er tut. Dafür spricht ja auch seine ganze Vergangenheit ...« Schluck Kognak.

»Ah ja ... gibt es da eine längere Vorgeschichte?«

»Jeder kennt die Geschichte. Wollen Sie die hören?«

»Solange wir noch etwas zu trinken in den Gläsern haben ...«

»Eigentlich ist er eine der wenigen schillernden Figuren des Ortes. Die meisten Leute hier sind scheu, mit sich selbst beschäftigt, ihren Ländereien, der Schweinezucht ... Früher war er wohl auch so, ein fleißiger Landwirt, der als Sohn einer Witwe nie aus seinem Dorf herausgekommen ist, nicht einmal zum Militärdienst. Er hat spät geheiratet, da war er schon über vierzig, aber das ist hier nichts Besonderes, weil es zu wenig Frauen gibt. Kinder hat er keine gehabt, aber ansonsten schien alles mit seiner Frau gut zu laufen, bis eines Tages, da war er schon über fünfzig, so richtig die Fetzen flogen. Niemand spricht darüber, was genau der Auslöser war, aber sicher ist, dass sie sich so angebrüllt haben, dass die Nachbarn aus den Betten fielen. Der Metzger ging noch in dieser Nacht, so wie er war, raus auf die Straße, stieg in seinen uralten Renault 4 und verschwand.« Schluck Kognak. »Alle dachten schon, er würde nie wieder zurückkommen, aber Sie sehen ja, er kam zurück. Nach einem Monat oder so. Und das Beste an der Geschichte ist, dass er mit dem Rito zurückkam, in dem Golf Cabriolet, den sie immer noch fahren. Der war damals niegelnagelneu, was einiges Aufsehen erregte. Stellen Sie sich das mal vor. Und Sie können sich ja denken, dass die Leute hier nicht so schnell etwas überrascht.« Schluck Kognak.

»Und der Pfarrer?«

»Der erschien erst Jahre später auf der Bildfläche. Das ist noch nicht so lange her ... Rito meint, als er einmal nach Hause kam, habe er die beiden zusammen im Bett überrascht. Aber das ist wieder eine andere Geschichte. So jedenfalls leben die drei seit einiger Zeit als Trio zusammen, was auch keiner der drei leugnet, ganz im Gegenteil. Sonst würde ich mir ja auch nie erlauben, Ihnen all das zu erzählen. Es gibt noch ganz andere delikate Geschichten, die ich nie erzählen würde, die mir der Metzger einmal anvertraut hat. Wenn er deprimiert ist, trinkt er und redet. Außerdem ist er kein Knauser. Daher haben wir schon so manches Mal bei

einem Whisky hier oder in der Genossenschaft zusammen an der Theke gesessen.« Kognak mit Soda. »Jetzt habe ich irgendwie den Faden verloren … Ah, ja, der Fernseher auf dem Altar … Es wird ja nicht einmal eine aufgezeichnete Messe ausgestrahlt, sondern …«
Der Schlachter mit der Narbe und den blauen Haaren betritt das Café. Beethoven grüßt ihn von weitem.
»*Hombre*, Sankt Martín, gerade haben wir über Dich gesprochen, komm her, ich will Dir den Neuen vorstellen. Er heißt Pedro, Peter der Große kurz gesagt. Ein guter Typ.«
Sankt Martín scheint Beethoven gar nicht zu beachten. Gleichwohl kommt er auf ihn zu und packt ihn im Nacken.
»Scheiße noch mal, Beethoven, was laberst Du denn hier schon wieder herum?«
Danach dreht er sich mit zum Gruß ausgestreckter Hand zu P.
»Mach bloß nicht den Fehler und lade ihn ständig zu einem Whisky ein. Der gewöhnt sich sonst noch daran«, sagt er. Seine Augen sind wirklich seltsam. Als würde er leicht schielen. Das Auge unter der Narbe ist viel lebendiger und leuchtender. »Susi, schenk mir doch einen Quinto ein, tu mir den Gefallen, und für den Mann hier, was er möchte. Beethoven bekommt aber keinen Tropfen mehr, hörst Du, sonst plaudert er wieder aus dem Nähkästchen«, er dreht sich zu Beethoven um und packt ihn noch einmal am Nacken und zieht ihn zu sich. »Beethoven, scheiße noch mal, was bist Du nur für ein alter Schwätzer …«
»Sag mal, Du Missgeburt, was fällt Dir eigentlich ein: Entweder lädst Du mich auf einen Whisky ein oder Du

verpisst Dich wieder und zwar dorthin, wo der Pfeffer wächst.«

»Scheiße noch mal, Susi, schenk dem Alten noch einen Whisky ein. Mal sehen, ob er ihm zu den Ohren wieder rauskommt.« Er dreht sich zu P: »Dieses miese Arschloch hier wird uns eines Tages noch in seinem eigenen Treppenhaus abstürzen. Und wir dürfen ihn dann am nächsten Morgen auflesen.« Er grapscht sich an seinen Genitalapparat: »Ich pisse mir gleich in die Hose. Susi, wo bleibt denn nur mein kleines Bier?« Er geht zur Toilette.

Beethoven hebt sein Gläschen, in dem nur noch ein paar Tropfen drin sind.

»Jetzt konnten Sie sich ja selbst ein Bild von dem Typen machen, nicht wahr?«

»Annähernd.«

»Nach sechs oder sieben Bieren entspannt er sich und dann geht er nach Hause, um zu schlafen. Er arbeitet an sechs Tagen in der Woche und steht früh auf. Er ist ein Arbeitstier. Glauben Sie ja nicht, die Arbeit im Schlachthof sei leicht. Und man muss ordentlich was schaffen, damit sich die Plackerei lohnt. Am Tag macht der mindestens so seine 200 Schweine ... Und tschuck!«, er macht mit den Händen eine schneidende Bewegung. »Sie müssten mal sehen, wie der mit dem Messer umgeht ... Und alle haben Respekt vor ihm. Dafür reicht es ja fast schon, mit so einem Gesicht herumzulaufen. Er bekommt nie mit jemandem Ärger. Der Einzige, der hier wirklich unangenehm werden kann, ist der Kainsmal. Man bekommt seine Spitznamen ja nicht umsonst. Schon als kleines Kind war der wohl schlimmer, als Kain je gewesen sein dürfte ... Der legt sich mit jedem an. Allerdings nur, wenn er getrunken hat. Vor allem, wenn er von seinen Kräutermischungen getrunken hat. Nüchtern ist er eigentlich ein bockiges, aber harmloses Lamm. Der ist ganz das Gegenteil vom Sankt Martín.«

»Kräutermischungen?«

»Ja, so Tees eben ... Sie verstehen schon ... Er trinkt mit seinen Freunden heftiges Hexengesöff ...«

»Kenne ich den?«

»Bestimmt, ein großer und kräftiger Kerl ... Der ist auch aus dem Dorf wie der Metzger. Er ist ein Bruder vom Alien, der die Nieves aus der Genossenschaft geschwängert hat ... Meistens hat er ein Trikot von Maradona an. Er behauptet steif und fest, Maradona und er hätten sich in einer Bar in Varadero getroffen und hätten ihre T-Shirts getauscht. Vor ein paar Jahren war er tatsächlich mal mit seinem Bruder in Kuba. Vermutlich hing ihnen das Kingdom damals zum Hals heraus. Die Geschichte mit dem Trikot wird dadurch natürlich nicht glaubhafter. Schauen Sie sich doch nur mal die Größe von dem Trikot an. Darin würde Maradona ja aussehen wie im Morgenrock mit Schleppe ... Der Typ ist im Grunde so dämlich, dass er glaubt, alle würden ihm die Geschichte abnehmen. Und niemand hat Lust, diesem ein Meter neunzig großen, unberechenbaren Exemplar etwas ins Gesicht zu sagen. Ihnen dürfte bereits aufgefallen sein, dass ich ein alter harmloser Säufer bin, der seine Klappe nicht halten kann. Aber Sie können mir glauben, dass ich eines Nachts hier im Lokal dachte, mein letztes Stündlein hätte geschlagen, weil ich es wagte, ihm zu widersprechen. Die Susi hat mich damals gerettet. Die hat sich zwischen uns gestellt. Und ich hatte Glück, dass der Typ keinen Bock hatte, sie zu schlagen. Das können Sie mir glauben. Mit dem müssen Sie vorsichtig sein. Und auch mit der Heidi. Nach ein paar Gläschen schmeißt die einem sonst was an den Kopf.«

Sankt Martín kommt zurück. Die Nase ist gerunzelt, da er sie mit seinem Daumen bearbeitet, bis er sich den Popel in den Mund gesteckt hat.

»Meinem Freund, Peter dem Großen, habe ich gerade erzählt, dass Heidi ihn gern mal vernaschen würde.«

»Mach das ja nicht, mir tut der Schwanz immer noch weh ... Wer es aber wirklich mal wieder nötig hätte, wäre die Schickse aus dem Pub. Scheiße noch mal, vielleicht hört die dann auf, so fies zu grinsen, das nervt.«

***

»Du schwule Sau, machst Du die Beine breit, oder was?«

P sitzt auf einem Stuhl vor dem Pub und bleibt cool sitzen, obwohl Kainsmals Fuß auf seinem steht. Er räuspert sich und antwortet ihm langsam und deutlich.

»Hör mal, mit mir redest Du in einem anderen Ton, verstehst Du?«

Seine Augen sind auf Höhe des Magens von dem Typ, der seitlich links von ihm steht. Mehr muss P gar nicht sehen: die hängenden Hände, die Beine und ein Paar empfindliche Zonen, auf die er gegebenenfalls ohne Rücksicht auf Verluste zurückkommen würde. Mehr als eine Sekunde verstreicht. Keine Reaktion. Nicht einmal ein Wort. Was dafür spricht, dass der Typ die Situation erst einmal verarbeiten muss. Aber mittlerweile muss er zusehen, wie er sich erhobenen Hauptes vor den drei, vier Jugendlichen mit ihren bunt gefärbten Haaren aus der Affäre zieht, die ihrerseits die Szene beobachten. Schließlich zieht er den Fuß zurück. Seine Stimme dröhnt in die andere Richtung: »Habt Ihr gesehen, was für schwule Säue heute Nacht aus ihren Löchern gekrochen kommen ... Scheiße noch mal, darauf müssen wir einen trinken.«

P beschließt, sich nicht angesprochen zu fühlen, es ihm aber gleichzeitig auch nicht zu leicht zu machen. Er bleibt noch eine Weile sitzen. Wenn der Typ ins Pub will, wird er ihn wohl oder übel bitten müssen, an ihm vorbeigehen zu dürfen. Andernfalls müssten sie die Autos zur Seite fahren, um von der anderen Seite hineinzugelangen. So ein Rangieren wäre natürlich auch ein Zeichen. Kainsmal rührt sich nicht vom Fleck. Da sein Bier alle ist, trinkt er eben bei seinen Freunden mit. P zögert seinerseits das Austrinken hinaus, indem er mehr raucht als trinkt. Eine viertel Stunde hält er es noch draußen aus. Trotz der Kälte. Nachdem er so sein Terrain abgesteckt hat, steht er von der Bank auf, öffnet die Türklinke und geht ins Lokal hinein.

Drinnen herrscht freitägliche Betriebsamkeit. Die Tische sind vollbesetzt. An der Theke ist Gedränge. Im Rekorder dreht die unvermeidliche Kassette von Creedence wieder mal ihre Runden. Hänsel ohne Gretel, der Franzose, trinkt auf die Theke gestützt ein Bier. P beschließt, sich neben ihn zu stellen. Aus der Nähe besehen scheint er um die vierzig zu sein, was man wegen der glatten, fast bartlosen Haut und den ausgebleichten Haaren gar nicht denken würde. Wohl aber den blauen Augen, die unter den übertrieben großen Lidern fast ein bisschen versteckt wirken. Er hat ein auffälliges Hemd an, das mit großen roten Rosen bedruckt ist. Aus der Nähe ist sein gutes Parfüm zu riechen. P beginnt mit einem »Guten Abend«, worauf der Franzose antwortet, indem er seine Flasche hebt und lächelt. P macht Madame Bovary ein Zeichen, ihm das Bierglas zu füllen, das er von draußen mit hereingebracht hat.

»Wie geht's? ... Wir haben uns vor ein paar Tagen schon mal in der Genossenschaft gesehen«, sagt der Franzose. Sein R ist auf Spanisch auffällig kehlig. Er spricht alle Worte flach aus, als wögen sie schwer.

»Ja, ich weiß ... Ich glaube, Du warst der erste Mensch hier, der mich normal begrüßt hat.«

»Ach so, ja ... Der Anfang ist nicht leicht ... Das gibt sich ...«

»Ich nehme an, ich werde es überleben.«

»Ich heiße Henrí, aber hier nennen mich alle den Franzosen. Ich bin Tierarzt im Schlachthof.«

»Pedro«, sie stoßen mit Flasche und Glas an.

»Pedro«, wiederholt der Franzose, aber bei ihm klingt es eher wie »Pedchó«, »eieiei, das ist schwer für mich«, er lächelt. »Bist Du aus der Stadt?«

»Ja ... aus der Stadt.«

»Ich bin in Tours geboren, war dann ein Weilchen in Amsterdam, aber ich mag die Städte nicht besonders. Dieser ganze verfluchte Lärm und Gestank ... Mir gefallen die Tiere in der Stadt nicht, diese Hündchen und Kätzchen ...« Er behilft sich, indem er ein Schoßhündchen nachmacht. P nickt.

»Das verstehe ich gut. Das sind keine richtigen Tiere ...«

»Genau so ist es. Ich mag echte Tiere: Kühe, Pferde ... Deshalb arbeite ich lieber in einem Schlachthof ...«
»Aber dort werden sie geschlachtet ...«
»Ah *oui*, da werden sie geschlachtet. Aber ich sorge dafür, dass es ihnen dabei einigermaßen gutgeht, dass sie keinen Stress und keine Schmerzen haben ... Man muss es nur richtig machen, dann ist alles halb so wild. Manche kümmern sich darum, dass das Leben erträglich ist, andere darum, dass der Tod erträglich bleibt.«
»Bist Du schon lang hier in der Gegend? Du sprichst sehr gut Spanisch ...«
»Ach Quatsch, ich habe einen furchtbaren Akzent. Mein Vater war Spanier. Er ist gestorben, als ich ein kleines Kind war ...«
P trinkt einen Schluck.
»Kam der hier aus der Gegend?«
»Nee, nee, aus Madrid, Carabanchel. Aber in Madrid gibt's keine Kühe ...«, er lacht. P auch. »Außerdem habe ich meine Freundin hier kennengelernt, sie ist von hier, und wir erwarten ein Kind.«
»*Alors vous avez trouvé ici la femme ...*«
»*J'éspère que oui: c'est déjà grand temps, à quarante ans ... Mais vous parlez français?*«
»*Pas vraiment*. Ich imitiere nur die Melodie ...«
Man hört einen lauten Schlag. Es sind die Eingangstüren, die sich lautstark gleichzeitig geöffnet haben. Herein purzeln zwei sich prügelnde Körper, ein Durcheinander an Armen und Beinen. Die beiden winden sich auf dem Boden. Einer von beiden ist ein kleiner, mit gefärbten Haaren, der sich häufig mit Kainsmal herumtreibt. Der andere ist ein dicker Typ, den P noch nie gesehen hat. Im ersten Augenblick sieht es so aus,

als wäre die Sache ernst, aber Kainsmal und die anderen sind mit hereingekommen und stehen um die beiden herum und amüsieren sich. Madame Bovary geht dazwischen: »Sehr verehrte Herren, Kämpfe bitte vor der Tür, danke sehr.« Die zwei Typen liegen jetzt reglos auf dem Boden, ihre Glieder sind ineinander verhakt. Sie keuchen und die Anstrengung ist ihnen anzusehen. Mit roten Spuren im Gesicht und zerzauster Kleidung stehen sie auf. »Scheiße noch mal, schenk mir was ein, ich muss diesem Leitochsen mal zeigen, wie man kämpft«, poltert Kainsmal. Der Leitochse, um den es hier geht, ist der korpulente Typ, der etwa zwei Meter groß und 200 Kilo schwer sein dürfte. Er hat ein Babygesicht und dürfte noch nicht einmal zwanzig Jahre alt sein. Mit der Hand greift er sich an die gerötete, leicht geschwollene Schläfe, die einen Schlag abbekommen haben dürfte. Der andere, der viel älter aussieht, aber eine viel kleinere Portion ist, hüpft herum als wäre er Sieger nach Punkten.

»Das ist hier manchmal wie früher auf dem Schulhof«, sagt der Franzose.

»Den Großen habe ich noch nie gesehen.«

»Den nennen sie Boing, Du kannst Dir vorstellen, warum ... Aber die in seiner Größenordnung sind in der Regel harmlos. Unter der Woche studiert er im Tal. Deswegen hast Du ihn noch nie gesehen.«

»Ah ja, von dem hat Beethoven mir erzählt.«

»Am schlimmsten ist der Kainsmal. Der hat keinen Respekt. Und wenn der was getrunken hat ... Eieiei ...«

»Ja, das sagen alle.«

»Der war vor Sankt Martín bei uns Schlachter ... Aber jetzt arbeitet er nur noch für den Eigentümer. Als ich hier ankam, hat der mir mit seinen Freunden aus dem Tal das Leben zur Hölle gemacht. Ich sollte vor ihnen auf Französisch beten, oder sie beschimpften mich als Schwuchtel wegen meinem *Eau de cologne* ... Das ist wie eine Obsession bei ihm. Der beschimpft jeden als schwule Sau und das Tag und Nacht ... Bis auf den Metzger, bei dem traut er sich nicht. Die beiden sind auch niemals zusammen im selben Lokal, sobald der Metzger erscheint, verzieht sich Kainsmal schleunigst. Irgendetwas ist mit den beiden, aber bei denen hier aus dem Dorf weiß man ja nie ...«

»Beethoven erzählte, dass er gern mit Kräutern experimentiert ...«

»Ja, das weiß jeder. Stechapfel. Schon mal davon gehört?«

»Kommt mir bekannt vor. Ist das nicht ein Halluzinogen?«

»Ja, ein Hexenkraut. Im Mittelalter haben sie ... magische Cremes daraus gemacht. Sie haben das Kraut unter das Tierfett gemischt ... Und sich die Pomade manchmal mit einem Besenstiel in die Vagina geschmiert. Daher kommt das Bild von der Hexe, die auf einem Besen reitet ...«

»Wie passend ...«

»Aber es funktioniert auch als Tee. Sei also vorsichtig mit den Getränken, wenn Kainsmal in der Nähe ist ...«

***

Bevor P das Hostal verlässt, greift er mit der Hand ins Necessaire, holt das Schmuckkästchen heraus, das lose darin herumfliegt und steckt es in seine Strickjackentasche.

Draußen ist es neblig. Ein dünner Nebel, der leicht um den Kirchturm herumschwebt. Der Morgen ist kühl, aber die Sonne lässt darauf hoffen, dass die Luft sich bald erwärmt. P schaut im Café unter den Arkaden vorbei, um einen *cortado* zu trinken und eine erste Zigarette zu rauchen. Er plaudert ein wenig mit Susi, die ihn eigentlich jeden Morgen fragt, wie es bei ihm läuft. Nur heute morgen hat er keine Lust, ihr alle Neuigkeiten vom Vortag zu erzählen: Wen er kennengelernt hat, wen er immer noch nicht kennt. Außerdem mag er nicht darüber reden, was er heute Vormittag vorhat.

Als er wieder auf der Straße steht, geht er Richtung Brückenstraße, einem kleinen Weg, der am Bach entlang von den Siedlungen wegführt. Hinter den letzten, niedrigen Steinhäuschen, die sehr viel einfacher sind als die an der Hauptstraße, taucht die Ruine einer alten Mühle auf. Das Dach fehlt und die Außenmauern sind entkernt. Danach kommt eine Steinbrücke, die über den Bach führt, und gleich darauf, an einer Kreuzung, stößt er auf einen Weg, der, ohne schmaler zu werden, zum Wald hinaufführt und breit genug ist für die großen Lastwagen. Die Radspuren glitzern im Raureif auf dem Boden. Das Laubwerk, das vom Hin und Her der Kühlwagen etwas mitgenommen aussieht, bildet eine Art Hohlweg, durch dessen zartes Dach die Sonne dringt. P erahnt aus der Ferne einen rot-weißen Industriekomplex, der sich ins Dickicht duckt wie ein notgelandetes Raumschiff. Zwischen den Bäumen ist der viereckige Turm mit dem Logo »Uni-Pork« zu erkennen, das sich leuchtendrot vom weißen Untergrund

abhebt. Am Ende dieser kaum noch als Weg zu bezeichnenden, schlecht asphaltierten Strecke dreht er sich nach links und sieht das offene Tor. Es wird von einem Pförtner bewacht, der sich in seinem Häuschen im Stuhl zurücklehnt, als er P näher kommen sieht.
»Guten Tag«, sagt P. Der Pförtner antwortet nicht, sondern kurbelt erst einmal das kleine Fenster herunter, um ihn besser zu verstehen.
»Hallo«, wiederholt P, »ich bin auf dem Weg zur Verwaltung ...«
Der Mann sieht ein bisschen aus wie der alte Lionel Barrymore in *Ist das Leben nicht schön*, und seine Hände sind in gleicher Weise von der Arthrose verunstaltet. Mr. Potter an der Schranke. Er scheint verunsichert. Es dürfte nicht häufig vorkommen, dass hier jemand zu Fuß ankommt, ein Typ, der zur Verwaltung will; weder ein Handelsvertreter, noch ein Großhändler, noch jemand von der Gesundheitsbehörde.
»Werden Sie erwartet?«
»Eher nicht, ich würde nicht vermuten, dass man auf mich wartet.«
»In welcher Angelegenheit?«
»Ich möchte mit dem Verantwortlichen der Personalabteilung sprechen.«
Der Mann zögert. Vielleicht weil es keine Personalabteilung gibt, vielleicht aber auch, weil sie hier einen anderen Namen hat. Aber Ps Auftreten wirkt überzeugend, der Tonfall, das Lächeln, ein Dunst aus guten Eindrücken, von dem P weiß, dass er ihn ausstrahlt.
»Dafür bräuchte ich Ihren Ausweis.«
P reicht ihn durch das Fensterchen hinein. Der Mann öffnet eine Schublade, holt ein Buch hervor, schaut auf

die Uhr. Mit unleserlicher Schrift, an der seine arthritischen Hände schuld sind, schreibt er die Uhrzeit auf, den Namen, die Ausweisnummer … Danach gibt er P den Ausweis zusammen mit einer Karte zurück, die man sich mit einer Nadel ans Revers stecken soll. BESUCHER steht auf der Karte. P nimmt sie entgegen, während Lionel Barrymore zu ihm sagt, dass er sie immer gut sichtbar tragen muss.
Hinter der Schranke öffnet sich ein riesiges Parkgelände. Linien, Pfeile, Spuren sind auf den sehr schwarzen Asphalt gemalt. Zwei Lastwagen der Flotte, ein Transporter, ein paar gewöhnliche Autos, ein schwarzer Porsche mit hellem Verdeck und goldenen Felgen. Das Gebäude ist ein modernes Industrieschiff, das modernste, das P seit Wochen gesehen hat. Zweistöckig, ohne Fenster, alles rot und weiß, mit dem Turm und dem Logo über dem, was wie der offizielle Eingang aussieht.
Beim Nähertreten öffnen sich die zwei Glastüren. Die Eingangshalle, in die er tritt, strahlt etwas Luxuriöses aus, im Stil der Neunziger: mit Anilin aufgehellte Fichte, matter Stahl, Halogenlampen und große, leuchtend rote Sessel, die wie Blutgerinnsel auf dem Parkett stehen. Die beiden Computer auf der Theke sind ebenfalls rot und von Apple. P hat das Modell schon woanders gesehen. Es sieht aus wie ein großes transluzides Ei. Hinter der Theke sitzt eine Angestellte mit Headset, das ganz gut zu ihrem Piercing in der Augenbraue passt. Madonna im Schlachthof. P weiß, dass er so charmant wie möglich sein muss.
»Guten Tag«, sagt Madonna, als sie ihn näher kommen sieht.

»Guten Tag, ich würde gern mit dem Verantwortlichen der Personalabteilung sprechen, wenn es möglich ist.«
»Tja … Der befindet sich gerade außer Haus. Um was geht es denn?«
»Mir wurde gesagt, dass es eine Warteliste gibt, um sich für einen Job zu bewerben.«
»Mhm …«, sie macht ein Gesicht, als habe sie das Gefühl, ihn auf den ersten Blick durchschaut zu haben. »Sind Sie ein Nachbar aus San Juan?«
»Eigentlich schon.«
»Es werden lediglich Bewerbungen angenommen von Einwohnern aus dem Bezirk, die Priorität liegt bei Familienangehörigen der bereits Angestellten …«
»Ich wohne seit geraumer Zeit im Dorf.«
Madonna sieht ihn ungläubig an, ohne zu widersprechen. Sie versucht, ihn abzuwimmeln.
»Ich weiß nicht, ob Ihnen bewusst ist, dass es Monate dauern kann, bis eine Bewerbung angenommen wird …«
»Hm … Viele Monate?«
»Manchmal ein oder zwei Jahre, falls Sie überhaupt ins Profil irgendeiner Stelle passen …«
»Ich würde mich trotzdem gern auf die Liste setzen lassen.«
Als sie merkt, dass der Unbekannte sich nicht so leicht abwimmeln lässt, versucht sie ihn mit einem Haufen von Papieren loszuwerden.
»Sie müssten diese Vordrucke ausfüllen und zusammen mit einem Lebenslauf und Foto einreichen.«
P nimmt die beiden zusammengehefteten Formulare, die man ihm reicht, bedankt sich, dreht sich um und

verlässt den Eingangsbereich. Hier drinnen gibt es jetzt nicht mehr viel zu tun.
Als er wieder draußen auf dem Parkgelände steht, vergewissert er sich kurz, dass ihn weder Madonna sehen kann noch Lionel Barrymore von seinem Häuschen aus. Er zündet sich eine Zigarette an und läuft längs am Schiff entlang bis zum Ende des Geländes. Maschinenlärm. Gerüche nach rohem Fleisch, Blut. Er hat schon fast die Hälfte der Strecke zurückgelegt, als von hinten ein Mann in derselben blauen Uniform um die Ecke biegt, die auch Lionel Barrymore trägt. Der Mann geht schnell und hält seine Schirmmütze in der Hand. Bereits von ferne scheint ihn Ps Anwesenheit zu verwundern. P beschließt, noch unbedarfter und noch entschiedener weiterzulaufen. Aber der Wächter hat seine Schritte verlangsamt, hat die Kappe aufgesetzt und sieht ihn unentwegt an. »Guten Tag«, sagt er zu P aus zwei Metern Entfernung, »suchen Sie jemanden?« P bleibt stehen und bejaht: »Den Leiter der Personalabteilung, der muss wohl hier unten irgendwo sein«, und dabei zeigt er vage auf das Ende des Gebäudes.
»Nein, tut mir leid«, sagt der Wächter, »seien Sie so gut und gehen Sie am Empfang vorbei, dort wird man Ihnen weiterhelfen.«
»Ah, danke schön«, sagt P mit großer Selbstsicherheit, dreht sich um und läuft hinter dem Wächter her in die entgegengesetzte Richtung. Der Mann läuft etwas schneller als er, dreht sich aber regelmäßig um und vergewissert sich dabei, dass P tut, was er ihm gesagt hat. So ist P gezwungen, noch einmal die Empfangshalle zu betreten, während der Wächter weiterläuft, in die Richtung von Lionel Barrymores Häuschen. Dort hat er

sich von neuem an die Theke und damit an Madonna zu wenden, die sich kaum Mühe macht, ihre Genervtheit zu überspielen, als sie die Nervensäge ein zweites Mal hereinspazieren sieht.
»Entschuldige, hättet Ihr ein Kärtchen mit Eurer Adresse? Dann könnte ich Euch meine Bewerbung per Post zuschicken …«
Madonna rückt mit falschem Lächeln eine Visitenkarte heraus. P kann nun aus dem Gebäude treten und an Lionel Barrymore und dem anderen Wächter vorbeigehen, die an der Tür des Häuschens miteinander reden. Er grüßt mit einer Handbewegung. Sie erwidern den Gruß auf dieselbe Weise und beobachten ihn insgeheim, bis sie sehen, dass er das Gelände verlassen hat.
Der Weg, auf dem er gekommen ist, steigt jenseits des Tores zum buckligen Rücken des Horlá hinauf. Allerdings als schmaler Pfad, der von Dornengestrüpp gesäumt wird. Wodurch er noch schmaler wird. Aber ein paar geländegängige Motorräder müssen hier lang gefahren sein. Nach den Reifenspuren zu urteilen, die mit Gräsern überwuchert sind, sogar ab und zu ein Auto. Ein Stückchen weiter steht ein kleines Bauwerk aus Steinen und Schiefer am Weg, das wie ein Unterschlupf für Hirten aussieht. Oder auch wie eine Kapelle oder ein Pantheon. Vor allem eine Nische erweckt diesen Eindruck, in der eine poröse Steinfigur steht, die vom Frost angegriffen ist. Die Gesichtszüge sind fast nicht mehr zu erkennen. Auf einem kleinen Sockel steht in schwarzer Farbe geschrieben: »Unserer Señora del Horlá«. P geht dichter heran. Die verwitterte Oberfläche zieht ihn an. Er ist kurz davor, die kleine Figur

zu berühren, als er rund um den Sockel die Plastikborte sieht, zwischen deren Blättern und Blüten die Spinnen ihre Netze aufgespannt haben. Dies lässt ihn mit panischem Schaudern zurückweichen. Er zieht den Hals zwischen die Schultern, fasst sich in den Nacken, ballt zwei Fäuste: Ein Zusammenspiel phobischer Reaktionen, die ihm helfen, die schreckliche Idee loszuwerden, eine Spinne könnte auf ihn geklettert sein und sich jetzt durch irgendeine Öffnung seiner Kleidung zu ihm hineinschleichen.
Er folgt dem Weg, es wird immer steiler, bis er schnaufend die Schulter des Horlá erreicht. Die Anhöhe ist hier ziemlich eben, steinig, von der Größe eines Basketballfeldes und wirkt so, als stünde ihr von allen Seiten der Himmel offen, bis auf die Seite, die zum Hals des Giganten hinaufführt. Mitten auf dem Plateau steht ein Steinkreuz ohne Inschriften. Davor liegen mehrere Blumenzweige, die mit Draht am Kreuz befestigt wurden: in Monaten oder Jahren getrocknete Blumen.
P schweift einmal über die ganze Breite dieser natürlichen Terrasse. Richtung Süden ist der Abstieg relativ sanft und sehr bewaldet. Man kann kaum ein paar Häuser des Dorfes zwischen dem Laubwerk erkennen, zwanzig, dreißig Meter tiefer unten. Richtung Norden fällt der kahle Felsboden abrupt ab. Steil geht es einen Abgrund hinunter, über den man sich nicht zu beugen wagt. Von dort aus hat man einen beeindruckenden Blick auf die Bergsilhouetten, die sich überlappen. Am Horizont, weit in der Ferne, leuchten ein paar Gletscher. Gut nachvollziehbar, warum dieser Ort so geeignet dafür ist, sich in die Tiefe zu stürzen. Man muss nur kurz Anlauf nehmen, den Absprung wagen und se-

gelt direkt in den Abgrund. Auf halber Strecke dürfte man bereits das Bewusstsein verlieren, zu sterben, und träumen, dass man fliegt.
P denkt nicht lange darüber nach. Er holt das Etui hervor, das er in der Tasche hat, öffnet es und fingert den Inhalt heraus. *Jewel Zoo* liest er ein letztes Mal auf dem glänzenden Holzschächtelchen, kurz bevor er es fallen lässt. Eine Weile sieht er es davonschweben, dann ist es nicht mehr zu sehen. Danach schaut er sich den Ring an, den er noch in der Hand hält, den blauen Aquamarin mit dem kleinen Diamanten, der eher eingelegt als eingefasst ist in ein viereckiges Bett aus weißem Gold. Mit ein bisschen gutem Willen könnte man es für einen blauen Asteroiden halten, der von einer weit entfernten, leuchtenden Sonne angestrahlt wird, *isn't it romantic*? P ballt eine Faust darum, geht ein paar Meter zurück, um Schwung zu holen, stürzt sich wie ein Speerwerfer drei Schritte auf den Abgrund zu und schleudert den Arm wie eine Peitsche nach vorn, öffnet im richtigen Augenblick die Faust und etwas Funkelndes saust zuerst in die Höhe, dann verliert es sich vor dem Blau des Himmels, um schließlich noch einmal kurz aufzufunkeln, bevor es ins Nichts hinabstürzt, unsichtbar, verloren, unwiederbringlich.
P winkt zum Abschied. Dann schlägt er den Weg hinab zum Dorf ein.

***

Später Nachmittag im Pub. Keine Gäste. P kommt herein.
»Junge, Du bist ein Held«, sagt Madame Bovary.

»Warum?«
»Du hast den ersten Monat überstanden, oder nicht?«
»Ehrlich gesagt, war das nicht so schwer.«
»Und außerdem kommst Du gut an. Das hast Du auch Beethoven zu verdanken. Der ist ganz verrückt nach Dir. Ihm trauen sie das Gespür zu, zwischen den Zugereisten zu unterscheiden. Er nennt Dich Peter den Großen. Du darfst seine Spitznamen aber nicht allzu ernst nehmen. Mich nennt er Madame Bovary ... Die meisten scheinen allerdings bei Dir den Spitznamen zu bevorzugen, den Dir die Heidi gegeben hat: Bond, James Bond. Sie ist davon überzeugt, dass Du ein Geheimagent bist oder so ... Meine Frage: Suchst Du immer noch Arbeit?«
»Na, klar.«
»Kennst Du Sicomoro? Der mit mir am Wochenende die Nachtschicht macht ...«
»Ja.«
»Der fängt jetzt als Packer im Schlachthof an. Deshalb kann er ab nächster Woche nicht mehr herkommen.«
»Aha, interessant ...«
»Da habe ich dem Eigentümer erzählt, dass der Neue hier im Dorf Arbeit sucht ... Aber das wusste er sowieso schon ...«
»Der Eigentümer ...?«
»Dem gehört hier alles: der Schlachthof, das Hostal, das Pub und überhaupt das meiste hier in der Gegend ...«
»Der mit dem schwarzen Porsche?«
Madame Bovary nickt.
»Und was hat er gesagt?«
»Ich soll Dich fragen, ob Du schon mal in einer Bar ge-

arbeitet hast? Reicht völlig, wenn Du jetzt Ja sagst und nächsten Freitagnachmittag um fünf hier aufkreuzt. Oder warte mal. Besser Du kommst Donnerstag, dann kann ich Dir zeigen, wie der Schuppen hier läuft. Wie Du Dir denken kannst, gibt es nicht allzu viele Bewerber für Deinen Posten.«

»Wie viele Stunden in der Woche? Und was zahlt er?«

»Freitag, Samstag und in den Nächten vor Feiertagen jeweils ab fünf und bis wir schließen: meist so gegen drei oder vier. Solange sich der letzte Besoffene halt noch auf den Beinen hält. Acht Euro die Stunde, schwarz natürlich. Irgendwann hängen Dir die Typen hier sicher zum Hals heraus, aber an den zwei Tagen kommen locker um die hundertfünfzig, hundertsechzig bei herum. Und mit Feiertagen noch mehr. Allerdings muss man in den Nachtschichten auch ein bisschen danach gucken, dass die hier nicht alles kurz und klein schlagen. Könnte also schon mal passieren, dass Du hier den Türsteher spielen musst … Deshalb ist der Eigentümer auch scharf darauf, dass am Wochenende ein Typ mit hier ist. Und dass Du Kainsmal vor kurzem so in die Schranken verwiesen hast, war da sicherlich hilfreich. Der hat Dich allerdings seitdem gefressen: Entweder verflucht er Dich überall und permanent als schwule Sau oder er scheißt auf all Deine Vorfahren.«

»Das wird sich schon wieder geben … hundertfünfzig für zwei Nächte ist ja nicht so schlecht. Das zahle ich im Hostal die Woche.«

»Wohnst Du immer noch im Hostal? Das sind ja Gauner. Vom Franzosen haben sie vor einem Jahr noch fünfundsiebzig verlangt.«

»Sonst gibt's ja hier nichts …«

»Wenn Du hier erst einmal Arbeit hast, wird sich schon irgendjemand trauen, Dir was zu vermieten. Hier steht jede Menge leer, und das tut den Wohnungen ja nicht gut. So eine Wohnung dürfte nicht mehr als zweihundert Euro im Monat kosten. Frag doch mal in der Genossenschaft oder die Susi ...«
»Echt? Nur zweihundert im Monat?«
»Ich zahle hundertfünfzig ... Was dachtest Du denn, warum das hier ein Paradies für arme Schweine ist? Mit dem Lohn von drei, vier Tagen kannst Du die Miete zahlen und der Rest bleibt übrig für Drogen und Alkohol. Marihuana gehört sowieso quasi allen, da musst Du nur mal hinten in den Garten gehen. Für zweihundert findest Du allerdings nichts Besonderes. Das ist schon klar. Ohne Heizung, ohne Möbel und möglicherweise musst Du unter einem Schirm schlafen, wenn's regnet. Aber das ist doch immer noch besser, als für hundertfünfzig die Woche bei den Taubstummen im Hostal, oder?«
»Sag mal, stimmt das eigentlich, dass nur Taube im Hostal arbeiten? Man hat das Gefühl, in einer Kirche zu wohnen. Wenn überhaupt, hört man nur Schritte.«
»Hast Du denn mal irgendjemanden gesehen außer den Tauben?«
»Nein ... Zwei ältere Paare. Alle vier taubstumm.«
»Siehst Du. Die sind seit Jahren da und gehen nie aus dem Haus. Niemand weiß, wo die herkommen oder was die den ganzen Tag über da drinnen veranstalten. Heidi ist der festen Überzeugung, es seien Hexenmeister. Ich nenne es: das Rätsel um die Tauben im Hostal. Eines von vielen. Sowie: das Rätsel um die Kirchturmuhr. Das Rätsel um die glücklichen Selbstmörder. Oder:

das Rätsel um die geschlachtete Klatschtante … Stephen King sollte hier mal eine Zeitlang vorbeischauen … Also, wie steht's? Interessiert Dich der Job immer noch?«
»Ja, klar. Das müssen wir feiern. Was willst Du trinken? Ich lade Dich ein. Wollen wir eine Flasche Champagner köpfen?«
»Danke, das ist lieb, aber wenn ich Champagner trinke, werde ich depressiv. Das erinnert mich an meine Zeiten in der Werbeagentur. Wenn ein Vertrag unterschrieben war, dann sind wir so richtig feist essen gegangen … Ich würde mich lieber auf ein Gramm von Dir einladen lassen. Der dazugehörige Cuba Libre geht dann aufs Haus.«
»Hups, damit kann ich so gar nicht dienen …«
»Ach, das ist kein Problem: Das Gramm wäre im Nu hier. Da müsste der Robocop nur mal schnell aufs Motorrad steigen und zurückkommen. Den hast Du bestimmt schon mal gesehen, nicht? Der sitzt den ganzen Tag vorm Café bei der Susi und trinkt Bier. Was wollte ich sagen? Ach, der ist genauso ein Idiot wie alle anderen.«
»Ja, ja … Einer mit kurzen Hosen und Militärstiefeln …«
»Genau der. Der zieht schon seit zwei Jahren keine langen Hosen mehr an. Weder im Sommer noch im Winter. Seit er nicht mehr als Wachschutz im Schlachthof arbeitet, hat er sich geschworen, nie wieder etwas anzuziehen, was ihn auch nur entfernt an eine Uniform erinnert. Weißt Du, was er macht, wenn es friert? Dann schmiert er sich die Beine mit Fett ein, damit sie ihm nicht abfrieren. Selbst wenn er mit seinem Scheißmo-

torrad durch die Gegend knattert. Ich schwöre es Dir. Also, wie steht's? Gehst Du mal bei der Susi vorbei und sagst ihm Bescheid?«

»Na gut ...«

Heidi kommt herein. Ihre Aufmachung ist ungewöhnlich: Röckchen, Schminke ... Schühchen mit Absatz, mit denen sie spielend auf über eins achtzig kommt.

»Wauu!«, sagt Madame Bovary.

»Guck mich nicht so an. Ich sehe total bekloppt aus.«

»Wo willst Du denn hin?«

»Ins Tal. Hab 'ne Bewerbung. Die suchen in der Gemeinde eine Englisch-Lehrerin. Hast Du ein Schlückchen Wodka für mich? Das wäre jetzt fein.« Sie schaut P an: »Immer noch da, Mr. Bond?«

»Ja, immer noch.«

»Pech für Dich, Du Idiot ...«

Madame Bovary schenkt der Heidi ein Gläschen mit kaltem Moskovskaya ein, den sie aus dem Kühlschrank holt. Heidi trinkt ihn mit einem Schluck aus, verzieht das Gesicht ... Aaaaaahg ... Stellt das Glas mit einem Schlag hin und sagt zu P: »Komm her, Mr. Bond, ich brauche einen Kuss, der mir Glück bringt.« Sie geht zu ihm hinüber, packt ihn am Nacken und zieht sein Gesicht an ihres heran. P hält dagegen und legt eine Hand hochkant an ihre Kehle. Ihr bleibt nichts anderes übrig, als den Druck nachzugeben. Daraufhin lässt sie seinen Nacken los, tritt einen Schritt zurück und gibt ihm eine saftige Ohrfeige zur Strafe.

»Du Idiot, weise ja nie eine Frau zurück, die Dich küssen möchte.«

P denkt kurz darüber nach: »Bisher steht ja noch nicht einmal fest, Mrs. Heidi, ob Du wirklich eine Frau bist.«

»Ach nein: Und was ist das, du Schlappschwanz?« Sie hebt ihren feinen rosafarbenen Wollpulli hoch und zeigt ihm ihre nackten Brüste, lässt sie vor seiner Nase hin und her schwabbeln und lacht dabei auf eine Weise, die selbst die Taubstummen verschreckt hätte.

***

Dienstag. Am späten Nachmittag in der Genossenschaft. Der Metzger trinkt allein seinen Whisky, P trinkt ein Bier mit Sankt Martín, der auf den Robocop wartet, um in dem kleinen Lieferwagen, den ihnen der Franzose borgt, ins Kingdom zu fahren. Kurz darauf erscheint der Robocop in einem alten grauen Mantel, unter dem nur seine Militärstiefel zu sehen sind und die stacheligen Beine. Sankt Martín schlägt P vor, mit ihnen ins Kingdom zu kommen. Und »sei es auch nur, um Dir einen hinter die Binde zu kippen«, wie er sagt. So dass P die Einladung annimmt. Er fährt hinten im Laderäumchen mit und sitzt auf dem Boden. Der Ort ist ungefähr vierzig Kilometer entfernt. Sie brauchen fast eine Stunde. Um sich die Zeit zu vertreiben, trinken sie Bier aus der Dose, rauchen Zigaretten mit Kokain und geben abrupt Gas, damit P hinten über die Ladefläche purzelt. Jede Pirouette wird von den beiden vorne in ihrer Kabine mit großem Gelächter gefeiert. Eigentlich redet nur Sankt Martín. Robocop macht nur den Mund auf, wenn er etwas braucht.
Gegen zweiundzwanzig Uhr kommen sie ans Ziel. Es liegt direkt an der Straße, ist kaum zu übersehen, aber schwer zu erreichen. Das Gebäude sieht aus wie ein großes, zweistöckiges Chalet, hat ein Flachdach, über

das von einer Seite zur nächsten mehrere violette und rote Bänder aus Neonröhren laufen, die in der rechten Ecke geschwungen sind, um den Namen »Kingdom« zu ergeben, über dem wiederum eine gelbe königliche Krone angebracht ist. Es gibt einen kleinen Parkplatz vor dem Gebäude, auf dem drei Autos stehen und ein Lastwagen mit drei Achsen. Dort stellen sie den kleinen Lieferwagen ab.

Die Luft riecht heftig nach Dung, sobald sie aussteigen und zur tristen, schwarz gestrichenen Eingangstür des Chalets hinüberlaufen. Rechts ist eine Klingel angebracht. Sankt Martín drückt darauf. Es dauert nicht lang, da öffnet ein großer Mann um die fünfzig die Holztür. Ein Hemd mit hochgekrempelten Ärmeln, eine hässliche, braune Krawatte, die locker um den Kragen des aufgeknöpften Hemds hängt. Der Gesichtsausdruck ist mehr als ernst. Drohend. Aber nachdem er einen Blick auf die Herrschaften geworfen hat, tritt er einen Schritt zurück und sagt: »Hereinspaziert, meine Herren!« Vielleicht zu ungezwungen, um seriös zu wirken.

Sie kommen in ein schwach beleuchtetes Vestibül, von dem aus eine Wendeltreppe nach oben führt. Rechts ist eine breite Schwelle, die zur Bar hinüberführt. Sankt Martín geht voran. Die Bar ist so schummrig wie das Vestibül, mit Ausnahme des gebündelten Scheinwerferlichts im Spotlight, das auf die Bar, ein paar niedrige Tische und eine kleine Tanzfläche gerichtet ist. Südamerikanische Musik. Zehn oder zwölf Mädchen vielleicht, zwei Männer an der Theke, die meisten Mädels werfen Münzen in die Spielautomaten oder räkeln sich auf dem Sofa, blättern unter den Spotlights

in Illustrierten. Durch die Ankunft der drei neuen Kunden alarmiert, schauen alle aufmerksam auf die Neuankömmlinge und lächeln wie auf Bestellung. Sie lassen sie erst einmal an der Theke Platz nehmen und Getränke bestellen: Sankt Martín und P nehmen einen Whisky und Robocop ein Bier.
»Scheiße, die Katty ist gar nicht da«, sagt Sankt Martín mehr zu sich selbst.
»Vergiss die Katty. Fang gar nicht erst an, die Mädels zu mögen«, empfiehlt Robocop. Es kommt selten genug vor, dass er etwas entsprechend Wortreiches sagt.
P wirft einen eingehenden Blick auf die Mädels. Sie ähneln einander wirklich sehr: nicht nur dass sie ähnliche Miniröckchen und Pullover tragen, die einige Größen kleiner sind als die von jeder Frau auf der Straße; alle haben sie eine dunkle Haut, ohne schwarz zu sein, alle sind eher füllig und fast alle haben lange, gebügelte Haare, die sie in irgendeiner Weise auffällig gefärbt haben. Wobei eine gewisse Vorliebe für rot zu bestehen scheint. Die vollschlanke Venus. So manche hat echte Speckröllchen und einen schwabbeligen Bauch, der dann zwischen Top und Minirock hervorschaut. Eine hat so dicke Oberschenkel, dass sie x-beinig laufen muss. Die Venus von Willendorf, die sie auf meterhohe Stöckelschuhe verfrachtet haben. Die einzige Ausnahme bildet ein braunhaariges, fast schon rotblondes Mädchen, das Münzen in einen Spielautomaten steckt. P kann ihr Gesicht nur einmal ganz flüchtig sehen, aber ihm fällt auf, dass sie sehr jung zu sein scheint. Ihre Haare sind geschmeidig, trotzdem aber dicht, was man an der Locke sieht, die sie wie eine Heldin von Hitchcock hochgesteckt hat.

Sobald die Neuankömmlinge ihre Getränke probiert haben, kommen die ersten Mädchen näher: »Hallo, Du Süßer, wie geht's?«, sagt eine mit zwei Glasperlenzöpfchen, die ihr vor dem Gesicht herumbaumeln. Da es so aussieht, als hätte sie vor allem Sankt Martín gemeint, sagt dieser »Hallo, meine Hübsche« und tätschelt ihren Po zur Begrüßung. Sie entfernt feinfühlig seinen Arm und fragt, ob er sie auf ein Gläschen einlade. Sankt Martín stottert herum, um schließlich zu sagen, dass er eigentlich wegen Katty hier ist.

»Die ist beschäftigt, mein Liebling«, sagt das Mädchen, »aber wenn Du willst, kann ich dir eine Freundin von mir vorstellen.« Dann schaut sie P an: »Was haben wir denn da für einen Hübschen. Du kannst bestimmt Englisch, da weiß ich schon, wen ich Dir am besten vorstelle: Du wirst staunen, was für eine kleine Russin ich für Dich habe. Na komm schon, nimm Dein Glas mit, mein Süßer.« Ohne Umschweife greift sie nach seiner Hand und zieht ihn zu den Spielautomaten. Das junge Mädchen mit den rötlichen Haaren wirft immer noch Münzen ein. Die Gute, die sich als Puffmutter gibt, weiß Ps Namen noch nicht, so dass sie ihn danach fragt, bevor sie die beiden einander vorstellt: »Pedro, das ist Tatjana.« Dann lässt sie die zwei an den Spielautomaten allein.

Wie sich herausstellt, kann Tatjana »Hallo« sagen. Sowie: »Hast Du Münzen? Gibst Du mir eine Runde aus?« und noch ein paar andere nützliche Dinge. Englisch dagegen kann sie fast gar nicht, aber trotzdem bekommt sie es hin, P mit zu sich auf ein Sofa zu ziehen. Mit Händen und Füßen und Bruchstücken aus drei Sprachen hält sie die Unterhaltung am laufen. Eine der drei Sprachen klingt besonders unverständlich. Wie sich herausstellt, handelt es sich nicht um Russisch, sondern Ukrainisch, auch wenn Tatjana meint, dass sich die beiden Sprachen sehr ähneln, was sie dann auch an allen Arten von Beispielen vorführt. Außerdem erzählt sie ihm, dass sie seit einem Monat hier ist, in diesem Gebäude wohnt, dass sie sonntags manchmal im Nachbardorf spazieren war und dass sie sehr gern am Strand ist, aber dass sie es bisher noch nicht dorthin geschafft hat. All das wirkt auf P so deprimierend, dass er ihr vorschlägt, doch lieber in die Hauptstadt zu ziehen, wo es ihr sicher viel besser gefallen würde. Außerdem gibt er ihr zu verstehen, dass er ihr helfen könnte, falls es jemanden gibt, der sie dazu zwingt, hierzubleiben: »Du erinnerst mich an ein Bild, das ich immer bei mir habe«, sagt er. »Mir ist so, als würde ich Dich schon ewig kennen.«

Aber nein: Niemand zwinge sie, sagt Tatjana, vielmehr habe sie eine Tochter in Kiew, was sie wie »Kiff« ausspricht, der sie Geld schicken muss. Das ist der Gipfel für P. Da sie aber beim Reden immer lächelt und wirklich vergnügt wirkt, schweift die Unterhaltung bald zu Banalitäten wie dem Klima oder dem System ukrainischer Lotterien. Bis das Mädchen P irgendwann fragt, ob er 70 Euro für sie hat. P, der immer sein ganzes Geld bei sich trägt, antwortet, die habe er. Damit schlägt sie ihm vor, nach oben zu gehen.

»Du mir gefallen sehr«, sagt sie zu ihm, »sehr süß.«

P hatte ursprünglich gar nicht vor, irgendwelche Dienstleistungen in Anspruch zu nehmen. Außerdem trinkt er bereits den dritten Whisky. Aber irgendetwas in dem Laden übt eine betörende Wirkung auf ihn aus.

Wahrscheinlich die vielen Brüste und Schenkel. Oder das intensive Parfüm, das überall im Raum hängt, ein Mischmasch aus Raumspray und süßem Kölnischwasser. Jedenfalls ist er am Rande echter Erregung, die besonders von Tatjanas Berührungen stimuliert wird. Sie hat sehr dicht bei ihm gesessen und hat sein Bein gestreichelt, während sie redete, und manchmal legte sie sogar die Stirn auf seine Schulter, wenn sie etwas zum Lachen brachte.

»Also gut«, sagt P, »in Ordnung.« Damit bringt er ihr Lächeln zum Strahlen. Sie steht auf, nimmt ihn bei der Hand und zieht ihn mit sich, damit er ihr folgt. Sie gehen von der Bar aus hinüber in das Vestibül, wo sie der große Fünzigjährige mit der schrecklichen Krawatte schon aus der Ferne hat kommen sehen. Er postiert sich hinter einer kleine Theke, die direkt am Treppenaufgang steht. Tatjana gibt P zu verstehen, dass er hier bezahlen müsse. P legt zwei Fünfzig-Euro-Scheine hin und bekommt dreißig als Wechselgeld zurück. Dazu gibt es eine Tüte, in der so etwas wie ein gebügeltes und zusammengelegtes weißes Laken zu stecken scheint. Tatjana nimmt sich der Sache sogleich an. Oben ist ein dunkler Korridor. Jede Menge Türen gehen von ihm ab, die alle aufstehen, als wäre außer ihnen niemand auf dem Stockwerk. Tatjana wählt eine aus. Sie gehen in ein kleines Zimmer hinein, das, sobald sie den Lichtschalter betätigen, in rotes Licht gehüllt wird. Gleich hinter dem Eingang liegt ein winziges Badezimmer, das aus einer Toilette und einem Waschbecken besteht. Hinten im Zimmer steht eine neunzig Zentimeter breite Pritsche an der Wand. Ein Tischchen mit Aschenbecher und Wecker, ein Stuhl und ein Schiebefenster,

durch das der irrsinnige Gestank von Dung hereindringt.
Tatjana macht das Fenster zu, nimmt den Wecker und dreht daran: »Zwanzig Minuten, eh, sonst kommen die klopfen ...« Dann zieht sie sich aus. Zuerst das Oberteil. Zum Vorschein kommen zwei wunderschöne Brüste. Danach die Schuhe und den Minirock. Dann sitzt sie nur noch in einem kurzen Unterhöschen in undefinierbarer Farbe im roten Licht da und nimmt zum Schluss auch noch die Klammer aus den Haaren, die ihre Frisur oben zusammenhält. Noch beim Hochgehen war sich P nicht sicher, ob er die siebzig Euro teure Möglichkeit wirklich nutzen will, aber jetzt kapitulieren seine Sinne vor dem herrlichen Körper des Mädchens.
»Los, ausziehen!«, sagt sie sehr munter und holt das Laken aus der Tüte, das sie über die Pritsche breitet. Auch ein Kondom und zwei kleine Handtücher holt sie heraus, von denen sie P eins gibt. P steht mittlerweile in Unterhose da und hat das Kreuz abgelegt, das er um den Hals trägt. Er hat es sehr vorsichtig auf das Tischchen neben den Wecker und das Präservativ gelegt.
Alles läuft sehr normal ab: Herumspielereien und Zärtlichkeiten und kleine Lacher, bis Tatjana aus dem Bad zurückkommt und P ihre komplett rasierte Scham sieht, was ihn offensichtlich ernüchtert.
»Was ist denn los?«, fragt sie und tut alles, um die Situation zu retten. »Magst Du das nicht?«
»Nee, nicht so«, sagt P knapp. Er liegt auf der Pritsche, aber die Nacktheit hat bereits ihren Stachel verloren.
»Oh, wie schade«, sagt das Mädchen. In ihrer Stimme schwingt ein wenig echte Enttäuschung mit, so dass

sie auf einige Tricks der Zunft zurückgreift, die allerdings auch nicht dafür sorgen können, dass P den Gestank von Dung vergessen könnte oder die Erwähnung des Strands, den sie nicht gesehen hat, oder das kleine Mädchen, das irgendwo in Kiew, was man »Kiff« ausspricht, ohne ihre Mama groß wird. Außerdem fühlt sie sich dort stachlig an, dort, wo er schon gar nicht mehr hinschaut, um die Sache nicht noch schlimmer zu machen.

Es ist noch keine Viertelstunde vergangen, als P den Versuch aufgibt. Er fängt mit der Unterhose an, sich wieder anzuziehen. Tatjana ist etwas bedrückt, ohne allerdings ihre für alles offene Haltung aufzugeben. Sie will ihm helfen, schlüpft dafür zu ihm ins Bett und holt die Kette mit dem Kreuz, die P auf das Tischchen gelegt hatte. Aber bevor sie ihm die Kette umhängt, lässt sie das Kreuz vor seinen erstaunten Augen baumeln und lacht ein wenig, ohne zu wissen, worüber.

In diesem Augenblick nimmt er ihr mit aller Gewalt den Anhänger aus der Hand und verpasst ihr, immer noch auf dem Bett sitzend, eine kräftige Ohrfeige: plaff. Ihr Kopf knallt gegen die Wand hinter dem Bett. Man hört den Schlag, der sich mit ihrem Schrei vermischt, der mehr nach Überraschung klingt als nach Schmerz. P aber kniet bereits auf der Matratze, greift nach ihrem Handgelenk, schüttelt es, um noch einmal an ihr Gesicht heranzukommen, das unter den Haaren verborgen ist, die zerzaust herabfallen. Sie versucht, das Gesicht wegzudrehen und schreit erneut, so dass P sich gezwungen sieht, ihr mit der Faust einen Schlag in den Bauch zu versetzen, der sie sofort zum Schweigen bringt. Außerdem sorgt er dafür, dass sie die Hände vom Gesicht nimmt und auf die schmerzende Stelle legt. Ihr Gesicht, auf dem eine Mischung aus Schmerz und Panik zu lesen ist, ist dadurch erneut ungeschützt. P versetzt ihr eine Gerade auf die Nasenscheidewand. Der Kopf fliegt mit den rötlichen Haaren noch einmal gegen die Wand hinter dem Kopfkissen, aber diesmal mit solcher Gewalt, dass der ganze kleine Raum bebt und der nackte Körper des Mädchens leblos dagegen prallt, bis sie zusammengekrümmt an der Wand liegen bleibt. Das Kinn liegt auf der Brust. Auf dem mit Blut verschmierten Gesicht liegt ein dümmlicher Ausdruck.

Aber P hat sich noch nicht beruhigt. Er stößt den Körper zur Seite, wodurch er über das Bett rollt und auf den Boden fällt. Der Kopf schlägt gegen das Nachttischchen, wodurch auch der Wecker umfällt.

Er kniet immer noch heftig atmend auf dem Bett und schaut mit starrem Blick auf das reglose Mädchen auf dem Boden. Ihre Augen sind offen, aus der Nase läuft Blut über den Mund, der Arm liegt verquer unter der Schulter. Die Beine sind auf groteske Weise gespreizt. Wie bei einer Poularde, bevor sie in den Ofen geschoben wird. Sie ist tot. Für einen Moment denkt P an die Scherereien, die ihm diese Geschichte bereiten kann. Aber nur für einen Moment, weil er dann plötzlich eine überwältigende Erektion spürt, die ihm blitzartig sein Herz beschleunigt.

Der umgekippte Wecker hat immer noch nicht geklingelt. Es müssten noch etwa fünf Minuten sein. Vielleicht vergehen dann noch zehn oder mehr, bis der Typ da unten auf die Idee kommt, nachzusehen. Es müsste also noch genug Zeit bleiben, um vom Bett herunterzusteigen, die Arme des Mädchens zu nehmen und sie nach oben zu ziehen, bis sie wieder auf dem Bett liegt. Diesmal quer. Die Arme hängen auf einer Seite über die Matratze, die Fußknöchel über die andere und die offenen Augen sind auf die Decke gerichtet. Dann zieht er sich erneut die Unterhose aus und versucht sie mit der geballten Kraft zu penetrieren, die ihm seine Erektion gibt.

Der Fünfzigjährige mit der braunen Krawatte sieht ihn fünf Minuten später die Treppe herunterkommen. Das reicht ihm, um fürs Erste beruhigt zu sein. Es wird eine Weile dauern, bis er sich wundert, warum nicht auch das Mädchen herunterkommt.

Weder Martín noch der Robocop sind in der Bar. Die Kellnerin erklärt ihm, dass sie gleich kommen werden. P überlegt kurz, dann beschließt er, auf dem Parkplatz auf die beiden zu warten. Einerseits aus Vorsicht, andererseits, weil der Gestank vom Dung sich draußen wenigstens nicht mit den Parfüms vermischt, die ihm vor zwanzig Minuten noch so aufregend vorgekommen waren. Und die ihm jetzt, wo seine Prostata sich um einige Milliliter Flüssigkeit erleichtert hat, unendlich aufdringlich vorkommen. Genau wie das *Devórame otra vez*, das zur einhelligen Freude der vollschlanken Damenriege erneut erklingt.

Im Paradies

Es ist bereits nach Mitternacht, als T und Suzanne das Sunrise verlassen. Mittlerweile hat sich der Laden mit Leuten gefüllt, daher muss es einem für die Musiker nicht mehr leid tun, früher zu gehen. Der Türsteher lächelt sie am Eingang sehr liebenswürdig an und sagt erneut etwas, das T nicht versteht. Draußen ist es nicht kalt. Man bekommt Lust, durch die immer noch feuchten Straßen im Village zu schlendern. Sie gehen langsam Richtung Norden, in der Hoffnung, zur Orientierung auf eine nummerierte Straße zu stoßen.

»Ich hatte gerade ein Déjà-vu«, sagt Suzanne: »Genau das habe ich schon einmal erlebt.«

»Wann fing es an?«

»Vor zehn Sekunden etwa, und ich glaube, es hält noch an. Ja ...«

»Warte. Ich sage mal was Komisches ... *Chiricatampayo*. Hast Du's immer noch?«

»Ja ...«

Suzanne schmunzelt. Das Déjà-vu hält besonders lange an. T rennt ein Stück voraus, hebt ein angewinkeltes Bein, schlägt mit der Zunge, legt die Daumen an die Schläfen und wackelt wie verrückt mit den restlichen Fingern: »Und? Immer noch?«

Suzanne ist stehen geblieben, sie kann nicht mehr vor Lachen. T hört auf, Faxen zu machen: »Jetzt erzähl mir nicht, das hättest Du schon einmal erlebt ...«

Es dauert ein bisschen, bis sie ihre Haltung wieder gewinnt: »Nee, das Déjà-vu hat sich schlagartig in Luft aufgelöst.«

Sie laufen weiter. Suzanne kichert immer mal wieder

laut auf, aber T ist ernst geworden: »Es ist doch eigenartig, dass uns das nicht viel häufiger passiert«, sagt er und zeigt auf ein Taxi, das herumfährt. »Zum Beispiel sehe ich dieses Taxi und frage mich: Sehe ich es zum ersten Mal? ... Was meinst Du?«

»Keine Ahnung ...«, sagt Suzanne, »möglich, dass nicht.«

»Natürlich ist es gut möglich, dass nicht. Und es ist auch gut möglich, dass ich es nicht zum letzten Mal sehe. Vielleicht habe ich es am Flughafen gesehen, als ich ankam, und vielleicht stolpere ich in zwei Wochen wieder über denselben Wagen. Ich weiß nicht. Aber was mich wirklich stört, ist, dass ich auch nicht weiß, wann ich es zum letzten Mal sehen werde. Zweifellos muss irgendwann einmal das letzte Mal sein.«

»Ja, klar ...«

»So dass wir jeden Tag einen Haufen Zeugs zum letzten Mal in unserem Leben sehen oder tun, ohne es zu merken. Wir lassen uns gar keine Zeit für den Abschied.« Pause. »Zum Beispiel: Glaubst Du, dass wir noch einmal zusammen dieses Taxi sehen werden?«

»Puh ...«

»Und heute haben wir zum ersten Mal zusammen gegessen. Wird es noch einmal vorkommen?«

»Sicherlich. Wir haben doch ein spanisch-irisches Bündnis geschlossen, oder nicht?«

»Na schön. Ich weiß allerdings nicht, ob ein stabiles Bündnis zwischen Dir und mir möglich ist. In Wirklichkeit glaube ich nicht einmal, dass wir für lange Zeit Freunde sein können.«

»Ach nein? Warum nicht?«

»Na … Weil ich glaube, dass ich mich gerade in jemanden verliebe. Du weißt ja sicher, wie sehr einen die Liebe in Anspruch nimmt. Das restliche soziale Leben kommt fast zum Stillstand …«
Suzanne schwankt. Sie entschließt sich, seinen flapsigen Tonfall zu imitieren: »Na … Wenn Du Dich verliebt hast, dann sollte ich Dir wohl gratulieren, nicht?«
»Danke. Sie macht wirklich den Eindruck, ein Mädchen aus gutem Haus zu sein. Und außerdem sieht sie nicht übel aus, wenn ich mit ihr ins Ambassador ginge, würden mich die Kommissionäre der UNC beneiden.«
»Spanierin? Amerikanerin? Falls ich fragen darf … Du weißt ja, wie neugierig ich bin …«
»Mmh. Halbirin. Aus Sligo, Republik, Atlantikküste … Das muss ein herrlicher Ort sein. Sie hat gesagt, dass es schön dort ist, dass es Steinhäuser gibt und einen Fluss, der mitten durch die Stadt fließt. Offenbar verfügen sie dort sogar über einen täglichen Regenbogen-Service.«
»Ah, ja … Das klingt gut.«
»Ich habe sie genau vor einer Woche kennengelernt. Sonntagvormittag haben wir uns das erste Mal allein getroffen. Das ist erst vier Tage her, aber mir kommt es vor wie ein ganzes Leben. Wir waren im Central Park, und danach waren wir einen Kaffee trinken in der Madison Avenue.«
»Das war schon alles?«
»Mmh, fast alles. In Wirklichkeit kannte ich sie schon von einem Gemälde von Bellini …«
T grinst. Suzanne tut so, als habe sie die Anspielung nicht gehört: »Und von einem Spaziergang am Vormittag und einer Tasse Kaffee bist Du schon verliebt?«

»Ich bin dabei ... Ich bin ein sehr sensibler Typ ...«
»Was für ein Glück, dass Ihr Euch nicht um Mitternacht getroffen habt, um die Stufen des Empire State nach oben zu steigen ...« Gesten der Euphorie eines Bergsteigers.
»Meine Liebe: Ich fürchte, Ironie ist nicht die beliebteste Haltung auf diesem Kontinent, der uns aufgenommen hat ...«
»Ich vertraue darauf, dass man uns diese Schwäche nachsieht. Wegen unserer europäischen Wurzeln ...«, dabei sieht sie aus wie ein Engländer, der sich den Schnurrbart zwirbelt.
»Trotz meines fast schon ehrwürdigen Alters sollte ich ja eigentlich wissen, dass die jungen Leute heutzutage es nicht mehr nötig haben, sich zu verlieben. Aber kaum passt man mal nicht auf, erwischt es einen doch. Leider scheint ein Teil unserer bescheidenen Natur wie dafür gemacht zu sein. Ich gestehe: Ich bin ihr verfallen. Auf Englisch sagt man sehr richtig: *falling in love*. Es fühlt sich an, als würde man fallen. Mir ist fast schon schwindlig davon.«
Suzanne bleibt bei dem ironischen Tonfall: »Und was willst Du nun tun betreffs ...«
»Tja ... Da bin ich mir eben noch nicht sicher ... Vorerst würde ich tausend Dollar dafür geben, zu wissen, wie es ihr damit geht.«
»Du willst sie doch nicht etwa direkt fragen? Da ist es besser, subtil vorzugehen ... Du solltest Deinem männlichen Instinkt vertrauen. Was sagt Dir denn Dein männlicher Instinkt?« Hände auf dem Rücken und Hüpfer wie von einem rosaroten Panther.
»Mein Instinkt sagt mir, dass der Wind günstig steht

und ich die Anker lichten sollte. Aber man sollte nicht nur seinem Instinkt trauen. Denk an die Wellensittiche: Sie sind von Natur aus verrückt nach Petersilie, obwohl die Petersilie sie umbringt. Ich wüsste zur besseren Orientierung zu gerne, ob die Welt für sie momentan auch so rosarot aussieht und ob auch für sie die Geigen im Hintergrund spielen wie ein *chill-out* ...«

»Mmh. Da würde ich Dir raten, sie gut zu beobachten und Deine eigenen Schlüsse zu ziehen. Ansonsten: Sei spontan, das ist immer am besten ...«

T überlegt ein wenig, bevor er wieder redet: »Spontan würde ich ihr am liebsten vorschlagen, so schnell wie möglich eine Nacht zusammen zu verbringen. Vielleicht schon diese Nacht heute.«

Suzanne braucht ein bisschen Zeit für die Antwort: »*Okay, good luck!* Aber denke daran, dass sie keine dieser Amerikanerinnen ist, sondern eine halbe Irin und Sex für sie nicht Teil des gewöhnlichen *social life* ist.« Wieder die Hüpfer des rosaroten Panthers. »Es könnte beispielsweise sein, dass sie besonders altmodisch wäre und Dich erst besser kennenlernen möchte.«

»Genau deshalb sollten wir so schnell wie möglich eine Nacht miteinander verbringen. Allein der Gedanke bringt mich zum Zittern wie einen Flan. Sobald ich erst einmal zwei, drei Zigaretten geraucht habe, wäre ich aber bereit, falls sie es auch ist.«

»Oh ... Das ist aber sehr rücksichtsvoll von Dir ... Dann müsstest Du jetzt nur noch die Frage mit dem Sex mit ihr klären, oder nicht?« Der rosarote Panther bewegt sich aufreizend.

»Nein, nicht unbedingt. Ich habe ja weder das Wort Sex noch irgendeines seiner Synonyme in den Mund genommen. Außerdem bin ich davon überzeugt, dass das Erotische zwischen zwei Personen wie ihr und mir nie Sex allein ist. Ich habe nur gesagt, dass wir den Grad an Intimität erst erreicht haben werden, wenn wir eine ganze Nacht zusammen in einem Bett liegen. Erst dann werden wir uns wie zu Hause fühlen, uns natürlich verhalten und uns richtig kennenlernen. Alles andere sind geistreiche, witzige Unterhaltungen und pures Vergnügen an Brunfttänzen.« Jetzt ist es T, der wie ein rosaroter Panther hüpft, um mit ihr Schritt zu halten.

»Die Brunfttänze haben aus der Perspektive des Weibchens eine wichtige Funktion«, dabei klimpert sie mit den Augen wie ein koketter Vogelstrauß. »Sie helfen ihr zum Beispiel, die Tugenden des Männchens kennenzulernen, das um sie wirbt. Außerdem helfen sie ihr herauszufinden, bis zu welchem Punkt er wirklich an ihr interessiert ist. Hast Du noch nie Dokumentarfilme über Vögel gesehen?«

»Denkst Du, ich sollte den Schwanz ausbreiten, trillern und die Angebetete mit Würmern umwerben? *Okay, I'm ready*. Wenn es aber um ›wissen‹ und ›kennen‹ geht, dann weiß sie, glaube ich, bereits alles, was sie kennen und wissen muss.«

Jetzt ist der Gleichklang ihrer Bewegungen perfekt: zwei Schritte, ein Hüpfer vom rosaroten Panther.

»Ich habe ihr nämlich mehr von mir erzählt, als ich je einer anderen Person anvertraut habe. Weder einem Mann noch einer Frau. Sie muss jetzt nur noch die Teilchen in ihre schönen Hände nehmen und das Puzzle zusammensetzen. Dann hat sie ein vollständiges Portrait ... Sag mal, könnten wir auch laufen wie zwei normale Menschen?«

»Mmm ... Wie definierst Du ›normal‹?«

Suzanne erwartet eine Antwortet und bereichert die Schrittfolge um eine halbe Drehung, die sich in den komplizierten Rhythmus einfügt. T bleibt stehen und lacht: »Bist du verrückt geworden, wo willst Du denn hin ...?«

»Du hast ja gelacht ... Ja, richtig gelacht ... Es ist das erste Mal, dass ich Dich richtig lachen sehe ...«

»Zum ersten Mal? Das ist nicht wahr ...«

»Doch, ist wahr. Zum ersten Mal hast Du richtig über etwas gelacht, weil Du es lustig findest. Und nicht aus Höflichkeit.«

T hebt die Augenbrauen: »Diesen Eindruck hast Du von mir?«

»Du hast bis jetzt noch nie über meine Faxen gelacht. Nicht ein einziges Mal ... Kein einziges Mal, und ich habe pausenlos den Clown für Dich gespielt ...«

»Bedeutet Dir das viel? Andere zum Lachen zu bringen?«

»Sehr viel. Mir hängt es zum Hals heraus, dass mich alle so hübsch und toll finden. Ich mag es viel lieber, wenn die Leute mit mir lachen können. Oder besser noch: über mich.«

»Nach allem, was man so im Radio hört, müsste es genau umgedreht sein ...«

Ohne es zu merken, sind sie an der Eighth Avenue angekommen und ebenso intuitiv biegen sie jetzt in die 13. ein. Ihr Tempo ist jetzt normal, gemächlich, wie bei einem Spaziergang. T schaut auf den Boden. Suzanne tut so, als ob. Beobachtet dabei aber aus den Augenwinkeln Ts Gesichtsausdruck. Es sieht so aus, als müsste noch etwas gesagt werden. Sie verlangsamen ihre Schritte noch mehr, bis sie mitten auf einem verlassenen Bürgersteig fast stehen bleiben. Vor einem Heimwerkerladen, der im Schaufenster eine Motorsäge und Kompostbehälter ausstellt: »Wie verrückt muss man eigentlich sein, um mitten in dieser Stadt eine Motorsäge zu brauchen?«, fragt sich T laut, während er sich auf das Mäuerchen vor dem Schaufenster setzt. Suzanne begutachtet ebenfalls die Ansammlung an elektrischen Maschinen, Heckenscheren, Schläuchen und Gartenhandschuhen.

»Vielleicht wohnt Freddy Krueger hier in der Nähe«, sagt sie.

»Habe ich jetzt was kaputt gemacht?«, fragt T, ohne auf den Scherz einzugehen.

»Was denn ...«

»Ich weiß nicht ... Vielleicht hätte ich einfach weiter mit Dir flirten sollen: spielen, uns vergnügen, aber Dir immer die Chance lassen, so zu tun, als würdest Du es nicht merken. Stattdessen ist mir nichts Besseres eingefallen, als Dich regelrecht zu überfahren. Das war doch nach allen Regeln der Kunst eine Liebeserklärung an Dich.«

Suzanne beobachtet ihn ein paar Sekunden und fängt an zu singen: »*And then I go and spoiled all / By saying something stupid like I love you* ... Weißt Du was, ich finde Dich fast noch besser als meinen italienischen Metzger: Ich glaube, ich werde Dich küssen.«

T macht die Augen auf und schaut sie an. Sie hat die Arme verschränkt, ein Bein ist ein wenig nach innen gedreht. Man würde meinen: eine nachdenkliche Hal-

tung. Sie geht zu ihm hin, bückt sich, die rötlichen Haare fallen ihr ins Gesicht, sie nimmt sie mit den Händen zur Seite und neigt ein wenig den Kopf. T dreht seinen Kopf genau andersherum und trägt seinerseits zum Gelingen bei, indem er ihr die letzten Zentimeter entgegenkommt. Die zwei Lippenpaare berühren sich, prallen leicht zurück, um sich sogleich wieder zu vereinen. Sie pressen sich leicht aufeinander. Die Berührungen werden weicher und fester. Sie versuchen, das Fleisch des anderen zu schnappen. Die Berührung ist kurz, aber lang genug. Beide atmen Luft durch die Nase aus und spüren die Wärme des anderen am Kragen. Dann hören sie den feinen, fast unhörbaren Schmatz, mit dem sie sich voneinander lösen. Suzanne steht wieder, dreht sich um und geht bis zum Rand des Bürgersteigs. Sie beobachtet mit verschränkten Armen den Verkehr, der schnell näher kommt. T braucht ein bisschen, bis er aufsteht und zu ihr geht. Als er bei ihr angekommen ist, hat sie bereits ein Taxi angehalten. Bevor es richtig zum Stehen gekommen ist, dreht sie sich zu T und sagt: »*Time to go to bed*: Es ist schon spät.«
T hält ihr die Tür auf. Während Suzanne in den Wagen steigt, weiß er nicht, woran er ist, aber da sie keine Anstalten macht, sich zu verabschieden, steigt er ebenfalls ein. Sobald sie unter einem Dach sind, fällt ihm auf, dass Suzanne dem Fahrer noch keine Adresse genannt hat. Mehr noch, alles spricht dafür, dass sie gar nicht beabsichtigt, es zu tun. In einem lichten Moment begreift T, dass er die Entscheidung fällen soll. Sie hat beschlossen, dass er diesmal für sie zwei entscheiden soll. So ist es schließlich er, der in seinem bescheidenen,

unsicheren Englisch sagt: »*Pennsylvania Hotel, please.*« Dann sucht er ihre Hand auf den mit Kunstleder gepolsterten Sitzen. Und findet sie.

***

T hat nur wenige Minuten richtig tief geschlafen. Oder zumindest scheint es ihm so.

Mit einem Mal fehlt ihm Suzannes Körper. Davon wacht er auf. Vielleicht auch von der elastischen Bewegung der Matratze, als diese um ihr federleichtes Gewicht erleichtert wird. Ihm bleibt nur ein Stück warmen Lakens, das leer an seiner Schulter liegt.

»Wo gehst Du hin?«, brummelt er erschrocken.

»Schlaf weiter«, sagt Suzanne.

T schießt trotzdem wie eine Feder in die Höhe und reibt sich die Augen. Im Versuch, die Dunkelheit zu vertreiben. Die rote Digitalanzeige des Radioweckers blinkt: zehn nach sechs. Überstreifen von Kleidung, Schritte auf dem Teppich, das Klacken eines Schalters. Für einen Moment blendet ihn das Licht im Bad, dann schließt sich die Tür und es bleibt nur ein schmaler, erleuchteter Schlitz.

Dreckige Stille: leichtes Rumoren des Verkehrs, die Air-Condition, das Atmen der schlummernden Stadt ... T möchte nicht mehr einschlafen. Er hört die Geräusche der Leitungen; das Wasser fließt durch die Venen des Gebäudes. Er würde gerne mehr sehen. Alles, was an nächtlichen Strahlen durch das Fenster dringen könnte, wird von dem Vorhang betäubt. Er stellt die Füße auf den Boden, macht die Lampe auf dem Tischchen an. Das andere Bett im Zimmer, in dem er gewöhnlich schläft, hat sich in eine Ablage für mehrere Kleidungsstücke verwandelt. So werden sie nicht verknittern. Auf dem Teppich stehen ein paar Schuhe mit halbhohen Absätzen. Dicht daneben: seine eigenen Schuhe und seine Unterwäsche. Das Licht tut weh. Er schaltet das Lämpchen aus. Er bekommt Lust, zu rauchen. Beschließt, es noch nicht zu tun. Lieber warten und sehen, ob er noch schlafen wird oder endgültig aufsteht. Plötzlich fühlt er sich so nackt unwohl. Er macht erneut das Licht an, erobert seine Unterhose vom Boden zurück und zieht sie sich an. Macht das Licht wieder aus und bleibt im Bett sitzen. Ein Zustand milder Schlaflosigkeit.

Als es sechs Uhr siebzehn auf der roten Digitalanzeige des Weckers ist, öffnet sich die Badtür. Im Licht zeichnet sich für einen Moment Suzannes Silhouette ab. T beugt sich zum Tischchen hinüber und sucht erneut den Lichtschalter.

»Lass das Licht aus«, sagt die Silhouette flüsternd. »Schlaf weiter, es ist noch viel zu früh.«

»Wohin gehst Du?«

Die Silhouette zieht sich an: das Kleid, die Schuhe …

»Ich muss noch mal zu Hause vorbei.«

»Ich bringe Dich hin.«

»Nein, ich hab's eilig.«

T steht auf: »Gib mir drei Minuten, ich komme mit.«

»Nein, wirklich: Wenn ich nicht sofort losgehe, komme ich zu spät ins Institut.«

T möchte nicht auf sie hören. Er setzt sich wieder aufs Bett und sucht tastend auf dem Teppich nach seinen Strümpfen. Aber Suzanne ist bereits angezogen, bevor er den zweiten gefunden hat. Sie hat Tschüss gesagt

und geht zur Tür. Er versucht, sie aufzuhalten, aber sie hat schon die Türklinke in der Hand.
»Warte ...«, bittet er. Er nimmt sie halb in den Arm und küsst sie hastig dicht neben das Ohr, zweimal, dreimal. »Bis später«, sagt T.
»Tschüss«, wiederholt sie.
Die schwere Tür, die aussieht, als wäre sie gepanzert, öffnet sich und das matte Licht des Korridors dringt herein. T beugt sich aus dem Türrahmen, sieht, wie sich Suzannes Rücken entfernt und um die Ecke biegt. Jede ihrer Bewegungen setzt ein komplexes Räderwerk unter dem enganliegenden Wollkeid in Gang. Einen Moment lang bleibt er wie hypnotisiert stehen. Er mag die Tür nicht schließen, allein bleiben, in der Dunkelheit seines Zimmers.
Aber er hat lediglich die Unterhose und nur einen Strumpf an, so dass er hineingeht und sich aufs Bett setzt. Er überlegt, ob ihm noch Zeit bleibt, sich flink anzuziehen, hinter ihr herzurennen und Suzanne noch einzuholen, solange sie auf ein Taxi wartet. Jetzt dürfte sie vor den Aufzügen stehen. T hat den zweiten Strumpf gefunden und zieht ihn an. Sie dürfte bereits hinunterfahren ... 14. Stock, 12. Stock, 11. Stock. T macht sich klar, dass er nicht auf die Straße hinaus kann, ohne vorher kurz ins Bad zu gehen. Wenigstens pinkeln, sich das Gesicht waschen und sich ein wenig kämmen ... 7. Stock, 6. Stock, 5. Stock. T legt sich mit dem Rücken aufs Bett: Es wird besser sein, sich zu duschen, saubere Sachen anzuziehen und sie später zum richtigen Zeitpunkt zum *breakfast* anzurufen. Die rote Digitalanzeige zeigt 06:28 an ... Es wird kühl am nackten Oberkörper. Er ist zu faul, um aufzustehen und die

Air-Condition auszuschalten. Besser noch einmal unters Laken schlüpfen. Nur kurz. Suzanne dürfte das Gebäude bereits verlassen haben und ein paar Schritte über den Bürgersteig gehen. Vielleicht hat ihr der Goliath ein Taxi gerufen … Ach Quatsch: Goliath ist sicher noch gar nicht im Dienst. Also dürfte sie tatsächlich ein paar Schritte über den Gehweg machen: clinc, clonc, clinc, clonc …
Über diesem Gedanken ist er eingeschlafen.

***

Der Wecker war nicht gestellt. Ts innere Uhr lässt ohne Einspruch zu erheben, acht Uhr verstreichen. Er öffnet die Augen, als der Lärm des Verkehrs bereits in vollem Gange ist und das Tageslicht mit aller Gewalt durch den Vorhang dringt. Beim Hochziehen der Jalousien bekleckert die junge, ungestüme Sonne die höheren Stockwerke im Innenhof, und als er das Fenster eine Handbreit öffnet, dringt etwas ins Zimmer, was er als Frühlingsduft in der Stadt wiedererkennt. Ein weiterer Frühling, der alle erlebten Frühlinge in sich trägt. Er schaltet das Radio an und zufällig läuft *L.O.V.E* von Nat King Cole: *»L«, is for the way you look at me / »O« is for the only one I see / »V« is very, very extraordinary / »E« is even more than anyone that you adore*. Auf dem Bett neben ihm liegt außer seiner Kleidung nichts mehr. Auf dem Boden nur seine Schuhe. Gleichwohl spürt er die unsichtbare Erinnerung, den Geruch, eine Ahnung. Zähne putzen, rasieren, duschen, das auberginefarbene Hemd anziehen und sich mit einem Hauch *Boucheron* einsprühen. Alles zur Musik des Radios als eine

Abfolge tänzerischen Hochgefühls. Sogar die Lederkappe setzt er auf.
Die im Aufzug zusammengepferchten Gäste erscheinen ihm auf dem Weg nach unten ungewöhnlich höflich zu sein. Der Sicherheitsdienst an der Rezeption wirkt an diesem Vormittag strahlend elegant auf ihn. Die Straße scheint ihm die pittoreskeste Straße auf der ganzen Welt zu sein, Business-Leute mit Idealgewicht, Rolex-Verkäufer, die ihre heiße Ware für fünf Dollar feilbieten, Besoffene im Trenchcoat. Die Gemeinschaft der Raucher vor der Tür des Cafés erscheint ihm noch rührender als ohnehin schon, der große Kaffee schmeckt nach Nektar und die erste kleine Lucky Strike ist ein in Rauch sublimierter Gaumenkitzel. Die Zeit ist zu knapp, um alle Früchte dieses Garten Edens zu genießen: Zuerst müssen schleunigst ein paar Blumen verschickt werden. Obwohl er von Blumen etwa so viel versteht wie von Malerei oder Forellenbächen, kommt ihm in den Sinn, dass eine Kombination aus Fresien und Anemonen gut wäre. Schlicht, farbig, duftend: ein Frühlingstupfer auf Suzannes Tisch im Büro. Aber wachsen Fresien und Anemonen in Amerika? Was heißt wohl »Blumenhandlung« auf Englisch? *Flower shop*? *Little shop of horrors*? Solcherlei liebenswerte Rätsel vermehren sich in Ts Kopf wie eine Bande von Kaninchen. Er spürt im ganzen Körper eine euphorische Ungeduld, die noch angefeuert wird von Nat King Cole, der ihm nicht aus dem Kopf will: *Take my heart and please don't break it / 'Cause LOVE was made for you and me.*
Auf dem Rückweg ins Hotel beschäftigt ihn die Frage, ob es in diesen fortgeschrittenen Zeiten der Weltge-

schichte altmodisch oder sogar kitschig sein könnte, Blumen zu verschicken. Und seien es auch Anemonen. So als würde man vor einer Dame den Hut ziehen oder »Jesus Maria« sagen, wenn jemand niest. Die Lösung liegt in dem Ratschlag, der ihm letzte Nacht mit auf den Weg gegeben wurde: »Sei spontan, das ist am besten.« Also gut: Dann wird er sich genau daran halten und spontan sein. Und so begibt er sich zur Rezeption. Dort wendet er sich an den Schalter, an dem ein WASP-Mädchen, das gekleidet ist wie eine Stewardess, touristische Busexkursionen in die ethnisch interessanteren Stadtteile verkauft. *Excuse me*, sagt T und greift sich absurderweise an die Krempe seiner Kappe, *I wanna send some flowers to my girlfriend, and I'm wondering where can I buy it.* Trotz manch überflüssiger und fehlerhafter Erklärung versteht das Mädchen, was er von ihr will. Sogar eine gewisse Solidarität mit dem *girlfriend* ist ihr anzumerken, die auf so altmodisch-romantische Weise verehrt wird. Sie kommt hinter ihrem Tischchen hervor, das mit Fotos von Harlem und Chinatown tapeziert ist, und zeigt T einen Flur im Hotel: eine winzige Geschäftszeile. Am liebsten würde er den Arm um dieses entzückende Geschöpf legen und nachhaltige Spuren auf ihren Lippen hinterlassen, aber er wagt lediglich, auf verführerische Weise *Thank you* zu sagen. Zwischen den Zeilen mag sie selbst heraushören, dass sie ein Traum von einem Mädchen ist, sein Herz aber einer anderen gehört.

Das Verschicken der Blumen erweist sich als einfach. Von Fresien oder Anemonen fehlt in der Blumenhandlung zwar jede Spur, aber es gibt orangefarbene Tulpen, die ihm fast noch besser gefallen und es ihm ganz besonders angetan haben. Der Laden wird beherrscht von einer schwarzen *Big Mamma*, die ihm verspricht, den Strauß ganz nach Ts Vorstellung zu binden: Von wegen *old fashioned*, nein, *smart & cool!* Die gute Frau erläutert die Adjektive als *European Style, isn't it?* Außerdem erkundigt sie sich, ob ein persönlicher Gruß hinzugefügt werden soll, was T verneint. *Big Mamma* hat intuitiv erfasst, dass sie einen frisch Verliebten vor sich hat, der sich wie ein Prinz fühlt, und bringt ihre absolute Gewissheit zum Ausdruck, dass die Blumen seinem Mädchen sehr gefallen werden. *I hope so*, sagt T und lächelt: *I'm for asking her to marry me.* Was auch in seinem Englisch verständlich genug klingen muss, da die Dame ihre hellen Handflächen gerührt zwischen den riesigen Brüsten zusammenlegt und sagt: *God bless you, son, I'm sure she will say yes.*

Angefeuert von dem Glanz romantischer Sehnsüchte, den er in den gelblichen Augen einer einhundertfünfzig Kilo schweren Floristin sieht, kommt es so dazu, dass T meint, außer den Blumen auch einen Ring zu brauchen. *An engagement ring*, um genau zu sein. Das ist es. Er kennt das Wort *engagement*: »Verlobung«. Das klingt in seinen Ohren nach physischer Bindung, einer Mischung aus »Verschränkung« und »Vereinigung«. In der Tat bedeutet es auch »Kampfhandlung«, aber kein halbwegs sensibler Mensch hätte dies T an jenem Vormittag verraten. Andererseits ist es jetzt bereits halb elf; zu spät für ein *breakfast* mit Suzanne. Das Beste wird sein, sich mit einem ordentlichen *engagement ring* ausgestattet zum Mittagessen zu treffen. Falls es mittlerweile Kitsch ist, Blumen zu verschenken, wäre naturgemäß ein Verlobungsring noch viel schlimmer: so etwas wie ein Attentat auf die Transpostmoderne. Getreu dem Motto, seinen spontanen Impulsen zu folgen, beschließt er, den restlichen Vormittag wie ein verliebter Dinosaurier damit zu verbringen, in der Stadt nach einem Ring zu suchen.

Diese Stadt, die in den letzten Tagen mehr und mehr in den Hintergrund gerückt war, erweist sich wieder einmal als eine *plenty of colours*. Unbegreiflich, warum sie nicht ebenso einen romantischen Ruf genießt wie etwa Paris oder Venedig. In Ts Augen ist sie ein Traum: Die Leute sehen aus wie aus der Benetton-Werbung, die Wagen wie aus der Max-Factor-Werbung und die Wolkenkratzer wie aus einem Spiderman-Film. Mehr kann man doch von einer Kulisse für eine *springtime romance* nicht erwarten. Es gelingt ihm gerade noch, der Versuchung zu widerstehen, poetische Hymnen auf diese Stadt im Frühling zu verfassen: die Sonne auf den Taxis, die Ramschbuden und Hot-dog-Wägelchen ... Die Hupen allerdings klingen heute in seinen Ohren wie Kontrapunkte, Zwölfton-Effekte oder sogar wie tanzbare Rhythmen. Es ist ihm schon klar, dass er mit seinen 43 Jahren alle Symptome aufweist, den Verstand für eine Halbirin von 24 Jahren zu verlieren, die er kaum kennt. Einmal bleibt er sogar stehen und denkt darüber nach, während er so tut, als würde er sich das Schaufenster eines Schuhgeschäfts anschauen. Es gelingt ihm, folgende Frage zu formulieren, während sein Blick auf zwei Kaimane gerichtet ist, die sich in mexikanische Stiefel mit Absätzen verwandelt haben: »Darf ich mich rückhaltlos dieser schwach begründeten Glückseligkeit hingeben? Wäre es nicht klüger, mich wie der ungläubige Erwachsene zu verhalten, der ich eigentlich bin, und mich auf die Antiklimax vorzubereiten, die früher oder später einsetzen wird?« An diesem Morgen aber wäre keine Erwägung in der Lage gewesen, die pure Lust, Gefühle zu genießen, zu zügeln: »*V« is very, very, extraordinary*. Mit seiner Kappe auf dem Kopf läuft er wie ein Operettenire dahin, lacht ohne offensichtlichen Grund und hält der Welt seine Brust hin wie einer, dem keine Kugel etwas anhaben kann.

Die 7. ist auf ihrem morgendlichen Höhepunkt. Auf der 34. gibt es mehr Stände denn je. Er bleibt vor einer Schmuckhandlung stehen und begutachtet das Schaufenster: Anhänger, Armbänder, Ketten, Ringe … Alles in allem ein ziemlich vulgäres Design. Er braucht selbstredend einen Ring, der besonders *smart & cool* ist. Der weder allzu vergoldet ist noch zu sehr glänzt. Unbedingt einen, der jegliche Tendenz zum Kitsch abschwächt. Andererseits muss ein Verlobungsring, wie *cool* er auch immer sein mag, teuer sein. So teuer, dass man ihn sich gerade noch so leisten kann. Das genau unterscheidet einen echten *engagement ring* von irgendeinem x-beliebigen Ring, stimmt's? Stimmt. Gut: Wie viel kann er gerade noch so ausgeben? Ihm wird sofort klar, dass sich sein finanzieller Spielraum auf einem Kontinent ohne romanische Ruinen mit dem monatlichen Kreditrahmen seiner VISA-Karte deckt. Mehr gibt's nicht. Nach einigen mentalen Algorithmen kommt er zu dem Schluss, dass ihm zusätzlich etwa zweitausend Dollar abgebucht werden dürfen, ohne sein Überleben für den Rest des Monats zu gefährden. Ist das viel? Wenig? Ist das genug für einen nennenswerten *engagement ring*? Mehr Kapital hat er momen-

tan nicht, weshalb das Budget zweifelsohne angemessen ist.
Gut: Tiffany wurde bereits vor ein paar Tagen verworfen. Er läuft hinüber bis zu den Vierzigern. Auf der Fifth Avenue denkt er an Bulgari. Als er vor der Tür steht, traut er sich nicht hineinzugehen. Wie ein Sicherheitstrakt kommt ihm das Geschäft vor. Dagegen ist ein Stückchen weiter unten eine Boutique mit Uhren und viereckigen Schmuckstücken: sehr teuer und ziemlich *cool*, aber nicht wirklich *smart*. Danach versucht er es bei den jüdischen Läden auf der 47., wo ihm das Design ebenso orthodox vorkommt wie die Leute, die hier mit ihren Hüten und Löckchen und Gehröcken unterwegs sind. Die Zeit verfliegt. Er läuft durch die Straßen und achtet aufmerksam auf die Schaufenster. Bald ist es Zeit fürs Mittagessen, aber er widersteht der Versuchung, Suzanne wiederzusehen, ohne seinen Einkauf erledigt zu haben. Es ist die Verbohrtheit eines Perfektionisten, der das Risiko eingeht, damit anderes zu zerstören. Wie ein Jugendlicher, der mit einem Liebesbrief angibt. Der Ring ist für ihn zu einem Garanten geworden, einem Amulett. Als würde die Hartnäckigkeit und Beharrlichkeit dieser Suche sie davor schützen, dass die Geschichte schiefgehen kann, stimmt's? Nein: stimmt nicht. Und trotzdem ist es so.
Er sucht eine öffentliche Telefonzelle am Rockefeller Center auf und ruft im Institut an. Debie-Diane Keaton ist am Telefon. Sie sagt, Suzanne sei bereits zum Essen gegangen. T ist beinahe froh darüber, weil er sich dadurch keine Ausrede ausdenken muss, warum es mit dem Mittagessen nicht klappt. Als er den Hörer auf-

legt, kommt ihm der Gedanke, die Fifth Avenue zu vergessen und lieber SoHo zu erkunden: SoHo hat den Ruf, exklusiv zu sein, in einem alternativen, modernen, mutigen Sinn. Eine halbe Stunde später steigt er aus der U-Bahn auf der Höhe des unteren Broadways. Er verliert die Orientierung und läuft Richtung Little Italy. Das macht aber nichts. Da er sich unter dem Schutz der Göttin Venus befindet, kommt er genau in der Gegend heraus, wo die angesagten Läden sind. Oberhalb der Lafayette Street. Es sind diese Zufälle, die es nur in der Wirklichkeit und in den Büchern Paul Austers gibt, die ihn dann auch noch zu dem Geschäft führen, das er gesucht hat, ohne es zu wissen: *Jewel Zoo* steht auf dem Fähnchen, das davor hängt. Ein kleines Schmuckgeschäft: so *cool & smart* wie T noch nie eines gesehen hat. Das Schaufenster ist ein langes Aquarium, das in die rohe Betonfassade eingebaut ist. Unendlich schön, mit grobem, weißen Sand auf dem Boden, Schiefersteinen, ein paar schwarzen Fischen, die viel Platz zum Schwimmen haben und von dem ultravioletten Licht subtil hervorgehoben werden. Der Schmuck liegt grüppchenweise auf feinen Stahlständern im Wasser, die ihn vom Sand abheben. Schlichte, solide Stücke mit weichen Rändern, die an Henry Moore und auch an Miró erinnern. Auf den ersten Blick gefällt ihm ein Ring mit einem polygonalen Aquamarin und einem winzigen Diamanten. Mit ein bisschen gutem Willen könnte man ihn für einen blauen Asteroiden halten, der von einer weit entfernten, leuchtenden Sonne angestrahlt wird. *Isn't it romantic?*
Wie ein kleiner Junge, der vor einer Tierhandlung steht, um seiner Freundin aus dem Kindergarten einen

Bernhardiner-Welpen zu kaufen, geht er hinein. Zwanzig Minuten später kommt er mit eintausendsiebenhundert Dollar weniger auf dem Konto wieder heraus. Aber mit dem blauen Asteroid-Ring, der in einem wunderschönen, glänzenden Holzschächtelchen eingepackt und geschützt wird.

Mission erfüllt.

Nachmittags kurz nach fünf trifft er ungeduldig im Hotel ein, um sich seine Neuerwerbung in aller Ruhe anzusehen. Unter der hellsten Lampe im Bad wickelt er das Schächtelchen aus und holt den Ring hervor. Er ist kleinkalibrig. Im Laden haben sie ihm gesagt, dass sie ihm den Ring tauschen, falls die Größe nicht passen sollte. Er hält ihn unter die Lampe über dem Spiegel und begutachtet den Aquamarin. Er weiß, wie man das macht. Er hält ihn sich vor die Augen und schaut in sein Innerstes: in das Herz aus Kristall. Er versucht, ihn aufzuladen mit allen guten Wünschen, gewissermaßen mit magischer Energie aller Art, von der er spürt, dass er sie in diesem Augenblick mit Blicken übertragen kann (schnurlose Liebe, *good vibrations*). Ein Schauer läuft ihm den Rücken entlang, als er ihn fest küsst. An diesen einzigartigen Augenblick werden sie sich noch in vielen Jahren vor jedem Exekutionskommando gemeinsam erinnern können. Danach reibt er mit seinem Hemd den Stein ab, um ihm seinen vollen Glanz wiederzugeben. Er verstaut den Ring im Kästchen und zerreißt das Geschenkpapier: Besser überreicht man nur das Schmuckkästchen.

All dies hat ihn ernst und weich gestimmt. Er nimmt sich vor, seinen jubelnden Humor wiederzugewinnen: die Lust, zu scherzen und grundlos zu lachen.

Den angemessenen Tonfall, um hinunterzugehen und Suzanne noch rechtzeitig im Institut anzurufen.
Und tatsächlich. Er erreicht sie: »Suzanne ...«
»Ja.«
»Entschuldige, dass ich so spät anrufe, aber ich war den ganzen Tag unterwegs. Hat Debie Dir meine Nachricht ausgerichtet?«
»Ja.«
»Gehst Du jetzt?«
»Nein ...«
»Wann kannst Du gehen?«
»Tja ... Ich weiß nicht, ich habe viel Arbeit ...«
Pause.
»Ist irgendwas?«
»Nein, nichts.«
»Du klingst so ernst ...«
»Es war so viel zu tun ...«
»Entschuldige, dann will ich Dich nicht länger aufhalten. Wann sehen wir uns?«
»Heute kann ich leider nicht.«
Pause.
»Du kannst nicht?«
»Entschuldige ... Geht bei mir nicht gut ...«
»Ach so ...« Pause. »Und weißt Du schon, wann wir uns sehen können ...«
»Ich weiß es nicht ... Diese Woche wird's schwierig.«
»Ah ja. Na ... dann ... So wie Du das sagst, weiß ich nicht mal mehr, ob ich Dich nächste Woche anrufen soll oder besser bis zum nächsten Monat warte ...«
»Entschuldige ... Diese Tage geht es nicht. Tut mir leid.«

»Schon gut, mach Dir keine Sorgen … Du kannst mich ja im Hotel anrufen, wenn Du möchtest. Meine Zimmernummer hast Du ja, stimmt's?«
»Ja, ja …«
»Dann höre ich also von Dir?«
»Ja, *okay*.«
»*Okay*. Pass auf Dich auf, ja?«
»Du auch.«
»Das mach ich.«
Clong, aufgelegt. Viel mehr gibt es auch nicht mehr zu sagen.

***

Erste Phase: verletzter Stolz.
Als er auflegt, schaut T stumm auf das Etui mit dem Ring in seiner Hand und fragt sich, was er damit machen soll. Er entscheidet sich dafür, ihn unten im Hotel zu lassen. Sie haben einen Safe mit Schlüssel. Er steckt ihn dort hinein, als würde er einen Betrüger in das finsterste Verlies sperren. Dann will er nur noch trinken. Er läuft hinüber zur Bar 33, begrüßt den Kellner möglichst authentisch gutgelaunt, *what's up*, und trinkt in zwei Minuten eine Pinte aus. Er fühlt sich stolz. Als Herr seiner selbst. Sein Ego glüht in diesem Moment, wie eine brennende, aber schmerzfreie Schwellung. Nach dem zweiten Glas entspannt er sich. Plötzlich ist er sauer auf sich selbst. Als wäre er das Opfer eines billigen Schwindels. Lächerlich, zu dumm. Er will sich betrinken und die ganze Geschichte so schnell wie möglich vergessen.
Zweite Phase: Niedergeschlagenheit.

Zwei Stunden später hat T fünf Gläser Budweiser intus und schüttet sich gerade den vierten dreifachen Jack Daniels hinter die Binde. Auf einem Spiegel hinter dem Flaschenregal sieht er Männer und Frauen, die reden und lachen. Engländer, über vierzig, eine Mischung aus biederen Paaren und alten Bekannten, die sich nach der Arbeit im Pub treffen. T bestellt sich noch einen Dreifachen und stößt im Geist auf Boris Jelzin an. Er ist bereits betrunken. Zum ersten Mal seit Jahren würde er gern irgendeinem Bekannten erzählen, was ihm gerade passiert ist. Durch seinen Kopf schwirren genau diese Worte: »was mir gerade passiert ist« ... Um sich abzulenken, versucht er den Text der Musik zu verstehen, die in beachtlicher Lautstärke läuft: *I would walk five hundred miles / And I would walk five hundred more / Just to be the man who walked one thousand miles to fold down at your door* ... Da ist nichts zu machen: In allen Liedern geht es um dasselbe. Nach dem sechsten Dreifachen und der soliden Grundlage an Bier beginnt er, sich gefährlich selbst zu bemitleiden. Das Bemühen, ein kohärentes Selbstgespräch in dem Dunst des Alkohols zu führen, lässt ihn ein wenig ruhiger werden. Er trinkt weiter, bis er mit dem letzten bisschen Geistesgegenwart, das ihm geblieben ist, spürt, dass er sie noch braucht, um zu zahlen, würdevoll aufzustehen und hinauszugehen. Auf dem Weg ins Hotel sieht er doppelt. Die Orte und Passanten vervielfachen sich in der Nacht, als würde er auf dem Boden eines Karussells laufen.

Dritte Phase: Abgrund.

Er schläft unheimlich lang, öffnet erst nach zwölf die Augen und verspürt großen Appetit, aber kaum Kater.

Er fühlt sich gut, aktiv, ist bereit hinauszugehen. Er duscht, rasiert sich und isst bei dem Italiener auf der 33. Ecke 7. *penne e calzone*. Draußen, drei Meter vor der Fensterscheibe, brennen einem Bürohengst die Nerven durch. Der schlägt mit seinem Köfferchen auf den Straßenverkehr ein, bis zwei Polizisten kommen und versuchen, ihn zu beruhigen. Ohne sich zu dicht an ihn heranzuwagen. Die Stadt schiebt sich wieder in den Vordergrund. Zurück im Hotel studiert er im Reiseführer die Rubrik mit Museen: Er hat noch kein einziges Museum besucht. Unglaublich. Er beschließt, mit dem Naturgeschichtsmuseum anzufangen, das erst um Viertel vor sechs schließt. Der Weg dorthin wäre an sich ein langer und schöner Spaziergang. Am Mäuerchen des Parks entlang. Man kann die Kutschen unter den feinen Wolkenkratzern und ihre bunten Spiegelungen bewundern. Es gibt nur ein Problem: Bisweilen kämpft er gegen Gedanken an, die aufkeimen und ihm jedesmal einen nahezu körperlichen, empfindlichen Stich versetzen, der sich leicht im Brustkorb lokalisieren lässt. Es ist schwer, das zu verdrängen, weil es so regelmäßig kommt. Ebenso schwer wie Herzjagen zu ignorieren. Auf Höhe der 60. nutzt er einen Eingang zum Park, um sich auf eine Bank zu setzen, zu rauchen und die Gedanken zu ordnen. Was ist hier drinnen los? Was versucht die eine Seite in ihm der anderen zu sagen . . .?

Vierte Phase: Positives Denken.

Bereits die ersten Risse im Erdboden lassen erahnen, dass der Abgrund zu tief und zu dunkel ist. Man muss sich an etwas festhalten, um nicht vollends abzurutschen. Daher sind es weniger Ts bewusste Gedanken, die ihn dazu bringen, die ganze Geschichte in neuem Licht zu sehen, als vielmehr ein Überlebensreflex. Im neuen Licht sieht es so aus, als wäre es lediglich eine Frage des Stolzes. Die Geschichte dürfte sich ziemlich leicht auflösen lassen. Keine Frage: Er darf einfach nicht so stolz sein, sondern muss Suzanne noch einmal anrufen. Vielleicht ist es ja wahr, dass sie so viel zu tun hat. Vermutlich ist es sogar wahr. Er hat ja selbst gesehen, wie sehr sie den ganzen Tag beschäftigt ist: Sie nimmt Anrufe entgegen, empfängt Besucher, bearbeitet Berge von Genehmigungen und Papieren ... So verbringt T sein Wochenende. Er tröstet sich mit diesen Gedanken mit Mühe und Not. Die Idee, sie wieder anzurufen, ist ebenso verlockend wie beunruhigend. Er verbringt die Zeit bis dahin damit, viel zu schlafen, sich Debatten im Fernsehen anzusehen, die er versucht, zu verstehen. Oder alte Filme, die sie am frühen Morgen zeigen. Er rasiert sich nicht, duscht sich nicht und geht hinaus, wann immer er Hunger bekommt, um in der Gegend rund um das Hotel etwas zu essen und zu trinken. Alles in allem fühlt er sich, als hätte er eine Grippe.

Fünfte Phase: das Labyrinth.

Am Montagvormittag ruft er geduscht, rasiert und einparfümiert im Institut an. Debie nimmt ab. Sie lässt ihn einen Augenblick am Apparat warten und sagt dann, dass Suzanne nicht ans Telefon gehen kann. Debies Stimme lässt T verstehen (»Tut mir sehr leid«, sagt sie zum Schluss), dass Suzanne nicht ans Telefon gehen will. Lägen die Dinge anders, würde sie ihm vorschlagen, später noch einmal anzurufen oder so. Dieser Anruf tut wirklich weh, weil es der zweite ist und

weil die Wunde noch frisch ist: Suzanne will nicht ans Telefon gehen. Diese demütigende Impertinenz derjenigen, die für sich beschließen, nicht mit einem zu sprechen. Am liebsten würde er sie umbringen: Sie schlagen, bis sie tot ist. An irgendeinem Ort auf sie warten, in ihrer Straße, und es sie teuer bezahlen lassen. Er stellt sich sogar ihr entstelltes Gesicht zwischen dem Laub der Akazien vor. Er spürt eine gewisse Erregung, bis er sich vor sich selbst ekelt. Wie kann er sich bloß so etwas wünschen? Woher kommen diese Gewaltfantasien? Er versucht zu verstehen, was passiert ist. Wie es soweit kommen konnte. Er geht die Begegnungen durch, die Unterhaltungen, bis ins kleinste Detail vergegenwärtigt er sich, was seit dem ersten Mal, als er mit ihr im Institut gesprochen hat, passiert ist. Immer deutlicher spürt er, dass entscheidend sein dürfte, was in den letzten Stunden passiert ist, die sie miteinander verbracht haben. Erneut in der Bar 33 versucht er, die Nacht im schmalen Bett des Hotels aufleben zu lassen. Und eigenartigerweise kann er sich an nichts erinnern. Totaler Filmriss.
Diese Gedanken daran werden zu einer Obsession, die ihn den Rest des Tages und einen großen Teil der Nacht in der Bar 33 beschäftigt. Bis ihn das zermürbende Nachdenken ausgelaugt hat.
Sechste Phase: Ultimatum und Abschied.
Nachdem T am Telefon alle notwendigen Formalitäten mit seinem Reisebüro abgewickelt hat, schreibt er sechs Tage nach jener ersten gemeinsamen Nacht folgende Nachricht auf den Zettel einer Whiskywerbung, die ihm ein Hotelangestellter verschafft hat: »Ich habe für morgen einen Flug nach London gebucht. Heute

Nacht um zwölf warte ich auf Dich im Observatorium des Empire State Buildings. Du musst die Stufen nicht hinaufgehen.« Er hat nicht lange darüber nachgedacht, was er schreibt. Aber er hat das Gefühl, dass es ihm gelungen ist, ihr mit einem Hauch an versöhnlichem Humor alle notwendigen Informationen zu geben. Auf eine Weise, die in die Dramaturgie von Filmen wie *Love Affair* passen würde. Er steckt den Zettel in einen Umschlag, den sie ihm an der Rezeption des Hotels geben. Dann läuft er bis zur 42. und geht in die Eingangshalle. Er gibt dem Portier den Umschlag und einen Zehn-Dollar-Schein. Auf dem Rückweg kauft er in der 34. einen großen Koffer, der eher aussieht wie eine Truhe auf Rädern, und packt ihn randvoll mit der Kleidung, die er sich in der Stadt neu zugelegt hat. Dann schlendert er zum Abschied noch einmal durch die Straßen, bis die Dämmerung hereinbricht.

In dieser Nacht trinkt er keinen Schluck Alkohol. Als es bereits dunkel ist, kommt er auf die Idee, Hühnerflügelchen beim Koreaner in der 37. zu essen. Aber aus Angst, er könnte seine schöne Erinnerung zerstören, kauft er sich einen Hamburger mit Pommes frites. Zum Essen setzt er sich an irgendeinen hässlichen Ort in Chelsea auf den dreckigen, aber ruhigen Gehsteig. Dann macht er sich auf den Weg zum Empire State. Zwei Straßenecken davor bleibt er stehen und raucht. Er kann weit genug sehen, um den leichten Nebel zu beobachten, der sich um die bunten Lichter im oberen Teil verdichtet. Als er an einem Baugerüst vorbeigeht, hat er plötzlich das Bild eines Typen im Sweatshirt vor Augen, der ihn auf unangenehme Weise nach der Uhr-

zeit fragt. Wann war das? Hat er es geträumt? Ist das ein Déjà-vu?
Um halb zwölf stellt er sich an. Die Schlange der Touristen, die den Eingang des Gebäudes beleben, ist nicht lang. Jemand fragt, ob man gute Sicht hat. Ein sehr Dicker vom Sicherheitspersonal lässt seinen Schlagstock kreisen und sagt: etwa siebzig Prozent. T kauft sich eine Karte und trottet hinter der Schlange her zum Aufzug, in dem ein Angestellter und einige Touristen mit nach oben fahren. Die Zahlen auf der Anzeigetafel gehen in Zehner-Schritten: dreißig, vierzig, fünfzig. Die Kabine beginnt zu bremsen, als sie sich der achtzig nähern. Dann muss man sich sogar noch einmal in die Schlange stellen, um die letzten sechs Stockwerke hinauf bis zum Haupt-Observatorium zu gehen.
Auf der Aussichtsterrasse rund um die Antenne lässt ihn die Stadt vor Wonne fast weinen. In dem Augenblick, in dem er sich in das vor Lichtern funkelnde Nichts beugt, weiß er, dass Suzanne nicht kommen wird: Mit einem Mal versteht er, dass alles viel zu perfekt wäre, wenn sie kommen würde. Trotzdem wartet er bis zwölf. Von Zeit zu Zeit geht er ein Stückchen weiter herum: ein Fest aus Wolkenkratzern und Central Park liegt im Norden; der glitzernde, dunstige Hudson im Osten, Downtown im Süden, hinten mit den Türmen des World Trade Centers .. Ihm bleibt die Zeit, sich klarzuwerden, wie sehr er sich in diese Stadt verliebt hat. Er wirft ihr, ohne sich um die Touristen zu scheren, einen Kuss zu. Es ist dieselbe Art von Kuss, die man in Kriegszeiten dem Liebsten auf dem Bahnhof zuwirft. Da ist der Schmerz über die Mög-

lichkeit, sich nie wiederzusehen und die Freude darüber, um diese Erfahrung reicher zu sein.
Um ein Uhr früh fährt er wieder hinunter, und um elf Uhr des folgenden Morgens hebt seine Maschine auf dem Flughafen in Newark ab.

In der Hölle

Elf Uhr nachts, Mittwoch, Café unter den Arkaden. Beethoven am Tresen, Susi im Hintergrund. Sie bedient neben dem flackernden Kamin einen Tisch mit Jugendlichen. P kommt herein.

»Junge, Peter der Große: Wie war's denn vor ein paar Tagen mit der kleinen Russin im Kingdom ...?«

P zögert ein bisschen mit der Antwort. Er erinnert sich daran, mit Robocop und Sankt Martín im Kingdom gewesen zu sein, aber er hat keine Ahnung mehr, wovon Beethoven redet. Vielleicht hatte er zu viel getrunken oder zu viele von diesen Zigaretten mit Kokain geraucht.

»Wie ich sehe, spricht sich hier immer alles herum ...«, sagt er schließlich.

»Und wie, mein Junge: und wie. Sie wissen ja gar nicht, wie sehr ich Sie beneide: Wenn ich siebzig Euro hätte ... Und wie war's letztes Wochenende im Pub? Ich habe gehört, dass Sie Freitagnachmittag dort angefangen haben zu arbeiten.«

»War gut ... Ich arbeite bloß an zwei Tagen und die Zeit verfliegt.«

Susi kommt zur Theke. P ruft ihr zu: »Susi, ich hätte gern einen Whisky, sei so lieb, und einen für Beethoven, falls er möchte.«

»Mein Junge: An dem Tag, an dem ich keinen Whisky mehr mag, sollte man lieber einen Krankenwagen rufen und mich ins Tal bringen.«

»Ich bin mal gespannt, ob wir Dich nachher nach Hause tragen müssen«, sagt die Susi. »Du hattest heute schon sieben Kognak Soda.«

»Keine Angst, Susi, mein Herz: Deine Vorstellungen von einem Standardmaß an Kognak klingen so, als wärest Du eine Aktivistin der Heilsarmee.«
»Ah ja: Vorhin bist Du schon in Schlangenlinien aufs Klo gegangen. Und außerdem hast Du daneben gepinkelt. Noch mehr, meine ich, als sowieso schon üblich.«
»Was Ihr ständig für einen Zirkus um das Danebenpinkeln macht ... Mit meiner Ex-heiligen-Ehefrau war es das gleiche Theater. Bloß weil Ihr mit der Schwerkraft uriniert ... Ich würde Euch gern mal sehen, wenn ihr im Stehen mit einem Schlauch hantieren müsstet, der unter Hochdruck steht.«
»So wild wird das schon nicht sein ...«
»Von wegen. Du siehst ja, was ich hier für eine Spanne habe!« Er streckt ihr die gespreizte Hand hin.
»Und warum setzt Ihr Euch dann nicht auf die Klobrille, statt immer alles einzusauen?«
»Uns zum Pinkeln auf die Brille setzen? Wärt Ihr ernstlich in der Lage, eine solche Demütigung von uns zu verlangen? Das wäre ja so, als hätte ich meine Ex-Heilige darum gebeten, sich ihren Schnurrbart mit Rasierpinsel und Klinge abzurasieren. Und ich schwöre Dir, dass es viel besser geworden wäre als mit dieser stinkenden Creme.«
»Ja: Schimpf Du nur immer auf Deine ›Ex-Heilige‹ ... Ich kenne sie zwar nicht, aber eine Heilige muss sie ja schon gewesen sein, da hast Du vermutlich schon ganz Recht ...«
»Tss, tss, ich weiß ja nicht ... Ich würde eher mal denken, mehr Betschwester als Heilige. Einmal habe ich ihr vorgeschlagen, es französisch zu machen. Da wäre sie fast mit den Kindern zu ihrer Mutter gezogen. Zu

guter Letzt musste ich ihr erklären, dass ich meinte, es normal zu machen, aber zu der Musik von Charles Aznavour.«

»Ach, ist das schrecklich«, sagt die Susi und dreht sich zu P: »Dieser Mann hat immer auf alles eine Anwort parat.« Sie stellt die Gläser hin und entfernt sich kopfschüttelnd zu den Tischen, an denen die jungen, farbenfroh Frisierten lauthals ihre Bestellungen einfordern.

»Diese Susi muss ein Vulkan sein«, sagt in der Zwischenzeit Beethoven mit leiser Stimme zu P. »Witwe seit zehn Jahren. Fast seitdem ich hier bin. Leider bin ich offensichtlich nicht ihr Typ. Dabei hätten Sie mal ihren Gatten kennenlernen sollen: Der sah aus wie ein Troll. Die zwei personifizierten die Schöne und das Biest. Er war hier vom Dorf. Die Susi ist im Tal geboren und großgeworden, in einer Nonnenschule. Sie können sich ja sicher denken, was das heißt ... Jedenfalls waren die beiden eines der wenigen durchmischten Paare hier oben. Sonst herrscht vollkommene Inzucht. Sie müssen sich das mal vorstellen: Die sind hier alle miteinander verwandt. Heiraten untereinander und setzen sich gegenseitig die Hörner auf: Alles bleibt in der Familie. Abgesehen von Susi wüsste ich nur noch von zwei ähnlichen Fällen aus der jüngeren Zeit: der Franzose und seine Freundin, die hier vom Ort ist, und die Nieves aus der Genossenschaft, die sich vom Alien hat schwängern lassen, dem großen Bruder vom Kainsmal ... Wenigstens gibt's dann mal wieder ein paar Kinder im Dorf ... Es ist merkwürdig; vermutlich auch eine Folge der Inzucht: Seit Jahrzehnten ist die Einwohnerzahl in Horlá rückläufig. Ist Ihnen aufgefallen, wie viele Häuser leer stehen?«

»Ja ... Da fällt mir ein: Ich suche übrigens eine Wohnung, und Madame Bovary hat gesagt, ich soll Sie doch mal fragen ...«

»Wirklich? Wollen Sie also richtig im Dorf bleiben? Das freut mich ... Nun denken Sie aber bitte nicht, ich sage das nur wegen dem Whisky... Wenn Sie möchten, könnte ich ja mal mit der Vermieterin in meinem Haus sprechen. Das da vorne, wie Sie wissen ... Die schönste Wohnung ist derzeit sogar frei. Dann hätten sie wenigstens eine Rückzugsmöglichkeit: Falls Sie sich doch noch entschließen sollten, der Heidi mal was Gutes tun zu wollen oder der Madame Bovary oder beiden zusammen ... Nur dass Sie Bescheid wissen ... Falls Ihnen die Arbeit da mal über den Kopf wachsen sollte, müssten Sie nur über den Flur kommen und klopfen. Ich würde mich dann mit dem größten Vergnügen um alles weitere kümmern und Ihnen abnehmen, was zu viel des Guten ist. Abgesehen davon, ist es bestimmt kein Fehler, mal aus dem Taubstummen-Hostal herauszukommen. Heidi meint, das wären Hexen. Ich habe zwar keine esoterischen Neigungen, wie Sie sich vorstellen können, muss aber gestehen, dass die mir immer ein wenig unheimlich sind. Die sieht man nie außerhalb des Hostals, wussten Sie das? Abgesehen mal von den Tagen, an denen das ganze Dorf auf den Beinen ist: An San Juan sitzen wir alle ums Lagerfeuer oder zu Neujahr essen wir vor der Kirche die Trauben. Um ehrlich zu sein, habe ich immer das Gefühl, dass die Leiterin des Hostals mit dem Eigentümer da drinnen den Hexensabbat feiert ...«

P nutzt die Gelegenheit: »Von dem sieht man eigentlich auch nicht viel, vom Eigentümer ...«

»Na ja … Im Hostal ist er schon von Zeit zu Zeit. Ich nehme mal an, die zelebrieren da irgendeine orgiastische Messe. Ich sehe die schon vor mir: Alle schwenken da nackt einen Topf voller Kröten und Stechapfelblätter …«
Die Susi geht dazwischen. Nachdem sie in der Küche hantierte, steht sie wieder hinter ihrem Tresen: »Sieh mal einer an: Dich zieht's zum Berg wie die Ziegen.«
»Komm Susi, jetzt stell Dich mal nicht so an und bringe uns noch ein Gläschen. Peter der Große gibt eine Runde aus …«
»Entschuldige mal, aber bisher hat Dich hier niemand zu gar nichts eingeladen. Hast Du denn überhaupt keinen Funken Anstand mehr?«
»Und wofür soll der Anstand gut sein? Je mehr Schamgefühl man hat, desto besser ist es, wenn es keiner merkt. Ich bin ein Lebemann, Susi, mein Herz. Ein wahrer Lebemann überschreitet immer die Moral, aber nie die Ästhetik. *Voilà*!«
»Oh weia. Rede doch nicht so einen Unsinn daher. Man kann überhaupt nicht glauben, dass Du schon so alt bist … Was Du immer so über die Frauen erzählst. Mich wundert überhaupt nicht, dass Dich Deine hat sitzenlassen.«
»Mich auch nicht, aber ich glaube, dass hat nichts damit zu tun, was ich gesagt oder nicht gesagt habe.«
»Das kann ich mir vorstellen: Statt zu arbeiten, wie es Gott wohlgefällt, und Dich um Deinen Sohn zu kümmern, hast Du sicher alles Geld für Whisky und Nutten ausgegeben … Auch wenn Du noch so tust und dich aufspielst … Hand aufs Herz: Die meisten Frauen haben Dich doch sicher Geld gekostet, hm …?«

»Und wenn schon. Alle Frauen kosten Geld. Und die Anständigen besonders viel. Was meinen Sohn betrifft, da habe ich mir nichts vorzuwerfen: Ich habe ihm das beste Beispiel dafür gegeben, wie man das Leben genießen sollte.«
Susi ist aufgebracht und sagt zu P: »Das ist unmöglich mit ihm: Immer will er das letzte Wort behalten. Wenn ich den so reden höre, wird mir ganz anders ... Du glaubst doch wohl nicht im Ernst, dass ein Mann ein gutes Beispiel abgibt, der alle Frauen wie Prostituierte behandelt?« Es ist nicht ganz klar, ob sie P oder Beethoven anredet, aber sie ist empört, gestikuliert und klatscht sich auf den Schenkel.
»Susi, meine Liebe: Es ist doch ein offenes Geheimnis, dass die Frauen nichts mehr reizt, als an das Geld ihrer Männer heranzukommen. Selbst die berühmtesten Paare sind zusammengekommen, weil die Frau ihr Sicherheitsbedürfnis und ihren Fortpflanzungswunsch befriedigen will und die Männer unfähig sind, euren erotischen Reizen zu widerstehen. Wir denken halt einfach mit dem Hosenlatz, das sagen auch die Feministinnen. Und genau darin liegt eure Macht. Ihr schimpft immer darüber, wie wir sind, aber verlogenerweise hört ihr nie auf, uns am Schwanz zu packen wie die Eidechsen auch ...«
»Hör mir auf ... Weißt Du was: Du hast ja überhaupt keine Ahnung davon, was sich eine Frau wünscht ... Nicht die geringste, damit Du's weißt. Wenn ein Mann was für eine Frau ist ... Dann weil er von Kopf bis Fuß ein Mann ist, der für sie da ist und reden kann und arbeiten kann und für etwas einstehen kann ... Und wenn ein Mann ein echter Mann ist, dann ist es ein Ge-

nuss für eine Frau, bei ihm zu sein … Aber Du: Was denkst Du eigentlich könnte eine Frau mit Dir genießen? Du hast ja gar keine Ahnung … Eine riesige Alkoholfahne und immer nur das eine … nicht? Was Dir fehlt ist Respekt und Anstand und …«
»Susi, mein Herz, ist ja gut … Da kommt ja die ganze repressive Erziehung zum Vorschein …«
»Repressiv? Weißt Du was: Du kriegst jetzt keinen Whisky mehr, egal wer Dich einlädt, keinen Tropfen. Dann weißt Du mal, was repressiv ist.« Sie geht in die Küche und kommt mit einer Frischhaltebox zurück. Die gibt sie P zusammen mit den ausgelesenen Zeitungen: »Ich habe Ihnen ein bisschen was von der Lende und dem Tomatensalat aufgehoben. Nehmen Sie es sich ruhig mit ins Hostal. Das kann man später auch gut kalt essen, falls Sie noch Hunger bekommen.«
Beethoven protestiert: »Hey, hey, hey, jetzt werde ich aber eifersüchtig. Mir hast Du noch nie so was zurechtgemacht …«
»Du kannst Dauerwürste essen. Hast Du nicht gesagt, Deine wäre so lang?«
»Schon, aber die ist zu hart zum Essen …«
»Aha: Und Deiner Frau hast Du sie angeboten …«
Beethoven macht den Mund auf, aber es dauert, bis er etwas hervorbringt: »*Touché*«, sagt er schließlich.

***

Madame Bovary muss am Samstagmorgen ins Tal hinunter und hat P gebeten, sie an der Theke zu vertreten, bis sie zurück ist. P schließt das Pub daher am Freitag um drei Uhr in der Nacht, um es am nächsten Morgen bereits um sieben wieder zu öffnen.

Die Unruhe hat bei ihm Schlaflosigkeit ausgelöst, so dass er kaum ein Auge zumacht. Zum Glück tauchen so früh am Morgen nur ein paar Bauern auf und trinken einen Kaffee. Gegen neun wird die gähnende Leere vom Metzger gefüllt, der manchmal Rito oder dem Priesterlein den Laden überlässt, um am frühen Vormittag einen Whisky zu trinken.

So gegen zehn ist das Röhren von zwei Motoren zu hören. Dann das Quietschen von Bremsen. Schrille Musik, die aus einem alten, gelben Ford Fiesta dröhnt, der genau vor dem Eingang des Pubs schleudernd zum Stehen kommt. Weder die beiden Wagen noch die fünf Typen sind aus dem Dorf, die lärmend hereinplatzen. Auch das Mädchen nicht, das Arm in Arm mit einem von ihnen ankommt. Ein Kleinerer mit verschlagenem Gesichtsausdruck hat eine Peitsche in der Hand, mit der er beim Hereinkommen herumfuchtelt. Er schlägt hierhin und dorthin und ist der Erste, der an die Theke kommt, um sich einen Wodka Red Bull zu bestellen. Bevor P überhaupt begreift, was da vor sich geht, haben sich die übrigen ungeordnet an den zwei Tischen einquartiert. Offenbar sind sie von der Nacht übrig geblieben, *after hours*, lachen und bestellen krakeelend Getränke. Sie scheinen alle besoffen und gleichzeitig vom heftigen Kokainkonsum der Nacht völlig überdreht zu sein. Das Mädchen, das sie im Schlepptau haben, sieht total erledigt aus. Die Augenlider hängen nur noch auf halb acht, was den Typen, der sich neben sie gesetzt hat, nicht weiter daran stört, ihren Mund zu knutschen und ihr unter dem groben Wollpulli an den Brüsten herumzufummeln. Alles in allem könnte man denken, verrückt gewordene Apachen hätten das Pub zu ihrem alleinigen Vergnügen eingenommen. Der Metzger, der mit seinem Whisky immer noch am Ende des Tresens sitzt, dreht sich auf seinem Barhocker um, schaut sie angewidert an und wechselt einen Blick mit P, dem er mit einer Handbewegung zu raten scheint, einfach abzuwarten, bis sie schleunigst ausgetrunken haben und sich wieder verziehen. Gut. Der Fummler steht kurz auf, bittet den größten und hässlichsten unter ihnen um das Beutelchen mit dem Kokain und zieht sich ohne Umschweife das Zeug an einem anderen Tisch rein. Seinen Platz nimmt sofort der Kleine mit der Peitsche ein, der ebenfalls an dem Mädchen herumtatscht und ihr einmal in aller Breite übers Gesicht schleckt, was sie diffus zu der Bewegung animiert, sich abzuwischen, ohne bei weitem alles zu erwischen. Die Musik dröhnt immer noch aus dem Auto. Sie muss im halben Dorf zu hören sein. P wird von Minute zu Minute angespannter. Ihm fällt der Baseballschläger ein, der zwischen den beiden niedrigen Eisschränken unter dem Tresen steckt. In besonderer Form sorgt er sich um das Mädchen. Allem Anschein nach ist sie allerdings freiwillig dabei und beschwert sich auch nicht darüber, dass alle nacheinander an ihr herumfummeln. Wer weiß, gut möglich, dass in der Nacht bereits sehr viel mehr gelaufen ist. Da der Kleine nun mit dem Mädchen beschäftigt ist, passt er nicht mehr auf seine Peitsche auf, was der Schlaksige und Hässliche wiederum ausnutzt, um sie sich zu schnappen und auf die Straße zu laufen. Nun beginnt eine Verfolgungsjagd, die alle, bis auf das Mädchen, hinaus auf die Straße treibt. Draußen rennen sie los und werfen sich die Peitsche zu, was den Kleinen zur Verzweiflung treibt. Er spuckt nach links und rechts und flucht und droht und verwünscht sie alle. Das kurze Intermezzo und die Ruhe, einmal abgesehen von dem ständigen Dröhnen der Musik aus dem Auto, gibt dem Metzger die Gelegenheit, P mit einer Handbewegung zu sich heranzuwinken.

»Misch Dich nicht ein«, sagt er zu ihm. »Wenn Du Dir einen vornimmst, stürzen die sich alle auf Dich. Das sind Halunken.«

»Und woher kommen die? Kennst Du sie?«

»Abschaum aus dem Tal. Freunde vom Kainsmal. Er hat sie mal mit ins Dorf gebracht und seitdem drehen die manchmal hier oben eine Runde. Viel passiert in der Regel nicht, da sie wissen, dass ihnen hier niemand was sagt ... Die zwei Autos sind garantiert geklaut und jetzt wollen die hier oben Rennen fahren. Das ist sicher so ... Bleib ganz ruhig, irgendein Nachbar dürfte die Bullen schon angerufen haben.«

»Warum schlagen denn die Jugendlichen aus dem Dorf nicht hier auf, um die mal in die Schranken zu verweisen. Was ist denn heute eigentlich los? Normalerweise sind um diese Zeit doch zehn oder zwölf von ihnen hier.«

Der Metzger lächelt lustlos: »Von denen taucht hier niemand auf, solange die da sind, und wenn die den ganzen Tag bleiben, das wirst Du sehen. Ich sag's nicht gern, aber ich bin in einem Dorf von Feiglingen auf die Welt gekommen. Außerdem heißt es, der Eigentümer schütze sie. Also lass lieber die Finger davon.«

P trinkt ein Gläschen Jack Daniels, um sich zu entspannen. Gleich darauf ein zweites, das er ebenfalls auf ex und hop trinkt. Draußen hat der Kleine sein Spielzeug zurückerobert und lässt es schnalzen. Zerberstendes Glas ist zu hören, Gelächter, Musik, die einen verrückt macht. Dann klirrt wieder Glas und rollt scheinbar über das Pflaster. Der Kleine kommt herein und sagt, dass ihm ein Glas heruntergefallen sei. Er fragt nach einem Besen und will noch einen Red Bull mit Wodka. P schwant, was die da draußen mit einem Besen anstellen könnten und sagt, dass er gleich rauskomme zum Fegen. Das hat den zusätzlichen Vorteil, ihm nicht noch mehr Alkohol ausschenken zu müssen. Die restlichen vier Gläser stehen fast noch unberührt auf den Tischen. Der Kleine schnappt sich eins, trinkt und tanzt mit der Peitsche in der Hand herum. Auf einmal fällt ihm urplötzlich die raumgreifende Gegenwart des Metzgers auf, die ihn zu interessieren scheint. Er geht zu ihm hinüber, umkreist ihn erst rechts, dann links und säuselt dazu: »Schwule Sau, schwule Sau, schwule Sau.« Der Metzger fixiert ihn zunächst mit Blicken, erst rechts, dann links und schließlich tut er so, als würde er ihn übersehen, genauso wie ein Rhinozeros einen aufdringlichen Foxterrier ignorieren würde. Dieser Foxterrier hier wiederum scheint sich daran in seiner Männlichkeit zu berauschen, so dass er hinüber zu dem Stuhl geht, auf dem das Mädchen mehr hängt als sitzt, um sie abzuknutschen und ihr diesmal die Hand in die Hose zu stecken. Das Schauspiel, das sich nun bietet, interessiert unvermutetermaßen den Metzger mehr, als man gedacht hätte. Er dreht sich um und beobachtet die beiden von seinem Barhocker aus, als wäre er in einer Peepshow. Währenddessen hat P sein drittes Gläschen getrunken und ist mit dem Besen und einer Kehrschaufel hinter der Theke hervorgekommen. Draußen sind die vier anderen Wahnsinnigen und versuchen, sich auf der Motorhaube des Ford Fiesta ihre Kokainladung zu präparieren. Spitze Glasscherben liegen zwischen den Pflastersteinen. P muss sich bücken, um sie aufzulesen, ohne sich dabei zu schneiden. Seine Geduld ist beinahe am Ende. Der fehlende Schlaf verstärkt das Gefühl von einem Alptraum noch zusätzlich. Und das Gehämmer der Musik macht ihn ganz verrückt. Er merkt, wie sein Adrenalinpegel steigt. Der Wunsch wird immer stärker, mit dem Baseballschläger herauszukommen und so lange auf den Ford Fiesta einzuschlagen, bis es still ist. Dann würde er sich gern den Erstbesten von diesen Widerlingen schnappen und ihm ordentlich die Fresse polieren. Um sich zu beruhigen, geht er wieder ins Pub hinein und dort ans Waschbecken. Er atmet tief, streckt sich und schüttet sich kaltes Wasser ins Gesicht. Für Sekunden schaut er sich im Spiegel an, bevor er sich abtrocknet. Irgendjemand wird bestimmt die Polizei gerufen haben. Ein bisschen Geduld noch. Ein richtig übler Vormittag, mehr aber auch nicht. Es lohnt sich nicht, die Sache unnötig zu verschlimmern. Als er aus dem Bad kommt, hat sich das munter-erotische Dreieck aus Metzger, elendem Zwerg und Dornröschen aufgelöst. Die anderen vier Eindringlinge sind auch wieder im Pub. Jetzt sieht es allerdings ernstlich danach aus, als wäre der Metzger zur Zielscheibe ihrer Provokationen geworden: »Schwule Sau, schwule Sau, schwule Sau!« ... Fürs Erste ist der Koloss vom Barhocker aufgestanden, hat sich in seiner

ganzen imposanten Statur vor ihnen aufgebaut, sich die Hosen zurechtgezogen und gesagt: »Sagt mal, ihr Rotzbengel, was ist denn mit euch los?« P kann nicht mehr klar denken. Er ist erregt. Der Jack Daniels tut seine Wirkung und sein Adrenalin das übrige. Er geht flugs in die Küche, holt sich eines der beiden Fleischmesser, das vom Schleifen über die Jahre schon ganz schmal geworden ist wie ein Stilett, und steckt sich die kurze Klinge hinten in die Jeanstasche: *just in case*. Dann geht er hinüber, wo das Rhinozeros und der Foxterrier kurz davor sind, aneinander zu geraten. Ihm ist klar, dass die Dinge hässlich werden können. Auch wenn der Metzger noch so groß ist, braucht bloß einer dieser Widerlinge dem ersten Schlag auszuweichen. Er beeilt sich, schiebt sich vor das Rhinozeros und versucht beruhigend auf den Foxterrier einzureden, den er als ersten vor der Nase hat: »Hey, Jungs … Wir wollen uns ordentlich benehmen und ein bisschen ruhig bleiben, okay?«
Der Foxterrier sagt mit dieser eigenwilligen Energie kleiner Männer wortwörtlich Folgendes: »Du lutschst mir gleich die Vorhaut am Schwanz, du Vollidiot …« und macht zwei schnelle Schritte, um seine Stirn fünf Zentimeter vor Ps Nase in Position zu bringen, wodurch er ihm jederzeit einen Kopfstoß verpassen kann. Das hatte gerade noch gefehlt. Jetzt brennen bei P die Sicherungen durch. Zuerst brüllt er ihn trocken an, wodurch der Foxterrier einen Sprung zurückweicht. Als er ihn auf geeigneter Distanz hat, schlägt er ihm die flache Hand gegen den Adamsapfel. Nicht sehr fest, gerade fest genug, dass der Foxterrier das Gefühl bekommt, jeden Augenblick zu ersticken. Er steht mit

dem Rücken zum Tresen und gibt ein Pfeifen von sich. Dadurch hat P mehr als genug Zeit, den Widerling an der Stirn auf den Schanktisch zu drücken, ihm dabei den Rücken schmerzhaft durchzubiegen, das schmale Fleischmesser herauszuholen und es ihm mit Druck zwischen die Hoden zu heften. Er ritzt die Hosen leicht an, bis er spürt, dass er durch den Jeansstoff hindurch ist. Und dann sagt er Wort für Wort: »Gut möglich, dass ich mir Deine Vorhaut gleich auf der Zunge zergehen lasse. Oder ich schneide gleich den ganzen Schwanz auf und mache uns ein paar in Essig eingelegte Boquerónes daraus. Na, wie wär's, ihr Vollidioten, mögt ihr das?«

Die Frage scheint an die vier gerichtet zu sein, die sich bisher zurückhalten und selbst nachdem der erste Schreck verflogen ist, keine Anstalten machen, aggressiv zu werden oder ihrem kleinen Rädelsführer zu Hilfe zu kommen. Die Räumlichkeiten im Pub mit dem schmalen Flur zwischen der Theke und den Tischen hätten eine gemeinsame Attacke sowieso unmöglich gemacht. Erst einmal rührt sich niemand, der Kleine hustet, atmet aber wieder. Nur der Metzger, der das Gefühl hat, als würde er in Ps Augen etwas aufblitzen sehen, was wirklich Angst macht, kommt näher und legt ihm eine Hand auf den Arm, der das Messer hält. Dann sagt er beschwichtigend: »Na, na, ist ja schon gut, ist ja nichts passiert ...«

Auch das Mädchen erwacht kurz aus ihrer Benommenheit und ruft: »Ruhig, eh, Jungs, immer mit der Ruhe!« und steht von ihrem Stuhl auf. Zwei Schritte weit kommt sie, bevor sie sich genau vor der Tür der Länge nach hinstreckt: patapom. Die anderen vier Typen lachen sich halb schlapp, als sie sehen, wie sie wie ein Kartoffelsack umfällt. Wahrscheinlich ist ihr Blutdruck im Keller. Für einen Moment liegt sie ohnmächtig auf dem Boden. Dadurch verlagert sich urplötzlich die Aufmerksamkeit. P zieht schließlich das Messer zurück und lässt die Stirn aus seinem Griff frei, worauf der Kleine ebenfalls auf den Boden fliegt. Er befühlt seinen Hosenstall und schaut dann auf seine Finger, die ganz leicht mit Blut beschmiert sind. Trotzdem steht er auf, strauchelt und schlingert auf die Straße an dem Mädchen vorbei, die wiederum in süßen Schlaf gefallen zu sein scheint: »Die ist tot«, sagt er gröhlend zu dem hässlichen Schlaks.

»Na, wenn sie tot ist, dann beerdigt sie mal schnell«, antwortet der Metzger, »und beeilt euch lieber damit, denn die Polizei dürfte jeden Augenblick hier sein«.

Das Mädchen reagiert, als sie an den Armen in die Höhe gezogen wird, um sie aufzurichten. Sie legt eine Hand an den Kopf und wartet ein paar Sekunden, bevor sie aufzustehen versucht, was ihr nur mit Hilfe von zwei Jungs und dem Eingreifen des Metzgers gelingt, der ihr ein paar leichte Klapse auf die Wangen gibt und P um eine Flasche Wasser bittet. Mit zwei Speichelfäden in den Mundwinkeln fügt sie sich zu einem guten Teil in alles, was der Metzger sagt. Es sieht ganz danach aus, als wäre die Party nun zu Ende und als würden die Gäste das Fest verlassen. Und sie verlassen es. Ohne zu bezahlen, aber P sieht über dieses kleine Detail hinweg. Hauptsache der Spuk ist nun endlich vorbei. In Windeseile wird sein Wunsch Wirklichkeit. Die Ruhe, die einsetzt, nachdem die zwei Autos mit gröhlender Musik die Straße hinunter verschwunden sind, kommt ihm fast unwirklich vor. Der Kleine mit der Peitsche hat sich noch einmal aus dem Fenster gelehnt und P gedroht, dass sie sich noch einmal wiedersehen werden. Eine Drohung, die er mit dem wütenden Schwur bekräftigt: »Du weißt, um was es dann geht!«

Im Pub selbst bleiben ein Haufen Glassplitter als Erinnerung zurück. Als der Metzger sich wieder zu seinem Glas auf den Barhocker gesetzt hat, sagt er: »Mach Dir keine Sorgen: Nach allem, was heute passiert ist, glaube ich kaum, dass die noch einmal hochkommen.«

P füllt den Wischeimer und fängt an, die Wände mit einem Putzlappen abzuwischen. Da erscheint Madame Bovary in der Tür: »Ach, du Scheiße, was ist denn hier los?« Da sie nicht sofort eine Antwort erhält, redet sie weiter: »Als ich hochkam, habe ich gesehen, wie die Bullen zwei Autos an der Kreuzung angehalten haben. Sie durchsuchten diese Typen aus dem Tal, die Freunde vom Kainsmal, und haben sie in Handschellen abgeführt.«

»Wurde auch höchste Zeit«, sagt P.

Dann rollen die ersten Jugendlichen mit ihren gefärbten Haaren auf zwei Geländemaschinen heran, um ihren Aperitif zu trinken.

***

Der Morgen des 31. Oktober ist sonnig und frisch. P ist am Mittag um zwölf Uhr mit Beethoven in dessen Wohnung verabredet. Sie liegt direkt gegenüber vom Café unter den Arkaden in einem alten, weiß verputzten Gebäude mit einer interessanten Architektur. Die

einzelnen Gebäudeteile haben verschiedene Höhen, so dass ihr Dach ganz unterschiedliche Neigungswinkel aufweist.
Durch ein sehr gepflegtes, eingezäuntes Gärtchen geht es hinein. Die gesamte Hauswand und Außentreppe sind mit Kletterpflanzen bewachsen. Die Treppe wiederum führt zum Haupteingang in den ersten Stock hinauf, der von der Straße aus einzusehen ist. Hinter der offenstehenden Haustür, an der ein Türklopfer angebracht ist, kommt P in einen lichtdurchfluteten Durchgang. Pflanzen in Blumentöpfen, ein Schirmständer aus Messing und andere Dinge stehen herum. Dort ist eine weitere Tür, vor der ein Fußabtreter liegt, auf dem »Herzlich willkommen« steht. Beethoven hatte ihn letzte Nacht bereits eindringlich darauf hingewiesen, dass er einen zweiten Treppenabschnitt nach oben gehen müsse, um zu seiner Tür zu kommen: die Nummer zwei. Das obere Stockwerk wirkt viel spartanischer als die prächtigere Etage unten. Der Flur ist lang und finster und sieht so aus, als wäre er wie ein Schweizer Käse von Türen durchlöchert. P klingelt und Beethoven macht sogleich auf. Er hat über einem Schlafanzug aus grober Baumwolle einen Morgenmantel an, der aussieht als wäre er aus granatfarbener Seide: »Pünktlichkeit: oh, du Zierde der Könige. Verzeihen Sie meine Aufmachung, ich bin erst kurz nach elf aufgestanden. Wie Sie sicher wissen, besteht die einzige Möglichkeit, einen Kater loszuwerden, darin, so lange wie möglich zu schlafen. Ich hole schnell die Schlüssel und dann gehen wir hinunter.«
P wartet. Ohne in die Diele hineinzugehen betrachtet er die zwei kleinen japanischen Tuschezeichnungen

und den mit Bambushölzern bedruckten Vorhang. Beethoven erscheint sogleich wieder mit den Schlüsseln und seinem Herrentäschchen. Er schließt seine Tür und geht vor P die Treppe hinunter bis zu dem Eingang mit der Fußmatte und dem Schirmständer. Dann zieht er sich den Morgenmantel noch etwas zurecht und klingelt.

Es dauert eine Weile, bis man hört, wie ein Riegel zurückgeschoben wird. Eine kleine, dicke, alte Frau macht auf. Ihre Haare schimmern bläulich. Sie stützt sich auf einen Stock mit einem Knauf aus Elfenbein. Sie lächelt: »Guten Tag«, kein ausgeprägter lokaler Dialekt. Beethoven redet. Er begrüßt sie, stellt P als »mein Freund Pedro, von dem ich Ihnen erzählt habe« vor. P weiß nicht, ob er der alten Dame die Hand reichen soll oder nicht. Sie bemerkt seine Unschlüssigkeit und bietet ihm die linke an, um den Stock nicht loslassen zu müssen. Ihre Augen ruhen freundlich, aber sehr aufmerksam auf P. Von der Kleidung bis hin zur Qualität seiner Rasur hat sie scheinbar alles im Blick. Dann greift sie sogleich nach dem Schlüsselbund, lehnt die Tür an und setzt sich an die Spitze des langsamen Zugs, der erneut die Treppen nach oben steigt. Im zweiten Stock bleiben sie vor der Tür mit der Nummer 1 stehen. Ziemlich genau gegenüber von Beethovens. Die alte Dame öffnet, und die drei gehen hinein.

Man sieht die Hand vor Augen nicht, so dunkel ist es, bis die Frau die Fensterläden öffnet. Die zwei Männer, die ihr von Raum zu Raum folgen, helfen ihr dabei. Die Wohnung ist überraschend weitläufig und hell. Sie hat Fenster in drei verschiedene Himmelsrichtungen: Man schaut auf die Straße mit den Arkaden, ziemlich genau auf Höhe des Cafés, an dessen Tischchen Robocop bereits die ersten Bierflaschen leert, sowie in ein dichtes Gärtchen hinter dem Haus im Norden mit Blautannen und dem Horlá im Hintergrund, und Richtung Osten sieht man den gedrungenen Turm der Kirche mit seinem Glockenspiel. Küche und Wohnzimmer liegen an der Ostseite nebeneinander. Ein großer Balkon, dessen Geländerstäbe mit Efeu bewachsen sind. Man hat Morgensonne und einen luftigen, offenen Blick über die Nachbardächer. Eine richtige kleine Ehrenloge im Herzen des Dorfs. Im Zimmer gibt es ein kleines Eisenöfchen, das genau in der Mitte steht. Die Frau erläutert, dass man ihn nicht mit Holz befeuern solle, sondern mit Kokskohle. Die letzte Mieterin habe ihn einbauen lassen, »das arme Mädchen«, wie sie hinzufügt. Außerdem gibt es eine alte Waschmaschine, einen Kühlschrank, einen Herd mit Butan-Gas und einen Wasserboiler, der an die Gasflasche angeschlossen ist. Völlig ausreichend. Auch wenn alles ein bisschen alt und ziemlich schlecht erhalten ist. Am problematischsten ist die letzte Farbschicht, die man den Wänden verpasst hatte: ein grelles Rosa, das in brutalem Kontrast zu den leuchtend grünen Türen steht. Und dass die Dusche sich auf eine Plastikbrause beschränkt, die neben der Toilette hängt und nur im Zementboden einen Abfluss hat. Dafür gibt es ein breites schmuckvolles Bidet und ein Waschbecken. Ansonsten stehen noch ein paar übrig gebliebene Möbelstücke herum: ein unlackiertes altmodisches Beistelltischchen, zwei Pritschen, ein paar Stühle, alles übersät mit Katzenhaaren ...

»Das Licht und der Balkon sind wunderbar. Wie viel möchten Sie dafür haben?«, fragt P, obwohl er es inoffiziell bereits von Beethoven weiß.
»200 Euro im Monat. Plus die laufenden Kosten.«
Die Balkontüren stehen offen. Da ist ein nahes Maunzen zu hören. Die drei drehen sich um und sehen eine schwarze Katze, die sich kratzt, als sie über die Türschwelle in den Raum hineinkommt.
»Ach, das ist die Katze von dem Mädchen, das vor Ihnen hier wohnte, das arme Mädchen. Die Katze treibt sich immer noch hier auf den Dächern herum. Wenn die Katze Sie stört, müssen Sie das Tier einfach verscheuchen.«
Die Frau hebt den Stock und schnaubt. Die Katze springt auf den Balkon, als wäre ihr der Teufel in die Seele gefahren. Nachdem sie sich darauf einigen, dass P die Wohnung nimmt, erklärt sie ihm, dass er bei der Hausverwaltung vorbeigehen muss, um dort den Vertrag zu unterschreiben. Und dass die Nebenkosten wohl hoch sein werden, obwohl es kein Licht gibt, weil die Glühbirnen fehlen. Die entsprechenden Rechnungen werde sie in den Briefkasten stecken. Sie gibt ihm den Schlüsselbund, verabschiedet sich und reicht ihm erneut die linke Hand. Dann geht sie die Treppen wieder hinunter.
»Gut«, sagt Beethoven, als sie allein in der Diele zurückbleiben. »Nun haben Sie bereits eine Arbeit und eine Wohnung in San Juan del Horlá gefunden. Das ist nicht so schlecht, wenn man bedenkt, dass Sie erst gut einen Monat hier sind. Es wurde aber auch Zeit.«
»Ja. Jetzt schulde ich Ihnen ein paar Whiskys …«
»Ach Quatsch. Ich habe ja gar nicht viel tun müssen.

Für die Vermieterin ist es doch nur von Vorteil, wenn sie hier oben einen Mieter hat, dann frieren ihr im Winter die Rohre nicht ein. Sie wohnt unten im Tal und taucht hier bloß einmal in der Woche auf, um die Pflanzen zu gießen. Ihr Sohn bringt sie mit dem Auto hoch und holt sie zum Essen wieder ab.«
»Die Wohnung hat wirklich Charme. Ich würde fast denken, dass unser Haus die beste Lage im Dorf hat.«
Beethoven lacht: »Natürlich: Es war früher ja auch das berühmteste Bordell in der ganzen Gegend.«
»Wirklich?«
»Wir reden jetzt von der Zeit vor dem Krieg. Als es später dann die Straße und die Tunnel gab, ist ihnen leider nichts Besseres mehr eingefallen, als hier den ersten Schlachthof zu errichten. Aber früher war das Dorf der obligatorische Zwischenstopp für alle Reisenden, die zwischen den Tälern unterwegs waren. Und unser Haus hier war bekannt als ›Das weiße Häuschen‹. Wenn Sie darauf achten, werden Sie merken, dass in allen Zimmern ein Knopf angebracht ist. Da klingelte es früher unten, wenn es Probleme mit irgendeinem Klienten gab. Unten wohnte die Madame, eine berühmte Vorfahrin unserer Vermieterin. Dort wo jetzt der Durchgang im ersten Stock ist, war früher eine Theke mit Bar, und hier oben in den Wohnungen lebten und arbeiteten die Mädchen. Ich könnte schwören, dass in Ihren Räumlichkeiten die teuersten untergebracht waren: Es sind die größten Zimmer und die mit dem schönsten Ausblick.«
»Jetzt, wo Sie es sagen. Sie haben Recht, hier ist so eine Stimmung ... Ein Eingang über die Außentreppe allerdings ist eher indiskret für ein Bordell.«

»Na sicher, aber haben Sie denn nie Filme gesehen mit diesen *Far West*-Salons ...?«
»Noch was: Warum hat unsere Vermieterin immer ›das arme Mädchen‹ gesagt, wenn sie meine Vormieterin erwähnt hat?«
»Ach: das arme Mädchen ... Ich glaube, ich habe Ihnen schon von ihr erzählt. Sie arbeitete vor Madame Bovary im Pub. Ein sehr hübsches Mädchen. Kein bisschen zynisch, ganz anders als die jetzt. Sie wurde auf eine Pappel aufgespießt am Fuße des Horlá gefunden ... Ich hoffe, Sie sind nicht allzu abergläubisch ...«
Um Punkt ein Uhr einen Tag vor Allerheiligen geht P hinunter in das Café unter den Arkaden, um mit Beethoven auf die neue Wohnung anzustoßen. Die Susi hat für die Nacht der Verstorbenen schon mehrere Körbe mit Kastanien vorbereitet.

***

P muss dringend ein paar Einkäufe machen: Bettzeug, Handtücher und ein paar Küchenutensilien, die in der Wohnung fehlen. Und es ist an der Zeit, sich warme Anziehsachen zu beschaffen, Anfang November ist die Kälte in den Nächten bereits schneidend. Der Franzose hat sich angeboten, ihn mit seinem Lieferwägelchen ins Tal zu begleiten. Die beiden sind an einem kalten, lichtdurchfluteten Samstag verabredet, der die Stille des Winters vorwegnimmt.
Sie verlassen das Dorf in der Mittagsruhe. P legt zum ersten Mal die Strecke ins Tal bei Tageslicht zurück. Sie sehen Pferde und dickfellige Kühe wiederkäuen, liebliche Flecken zwischen smaragdgrünen Wiesen und

dem Blau des Himmels, wo der Mond bereits wartet, dass er an der Reihe ist. Die frische Luft riecht nach Essenzen, die P nicht einmal beim Namen nennen könnte. Gleichzeitig wird ihm im Kontrast dazu der Geruch nach Brennholz bewusst, den seine Kleidung in den letzten Wochen angenommen hat.

»Mir gefällt diese Landschaft saugut«, sagt der Franzose, während er am Autoradio herumdreht. *Qué horas son mi corazón …*

»Ja, die ist schon nicht schlecht. Bloß die Nächte oder der Winter …«

»Eieiei … Die Winter: Da ist die Kälte höllisch. Und der Nebel … Erinnere mich bloß nicht daran. Aber die Welt ist hier friedlicher. Menschlicher …«

»Gibt es etwas Menschlicheres als einen Stau im Zentrum einer Metropole?«

»Oh, nee … In den Städten sind sie alle verrückt geworden: Die Leute kommen doch auf schrecklichste Weise um in Manhattan … Ich würde nicht wollen, dass mein Baby mit all diesen Dingen groß wird: Drogen, Gewalt …«

P denkt einen Augenblick nach, bevor er antwortet. Seine Stimme klingt warm: »Schau mal, hier sind sechzig Prozent der Leute unter vierzig von Marihuana, Alkohol oder Kokain abhängig oder von allen drei Dingen gleichzeitig. Und trotz all der Drogen stürzen sich immer noch genug Leute vom Horlá in den Abgrund. Glaubst Du, es gibt viel grausamere Menschen als den Kainsmal, wenn er in Fahrt ist, oder diese Bande von Vollidioten, die von Zeit zu Zeit mit einer Peitsche aus dem Tal hochkommt und das gesamte Dorf terrorisiert, weil es noch nicht einmal einen Polizisten im

Dorf gibt? Und zu allem Überfluss wird auch noch hier und da eine Frau gefunden, die sie im Schlachthof verwurstet haben ... Manhattan dürfte nicht so viel schlimmer sein, oder?«

Der Franzose gibt seine bukolische Version nicht auf: »Ach, das ist doch was anderes ...«

»Ja ... Gut, hier klaut Dir niemand den Geldbeutel in der U-Bahn ... Aber ich sage Dir, die schrecklichsten Verbrechen passieren wirklich in den Dörfern oder in kleineren Städten.«

Der Franzose scheint ein wenig darüber nachzudenken: »Ja, das ist zum Kotzen ... Es gibt einfach keinen sicheren Ort mehr auf dieser Welt.« Pause. Er atmet voller Genuss die Luft ein, die nach Gräsern duftet. »Aber wenigstens riecht der ganze Scheiß hier besser, stimmt's?«

»Jetzt meinst Du aber nicht den Duft von dem Scheiß, mit dem sie die Felder düngen, hm?«

Als sie im Industriegebiet der Kreisstadt ankommen, lotst der Franzose sie souverän durch die schachbrettmäßig angelegten Straßen bis zu einem Supermarkt, in dem es Kleidung und Schuhe gibt. Dort kauft P sich Bergstiefel, einen Pullover mit Polarfutter, Cordhosen, dicke Strümpfe, wollene Unterhemden, einen wattierten Anorak und wasserfeste Handschuhe, die ihm der Franzose für die Schneetage ans Herz legt – ohne sich lange aufzuhalten mit der Auswahl. Den Rest der Einkäufe erledigen sie bei Carrefour. So gegen sechs Uhr am Abend haben sie Ps Liste abgearbeitet, die sich beachtlich erweitert hat um Einkäufe, an die er gar nicht gedacht hatte. Jetzt fehlen nur noch ein paar Säcke mit Koks, um den Ofen anzuschmeißen, aber das heben sie

sich für den Rückweg auf. Im letzten Taldorf, so der Franzose, gebe es eine gut sortierte Holzhandlung.
Sie beschließen, im Stadtkern noch ein Bier trinken zu gehen, bevor sie zurückfahren. Die Kreisstadt ist ein sauberer und ernster Ort mit Steindächern. Die alte Stadtmauer ist noch zu einem guten Teil erhalten und begrenzt das Geschäftsviertel. Der größte Teil der Läden sind Sportgeschäfte: Skisport, Bergsteigen, Kanusport ...
»Seit zwei Monaten habe ich keine Fußgängerzone mehr gesehen«, sagt P, als sie in den Ortskern kommen, »ich glaube, ich habe noch nie so viel Zeit auf dem Land verbracht.«
Sie finden keinen Parkplatz auf der Straße und müssen in die Tiefgarage fahren. Auf einem großen Platz mit Kolonnaden und Souvenirläden und Cafés für die Touristen kommen sie wieder zum Vorschein. Sie suchen sich eins aus, das mit Holz getäfelt ist und von Damen bevölkert wird, die Tee trinken und Gebäck essen. Sie bestellen sich ein Bier vom Fass.
»Sag mal, das ist so eigenartig, warum hast Du eigentlich keine Winterkleidung? Wo wohntest Du denn vorher? In der Karibik?«, fragt der Franzose, nachdem sie bedient wurden.
P grinst: »Ach, weißt Du, das ist eine lange Geschichte. Ich habe einfach keine Lust, die Sachen dort zu holen, wo sie sind.«
»Komisch finde ich auch, dass Du auf einmal in den Bergen leben willst, obwohl Dir die Stadt so viel besser gefällt ... Weißt Du, was Heidi sagt?«
»Dass ich mindestens ein Geheimagent bin. Das habe ich schon gehört.«

»Das sagt aber nicht nur die Heidi. Alle glauben, dass Du deshalb im Schlachthof arbeiten willst...«
»Denkst Du das auch?«
»Keine Ahnung... Mir scheint es zu... abgedreht... Ich habe das Gefühl, dass Du vor etwas fliehst... Verzeih, wenn ich Dir ein bisschen zu... wie sagt man so schön... indiskret bin, aber es ist nicht leicht, sich nicht zu wundern und zu spekulieren und darüber zu reden. Niemand weiß, was Du den ganzen Tag so machst... Du bist... ein Mysterium.«
P zögert ein paar Sekunden, bis er weiß, welchen Weg er einschlagen will: »Nein, nein, Du bist nicht indiskret: Das Erste, was man nach dem Namen von einem Menschen wissen will, ist, was er macht. Ich könnte es Dir erzählen, wenn Du es für Dich behalten kannst.«
»Kein Problem... Bei mir sind Geheimnisse bestens aufgehoben.«
P schaut dem Franzosen in die Augen und lehnt sich auf der Bank zurück: »Ich bin fast so etwas Abgedrehtes wie ein Geheimagent...«
»Aha... Was ist denn beinahe so abgedreht wie ein Geheimagent?... Astronaut?«
»Nein: Schriftsteller.«
»Echt?« Pause. »Was für eine Art von Schriftsteller?«
»Romanautor.«
»Ach... Und Du bist nach Horlá gekommen, um zu schreiben?«
»So in etwa. Aber mir wäre es lieber, wenn es niemand erfährt. Wenn Du Apotheker bist, kommt niemand auf die Idee, Deine Medikamente zu probieren, solange sie einem nicht verschrieben werden. Wenn man dagegen Schriftsteller ist, wollen alle, die Dich kennen, etwas

von Dir lesen, selbst wenn sie eigentlich nicht gern lesen und noch kein einziges Buch in ihrem Leben zu Ende gelesen haben. Keiner sagt es, aber in Wirklichkeit ist es purer Voyeurismus. Sie alle wollen durch das, was du schreibst, in Dich hineinschauen.«

»Na ja, Schriftsteller und Apotheker ist ja auch nicht dasselbe …«

»Möglich. Vielleicht habe ich den Unterschied nur noch nie so ganz verstanden … Jedenfalls hast Du ein gutes Gespür: Es hat etwas von einer Flucht. Ich fliehe davor, so zu leben wie ein Schriftsteller.«

P bleibt ernst. Er spielt die Rolle und versucht sich zu erinnern, was Quique Aribau ihm in jener Nacht im Monat August erzählt hat, in der sie bis zum Morgengrauen redeten und tranken: »Aber Schriftsteller müssen sich doch dauernd in der Öffentlichkeit zeigen, um sich zu verkaufen?«, sagt der Franzose.

»Manche wollen viel Öffentlichkeit, das stimmt … Da bin ich vielleicht komisch, mir ist es viel lieber, wenn mich niemand erkennt. Oder anders gesagt: Glaubst Du, irgendein Schriftsteller, der viel im Fernsehen auftritt, könnte sich so einfach in einem Schlachthof einstellen lassen, um dort für einen Roman zu recherchieren?«

Pause. Bier. Der Franzose sieht skeptisch aus: »Schreibst Du etwas über den Schlachthof?«

»Ich arbeite an einem Roman … Die Hauptfigur verdient ihr Geld in einem Schlachthof. Deswegen würde ich gern für eine Zeit dort arbeiten, um zu sehen, wie der von innen funktioniert … All das. Sag mal, ist es wirklich so schwer, dort eingestellt zu werden? Du kennst doch den Eigentümer, oder?«

Der Franzose schüttelt den Kopf, und es sieht aus wie eine doppelt und dreifach verneinende Antwort: »Sehr schwer… Für Schriftsteller dürfte es mindestens genauso unmöglich sein wie für einen Geheimagenten. Ein Schlachthof hütet viele Geheimnisse.«
»Das kann ich mir vorstellen, und dieser hier ganz besonders…«
»Möglich…«
Der Franzose packt nicht weiter aus. Die Unterhaltung wird schleppend, so dass P, nachdem sie noch eine Runde bestellt haben, zur Toilette geht. Er will die Gelegenheit nutzen, um einen wichtigen Anruf zu machen, ohne dass der Franzose es merkt.
Er erreicht Rodero jedoch nicht im Büro, so dass er mit dessen Assistent spricht. In wenigen Sekunden hat er ihm eine Nachricht hinterlassen, die er seinem Chef ausrichten soll. P vergewissert sich, dass der Sekretär genau mitschreibt, was er ihm eilig diktiert: »Erstens, das Spiel ist eröffnet, wir gehen über zu Plan B; macht die Zeitschrift fertig. Zweitens, uns interessiert ein gewisser Kainsmal, der mit Stechapfel Unfug treibt und im Schlachthof gearbeitet hat, er war der Vorgänger des jetzigen Schlachters; ›Kainsmal‹ ist sein Spitzname, fragt bei Berganza von der Mordkommission nach, und schaut Euch seine Vorgeschichte an. Drittens: Am 14. des letzten Monats hat ein Streifenwagen aus dem Tal an der Kreuzung nach Horlá fünf Typen und eine Frau festgenommen, die mit zwei Autos unterwegs waren, die vermutlich gestohlen waren; findet heraus, was wir über sie wissen, vor allem über den Kleinen; ich weiß die Namen nicht. Können Sie das bitte wiederholen…«
Als er zwanzig Minuten später mit dem Franzosen das

Lokal verlässt, ist es bereits stockdunkel. Sie haben gerade noch genug Zeit, um bei der Holzhandlung vorbeizufahren, bevor sie schließt. Dort machen sie ihren letzten Halt. Eine große, stattliche Frau mit rauen Händen, wie sie P noch nie bei einer Frau gesehen hat, bedient sie im Laden. Sie laden vier Säcke mit Koks in den Lieferwagen und fädeln sich auf dem Sträßchen ein, das hinauf nach Horlá führt. Diesmal haben sie das Licht an und die Fenster fest geschlossen, weil die Nachtluft schneidend ist. Auf dem Weg sehen sie zwei Hasen und so etwas Ähnliches wie einen Fuchs. Auch einen knuffigen Uhu, der auf die schlechte Idee kam, im falschen Augenblick loszufliegen, so dass der Franzose nicht mehr ausweichen kann und ihn mit der Schnauze seines Lieferwagens erwischt. Sie steigen aus: Der kleine Uhu ist schwer an einem Auge verletzt. *»Oh, merde!«*, sagt der Franzose sichtlich leidend, während er schnell und sachkundig eine tierärztliche Diagnose erstellt. Dann sucht er in der Umgegend einen Stein, der schwer genug ist, um ihn schnell zu töten. Nach dem ersten Wurf schlägt der kleine Uhu laut mit den Flügeln. Nach dem zweiten zittert er nur noch ein wenig. Es bildet sich eine kleine Pfütze mit Blut. Der Franzose sagt, dass er bereits tot sei, obwohl er noch ein drittes Mal den Stein wirft, bevor er den Kadaver weit weg, Richtung Wald schleudert. Der Zwischenfall ist unangenehm genug, um die restliche Strecke schweigend zurückzulegen. Nur das Radio läuft. *How deep is your love* von den Bee Gees hören sie gerade, als sie im Dorf ankommen und vor dem »weißen Häuschen« anhalten. Die Katze taucht maunzend auf und klettert über die Dächer hoch auf den Balkon.

»Hast Du eine Katze?«, fragt der Franzose.
»Die ist noch von dem Mädchen, das vorher hier wohnte. Sie kommt immer, wenn sie mich hört ... Wie ein Waisenkätzchen ... Ich stelle ihr immer einen Teller Milch hin, wenn sie da ist.«
P öffnet die Balkontür. Die Katze stolziert herein und streift um seine Beine. Bis sie den Franzosen wahrnimmt, stehen bleibt und ihn mit Vorsicht betrachtet.
»Sie sieht sehr gesund und sehr gut aus. Lässt sie sich von Dir streicheln?«
»Nein, sie ist sehr schreckhaft. In den ersten Tagen hat sie nur gefressen, wenn ich ihr die Milch auf den Balkon stellte und weggegangen bin. Jetzt traut sie sich immerhin schon in die Küche, um ihr Futter zu verlangen. Und vor ein paar Tagen ist sie mir plötzlich auf den Schoß gesprungen, als ich im Zimmer saß. Aber sobald ich versuche, sie zu berühren, rennt sie davon.«
Der Franzose geht zu ihr, hält ihr die Hand hin und macht diese Art von Geräuschen, die Leute meistens bei Katzen machen. Sie schaut ihn mit Schrecken in den Augen an und flüchtet auf den Balkon, springt hoch und bleibt auf dem breiten Steingeländer sitzen. Aber es dauert nicht lange, dann kommt sie wieder herein, maunzt und schaut P an.
»Was'n los, mh? Willst Du Deine Milch? ... Die muss erstmal ein bisschen warm gemacht werden, nicht? Und wo gedenkst Du bei dieser Kälte zu schlafen?«
Die Katze schaut ihn an und maunzt in einer Weise, die intelligent klingt, so als wäre sie daran gewöhnt, eine wohlerzogene Unterhaltung mit Menschen zu führen.

***

Freitag. P arbeitet im Pub. Im Tal gibt es ein Dorffest. Gegen Mitternacht steigen die Jugendlichen mit ihren gefärbten Haaren in die Autos, um dort weiterzufeiern. An einem Tisch sitzen noch vier herum. Rito ist auch noch da, trinkt Fünftel und steht an den Spielautomaten. Er hat sich wie jedes Wochenende ordentlich herausgeputzt und nutzt eine absurde Sonnenbrille als Haarband für seinen Pony.

»Ich habe nicht die geringste Lust ins Tal zu fahren«, sagt er zu P. »Weißt du was, heute Nachmittag war mir nach feiern zumute ... Ich habe sogar ein Gramm bei Robocop in Auftrag gegeben ... Wenn Du willst, lade ich Dich nachher ein.«

P kommt gar nicht dazu, ihm zu antworten, weil das Priesterlein hereingestiefelt kommt. Er grüßt nicht und setzt sich auf einen Barhocker.

»Hui, die Front der homosexuellen Befreiung«, sagt Rito wie zu sich selbst und zu P, der zu ihm hinübergeht, um ihn zu bedienen. Er bestellt einen JB mit Orange und schaut P nicht dabei an wie sonst: Er weicht seinem Blick aus und wirkt überhaupt irgendwie nervöser als gewöhnlich.

»Und ... Hast Du den Alten schon ins Bett gebracht?«, fragt ihn Rito mit lauter Stimme aus vier Metern Entfernung.

»Fick Dich in den Arsch«, antwortet das Priesterlein, ohne ihn anzusehen, so als würde er mit sich selbst sprechen.

»Das würde ich ja gerne, aber bei dieser Kälte ... Hast Du ihm Thrombocid auf die Beine geschmiert?«

»Ja. Und sei bitte leise, wenn Du kommst: Ich habe ihm das Schlafsofa im Esszimmer aufgebaut.«

»Aha. Und warum?«
»Weil er noch fernsehen wollte und plötzlich Lust dazu hatte und weil es sein Haus ist, reicht das?« Jetzt hat er sogar aufgeschaut, und die Stimme hat eine normale Lautstärke erreicht.
Rito antwortet nicht, trinkt aus der Flasche und schmeißt weiter Münzen ein. P bringt den Whisky Orange. Die letzten Jugendlichen mit ihren bunten Haaren stehen vom Tisch auf. Sie lassen die Stühle kreuz und quer stehen, stellen sich zum Zahlen an, sagen ihr Getränk auf und reichen P die Scheine oder Münzen über die Theke hinweg, ohne ihn anzusehen. Sie würden natürlich auch nie »bitte« oder »danke« oder »tschüss« sagen: Das haben sie noch nie gemacht. Sie reden ausschließlich untereinander und in einem kaum verständlichen Tonfall. Als sie draußen sind, hört man, wie sie in ein Auto steigen.
Drinnen läuft nur noch die Kassette mit den Rolling Stones, die P eingelegt hat, um zur Abwechslung mal nicht Creedence zu hören. Die Stones klingen unzeitgemäß lebendig, als kämen sie aus einer anderen Welt. P fängt an, die Stühle auf die Tische zu stellen und den Boden zu fegen, als die Tür aufgeht und Robocop hereintritt. Er schaukelt sich mit seinem leichten Seemannsgang herein, schaut dabei auf seine Motorradbrille und den Helm, den er hält wie Hamlet seinen Totenkopf. Ein Brillenglas ist kaputt, am Knie ist die Haut abgeschürft und die Jacke ist am Ellenbogen aufgerissen. »Was ist denn passiert?«, fragt Rito. »Hattest Du einen Unfall?«
Der Robocop nickt, ohne von seiner unbrauchbaren Brille aufzuschauen. Das Priesterlein wirkt ebenfalls

interessiert, fragt aber sogleich, ob er den Stoff dabei habe. Allem Anschein nach hat auch er bei ihm etwas bestellt.

P geht dazwischen: »He, die krummen Geschäfte draußen, das wisst ihr doch.«

Der Robocop geht hinaus auf die Straße und die beiden anderen gehen hinterher. P fegt weiter. Rito kommt nach kürzester Zeit wieder herein. Diesmal hat er das Zeug nicht auf der Brüstung des alten Hauses gegenüber genommen, wo er normalerweise sein Kokain nimmt, falls die Wetterlage es erlaubt.

»He«, meint er, »ich geh aufs Klo und leg Dir eine auf'n Spülkasten, ja?«

»Nett von Dir«, sagt P.

Kurz darauf kommt das Priesterlein auch wieder herein, der von seiner Süßigkeit schon genascht haben dürfte, so wie er sein Gesicht verzieht. Er setzt sich auf einen Barhocker, um Whisky zu trinken und beobachtet P beim Fegen.

»Sag mal«, setzt er mit schwacher Stimme an. P hebt den Kopf und legt die beiden Hände auf das Ende des Besenstiels. »Du gefällst mir ... Glaubst Du, dass wir mal was miteinander haben könnten?«

Als hätte er einen Welpen vor sich, der gern einmal gestreichelt werden möchte, antwortet P mit einer Stimme, die fast väterlich klingt: »Tut mir leid, aber das ist nicht meins ...«

»Okay ... na schön ... Weißt Du? Immer wenn mir ein Typ gefällt, muss ich es ihm sagen. So verliert man keine Zeit, und ich mache mir dann keine Hoffnungen ... Ich weiß auch nicht, ob das richtig ist ...«

»Ich auch nicht. Mich hat es jedenfalls nicht gestört.«

»Ah gut. Dann bin ich froh, dass ich's Dir gesagt habe. Das ging mir seit Tagen im Kopf herum ...«
Rito kommt aus der Toilette, und wie auf Befehl legt das Priesterlein seine zweieinhalb Euro auf den Tresen und verzieht sich, ohne sein Glas auszutrinken. »Gute Nacht ... und danke«, sagt er beim Hinausgehen. Rito stemmt daraufhin eine Hand in die Hüfte und schnappt sich mit der anderen seine Bierflasche: »Sag bloß, der hat Dir gesagt, dass Du ihm gefällst und dass er was mit Dir anfangen möchte?«
P mimt den Überraschten: »Wie kommst Du denn darauf ...?«
»Dieser Hund ... Das habe ich schon geahnt, kaum sieht der einen Hintern, den er noch nicht kennt, schon spielt er verrückt.« Er trinkt einen Schluck aus der Flasche. »Für Dich liegt eine *Line* im Bad. Ich mache Dir in der Zwischenzeit die Maschinen aus, wenn Du willst.«
»Weißt Du, wie das geht?«
»Fremder, wir haben hier alle schon mal gearbeitet ...«
P geht auf die Toilette. Auf dem Spülkasten liegt ein zusammengerollter Zehn-Euro-Schein mit einer großzügigen Portion. Beim Urinieren überlegt er. Er wäscht sich die Hände. Dann nimmt er sich ein bisschen Klopapier, macht es unter dem Wasserhahn nass und wischt damit über das Becken, bis von dem Pulver nichts mehr zu sehen ist. Das Papier schmeißt er ins Klo und zieht die Spülung. Beim Herausgehen gibt er Rito den Schein, den er entrollt und zusammengefaltet hat.
»Sag mal, hast Du Lust, mit dem Auto noch auf ein Gläschen ins Tal zu düsen?«, fragt Rito. »Es ist noch

ein bisschen früh, um an einem Freitag ins Bett zu gehen, vor allem, wenn man ein Grämmchen intus hat.«
P erscheint die Gelegenheit günstig, um in Ruhe mit Rito zu quatschen. Der ihn offenbar mag. Wahrscheinlich findet er ihn sogar gut. Wie auch immer, bisher hatten die zwei jedenfalls wenig Gelegenheit, mal in Ruhe miteinander zu reden.
»Ja, fände ich gut. Ich könnte einen Tapetenwechsel vertragen. Können wir irgendwo hinfahren, wo es ein paar neue Gesichter gibt und weder die Stones noch Creedence laufen? Ich lade Dich auch ein.«
»Im Tal werden jetzt die ganzen Deppen versammelt sein. Warst Du schon mal im Club an der Skistation ...? Da fährt man etwa eine drei viertel Stunde, aber es lohnt sich, das ist eine ganz andere Welt.«
»Ist da viel los?«
»Ja, das ist wie in einem Club in der Stadt ... Aber ich muss Dich vorwarnen: Wenn Du da mit mir auftauchst, kann es gut sein, dass alle denken, dass wir was miteinander haben ... Manchmal mache ich da ein bisschen den Affen ...«
Sein ganzes Benehmen ist gerade ungewöhnlich männlich. Alles Tuntige, was sonst so typisch für ihn ist, scheint er kurzzeitig abgelegt zu haben
»Das ist mir egal«, sagt P. »Aber nett, dass Du es sagst.«
Und so gehen die beiden zusammen aus dem Pub. P schließt das Tor hinter sich ab. Sie steigen in Ritos Wagen, der ein Stückchen weiter unten geparkt ist: ein alter cremefarbener Volkswagen Golf Cabriolet mit einem marineblauen Dachbezug. Es ist kalt. Das Thermometer am Armaturenbrett zeigt minus drei Grad

an. Die beiden packen sich in ihre Jacken, während die Heizung erst langsam anfängt, warm zu werden. Sie fahren ein Stück hinunter Richtung Tal, aber an der Kreuzung nehmen sie die Straße in den Norden. Rito hat das Fernlicht an, beschleunigt in niedrigen Gängen und fährt halb auf der Gegenfahrbahn, als wäre es undenkbar, dass ihnen ein Auto entgegenkommt. Der Innenraum erwärmt sich und die beiden können sich ein wenig in ihren Sitzen entspannen. Dann streckt Rito eine Hand aus, um das Radio einzustellen, worauf ein Lied von Abba zu hören ist, *Chiquitita*.

»Das war meine Zeit«, sagt er.

»Meine auch.«

Rito singt mit, ohne die Melodie zu treffen: »*The stars are still in the sky and / shining above you* ...?? Ach, das waren noch Zeiten ... Weißt Du, dass ich heute Nacht eigentlich was zu feiern hätte?«

»Ach ja?«

»In einer Nacht wie dieser vor fünfzehn Jahren habe ich Juan kennengelernt: am 17. November 1986. Ich war damals fünfundzwanzig Jährchen jung und er einundfünfzig. Aber er sah schon genauso aus wie heute. Ein bisschen weniger dick vielleicht, aber sonst derselbe. Ich dagegen bin auf dem absteigenden Ast: mit fünfundzwanzig war ich ein *praliné*.«

»Juan ...? Kenne ich den?«

Rito lacht: »Der Metzger ... Man glaubt es kaum, aber er hat einen Namen.« Pause. Er wartet auf eine Reaktion.

»Wo war das?«

»In Bilches. Kennst Du Bilches? Das ist ein Paradies ... Die Typen haben sich um mich gerissen ... Und ich habe damals haargenau verstanden, das Beste daraus zu machen ...«

»Woraus? Aus dem Paradies oder dem Erfolg bei den Typen?«

»Aus beidem. Mit fünfundzwanzig hatte ich schon eine ganz ordentliche Laufbahn hinter mir ... Mit zwölf habe ich angefangen, mit einem Schwager meines Vaters, der mir alles beigebracht hat, was man wissen muss. Ein Nennonkel sozusagen. Heutzutage würde man die anzeigen, aber damals ... Außerdem habe ich mich darauf eingelassen, weil ich Lust dazu hatte. Ich hatte damals schon Haare am Sack ... Das war noch bei uns in der Gegend.«

»In Castellón ...«

Rito nickt: »Aber mit fünfzehn bin ich schon von zu Hause weg und verdiente mir hier und da in den Kinos ein bisschen Geld oder es lief was am Strand. Aber immer Leute mit Niveau, ich schwör's Dir. Und dann bin ich nach Teneriffa: Da hatte ich meine erste Wohnung, die habe ich unter dem Namen meines Chefs von der Diskothek gemietet, weil ich noch zu jung war ... Und da hat mir dann ein Kunde aus Holland von Bilches erzählt, und da bin ich mit ihm dorthin gegangen. Das war nichts Ernsthaftes ... Der war schon so um die siebzig ... Aber so bin ich ein bisschen in der Welt herumgekommen ... Das war mein Leben. Und dann tauchte der Koloss auf, der gerade aus seinem Bergdorf auf die Welt losgelassen wurde und in den habe ich mich dann wie ein Idiot verliebt.« Pause. »Hast Du Dich schon mal verliebt?«

»Ein paar Mal. Das letzte Mal ist noch nicht so lange her.«

»Ich habe mich in meinem ganzen Leben nur ein einziges Mal verliebt. Das klingt wie ein Bolero, was? Der Nennonkel war mein Professor, nicht nur mein Lehrer. Und alle anderen waren Jobs ... Ich habe es mir damals ziemlich gut gehen lassen: feiern, ein schönes Leben, Sex ohne Verantwortung, schnelles Geld ... Aber mit ihm war alles ganz anders ... Weißt Du ... Schon als ich den das erste Mal sah, hatte ich so ein tiefes Mitgefühl für ihn, wie ich es noch nie zuvor für jemanden empfunden habe. Oder höchstens, wenn ich einen Film geguckt habe ...« Pause. »Entschuldige, wenn ich Dir jetzt hier das Ohr abkaue, aber ich bin heute ein bisschen zerbrechlich. Und Du bist ein guter Zuhörer, Du Gauner.« Er dreht sich zu P und grinst.
»Ich höre gerne zu.« Pause. »Wie hast Du ihn kennengelernt?«
Rito pumpt Luft in die Brust und stößt sie mit einem Mal aus: »Den Juan?«
Die Seitenfensterchen sind vereist. Man sieht nur durch die Windschutzscheibe etwas, dort, wo sie erwärmt ist von der Luft, die aus den Düsen kommt. Die Straße ist außergewöhnlich schmal und kurvenreich, der Asphalt ist weiß vom Raureif, die Bäume glänzen im Licht der Scheinwerfer wie Weihnachtsbäume. Alles scheint in Kürze mit einem trockenen Knirschen einzufrieren. Im Innenraum arbeitet die Heizung auf Hochtouren. Man bekommt Lust, zu rauchen. P holt ein Päckchen Luckys heraus. Rito fragt nach einer Zigarette und bietet P dabei sein Papier mit dem Kokain an, um sie zu imprägnieren. P befeuchtet mit seiner Spucke die zwei Zigaretten und dreht sie ein wenig im Pulver; danach zündet er sie an und reicht eine dem

Fahrer. Als der Rito anfängt, seine Geschichte zu erzählen läuft im Radio gerade *Fernando*: »Also, ich arbeitete im Lord Douglas, einer einschlägigen Bar. Wir hatten da eine Theke, die sah aus wie in Amerika ... Im Sommer war es der helle Wahnsinn, aber im Winter tauchten nur die Stinkreichen auf, die das ganze Jahr über in Bilches lebten. Es war ein Montag. Der andere Junge, der am Tresen arbeitete, hatte seinen freien Tag. Ich hatte meinen sonntags ... Also gut, und dann so gegen zwölf, klong, wie bei Aschenputtel, sehe ich eine unglaubliche Gestalt vor mir auftauchen. Ich schwör's Dir, dass ich dachte: ›Der kommt sicher, um nach dem Abfluss zu schauen.‹ Aber nein: Er kommt und setzt sich an die Theke und bestellt einen Whisky mit Eis bei mir. Ich stelle ihm den hin und schwatze so ein bisschen mit ihm. Halt einfach so ... Das gehörte so ein bisschen zu unserem Job als Barmann. Außerdem habe ich mir nach Ladenschluss immer mal was dazuverdient, wenn mir ein Kunde gefiel ... Die Sache ist die: Der Typ schaut mich an und sagt zu mir: ›Ich heiße Juan.‹ Und dann gibt er mir die Hand ... Huiuiui ... Ab dem Moment gefiel er mir wirklich. Diese Pranke, die er mir hinhielt wie ein Riesenbaby, aber vor allem der Ausdruck in seinen Augen. Traurig, sehr traurig sah er aus: wie ein Bernhardiner. Manchmal schaut er immer noch so und ich schwör's Dir, dass es mir immer noch einen Stich gibt.« Er hört auf zu reden und zieht an dem Tabak mit dem Kokain.

»Und wie hat es den nach Bilches verschlagen?«

»Der kam zufällig vorbei, als er die Küste hinuntergefahren ist. Er hatte noch nie das Meer gesehen ... Kannst Du Dir das vorstellen? Der hatte von nichts 'ne

Ahnung... Es war das erste Mal, dass er in einer Schwulenbar stand. Der kam da rein, ohne dass er wusste, wo er sich befand. Er hat mir dann erzählt, dass er sein Dorf nach einem Streit mit seiner Frau verlassen musste und dass er seit zwei Tagen einfach so durch die Gegend fährt. Zwei oder drei Stunden haben wir geredet... Über was kann ich Dir jetzt nicht im Einzelnen erzählen, da gibt es Dinge, die bleiben für immer unter uns, das verstehst Du, 'ne? Aber was er mir erzählte... Was diese alte Fotze mit ihm gemacht hat... Du weißt wahrscheinlich selbst, wie grausam die Weiber sein können: Die guten sind wunderbar, wie meine Mutter, die war eine Heilige, aber die anderen sind falscher als Männer es jemals sein könnten, selbst wir Homos. Und ich habe in meinem Leben genug Schwuchteln kennengelernt, die ihre Liebhaber betrogen haben, wo sie nur konnten. Das ist mir nie passiert: Denen habe ich was erzählt und sie mit einem Grinsen im Gesicht sitzengelassen: Ende... Und dann treffe ich auf ein solches Prachtexemplar von Mann, der mit einer Hand eine Kuh umlegen könnte und völlig am Ende ist... Er hat sogar angefangen zu heulen und so...« Rito legt sich die Hand auf die Brust: »Damals habe ich einen solchen Frosch im Hals sitzen gehabt, dass ich nicht mehr konnte...« Bei der Erinnerung daran bricht ihm fast die Stimme. Für einen Moment redet keiner von beiden. Rito schluckt, räuspert sich...
»Liebst Du ihn noch?«, fragt P, um das Schweigen zu brechen.
»Das siehst Du doch... Obwohl ich dieses Miststück eines Tages mit dem Priesterlein im Bett überrascht habe. Poh, das ist eine fickrige Nutte, das kann ich Dir

sagen. Und ich kann ihm das nicht verzeihen. Dann hat er ihn auch noch ins Haus geholt. Der andere pennt mit ihm, wann immer er Lust hat. Aber ich schwör's Dir, ich habe ihn mehr geliebt als irgendjemanden sonst auf der Welt: mehr als meinen Vater. Das war ein Herumtreiber und Säufer. Aber ich habe ihn trotzdem geliebt. Aber Juan habe ich sogar noch mehr geliebt als meine Mutter. Wie gesagt, die war eine Heilige. Und mehr als meine Schwestern und als alle Typen zusammen, die mir in meinem ganzen Leben untergekommen sind. Und dabei hat er mich sogar einmal vor allen Leuten geschlagen. Hier fehlt mir heute noch der Zahn: Du glaubst gar nicht, was ich mit dem alles durchgemacht habe.«

»Beethoven hat einmal so etwas angedeutet ...«

»Ach, der Beethoven ... Der kennt doch bloß die halbe Wahrheit ... Die Leute glauben, dass er das gemacht hat, weil ich auf der Theke tanzte ... Soll ich Dir mal sagen, warum er es wirklich gemacht hat? Aber das darfst Du niemandem weitererzählen. Und auf keinen Fall dem Beethoven. Ich hatte es damals gerade mit einem andern auf dem Klo in der Genossenschaft gemacht ... Ich verrate nicht, mit wem, ich bin da ganz Gentleman. Aber vergiss nie, dass es viel mehr Schwule gibt, als man denkt: hier und in Rom. Gerade diejenigen, die am meisten auf die Schwulen schimpfen, sind oft die allerschlimmsten. Mehr sage ich dazu nicht ... Und Juan hat mich erwischt. Doof ist der ja auch nicht. Ich habe gesehen, wie er kurz nach uns aus der Toilettentür herausgekommen ist und direkt zur Theke kam ... Ich bin hochgeklettert und tanzte wie eine verrückt gewordene Tunte ... Na ja, dann hat er mich am

Hosenbein geschnappt und sobald ich festen Boden unter den Füßen hatte, verpasste der mir ein Ding, dass ich fast tot umgefallen wäre. Zum Glück waren genug Leute im Lokal ... Wenn die ihn nicht alle zusammen festgehalten hätten, ich glaube, der hätte Hackfleisch aus mir gemacht. Ich schwör's Dir.« Pause.
»Kein schlechter Auftritt ... Und was hat er mit dem andern gemacht?«
»Dem anderen hat er nur deshalb den Hals nicht umgedreht, weil er aus dem Dorf ist. Da gibt es untereinander einen komischen Ehrenkodex. Außerdem sind auch noch alle über ein paar Ecken miteinander verwandt ... Aber weißt Du was? Ich kann ihn verstehen. Außerdem habe ich in dem Moment gewusst, dass er mich wirklich liebt. Versteh mich nicht falsch ... Ich bin kein Masochist oder so: Wenn es darauf ankommt, kratze ich jedem die Augen aus und wenn es der Papst wäre, das kannst Du mir glauben. Einmal habe ich einem solchen Arschloch mit dem Stahlkamm das Gesicht zerkratzt ... Aber in der Genossenschaft habe ich mich damals auch wie der letzte Stricher verhalten: Ich bin ja auch schon ein Leben lang einer, was soll man sich da groß was vormachen. Das hat ihm damals echt weh getan ... Er nimmt mich mit in sein Dorf: Wir ziehen gleich zusammen, er macht die Fleischerei wieder auf und geht vor seiner Frau und vor allen seinen Freunden mit hoch erhobenem Haupt überall mit mir hin, ohne sich zu verstecken. Und vor fünfzehn Jahren war das noch nicht so wie jetzt, dass die Schwulen sich überall *outen*.« Lange Pause.
»Eine schöne Geschichte. Und auch eine traurige ...«
»Da siehst Du es ... Die besten Liebesgeschichten sind

in der Regel traurig … Manchmal frage ich mich, wie unsere Beziehung jetzt wäre, wenn ich mich da in der Genossenschaft ein bisschen zurückgehalten hätte … Wer weiß. Das mit dem Priesterlein fing nämlich als Rache an. Ich kenne doch meinen Juan. Da bin ich mir sicher … Aber so ist das im Leben: Im Nachhinein ist man immer schlauer.«
»Und hast Du nie darüber nachgedacht, wegzugehen und woanders noch einmal neu anzufangen? … Oder Dir zumindest eine eigene Wohnung zu mieten? Dann müsstest Du Dir nicht mehr mit anschauen, wenn …«
»Tss …«, Rito sieht aus, als würde er gründlich darüber nachdenken: »Geld hätte ich genug. Das vom Schlachthof und dann noch die Stunden in der Genossenschaft und was ich noch so auf der Bank habe … Davon könnte ich mir ein Chalet im Dorf kaufen, wenn ich wollte. Aber ich traue diesem geilen Bock von Priesterlein nicht über den Weg. Eines Tages lässt er Juan sitzen, und an dem Tag muss ich da sein.« Kurze Pause. »Guck mal: Das ist die Skistation. Die Cocktailbar ist hier unten. Siehst Du die Lichter? Das ist jetzt überhaupt kein Schwulenlokal, ja, nicht, dass wir uns falsch verstehen. Aber manchmal komme ich nachts hierher, um mir etwas Leckeres zu angeln. Die Leute hier haben alle Niveau. Letzten Monat habe ich einen Holländer kennengelernt, der mich in die Ferien nach St. Moritz eingeladen hat. Da siehst Du's wieder: Ich scheine wie dafür geboren zu sein, mit den Holländern um die Welt zu ziehen …«
Rito lacht und zeigt seine Zahnlücke.

***

Es klingelt. P macht auf. Im Halbdunkel erkennt er im Hausflur die Heidi. Sie steht mit den Händen in den Anoraktaschen vor der Tür: »Hast Du die Schlüssel vom Zigarettenautomat?«, fragt sie ohne Umschweife. P zögert, er versteht nicht, wovon sie redet. Ihm fällt nichts Besseres ein, als die Frage zu wiederholen. Dann wird sie konkreter: »Die Schickse aus dem Pub hat gemerkt, dass die Schlüssel vom Zigarettenautomaten fehlen. Sie meinte, dass Du sie vielleicht noch hast.«
P versteht endlich. Er denkt kurz nach. Möglich: in der Anoraktasche. Er macht die Tür richtig auf: »Ich schau mal nach. Willst Du hereinkommen?«
P geht in das eine der beiden Schlafzimmer, das er als Kleiderkammer benutzt. Er schaut in der Tasche nach und findet einen kleinen Schlüssel. Dann geht er wieder an die Tür, die noch offen steht. Von der Heidi keine Spur. Sie ist durch den ganzen Flur gelaufen und zieht sich gerade im Wohnzimmer die Jacke aus. P macht die Tür zu und geht zu seinem Gast.
»Ja, ich habe ihn: Kurz bevor ich gegangen bin, habe ich gestern die Maschine aufgemacht, um sie nachzufüllen und ohne es zu merken, habe ich wohl das Schlüsselchen in die Tasche gesteckt ...«
»Lädst Du mich auf einen Kaffee ein?«, fragt sie. P druckst erst ein bisschen herum und sagt dann gut. Sie schaut sich neugierig um. P hat sich aus zwei zusammengelegten Wollmatratzen ein G-förmiges Sofa gebaut, über das er ein paar Decken geworfen hat. Das dazugehörige Tischchen besteht aus zwei leeren Bierkästen, auf denen ein Tablett steht. Für die Lampen hat er sich aus Karton Schirme gebastelt, die rund um die Glühbirnen hängen. Zwei Türme mit ausgelesenen

Zeitungen stehen herum, die ihm die Susi jeden Abend zur Seite legt. Sie sind bereits hüfthoch gestapelt. Außerdem ist da noch die Reproduktion von Giovanni Bellinis *Madonna mit Kind vor einer Landschaft* ... Das Beste an der Wohnung ist, dass sie warm ist. Das Öfchen ist wie verrückt am Bollern. Und im Licht der Papierlampen wirkt sie gemütlich.

»Eine typische Männerwohnung«, sagt die Heidi, die bei ihren Erkundungen bis zur Schwelle der Küche vorgedrungen ist, in der P den Kaffee aufsetzt.

»Ja, die von einem Krokodil dürfte ganz anders aussehen.«

»Hä?«

»Nix: nur ein blöder Scherz.«

Sie verschwindet wieder. Als P aus der Küche kommt, sieht er sie an der Tür zum Schlafzimmer in der Nähe des Ofens herumschnüffeln. Sie hat sogar das Licht angemacht, um sich das ungemachte Bett und die drei Zeitschriften auf dem Boden besser anschauen zu können.

»Ich würde Dich ja gern durch die restlichen Gemächer führen, aber der Billardsalon wird gerade gestrichen ...«

»Was?«

»Nix, noch'n blöder Witz.«

Sie geht zurück ins Esszimmer, setzt sich an das altmodische Beistelltischchen, holt aus dem Täschchen ein Plastiktütchen mit Tabak hervor und einen Klumpen Haschisch, den sie sorgfältig zerbröselt. »Was macht ein Bulle hier den ganzen Tag so allein? Sich einen runterholen und die bescheuerten Zeitschriften lesen?«

»Wieso bist Du eigentlich so davon überzeugt, dass ich für die Polizei arbeite?«
»Ach, komm ... Ich bin Kassandra, die Hellseherin. Wusstest Du das noch nicht? Niemand glaubt mir, aber ich kenne die Wahrheit.«
»*Okay*, Kassandra: Warum fragst Du dann überhaupt ...?«
»Weil ich nicht alles weiß. Nur ein paar Dinge, die vor meinem geistigen Auge stehen. Warum liest Du so viele Zeitungen?« Ihre Stimme wechselt mit überraschender Leichtigkeit von impertinent zu zuckersüß.
»Weiß nicht ... Um zu sehen, wie gut es ohne mich in der Welt läuft.«
»*New York, September the 11th, isn't it*? Das interessiert Dich doch so ...«
»Steht das bereits vor Deinem geistigen Auge oder ist das eine unschuldige Vermutung?«
»Was ist los? Kennst Du da jemanden?«
»Wenn Du entschuldigst, unterbrechen wir kurz das Verhör, weil der Kaffee fertig ist. Trinkst Du ihn schwarz oder mit Milch ...?«
»Egal, ich mag keinen Kaffee. Willst Du mit mir vögeln?«
P lässt sich nicht aus dem Konzept bringen.
»Das wäre mir unter normalen Umständen ein großes Vergnügen, aber leider habe ich Kaffee auf dem Herd verschüttet ...«
»Ach ... Hör doch mal auf, mit Deinen bescheuerten Witzen und hock Dich her ... Hast Du Bier?«
P legt beide Hände auf die Lehne des Stuhls, schaut Heidi in die Augen und grinst: »Hm, Bier habe ich

noch genug, aber wovon ich nicht mehr so viel habe, ist Geduld.«
»Okay, Okay, bleib cool: Ich kann auch eine wohlerzogene junge Dame spielen. Ich will noch einen Augenblick hier sein, okay?«
P lacht kurz auf. Geht in die Küche, stellt den Herd aus und holt zwei Gläser und aus dem Kühlschrank zwei Büchsen Bier. Er kommt zurück an den Tisch und sagt dabei: »Das hat seinen Preis.«
»Was?«
»Jetzt wird das ganze Dorf denken, dass wir miteinander geschlafen haben ...«
»Bild Dir bloß nicht so viel ein ... Ich kann vögeln mit wem ich will, wenn ich Lust dazu habe.«
»Das bezweifle ich gar nicht, aber Du hast mich ausgesucht. Um mit mir zu vögeln oder weil alle denken sollen, dass wir miteinander vögeln, und das ist daran das Eigenartigste. Also wirst Du mir zahlen, worum ich Dich bitte ... Kassandra ...«
»Hätte nicht gedacht, dass Du so tief fallen würdest ... Ich dachte, Du wärest ein verfickter *gentleman*.«
»Du hinkst ein bisschen hinterher, was das Verhalten von einem *gentleman* angeht. Vielleicht solltest Du mehr Zeitschriften lesen. Jedenfalls ist der Preis äußerst moderat. Ich bin schon zufrieden, wenn Du mir erklärst, warum Du willst, dass die Leute das denken? Das ist das wenigste, was ich verlangen kann, wenn Du willst, dass ich weiter mitspiele.«
»Ich will, dass sie wissen, dass ich immer noch mit einem schönen Mann schlafen kann«, sie reicht P den Joint.
»Das glaube ich Dir nicht«, er steckt sich den Joint in

den Mundwinkel, zieht, kneift ein Lid zu, damit ihm der Rauch nicht im Auge beißt und öffnet dabei die zwei Büchsen Bier. »Du musst mir die Wahrheit sagen, sonst könnte es sein, dass ich mich derweil ins Pub verziehe und dort mein Bier trinke und Du hier ganz alleine hockst.«

»Du bist ein echtes Arschloch!«, sagt die Heidi auf ihre besonders abschätzige Art und verzieht den Mund auf hässliche Weise, sie dreht den Kopf weg, um ihn nicht anzusehen.

»Oh, entschuldigen Sie, gnädiges Fräulein Kassandra: Offensichtlich dürfen nur Sie herumspekulieren und über alle Welt Urteile fällen, was?«

»Verpiss Dich doch, Du Arschficker! Was ist denn plötzlich mit Dir los? Kriegst Du keinen mehr hoch, oder was?« Sie ist abrupt vom Stuhl aufgestanden. »Dann steck mir doch Deine Zunge in die Möse und lass mich in Frieden!«

»Du weißt ja wo die Tür ist. Ich lasse Dich gern in Frieden. Alles andere liegt nicht in Deiner Macht ... meine Hübsche.«

Sie hört gar nicht mehr zu, sondern spuckt, vermutlich auf Norwegisch, einen Fluch nach dem nächsten aus. Dann schnappt sie sich ihren Anorak und geht aus dem Raum. Man hört ihre Schritte in der Diele und wie sich die Tür öffnet, aber dann dauert es zu lange, bis sie sich wieder schließt. Und als sie endlich geschlossen ist, hört man wieder Schritte, die auf dem Weg zurück ins Esszimmer sind. Bevor sie hereinkommt, bleibt sie einen Moment an den Türrahmen gelehnt stehen: »Okay, warst Du noch nie verknallt?«, ihre Stimme ist ernst, aber ruhig.

P atmet ein, senkt den Kopf, bis er ihn in seine Hände legt: »Was ist denn mit euch los? Seid ihr alle synchronisiert? Zum zweiten Mal in dieser Woche stellt mir jemand diese Frage und ebenfalls zum zweiten Mal in dieser Woche schlägt mir jemand einfach so Sex vor, ohne jede Vorgeschichte.«

»Ich weiß: Das Priesterlein, der alte Wichser, will, dass Du ihn fickst …«

»Oh, wunderbar: Ich hatte ganz vergessen, dass hier jeder über alles informiert ist … Was meinst Du, ob wir es schaffen ein einziges Mal eine normale, freundliche Unterhaltung zu führen? Mit etwas Bemühen um gegenseitiges Verständnis? Oder zumindest ein bisschen Taktgefühl?«

»Ach so, Du stehst auf Schleimerei und schöne Worte, wie der bescheuerte Franzose … Das findest Du gut, ja? Scheinheiligkeit und so …?«

»Du hast es erfasst. Schau mal: Ein klein wenig Heuchelei wäre ganz gut … Ich würde mich gern einen Augenblick von diesen bohrenden Fragen und irgendwelchen unangebrachten Geständnissen erholen. Das fängt nämlich langsam an, anstrengend zu werden, verstehst Du?«

Nicht die Bohne: »Siehst Du denn nicht, dass ich mich in Dich verknallt habe, Du Vollidiot!?«, dabei wird ihre Stimme wieder ein bisschen schriller.

»Okay, sie hat es ja nicht anders gewollt«, sagt P zu sich selbst.

»Was zum Teufel redest Du da … Du sagst ständig so komische Sachen … Oh, Du bist so ein mieses Arschloch!«

»Hey, tu mir den Gefallen und beruhige Dich, ja?«

»Gib mir den Joint zurück. Ich will was rauchen.« P reicht ihn ihr hinüber. Sie kniet sich im Anorak hin und greift gleichzeitig nach der Büchse Bier. Es dauert ein bisschen, bis sie weiterredet: »Ich hatte mal einen Freund, der war so ähnlich wie Du.«

»Du meinst auch so ein ›mieses Arschloch‹«?

»Ach, halt doch einfach mal die Klappe und hör zu ... Das war mein erster Freund, der hieß Sören. Damals in Oslo. Sein Vater hatte eine Fabrik mit Wasserhähnen und viel Geld. Ein Söhnchen aus gutem Haus. Ich war sehr hübsch. Er war sehr hübsch. Zusammen waren wir zwei große, blonde und gute *vikings*. Ich bin nicht aus Oslo, sondern aus einer kleinen Stadt, aus Ålgård, das liegt im Süden. Ich war so verliebt in ihn und hatte vor ihm noch nie Sex gehabt. Wir wollten heiraten, Kinder kriegen, alles ganz traditionell, wie im Bilderbuch, okay?« Sie trinkt einen Schluck Bier, redet schnell. »Vor der Heirat sind wir im letzten Sommer in den Semesterferien mit allen nach Amerika gereist, nach Kalifornien. Waren halt die *sixties*, O.K.? Wir wollten alle glücklich sein, in der Sonne liegen am heißen Strand. Die Beach Boys waren damals angesagt ... *'round, 'round, get around, I get around* ... Wir haben uns in einem schönen Hotel eingemietet in Long Beach. Alle Jungs zusammen und alle Mädchen zusammen wie die Schüler. Und wenn zwei miteinander schlafen wollten, gingen sie an den Strand. Damals sagten wir *make love* und nicht *fuck* ... Da waren alle noch romantisch, nicht wie jetzt.«

»Okay, aber ...?«

»Halt die Klappe ...«, sie schenkt sich ihr Bierglas erneut voll, holt noch ein bisschen Haschisch heraus und fängt an, es zu zerbröseln. Der Rhythmus wird langsamer: »Eines Nachts, bei *sunset*, gingen mein Freund und ich runter an den Strand, um Liebe zu machen. Unser Platz war hinter einem *autocaravan*, in dem tagsüber Eis verkauft wurde: Dahinter waren wir ein bisschen versteckt. Wir waren gerade dabei, als wir plötzlich etwas um uns herum hörten. Ein paar Jugendliche. Mexikaner. Sechs. Das wusste ich danach genau. Die meinten, wir sollten genauso weitermachen, sie wollten zusehen: *O.K., don't stop, go ahead.* Mein Freund stand auf und sagte, sie sollten verschwinden. Einer hatte ein Messer. Andere kamen hinter dem *autocaravan* hervor und packten ihn an den Schultern. Sie haben ihn dann auf den Boden geschmissen und sich auf ihn gestürzt, ihn zusammengeschlagen und dann mit einer Schnur gefesselt. ›Okay‹, sagte der Mexikaner mit dem Messer, ›wenn Du nicht weitermachen willst, dann machen wir es eben.‹ Ich schrie, aber die haben mich geschlagen und mir Sand in den Mund gestopft, so dass ich fast erstickte. Und dann sind sie alle einmal über mich rübergestiegen. Das hat tierisch weh getan, aber ich hatte den Sand im Mund und in den Augen. Einer hat mich zweimal genommen, ich hörte, wie er sagte, dass er noch einmal will, als sie mich eigentlich bereits losgelassen hatten. Ich konnte mich schon gar nicht mehr bewegen oder mich wehren. Ich habe nur noch geheult von dem Sand in den Augen.«

P hat sich nicht gerührt und hält das Bierglas in der einen Hand. Sie redet weiter. Ihre Stimme ist ganz untypisch für sie; bedächtig, niedergeschlagen: »Das Ganze hat nur eine Stunde gedauert, aber als sie weg waren, war unser Leben mit einem Mal nie mehr wie zuvor. Ich habe die Fesseln bei meinem Freund kaum abbekommen. Ihn hatten sie mit einem Tritt am Kopf übel zugerichtet. Und ich konnte fast nicht mehr laufen, aber habe mich langsam zur Straße geschleppt und die Hand hochgehalten, um ein Auto anzuhalten. Dann kam die Polizei, und ein Krankenwagen hat uns in eine Klinik gebracht ... Ich bin dann dort drei Tage geblieben und bekam Beruhigungsmittel. Ich hatte, wie man so schön sagt, *nightmares*.«

»Alpträume«, sagt P.

»Ja, Alpträume und ... panische Angst. Aber das Schlimmste stand uns noch bevor. Als wir zurück nach Oslo kamen und Wochen und Monate schon vergangen waren, da verheilten so langsam die Wunden und ein Psychologe sagte, dass unser Leben weitergehe. Weißt Du, was dann passiert ist?«

»Was ...?«

»Mein Freund hat erst gesagt, dass wir die Hochzeit besser ein bisschen verschieben. Ich habe ihn gefragt, warum, und das konnte er mir nicht sagen: nur dass es besser wäre, noch ein bisschen zu warten. Er hat mir nicht in die Augen geschaut. Er hat mich auch nicht mehr so berührt wie früher. Weißt Du warum? Weil er das dreckige Mädchen nicht mehr wollte«, ihre Augen sind feucht. »Er hat in seiner guten Familie keine schmutzige und gedemütigte Frau gewollt. Er konnte mich nicht mal mehr richtig küssen: Er hat immer den Kopf weggedreht, so wie Du vor ein paar Tagen im Pub ...«

P weiß nicht, was er sagen soll, also bleibt er still. Ihr fällt eine Träne auf die Wange. Sie wischt sie weg, dann dreht sie sich in dem Stuhl zur Seite, so dass nur noch ihr Profil zu sehen ist. Die Tränen laufen still und irgendwann hält sie beide Hände vor ihr Gesicht. P steht auf, um sie zu trösten. »Hey, hey«, er geht zu ihr. Sie steht auf und sagt: »Nein, lass mich.« Aber P hält sie an den Schultern. Sie bleibt ruhig stehen und schaut auf den Boden. P wischt ihr eine Träne mit dem Daumen weg. Sie lässt es zu, dann kommt sie mit den Lippen näher und P kommt ihr die restliche Strecke entgegen, bis er sie küsst. Sie hat die beiden Handflächen auf seine Brust gelegt und für ein paar Sekunden ist es ein süßer, warmer und liebevoller Kuss. Bis sie plötzlich mit den Zähnen seine Unterlippe packt, zubeißt, sich bückt und ihn mit voller Kraft wegstößt, ohne die Lippe loszulassen. P fliegt mit einem Ruck zurück, schreit auf, hält sich mit einer Hand den blutenden Mund. Das Blut tropft auf das Hemd und auf den Boden. Sie schaut ihn längst wieder herausfordernd an, wie eigentlich immer, und lacht und lacht ihr übliches, maßlos maliziöses Lachen: »Dafür, dass Du Bulle bist, bist Du ganz schön bescheuert«, sagt sie zu ihm. Dann hebt sie ihren Anorak vom Boden auf, geht an ihm vorbei, stößt ihn dabei zur Seite und läuft schnell zur Ausgangstür. Als sie in der offenen Tür steht, ruft sie: »Den Schlüssel vom Zigarettenautomat und eine halbe Stunde in Deiner Wohnung. Das ist alles, was Kassandra heute Nacht von Dir wollte, Du mieses Arschloch!«

In der Welt

Der letzte Montag des Kommissars in seinem Büro, noch vor der feierlichen Verabschiedung. Er will gerade aus dem Büro gehen, als das interne Telefon klingelt. Er nimmt im Stehen ab.

»Kommissar, am Telefon ist eine gewisse Susana Ortega vom Ministerium«, sagt Varela.

»Stell sie durch.«

Gleich darauf hört er eine junge, nette Stimme: »Hauptkommissar Pujol?«

»Ja, am Apparat ...«

»Entschuldigen Sie, ich rufe vom *Instituto de Estudios Aplicados* aus New York an ...«

Der Kommissar versteht im ersten Augenblick nicht, worum es geht. Sie merkt das an seinem Schweigen: »Wir gehören zum Außenministerium und sind für die Beziehungen zu Interpol zuständig ... Ich bin eine Assistentin hier im Büro. Wenn Sie möchten, kann ich Ihnen gerne meine Kennnummer geben.«

»Ah, ja ... Nein, danke, das wird fürs Erste nicht nötig sein ... Was kann ich für Sie tun?«

»Ich würde gern mit einem Inspektor Ihrer Abteilung sprechen. In seiner Akte sind Sie als Anprechpartner vermerkt. Seine Kennnummer ist: 245/B/987/400012.«

Der Kommissar erkennt Tomas an der 012 am Schluss.

»Ja ... das stimmt. Der gehört zu unserer Hauptdirektion. Aber er ist im Moment leider nicht zu sprechen.«

Damit scheint sie nicht gerechnet zu haben: »Aha ...«, druckst sie herum.

»Er ist gerade dienstlich unterwegs und außerhalb der

Stadt«, sagt der Kommissar, »aber wenn es sich um eine offizielle Angelegenheit handelt, könnte ich Sie mit dem Chef der Mordkommission verbinden ... Er ist der Einzige, der derzeit die Chance besitzt, Kontakt zu ihm aufzunehmen.«

»Nein, es handelt sich um nichts Offizielles ...«

»Und wenn es sich um eine dringende persönliche Angelegenheit handelt, ließe sich da vielleicht auch etwas machen ...«

»Nein, so dringend ist es eigentlich auch wieder nicht ... Ich glaube nicht, dass ...« Das Mädchen macht eine Pause. »Verzeihung: Sie kennen ihn doch eigentlich gut, oder? Wenn ich mich nicht täusche, hat er mir viel von Ihnen erzählt ...«

»Oh, Sie kennen ihn persönlich?«

»Ja ... Ich kenne ihn ... Wir sind ... Freunde.«

»Aha ... Gut, leider kann ich Ihnen auch nicht sagen, wann ich ihn wiedersehen werde. Ich kann ihn derzeit nicht einmal telefonisch erreichen. Vielleicht sehen wir uns an Weihnachten wieder, falls er ein paar Tage vom Dienst befreit wird ... Aber selbst das ist noch nicht sicher.«

»Darf ich eine Nachricht bei Ihnen hinterlassen? Würden Sie die ihm ausrichten, wenn Sie ihn das nächste Mal sehen?«

»Ja, gern, wenn es nicht dringend ist ...«

»Nein, es ist nicht so dringend. Richten Sie ihm doch bitte aus, dass Susana Ortega aus New York angerufen hat. Er möge mich doch bitte zurückrufen, sobald er kann. Ich glaube, dass er meine Nummer noch hat, aber ich gebe Ihnen für alle Fälle eine Nummer von mir in Manhattan und eine in Santander. Ich hoffe, dass

ich in den nächsten Wochen nach Spanien zurückkommen kann.«
Der Kommissar schreibt den Namen in Großbuchstaben auf. Darunter notiert er die zwei Nummern, die ihm das Mädchen diktiert. Nachdem er aufgelegt hat, reißt er das Stück Papier aus dem Notizbuch, faltet es und verstaut es in seiner Brieftasche. Er geht aus dem Büro und bedauert in Gedanken, dass es unmöglich ist, Tomas die Nachricht sofort auszurichten.
So in Gedanken vertieft, vergisst er, schnell noch auf die Toilette zu gehen, bevor er hinunter auf die Straße geht. Als er beim Audi-Händler angekommen ist, verspürt er einen starken Drang zu urinieren. Er geht in ein Café, um sich zu erleichtern. Es ist Frühstückszeit und die Tische sind voll besetzt. Er bestellt einen *Café cortado* und macht sich auf zur Toilette. Durch ein Schildchen, auf dem ein dicker Herr zu sehen ist, ist die entsprechende Tür leicht zu finden, aber sie ist abgeschlossen. Er probiert es an der Tür, an der ein Schildchen mit einer ebenso dicken, farbigen Dame hängt. Auch besetzt. Es bleibt ihm nichts anderes übrig, als vor der Toilette zu warten. Er lehnt sich an die Wand, presst die Beine zusammen und versucht, an etwas anderes zu denken. Nur ja nicht daran. Solche Bilder von dicken Leuten hat er doch schon woanders gesehen. Der Name des Malers will ihm nicht einfallen. Er hat auch Skulpturen gemacht. Kugelrunde Tiere. Beispielsweise eine große, runde Katze aus Metall, die in der Nähe des Hafens steht. Botero, jawohl: so etwas wie Pedro Botero. Hinter der Tür mit der dicken Dame klingelt ein Handy: Eine Melodie mit elektronischen Tönen ist zu hören. Die Musik da drinnen bricht ab-

rupt ab und man hört eine Frauenstimme. Von wem auch immer. Sie sagt: »Ja, hallo … Oh, Herr Gallardo, ich habe schon auf Ihren Anruf gewartet …« An den übrigen Geräuschen ist zu erahnen, wie die gute Frau an dem Klopapierspender herumnestelt. Der Kommissar stellt sich vor, wie sie auf der Klobrille sitzt und mit einer Hand das Telefon hält, vermutlich der linken, um sich mit der anderen die Scham abzutrocknen. Das Bild bringt ihn zum Lachen. Jetzt muss er die Beine noch stärker zusammenkneifen, um sich nicht in die Hose zu machen. Ein junger Mann kommt aus der Herrentoilette heraus. Der Kommissar beeilt sich, um mit großer Befriedigung den Dingen ihren Lauf zu lassen. Er überlegt, was er machen würde, wenn ihn jetzt jemand anriefe. Das bringt ihn wieder zum Lachen. Er hat sein Handy fast nie bei sich, da es ihm ja auch gar nicht gehört. Ebenso wenig wie die Pistole und die Plakette. All das wird er in wenigen Tagen abgeben müssen. Zumindest die Plakette würde er gerne als Andenken behalten. Die Pistole dagegen wird er nicht vermissen. Er trägt sie auch niemals bei sich. Vielleicht sollte er sich dann ein Handy kaufen … für das neue Auto.

Als er zurück an den Tresen kommt, fällt ihm auf, dass zwei Leute telefonieren und eine dritte Person versucht, an ihrem Tischchen mit einer Hand den Zuckerbehälter zu öffnen. Eigentlich irritiert ihn dieser ständige Umgang mit Handys ein wenig. Die Leute scheinen dadurch mit etwas beschäftigt, was nur sie allein betrifft. Gleichwohl sind die Geräte nützlich, erwägt der Kommissar. Er denkt wieder an Tomas, der in Horlá nicht zu erreichen ist, weil es kein Netz gibt. Andernfalls könnte er ihm sofort die Nachricht einer gewissen Susana Ortega ausrichten. Nette Stimme. Eine Freundin ... Offenbar sehr jung. Außerdem könnte er ihn immer mal anrufen, um zu erfahren, wie es ihm geht. Dem Kommissar fällt die letzte Unterhaltung ein, die sie im Juli in Calabrava geführt haben. Da erwähnte er einen Ring. Einen Ring, den er für eine Frau gekauft hat. Aber er hat auch gesagt, dass sie Irin sei. Dann kann sie nicht akzentfrei Spanisch sprechen und Susana Ortega heißen ... Auf jeden Fall würde er ihm die Nachricht gern so schnell wie möglich zukommen lassen. Tomas hat zum ersten Mal in seinem Leben so etwas gemacht: einen Ring gekauft. Er selbst hat auch erst einmal in seinem Leben einen Ring verschenkt. Vielleicht sollte er derselben Frau jetzt einen zweiten schenken. Der Anlass wäre angemessen: Sie sind ja dabei, ein neues Leben zu beginnen.

Er könnte ihr erneut einen Antrag machen. Mit einem Ring. Und vielleicht sollte er auch eine Reise planen: zweite Flitterwochen. Zweiunddreißig Jahre später. Bei den ersten sind sie mit einem gemieteten Sechshunderter durch die Dörfer im Landesinneren gebrettert. Bei den zweiten könnten sie sich ein gutes Hotel leisten. Paris, Venedig, irgendeinen romantischen Ort ... Ob New York eine romantische Stadt ist? Er erinnert sich an einen alten Film, in dem sich ein Pärchen auf einem Schiff kennenlernt und dann oben auf dem Empire State Building verabredet, aber sie kommt nicht, weil ihr ein Unfall in die Quere gekommen ist ... Mercedes zu überzeugen, in ein Flugzeug zu steigen, dürfte allerdings schwierig werden. Dann fällt New York weg. Besser Paris. Mit dem Wagen, den er bei Audi bestellt

hat, wären sie in Windeseile dort. Man würde die Kilometer gar nicht spüren. Es hat Klimaanlage und allen erdenklichen Schnickschnack. Selbst eine Einrichtung für ein Telefon, bei dem man einfach so in den offenen Raum hineinspricht.
So ein Telefon wird er sich auf alle Fälle zulegen müssen. Keine Frage.

***

Als sie am Montag in Calabrava ankommen, nimmt der Kommissar die schrittweise Vorbereitung des kleinen Anschlags weiter in Angriff. Freitag hatte er in der Stadt damit begonnen. Am Morgen nach dem großen Abschiedsessen.
Er bringt seine Frau nach dem Markteinkauf bis zur Haustür, um dann angeblich den neuen Audi auf dem Tiefgaragenplatz abzustellen, den sie extra dafür in einem nahegelegenen Gebäude gemietet haben. In Wirklichkeit fährt der Kommissar an den Strand auf den öffentlichen Parkplatz und lässt das Auto in der Nähe der Boote stehen, die dort im Sand liegen. Der nächste Schritt wird etwas schwieriger. Kurz vor dem Essen verdrückt der Kommissar sich in die Diele. Seine Frau putzt gerade die Muscheln. Währenddessen packt er alles in die Sporttasche, was ihm sinnvoll erscheint. Dann geht er unter dem Vorwand, dass er ganz vergessen habe, die Zeitung zu kaufen, hinunter auf die Straße und bringt die Sporttasche schnell in den Audi. Er legt sie in den Kofferraum. Im Gegenzug holt er den Kleidersack und den Koffer aus dem Auto, die er am Freitag ebenfalls heimlich aus der Wohnung ge-

schmuggelt hat. Er läuft damit zurück in die Wohnung und verstaut sie in dem Zimmer, das bei ihnen »Gästezimmer« heißt, obwohl es eigentlich nie benutzt wird. Der Schrank dort ist leer. Seine Frau ist so in der Küche beschäftigt, dass sie von der ganzen Aktion nichts mitbekommt. Sie wäre nie auf die Idee gekommen, das sich etwas hinter ihrem Rücken abspielen könnte.

Der restliche Tag verstreicht so, als wäre nicht Montag, sondern Samstag. Sie essen zu Hause zu Mittag. Dann machen sie eine lange Siesta und einen Spaziergang durch das Dorf. Die Straßen sind ohne die Urlauber und Wochenendbesucher unendlich viel leerer. Wie durch einen Zauber treten mit einem Mal die Leute aus dem Dorf in Erscheinung. Sie sind weder besonders braun gebrannt noch flanieren sie durch die Straßen noch tragen sie kurze Hosen oder mit bunten Blumen bedruckte Hemden. Proportional gestiegen zu sein scheint auch die Zahl ausländischer Touristen im fortgeschrittenen Alter: stattliche nordeuropäische Paare, darunter viele Rotblonde mit heller Haut, die den milden mediterranen Herbst deutlich mehr genießen als die heißen, stickigen Sommertage. Kinderwagen sind verschwunden. Ebenso die Jugendlichen, die auf ihren Motorrädern die Straßen beherrschen. Lustigerweise sind auch keine hechelnden Hunde mehr vor den Geschäften angebunden.

In der Nähe der Kirche setzen sich der Kommissar und seine Frau an die einladend leeren Tische und bestellen sich zwei Bier. Der Kellner ist liebenswürdig, wirkt entspannt und ist nicht so gehetzt und überarbeitet wie sonst. Mercedes nutzt die Gelegenheit, um das Thema

des Abendessens auf den Tisch zu bringen: »Hast Du Lust auf ein paar gepökelte Koteletts heute Abend?« Nun muss der Kommissar mit ungewohnt singender Stimme und großer Bestimmtheit mit der Sprache herausrücken. Er kündigt ihr daher an: »Heute Abend gehen wir aus.«
»Ach ja? Wohin denn?«
»Das ist eine Überraschung.« Der Kommissar schaut auf die Uhr. »Komm, wir müssen uns umziehen. Ich habe uns einen Tisch für halb zehn reserviert.«
»Aha … Und seit wann ziehen wir uns um, wenn wir essen gehen?«, fragt sie mit einer Koketterie, die sie lange nicht mehr an den Tag gelegt hat. »Ich weiß ja gar nicht, was ich anziehen soll …«
»Du machst heute einfach nur, was ich Dir sage. Jetzt gebe ich mal den Ton an …«
Es ist noch nicht neun Uhr, als sie wieder in der Wohnung sind. Der Kommissar holt den Kleiderbeutel und den Koffer aus dem Versteck. Nachdem er seiner Frau unterbreitet hat, dass dieser Abend eine Art Hommage an sie wird, lässt sie alles lachend auf sich zukommen. Sie zetert nicht einmal, als sie sieht, wie er ihr Tüllkleid über dem Bügel zusammengelegt hat, damit es in den Kleiderbeutel passt. Als er den Koffer öffnet, legt sie dann allerdings doch einmal kurz die Hand an die Stirn, als ihr die Schuhe, ein paar Schmuckstücke und ein Umschlag mit noch nicht getragenen Strümpfen entgegen kommen: »Ach, du liebe Zeit. Du wirst doch nicht alle Schubläden durcheinander gebracht haben?«
»Kein bisschen, Ehrenwort: Alles sieht so aus wie zuvor.«

»Wenn alles so aussehen soll wie zuvor, kann das eigentlich nur bedeuten, dass Du mir bereits zuvor alles durcheinander geschmissen hast, hm? … Hast Du mir eigentlich Winterstrümpfe eingepackt?«
»Oh … Ich wusste gar nicht, dass es …«
»Und welchen Büstenhalter soll ich zu dem schwarzen Kleid anziehen? Dazu gehört doch ein schwarzer ohne Träger …«
Einen Moment lang ist der Kommissar konsterniert. Eine Woche hat er mit der gründlichen Vorbereitung dieses Abends verbracht und schon in den ersten Minuten so viele Fehler … Seine Frau will ihm die Überraschung auf keinen Fall verderben und nimmt sich zum Glück der Sache an. Sie stellt für beide eine passende Garderobe zusammen. Sie mischt dafür viele Sachen, die der Kommissar vorgesehen hatte, mit einfacher Sommerkleidung, die sie in den Schränken vorfindet. Für sich selbst sucht sie eine feine Hose heraus und ein schwarzes Trägerhemdchen. Zwei Errungenschaften vom Dorfmarkt. Dann wirft sie sich ihr Tuch mit den großen roten Hibiskusblüten über die Schultern, aus dem sie sonst am Strand ihr Strandkleidchen wickelt. Obwohl der Kommissar extra an den schwarzen Anzug gedacht hat, den sie für die Verabschiedung neu gekauft haben, stattet sie ihn mit der grauen Hose aus, die er bereits anhat. Dazu gibt sie ihm ein dunkelrotes Polohemd, das sehr schön zu dem roten Hibiskus des Schultertuchs passt. Darüber kommt lediglich das schwarze Jackett. Sie sehen aus wie zwei Magnaten, die im *casual wear* gerade an Land gehen. Arm in Arm laufen sie die Allee hinunter bis zum Hafen.
Das Restaurant, in dem der Kommissar einen Tisch re-

serviert hat, liegt erhaben an der Spitze, dort, wo der Sporthafen endet. Von dort hat man einen freien Blick über die Masten der Segelboote hinweg auf die ganze Bucht. Es ist eines der teuersten und elegantesten Restaurants an der ganzen Küste. Jachtbesitzer und die Bewohner der Traumvillen, die einsam in den versteckten Buchten der Gegend liegen, kommen hierher. Der intensive Geruch vom Meer macht Lust, den milden Westwind genüsslich einzusaugen. An der Eingangstreppe bleiben sie stehen und betrachten das Panorama: Am Horizont ist der Himmel noch gefärbt und an der geschwungenen Küste funkeln die Lichter als kleine Punkte.

Das Restaurant oben ist geprägt von gewachstem Teakholz, solidem Mobiliar im Kolonialstil und dem sanften Licht der bunt schimmernden Tischlampen, die an Mondrian erinnern. Eine junge Frau im Kostüm nimmt sie in Empfang. Sie fragt, ob sie einen Tisch reserviert haben. »Ja, auf den Namen des Hauptkommissars Pujol von der *Jefatura Central*. Mir wurde zugesichert, dass es der beste sei.« Am Freitag, als er anrief, hat der Kommissar zum ersten Mal in seinem Berufsleben seinen vollen Rang angegeben, um sich einen persönlichen Vorteil zu verschaffen. Dabei hat er nach der Pensionierung eigentlich geflunkert, weil er ihn nicht einmal mehr zu offiziellen Anlässen hätte tragen dürfen.

Aber es hat vermutlich dazu beigetragen, dass sie nun einen ruhigen Tisch für sich haben. Der Raum mit breiter Fensterfront zwischen den spanischen Wänden ist fast so groß wie ein Wohnzimmer. Durch die Fenster schauen sie über die leuchtende Bucht. Der Kommissar denkt, ein bisschen Alkohol könne nicht schaden, um sich in dieser Umgebung unbefangen zu verhalten. Deshalb bestellt er als erstes eine gut gekühlte Flasche Champagner. Die lokalen Marken zieht er erst gar nicht in Betracht, sondern lässt sich einen Taittinger Rosé empfehlen. Er hat sich vorgenommen, so zu tun, als würde er die Preise in der Weinkarte ignorieren. Das Motto des Abends muss sein: Bestellen, was sie nie bestellen. Und wenn die Ansammlung von Klischee-Köstlichkeiten albern sein sollte, ist es auch egal. Sie reden nicht viel beim Essen. Bei dem Blick bleibt ihnen der Mund offen stehen. Erst sind sie vertieft in die Karte mit den Empfehlungen vom *Chef*. Dann hält sie jede neue Köstlichkeit, die ihnen an den Tisch gebracht wird, in Atem. Der Kommissar bestellt nach den deliziösen Desserts eine zweite Flasche Champagner und gibt dem Kellner mit einem Wink zu verstehen, dass er sie selbst einschenken wird, worauf der sich vornehm hinter die Wandschirme zurückzieht. Die Wangen seiner Frau sind gerötet und die Augen glänzen bereits ein wenig. Da er selbst nicht sehr an den Genuss von Alkohol gewöhnt ist, fühlt der Kommissar sich bereits mutig genug, um Mercedes zu sagen, was er zu sagen hat. Er holt das kleine Schmucketui aus seiner Jacketttasche und schubst es über den Tisch, bis es in ihrer Reichweite steht. Damit hat sie überhaupt nicht gerechnet. Ihr ist zwar bewusst geworden, dass dieses außergewöhnliche Mahl zu ihren Ehren als Pendant zu seiner Verabschiedung vor einer Woche zu verstehen ist, aber jetzt ist ihre Verblüffung echt und frei von jeglichem Bemühen. Sie öffnet die Schatulle. Dann schaut sie sehr ernst mehrmals zwischen dem Gesicht ihres Gatten und dem funkelnden Brillanten auf dem Ring hin und her.

»Dieser Ring steht für einen Antrag, den ich Dir machen möchte«, sagt der Kommissar und ist bemüht, nicht ein einziges Wort zu vergessen, das er sich zurechtgelegt hat. »Ich möchte Dich mit diesem Ring feierlich fragen, ob Du in dem neuen Leben, das wir nun beginnen könnten, meine Frau bleiben willst. Du warst vom ersten Tag an unendlich großzügig, an dem Du alles für einen Polizisten aufgegeben hast, der frisch von der Akademie kam. In all diesen Jahren hast Du mir, während ich meine Karriere verfolgte, eine Familie geschenkt. Du hast mir das Gefühl gegeben, dass ich geliebt werde und hast mich immer aufgemuntert. Du warst mein Rückhalt und meine größte Freude. Und ich hoffe, es ist noch nicht zu spät, um Dir ein wenig von dem zurückzugeben, was Du mir bereits geschenkt hast. Falls Du an diesem Tag heute ein zweites Mal meinen Antrag annehmen solltest, kann ich Dir nur versprechen, dass ich das, was mir vom Leben noch bleibt, ganz dem großen Wunsch widmen möchte, Dich glücklich zu machen.«

Ihr kullern zwei Tränen die Wangen hinunter. Sie ist sprachlos ob einer solchen Liebeserklärung »Das größte Glück in meinem Leben war, dass wir zwei den Weg bis hierher zusammen zurückgelegt haben«, sagt sie und steht auf, um zu seinem Stuhl zu gehen. Sie nimmt sein Gesicht in beide Hände und küsst ihn auf die Lippen. »Die Antwort lautet: Ja, ich will.« Sie nimmt den Ring aus der Schatulle und reicht ihn ihm. Der Kommissar steht dazu ebenfalls auf. Mit einiger Feierlichkeit streift er ihr den Ring über den Ringfin-

ger, den sie ihm entgegenstreckt. Danach schließen sie sich allein schon deshalb in die Arme, damit der jeweils andere ihr Gesicht nicht sehen kann. So bleiben sie für ein paar Sekunden stehen und versuchen, ihre Fassung wiederzugewinnen, bevor sie sich mit zwei, drei, vier Küsschen lösen und sich wieder einander gegenüber an den Tisch setzen. »Darauf müssen wir anstoßen«, sagt der Kommissar, nachdem er sich mit der Serviette das Gesicht abgetrocknet hat. Sie macht aus denselben Gründen einen Versuch, ihren ureigenen Pragmatismus wiederzugewinnen und hält den Edelstein ins Licht der Tischlampe: »Großer Gott, der muss Dich ein Vermögen gekostet haben. Von welchem Geld hast Du den denn bezahlt?«
»Schon seit einiger Zeit lege ich mir immer ein bisschen Taschengeld zur Seite. Außerdem habe ich Dich ein bisschen ausgetrickst ...«
»Wirklich? Wie denn?«
»Ach, der Audi hat in Wirklichkeit nicht ganz so viel gekostet, wie ich gesagt habe ...«
Als sie aus dem Restaurant sind, laufen sie langsam Hand in Hand den Gehweg hinunter, der vom Sporthafen zu den Fischern führt. An den Fischernetzen vorbei, die am Boden liegen, bis zu der Stelle, an der sie den Fußgängerüberweg nehmen müssten, um nach Hause zu schlendern. Sie zieht ein wenig in diese Richtung, aber seine Hand führt weiter geradeaus: »Warte, das Fest ist noch nicht zu Ende.«
»Ach, nein?«, fragt sie. »Junge: noch mehr solcher Überraschungen?« Er führt sie auf den verlassen daliegenden Parkplatz am Strand. Dort ist es dunkler, als auf dem Gehweg. Als sie in der Nähe des silberfarbenen Audis

sind, lässt der Kommissar die Hand seiner Frau los, um auf den Autoschlüssel zu drücken, den er in der Tasche hat. Er macht den Kofferraum auf und holt im Schein der Innenraumbeleuchtung zwei Handtücher aus der Tasche, einen indigoblauen Damenbadeanzug und eine dunkelrote Herrenbadehose.
»Wozu denn das?«
»Ein Bad im Mondschein. Na ja, vom Mond ist ja nicht allzu viel zu sehen, das ist aber fast noch besser so.«
Im Strom der Gefühle und unter dem Einfluss des Champagners lacht sie laut auf: »Meinst Du das ernst?«
»Voll und ganz. Komm, zieh die Sachen aus und zieh Dir das hier an. Hier sieht uns niemand.«
Er öffnet die zwei hinteren Autotüren und schaltet vorsichtshalber das Licht aus. Im Schutz der Wagentür fängt er an, sich auszuziehen. Sie lacht immer noch ungläubig: »Meine Güte: in unserem Alter ...« Dann aber beginnt auch sie sich auszukleiden. Die Gestalt ihres Mannes in Unterhosen mitten auf einem öffentlichen Parkplatz hat sie endgültig davon überzeugt, dass er wild entschlossen ist, diese Nacht mit ihr bis zum letzten auszukosten. Sie braucht ein bisschen länger, bis sie fertig ist. Außerdem besteht sie darauf, die Operation im Wageninneren zu Ende zu bringen, während er draußen Wache schiebt. Als sie fertig ist, nimmt sie die Hand ihres Mannes und zieht ihn mit hinüber in den Sand. Offenbar hat sie Gefallen gefunden an den Überraschungen, die er ihr bereitet. Sie gehen zwischen den Booten hindurch, die gestrandet daliegen wie eine Familie von schlafenden Meeressäugetieren. Die dünne Sichel des zunehmenden Mondes. In nahezu vollkommener Dunkelheit bleibt der Kommissar stehen, als sie

bereits sehr dicht am Wasser sind: »Warte mal«, sagt er, »alle sagen, Nachts sei es am allerschönsten, nackig zu baden.« Und unter dem Gekicher, das seine Frau zu unterdrücken versucht, um keinen Lärm zu machen, zieht er sich die Badehose aus, legt sie in eines der Boote und geht zu ihr, bis sein Körper sich an ihren schmiegt. Sie hat sich umgedreht und biegt sich vor Lachen. Er versucht, die Träger ihres Badeanzugs abzustreifen. »Halt, stopp, kommt gar nicht in Frage!«

»Komm, normalerweise bin ich doch der Verschämtere.« Das Ganze endet in einer kleinen Keilerei im Sand. »Lass den Unsinn: Was willst Du denn?«, ruft sie lachend. Die instinktive Bewegung des Kommissars, der sich vor ihren Klapsen schützen will, verschafft ihr die Gelegenheit, sich zu befreien, zum Boot zu rennen und sich flink des Badeanzugs zu entledigen, der ihr durch die Rangelei sowieso bereits unter den Brüsten hängt. Dann rennt und hüpft sie ins Wasser, wobei sie durch eine Körpertäuschung dem Kommissar entwischt, der auf halber Strecke in der Pose eines Ringers auf sie lauert. Platsch, platsch. Man hört das Wasser spritzen, bis sie ganz im Wasser liegt und auf und davon schwimmt. Währenddessen läuft er hinein, bis ihm das Wasser bis zum Bauchnabel geht. Dann wirft er sich ins Wasser, um hinter ihr herzutauchen.

Unter Wasser packt er sie an den Beinen. Sie schreit und strampelt. Das Wasser ist nicht sehr tief. Sie steht, die Brüste schweben auf der Wasseroberfläche, und spritzt den Kommissar nass, sobald sein Kopf auftaucht. »Das Wasser ist wundervoll«, sagt sie. »Du bist wundervoll! Gib mir einen Kuss!«

»Hör jetzt auf mit dem Quatsch …« Da legt er ihre

Hände um seinen Hals und trägt sie schwerelos durchs Wasser, bis sie rittlings auf ihm sitzt. Er hält sie an den Pobacken und die beiden sehen aus wie eine akrobatische Einlage beim Rock and Roll. Sie tropfen vor Salzwasser und küssen sich lange. Sie ändern nichts an ihrer Haltung, während der Kommissar sich wortlos auf den Weg ans Ufer macht. Je tiefer der Wasserspiegel im Vergleich zum Körper wird, desto mehr beklagt er ihr Gewicht. Aber er läuft bis zu den ersten Booten, dann stellt er ihre Füße in den Sand. Der Kommissar setzt sich erst, lässt sich dann in den Sand fallen und sagt »Komm«. Er greift nach ihrer Hand und lädt sie ein, auf seinen Körper zu steigen. Sie macht es. Beide suchen einen Weg, sich aneinander zu schmiegen und ihre Atmung in Gleichklang mit dem langsamen, aber doch anmutigen Auf und Ab des Meeres zu bringen.
Es ist kein Samstag, sondern eine Montagnacht: Montag, der 10. September des Jahres 2001. Tags darauf, am Dienstag, den 11. September, stehen sie sehr spät auf. Am Nachmittag lassen sie aus gegebenem Anlass ihren Spaziergang ausfallen: Sie verfolgen erschüttert die Sondersendungen im Fernsehen.

***

Die Heizung wurde in Calabrava installiert. Es bleiben ihnen noch zwei Wochen Zeit, um die Wohnung neu zu streichen, bevor sie Mitte November nach Paris fahren. Von einem Handwerker haben sie sich einen Kostenvoranschlag erbeten. Er hat ihnen allerdings gleich im Voraus angekündigt, dass er mit der Arbeit nicht vor Dezember beginnen könnte.

»Was denkst du?«, fragt Mercedes, nachdem der Handwerker gegangen ist und ihnen eine Karte mit seiner Telefonnummer dagelassen hat.
»Das ist schon Geld. Weißt Du, was ich überlege?«
»Was?«
»Unsere Wohnung streichen zu lassen, kostet so viel wie eine Nacht in der Präsidentensuite im Ritz in Paris. Die Preisliste lag im Prospekt.«
»Was willst Du denn damit sagen ...?«
»Wir könnten die allerletzte Nacht auf unserer Reise mit dem Geld auch dort verbringen. Als würden wir in die Flitterwochen fahren ...«
»Sag mal, wie oft willst Du eigentlich in die Flitterwochen fahren?«
»Weiß noch nicht ... Vielleicht so alle zwei, drei Monate?«
»Würde es Dir denn nicht leid tun, so viel Geld für eine einzige Nacht auszugeben? Da kann es doch noch so sehr eine Präsidentensuite sein?«
»Wenn ich die Wohnung selbst streichen würde, wäre die Nacht sozusagen gratis ... stimmt's?«
»Na, das ist mir ja eine Rechnung ... Glaubst Du denn, dass Du überhaupt eine ganze Wohnung streichen könntest? Du bist solche körperliche Arbeit nicht mehr so gewöhnt ...«
»Willst Du damit sagen, dass ich nicht in Form bin?«
»Sei nicht doof ...«
»Erzähl mir nicht, Du hättest keine Lust, mal eine Nacht wie eine Königin zu verbringen ... Ich habe doch gesehen, wie Dir die Augen aus dem Kopf gefallen sind, als Du Dir die Fotos von den Bädern angesehen hast ...«

»Das ist einfach nichts für uns …«
»Gut, dann machen wir es andersherum. Statt diesem Herrn da den Auftrag zu geben, könntest Du ihn auch mir geben, stimmt's? Zumindest wenn ich nicht teurer bin … Und der gute Mann hat im Gegensatz zu mir mehr als genug Arbeit, das hast Du ja gehört. Ich dagegen würde mir gern noch etwas dazuverdienen.«
»Wieso? Wofür denn …?«
»Was geht Dich das denn an: Beispielsweise könnte es doch sein, dass ich unbedingt meine Frau einmal ins Ritz ausführen möchte.«
Die schlüssige Argumentation erklärt, warum der Kommissar an einem kühlen und sonnigen Mittwoch, dem 31. Oktober, seinen funkelnagelneuen Audi aus der Garage in Calabrava holt, um die notwendigen Materialien in einem Industriegebiet im Norden der Stadt einzukaufen. In der Zwischenzeit deckt seine Frau in der Wohnung die Möbel mit Laken ab und bereitet das Essen vor: Fleischklöße in Mandelsoße, die sich ihr Gatte bestellt hat. Sie wiederum hat bei ihm Süßspeisen und Kastanien in Auftrag gegeben, um sie am Abend zu braten und Allerseelen zu begehen. Um zwölf hat er bereits den Einkauf in einem Baumarkt erledigt. Vier Eimer weiße Farbe, vier Töpfchen Lack, Lösungsmittel, Farben, Kitt, Pinsel, Walzen, Schalen, Abklebeband und eine Aluminiumleiter hat er ins Auto geladen. Die Leiter passte nur quer hinein und ragt teilweise noch auf den Beifahrersitz.
Bevor er aus dem Parkhaus heraus und nach Hause fährt, ruft er seine Frau an. Er genießt das neue Telefon mit Freisprechanlage. »Hallo, in einer Stunde bin ich zu Hause. Was machen die Fleischklößchen?«

»Die sind auf einem guten Weg. Hast Du schon alles erledigt, was Du auf der Liste hattest?«
»Die Kuchen fehlen noch und die Kastanien, aber die kaufe ich im Dorf.« Der Fahrer verspürt ein Gefühl gesteigerten Wohlbefindens, das eher zu einem Jugendlichen, als zu einem Pensionär passen würde. Trotzdem surrt sein Audi wie vorgeschrieben mit 120 Stundenkilometern über die Autobahn. Der Motor ist im klimatisierten Innenraum fast nicht zu hören. Ebenso wenig wie die Räder auf dem Asphalt. Zur serienmäßigen Ausstattung gehört ein CD-Player, der bis zu 10 CDs speichern und abspielen kann, ohne die Hände vom Steuerrad nehmen zu müssen. Der frisch pensionierte Jugendliche nutzt daher die Zeit, um eine seiner letzten Neuerwerbungen zu hören. Ein Geheimtipp wie der Junge im Plattenladen sagte, der schon lange wieder vom Heftpflaster auf der Nase befreit ist: *Y aunque parezca mentira, me pongo colorada cuando me mi-ras / Me pongo colorada cuando me mi-ras / me pongo coloraaaaada.* Als er vor ein paar Tagen durch die Programme zappte, sah er den Video-Clip dazu, der als Werbung für die CD lief: ein Harem an jungen Lolitas, die in einer Reihe standen, sich sanft bewegten, und dabei gleichermaßen ernst wie zurückhaltend zügellos aussahen: *y aunque parezca mentira ...*
Das alles erklärt das Wohlbefinden, die Gelassenheit, Offenherzigkeit, vage sinnliche Erregtheit, die er verspürt, als er die Autobahn bereits verlassen und die letzten Kilometer Landstraße Richtung Calabrava einschlägt. Da kommt plötzlich ein weißer Mercedes-Laster, der Elektrokabelspulen geladen hat, von der Fahrbahn ab, und knallt fast frontal auf den silberfarbenen

Audi drauf. Bedenkt man die Summe an Gewicht und Geschwindigkeit beider Automobile, dürfte die kinetische Energie, die bei dem Aufprall frei wird, etwa so groß sein, wie wenn ein sechstausendsechshundert Kilogramm schwerer Meteorit mit zweihundertzwanzig Stundenkilometern einschlägt. Dabei zerquetscht der silbergraue Audi A3 mit einem Bombenknall an der Schnauze des Lastwagens. Eine Myriade an kleinen Teilchen und Splittern schleudert durch die Luft: Autofenster, Felgen, Zierkappen, Scheinwerfer, Spiegel ... Der Innenraum reduziert sich in einem Bruchteil von Sekunden bis auf die Hälfte seiner ursprünglichen Länge. Er ist unter einem Hagel von zerstäubtem Glas völlig deformiert. Jeder Airbag schießt wie verrückt los, aber der Motor drückt unaufhaltsam unter dem Armaturenbrett herein. Die Rückbank springt heraus und mit ihr die schweren Farbeimer aus dem Kofferraum. Die Alluminiumleiter bricht und spaltet sich, bis sie aussieht wie ein Kamm mit Metallzinken. Dieses Metallknäuel prallt ein paar Meter weiter auf, fällt in den Straßengraben und bleibt leicht schaukelnd auf dem Dach liegen. Der Mercedes-Laster dagegen besitzt aufgrund seiner Masse mehr Trägheit. Er hat sich kaum von der Fahrbahn bewegt.

Im allerletzten Augenblick vor dem Aufprall hat der Kommissar die Augen geschlossen. Als er sie wieder öffnet, sieht er ganz dicht vor seinem Gesicht die Telefonanlage und den CD-Player, der aus irgendeiner Laune des Zufalls immer noch funktioniert, wenn auch mit einer anderen CD: *Qué horas son, mi corazón ...* Das bringt ihn zum Lachen, was aber mehr eine nervöse Reaktion ist. Er spürt keinen Schmerz, nicht einmal Unbehagen. Das ist ungewöhnlich dafür, dass er kopfüber im Sitz hängt. Nur das Einschneiden des Sicherheitsgurts, der ihn halb baumelnd im Sitz hält. Und irgendwo ist noch ein schwer lokalisierbares Kribbeln. Die Brille sitzt noch auf der Nase. Er sieht, wie es das Gestell verdreht hat. Dann dreht er ein bisschen den Kopf, um etwas mehr zu erkennen. Plötzlich sieht er die Schnalle seiner eigenen Uhr, die am Handgelenk sitzt, aber hinter seiner eigenen Schulter auftaucht. Ein bisschen weiter oben erkennt er (oder weiter unten für einen Betrachter, der aufrecht auf dem Boden steht) in einer völlig unmöglichen Haltung die reglose Innenfläche seiner linken Hand. Durch den Anblick wird ihm schwindlig. Er schließt erneut die Augen und versucht tief zu atmen. Das geht nicht, denn mit einem Mal spürt er doch noch einen heftigen Schmerz in der Brust. *Qué horas son en Mozambique / qué horas son en el Japón …* Mit geschlossenen Augen vergewissert er sich, dass er den rechten Arm ziemlich normal bewegen kann. Er tastet mit der rechten Hand den Kopf ab. Als er etwas Weiches an der rechten Schläfe spürt, überkommen ihn die schlimmsten Befürchtungen. Mit aller Kraft wünscht er sich, das Bewusstsein zu verlieren und erst in einem Krankenhaus wieder aufzuwachen. Aber die Schwierigkeiten beim Luftholen lassen es überhaupt nicht ratsam erscheinen, sich der ungeheueren Müdigkeit hinzugeben. Er muss wach bleiben, um mit knappen und schnellen Atemzügen Luft zu bekommen. Durch seine Haltung kopfüber bleibt das Hirn gut durchblutet. Sein Denken ist klar. Dann beginnt es, Blut und weiße Farbe zu regnen. Die Blutstropfen kommen aus irgendeinem Teil seines Unterkörpers, der mit den Füßen nach oben steht und die Farbe aus einem der aufgeplatzten Farbeimer. *Cinco de la mañana en La Habana, Cuba* … In einem Reflex schaut er an sich hinunter (oder hinauf), aber durch das Durcheinander an Materialien und halb aufgepumpten Airbags kann er nur bis zur Hüfte sehen, weit genug, um das rotweiß getränkte Hemd wahrzunehmen und die vierkantige Aluminiumstange, die unterhalb des Brustbeins zwischen den Rippen steckt. Mit der rechten Hand versucht er die Aluminiumsprosse zu bewegen und merkt, dass sie fest im Körper steckt. Sie sitzt sogar so tief, dass er spürt, wie die Spitze in seinem Rücken am Sitz kratzt. Das ist der Moment, in dem der Kommissar begreift, dass er sterben wird. Es ist vermutlich nur noch eine Frage von Minuten. Und er sieht keinen Film von seinem Leben vor dem Auge vorüberziehen: Was er sieht, ist seine Frau, die am Tisch in der Küche in ihrer Wohnung sitzt und auf ihn wartet, mit den Fleischklößchen im Topf, die immer wieder kalt werden, und die sich immer mehr Sorgen macht, weil ihr Mann nicht nach Hause kommt. Das Bild ist so unerträglich, dass der Kommissar versucht, sich zu bewegen, sich zu befreien, aber bis auf den Kopf und den rechten Arm hat sein Körper aufgehört zu existieren. Er spürt ihn nicht mehr. Erst recht kann er ihn nicht mehr bewegen. Der Regen aus Blut und Farbe wird immer heftiger. *Qué horas son en Washington* … Was er noch vermag, ist eine Taste des Telefons zu drücken, damit der Bildschirm angeht. Und dann den Knopf im Verzeichnis, um die Nummer unter »Calabrava« auszuwählen. Er überlegt einen Augenblick. Bevor er versucht, die Verbindung herzustellen, will er seine Stimme ausprobieren: »Hallo, ich bin's ...«, versucht er laut zu sagen. Natürlich kann er nicht normal sprechen. Kaum ein Wispern kommt heraus. Er sitzt kopfüber und sein Zwerchfell, das von der Aluminiumsprosse durchbohrt ist, gibt nichts mehr her. Er ist nur noch ein denkender Kopf und ein beweglicher Arm. Was kann man seiner Frau mit einem solch pathetischen Flüsterton sagen? »Ich liebe Dich?« Und was antwortet man, wenn sie aufhorcht und fragt, was passiert ist: »Nichts, ich hatte einen Unfall und jetzt liege ich hier im Auto im Sterben?« Er denkt an die Leute, die aus dem World Trade Center heraus ihre Familien anriefen. Wenigstens konnten die meisten von ihnen normal reden. Sie konnten lügen oder ihre Frauen beruhigen oder ihre Väter, Ehemänner oder Kinder. Sie konnten sich erhaben gefasst zeigen, zehn Minuten bevor sie aus einem Fenster springen würden: »Ein Flugzeug ist in das Gebäude geknallt, mach Dir keine Sorgen, mir geht's gut, ich liebe Dich über alles.« Was hätte er gern gesagt: »Versuche, ohne mich glücklich zu sein; und sag Tomas, dass er im Morddezernat aufhören und sich um sein eigenes Glück kümmern soll.« Da fällt ihm der Zettel ein, der in der Brieftasche liegt, auf dem der Name von Susana Ortega steht und zwei Telefonnummern. Er wird es Tomas nie ausrichten können. Womöglich wird Tomas erst Wochen oder Monate später von seinem Tod erfahren. Seine Frau dagegen wird es in wenigen Stunden wissen. Er überlegt, wie die Verkehrspolizei gewöhnlich die Familienmitglieder vom Tod eines Angehörigen bei einem Verkehrsunfall unterrichtet. Am wichtigsten ist es, die Nachricht in eine kleine Geschichte zu verpacken: »Ihr Mann fuhr auf der Landstraße C-78 Richtung Norden; auf der Höhe von Kilometer 17 ist ihm ein weißer Mercedes-Laster auf der Gegenfahrbahn entgegengekommen; aufgrund eines plötzlichen Fahrmanövers ist der Lastwagen von seiner Fahrbahn abgekommen und mit dem Personenwagen zusammengestoßen, in dem Ihr Mann saß, der an den Folgen des Aufpralls verstorben ist.« Besonders wichtig ist der Schluss: »der an den Folgen des Aufpralls verstorben ist«. Als wäre der Tod eine Konsequenz, das heißt, als hätte er einen bestimmten Sinn, eine Erklärung und vor allem als wäre er schnell eingetreten, ohne Todeskampf, ohne Schmerzen und ohne Zeit, über alles nachzudenken. Der Kommissar hingegen hat Zeit zum Nachdenken, trotz des schnellen Blutverlustes und der fortschreitenden Luftnot. Er muss immer wieder tief und schmerzvoll nach Luft schnappen. Zeit zum Nachdenken ist sehr gut. Obwohl die besten Überlegungen und Erwägungen nichts nutzen, weil es ein paar Verkehrsbeamte sein werden, die seiner Frau die Nachricht unterbreiten. Erfahrene Leute in solchen Dingen. Sie werden erst einmal dafür sorgen, dass sie sich hinsetzt. Dann werden sie ihr einen kleinen Bericht zusammenfassen, der viele unwesentliche Details enthält, um ihn dann mit knappen, präzisen Worten zu beenden: »an den Folgen des Aufpralls verstorben«. Dann werden sie alles dafür tun, um sie ein wenig abzulenken. Sie werden ihr etwas Wasser zu trinken geben oder irgendetwas anderes. *Me gusta la mañana y me gustas tú* … Der Kommissar sieht sie lautlos weinen, und auch er weint jetzt lautlos. Nur dass sich die Tränen kopfüber hängend nicht zur Schwerkraft hin vergießen, sondern in den Augen stauen. *Qué voy a hacer, je ne sais pas / qué voy a hacer, je ne sais plus* … Er sieht sie vor sich, wie sie sich Vorwürfe macht. Wie konnte sie sich dazu überreden lassen, dass er die Wohnung streicht … Wieso hat sie ihn allein ins Industriegebiet fahren lassen, um das Material zu besorgen … All das wegen eines Spleens, einer Dummheit: einer Nacht im Ritz. Man muss ihr sagen, dass diese Dinge passieren können, dass sie unvorhersehbar sind, man muss irgendeinen Scherz machen, um ihr zu helfen, diese Gedanken aus dem Kopf zu bekommen. Der Kommissar weiß, wie man mit ihr in solchen Fällen umgehen muss. Er könnte sie sicher trösten. Er sieht die Szene vor sich, wie er sie umarmt und ihr einen Kuss auf die Stirn gibt. Aber dann wird ihm bewusst, dass er dieses Mal nicht bei ihr sein wird, um sie zu trösten: Plötzlich wird ihm bewusst, dass er der Tote sein wird, *Qué voy a hacer, je suis perdu* …

In diesem Augenblick, genau um Punkt ein Uhr am Tag vor Allerseelen, löst das Weinen in seiner Brust den Atem- und Kreislaufstillstand aus. Er muss Blut erbrechen. Als er in Anbetracht eines so unerhörten Schmerzes wie dem, sich sterben zu fühlen, Mund und Augen öffnet, haucht der Kommissar sein Leben aus.

In der Hölle

An einem Morgen am Tresen der Genossenschaft. Niemand ist da, außer P und der hochschwangeren Nieves. P trinkt zum Frühstück einen *Café cortado*. Nieves hat sich einen Milchkaffee gekocht und setzt sich schwerfällig auf einen Barhocker hinter die Theke, um ihn in Ruhe zu trinken.
»Wie gefällt es Dir im Pub?«
»Gut ... Bis auf das eine Mal, als die vom Tal heraufgekommen sind, aber sonst gut.«
»Und Kainsmal? Macht der Dir nicht die Hölle heiß?«
»Er provoziert immer wieder, aber bis jetzt ist noch nie wirklich was passiert.«
Sie trinkt einen Schluck Kaffee.
»Hast Du vorher schon mal als Kellner gearbeitet?«
»Ehrlich gesagt, nein. Aber man muss ja eigentlich auch nur aufmerksam sein und ein bisschen freundlich.«
»Alle sagen, dass Du nett bist und arbeiten kannst. Die Schickse dagegen können sie alle nicht ausstehen, weil sie wohl nicht in die Hufe kommt.«
»Die ist ein bisschen ausgebrannt. Sie steckt ja auch jeden Tag zehn Stunden da fest. Ich mache bloß zwei Abende und die verfliegen im Nu.«
Ein paar Sekunden verstreichen: »Und hättest Du Interesse, ein paar Stunden mehr pro Woche zu machen?«
»Ja, schon ... Ich habe mich auf die Warteliste im Schlachthof setzen lassen als Packer.«
»Da würde ich mir nicht allzu große Hoffnungen machen ... Es ist ziemlich unwahrscheinlich, dass die sich melden. Ich könnte aber hier zur Zeit jemanden für die

Vormittage gebrauchen. Du siehst ja: Ich bin kugelrund. Termin ist Mittwoch. Rito kann immer nur kommen und mir helfen, wenn er im Schlachthof frei hat. Ich könnte also jemanden von Montag bis Donnerstag gut gebrauchen. Das wäre allerdings früh am Morgen. So um sieben. Da trinken die Viehzüchter ihren Kaffee. Um zwölf kommt dann die Küchenhilfe, und ab da komme ich schon klar. Ich habe an Dich gedacht. Ich weiß nicht ... Hast Du Interesse?«

»Ja, klar ... Das würde gut passen.«

»Ich kann Dir sechs Euro die Stunde zahlen. Ich weiß, dass Du im Pub acht bekommst ... Immerhin wäre es tagsüber und Du kämest hier auf mehr Stunden. Willst Du Dir das mal überlegen? Ich müsste irgendwann in dieser Woche Bescheid wissen. Spätestens nächsten Montag soll es losgehen.«

»Da brauche ich gar nicht lange zu überlegen: Ich habe mehr als genug Zeit und bin mit dem Geld etwas knapp dran. Ich müsste mal die Wohnung streichen und mir ein paar Möbel kaufen ...«

»Ich habe schon gehört: Du bist ins weiße Häuschen gezogen, wo auch der Beethoven wohnt, 'ne?«

»Ja, die Wohnung ist halt ziemlich schrabbelig, aber eigentlich wunderschön. Sie hat viele Fenster und einen herrlichen Balkon zum Kirchturm hin.«

»Ich kenne sie. Da wohnte das arme Ding aus dem Pub, die vor der Schickse da war ... Gut. Dann sieht es ja ganz so aus, als würdest Du richtig fest im Dorf bleiben wollen, nicht wahr?«

»Im Moment ja ... aber man weiß ja nie.«

»Das stimmt, man weiß wirklich nie, was noch alles kommt ... Sag mal, was hältst Du davon: Wollen wir so verbleiben, dass Du am Montag anfängst? Aber es wäre gut, wenn Du Freitag früh schon mal vorbeischauen könntest, damit ich Dir zeige, wie Du aufschließt und wo alles ist.«

Der Metzger kommt herein. Aber von seinen kraftstrotzenden Bewegungen ist nichts zu sehen. Er macht kleine Schrittchen und läuft besonders breitbeinig, als hätte er Schwierigkeiten beim Laufen. An den Füßen hat er statt seiner Gummistiefel ein paar Hausschlappen an. Sie wurden mit einer Schere an der Lasche aufgeschnitten, damit der verbundene Fuß hineinpasst. Er sieht aus, als wäre er seit Tagen nicht rasiert. Das macht sein Gesicht fahl. Es sieht weniger rund und durchblutet aus als gewöhnlich. Auch ein wenig Gewicht scheint er verloren zu haben. Alles in allem sieht er aus wie eine aufblasbare Puppe, der ein bisschen Luft fehlt.

»Was ist los?«, fragt Nieves, als er an die Theke kommt.

»Nichts, verflucht noch mal. Nicht einmal in seinem eigenen Haus hat meine heutzutage noch seine Ruhe ... Gib mir einen Whisky mit zwei Eiswürfeln.«

»Whisky? So früh am Morgen ...? Du weißt aber, dass der wie eine Bombe einschlägt, so wie Du drauf bist, ’ne?«

»Umso besser, mal sehen, ob ich dann endlich platze.«

»Platzen wirst Du wohl nicht, aber die Beine werden sie Dir eines Tages noch amputieren müssen ...«

»Ach, diese Scheißbeine. Komm, schenk mir einen Whisky ein, sei so lieb.«

»Was ist denn los: Haben sie wieder angefangen, sich zu streiten ...?«

Der Metzger antwortet nicht gleich: Er wiegt den Kopf

hin und her, stößt einen kehligen Laut aus, fährt sich mit der Hand über das stoppelige Gesicht und schaut auf die Flaschen: »Der eine meint, die Teller seien schmutzig, der andere meint, niemand habe ihm gesagt, dass er abwaschen soll ... Der eine sei ein geiler Bock ... Der andere sei eifersüchtig ... Außerdem sei er alt geworden und niemand wolle ihn mehr haben ... Und das den ganzen Tag, weißt Du. Ich sitze da mit meinen Krämpfen im Fuß im Sessel und muss das aushalten. Du kannst Dir gar nicht vorstellen, wie mich das ankotzt ...«

Nieves hat ihm einen Whisky hingestellt, der einen Eiswürfel bedeckt: »Hier, nimm einen Schluck, aber der muss jetzt ein Weilchen halten. Von mir bekommst Du jedenfalls keinen mehr.«

Man hört, dass sich etwas an der Tür tut. Rito kommt herein. Irgendetwas an seinem Benehmen lässt darauf schließen, dass er sehr erleichtert ist, den Metzger hier zu sehen. Er kommt an die Theke, sagt bedrückt »Guten Tag«, setzt sich neben P und bestellt bei Nieves einen *Café cortado*. Der Metzger würdigt ihn keines Blickes. In der Hand schwenkt er das Glas, damit der Whisky schneller kalt wird. Für zwei Minuten sagt niemand etwas. Nieves räumt hinter der Theke auf und geht dann in die Küche. Die Stille wird ziemlich ungemütlich. P, der zwischen den beiden Streithähnen sitzt, fühlt sich verpflichtet, etwas zu sagen: »Es sieht ganz so aus, als wären wir demnächst Kollegen«, sagt er zu Rito.

»Ja, Nieves hat mir gesagt, dass sie Dich fragen will, ob Du die Vormittage übernimmst.«

Eigentlich scheint ihn die Sache überhaupt nicht zu

interessieren. Er wirkt sehr ernst. Da das Schweigen nun erst einmal gebrochen ist, fasst er den Mut, sich direkt an den Metzger zu wenden. In seiner Stimme, schwingt ein ganz leichter Vorwurf mit: »Und Du? Was machst Du hier? Und trinkst auch noch Whisky …«
»Hör mal zu: Geh mir nicht noch mehr auf die Nerven, hast Du verstanden?«
»Wie Du willst: Wenn Du lieber sterben willst …«
»Wenn ich nur sterben könnte. Dann hätte ich endlich meinen Frieden.«
Rito hätte fast etwas entgegnet, aber hat es dann doch hinuntergeschluckt. Er drückt die halb gerauchte Zigarette aus und schüttet den Kaffee hinunter. »Nieves, ich bin wieder weg«, ruft er.
Sie ruft: »In Ordnung.«
»Wer steht jetzt im Laden?«, fragt der Metzger, bevor Rito in großen Schritten Richtung Tür geht.
»Wer meinst Du denn, wer da steht? Wer sollte es anders sein, als unser aller Liebling.«
Der Metzger bringt ein »Tsss« über die Lippen und schüttelt den Kopf, um seinem Unwillen Ausdruck zu verleihen. Rito geht hinaus. P und der Metzger bleiben allein am Tresen zurück.
»Scheiße noch mal, wieso habe ich mir das bloß eingebrockt …?«
»Ach, kommt in den besten Familien vor …«, sagt P.
»Weißt du was, ich hatte nie etwas mit Typen: Ich wäre überhaupt nicht auf die Idee gekommen, das schwöre ich Dir. Ich habe mich nur in diese bekloppte Situation gebracht, weil ich dachte, da wäre ein Mensch mit einem guten Herz. Scheiße noch mal: Und jetzt ist es mittlerweile schlimmer als zu den Zei-

ten, die ich mit meiner Frau durchgestanden habe … Hätte ich das geahnt, hätte ich mich damals besser mit dem Auto vom Horlá hinabstürzen sollen: Am Ende stehst Du ohne ein bisschen Wärme da …«
P lässt sich Zeit mit der Antwort: »Ich glaube, Rito hat wirklich ein gutes Herz. Und ich würde sogar behaupten, dass er Dich sehr liebt.«
»Das schon … Und dann habe ich da noch einen, der völlig hilflos ist und mich braucht. Aber jetzt verrate mir mal, was ich von dem ganzen Theater habe.«
P hätte eine Antwort parat, zieht es aber vor, nichts mehr dazu zu sagen. Der Metzger rutscht daraufhin auf seinem Barhocker hin und her, schaut in alle Richtungen, bis er sich vergewissert hat, dass die Nieves ihn von der Küche aus nicht sieht. Man hört sie dort arbeiten. Dann steht er geräuschlos auf, schleicht überraschend behende hinter die Theke, gibt P ein Zeichen, dass er still sein soll und schüttet sich einen ordentlichen Whisky ein, bis das Wasserglas halbvoll ist. Dann steigt er wieder auf den Barhocker und nimmt einen Schluck, als würde er Zitronenlimonade trinken. Das Getränk scheint ihn augenblicklich aufzurichten. Er seufzt und nimmt noch einen Schluck.
»Hast Du Dich schon mal richtig verliebt?«, fragt er P.
»Das hat mich Rito vor kurzem auch schon gefragt. Und die Heidi auch. Du bist jetzt der Dritte.«
»Und wenn schon … Was nun … Hast Du Dich schon mal richtig verliebt?«
»Mehrmals.«
»Ich genau zwei Mal. Das erste Mal in eine Frau, das zweite Mal in einen Mann. Und beide Male ging es in die Hose.« Pause. »Und bei Dir?«

»Genau dasselbe: Es ging immer schlecht aus. Das letzte Mal ist noch nicht lange her.«

»In der Stadt?«

P beschließt, sich ein wenig Luft zu verschaffen. Irgendetwas an diesem verhangenen Himmel, den man durch die Fensterscheiben sieht, scheint dafür zu sprechen, es sich ein bisschen von der Seele zu reden: »In New York.«

Der Metzger pfeift kurz auf: »Und was zum Teufel hast Du da gemacht, so weit weg?«

»Das ist eine lange Geschichte …«

»War sie hübsch?«

»Das war gar nicht der entscheidende Punkt.«

»Nee? Und worauf kam es dann an …?

P denkt gründlich darüber nach, spielt dabei mit einer Zuckertüte, aber bevor ihm Zeit für eine Antwort bleibt, kommt Sankt Martín in das Lokal, wobei er die Glastüren laut zuschlagen lässt. Er ist ganz aufgeregt: »Eh Jungs, es fängt an zu schneien …«

Das laute Organ lockt Nieves aus der Küche. »Echt?«, fragt sie beinahe zeitgleich mit P, der vom Barhocker aufsteht, um nach draußen zu schauen. Beide gehen an das Fenster und schauen auf die Hauptstraße. Sankt Martín gesellt sich zu ihnen. Nieves ist als Erste dort. »Du hast Recht«, sagt sie, als sie die Flocken sieht. Dicke Flocken, die langsam herabfallen. »Ja, scheiße, was hast Du denn gedacht, natürlich habe ich Recht«, sagt Sankt Martín. Sie öffnen die Tür und stürmen voller Begeisterung wie die Grünschnäbel hinaus auf den schmalen, durchgehenden Balkon. Sie fallen fast übereinander her angesichts des Schnees. Die Wolken bedecken den ganzen Himmel. Es sieht so aus, als würden kleine Wolkenteile herabfallen. Die drei strecken ihre Hände aus dem Schutz des Vordachs hervor, um ein paar Flocken zu fangen, die dicht und in großer Menge herabsegeln. Nicht einmal die gegenüberliegenden Fassaden sind noch zu sehen. Das erzeugt die Illusion, als wäre es der Betrachter selbst, der hoch in den Himmel steigt. Alles ist bereits in diese Stille eingepackt, die zum Schneefall gehört. Als könnten die Ohren mit einem Mal die Leere hören. Die Stimmen und das Gekicher von zwei Bäuerinnen, die in der Tür der Bäckerei stehen geblieben sind, klingen ungewohnt klar und unbeeinträchtigt vom Nachhall herüber. Auch das Priesterlein hat die Nase aus der Metzgerei gesteckt und lässt sich den Schnee ins Gesicht fallen. Er schaut in den Himmel und hat die Arme ausgebreitet, als wolle er an das Kreuz erinnern. Weiter hinten, in den Arkaden, ist die Susi aus dem Café herausgekommen. Sie sieht aus wie eine schutzsuchende Einsiedlerin. Eine Hand hält sie vor die Stirn, damit ihr der Schnee nicht in die Augen fällt. Dabei dreht sie sich um sich selbst. Ein Traktor kommt die Hauptstraße heraufgefahren, es ist Kainsmal, der auf der Höhe der Metzgerei seinen Arm schwingt wie ein Gaucho, der seine Bolas auswirft. Er stößt einen seiner Kriegsschreie aus und das Priesterlein macht es ihm nach und auch der Robocop, der ein paar Meter weiter bei der Susi auftaucht und den Saum seines Mantels hochnimmt, um seine nackten Beine zu schwingen und zu tanzen. Die Reifen des Traktors haben eine markante schwarze Spur in das Weiß gefressen, die sich aber alsbald wieder verwischt, bis sie ganz verschwunden ist. Der trockene, kalte Schnee deckt sie mit Leichtigkeit zu. Sogar die metallene Balustrade auf dem Balkon der Genossenschaft ist unter dem Schnee nicht mehr zu sehen. Sankt Martín nimmt sich eine Handvoll davon, um ihn der Nieves und P ins Gesicht zu werfen. Ja, sogar dem Metzger. Auch er wollte das Wunder nicht verpassen und ist samt Whiskyglas mit auf den Balkon gekommen. »Scheiße noch mal, dieses Jahr wird es dicke kommen«, sagt er und setzt sich auf ein Bänkchen, um seine lädierten Beine auszuruhen. Dieser Moment hat Anmut. Alle sprühen vor Lust draufloszuplappern, sich anzufassen, sich dafür zu beglückwünschen, am Leben zu sein und die ersten Schneeflocken eines weiteren Winters fallen sehen zu dürfen. Nieves nimmt P am Arm. Mit der anderen Hand streicht sie sich über ihren runden Bauch, als würde sie bereits das Köpfchen ihres Kindes liebkosen. Sankt Martín hat sich ihm auf der anderen Seite an die Schulter gehängt und haut ihm auf die Brust: »Scheiße noch mal, Schähms Bonnt, wetten, dass es in der Stadt nie so schneit?«, sagt er, als wäre der Schneefall ein Verdienst der Dorfveteranen. »Mensch, Metzger, scheiße noch mal, lach mal ein bisschen, so schlimm ist die Welt doch nicht!« Dann sehen sie, wie Rito mit dem Hintern wackelnd die Straße heraufkommt, so wie eben nur Rito mit dem Hintern wackeln kann. Als hätte er Stöckelschuhe an. »Hui: gütiger Himmel!«, er schaut hinauf zum Balkon, bevor er durch die Tür hereinhuscht und von denen da oben mit großem Gebrüll begrüßt wird: »Rito, scheiße noch mal, komm ruff, sonst vakühlste de Dir de Eierchen!«

***

Nach zweieinhalb Tagen hat es endgültig aufgehört zu schneien. P hält eine lange Siesta am Ofen.
Als die Wärme nachlässt, wacht er auf. Vermutlich ist nicht mehr viel Glut im Ofen. Er steht auf, um noch etwas verschlafen zu heizen, stellt das Radio an und macht sich einen Kaffee. Luz Casal läuft: *y no me importa nada, nada* ... Er trinkt Kaffee und raucht eine Zigarette. Dann geht er von Raum zu Raum und öffnet die Fensterläden, um zu sehen, wie es um die Welt steht. Draußen ist die Luft klar und reglos. Der Horlá hat sich in einen weißen Mönch mit dunklem Gesicht verwandelt. Alles ist still und ruhig.
Als P die Balkontür öffnet, fällt ein bisschen Schnee herein. Er hat keinen Schneeschieber im Haus und behilft sich mit der Kehrschaufel, um einen kleinen Weg bis zur Brüstung freizuräumen. Die Temperatur ist in den letzten Stunden rapide gesunken. Im magenta- und zyanidfarbenen Licht der Abenddämmerung spürt P die Kälte nicht so wegen der Anstrengung mit der Kehrschaufel, aber die Ohren tun weh, die Hände sind taub und die Haut wird zusehends röter. Die Straße unten ist zu einer einzigen Fläche verschmolzen, bei der sich Gehweg und Fahrbahn nicht mehr unterscheiden lassen. Die geparkten Autos haben sich in pummelige Gestalten mit Seitenfenstern verwandelt. Die Kirche ist halb verschüttet, gerade an den Stellen, wo der Wind den Schnee hingefegt hat. Die Scheinwerfer des Glockenturms dampfen und malen bläulich gefärbte Flecke auf das weiße Dach. Die Glocken ertönen in diesem Augenblick in ihrer vollen Zahl: Jeden Tag schlagen sie nur ein einziges Mal so lange hintereinander, bis vierundzwanzig schier endlose Glockenschlä-

ge verklungen sind. P schaut auf seine Armbanduhr, um den Rhythmus der Kirchturmuhr mit der echten Uhrzeit zu vergleichen. Er stellt wieder und wieder Berechnungen im Kopf an, so schwer fällt es ihm, hinzunehmen, dass der Glockenturm seine eigene, undurchschaubare Regelmäßigkeit besitzt. Jeder Tag ist anders, so launisch wie die menschliche Vorstellung von der Zeit.

Die pechschwarze Gestalt einer Katze, die über die weißen Dächer steigt, lenkt ihn von seinen mathematischen Überlegungen ab. Sie kommt maunzend heran, als würde sie gegen die luftige Konsistenz des Schnees Protest einlegen wollen, der unter ihren feinen Pfoten einbricht und es ihr kaum erlaubt, so herumzuspringen wie sonst. Seit es vor drei Tagen angefangen hat zu schneien, ist sie nicht mehr aufgetaucht, und P freut sich, sie gesund und munter wiederzusehen. Ihr schwarzes Fell glänzt und sie scheint bei vollen Kräften zu sein. Er beobachtet, wie sie die letzten Meter vorsichtig über das Geländer läuft und näherkommt: *Maaau*! Zum ersten Mal schreckt sie nicht zurück, als P seine Hand nach ihr ausstreckt: Sie macht einen Buckel unter seiner Handfläche.

»Was ist los, hm, es ist kalt, was? Wo willst Du denn um diese Zeit auf den Dächern hin ...?«

Das Tier hat Hunger, maunzt und zeigt seine scharfen Zähnchen. Dann hüpft sie auf den Boden, geht in die Wohnung hinein und saust in die Küche. P geht hinter ihr her, macht den Kühlschrank auf und sucht nach etwas Handfestem, das eine Katze essen mag. Es gibt noch ein paar Scheiben getrocknete Salami, die er mit der Schere kleinschneidet und auf ihren Teller legt.

Außerdem wären da auch noch drei Eier, die ihn auf die Idee bringen, ihr eine Tortilla zuzubereiten, die er dann wiederum unter dem Wasserhahn abkühlt. Die Salami dürfte zu würzig für sie sein. Die Katze behandelt sie jedenfalls mit aller erdenklichen Vorsicht. Dagegen verschlingt sie die Tortilla als wäre sie eine lebende Beute. P macht ihr auch ein bisschen Milch warm und packt noch ein Löffelchen Zucker hinein, bevor er ihr das Tellerchen hinstellt. Eine Portion Glukose extra gegen die Kälte, denkt er. Ob das gut ist, weiß er auch nicht. Sie schleckt sie so genüsslich wie immer. Dabei ist ihre Haltung so zivilisiert wie die einer Dame, die sich ihre Serviette auf den Schoß legt: Gebückt sitzt sie vor dem Schüsselchen, hat ihre Öhrchen angelegt und die Vorderpfötchen überaus vornehm zusammengestellt.
Als P hinuntergeht, ist es schon finstere Nacht. Die Kälte wird immer schlimmer, man spürt sie an den Ohren, die weh tun und Frostbeulen ankündigen. Im Café unter den Arkaden lodert seit Stunden das Feuer, so gut es in dem Kamin nur geht. Es ist brechend voll, so als würde ein wichtiges Fußballspiel im Fernsehen übertragen. Diesmal aber hat die eine Hälfte des Dorfes lediglich Lust, die andere Hälfte nach zwei Tagen völliger Zurückgezogenheit mal wiederzusehen. Beethoven ist natürlich da, aber auch der Robocop, die Heidi, das Priesterlein … Aus dem Schlachthof sind der Franzose, Rito und Sankt Martín da, die ja eigentlich noch arbeiten müssten, aber heute viel früher Schluss gemacht haben als sonst, weil fast nichts mehr zu tun war. Die Stimmung ist euphorisch. Es wird getrunken und lauthals gelacht … Sie überstürzen sich

fast, um P zu berichten, dass von der Straße ins Tal nichts mehr zu sehen ist. Sie sind von der Welt abgeschnitten, mehr noch als sonst. Der Schnee wird gefrieren und es wird Tage dauern, manche meinen sogar Wochen, bis er wieder verschwindet. In den Nachrichten wurden eisige Temperaturen angesagt. Der Franzose erzählt, das Thermometer in seinem Lieferwägelchen habe minus acht Grad angezeigt, als er den Motor laufen ließ, damit er nicht einfriert. Beethoven wettet, dass sie noch in dieser Nacht unter fünfzehn Grad kommen. P lässt sich von der allgemeinen Hochstimmung mitreißen, er fühlt sich fast wohl. Es ist bald Weihnachten, eine Weihnacht à la Pickwick Club mit Kaminfeuer und Musik aus den Achtzigern im Radio: *Video killed the radio star* ... In ein paar Tagen kann er vielleicht hinunter in die Stadt fahren, etwas Leckeres mit dem Kommissar und seiner Frau zusammen essen, so vertrauten, liebgewordenen Gesichtern. Menschen, auf die man sich voll und ganz verlassen kann. Das Heimeligste und Trauteste, was P an Weihnachten bisher kennengelernt hat. Dann könnte er es sich auch mal wieder gestatten, in der Nacht vom 24. auf den 25. richtig auszugehen und etwas Erlesenes in irgendeiner coolen, angesagten Cocktailbar trinken zu gehen. Die dürfte dann ruhig voll sein mit Leuten in den neuesten Klamotten und einen DJ haben, der etwas Prickelndes auflegt, egal was, *Hip-hop*, *Trance*, was auch immer. Hauptsache nichts von Creedence Clearwater Revival oder den Rolling Stones.
Er ist in der Stimmung, seine Weihnachtsferien ein wenig vorzuverlegen und heute Nacht aus purer Lust einmal zu trinken: zu trinken und zu genießen, solange

diese übergeschnappte Stimmung in ihrer ganzen Kindlichkeit anhält. Er folgt dem starken Impuls, die vier, fünf, die um ihn herumstehen, zu irgendetwas Hochprozentigem einzuladen und darauf anzustoßen: »Auf die neuen Freunde«, sagt P. Dann schlagen die Gläser aneinander, so schroff, dass die Getränke leicht verschütten und ihnen Wohlsein und Glück vorhergesagt ist. Im Stehen erzählen sie von der letzten Silvesternacht, in der Boings Sektglas bei dem Versuch, mit dem Schöpflöffel des Metzgers anzustoßen, zu Bruch ging. Sankt Martín erläutert, dass sich am Jahresende das ganze Dorf vor der Uhr am Kirchturm versammelt, obwohl man sich natürlich nicht auf sie verlassen könne, und sie eigentlich nie zwölf Mal schlage, wenn sie es tun solle. Deswegen greife man immer auf den Topf des Metzgers zurück, in dem er normalerweise das Blut für die Würstchen aufkoche. Er höchstpersönlich schlage dann zwölf Mal mit einem Schöpflöffel gegen den Topf, wofür er sich auf eine der Bänke stelle, die vor der Kirche stehen. Da könne er überblicken, dass auch keiner fehle, bevor sie zu der feierlichen Zeremonie schreiten. Dieses derart aus der Erinnerung zurückgeholte Bild verdient, laut Beethoven, den Namen »surrealistisch«. Wobei er hinzufügt, dass die Versammlung der Taubstummen in der ersten Reihe nicht weniger surrealistisch sei. Sie stünden immer ganz vorn, um die Topfschläge zu sehen und ihre Trauben nicht zur Unzeit zu essen. Plötzlich stellt Susi die Lautstärke des Radios leise und die des Fernsehers laut. Es kommt die Wettervorhersage: Das ist das Zeichen für alle Welt, für die Bauern, Viehzüchter und die Jugendlichen mit ihren gefärbten Haaren gleichermaßen, ihre lautstark geführten Unterhaltungen zu unterbrechen, und sich dem Bildschirm zuzuwenden, der diesmal sozusagen doppelt verschneit ist: Einmal ist die Wetterkarte übersät mit dem entsprechenden Symbol und dann ist der Empfang besonders schlecht, schlechter noch als gewöhnlich. Sie schauen das Regionalprogramm. Der Maßstab ist schon ziemlich groß, doch aber nicht groß genug, um San Juan de Horlá darauf verzeichnet zu finden. Die Region ist unter einem großen Schneekristall im Norden zu erahnen. Polarkälte kündigt der auffällig dünne Meteorologe an: Luft aus Sibirien ziehe in den nächsten Tagen über ganz Europa hinweg und werde sie früher oder später erreichen. Da spürt man wieder, dass sie sich unausgesprochen demselben Kontinent zugehörig fühlen wie Paris, *La ville lumière*. Nun kommt die Karte mit den Mindesttemperaturen in den Hauptstädten: Stockholm minus zwölf, Madrid minus drei, Athen ein Grad über Null. Unerklärlicherweise scheint die Aussicht auf klirrend kalte Tage, alle in der Kneipe zu begeistern, als wäre es erstrebenswert, historische Rekorde zu brechen, da man die Kälte sowieso ertragen muss. So hätten sie zumindest etwas, worüber man reden könne, bis der Frühling wiederkommt. Danach schaltet die Susi wieder das Radio an. Man hört ein Solo aus *Sultans of swing* und alle kehren zu ihrem Bier und ihren Unterhaltungen zurück: Mark Knopfler spielt, dann reiten wir. P bekommt Lust, auch Witziges zum Besten zu geben und spürt, wie jener Sinn für Humor in ihm wiedererwacht, der ihm so eigen ist. Es ist schon wieder ein paar Monate her, dass er ihn wiederentdeckt und dann gleich auch wieder verloren hat. Sieben? Neun …? Es war Frühling:

Ein Rotkehlchen prahlte in der Fifth Avenue mit seinen Farben. Damals standen auch noch zwei besonders hohe Wolkenkratzer im unteren Teil von Manhattan. Die Erinnerung ist auf so süße Weise bitter, dass es ihm fast seine glänzend gute Laune und diesen Augenblick im Café unter den Arkaden verdirbt. Sankt Martín aber ist bester Dinge und kommt auf die Idee, einen Schein für denjenigen auszurufen, der den Inhalt von Beethovens unabdingbarem Herrentäschchen errät. Ein Vorschlag nach dem nächsten wird unter großem Gelächter gemacht: abgelaufene Kondome, eine Packung Viagra … Beethoven hält sein Täschchen entschlossener denn je fest und lehnt es ab, irgendwelche Hinweise zu geben, was die Fantasie aller zu noch mehr Unsinn anheizt: ein halbes Kilo Sprengstoff, falls sie ihm einmal die Rente nicht pünktlich auszahlen, ein Funkgerät, um mit seinem Planeten in Kontakt zu treten …

Mit der heiteren Leichtigkeit ist es vorbei, als Kainsmal plötzlich in die Gaststätte kommt. Am Anfang geht es lediglich so los wie immer: Kriegsgeheul und die entsprechende Antwort von seinen Anhängern mit den gefärbten Haaren. Aber heute ist er ziemlich breit. Als er sich an einen der Tische in die Nähe der Theke setzt, sagt er: »Dieses miese Arschloch ist Schriftsteller: Ein Scheißschriftsteller, der hierhergekommen ist, um über uns zu schreiben.«

P beschließt, so zu tun, als würde er die Anspielung nicht verstehen, obwohl alle Welt weiß, wen er mit diesen Worten meint. Aber Kainsmal lässt nicht locker: »Fragt doch die Heidi, die hat es in einer Zeitschrift gelesen.«

Die Heidi sitzt hinten im Lokal und ist erst still, dann stimmt sie ihm zu und nicht nur das: Sie zieht ein Exemplar von *Qué Leer* aus ihrer Anoraktasche, das bereits auf der entsprechenden Seite aufgeschlagen ist. Genau auf der Seite, die nur genau dieses Exemplar der Zeitschrift enthält.
Sie legt sie auf den Tisch. Zuerst schnappt der Rito sich das Heft und schaut es sich kurz an, dann aber zirkuliert es sofort zwischen den Tischen. Niemand liest den Artikel oder überfliegt ihn zumindest, sondern alle schauen auf das Foto, das ein Viertel der Seite ausmacht. Darauf ist P mit einem kurzgeschnittenen Bart zu sehen. Er sitzt auf ein paar Treppenstufen und schaut ins Unendliche: grauer Anzug, ein feines Hugo-Boss-Hemd, Lederkappe ... Auf dem Foto ist das Parfüm nicht zu riechen, aber an dem Tag, an dem sie das Foto in einem Park in der Nähe der Zentrale machten, roch der Anzug noch nach *Boucheron*.
»Das überrascht mich nicht«, sagt Beethoven. »Das habe ich mir schon gedacht.«
Der Franzose sagt gar nichts, womöglich um nicht zu erkennen zu geben, dass er bereits im Bilde war.
Sankt Martín wirkt anfangs enttäuscht: »So, so, Alter, Du bist also Schriftsteller?« Dann aber fasst er sich sogleich ans Gemächt, als solle es ihm nicht herunterfallen und fragt: »Scheiße noch mal, komme ich da drin vor, oder was?«
Die Zeitschrift ist bereits am Tresen angelangt, nachdem sie durch das ganze Lokal gewandert ist. Beethoven schaut sich erst das Foto an und liest dann die Überschrift »Pedro Balmes oder der unsichtbare Romancier«. Dann vertieft er sich in die Lektüre des voll-

ständigen Interviews, des vollständig simulierten Interviews, das Quique Aribau auf Roderos Wunsch hin verfasst hat. In der Zwischenzeit warten die Jugendlichen mit ihren gefärbten Haaren gespannt an ihren Tischen darauf, was Kainsmal nun vorhat. Er scheint in einer Stimmung zu sein, die ein Spektakel verspricht.
»Und: Wie fühlt man sich so als beschissener Schriftsteller?«, sagt er mit lauter und herausfordernder Stimme.
»Ich habe Dir schon einmal gesagt, dass Du mit mir in einem anderen Ton zu reden hast«, antwortet P sehr ruhig.
Und das ist der Moment, in dem Kainsmal, ohne zu wissen, was er in Wirklichkeit tut, ihm das Messer mitten ins Herz bohrt: »Mit Arschlöchern rede ich nicht in einem anderen Ton: Ich könnte schwören, dass Dich nicht einmal Deine Mutter gewollt hat ...«
Das ist der Punkt, an dem Kainsmal seinen Fehler begeht. Und es ist auch der, an dem P seinen machen wird. Er ist bereits ein wenig betrunken und fällt völlig aus seiner Rolle: Es ist nicht mehr der verdeckte Ermittler, der sich an der Theke aufrichtet: »Bravo«, sagt er immer noch ganz langsam und deutlich zu Kainsmal: »Du hast mich enttarnt, ich bin Schriftsteller. Und nachdem Du mein Geheimnis gelüftet hast, werde ich jetzt Deines lüften, darauf scheinst Du es ja seit Monaten mit aller Gewalt anzulegen.«
Und was daraufhin passiert, macht alle sprachlos. Er geht auf den sitzenden Kainsmal zu, packt mit einer plötzlichen Bewegung dessen linkes Handgelenk und dreht es ihm über den anderen Arm, in dem er die Bierflasche hält. Jetzt drückt er ihn mit einem Großteil sei-

ner dreiundachtzig Kilogramm auf den Tisch, so dass Kainsmal sich nicht mehr rühren kann. Das Opfer wäre damit auf den Sitz genagelt, seine Arme sind verdreht, während P die rechte Hand noch frei hat, mit der er ihm so oft ins Gesicht schlagen könnte, wie er Lust hat. Bis er ihm alles blutig geschlagen oder alle Knochen gebrochen hat. Genauso gut könnte er ihm die Bierflasche abnehmen und sie ihm wie eine Keule gegen den Schädel hämmern. Oder ihm den Daumen ins Auge quetschen, bis es platzt und glibberig wird. Aber P ist entschlossen, wirklich grausam zu sein. Er nutzt seine überlegene freie Hand stattdessen dazu, Kainsmal an den Haaren seines Kamms zu packen und so an ihnen zu ziehen, bis er das Gesicht im richtigen Winkel vor sich hat, um ihm dann in aller Ruhe einen spektakulären Kuss auf die Lippen zu geben. Einen Kuss, der Kainsmal vor den Augen von gut der Hälfte aller Männer aus dem Dorf in seiner ganzen Wehrlosigkeit, Unterwürfigkeit und völligen Ausgeliefertheit präsentiert.

Die Reaktion auf die Demütigung hilft Kainsmal auch nicht wirklich weiter, um sich zu rehabilitieren: Sobald P ihn frei lässt und zwei Schritte zurückgeht, steht er unter großem Getöse auf, wischt sich den Mund ab, aber schluchzt dabei fast und scheint überhaupt nicht zu wissen, was er nun machen soll. P versetzt ihm nun den Gnadenstoß, indem er ihn mit beiden Händen zu sich heranwinkt: »Warum heulst Du denn, Du Schwuchtel? Komm her und schlag mir die Fresse ein, wenn Du ein Mann bist!« Aber Kainsmal kommt nicht wieder zu sich. »Na los, Du Held: Alle hier warten darauf!« Nichts. P ahmt sogar Kainsmals Atmung in einer Art femininer Parodie nach: »Uf, uf, uf!« Kainsmal fährt sich mit der Hand über die Stirn. Für einen Moment sieht es so aus, als würde er sich doch noch auf ihn stürzen, aber da gefrieren Ps Augen und alles, was der Junge vor diesem »Null Empathie«-Blick tun kann, ist den Stuhl umzuschmeißen, sich umzudrehen und aus der Kneipe zu rennen, wobei er nach Luft schnappt, als würde er gleich einen Herzinfarkt bekommen.

Erst als einer von den Jungs mit den gefärbten Haaren hinter ihm hergeht, um ihm die Jacke zu bringen, die noch an einer Stuhllehne hängt, beginnt P zu bereuen, was er gerade getan hat.

***

Der Montag direkt nach dem Vorfall im Café unter den Arkaden ist Ps erster Arbeitstag in der Genossenschaft. Als der Wecker seiner Armbanduhr morgens um halb sieben Uhr klingelt, springt er auf, zieht sich das Kapuzensweatshirt über, den Anorak und die gefütterte Hose, die er jeden Abend über das Fußende seines Betts legt. Unmöglich, den Ofen anzuheizen, dafür bleibt keine Zeit, aber zumindest sich ein bisschen waschen, um die Kälte zu besiegen.

Aus dem Hahn am Waschbecken kommt kein Wasser. Er erinnert sich nicht, dass er ihn tags zuvor ganz abgedreht hat. Man muss immer einen dünnen Strahl laufen lassen, damit die Rohre nicht einfrieren. Er prüft die Leitungen bis hin zur Waschmaschine. Das Hauptrohr ist geplatzt: Das Eis hat das Blei aufgerissen wie einen alten Stoff.

In der Küche stehen zwei Karaffen mit Mineralwasser. Er trinkt es lieber, als das trübe Leitungswasser, das aus dem Wasserhahn kommt. Das restliche Wasser aus einer der beiden Karaffen reicht, um davon zu trinken, sich die Zähne zu putzen, für eine Katzenwäsche und um Kaffee zu kochen. Danach hüpft er für dreißig Sekunden wie ein Boxer auf und ab, um warm zu werden, bevor er es wagt, den Anorak und die Schlafsachen auszuziehen.

Draußen ist es dunkel, der tief hängende und dichte Nebel verhüllt die Straßenlaternen. P läuft über das Eis und hält sich an allem fest, was ihm Halt gibt. Als er am Tor der Genossenschaft ankommt, zieht er die Handschuhe aus, um am Schloss herumzuhantieren. Die Haut klebt am Eisen, als wäre es mit Honig eingeschmiert. Die Finger haben sich in gefühllose Anhängsel verwandelt, die gleichwohl empfindlich weh tun können.

Oben angekommen schmeißt er die Kaffeemaschine an und bemüht sich, den Holzofen anzuheizen, indem er zuerst das Holz klein macht. Als der Metallwanst anfängt, warm zu werden, öffnet er ein paar Fensterläden, um sich die Dämmerung anzusehen. Dann schaltet er das Radio ein (*Here comes the sun and I say: It's all right ...*), macht sich einen Milchkaffee, kehrt zum Ofen zurück, um ihn dort auf einem Stuhl zu trinken, den er sich herangerückt hat, und um zu rauchen.

Fünf genüssliche Minuten: Kaffee, Wärme, Nikotin (*little darling, it's been a long, cold, lonely winter*). Als es so aussieht, als würde es zu dämmern beginnen, öffnet er die restlichen Fensterläden, aber die Welt draußen bleibt unsichtbar. Heller Nebel über weißem Schnee:

ein vollkommenes Bild des Nichts. Blitzartig macht sich eine Art von Angst in ihm breit, die eigentlich für Kinder typisch ist: die Angst vor übernatürlichen Wesen, davor, dass ein schreckliches, dämonisches Monster auftaucht oder irgendein Wesen aus dem Jenseits. Außerdem fühlt er sich eigenartig schläfrig, fast betäubt, so als hätte er einen grippalen Infekt. Zum Glück dringt das Radio aus irgendeinem Ort im Tal bis zu ihm herauf. Die Töne schweben über die vereisten Straßen hinweg, durchqueren den Nebel und sind für die Ohren so etwas wie ein Leuchtturm (*I want to ride my bicycle, I want to ride my bike ...*). Als es bereits nach halb acht ist, beginnt er sich darüber zu wundern, dass noch niemand gekommen ist. Eigentlich hätten doch zumindest ein paar vereinzelte Viehzüchter hier auftauchen sollen. Es wird acht, und dann wird es neun ... Nicht einmal der Junge aus der Bäckerei ist gekommen, um die Waren vorbeizubringen. Auch vom Metzger ist keine Spur zu sehen, der doch um diese Zeit normalerweise ein Sandwich hier isst. Um halb zehn ist noch immer nichts und niemand zu sehen, wenn man aus dem Fenster schaut. Selbst der Klang des Radios beginnt unheimlich zu werden. In Wirklichkeit ist es wie eine Art von Psychophonie (*You ain't nothing but a hound dog, crying all the time*). An diesem Morgen singen nur die Verstorbenen: Stimmen aus dem Jenseits. Um zehn geht er in einem nahezu fieberhaften Zustand auf die Straße, um zu schauen, ob er irgendjemanden durch den Nebel hindurch sehen kann. Niemand. Wenigstens holt er die Zeitungen herein, die der Junge aus dem Laden neben dem Eingang abgelegt hat. Er nimmt sie mit hoch und blättert die Inlandsseiten durch. Im Feuilleton entdeckt er eine Kolumne von Quique Aribau: *B. Traven und der erfundene Schriftsteller*. Als P die Zeitung komplett durchgesehen hat, sogar den Teil mit den Kreuzworträtseln, ist es viertel nach zehn. Zu guter Letzt taucht endlich Nieves auf, die schwer an ihrem schwangeren Bauch zu tragen hat und an zwei Tüten, in denen alles steckt, was nötig ist, um das Tagesmenü vorzubereiten. P spürt eine kindliche Erleichterung, wie ein Junge, der Stunde um Stunde allein zu Hause gewartet hat und plötzlich hört, dass seine Mama kommt. Er geht zu ihr hinunter, um ihr die Tüten abzunehmen.

»Und? Wie geht's?«, fragt sie, noch bevor sie ihn begrüßt.

»Ich weiß auch nicht, was los ist … Kannst Du Dir vorstellen, dass noch niemand gekommen ist? Nicht ein einziger Mensch, seit ich um sieben aufgemacht habe. Auch die Waren aus der Bäckerei wurden noch nicht geliefert und die Zeitungen lagen unten vor der Tür …«

Sie sagt nichts dazu, schüttelt aber den Kopf, während sie hinter die Theke geht. P bringt die Tüten in die Küche. Sie geht hinter ihm her und holt aus einer Tüte einen Beutel mit ein, zwei Croissants heraus. Dann gehen sie wieder an die Theke. Sie kocht sich erst einmal einen Milchkaffee.

»Hast Du bloß zwei Croissants mitgebracht?«, fragt P.

»Eins für Dich und eins für mich. Heute morgen wird hier niemand mehr antanzen.«

»Warum …? Wegen dem Nebel?«

Sie zögert ein bisschen mit der Antwort: »Wegen dem, was da bei der Susi gestern vorgefallen ist.«

»Was da vorgefallen ist? … Was ist denn passiert?«

Ihr fällt es schwer, ihm das zu erklären, als hätte sie Sorge, ihn damit zu verletzen.
»Da war doch was zwischen Dir und dem Kainsmal, stimmt's?«
»Ja, stimmt. Der hat sich wieder mal aufgespielt, und da habe ich ihn ein wenig in seine Schranken verwiesen. Was hat das denn damit zu tun ...?«
Wieder eine Pause: »Hier hat alles mit allem zu tun.«
Das Mädchen rutscht auf einen Barhocker hinter der Theke, um ihren Kaffee im Sitzen zu trinken.
»Willst Du damit sagen, dass niemand kommt, weil ich hier bin? Dass sie mit mir nichts mehr zu tun haben wollen oder so was in der Art?«
Das Mädchen nickt, während sie ihr Croissant eintunkt. P ist sprachlos.
»Aber er hat es monatelang darauf angelegt. Du kennst ihn doch. Du weißt doch selbst, dass niemand mit ihm zurechtkommt ...«
»Er ist aber vom Dorf«, es fällt ihr schwer hinzuzufügen, »und Du nicht.«
P weiß auch nicht, was er darauf sagen soll.
»Und die Zugereisten sollen sich von jedem x-beliebigen aus dem Dorf beleidigen lassen, ohne sich zu wehren?«
»So ist es auch wieder nicht ... Du bist nicht der Erste, der sich mit ihm angelegt hat ...«
»Aber?«
»Eine Sache ist eine Tracht Prügel, wenn es mal hart auf hart kommt. Die Leute hätten euch wieder getrennt, bevor ihr euch richtig weh getan hättet. Dann hättet ihr ein Bier zusammen getrunken wie zwei alte Freunde. Aber Du hast gestern eine Grenze überschrit-

ten, die man nicht überschreiten darf. Ich weiß nicht, was Du mit ihm gemacht hast, weil niemand so richtig mit der Sprache herausrückt. Das aber ist eben ein ziemlich schlechtes Zeichen ... Alle sagen im Moment nur das Eine: Entweder verschwindet Kainsmal aus dem Dorf, oder er schmeißt Dich raus. Du hast ihm wohl keine andere Wahl gelassen.«

»Tsss, das war doch gar nicht so wild ... Ehrlich gesagt, kommt mir das unglaublich lächerlich vor. Das erinnert mich an Streitereien auf dem Schulhof.«

»Das hier hat mehr mit einem Schulhof zu tun als mit einer Stadt ... In der Stadt biegst Du um die nächste Ecke und schon kennt Dich keiner mehr. Hier dagegen siehst du jeden Tag dieselben fünfzig Gesichter.«

»Ich weiß ja nicht, was sie Dir erzählt haben, aber ich versichere Dir: Es war wirklich nicht so wild ...«

»Mir wurde erzählt, dass Du ihn vor den Augen aller gedemütigt hast. Und jemanden aus dem Dorf in aller Öffentlichkeit zu demütigen, ist, als würdest Du ihn töten. Wenn er sich jetzt nicht rächt, dann kann er nicht länger hier leben, sonst müsste er für den Rest seines Lebens mit eingezogenem Schwanz hier herumlaufen. Jetzt heißt es: Du oder er. Und wer jetzt mit Dir redet, stellt sich gegen ihn. Deshalb ist heute Morgen niemand aus dem Dorf gekommen. Und es wird auch niemand kommen, bis die Geschichte vom Tisch ist.«

P braucht noch einen weiteren Kaffee. Er bereitet ihn sich still zu und denkt nach.

»Meinst Du, dass es noch eine Lösung gibt? Soll ich mal mit ihm reden oder so? Was würdest Du denn jetzt an meiner Stelle machen ...?«

Skeptischer Gesichtsausdruck bei ihr: »Du kannst versuchen, ihn bis auf den Horlá hochzujagen und ihn in den Abgrund zu werfen. Aber ich würde Dir ernstlich raten, zu verschwinden. Wahrscheinlich holt er seine Freunde aus dem Tal zu Hilfe. Und er hat den Eigentümer hinter sich, der hält auch zu ihm ...«

P denkt an etwas anderes: »Willst Du damit sagen, dass alle, auch der Franzose, der Rito, ja nicht einmal Beethoven mehr mit mir reden werden ...? Das kann ich mir überhaupt nicht vorstellen. Gestern saßen wird doch alle auch danach noch weiter zusammen und haben gefeiert.«

»Das sind Fremde, so wie Du und ich.«

»Bist Du auch nicht von hier?«

»Ich komme aus dem Tal, so wie die Susi auch. Ich bin zwar schon hier, seit ich zwölf bin, aber das spielt keine Rolle: Mein Kind wird hier vom Dorf sein. Ich dagegen werde es nie sein. Es ist unmöglich hierzubleiben, wenn es einem Einzigen vom Dorf nicht passt. Alle mögen Dich eigentlich sehr: Du hast allen gut gefallen, man hat großen Respekt vor Dir ... Jetzt wird der Eigentümer die Anweisung geben, dass Du nicht mehr länger im Pub arbeiten darfst. Damit fängt es schon an. Hier wirst Du auch nicht mehr arbeiten dürfen. Und ich kann mir kaum vorstellen, dass Du in Deiner Wohnung bleiben kannst. Egal, ob Du einen Mietvertrag hast oder nicht. Je schneller Du gehst, umso besser ist es für Dich. Und ich meine es wirklich nur gut mit Dir: Geh zum Franzosen und frag ihn, ob er Dich ins Tal bringen kann, noch bevor er heute anfängt, im Schlachthof zu arbeiten. Warte besser nicht bis morgen. Ich würde mich an Deiner Stelle nicht einmal mehr trauen, allein in die Wohnung zurückzugehen.«

»Ich denke ja gar nicht daran, vor irgendwem davonzulaufen. Ich habe mir gar nichts vorzuwerfen. Wenn sie wollen, dass ich verschwinde, dann sollen sie mir das ins Gesicht sagen.«

»Jetzt hör mir mal gut zu: Hier sagt einem nie jemand etwas ins Gesicht. Jede Stunde aber, die Du länger hier bleibst, ist für den Kainsmal gewonnene Zeit, um Dich ganz ausgetüftelt fertigzumachen. Falls es nicht sowieso schon zu spät ist. Die sind zu allem in der Lage. Es kann gut sein, dass sie Dich umbringen werden. Das meine ich todernst.«

P schüttelt den Kopf: »Ich verstehe das überhaupt nicht ...«

»Glaub mir. Du hast ja selbst gesehen, dass in den letzten drei Stunden keine Menschenseele hierhergekommen ist. Sie gehen lieber ohne zu frühstücken zur Arbeit, als jetzt mit Dir zu reden. Es wird auch niemand zum essen kommen.«

»Aha ... Dann wird es vermutlich am besten sein, wenn sie mich lieber früher als später hier herausgehen sehen ...«

Sie sagt nichts. P nimmt sein Päckchen Tabak und sein Feuerzeug und zieht sich den Anorak über.

»Warte, Du bekommst noch das Geld für die Stunden heute Morgen.«

»Nein, nein, Du schuldest mir gar nichts. Die Kasse ist leer, und offenbar ist das meine Schuld.«

»Das spielt doch keine Rolle ... Hast Du überhaupt schon was gegessen?«

»Nein ... Ich kaufe mir gleich irgendwas beim Metzger.«

»Du kannst Dir jetzt nichts mehr im Dorf kaufen ...

Mach Dir noch ein Sandwich, bitte, bevor Du gehst. Nimm Dir einfach, was Du magst.«
»Das ist lieb von Dir, aber ich habe im Moment überhaupt keinen Appetit.«
Alles ist total absurd. P überkommt ein starkes Gefühl von Unwirklichkeit, als er die Treppen hinunter auf die Straße geht.
Draußen ist die Welt weiterhin ununterscheidbar weiß. Was weiter als drei Meter entfernt ist, verschwimmt bereits, alles dahinter verschwindet. Man hört ein Husten. Dann Stimmen, die unter den Arkaden entlang gehen. Körperlose Stimmen, die durch den Nebel schweben. Es ist besser, nicht auf dem Gehweg zu laufen, um nicht auf dem verharschten Schnee auszurutschen. Er tastet sich auf der Fahrbahn an den geparkten Autos entlang. Fast wäre er am Zaun des kleinen Gartens vorbeigelaufen. In dem Augenblick, in dem er die untere Tür aufschließt, fährt ein Auto langsam am Haus vorbei. P dreht sich um: Es ist ein schwarzer, vollständig vom Schnee befreiter Porsche mit Schneeketten. Als er im Durchgang steht, hat er das Gefühl, aus einer Wolke heraus auf die Erde zurückzukehren. Selbst hier drinnen gefriert der Atem noch und auch noch in der Diele.
Als Erstes schaut P auf dem Balkon nach, ob die Katze ihn gehört hat und sich eingefunden hat. Aber man hört kein Maunzen und sieht lediglich dieses immer gleiche, weiße Nichts aus Schnee und Nebel. Sofort den Ofen anheizen ... Sich mit ein paar praktischen Handgriffen beschäftigen, um sich ein bisschen abzulenken. Er zieht sich zusätzlich das Sweatshirt über und die Hausschuhe. Der Sack mit dem Koks ist ge-

leert, nachdem er den Ofen randvoll gemacht hat. Drei oder vier Säcke müssten aber noch in dem anderen Zimmer stehen, die er als eiserne Reserve aufgehoben hat. Als er sich den Ruß von den Händen abwaschen möchte, fällt ihm wieder ein, dass es kein fließendes Wasser mehr gibt. Immer noch im Anorak geht er in die Küche, um den letzten Wasserbehälter zu öffnen. Er trinkt ein ganzes Glas, um den Durst zu löschen, den die vier oder fünf zuckersüßen *cortados* verstärkt haben, die er in der Frühe getrunken hat. Vielleicht hat er ja wirklich Fieber. Außerdem fühlt sich der Bauch komisch an. Er würde gern aufs Klo gehen und Stuhlgang haben. Da kommt ihm die Idee, die Pfanne mit Schnee zu füllen und ihn zum Schmelzen zu bringen. So hätte er wenigstens Wasser für die Spülung.

Er macht sich an die Arbeit: Mit der Feuerschaufel holt er sich haufenweise den bereits festen Schnee herein, zerkleinert ihn, legt ihn in die Pfanne und stellt sie auf den Ofen. Danach geht er in das andere Zimmer, um einen neuen Sack mit Holz zu holen. Er öffnet die Tür, knipst den Lichtschalter an. Die Glühbirne, die von der Decke hängt, geht an: Dort, wo er erwartet hätte, dass mindestens drei Kohlensäcke gegen die Wand gelehnt stehen, ist nichts als gähnende Leere. Besser gesagt, die fuchsienrosa gestrichene Wand. Es ist absurd, hinter die Tür zu schauen, aber er macht es trotzdem. Und es ist ebenso absurd, in den anderen Räumen nachzuschauen, aber er macht auch das. Es ist ja nicht viel absurder, als sich damit abzufinden, dass sich drei oder vier Säcke Koks die jeder zwanzig Kilo wiegen, in Luft aufgelöst haben. Die plausibelste, logische Erklärung wäre, dass jemand in der Wohnung war und die Säcke mitgenommen hat. Der Gedanke kommt ihm überhaupt erst nach mehreren Sekunden vollständiger Verblüffung. Dabei klingt es ebenso absurd, dass jemand in seine Wohnung einbricht, um so schwere Säcke zu klauen. Er schenkt sich noch ein Glas Wasser ein. Auch das trinkt er in großen Schlucken im Esszimmer aus. Plötzlich kommt er auf den Gedanken, dass sich in diesem Fall auch die Geschichte mit dem Wasserhahn und dem Rohrbruch erklären ließe: Dahinter steckt Absicht. Während er darüber nachdenkt, sieht er einen wackeligen Schatten, der direkt vor seinen Füßen entlanghuscht. Er kam aus dem Bierkasten, der als Tischchen in der Mitte steht. Die schwarze Spinne ist so groß wie eine Kinderhand. P bleibt wie gelähmt stehen. Er spürt die panische Reaktion seiner Spinnenphobie. Die schwarze Spinne fängt an, quer über die Fliesen zu laufen, bis sie an den Sockel der Wand kommt. Dort bleibt sie stehen. Sie bewegt ihre Vorderbeinchen gleichermaßen brünstig wie bedächtig. P hat den Eindruck, dass sie ihn herausfordern will. Sein Herz schlägt heftig. Trotz der Kälte bekommt er einen Schweißausbruch. Er versucht, tief einzuatmen, um wieder Herr seiner selbst zu werden. Da hört er in seinem Rücken, am Ende des Flurs, ein leichtes und gedämpftes Geräusch wie das Schlurfen von Pantoffeln. Er dreht sich blitzartig um die eigene Achse, um gerade noch zwei menschliche Gestalten zu erkennen, die in aller Ruhe im Halbdunkel durch die Diele laufen, als würden sie von dem einen Raum in den gegenüberliegenden laufen wollen. Die Gesichter hat er nicht gesehen. Nur die in der Dunkelheit verschwommenen Umrisse von zweiten Gestalten: Der eine ist ein Mann, ein alter Mann in einem kurzärmeligen Hemd und mit Pantoffeln. Das reicht. Es kann sich nur um einen der Taubstummen aus dem Hostal handeln. P ruft in seine Richtung: »He.« Dann läuft er schnell zu dem Raum, in den die beiden offensichtlich gegangen sind. In der Dunkelheit stößt er die Doppeltür auf und haut auf den Lichtschalter. Es ist niemand da. Er geht zurück in die Mitte der Diele. Durch das Licht in dem Zimmer wird er indirekt beleuchtet. Im Halbdunkel bemerkt er schlagartig die Veränderung: Die Eingangstür der Wohnung befindet sich nicht mehr an derselben Stelle. Sie ist jetzt gegenüber, in der Wand zu seiner Rechten. Zwei Benachrichtigungen wurden auf Englisch dort angebracht. Die eine empfiehlt ihm, die Wertsachen im Safe des Hotels abzugeben; die andere, Unbekannten erst dann zu öffnen, wenn die Sicherheitskette vorgelegt wurde. Verblüfft dreht er sich erneut um die eigene Achse, um durch den Flur in den großen Raum zu schauen. Vermutlich sucht er nach einem Anhaltspunkt, um zu verstehen, wo er den Fehler in seiner Wahrnehmung lokalisieren kann, der ihm unterlaufen sein muss. Sein Herzschlag ist weiterhin stark beschleunigt. Er spürt, wie ihm flau in den Beinen wird. Von weitem scheint durch den Balkon Lärm hereinzudringen: das Rauschen des Verkehrs, Sirenen, der Eindruck eines Stimmengewirrs und allgemeiner Betriebsamkeit. Er weiß genau, dass er nicht träumt. Dafür sind die Eindrücke in allen Einzelheiten zu scharf, sind seine Beobachtungen zu wach, um sie mit denen im Schlaf zu verwechseln. Er spürt zunehmend, dass etwas mit seiner Wahrnehmung nicht stimmt. Er geht durch den Flur zurück in den großen Raum, vorbei an den anderen zwei offenen Zimmern, in denen es dunkel ist und in die er erst gar nicht hineinschauen möchte. Er läuft in die Küche, nimmt den Behälter mit dem Mineralwasser, der auf der Marmoroberfläche steht. Der Schraubverschluss des Deckels ist intakt. Jetzt hat die Schwäche auch seine Arme ergriffen. Mit Mühe stellt er den schweren Behälter auf den Kopf und beobachtet, wie das Wasser sehr dicht neben dem Flaschenhals in einem Rinnsal entweicht. Er stellt den Behälter wieder richtig hin. Dann begutachtet er die Stelle. Eine Einstichstelle, ein feines Löchlein, bei dem die Ränder nach innen gehen, so wie von einer subkutanen Spritze. Ihm geht ein Wort durch den Kopf: Stechapfel. Aber im selben Augenblick weiß er schon nicht mehr, ob dieses Loch wirklicher ist als die Spinne. Oder als die Tür: Jetzt ist er sich bereits gar nicht mehr sicher, ob sie wirklich immer links in der Diele war. Die Spinne ihrerseits sitzt noch in dem großen Raum, unten am Sockel und bewegt immer noch ihre Vorderbeinchen: eine Tänzerin aus dunklem Samt. P wird wieder kalt. Jetzt zittert er bereits am ganzen Körper. Der Brustkasten tut ihm weh. Er ist verkrampft. Von dem Kampf gegen die schneidende Kälte der Luft. Während er sich mit tauben Händen den Anorak wieder überzieht, fällt ihm auf, dass der Verkehrslärm nachgelassen hat. Dafür hört er jetzt ununterbrochen ein lautes Sirenengeheul. Und noch etwas anderes: Schläge, zerbrechende Scheiben, ein Knallen ... Er geht zur Balkontür und öffnet sie.

Der Lärm ist unerhört, es ist tiefe Nacht. Ein bisschen weiter hinten, über den Dächern, steht die Kirche in Flammen. Die zwei riesigen Zwillingstürme aus Stahl

und Glas haben sich in kolossale Fackeln verwandelt. Man muss den Hals schon ganz schön recken, um das Feuer zu sehen. Es brennt mehr in der Spitze, oberhalb des 60. oder 70. Stockwerks. Dort oben sind winzige Figuren zu erkennen, die sich ins Nichts stürzen. Papiere tanzen in den Flammen. Die großen Glasscheiben sind hagelkörnchenklein zersplittert. Ein menschlicher Körper zerschellt auf einer Bank im Gärtchen, die am Fuße des nördlichen Turms steht. Der Körper schlägt mit einem tauben Geräusch auf der Rückenlehne auf, das Rückgrat ist gebrochen und der Mensch bleibt reglos am Boden liegen …
P geht zurück in die Wohnung. Er macht die Balkontür zu und sichert die Fensterläden. Der Lärm dringt augenblicklich nur noch von weitem, gedämpft herein. Die Spinne duckt sich noch immer an den Sockel. Mit einem Mal hat er das Gefühl, dass es in seiner Wohnung nach verbrannten Haaren riecht. Ein ekelerregender Gestank kommt aus der Küche. Aber woher will er eigentlich wissen, wie verbrannte Haare riechen? Die Kühlschranktür ist nicht mehr richtig zu. Das fällt ihm auf. Er schaut nach und ist überrascht über das, was im Kühlschrank liegt: Fleisch. Auf einem Styroportablett liegt fein säuberlich sortiertes Fleisch. In der Mitte liegt etwas Schwarzes. Beim Herausholen sieht es aus wie ein gevierteilter Hase. Dann erkennt er die schwarze Kugel in der Mitte wieder. Das Tablett fällt ihm auf den Boden. Die Kugel rollt wie ein Ball zwischen seine Füße. Ein Ball mit Ohren, zwei halbgeöffneten, matten Augen, einem Zünglein, das zwischen den Eckzähnen hervorlugt, einem breiten Schnurrbart und blutigen Eingeweiden. Hinten auf dem Tablett

liegt ein Zettel, auf dem in Großuchstaben etwas steht, was durch die Feuchtigkeit verwischt ist: IM NAMEN DES SCHWEINS.

***

P würde gern Wasser trinken. Aber er kann nicht. Er kann sich nur neben das altmodische Beistelltischchen im großen Raum setzen, um sich von der enormen Schwäche zu erholen, die ihn überkommt. Von dort aus hat er die Spinne im Blick. Er versucht, sich nicht vorzustellen, wie sie die Katze eingefangen und getötet haben mögen. Das Beste wäre, sich auf praktische Überlegungen zu konzentrieren. Er muss den Tierkadaver aus der Wohnung bringen. Er kann ihn unmöglich, so über den Küchenboden verstreut herumliegen lassen. Am besten wäre, alles in eine Tüte zu stecken und die dann in den Müllcontainer an der Straße zu schmeißen. Das Problem ist allerdings, dass draußen die Kirchtürme in lauter Einzelteilen zusammenkrachen. Das ist das eine. Das andere ist, dass dieser zerstückelte Katzenkadaver womöglich gar nicht wirklich existiert. Er müsste zuerst einmal herausfinden können, was noch real ist und was nicht. Irgendetwas in ihm dürfte das doch zweifellos wissen. Es gibt doch immer einen Teil in uns, der Bescheid weiß. Stimmt's? Stimmt. Er hat großen Durst. Der Geschmack im Mund ist sauer. Er könnte sich den Gaumen mit Whisky befeuchten, falls in der Speisekammer echt noch eine Flasche stehen sollte. Er geht zurück in die Küche, läuft um das Katzenfleisch auf den Fliesen herum. Die Whiskyflasche existiert. Zumindest steht sie da, wo sie hingehört. Den ersten und zweiten großen Schluck spuckt er auf den Boden des großen Zimmers; den dritten, vierten und fünften schluckt er hinunter. Das mildert den Geruch nach verbrannten Haaren, der sich überall ausgebreitet hat. Der Ofen wird bald ausgehen. Er bräuchte neues Brennmaterial. Das bedeutet, dass mehr als eine Stunde vergangen sein dürfte, seit er ihn das letzte Mal angeheizt hat. Womöglich ist auch auf sein Zeitgefühl kein Verlass mehr. Einer der Taubstummen aus dem Hostal geht Richtung Bad; der Dünnere von den beiden. Er grinst, als er P mitten im großen Zimmer stehen sieht. Genau in diesem Augenblick klingelt es an der Tür: *brrrb, brrrb, brrrrrrrrb* ...

P achtet nicht auf den Warnhinweis, der auf Englisch an seiner Tür hängt. Er weiß, wer klingelt und macht einfach die Tür auf, ohne erst die Sicherheitskette vorzulegen. Er schaut nach unten auf den Boden. Sein Blick fällt auf den orangefarbenen Teppichboden und die labyrinthischen Flure des Hotels Pennsylvania. Auf dem Teppichboden stehen ein paar Schuhe im italienischen Stil. Als der Blick nach oben wandert, sieht er erst einen hellgrauen Anzug, dann ein Hugo-Boss-Hemd mit offenem Kragen. Und zum Schluss schaut er in Ts Gesicht. Sein Bart ist kurzgeschnitten und er hat eine schwarze Lederkappe auf dem Kopf. Er lächelt. Um ihn herum ist eine Wolke *Boucheron*: »Das ist mir ja eine schöne Hölle hier, eh ... Kann ich hereinkommen?«

»Du bist ja schon drin.«

T geht über die Türschwelle. P macht die Tür hinter ihm zu. Von hinten sehen seine Schultern sehr breit

aus. Das war ihm im Spiegel nie so aufgefallen. Außerdem überrascht ihn dessen Statur, obwohl er nur so groß ist wie er selbst. Er strahlt etwas Bedrohliches aus, womöglich so etwas wie ein Leopard oder ein Tigerhai.
»Hey ... die Wohnung ist ja echt cool«, sagt er, während er in den großen Raum geht. »Mit Blick auf die brennenden Türme des World Trade Centers, na, Dir scheint es ja gut zu gehen ...«
»Meinst Du, ich habe Dich gerufen, damit Du Dich über mich lustig machst?«
»Über wen? Über Dich oder mich?«
P antwortet nicht. Er ist hinter T in den großen Raum gegangen und beobachtet, wie T sich das Jackett aufknöpft und die Kappe absetzt. Er wirft sie mit beachtlicher Treffsicherheit auf den Fernsehapparat. Danach schiebt er sich einen der zwei Stühle zurecht, die um das Beistelltischchen herumstehen und setzt sich. Dazu winkelt er ein Bein an und hält sich mit einer Hand die Ferse. Wenn man ihn so sieht, käme man nie auf die Idee, dass es mehrere Grad unter Null ist. »Könnte ich einen Schluck von Deinem Whisky probieren, den Du im Schrank stehen hast?«, fragt er. P will sich in Bewegung setzen, um ihn zu holen. »Ach, mach Dir doch keine Umstände. Setz Dich ...«, sagt T. Dann ruft er mit lauter Stimme, als wäre jemand in der Küche:
»Enoch: Bringst Du uns bitte die Flasche Whisky, sei so gut!«
Daraufhin taucht der andere Taubstumme aus dem Hostal auf, der dickere mit der Glatze. Er stellt die Flasche und zwei saubere Gläser auf den Tisch.
»Ich dachte immer, sie wären taub«, sagt P zu T.
»Sie können keine Geräusche hören ... Na schön, dann

verrate mir mal, was ich für Dich tun kann.« Er greift nach dem Whisky und nimmt einen ersten Schluck direkt aus der Flasche. In der anderen Hand hält er ein Päckchen Lucky Strike. Die ohne Filter. Er hat sie aus dem Jackett geholt und bietet ihm eine Zigarette an. P nimmt sich eine und setzt sich ihm gegenüber: »Würdest Du nicht auch sagen, dass ich ganz schön tief in der Scheiße sitze?«

»Ja, doch, das kann sich sehen lassen: ›Mit Stechapfel unter Drogen gesetzter Geheimagent halluziniert danteske Bilder in einem von der Welt abgeschnittenen, eingeschneiten Bergdorf.‹« Er greift nach dem Flaschenhals. »Ich weiß nur nicht, was ich hier für Dich tun kann …«

»Ich muss herausfinden, was real ist und was nicht. Und ich weiß, dass Du es weißt.«

T schaut ihn an. Grinst. Ändert seine Haltung im Stuhl.

»Oh, ich glaube, dass die Realität Dir nicht gefallen würde …«, sagt er, nachdem er einen Schluck genommen hat.

P scheint die Anspielung zu überhören. Er denkt laut nach: »Bei der Spinne bin ich mir nicht sicher … Ich weiß, dass der Brand draußen nicht real ist: Das ist der 11. September in New York und dazu haben sich ein paar Bilder von einer brennenden Kirche aus *Rosemary's Baby* gemischt. Das gilt auch für die Gestalten, die im Flur herumtapsen. Aber bei anderen Sachen bin ich mir unsicher. Ich nehme an, dass mich jemand umbringen möchte … Da bin ich mir eigentlich ziemlich sicher, dass jemand vorhat, mich umzubringen … Vielleicht sind sie schon auf dem Weg zu mir. Wenn ich

hier lebend herauskommen will, muss ich wissen, was Sache ist, und dabei kannst Du mir helfen.«
»*Die Saat des Teufels*, *Fight Club* ... Ich habe das Gefühl, Du hast zu viele Filme gesehen ...«
»*Fight Club*? Den habe ich gar nicht gesehen ...«
»Auch egal. Jedenfalls kann ich Dir nicht helfen ...« T steht vom Stuhl auf und schaut sich die Bellini-Reproduktion an, die an der Wand hängt. »Ein hübsches Mädel für einen Kalender ...«
»Du bist genauso in Gefahr wie ich ...«, sagt P zu ihm.
»Glaub das nicht: Ich weiß mir ziemlich gut zu helfen ... Das weißt Du doch ...«
T macht ein paar Schritte und konzentriert seine Aufmerksamkeit auf den Boden. Er bückt sich, um sich die Spinne zu schnappen, zerdrückt sie in der Faust und steckt sie sich in den Mund. Er kaut sie, mit angestrengtem Gesicht und einiger Mühe zerkleinert er den weichen Körper, der sich zwischen seinen Zähnen hin und her bewegt. Dann spuckt er ein Stück von der Spinne auf den Boden und wirft den Rest, den er noch in der Hand hat, hinüber zum Tisch. Vor Ps Füßen landet die Hälfte des Hinterleibs, an dem sich immer noch drei, vier Beinchen bewegen. Reflexartig zerquetscht P mit dem Schuh die Spinne, ohne vom Stuhl aufzustehen. Es sieht fast so aus, als fände er Gefallen an der leblosen weichen Masse, die einen rotschwarzen Fleck auf den Fliesen hinterlässt.
»Das ist es«, sagt T als er Ps Bewegung beobachtet, »Zerstöre Deinen Feind. Aber nicht nur Deinen Feind. Zerstöre alles, was sich Deinem Willen widersetzt. Zerstöre auch mal aus purer Lust und Laune, um die Macht zu spüren, die Du über die Welt hast. Aber bitte

ohne jedes Mitleid. Denke daran, was der Vampir Lestat sagte: ›Gott tötet ohne Unterschied; wir auch.‹«
P hebt den Schuh von der toten Spinne. Irgendetwas klebte noch an der Sohle. Durch die Bewegungen des Fußes entsteht ein Blutbogen auf dem Boden: »Weißt Du, ich bin da anderer Meinung, aber darum geht es jetzt gar nicht. Falls Du mir nicht schleunigst hilfst, mich in der Realität zu orientieren, werden wir jedenfalls wahrscheinlich beide gemeinsam sterben …«
»Darum geht es doch ebenso wenig. Das wäre doch absurd: Niemand weiß, was real ist und was nicht. Als könnte man Landkarten der Realität zeichnen … Was hältst du davon, wenn ich sage, dass die Spinne lediglich deshalb ein Problem darstellte, weil du panische Angst vor Spinnen hast, okay? Wenn Du eine Stubenfliege gesehen hättest, wäre es Dir egal gewesen, ob sie echt ist oder nicht. Deshalb müsstest Du Dich eher fragen, wovor Du Angst hast: Da liegt der Hase im Pfeffer. Und es macht mir ganz den Eindruck, als wärst Du noch nicht bereit, Dich dieser Frage zu stellen … Ich könnte mir sogar vorstellen, dass Du irgendeinen Unsinn machen wirst … Hast Du den Film von Alejandro Amenábar gesehen über die Gespenster, die nicht wissen, dass sie welche sind? … Woran erinnern mich diese Worte? …« Er geht erneut zu der Madonna von Bellini. Seine Hände sind auf dem Rücken verschränkt.
»Stell mich auf die Probe«, sagt P. »Du warst doch immer derjenige, der Herausforderungen und Mutproben geliebt hat …«
»Nein, lass gut sein …«
P weiß, wo seine wunden Punkte liegen: »Du hast Angst vor mir, ist es das?«

T lacht.
»Du weißt ja selbst, dass ich Dich auslöschen könnte«, drängt P weiter.
T sagt nichts.
»Deswegen solltest Du besser tun, was ich Dir sage ...«
T hört an einem eisigen Punkt für drei Sekunden auf zu atmen. Man meint ein Schnarchen zu hören, vielleicht auch nur ein leises Knurren, bevor er sich plötzlich umdreht: »Dir gehorchen?« Er macht zwei Schritte auf P zu, der immer noch mit dem Rücken zu ihm sitzt. Er legt beide Hände auf Ps Schultern. Drückt ein bisschen zu. Danach dreht er mit einer Umarmung den Hals zur Seite, geht dicht mit dem Gesicht heran, um ihm etwas ins Ohr zu sagen: »Brüderchen, Du willst doch nicht wirklich herausfinden, wer wem gehorcht und wer vor wem Angst hat, oder?«
P antwortet nicht. Er bekommt einen Magenkrampf. T merkt es. Er spürt die Unsicherheit intuitiv. Sie erregt ihn. Er lässt ihn los und setzt sich mit einer schnellen Bewegung auf den gegenüberliegenden Stuhl. Dann sagt er im Tonfall eines Zeremonienmeisters, der dreimal in die Hände klatscht: »Meine Damen und Herren, die Vorführung kann beginnen.«
In diesem Augenblick kracht der nördliche, weiter von ihnen entfernte Kirchturm ein. Man hört das Getöse, der Boden bebt, die Fensterscheiben zerspringen hinter den geschlossenen Fensterläden, das Holz splittert und ein feiner Staub dringt herein, der in der Luft liegt. Das elektrische Licht flackert, dann erlischt es, wodurch es vollkommen dunkel im großen Zimmer wird. Einer der Taubstummen taucht auf dem Flur auf und bringt einen zweiarmigen Kerzenständer herein, den er

zwischen die zwei auf den Tisch stellt. Die Gesichter von P und T werden vom Kerzenschein beleuchtet. Ein Halbdunkel aus Zementstaub, an dessen Rändern sich, hinten im großen Raum, ein unscharfes Bild aufzubauen beginnt.

***

Ein dunkles Vorzimmer mit Teppichboden. Die Tür links ist geschlossen. Rechts hängt eine Reproduktion der *Madonna mit Kind vor einer Landschaft* von Bellini. Gegenüber steht eine alte Holzbank. Auf der Bank sitzt ein etwa sechs Jahre alter Junge. Er sitzt vorne auf der Kante der Sitzfläche. Sein Gesicht ist auf das Bellini-Bild gerichtet, die Augen sind geschlossen und die Lippen bewegen sich nahezu unmerklich. Er sitzt seit über einer Stunde in dieser Haltung da. Kurz darauf geht die Tür auf der linken Seite auf. Ein gelber Lichtstrahl fällt herein. Der Junge schaut dorthin. Seine Augen sind mittlerweile weit geöffnet. Eine große Silhouette, deren Gesicht durch das Gegenlicht nicht gut zu erkennen ist, zeichnet sich im Türrahmen ab. Die Gestalt wirft einen Schatten auf den Teppich. Der Mann macht eine Handbewegung, um dem Jungen zu zeigen, dass er in das Büro kommen möge. Der Junge trocknet sich die verschwitzten Händchen am Schulrock ab und folgt eilig den Anweisungen. Er geht hinein. Die knochige Hand der Silhouette schließt geräuschlos die Tür.

»Warum zeigst Du mir das?«, fragt P.

T lacht, Spaßvogel: »Uuuhhu: Ich bin der Geist aus der Weihnacht der Vergangenheit …« Dann klingt seine

Stimme ernster: »Du wirst schon sehen: Alles ist eine Frage der Reihenfolge. Es macht Sinn, von vorne anzufangen. In diesen Tagen damals waren wir noch eins: Du und ich.«
»Daran mag ich mich nicht erinnern ...«
»Das war der Anfang unserer Entzweiung, wie Du sicher weißt. Dort hast Du gelernt, mich zu vergessen. Während ich mich seitdem daran und an allem, was danach kam, abarbeite, konntest Du Dir eine Fantasie vom gerechten Helden aufbauen und so zum Jäger von Psychopathen werden.«
»Du wärest überrascht, wie wenig ich davon verdrängt habe. Ich kann mich an alles erinnern.«
»Ja, ja ... Mal sehen, ob Du Dich auch daran erinnerst.«
T gibt dem Spuk hinten im großen Raum ein Zeichen, abermals leuchtet es auf und man sieht einen Teil der 33. Straße in Manhattan. Im Hintergrund ist der Sockel des Empire State Buildings zu sehen. Ein weißer Mann im Sweatshirt bleibt vor T stehen und fragt ihn nach der Uhrzeit. Sie wechseln ein paar Worte, die unerfreulich zu sein scheinen. T packt ihn sofort am Arm und schleudert ihn im Stil eines Hammerwerfers um die eigene Achse. Er lässt den Griff gezielt so los, dass er rückwärts in die fast undurchdringliche Dunkelheit unter dem Gerüst stolpert. T hüpft wie ein Boxer mit kleinen Sprüngen auf ihn zu und donnert ihm mit der Rechten gegen den Unterkiefer. Der Typ hockt mit verzerrtem Gesicht total groggy am Boden, während T ihm das Sweatshirt auszieht. Der Typ versucht – jetzt wie ein frisch geborenes Hirschkalb –, erneut aufzustehen. Aber sobald es ihm halbwegs gelingt, sich mit ei-

nem Bein auf den Boden zu knien, tritt T ihm mit der Ferse gegen den Backenknochen. Man hört ein tiefes »Oh«, bevor er endgültig zusammenbricht.

»Kommt Dir das Sweatshirt bekannt vor?«, fragt T, der im Stuhl sitzt, P, der im anderen Stuhl sitzt. P schaut auf das Sweatshirt, das er gerade anhat. Die Tasche ist in der Mitte und die blauen Buchstaben NY sind auch da. Er ist sprachlos.

»Das war ich gar nicht«, sagt er.

»Ach, nein? Und woher, meinst du, kommt dieses Déjà-vu-Gefühl? Du möchtest wohl lieber weiter daran glauben, dass so ein Sweatshirt wie durch Zauberhand in Deinem Hotelzimmerschrank auftaucht, was? So wie die zwei Taubstummen heute Abend.«

»Das war ich nicht«, wiederholt P.

»Okay, vielleicht war's ja auch ich. Aber dann verrate mir mal, wer das hier ist...«

T macht wieder ein Zeichen für den hinteren Teil des großen Raums. Diesmal ist ein schmales Bett zu sehen. P kniet in Unterhose auf der Matratze und bearbeitet ein nacktes Mädchen, deren Gesicht unter den rotblonden Haaren verborgen ist, die zerzaust herabfallen. Sie versucht ihr Gesicht wegzudrehen und schreit, aber P versetzt ihr mit der Faust einen Schlag in den Bauch, der sie sofort zum Schweigen bringt und dafür sorgt, dass sie die Hände vom Gesicht nimmt und auf die schmerzende Stelle legt. Ihr Gesicht, auf dem eine Mischung aus Schmerz und Panik zu lesen ist, liegt dadurch ungeschützt vor ihm und bekommt eine Gerade auf die Nasenscheidewand versetzt. Der Kopf fliegt gegen die Wand und bringt das winzige Zimmer zum Beben. Ihr nackter Körper liegt leblos da. T stößt den

Körper zur Seite. Sie fällt vom Bett auf den Boden. Aus der Nase fließt Blut, und die Beine sind auf groteske Weise gespreizt.

P sitzt in dem großen Zimmer und kann es nicht mit ansehen. Er weiß jetzt schon, was sich in dem winzigen Zimmerchen abspielen wird: Er will sich nicht selbst dabei zusehen, wie er den geschundenen Körper des Mädchens vergewaltigt. Es stimmt, dass er ein Déjà-vu-Gefühl hat, aber es stimmt auch, dass es komisch ist, in einer Déjà-vu-Situation vorhersagen zu können, was sich als Nächstes ereignen wird.

T sagt wieder etwas: »Brüderchen: Wir sind halt beide ein paar echte Psychopathen, was meinst Du?«

Der zweite Turm stürzt ein. Diesmal der südliche, von ihnen aus nähergelegene. T zieht die Augenbrauen hoch, wie um seinen Protest gegen die Katastrophe und den Lärm zum Ausdruck zu bringen. P seinerseits hält sich mit den Händen am Tisch fest, um das Schwanken des Stuhls ein wenig auszugleichen. Alles Mögliche fällt aus den Regalen. Der Fernseher fliegt auf den Boden mit dem Bildschirm vorweg. In der Küche kracht der Geschirrständer auf die Keramikspüle. Im neuen Licht nach dem Beben sieht das große Zimmer wie eine Ruine aus. Der Boden ist vollkommen übersät mit heruntergefallenen Gegenständen. Staub liegt grau und dicht in der Luft. Die Kälte lässt den Atem gefrieren. Der Geruch nach verbrannten Haaren liegt über dem nach Zement und verbranntem Karton.

***

»Du irrst Dich«, sagt P.
»Möglich«, sagt T, der die Whiskyflasche in Sicherheit gebracht hat. »Aber wenn ich mich irre, dann irrst Du Dich sicher auch.«
P scheint ihm nicht zuzuhören: »Du musst dich irren: Ich bin kein Psychopath. Sonst hätte ich keine Seele.«
»Oho, ›Seele‹, das ist ein schönes Wort. Es passt besonders gut zu ›Liebe‹, ›Glück‹ und ›Kirschkuchen‹ … Trotzdem kann ich mir nicht vorstellen, dass Du bei der Skala von Hare positiv abschneiden würdest. Es ist schon klar, dass Du so ein bisschen dieser gefühlsduselige Typ bist, der einem *homeless* zehn Dollar spendet und Frauen Blumen und Ringe schenkt … Vergiss für einen Augenblick Hare und denke an die anderen Autoren. Kannst Du Dich beispielsweise an die Liste erinnern, die Koch aufstellt: »empfindsame Seelen, rührselige Sentimentalisten, Träumer und Fantasten, Menschenscheue, Verschüchterte, Moralisten, Feinfühlige und Überempfindliche, Eigensinnige, Hitzköpfe, Spöttische, Eitle und Arrogante, Müßiggänger und Klatschmäuler, Unruhige, Unmenschen, Schlampen, Sammler, Erfinder, gescheiterte und nicht gescheiterte Genies …«
»Gibt es irgendjemanden, der nicht auf der Liste wäre?«, fragt P.
»Jeder wird natürlich ein paar Züge von einem Psychopathen aufweisen. Wichtig ist, und hier beziehe ich mich auf Schneider, ob der betreffende Mensch eine sonderbare Persönlichkeit und Lebensform hat, die deutlich vom Durchschnitt abweicht. Vor allem aber, ob die Person deswegen Frustrationen empfindet, darunter leidet. Entscheidend ist, ob sie denkt, dass sie

wegen anderen leidet oder ihr Leid von anderen verursacht wurde, und deshalb glaubt, dass es nur gerecht ist, wenn jemand dafür einstehen muss. Kannst Du damit was anfangen? Würdest Du nicht zugeben, dass die Verfolgung von Kriminellen auch etwas mit dieser Form von Rache zu tun hat? Schließlich bist Du derjenige, der gegen sie ermittelt, um sie ins Gefängnis zu stecken. Das ist doch zweifellos so. Ich dagegen vergnüge mich lediglich eine Weile mit ihnen, wenn sich mal die Gelegenheit dazu bietet. Ist Dir eigentlich aufgefallen, dass ich nur dann auftauche, wenn Du trinkst? *In vino veritas*, mein Brüderlein.«

»Ich bin nicht wie Du ... Ich kann Wertschätzung für jemanden empfinden, Zuneigung für ein Waisenkätzchen besitzen, für den Kommissar, für seine Frau ...«

»Der arme Kommissar ... Er wusste überhaupt nicht, was er für ein Risiko mit Dir eingegangen ist ... Aber es war wirklich von großem Nutzen, ihn auf unserer Seite zu haben: Während er Dir beibrachte, ein aufrechter und guter Inspektor zu sein, zeigte er mir, wie ich ungestraft alle möglichen Dinge tun kann ...«

P lässt nicht locker: »Du kannst Dich nicht verlieben, ich schon ... Ich habe mich in Suzanne verliebt ...«

»Ach ... Suzanne ... Eine weitere von Bellinis Madonnen ... Wie viele gibt es von ihnen?« T holt aus seiner Jacketttasche ein Schmuckkästchen hervor: »Jewell Zoo« steht dort eingraviert. Er macht das Etui auf und holt den Ring heraus. »Ich gebe gern zu, dass es Dich in ihrem Fall ein bisschen heftiger erwischt hat, die Frage aber ist, in wen oder was Du Dich da verliebt hast ...«

»Du bist ja komisch: Ich habe mich in diese Frau verliebt, in diese Person, in dieses menschliche Wesen ... Auch das beweist, dass ich selbst ein Mensch bin ...«

»Ich will Dir mal was sagen: Du hast Dich in ein Gesicht verliebt, das eine vage Ähnlichkeit mit dem Portrait von Bellini aufweist, einem Bild, das Du überall mit hinnimmst und vor dem Du im Halbdunkel eines Vorzimmers einmal völlig verschreckt gebetet hast. Du hast Dich in eine Weissagung über Dich selbst verliebt, die Du Dein Leben lang versuchst, zu erfüllen, in ein Ideal Deiner eigenen Person: in die Möglichkeit, ein anderer zu sein. Dich von mir zu befreien. Du hast Dich in den Gedanken verliebt, ein kohärentes, rundes Leben zu führen, in dem alles stimmt. Du hast Dich im Grunde in einen Roman von Dickens verliebt oder in eine sentimental-schnulzige Fernsehserie mit Happy End. In all das hast Du Dich mehr verliebt, als in diese Frau aus Fleisch und Blut. Sie hat doch nur Glück gehabt, dass sie mit dem Leben davonkam: Wie lange hätte es wohl gedauert, bis Du sie zerstörst? ... Ich dagegen habe noch eine Rechnung mit ihr offen: Es gefällt mir ganz und gar nicht, wenn man mich oben auf einem Wolkenkratzer sitzen lässt.«

P ist leicht bestürzt: »Ich habe ihr überhaupt nichts getan ... Ich kann mich an alles erinnern ...«

»An alles? Alles? ... Ich gebe zu, dass Du sie früh genug verschreckt hast, so dass ihre körperliche Unversehrtheit gewahrt blieb. Manchmal geht das Raubtier ja auch mit Dir durch. Nach allem, was Du ihr bereits über das Bild von Bellini erzählt hattest, war es sicher nicht gerade beruhigend für sie, in Dein Hotel zu kommen und es dort an der Wand hängen zu sehen. Sie hatte Glück, keine Frage. Das Mädchen in Sligo weniger, ebenso die kleine Russin aus dem Kingdom: Tatjana. Weißt Du noch, dass sie Tatjana hieß?«

»Ich bin gar nicht in der Lage dazu, jemanden umzubringen ... Ich bin kein Psychopath.«

T lacht. »Schon gut. Alles in Ordnung. Ich will mich nicht mit Dir um ein Wort streiten: Wenn es Dir lieber ist, könnten wir auch sagen, dass ich eben derjenige bin, der tötet und all das macht. Das würde Dich bei einem Gerichtsverfahren in die komfortable Rolle eines Geisteskranken bringen: Sagen wir, Du wärest dann ein Schizophrener aus dem Bilderbuch, und ich bin der gewissenlose Psychopath, so wie er von Hare beschrieben wird. Nichts spricht dagegen, dass sich nur eine der beiden Persönlichkeiten eines Schizophrenen erkältet, nicht wahr? Dann dürfte es auch kein Problem sein, wenn nur eine der beiden Alkoholiker ist oder Psychopath oder eben gleich beides auf einmal: *voilá*!«

»Du redest völligen Unsinn daher. Du erstellst Diagnosen, von denen Du gar nichts verstehst.«

»Wir könnten auch mal einen Psycho konsultieren, wenn Du magst. Aber soll ich Dir die Wahrheit sagen? Ich glaube, auf die Diagnose kommt es gar nicht an. Wir wohnen wechselseitig der eine im anderen wie Jekyll und Hyde. Wo Du bist, bin auch ich usw. Wir gehen überall zusammen hin ... Ich lebe mein Leben. Du kannst in der Zwischenzeit gern so viele Psychopathen jagen, wie Du Lust hast ... Nur mich natürlich nicht.«

P schaut auf seine Hände. Er öffnet und schließt die Finger und reibt sie sich dabei. Dann legt er sich die Hände auf den Bauch und trocknet sie sich in der Tasche seines Sweatshirts ab.

»Vielleicht wäre es gar keine schlechte Idee, mal ein bisschen mehr hinter Dir her zu sein«, sagt er voller Überzeugung, ohne eine Spur von Angst.

»Da kommt ja wieder unser Held zum Vorschein ... Das Pendant ... Oder auch die andere Seite derselben Medaille ... Weißt Du, was Du jetzt wirklich tun solltest? Du wolltest doch, dass ich Dir helfe, hier mit heiler Haut davonzukommen, nicht? Schau mal aus dem Fenster: Vor dem Hostal steht sicher noch immer der schwarze Porsche. Dort wirst Du ihn finden, wenn Du hinunterkommst. *Der Herr, der im Geheimen das Kommando führt auf dem Berg der Perversionen* ist hergekommen, um zuzuschauen, wie sie Dich fertigmachen. Der hat Spaß an solchen Sachen, wie ich auch ... Der Kommissar hatte wieder einmal die richtige Intuition. Erinnerst Du Dich daran, was er Dir zu dem Gedicht gesagt hat? Jetzt musst Du Dich entscheiden. Willst du heil aus dem Schlamassel herauskommen oder die Rolle des guten Polizisten spielen? Sehr gut: Schlag dem Eigentümer vor, dass Du für ihn den Job von Kainsmal und seinen Freunden aus dem Tal übernimmst. Du weißt, wie man Beweise türkt. Deine eigene Aussage als verdeckter Ermittler stellt bereits ein gewichtiges Beweismittel dar. Du kannst diesen Hanswurst mit seinem Haarkamm anzeigen. Außerdem steht für Dich sowieso fest, dass sie die Ausführenden in der Schlachthofgeschichte waren. Du hast genügend aussagekräftige Beweise, so dass Dein Gewissen ruhig bleiben darf, falls es sich wieder einmal ziert. Verkaufe dem Eigentümer diesen Vorschlag und arbeite für ihn ... Fürs Erste, bis ich eine Möglichkeit finde, mich von ihm mit einem Schlag zu befreien ... Er muss nicht besonders intelligent dafür sein, um zu begreifen, dass Du zehnmal wertvoller für ihn sein wirst, als dieser Inbegriff an Großmäuligkeit, der jetzt für ihn arbeitet. Manchmal ist das die beste Strategie: Verbrüdere Dich mit dem Kopf Deiner Feinde, damit er sie selbst fertigmacht. Ich kümmere mich dann um den Rest.«

P hat T aufmerksam zugehört. Jetzt spürt er eine starke Müdigkeit in sich aufsteigen. Er würde so gern schlafen, sogar bei dieser Eiseskälte, die sich in der Wohnung ausgebreitet hat. Aber er reißt sich zusammen, steht vom Tisch auf und sucht seinen Anorak.

»Du bist irre … Du bist ein Mörder«, sagt er zu T.

»Wo zum Teufel willst du denn jetzt hin?«

»Ich lasse mich nicht länger von Dir benutzen.«

T grinst: »Siehst Du, ich wusste ja, dass Du in der Lage bist, irgendeine Dummheit zu machen … Wie sieht denn Dein Plan aus? Willst Du Dich an den gütigen Allmächtigen mit dem Bart wenden, damit er Dich vor der Hölle bewahrt? Worauf setzt Du Dein Vertrauen: auf einen eschatologischen Garten Eden?«

P sucht in der Anoraktasche nach seinen Handschuhen: »Ich bin Inspektor. Ich wurde verdeckter Ermittler, um Leuten wie Dir das Handwerk zu legen. Ich kann nicht anders.«

T lacht lauthals, aber unaffektiert auf: »Wer wählt was? Hast Du Deine Vergangenheit gewählt? Denkst Du, dass Du dafür Deine Zukunft wählen kannst? Es gibt einen mächtigeren Gott als den halbwegs christlichen, an den Du noch nicht einmal fest glaubst. Neben dem Chaos und dem Kosmos, neben Eros und Thanatos, neben Satan und Jahwe regiert ein noch mächtigerer Herr: Es gibt einen Schiedsrichter, der bei jedem Kampf unter niederen Gottheiten den Sieger bestimmt. Du kennst seinen Namen. Du kennst ihn in mehreren Sprachen. Du hast ihn sogar schon einmal im Wörterbuch nachgeschlagen. Auf Italienisch heißt er *azzardo*; auf Spanisch *azar*; auf Englisch *hazard*; auf Arabisch *zahar*, wie die Blume, kurz: der Zufall. Das Unvorhersehbare, Unwägbare, das Unerwartete, das Unglück und Tod mit sich bringt: die Gefahr, zu existieren.«

»Es gibt eine ganz einfache Art, um die Gefahr zu beenden, dass Du existierst«, sagt P und schaut T in die Augen.

Trotz der ruhigen Entschlossenheit sieht Ps Aufbruch nach Flucht aus. Er will kein Gepäck tragen müssen, er will sich lediglich gegen die Kälte wappnen, aber noch mehr Kleidung kann er sich nicht überziehen. Er geht noch einmal in den großen Raum, um die Brieftasche mit seinen Papieren zu holen, dann geht er durch das Halbdunkel des Flurs und öffnet die Ausgangstür, die rechts von der Diele ist. Vor der Tür liegt orangefarbener Teppichboden. Im Hintergrund ist das Schnauben des Staubsaugers zu hören und ein paar Stimmen, die Spanisch sprechen. Die Jungfrauen und der Minotaurus.

T begleitet P die Treppen hinunter auf die Straße.

»Ich habe das Gefühl, dass Du mich unterschätzt. Ich bin nicht Brad Pitt…«, sagt er zu ihm. »Aber, was soll's, ich folge Dir: Es beginnt mir langsam Spaß zu machen, zu erfahren, wie das hier ausgeht.«

***

Draußen ist Nacht. Aber es ist unklar, welche Nacht. Ps Zeitgefühl hat sich verloren. Er weiß nicht, wie lange sein letzter heller Moment am Vormittag her ist. Vier Stunden könnten seitdem vergangen sein oder auch drei Monate. Die qualmenden Trümmer der Kirchtürme sind bis ins Gärtchen gefallen. Nichts rührt sich auf der Straße. Ein schwarzes, völlig vom Schnee befreites Auto lässt sich immerhin auf die Entfernung vor dem Hostal erahnen. Noch davor sind die gelben Taxidächer halb verschüttet. Goliaths riesiger Kadaver ist voller Staub, sein Überrock ein einziger Lumpen. Im Café unter den Arkaden brennt kein Licht. Ebenso wenig wie in allen anderen Fenstern.
P spaziert mit den Händen in den Anoraktaschen bis zu der Ecke, an der die Genossenschaft liegt. Auch die ist dunkel. T läuft ein paar Schritte hinter ihm: »He«, sagt er zu ihm. »Du läufst in die falsche Richtung.« P achtet nicht auf ihn. Er biegt in den West Broadway, um zur Brückenstraße zu gelangen. Vom Straßenverkehr oder von Fußgängern ist nichts zu sehen. Nur die ausgeschaltete Neonbeleuchtung, Stapel mit Müllsäcken, auf denen feiner Staub liegt und eine Werbung mit Michael Jordan, die über dem U-Bahn-Eingang in der Franklin Street für Kleidung wirbt … Durch den Staub sind nur die unteren Stockwerke der Gebäude zu erkennen, der Rest verschwimmt in der Dunkelheit. Er läuft die Sixth Avenue entlang auf Höhe der allein stehenden Häuser und Schweineställe, folgt dann dem Weg, der vom Ort weg und am Lauf des eiskalten Bachs längs führt. Hinter den letzten niedrigen Steinhäusern, die sehr viel einfacher sind als die in Midtown, taucht die Ruine einer alten Mühle auf. Das Dach

fehlt. Die Mühle ist voll mit Schnee wie ein Sahnebecher. Dahinter kommt eine Steinbrücke, die über den reglosen Bach führt, gleich darauf die Gabelung mit der Piste, die zum Wald hochführt, ohne an Breite zu verlieren.

Unter dem Himmel ist jetzt alles schwarz. Es ist hoffnungslos, sich zu orientieren. Es gibt nur die Erinnerung und die Schwerkraft, die zeigt, wo oben und unten ist. P fängt an hochzulaufen, dorthin, wo die Anstrengung beim Laufen größer wird, wobei er die Hand ausstreckt wie ein Blinder. Er benutzt sie wie eine Stoßstange, falls irgendein Hindernis auftauchen sollte. Aber der Marsch über den Schnee geht so schleppend voran, dass Hindernisse keine Rolle spielen.

Undeutlich sieht er im verschwommenen Funkeln des Mondes den Turm eines Industriegebäudes, das sich in die dichte Vegetation zu ducken scheint wie ein notgelandetes Raumschiff. Aber es geht weiter bergauf: P immer vorneweg. Er keucht und schwitzt. Die Fußzehen spürt er schon nicht mehr und über der Lippe hat sich eine Kruste aus gefrorenem Atem gebildet. T läuft in seinem feinen Jackett und dem Hugo-Boss-Hemd immer ein paar Schritte hinter ihm her. P sieht ihn nicht, wenn er über die Schulter schaut, hört ihn aber trällern, als würde er an einem Frühlingsnachmittag eine Landpartie unternehmen.

Als er um die nächste Biegung kommt, ist die Silhouette vom Horlá zu erkennen: ein Kopf, der auf zwei Schultern sitzt, in schwaches Mondlicht gekleidet. P läuft weiter bergauf, jeder Schritt wird erst sacht probiert, bevor er den nächsten stützt. Sein Zeitgefühl ist vollends abhandengekommen. Er weiß nicht einmal mehr, wie lang er schon durch den Schnee stapft. Jahre scheinen vergangen zu sein, seit dem letzten Ereignis, an das er sich klar erinnert: ein Auto, hinter den Fensterscheiben ist es dunkel, feiner Regen: »San Juan del Horlá, sind Sie sicher, dass Sie nicht lieber eine kleine Runde mit mir drehen möchten?« Alles andere ist ein Alptraum, der nun auf seinen Höhepunkt zusteuert, an dem man normalerweise verschreckt aufwacht.

Aber er wacht nicht auf, weil er gar nicht schläft, obwohl er so müde ist, dass er für einen Augenblick verzweifeln könnte. Er weint über seine Machtlosigkeit und versucht, die Tränen mit dem Kragen des Pullovers abzutrocknen, bevor sie ihm in den Augen gefrieren. Er sucht Trost in der weiter zurückliegenden Vergangenheit. Er erinnert sich daran, wie er auf dem Mäuerchen im Central Park saß, wie er seine milchigweißen Arme im strahlenden Frühlingslicht betrachtete und auf einer Bank in den Strawberry Fields auf Suzanne wartete. Und er erinnert sich auch an das vor Kälte beschlagene Bierglas in Calabrava, an das Hemd mit den Blumen und die Sonnenbrille des Kommissars, an die Paella von Mercedes, sie alle drei zusammen am Tisch ... Diese Lichtblicke aus der Vergangenheit sind wie ein Versprechen, er muss nur weitergehen bis auf die Spitze des Horlá, weiterwandern, egal wie langsam er auch vorankommt, wichtig ist nur, nicht stehen zu bleiben, sondern immer weiterzumachen.

»Hör mal, Brüderchen«, sagt T in seinem Rücken, »wenn Du auf schnellstem Weg zurück in Deinen Garten Eden willst, dann musst Du Dich nur hinlegen und in aller Ruhe einschlafen ... Das sage ich in Deinem eigenen Interesse. Zu erfrieren ist angeblich eine der süßesten Formen des Sterbens ...«

P bleibt kurz stehen, um zu antworten, obwohl es ihm ungeheuer schwerfällt, die Worte zu artikulieren: »Manche Dinge müssen von sehr weit oben geworfen werden.«

»Ja, ja ... Am Schluss hat Beethoven doch noch Recht: Der Suizid eines Bonvivant ist wahrscheinlich eine Art von performativem Selbstwiderspruch.«

Als er an der Ermita de San Juan del Horlá vorbeikommt, die diesmal bis zur halben Höhe im Schnee begraben ist, nimmt P sich vor, seine Koordination zu disziplinieren, um das letzte Stück des Weges, das schwierigste, schaffen zu können. Er zwingt sich, bewusst zu zittern, indem er die Brust- und Bauchmuskulatur anspannt, die Fußzehen in den Stiefeln ohne Unterlass bewegt und die Hände zu Fäusten ballt und sie wieder öffnet. Er versucht, jeden einzelnen Schritt mitzuzählen, um den Schlaf zu bekämpfen, der ihm schwer auf die Lider drückt: »Eins, zwei, drei, vier ...« Nach kurzer Zeit hat er sich verzählt. Es ermüdet ihn ungeheuer, sich auf die Abfolge von Zahlen zu konzentrieren. Die Welt besteht nur noch aus seiner Atmung, seinen rhythmischen und methodischen Bewegungen, dem Knirschen des Schnees und der absoluten Dunkelheit.

Als er auf allen vieren die ebene Fläche des Plateaus erreicht, kann er sich nicht mehr daran erinnern, wie er das letzte Stück auf den Horlá hinaufgekommen ist. Nachdem er oben ein paar Schritte aufrecht gelaufen ist, kniet er sich hin und stützt die Hände auf die Oberschenkel, um wieder zu Puste zu kommen. T dagegen steht mit gekreuzten Beinen da. Er lehnt mit einer Hand am Gipfelkreuz, das mitten auf dem Plateau steht und diesmal nur noch den Steinschopf aus dem Schnee reckt: »Bist Du sicher, dass Du es tun willst? Denk daran, dass diese Dinge einen großen Nachteil haben: Sie sind irreversibel. Alles in allem sind wir doch gar kein so schlechtes Team.«

»Fahr zur Hölle«, antwortet ihm P, der immer noch außer Atem ist.

Jetzt steht er auf. Er schaut nicht noch einmal hinunter in den Abgrund, sondern fängt an, ohne Abschied zu nehmen, zum Nordrand des Plateaus zu rennen, als fürchte er, dass er den Mut verlieren könnte, wenn er noch lange darüber nachdenkt. Laufen, einfach nur laufen und zum Schluss springen, das ist alles. T aber hat zu einem verheißungsvollen Satz angesetzt, genau genommen zu einer Frage, gerade als P ansetzte, ins Nichts zu rennen. Während P rennt, hat er noch genug Zeit, um ihm zuzuhören. Er begreift die Frage in ihrer ganzen Bedeutung just in dem Augenblick, in dem er zu seinem finalen Sprung ansetzt, über den Rand des Abgrunds hinausfliegt, um im Fallen nach einer Antwort zu suchen: »Und wieso bist Du Dir eigentlich so sicher, dass ich die Halluzination bin, Brüderchen?«

Epilog

Mercedes sitzt im Ohrensessel vor dem Fernseher. Neben ihr, auf der Sitzgruppe liegt Kater Garfield. Aus der Küche ist Geklapper zu vernehmen. Ihre kleine Schwester María Luisa spült das Geschirr vom Mittag und sie dann das vom Abend, wenn sie vom Club und irgendeinem ihrer Kurse zurückgekommen sind. Mercedes trägt keine Trauerkleidung. Die hätte ihrem Mann nicht gefallen, denkt sie. Unter all den Tausenden von Erinnerungen, die ihr jeden Tag durch den Kopf gehen und die sie noch einmal durchlebt, erinnert sie sich aus unerfindlichen Gründen besonders gerne daran, wie er in Bermudas und dem rosafarbenen Hemd mit den Blumen in Calabrava lachend Paella gegessen hat. Obwohl er das Hemd eigentlich ja nur ein einziges Mal getragen hat. Einem fröhlichen Mann in einem Hemd voller Blumen sollte man jedenfalls nicht in Schwarz gedenken.

Jetzt kommen gleich Nachrichten. Sie fangen mit dem kurzen Überblick an, den die Stimme der Moderatorin aus dem Off ankündigt: »Guten Tag, verehrte Damen und Herren: Die vermeintlichen Täter des grausamen Mordes in San Juan del Horlá, der sich im Mai letzten Jahres ereignet hat, wurden gefasst. Die Polizei meldete die Verhaftung von sechs Jugendlichen aus der Region, denen nun ein längerer Prozess droht.« Im Bild zu sehen ist der Saal für Pressekonferenzen im Morddezernat. Sanchís steht in Uniform vor dem Mikrofon.

Da Mercedes Sanchís wiedererkennt, verfolgt sie aufmerksam die Berichterstattung, die sie sonst nicht interessiert hätte. Ihre Schwester kommt kurz darauf herein, setzt sich in den anderen Sessel und berichtet, wie gut das neue Spülmittel riecht. Mercedes bittet sie, noch kurz ruhig zu sein: »Psssst, warte mal kurz, ich will das nur noch schnell zu Ende hören.«

»... Aufgrund der Zeugenaussage des Eigentümers des Schlachthofs und Beweisen, die verdeckte Ermittlungen des Morddezernats erbracht haben, kam es zu der Verhaftung mehrerer junger Männer, denen Entführung und brutaler Mord vorgeworfen wird. Sowie die Mitwirkung an weiteren Straftaten, zu denen die Ermittlungen noch nicht abgeschlossen sind. Der mutmaßliche Hauptverantwortliche der Tat ist ein gewisser Germán Marín Bancebo, alias Kainsmal, der in San Juan del Horlá geboren wurde und dort lebt. Die anderen fünf Angeklagten stammen aus dem nahegelegenen Tal ...«

»Diesen Mann da kenne ich«, sagt Mercedes, die nun die verordnete Ruhe selbst bricht, »den hat mir José María beim Abschiedsessen vorgestellt. Der war auch auf der Beerdigung ...«

Eigentlich sitzen noch sehr viel mehr Menschen in der Pressekonferenz, die Mercedes hätte wiedererkennen können. Rodero ist da, er sitzt rechts neben Sanchís, ist aber nicht im Bild zu sehen. Zwischen den Journalisten oder in den Türrahmen gelehnt stehen auch noch Puértolas, der Psychiater, Varela, Berganza und Prades, der Gerichtsmediziner, herum. Sie alle waren auch beim Abschiedsessen, und der Kommissar hat sie alle seiner Frau vorgestellt. Quique Aribau, den Schriftsteller, kennt sie auch. Allerdings nur vom Hörensagen. Er war nicht beim Abschiedsessen dabei. Auf der Beerdi-

gung hat sie ihn gesehen, ohne zu wissen, dass er es ist; er stand neben Sanchís, blieb aber ein paar Schritte zurück, als dieser der Witwe kondolierte.
Am besten kennt Mercedes natürlich Tomas, der auch auf der Pressekonferenz ist. Er steht etwas abseits im Halbdunkel, direkt am Eingang, wo er offenbar leise mit einem Mann auf dem Flur redet, den man aber nicht erkennen kann. Quique Aribau sieht immer wieder zu ihm herüber, er will sich später noch mit Tomas unterhalten. Als er ihn nun so wiedersieht, Monate nach jener ziemlich ausschweifenden Nacht im letzten August, hat er den Eindruck, dass sich seine Ausstrahlung merkwürdig verändert hat. Er strahlt etwas Gefährliches aus wie ein Leopard oder ein Tigerhai. Er kann sich kaum vorstellen, dass dieser Mann derselbe ist, der ihm eine überaus melancholische Geschichte von einer unerfüllten Liebe erzählt hat, die mit einem letzten, ausgeschlagenen Versöhnungsangebot oben auf dem Empire State Building endete. Dieser Mann hier sieht überhaupt nicht aus wie ein Mensch, der sich in eine vierundzwanzigjährige Halbirin verlieben könnte. Während Quique ihn noch immer aus der Ferne beobachtet, drückt T die Hand der anderen Person, die auf dem Flur verborgen bleibt. Nur die große knöchrige Hand ist von diesem Menschen zu sehen. Sie dürfte zu einem großgewachsenen, eher hageren Mann gehören. Diese Art der Geste erinnert Quique mit einem Mal an eine Unterhaltung, die er mit Puértolas über den *Garten der Lüste* geführt hat.
Die linke Tafel des Triptychons stellt das *Paradies* dar, auf der Mitteltafel ist *Eine andere Welt* zu sehen und außen, auf der rechten Tafel, die *Hölle*. Da die Tafeln von

links nach rechts angeordnet sind, so wie Texte in Büchern oder selbst Comicbildchen, scheinen sie eine Geschichte zu erzählen. Und diese Geschichte würde mit dem Fall enden. Am Anfang der Geschichte befindet sich der Mensch im Paradies. Dort im Paradies sündigt er, indem er vom verbotenen Baum einen Apfel isst. Zur Strafe wird er aus dem Paradies in die andere Welt vertrieben. Von dort aus, nach einer langen und infamen Reise über die Erde, kommt der endgültige Fall des Menschen. Er landet in der Hölle. Das wäre jedenfalls eine Lektüre der Bilder, die ihrer Komposition folgt. Und das letzte Ende des Endes spielt im entlegensten Winkel der Hölle, in seinem fernsten und dunkelsten Teil. Hier schließt der Mensch einen Pakt mit einem Schwein, das den Schleier einer Dominikanernonne trägt. Es heißt, dieser Mensch auf dem Bild sei der Maler selbst, ein Selbstportrait von Hieronymus Bosch. Naheliegend ist jedenfalls, dass das Schwein den Teufel höchstpersönlich darstellt, der ihm wer weiß welche Lüste verspricht.

Die morbide Lust Quique Aribaus, in das Gesicht des Teufels sehen zu können, erregt immer heftiger seine Neugier, er ist begierig darauf, zu sehen, wem T die Hand geschüttelt hat. Man weiß ja nie: Aus jedem Samen der Gegenwart kann später die Handlung eines Romans sprießen. Geschichten über die Liebe ebenso wie über den Tod. Als die Pressekonferenz zu Ende ist, stehen alle auf, und es erweist sich für ihn schwieriger als gedacht, zu den beiden vorzudringen. Quique muss sich bis zum Ausgang durch die Menge an Polizisten und Journalisten drängeln. Er beeilt sich so gut er kann, schiebt sogar rüde die Leute zur Seite, als seien sie Hindernisse, die vor ihm aufgebaut wurden. Aber T und der Unbekannte ohne Gesicht haben einen zu großen Vorsprung. Er kann sie von weitem gerade noch sehen, sie sind bereits auf der Straße angelangt, schon vorbei an der Rezeption, an der ein Beamter in Uniform Dienst schiebt. Als Quique bis zur Glasfront des Gebäudes vorgedrungen ist, steigt soeben eine hochgewachsene, schlanke Silhouette in einen schwarzen Porsche mit hellem Stoffdach. Auch T steigt in den Wagen, der gegen die Straßenverkehrsordnung direkt vor dem Morddezernat geparkt ist. Und das, obwohl dieser Eingang aufs Schärfste überwacht wird. Der Porsche fährt mit einer jähen Drehung der goldenen Felgen los ... *Oro calza la yegua, Goldbehuft die Stute* kommt Quique urplötzlich einer der Verse in den Sinn, die ihm der Kommissar damals gezeigt hatte ... Der Motor brüllt auf und der Wagen entfernt sich in rasendem Tempo auf der schmalen Fahrbahn. Am Ende ist die Straße wieder leer, bis auf herumliegende Papiere und Taubenscheiße und die Wäsche der illegalen Immigranten, die sie säumt als wären die Kleidungsstücke bunte Fähnchen aus dem Nirgendwo.

LESEPROBE

Lust auf mehr von Pablo Tusset?
Dann lesen Sie seinen Bestseller

Pablo Tusset

DAS BESTE, WAS EINEM CROISSANT PASSIEREN KANN

ISBN 978-3-453-40694-0

Im Buchhandel erhältlich

HEYNE

› Über das Buch

Pablo José Miralles, genannt »Balu«, wie der gemütliche Bär aus dem Dschungelbuch, hat für seinen Geschmack ein ausgefülltes Leben: Er schläft, tut nichts oder surft im Internet, isst, säuft und schlägt sich die Nächte in diversen Kneipen um die Ohren. Im Hauptberuf ist er Sohn betuchter Eltern aus bester katalanischer Hochbourgeoisie. Sein älterer Bruder, genannt »The First« ist das genaue Gegenteil: Er ist erfolgreicher Chef der florierenden Firma Miralles & Miralles. Doch plötzlich verschwindet der Bruder spurlos. Und es ist an dem sonst so faulen Pablo, ihn zu suchen. Bei seinen Nachforschungen gerät er unversehens auf eine immer wahnwitzigere Reise durch die Straßenschluchten Barcelonas. Er begegnet mafiosen Typen, muss sich erfahrene Hacker für seine Internet-recherchen zu Hilfe nehmen und trifft zuletzt auf eine uralte Verschwörergemeinschaft.

»Pablo Tusset hat uns Lesern einen sehr vergnüglichen Roman beschert, der frech und flott erzählt ist.«
Elke Heidenreich

»Wie gerne hätte ich selbst dieses obskure und abgedrehte Buch geschrieben.« *Frédéric Beigbeder*

»Tussets ‚Croissant' ist ein Leckerbissen mit Tiefgang.«
Der Spiegel

»Treffsicher und unterhaltsam.« *Süddeutsche Zeitung*

Die Bruderschaft des Lichts

Das Beste, was einem Croissant passieren kann, ist dick mit Butter bestrichen zu werden. Ich erinnere mich, dass ich das dachte, während ich eines mit Pflanzenmargarine aus dem Sonderangebot beschmierte. Und ich weiß auch noch, dass ich gerade reingebissen hatte, als das Telefon klingelte.

Ich hob ab, obwohl ich wusste, dass ich mit vollem Mund sprechen musste:

»Mmmpf ...?«

»Bist du da?«

»Nein, ich bin nicht zu Hause. Sprich mir eine Nachricht auf Band und lass mich in Frieden: Piiiiiiiiiep.«

»Lass den Blödsinn. Was kaust du da?«

»Ich frühstücke.«

»Um ein Uhr mittags?«

»Ich bin eben heute früh aufgestanden. Was willst du?«

»Dass du ins Büro kommst. Es gibt Neuigkeiten.«

»Du kannst mich mal. Ich hab keine Lust rumzuraten.«

»Und ich telefoniere nicht gern. Es gibt Geld. Ich warte eine halbe Stunde auf dich, keine Minute länger.«

Er legte auf, und ich kaute weiter mein Croissant, während ich überlegte, ob ich mich duschen und rasieren oder meine erste Ducados rauchen sollte. Ich beschloss, beim Rasieren zu rauchen; die Dusche konnte warten, da mir wahrscheinlich niemand zu nahe kommen würde. Aber mit dem Dreitagebart sehe ich schon auf zehn Meter Entfernung aus, als hätte ich die Krätze. Doch sofort tauchten die ersten Probleme auf: Es gab weder Kaffee noch ein sauberes Hemd, dann musste ich das halbe Wohnzimmer auseinander nehmen, bis ich die Schlüssel fand, und als ich das Haus verließ, knallte mir die Scheißsonne mitten ins Gesicht. Trotzdem mimte ich den Unerschrockenen und schaffte es bis zu Luigis Kneipe.

Für alle Fälle trat ich schwungvoll ein: »Luigi, mach mir einen Kaffee. Und heb mir zwei von den Croissants auf. Ich hab gerade das letzte gegessen. Lässt du die Dinger eigentlich Gewichte stemmen? Wenn dein Schwanz mal so hart wäre wie deine Croissants, wärst du besser drauf.«

»Hör zu, wenn du frische Croissants willst, dann zahl dafür den Thekenpreis, ansonsten hast du Pech gehabt, und du isst die, die ich dir gnädigerweise schenke. Sind wir uns einig?«

»Pfff ... weiß nicht, ob ich das Geschäft verstanden hab. Wenn ich wiederkomme, um den Kaffee zu bezahlen, erklärst du's mir in Ruhe. Und gib mir noch 'ne Ducados, sei so nett.«

»Wieso jag ich dich eigentlich nicht auf der Stelle zum Teufel?«

»Weil ich in dieser versifften Spelunke zehn Mille lasse, wenn ich Kohle hab.«

»Ansonsten muss ich dir sogar die Zigaretten anschreiben ... Ah, bevor ich's vergesse. Fina war gestern hier und hat nach dir gefragt. Sie lässt ausrichten, dass du sie anrufen sollst. Hör mal, vögelst du Fina, oder was? Geile Titten hat die ...«

»Du landest noch in der Hölle, du Ehebrecher.«

Die Sonne versuchte noch immer, den Leuten auf die Nerven zu fallen. Doch ich schaffte es, die Kneipe zu verlassen und die zwei Blocks zum Büro auf der Schattenseite der Bürgersteige zurückzulegen. Dreißig und ein paar Stufen später stand ich vor der Tür von »Miralles & Miralles, Finanzberater«. Der zweite Miralles bin ich; der Erstgeborene saß wohl seit sieben Uhr morgens da drin: rasiert, geduscht und mit Schlips. Ich warf ein »Hallo« in die Runde und fragte María, wie es so ging. »Wie du siehst, mein Lieber, im steten Kampf mit den Telefonen ... Huch, bist du dick geworden ...« – »Ich achte eben auf mich. Viel Fett und so wenig Bewegung wie möglich.« Ich sah, dass in den hinteren Büroräumen zwei Paare im Beratungsgespräch waren, und beschloss, bei den anderen Mitarbeitern keinen Aufruhr zu machen. Nur Pumares, der zwischen den Tischen hin und her ging, hob zum Gruß die Augenbrauen. Ich erwiderte den Gruß mit gleicher Mimik und begab mich direkt in das Büro von Miralles The First.

Er hatte mich bereits durch die verglasten Trennwände gesichtet. Es ist nicht einfach, ihn unvorbereitet zu erwischen.

»Willst du nicht mal die Klimaanlage einschalten, die Belegschaft krepiert sonst noch«, sagte ich gleich beim Eintreten, falls sich mein toller Bruder irgendeine Impertinenz als Begrüßung zurechtgelegt hatte.

»Das ist der Brand von deinem Kater, deshalb ist dir so heiß.«

»Schön wär's, wenn du mich bei den Bilanzen nicht betrügen würdest.«

»Umso besser. Ich hab einen Auftrag für dich.«

»Ich dachte, du genügst dir selbst.«

»Einer muss ja die Drecksarbeit machen, und dir lag das schon immer.«

»Lässt du dich scheiden, ziehst du um ...?«

»Ich lach später darüber, wenn's recht ist. Du sollst für mich etwas herausfinden.«

»Ich nehme an, du gibst mir einen Tipp. Hat das, was ich herausfinden soll, vielleicht die Farbe Blau?«

»Ich suche den Eigentümer eines Grundstücks ..., ein altes Gebäude in Les Corts. Fünfzigtausend Peseten, wenn du's vor Montag weißt.«

Eines war klar: Wenn The First für einen Namen fünfzigtausend locker machte, dann war die Information so viel wert, dass das Geschäft ein paar Millionen abwarf. Illegal war es wohl nicht – The First machte nie etwas Illegales –, aber eins stank zehn Kilometer gegen den Wind: Der

Geschädigte musste ein Rentner, ein Waisenkind oder die letzte Mönchsrobbe des Mittelmeers sein.

Ich versuchte mehr rauszuholen. Das schlechte Gewissen hat schließlich seinen Preis:

»Ich bin zurzeit ziemlich beschäftigt, weißt du?«

»Lässt du dir die Augenbrauen wachsen? Fünfzigtausend für einen Vornamen und die beiden Nachnamen, keinen Fünfer mehr. Sind wir uns einig?«

In einer halben Stunde zweimal das gleiche Ultimatum. Was für ein beschissenes Leben!

»Ich brauche einen Vorschuss.«

»Ich hab dir die Mieteinnahmen am Zehnten ausgezahlt. Erzähl mir nicht, dass du die Hundertfünfzigtausend bereits versoffen hast ...«

»Ich hab auch noch die Zeitung und 'ne Tube Zahnpasta gekauft. Ich will fünfundzwanzig jetzt.«

»Fünfzehn.«

Das ging in Ordnung; ich verzog das Gesicht und stimmte scheinbar widerwillig zu. Er rollte den Drehstuhl zurück und nahm aus der Schreibtischschublade die Kasse mit dem Bargeld. Fünfzehntausend war viel, mehr als ich für diesen Tag erhofft hatte. Ich überlegte, wie ich sie am besten investieren konnte, während Miralles The First die Summe in Geldstücken zu fünfhundert abzählte. Abgesehen von der im nobelsten Fitness-Studio des Viertels geformten Figur und dem Anzug eines Herrenausstatters mit dem Namen eines urspanischen Provinzlers war er der gleiche Geizhals wie der bei Dickens.

Ich trat auf die andere Seite des Schreibtischs und stellte mich neben ihn, um das Geld einzustecken.

»Danke, Tete«, sagte ich so deutlich, wie ich konnte, und das konnte ich gut.

»Ich hab dir schon tausendmal gesagt, du sollst mich nicht ›Tete‹ nennen.«

»Glaubst du, mir gefällt das? Ich mach das nur, um dich zu ärgern.«

Er reichte mir die Adresse auf einem Post-it und rümpfte dabei angewidert die Nase:

»Dusch dich mal. Du stinkst.«

Ich wartete mit der Antwort, bis ich an der Tür war:

»Das ist der Muff der Familie Miralles, Tete; der klebt auch an dir.«

Ich ging hinaus, so schnell ich konnte; sollte er doch allein unter seinem Prêt-à-porter von Prudencio Botijero toben. Irgendetwas hörte ich noch, doch seine Stimme blieb hinter mir zurück.

Eins zu null für mich. Und fünfzehntausend Peseten in der Tasche.

Als Nächstes ging ich in den Supermarkt, um einzukaufen. Ich hatte Lust, eine große Schüssel Spaghetti mit viel Sahnesoße zu verdrücken. Und natürlich musste ich ein echtes Stück Butter kaufen, um die Croissants von Luigi damit zu bestreichen. Alles zusammen konnte man für tausend Peseten kriegen. Der Rest von den ersten fünftausend reichte für Kartoffeln, Eier, Schweinefleisch mit Clembuterol und Kalbfleisch vom Schwammhirn. Weitere zwei Scheine waren am Abend bei Luigi fällig; wenn ich abzog, was ich ihm schuldete, blieben mir noch viertausend zum Versaufen. Bei Luigi kann man sich mit dieser Summe ganz gut betrinken, eher als in jeder anderen Spelunke des Viertels mit den gesamten fünf Mille (und noch dazu kann man bei Luigi die letzten Gläser immer anschreiben lassen). Mit dem Rest der Fünfzehntausend würde ich mir Stoff besorgen. Ich hatte seit mindestens achtundvierzig Stunden keine einzige armselige Tüte mehr geraucht.

Nachdem ich überlegt hatte, was vorrangig war, ging ich in den Park an der Calle Ordina. Ich wollte sehen, ob Nico da war und damit als Erstes die Frage der Medikamentierung lösen. Ich hatte Glück und fand ihn, was am Vormittag nicht so einfach ist – ich nehme an, weil die Vormittage nicht meine Stärke sind. Er saß auf einer Parkbanklehne, die klobigen Stiefel auf dem Sitz. Ich erkannte seinen Freund, der neben ihm saß und aussah, als käme er gerade aus Mauthausen. Die Leute haben kein Maß; entweder ein Prêt-à-porter von Silverio Montesinos oder ein Nike-Jogginganzug, bei dem man vor lauter Firlefanz das Logo nicht mehr erkennen kann.

»Was willst du, Pisser?«

»Ein Piece für drei Mille.«

Nach einer Pause, die mich einen autistischen Anfall vermuten ließ, ging er mit der Bedächtigkeit eines Peripatetikers zum Rand des Parks. Ich blieb allein mit dem Kumpel aus Mauthausen, der nicht gerade gesprächig war.

»Sag mal, wie viel sind fünf Mille eigentlich in Euro wert?«, fragte ich den Typen, vor allem, um zu sehen, ob er noch am Leben war.

»Was weiß ich, Kumpel. Bleibt sich doch sowieso gleich ...«

Das war alles, was der Freund von sich gab, aber ich wollte es auf einmal wirklich wissen. Wenn sechs Euro tausend Peseten sind, dann sind fünftausend Peseten dreißig Euro. Beinahe runde Summen, obwohl Nico mit Sicherheit eine Möglichkeit finden würde, die Ware mit der Umstellung zu verteuern. Währenddessen schien der Kumpel in einer Gedankenschleife zu hängen, die man besser nicht störte. Also zündete ich mir eine Ducados an und setzte mich auf die Bank, um zu rauchen. Das Gute an den kaputten Typen ist, dass man eine halbe Stunde neben ihnen sitzen und in Ruhe rauchen kann, und nichts passiert. Sie genügen sich selbst. Wohingegen dreißig Sekunden im Aufzug mit einem registrierten Windowsbenutzer die Geduld eines jeden erschöpfen. Klar sind die kaputten Typen in mancher Hinsicht tödlich: Sie sagen nichts Witziges, man kann kein Geld von ihnen leihen, und wenn einer von ihnen Verkehrspolizist oder Logikprofessor wird, kommt bei der Verkehrsregelung oder den kontrafaktischen Bedingungen nur ein fürchterliches Chaos raus. Ich holte das Post-it von The First aus der Tasche, um herauszufinden, ob die betreffende Adresse in der Nähe war. »Jaume Guillamet 15« hatte er in seiner tollen Schrift notiert. Ich unterhielt mich damit, mich an das Gebäude zu erinnern. Ich kenne die Straße gut, die Nr. 15 musste im oberen Abschnitt liegen. In meinen Gedanken unternahm ich einen Spaziergang die Guillamet hinauf, wobei ich mir sämtliche Gebäude links und rechts ins Gedächtnis rief. Wer eine ähnliche Übung macht, wird bald von einer meiner originellsten Hypothesen – irrtümlicherweise Parmenides zugeschrieben – überzeugt sein, dass nämlich die Wirklichkeit ein paar riesige Löcher hat. Mittendrin kehrte Nico mit dem Piece zurück, damit war diese Astralreise beendet. Ich verabschiedete mich von ihm und seinem Kumpel mit dieser falschen Höflichkeit, mit der man von oben sein Kamel anspricht, und verließ den Park durch den unteren Ausgang. Der Tag hielt Joints, gutes Essen und alkoholische Getränke bereit. Nur die Aussicht, Fina zu treffen, bewölkte den Horizont ein wenig. Man weiß ja, dass die Frauen ein Fass ohne Boden und dazu fähig sind, die gesamte Aufmerksamkeit aufzusaugen, die man ihnen widmet. Und damit das klar ist, ich meine die, die nicht für die Bumserei kassieren, und leider kassierte Fina nicht, jedenfalls nicht in bar.